杨益群 著

桂林！桂林！
——中国文艺抗战（下）

湖南美术出版社
全国百佳图书出版单位

·长沙·

第三章

艺术革命

关山月

◎关山月《广西建设研究会园景》，1940年秋赠陈劭先

1940年夏秋之交，我冒险离开澳门，怀着满腔爱国热忱辗转来到韶关，想随部队奔赴前线写生，反映将士英勇杀敌，鼓励士气，但却被国民党军方拒绝，愤而萌生『行万里路计划』，到全国各地写生。目的有二：一是表现祖国大好河山不容侵犯，二是为了艺术的创新。

——关山月

万里行路第一站

关山月刚抵桂林，人地两生，只凭着广东省府参议阮退之（被誉为"南国诗人"，大革命前是共产党员）的介绍信，找到广西省参议李焰生，安排住在七星岩附近一个简陋的公寓里。住下不久，很快便认识了夏衍、欧阳予倩、黄新波、余所亚等进步文化人，并和黄新波、余所亚等画家结下深厚情谊。关山月在桂林居住一年左右（1940年秋至1941年12月）。其中除曾短期赴黔、滇、川写生外，余皆在桂林周围登山涉水，或深入少数民族地区，边写生边创作。他决心要在学习表现大自然的过程中，创造新技法，革新中国画。在桂林，他经常起早贪黑，带着干粮，背着画夹去写生。他攀独秀，穿象鼻，过花桥，进岩洞，登伏波，上叠彩，下漓江，所到之处，尽收笔底，努力师法大自然。

关山月白天外出写生，晚上整理写生画稿，获得了一大批写生作品。秀美的桂林山水激发了他的创作热情，引发了他的创作灵感，他觉得应该进行大的创作，应该把百里漓江两岸胜景尽收画卷之中。但是，他所住的七星岩公寓又小又暗，只有一张小桌子，施展不开，而且，他也欠了一大笔租金，住不下去了。幸好得到友人李焰生的帮助，住进其家，可以在李家的客厅里作画。桌子不够宽，他就把纸铺在地板上蹲、趴着画。奋战了月余，终于完成了一幅28.5米×0.328米的长卷《漓江百里图》。

◎关山月《漓江百里图》（局部）

　　《漓江百里图》一经展出便立刻引起了轰动，观众络绎不绝，社会名流及美术界人士对其评价甚高，报纸也发表文章，广为介绍。评论家鲁琳在《桂林大公报》著文写道：

　　　　《漓江百里图》是他最近的精心的作品，题材是从漓江桥起，沿着漓江向下，直到阳朔为止。图长八丈多。在两个月的短期间完成这个巨大的作品，我们不能不佩服他优秀而熟练的技能。记得读历史时宋朝有一个名画家夏珪（圭），作了一幅《长江万里图》曾经轰动过当时的人，《漓江百里图》想来也会引起大家的注意吧。[1]

1.鲁琳：《关山月名画〈漓江百里图〉》，载《桂林大公报》1941年3月15日。

关山月初次实践的结果受到了肯定，更坚定了其师法自然，行万里路的信心。他随身带着这些作品，只身入川，由西南至西北，从"长城内外"到"大河上下"，从"塞北江南"到"大洋海疆"，继续实践其"行万里路计划"。《漓江百里图》也经历了战乱和"文革"的浩劫，有幸得以保存下来。作者为此不禁感慨万端，20世纪80年代他在长卷末挥毫写道：

6

> 抗日战争该图在西南西北各大城市展览，战后曾先后展出于羊城、香江、京沪及南洋诸地。1942年是卷在四川乐山展览时，武汉大学教授吴其昌教授观后即扶病为之题跋。

从题跋中可以窥见该图的大体经历及其在当时画坛上的影响。关老此图和其姐妹篇《漓江百里春》（1991年秋作者重游漓江时所作）赠予深圳关山月美术馆，成为该馆的镇馆之宝。

评论风波

关山月在桂林一年多，主要是写生、创作、办画展。还积极参加桂林美术界举办的进步活动，如参加抗战募捐义卖等。这一时期，他在桂林共举办了三次个人画展。除其实践"行万里路"的写生创作外，还有不少反映抗战内容的作品。鉴于当时的抗战画展主要还是以木刻、漫画为主，而以传统的国画反映抗战的作品还不多见，至于如何运用传统笔法表现抗战题材，更是谈论纷纭，莫衷一是，加之关山月虽然初来乍到，但为画展所造声势却前所未有，因而在第一次展览过程产生了分歧或误解。这是轰动当时桂林画坛的大事，也有关作者日后的创作路向，故有必要概述于后。

据笔者掌握的资料及其后采访过个别当事者，事件的经过是这样的：1940年10月底至11月2日，关山月在桂林举行首次个人抗战画展，展出地点是乐群社礼堂。黄新波、余所亚等都主动来帮他布置展场、挂画、发请柬。这次展览展出他在港澳时的作品和新创作的桂林山水画，共一百多幅。广西省主席黄旭初、广西省临时参议会议长李任仁前往参观并题词。《广西日报》首先发表了林墉的《介绍"关山月个展"》[2]。文中指出：

有人说，像关氏的这一类的画，不中不西，无宗无派，没有出处，不

---

2. 载《广西日报》副刊《漓水》1941年10月31日。

是中国画，也不是西洋画，称之为"折衷派"。这似乎是自我讽刺。因既说是无宗无派，却又称为"折衷派"这些人，你以为还有谈画的资格么？

老实说，我在这里敢肯定一句，像关氏的这一类画，是不折不扣的中国画，是"新的中国画"。因为是"新"，所以在另一些不长进的看来便有点异样。

《救亡日报》还特地策划了"关山月画展特辑"[3]，刊登了《介绍关山月先生个人画展》、李任仁的《略谈山月的作品》、黄旭初的题诗、刘侯武的《艺术创造与文化创造——关山月先生个展题词》、陈此生的《赠画人关山月》和何曼叔的《赠山月画师》等诗文。《介绍关山月先生个人画展》全文不长，照录于后：

关山月先生，为艺坛大师高剑父先生入室弟子，亦一前进之新中国画家，能将大时代题材表现于国画面上之成功者，近作如参加苏联中国画展出品之《三灶岛外所见》《渔民之劫》《渔娃》及在香港个人画展之《从城市撤退》《游击队之家》等，均为具有时代性之伟大作品，于中国画中，诚所罕观。然犹不自满，更欲遍历全国各战场之前线与后方，体会大时代之精神，作真实性之描写。迩者由韶经衡抵桂，为桂林山水人物写生，以一月之光阴，完成作品三十余帧，纯熟之技巧，崭新之笔致，不但为国画界别开生面，且为江山增色不少。今拟将前后所作数十帧，在桂公开展览，爰缀数言，为之介绍。

——黄旭初、苏希洵、黄同仇、李任仁、张家瑶、杨东莼、刘侯武、滕白也、陈此生、雷沛鸿、李焰生、陈劭先、万仲文、万民一、夏衍、阳叔葆、张光宇、欧阳予倩、夏孟辉

推荐者几乎包括了广西党政要人和文艺界名人，其人数之多，评价之

---

3. 载《救亡日报》1940年11月1日。

高，可谓空前。画展获得圆满成功，反响很大。开幕当天，便有十多幅桂林山水和写侵略者之末日的作品"已为桂林爱好艺术者巨资定购"[4]，其他报刊如《力报》《扫荡报》《大公报》也纷纷刊登评论文章。

综观相关评论文章，基本可分为三类。一类是对关山月的作品予以充分肯定，热情支持如前述者。一类是否定、反对者，就在"关山月画展特辑"刊登当天，关山月便遭到某些人的非议，《救亡日报》编辑部还收到署名信，认为此特辑"是不该的，是一件可惜的事"。鲁飞在《评关山月的画》[5]一文中则指出：

> （关山月）在第一次的展览之后，各方面的毁誉甚不一致，大约有一部分饱学之士是极为赞许的，而一般青年美术工作者则又颇有微词。这固然由于各方面的观点不同，各人的素养不同，其评价自亦有很大的差别，

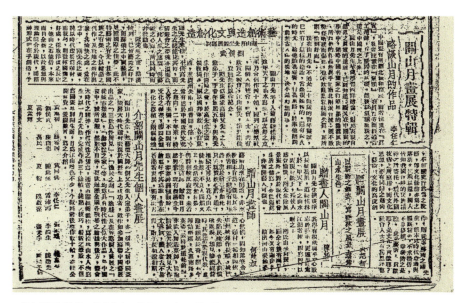

◎关山月画展特辑，载《救亡日报》1940年11月1日

---

4. 载《救亡日报》1940年11月2日第2版。

5. 载《扫荡报》1941年3月18日。

而关先生作品本身也确实具有两种矛盾的因素，即保守的与改革的，现实与非现实的存在，并且尚在徘徊犹豫之中……关于《漓江百里图》，这是一件引人注意的作品，也是一件大作，有人拿它与夏圭相提并论，我们虽然不能说关先生造诣不一定不如古人，可是这一幅画确实是失败的，这不能和《长江万里图》相比。第一，《漓江百里图》结构太差，前三分之一还不错，后一截简直是堆砌。一座山、一丛树、一堆草，又一座山。全无脉络一贯的精神，也许真景是如此，可是如此的真景就不必免强凑成这一个长幅。许多友人都同意，假如把《漓江百里图》分割成十里或八里成一幅，反更多美术上的价值。

该报在文末还特地加了"编者按"：

闻香港美术界曾以关君的作品谈到中国画的前途问题，惟未获得结论，目前于从事美运工作的同志们，颇不乏人，望对此表示一些意见，而以鲁君此文为开端。

足见该报发表鲁文其意尚在引起大家的争鸣。观点是否正确可取，只能是见仁见智，不足为奇，但有的反对文章言词较为偏激，有点意气用事。

针对某些人非议《救亡日报》发表"关山月画展特辑"的言论，夏衍在《救亡日报》发表了《关于关山月画展特辑》一文[6]，说道：

……对于钝先生的惋惜，却还是不敢苟同。

《救亡日报》是一张以巩固强化民族统一战线为任务的报纸，《文岗》是以巩固文化界统一战线为职志的副刊，所以只要对于抗战救亡多少有点裨益的文化工作，我们都不惜替他（它）尽一点绵薄……对于这些旧艺术形式的作家，尤其是那些已经不满于过去的作风，而开始走向新的方向摸

___

6.载《救亡日报》1940年11月5日。

索的人，特别要用友谊的态度来帮助他们，鼓励他们，使他们更进步。

并旗帜鲜明地指出：

因为作风派别不同而先天的用一种嫌恶的态度来对付方才开始走向进步的人，现在似乎已经不是前进的文化工作者应有的事了……在目下这样的国内外情势空前困难的时候，巩固团结应该是每个前进文化工作者的责任……

这篇文章的发表，是对国画艺术形式的一个肯定，也在一定程度上统一了人们对关山月和国画创作的认识，巩固了桂林美术界的团结。

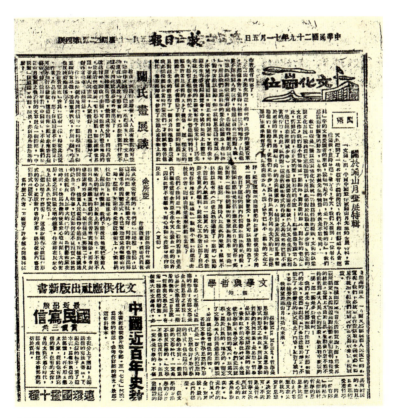

◎《关于关山月画展特辑》，载《救亡日报》1940年11月5日

除了上述对关山月画展充分肯定或反对、否定两种截然相反的评论，更多的是既肯定其成就，也指出其不足之处，其中有余所亚《关氏画展谈》[7]、刘元《关于关山月先生的画》[8]、吴运瑞《关山月的画》[9]等。如余所亚文中首先肯定：

12

> 关山月的画展，我们不能抹杀他蓄积着前人技术上的智慧，和民族上的若干特色。

接着毫不隐晦地说：

> 但不能不指出他原来严重的旧的生活习惯底残余，而含封建毒素的成分。比如《城市撤退》那张二十多尺的制作，描写人民从轰炸中逃出，以极其飘逸的钓鱼生活作收场，这是如何看不见现实的描写 —— 这是轻蔑了人民伟大的斗争的。……这是说明作者维护旧形式的苦心，摆设新内容的矛盾，终于使新内容为旧形式所压杀了。

最后衷心"期望于关山月成功于未来"。余文这种既有肯定又不吝批评，字里行间充满诚意的态度，深得夏衍好评，被认为"我们极希望有余所亚先生今天所发表一般的批评，因为批评不妨严格，而心地和态度都要坦白和民主"（夏衍《关于关山月画展特辑》）。值得一提的是，关山月对于余所亚近于严厉的批评，并不反感，而是诚恳接受、改进，两人日后遂成终生的莫逆之交。余所亚虽不利于行，但关山月每次赴京，不论多忙，都必登门拜访他，促膝长谈，成为余所亚家中之常客。据说关老每访必赠国画一幅。余所亚对于老友的进步，欣喜之余，也常撰文祝贺。如四十年后，他又在报上发表《关山月和岭南派》一文说：

7.同注6。

8.载《救亡日报》1940年11月10日。

9.载《广西日报》1940年11月6日。

关山月不仅恪守岭南派成法，在政治上更是拥护反侵略、反剥削，表现了不妥协的民族气节。尤其是在艺术上，不苟同风靡的庸俗作品，划清商品和艺术品的界限，更为可贵。

对关山月其人其画作了很好的总结。

黄新波在1979年所作的《〈关山月画集〉序》中，对当时关老画展的回忆更为具体清晰：

抗日战争时期，山月逃过难，更深痛国土惨遭蹂躏，以国家兴亡、匹夫有责的敌忾心，在澳门创作了一批有关抗战题材的作品，带回内地，希望参加抗日救亡宣传活动。他先是在韶关租了一个会场展览他的作品，刚展出，便被敌机炸毁一角。后来，他辗转来到桂林找我们，我们对他十分欢迎，动员中华全国木刻界抗敌协会驻桂林办事处的几位画家，帮他布置展览，我自己就曾为他的画展担梯挂画。《从城市撤退》《中山难民》，就是那个时候展出的作品中的两幅。关于这些画，我当时曾在《救亡日报》上写过文章予以评介。记得当时我在肯定他的创作活动的同时，也指出过他的不足之处。我说暴露日寇的罪行和反映人民的苦难，当然是可以的。但是，没有利用他的作品唤起人民群众的斗志和鼓舞他们的胜利信心，则不能不说是一个缺陷。抗日战争，使山月看到一些问题，激发起他的一股爱国心，但是由于他曾一度为失败主义思潮所影响，对抗战前景信心不足。反映在他的作品上面，是消极方面的现象过于突出了。[10]

1941年12月27日，关山月和妻子李小平一起离开了桂林，绕道西南、西北，沿途写生、创作。他历尽艰辛，抵达敦煌，专心临摹和研究古代壁画，学习我国古代传统绘画艺术。他所临摹的那套敦煌壁画在重庆展出时，美国新闻处愿出高价购买，关山月虽然生活贫困，却终未割爱。郭沫若也予

10.《关山月画集》，广东人民出版社，1979。

◎关山月与夫人李小平，1942年

以极高评价，在其《题关山月画》一文中写道：

> 塞上风沙极目黄，骆驼天际阵成行。铃声道尽人间味，胜彼名山着佛堂。……画道革新当破雅，民间形式贵求真。境非真处有为幻，俗到家时自入神。关君山月，有志于画道革新，侧重画材，酌把民间生活，而一以写生之法出之，成绩斐然。……屡游西北，于边疆生活多所研究，纯以写生之法出之，力破陋习，国画之曙光，吾于此为见之。[11]

关山月备受鼓舞，更加努力实施其"行万里路计划"。

历史的印证

由于研究桂林抗战文化史，我查阅到关山月先生抗战期间在桂林的不少活动资料，十分敬佩那时年方二十七八的关先生对国画革新的魄力和成就，渴望有机会登门求教，并核实有关传闻。1983年12月中旬，我先通过广西人民出版社去函，希望能得到他的支持。很快便收到他的复信，他很高兴并简要介绍他当年在桂林的创作情况。信曰：

广西人民出版社编辑部：

来信得悉，贵社拟出版《抗战时期桂林文化运动资料丛书》，很高兴。

我是1940年从澳门经香港偷渡沙鱼涌敌伪封锁线回到韶关转桂林的，在桂林乐群社曾举行过抗战画展，同年又举行了一次（在八桂厅）桂林写生画展，主要展出长卷《漓江百里图》。四一年又举行过西南（黔、川、滇）各地写生画展。然后离开桂林到西北。在桂期间美术活动很多，可惜日久记忆不清，且写东西感到很吃力，未能依命应征，请见谅！

至于作品《漓江百里图》当可考虑采用，因手头没有现成的复制品，也无法寄上（因画幅过长不易拍摄），广东岭南美术出版社曾将此图编印在画集里，如认为可用，可否直接与岭南出版（社）联系？向他们借用该画底片或复制品备用如何。匆匆奉复，致

敬礼！

我大受鼓舞，遂于翌年8月专程赴穗，在黄新波夫人章道非的指引下，一起到广州美院拜访关先生并受到了他和爱女关怡的热情接待。

关于"行万里路计划"，关先生感慨满怀地说：

我开始并没有此具体计划。当年，1940年夏秋之交，我冒险离开澳门，怀着满腔爱国热忱辗转来到韶关，想随部队奔赴前线写生，反映将士英勇杀敌，鼓励士气，但却被国民党军方拒绝，愤而萌生"行万里路计划"，到全国各地写生。目的有二：一是表现祖国大好河山不容侵犯，二是为了艺术的创新。

关于长卷《漓江百里图》，他意味深长地回顾：

是年秋我从韶关到了桂林，得阮退之推荐，认识李焰生，经其介绍，住进七星公寓旧房子，家具十分简陋，只有一张二尺多长、一尺多宽的小桌子，勉强可以画些小品之类，根本无法展开画大幅。我欠房东钱，他帮我担保，后又被邀住进其家。幸得可以在其家厅中的八仙桌上作画，而作长卷则只好蹲或趴在地下屈就。我日夜不停，苦战了近两月，终于完成《漓江百里图》。我将其放在桂林的第一次画展中展出。画展结束，我把小幅画出卖，权作生活费。但此长卷则随身携带。1942年在四川乐山展出时，武汉大学教授吴其昌先生观后扶病题跋。1980年我请荣宝斋张贵桐老师傅将长卷和题跋精裱，合二而一，永存纪念。

可见关老对此长卷之珍爱！而提到在桂林第一次画展时受到某些人的反对、否定，关老则轻描淡写地说：

确有其事，当时沈同衡、廖冰兄等就曾反对、否定过我。我不想多说，如有机会，你可找余所亚、盛此君、陈此生等人询问。

83·1·24
艺

广东画院

广西人民出版社编辑部：

来信收悉，贵社将以出版《抗战时期桂林文化运动资料丛书》甚为欣喜。

我是1940年从澳门经身港偷渡回到鱼涌，做偷封锁线，回到韶关转桂林的，在桂林曾举办过抗战画展。四一年又举办了一次（在八桂厅）桂林写生画展，该展出表走《铁石筑成图》，四一年又举办过西南（黔川滇）各地写生画展，然后离开桂林到西北。在桂期间美术活动很多，可惜日久记忆不清，且多数在西南川滇地方，未能依……匆忙之征，不胜欠疚！

关于作品如～～～《铁石筑成图》由于素愿未用，用手头没有现成的复制版，也无法寄上。（因画幅太长不易翻拍）广东岭南美术出版社若将此图编印去画集，如认为可用，可及直接与岭南出版联系，如他们借用该画底片或复制胶卷用始初，每么复路。

敬礼

芸山 十二廿一日

©关山月信

我曾先后访问过廖冰兄、沈同衡、余所亚和黄新波后人，顺便提及此事，他们都未曾否认有过此事，但缘由却略有不同。廖冰兄是个心直口快者，他笑哈哈地说："都陈年老账啦，提它干啥？你没提起，我早都把它抛在天边！"他似乎不愿多说。经我再问，他便答道：

18

长期以来，坊间都在传说抗战时期我曾反对过关山月的画展。其实这是讹传。我当时已于关老画展前二三个月便离桂赴渝，来不及帮其筹展，更没见过其画展，何来反对？倒是有听讲那时他从香港转道来桂林办展，大家都很高兴，新波、所亚等马上帮他布展、发请帖，忙前跑后，乐此不疲。但后来听讲广西的头

◎关山月为作者的《抗战时期桂林美术运动》题词

头都给他捧场。不晓得他初来乍到，为什么会有如此派头，一时看不惯，便发了点牢骚，有的罢手不愿再帮他。

后来，我查阅了《给世界擦把脸——廖冰兄画传》[12]，也确证此说。该书第57页中写道"冰兄则是1940年7月离开桂林到四川，应聘于战时干部训练团美术训练班任教"。最近，我与黄新波后人在一次闲谈中也证实新波先生生前确也有过如是说法。

至于著名漫画家沈同衡，他也并不回避我的提问，他说：

> 当年我的确反对过关山月的画展，主要是看不惯画展的某些做法和过高评价。具体过程和内容等复印当年我写的文章给你看看，我在此不想重复。

一周后，我终于收到沈老署名"毅云"的《我看〈关山月画展〉》[13]，细读之余，窃以为所论似稍有意气用事，或者出于误解。

---

12. 张红苗、廖陵儿：《给世界擦把脸 —— 廖冰兄画传》，花城出版社，2002。

13. 载《力报》（桂林）1940年12月8日。

◎关山月

关山月（1912—2000），原名关泽霈，笔名子云。广东阳江人。自幼酷爱绘画，1928年考入阳江县立师范学校读初中，假期为亲友祖先画炭像，代父还债。1930年，考入免收学费的广州市立师范学校学习，毕业后在广州小学任教，业余坚持学画。1935年，进高剑父创办的春睡画院，成为高剑父的入室弟子，并改名为关山月。抗战全面爆发后随师逃难澳门，住在普济禅院里画抗战宣传画。1939年秋，在澳门、香港等地举办抗战画展，香港《大公报》《星岛日报》《今日中国》画报等报刊纷纷发表其画展特刊或刊登其画作。1940年秋，从澳门穿过敌人的封锁线，到韶关举办抗战画展，后因去战地写生的愿望落空，便经衡阳辗转到桂林，实践其"行万里路计划"。

尹瘦石

宜兴并代两神工，石瘦鸿悲意境同。
何必请缨投彩笔，广收图籍写双忠。
宋末明残一例哀，何妨历史找题材。
摆尾摇头人几辈，尽从禹鼎铸将来。
——田汉为尹瘦石贺诗

何妨历史找题材

　　尹瘦石在桂林整整四年时间，为桂林抗战文化运动"推波助澜"，颇多建树，尤其在画坛上更堪称冉冉升起的一颗新星。他在广西省立艺术馆美术部的主要工作是配合抗战进行美术创作，并在十字街广场口搞了一个大型壁报，以宣传画和漫画为主，每周一期，诗配画，图文并茂，生动活泼，深受欢迎。此外，还搞些研究和创作，举办个人画展。他很重视写生，尤钟情桂林山水民俗，常到周边写生。1941年又专程赴阳朔写生。1942年1月下旬，在桂林乐群社举办画展，展出在桂林、阳朔两地写生国画和人物画共50幅。其中《爷从军去》《老游击队战士》《防空洞》《盲群》《学步》《明日》等颇引人注目，被誉为"笔力雄浑，光色和谐，题材并富教育性"。《学步》一画，画的是一个农民收工回来，他的老婆扶着孩子出来接他，他伸手去抱这个孩子的场面，富有生活气息。田汉看了特给这张画马上题了诗，遗憾的是这张画早已丢失了。

　　1944年4月17日，尹瘦石又举行第二次个人画展，地点在新盖的艺术馆展览厅，展出作品70多幅，连展三天。有《伯夷叔齐》《屈原像》《瞿张二公殉国史画》《文天祥正气歌》《郑成功》等。展览会开幕时，李济深、柳亚子、田汉等要人均拨冗出席。与上次不同的是历史人物的题材增多了。《瞿张二公殉国史画》是根据田汉写的剧本《双忠记》[1]内容画的，共14幅。画好后，尹瘦石把底稿送给田汉提意见。田汉看了很高兴，在每一张底稿上题了字。其后他又根据底稿按原来的设计重画了一套，请李济深题名《瞿张二公殉国史画》，柳亚子写了一首诗，朱荫龙题了字。这套史画保存至今，惜底稿不见了。

尊敬前辈，谦虚好学，使年轻的尹瘦石人脉甚佳，他在桂林先后结识了柳亚子、熊佛西、徐悲鸿、田汉、朱荫龙等众多名家，受益颇多。有一个时期，他和戏剧家熊佛西、叶子一同住在崇善路北段的"榴园"，这里是文人

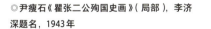

◎尹瘦石《瞿张二公殉国史画》（局部），李济深题名，1943年

◎尹瘦石《屈原像》，1944年

1.写南明大臣瞿式耜、张同敞抗清的英勇事迹。

诗友聚会的地方。1942年柳亚子从香港来到桂林，也成了榴园的常客，并与尹瘦石结为忘年交。柳亚子则以颇为自负的诗句"忘年尔我早齐名，宜兴尹与吴江柳"记下了他们之间的这种笃意深情。在柳亚子的影响下，尹瘦石也开始对历史感兴趣，创作了《瞿张二公殉国史画》，以及郑成功、文天祥、史可法等一类历史人物题材的画卷，以我国历史上民族英雄可歌可泣、英勇捐躯的动人事迹来激励国人抗战到底。田汉由此赞叹。1944年1月7日适逢尹瘦石26岁生日，田汉特题诗相贺：

> 宜兴并代两神工，石瘦鸿悲意境同。
>
> 何必请缨投彩笔，广收图籍写双忠。
>
> 宋末明残一例哀，何妨历史找题材。
>
> 摆尾摇头人几辈，尽从禹鼎铸将来。[2]

诗人朱荫龙的评价则是："在那壮健有力的线条上，如火的愤怒，正借着笔透露出来。"[3]这对当年从事国画创作的青年艺术家来说是难能可贵的。

1943年5月28日，是柳亚子57岁寿辰。桂林文化界发起为先生祝寿的集会，与会一百多人。为了纪念这次盛会，尹瘦石在一幅长卷居中处画了柳亚子先生的肖像，在其左右即席速写许多祝寿者的头像，如众星捧月。原来准备画100个人的头像，名为《百寿图》，实际上只画了48人[4]。柳亚子指出，画中不足50人，"曰'百寿'者，溢美之辞，亦颂祷之意也"。[5]这些人多数是"文化城中文化头"（聂绀弩诗句）。加之柳亚子的题诗，相得益彰，难能可贵，颇具历史意义。值得一提的是，何香凝老人因身体不适，没有参加

2.田汉：《赠瘦石二绝》，载《力报》（桂林）1944年4月20日。

3.朱荫龙：《尹瘦石画展先睹记》，载《大公晚报》1944年4月17日。

4.他们是：王小涵、宋云彬、端木蕻良、朱荫龙、叶子、熊佛西、黄宝玿、欧阳予倩、尹瘦石、黄尧、彭燕郊、芦荻、王坪、司马文森、周钢鸣、柳亚子、孙莹、安娥、孟超、陈中岳、季康、郑苏、金端苓、林北丽、谭雪影、曹美成、张英、章曼石、胡和龙、释了如、王羽仪、蒋本菁、陈孝威、朱蕴山、曹慕髡、陈迩冬、李白凤、李紫贵、释巨赞、吴枫、李玉良、范洗人、何香凝、傅彬然，以及柳亚子夫人郑佩宜、女儿柳无垢、外孙光辽与廖仲恺之孙。

5.中国革命博物馆编《柳亚子文集·磨剑室诗词集》（下），上海人民出版社，1985，第1238页。

◎尹瘦石《百寿图》，1943年

这次集会，柳亚子特约尹瘦石到东郊观音山何香凝老人寓所，补画其像。并请大家在各自画像旁签了名，尹瘦石自画像也在其中，后取名《漓江祝嘏图》。尹瘦石对此也十分珍惜，而后在桂林大疏散中，携此卷到了重庆，再到延安，转张家口、内蒙古，直至北京，随身保存到新中国成立后，更弥足珍贵！

尹瘦石擅人物肖像，除《漓江祝嘏图》外，1944年4月5日清明，他与汉民中学诸同学拓游展山，欢聚竟日，先后绘汉民中学24人头像，柳亚子题名为《展山桃李图》，并赋诗一首：

> 阿咸恒语我，极口誉佟君。
>
> 执手一相见，飘然信不群。
>
> 青年盛桃李，绛帐起风云。
>
> 画卷留鸿爪，他时见异军。[6]

6. 中国革命博物馆编《柳亚子文集·磨剑室诗词集》（下），上海人民出版社，1985，第1161页。

尹瘦石在桂除与柳亚子过从甚密外，还与南明史家朱荫龙结下了不解之缘，并满腔热情地为朱荫龙单独画像，像成，朱荫龙特赋诗《宜兴尹瘦石为绘小像，戏缀一绝》，以记其事，诗云：

> 放诞朴愚两得真，尹郎妙手擅传神。
> 何须身后论千载，寂寞天南有此人。[7]

当尹瘦石26岁生日时，朱荫龙特以诗祝贺：

> 妙绝江南笔一支，相逢竞道中兴时。
> 如何染出河山色，却似吾家老画师。[8]

字里行间，不仅道出了彼此的深厚情谊，也表达了朱荫龙对年轻画家尹瘦石艺术成就的高度赞赏。

尹瘦石除了配合抗战需要进行美术创作，开办画展，还积极参加其他活动。如1943年11月9日应广西桂平西山风景区建设委员会和西山龙华寺著名住持巨赞法师之邀，和著名画家刘元一起到西山写生画风景画，拟于次年春举办画展，作为宣传西山风景和筹募建设基金之用[9]。又如1944年夏，衡阳失守，桂林危急，尹瘦石踊跃参加桂林文化界保卫大西南扩大动员抗战宣传周、"国旗献金大游行"等活动。

尹瘦石也是位具有独特个性的画家，为人真诚，深获友人挚爱信任。著名戏剧家熊佛西曾撰短文《我所认识的画家尹瘦石》[10]如下：

> 光阴荏苒，我到桂林来已经两年有半了，在这期间，连编带写，已经

7.魏华龄主编《朱荫龙诗文选》，漓江出版社，1995，第30页。

8.同注7。

9.参见刘元《西山写画记》，载《扫荡报》1943年12月12日—12月19日。详见本书"刘元"篇。

10.载《力报》（桂林）1944年4月18日。

完成二百多万字。朋友、画家尹瘦石就是其中的一个。

瘦石的画，评论的人已经很多了，我不想附骥。现在，却要谈谈他的为人。他在榴园住了一年多，朝夕相聚，因而彼此相知也比较较深。

他作画极勤。每晨起床极早。起来就画，几乎天天如此。画时非常专心。有一次小涵叶都出门了，我也要出去买菜，瘦石正埋头在西窗作画，我临行时叫他留心大门，他口里虽然答应着，而精神都集中在他的画上。事后检查他放在对面房里的西装却不翼而飞。发觉之后，他还不肯告诉我，怕我骂他糊涂。——由此足见他作画认真专一的态度。

不仅如此，他作任何画在未画之前，他必须对于他要画的对象多方研究，尽量搜集有关的材料加以考证。他画的屈原、文天祥的正气歌、郑成功、伯夷叔齐、张瞿二公殉国图，在下笔之前，他都经过这样的精密的研究与考证才动笔。他画的松树也是从写生而成的。他还喜欢文艺书籍，对于掌故也有浓厚的兴趣。

他最爱整洁，书桌上永远是整理的（得）干干净净，物各有所，故[11]事也井井有条，非常细心。这与时下一般以紊乱而自得的艺术家迥然不同。

他喜爱饮酒，但不善饮水。他可以饮二三斤"三花"而不醉。要他喝水，就如强迫他吃药。他见了酒，就如苍蝇见了腐肉！他并不要佳肴佐饮，只要有一两牛肉干、两块豆腐干就行。因为爱饮又善饮，他自请柳亚子先生题了"酒徒画丐"的横披挂在他的书房里，他以此而自豪。

他为朋友服务的精神，尤使朋友们敬佩。无论他怎样疲乏或忙碌，假如有事要他去帮忙或跑腿，他从不拒绝。这是他最逗人爱的原因之一。虽然他自己很穷，但他时常接济他人而无怨言。可是瘦石也相当的意气，谁要骂了他的朋友，他必须抱而抗辩，不管有理无理。

像瘦石这样的一个朋友，我不仅爱他的画，我更爱他的为人。

---

11. 应为"做"。

◎ 左起依次为端木蕻良、柳亚子、尹瘦石、李白凤，桂林，1944年4月

◎ 尹瘦石画展，右立者为尹瘦石，桂林，1942年

◎ 柳亚子（左）、尹瘦石（右），桂林，1944年

忘年尔我早齐名

　　尹瘦石和柳亚子同为江苏老乡，前者生于1919年，后者生于1887年，相差32岁。尹瘦石于1940年9月1日经由湖南到达桂林，柳亚子则于1942年6月7日因香港沦陷经广东脱险抵桂林。"同是天涯沦落人，相逢何必曾相识"，在桂林，他俩一见如故。尹瘦石敬重柳亚子高尚的人格和精湛的诗才，柳亚子喜爱尹瘦石的聪慧好学和人物画风。

　　柳亚子系老同盟会会员，清末革命文学团体——南社的领导者，民革（全称为中国国民党革命委员会）的创始人之一，是我国近现代史上有影响力的革命者，爱憎分明，铁骨铮铮，刚直不阿，"敢怒、敢骂、敢笑、敢哭"，也是研究南明史的专家。尹瘦石对他景仰已久，当他抵达桂林之日，便前往恭迎，并为他绘像。柳亚子即席题诗："阳羡溪山君入画，吴江风雨我惊魂。如何异地同飘泊，握手漓江认酒痕。"之后，尹瘦石又多次为柳亚子画像，如同年9月，读了郭沫若的剧本《屈原》后激动不已，便以柳亚子为模特绘了屈原画像。柳亚子题诗曰："张楚亡秦计已讹，骚经一卷自嵯峨。水深浪阔蛟龙怒，未敢题诗赠汨罗。"而后郭沫若在《今屈原》一文中写道：

　　　　画家尹瘦石君曾经以亚子先生为模特儿，画过一张屈原像，这是把对象找得太好了。"佩长剑之陆离"者，是屈原，也是亚子。亚子，今之屈原；屈原，古之亚子也。

田汉也赋诗《题尹瘦石作屈子像》曰：

> 淡淡山容渺渺波，春风吹堕泪痕多。
>
> 天涯我亦行吟者，却喜旌旗渡汨罗。

翌年5月，尹瘦石出席桂林文化界庆祝柳亚子57岁寿辰的集会，即席画了一幅长卷《百寿图》，表示祝福柳亚子长寿百岁。各人的画像栩栩如生，配上柳亚子的题诗，相得益彰，弥足珍贵。诗曰：

> 画笔淋漓染赫蹄，始安两载证鸿泥。
>
> 纷纭漫笑头颅贱，标榜还嫌姓氏低。
>
> 应有虹光冲斗极，难忘杜妹更梁妻。
>
> 班生九等分人表，青史他年任品题。
>
> 一姥南天告幸存，儿郎薪胆泰和尊。
>
> 修蛾未绘颐渊女，乳虎欣看仲恺孙。
>
> 白马湖头新涕泪，黄花岗畔旧精魂。
>
> 似闻黔蜀长征远，负我鸱夷怨酒樽。[12]

1944年秋，桂林沦陷前夕，尹瘦石和柳亚子被迫撤往重庆，尹瘦石继续为柳亚子画像。如1945年8月15日，日本宣布无条件投降，当月28日毛泽东飞抵重庆同蒋介石进行谈判，尹瘦石出于对革命领袖、民主斗士的崇敬和仰慕，特地为毛泽东和沈钧儒画了像，并为柳亚子画像。柳亚子对毛泽东的到来兴奋莫名，对自己这幅画像也很满意，便立即挥毫题诗：

> 五十九年吾未死，杨麽镜里好头颅。
>
> 霸才无主陈琳老，竖子成名阮籍吁。
>
> 苇箧龙文新宝剑，蜡丸鲛帕旧阴符。

12.中国革命博物馆编《柳亚子文集·磨剑室诗词集》（下），上海人民出版社，1985，第1237—1238页。

天图地碣堂皇在，振臂中原会一呼。[13]

　　这首诗抒发了他对十四年艰苦抗战夺取胜利的慷慨之情，表达了对中国民族解放事业必胜的信心。

　　国画如何反映抗战题材，曾在桂林画坛引起过热烈的讨论，也出现过不同的表现手法和画风，除了直接描绘人们的苦难生活和抗战场面之外，还有的以山水画为主，热情讴歌祖国的大好河山，唤起人们的爱国情操，也有的以古今爱国志士画像为样，激发抗战救国斗志。前者有关山月，后者是尹瘦石，成就卓著，引人瞩目。尤其是尹瘦石的画配上柳亚子的诗，诗情画意，珠联璧合。柳亚子不单为自己的画像题诗，还为尹瘦石的其他人物画配诗，如《瞿张二公殉国史画》《史可法督师扬州图》《郑成功海师大举规复留都图》等，特别是为尹瘦石画的毛泽东像题诗：

恩马堂堂斯列健，人间又见此头颅。
龙翔凤翥君堪喜，骥附骖随我敢吁。
岳峙渊渟真磊落，天心民意要同符。
双江会合巴渝地，听取欢虞万众呼。[14]

　　更是画龙点睛，震撼人心，堪称佳作。

　　"同声相应，同气相求"，尹瘦石同柳亚子的友谊与日俱增，柳亚子愈来愈喜欢尹瘦石的画，多次提到"最喜宜兴尹画师"，"崛起西南撑一帜"，"尹郎年少笔能遒，高会灵山集众流"。其《尹瘦石的画和人》[15]一文中，更清楚地写道：

　　　他的画，仕女、花卉、山水、竹石，无一不能，也无一不有特色；我

13.中国革命博物馆编《柳亚子文集·磨剑室诗词集》（下），上海人民出版社，1985，第1314页。

14.中国革命博物馆编《柳亚子文集·磨剑室诗词集》（下），上海人民出版社，1985，第1338页。

15.宜兴市政协学习文史委员会编《著名书画家尹瘦石》，1999，第220页。

看起来，最欢喜的，还是他的历史画……历史画中间，我最喜欢的可说是伯夷、叔齐和屈原，还有延平王海师大举规复留都图，还有南明瞿张二公殉国史画，这些和我有密切关系。伯夷、叔齐，他说模特儿都是鲁迅先生……我是最崇拜鲁迅先生的人，现在这画以鲁迅先生为模特儿，对我自然是非常高兴的了……瘦石既然说把我来做屈原的模特儿，那当然更是光荣之至……

由此可见，柳亚子喜欢尹瘦石的画，首先是心有灵犀一点通，尤爱欣赏尹瘦石画中所表现的爱国精神。

诚然，爱屋及乌，柳亚子喜欢尹瘦石的画，也同柳亚子喜欢尹瘦石的为人品格不无关系。尹瘦石为人诚挚正直，乐于助人，因此他的朋友很多，遍布文化艺术界。如与剧坛三巨头田汉、欧阳予倩、熊佛西，美术大师徐悲鸿、李铁夫，作家诗人周钢鸣、宋云彬、陈迩冬、孟超、端木蕻良等，乃至政界人士李济深，皆过从甚密，感情融洽。柳亚子不无感触地说：

> 讲到瘦石的为人，照我品评，可以说是"忠诚"和"正直"，还有"机警"的集合体，在朋友中间，是很难得到的。他替朋友出力，从来不厌麻烦，举一个例，前年[16]我的母亲在苏州外家逝世，桂林文化界同人要举行公祭，瘦石正在很远的桂平西山写生游玩，熊佛西把他一封快信就叫了回来，到公祭那天，画遗容，写大字，写秩序单，布置祭堂，招待宾客，他一个人做了几个人的事情……

在桂林期间，尹瘦石和柳亚子还合作过其他不少的诗画。如1942年8月，尹瘦石画《奔涛图》，柳亚子题诗曰：

> 激浪奔涛趁好风，混茫灏气荡心胸。

---

16. 即1943年。

忘机鸥鸟休轻下，恐有人间石季龙。[17]

表达其抗战救国的奔腾激荡心情。1942年1月，萧红在港病逝后，端木蕻良从香港辗转来到桂林，有了较为安定的住所和书房，遂命名"梅影楼"，尹瘦石为其画像，柳亚子题诗：

> 红梅花下立，袖手独沉思。
> 寥廓家何在？艰危梦岂知。
> 龙文双宝剑，蚕尾一囊诗，
> 誓愿收乡国，辽东马正肥。[18]

端木深受感动，时隔数十年后，他在《我的书可受了委屈》一文中，意味深长地旧事重提，并说："萧红病逝，我辗转来到桂林，住了有三开间的楼上，便以'梅影楼'命名。尹瘦石曾为我画像，柳亚子先生题诗一首……在桂林沦陷前夕，我带病捡出一些需要的书和手稿，用几个大邮袋装好，投邮寄往重庆我的老同学处。谁知全部白费，邮袋可能并未出桂林一步，就损失了。"

1943年5月11日，尹瘦石为孙明心绘《碧嶂苍松图》，柳亚子题诗曰：

> 碧嶂苍松故国春，神山灵气往还辰。
> 前尘累我苍凉忆，后起多君鲠直频。
> 斗酒只鸡怀旧社，银涛白马感劳薪。
> 交游臣里黄童美，郑重题诗漓水滽。[19]

同月26日，尹瘦石画《樱都跃马图》，柳亚子特题诗曰：

17.中国革命博物馆编《柳亚子文集·磨剑室诗词集》（下），上海人民出版社，1985，第1005页。

18.中国革命博物馆编《柳亚子文集·磨剑室诗词集》（下），上海人民出版社，1985，第1026页。

19.中国革命博物馆编《柳亚子文集·磨剑室诗词集》（下），上海人民出版社，1985，第1091页。

江户遁亡十六春，画图跃马再来辰。

野心宁比完颜亮，女伴还遗陈小频。

伐罪吊民吾岂梦，旧邦新命孰为薪？

樱花自有红时节，一碣终须补海漘。[20]

抒发其对抗战必胜的信心和对中日人民的传统友谊的怀念。同年6月7日，适逢柳亚子先生抵桂一周年，尹瘦石为柳亚子绘《钟馗像》，柳亚子欣然命笔题诗：

鲸波未逐楚臣游，浮海归来岁一周。

输与南山钟进士，霜锋迟斩恶魔头。[21]

表达诗人决心以钟馗为样，挥动宝剑斩除日寇魔头，迎来抗日战争的最后胜利。1944年1月中旬，李济深将赴渝任职，桂林文化界依依不舍，尹瘦石特画《士雅击揖图》，柳亚子特配诗：

大将旌旗出，残胡走且僵。

中兴非典午，一举殄戎羌。[22]

表达对李济深的赞颂与怀念，抒发了大家的共同心声。1944年4月初，尹瘦石为桂林明靖江王后裔、著名诗人朱荫龙画全身像，朱荫龙题诗。柳亚子为这两位老友的诗画所感动，兴之所至，挥毫题诗两首唱和。

其一：

昂首嘘云意态真，眼中倘见自由神。

卅年我亦轻余子，衣钵犹堪付俊人。

20.中国革命博物馆编《柳亚子文集·磨剑室诗词集》（下），上海人民出版社，1985，第1106页。

21.中国革命博物馆编《柳亚子文集·磨剑室诗词集》（下），上海人民出版社，1985，第1118页。

22.中国革命博物馆编《柳亚子文集·磨剑室诗词集》（下），上海人民出版社，1985，第1135页。

其二：

> 收拾风华作计真，画图依约旧风神。
>
> 名山绝业南明史，椽笔淋漓要此人。[23]

这是我们研究朱荫龙不可多得的历史资料，特被选作《朱荫龙诗文选》一书的封面。

柳诗尹画，越来越受社会所公认，广获好评。1945年9月毛泽东接读柳亚子的赠诗后，特地从延安复函给柳亚子，称"尊诗慨当以慷，卑视陈亮、陆游，读之使人感发兴起"[24]。徐悲鸿在《尹瘦石之画》[25]一文中，则高度评价尹瘦石的人物画，称赞：

> 尹君瘦石，精于绘事，尤工人物界画（在今日为最难能可贵）。凡所兴起，多民族英雄史迹……其为史画，尤精考据……其从事之恩勤，可谓至矣。历年所作，如明末瞿式耜、张同敞二公在桂林殉国史事全部，《正气歌》十四图……《屈原》《郑成功》等贤哲。以其精严生动之笔，摹绘可歌可泣壮烈之史……览其激昂悲壮之形，苟有人心，能无感动也？……尹君所作，所须一一从抱残守缺者手中集凑与选剔，较之写实主义者直接取之于生活之常识，为费力十倍也。

为了欢庆抗战胜利，宣传爱国主义，并答谢社会各界的关爱，1945年10月，即抗战胜利翌月，柳亚子和尹瘦石联合举行别开生面的画展，简称"柳诗尹画展"。柳亚子特地为展览撰写了《我的诗和字》[26]与《尹瘦石的画和人》二文。在前文中，柳亚子谈到了自己学习古诗词的过程，并纵论古今诗

23.中国革命博物馆编《柳亚子文集·磨剑室诗词集》（下），上海人民出版社，1985，第1152页。

24.中国革命博物馆编《柳亚子文集·磨剑室诗词集》（下），上海人民出版社，1985，第1338页。

25.原载《新华日报》（重庆）1945年10月25日。

26.中国人民政治协商会议上海市委员会文史资料工作委员会编《文史资料选辑·1980年第一辑》，上海人民出版社，1980，第72页。

人的成败，高度评价"毛润之的一枝（支）笔，确是开天辟地的神手"。还表明他爱写古诗的缘由：

> 至于旧体诗，我认为是我的政治宣传品，也是我的武器。大刀标枪，果然不及坦克车、飞机的利害，但对于不会使用坦克车、飞机的人，似乎用大刀标枪来奋斗，也不能认为错误吧。我的蔑视旧体诗而仍然要做旧体诗者，其原因就在于此了。

"柳诗尹画展"展出后，轰动整个重庆，成为中国画坛一大盛事。徐悲鸿著文给以很高评价。著名诗人陈迩冬也在《柳诗尹画并谈》[27]一文中开宗明义地将柳诗尹画同世界一流诗画作比较，直抒对柳诗尹画之偏爱：

> 于诗，我喜欢美国惠特曼；于画，我喜欢那法兰西人马谛斯的，也喜欢西班牙人毕卡索的。亚子丈的诗和瘦石兄的画，并没有超过我对这二三个异国人的爱好。但对柳诗和尹画，我是一个最贪婪的读者，时常竟对那诗的一二字追根问底，对那画的一个构图或一条笔触亦然，可以说，这些诗和这些画于我是最熟悉的，因而在启示我，教育我，他（它）们是超过了惠特曼的、马谛斯或毕卡索的。

然后指出：

> 亚子是继杜甫之后的"诗史"。而瘦石的画却又正如田汉先生所说的"惯于历史找题材"，可谓是"史画"了。这次诗画并合展出，多么有意思啊！……如果说柳诗以才华胜，则尹画是以功力胜的。

27.宜兴市政协学习文史委员会编《著名书画家尹瘦石》，1999，第227—228页。

三绝合璧

  尹瘦石除了与柳亚子诗画合璧传佳话，还和不少文学界挚友合作，留下脍炙人口的传世诗画名篇，试以他与聂绀弩、陈迩冬及端木蕻良合作的两幅作品为例。此两幅虽非抗战期间所作，但鉴于尹瘦石同他们都是抗战期间在桂林的好友，从中足证他们的情谊历久弥新，故顺便提及。首幅《萧红早年像》作于20世纪60年代，由尹瘦石画萧红像，聂绀弩题诗、陈迩冬书（见下页图）。此幅的合作经过颇为曲折。聂绀弩同萧军、萧红的友谊深厚，据说二萧于1938年分手时，萧军曾托付聂绀弩代为照顾萧红，但因萧红后来与端木蕻良结婚，双双先后到了武汉、重庆、香港，聂自然不能尽照顾之责。而萧红的早逝，还曾引起他对端木的不满。1964年聂绀弩只身南游，特地到广州银河公墓祭奠萧红，并写下悼诗六首。返京后，聂绀弩将珍藏的萧红早年照片请尹瘦石摹绘。尹瘦石欣然应承，他虽未曾与萧红谋面，但他深知她是鲁迅先生所器重的作家，便以对鲁迅先生的崇敬之情精心描摹，他将画像置于纸的上方正中，披肩散发，刘海齐眉，嘴角微垂，沉静刚毅，目光深邃平视，洞察世事，彰显萧红的性格特征。据说此乃画家得意之作。

  本来，书法独树一帜的聂绀弩应该自己题写诗作，但为了使此作更为完美，他还是请诗书俱佳、潇洒俊逸、颇具文人风度的书法家陈迩冬书写。但见画像右方通上直至整个下方，占画面绝大部分，是陈迩冬所书的聂绀弩六首《吊萧红》。诗曰：

◎尹瘦石画萧红像，聂绀弩题诗，陈迩冬书，1964年，现藏于香港中央图书馆

匍匐名山玉女峰，暮春微雨吊萧红。
遗容不似坟疑错，碑字大书墨尚浓。
生死场粟起时儒，英雄树挺有君风。
西京旧影翩翩正，侧帽单衫冀小蓬。

流亡东北兵戈际，转徙西南炮火中。
天下文章几儿女，一身争战贯初衷。
狼牙噬敌诗心盍，虎胆修书剑气虹。
蒋遁倭降都未见，恨君生死太匆匆。

黄河滚滚怒而东，祖国山川动荡中。
有寇来追千里月，与君横渡八方风。
万倭其奈天生德，一艇轻飞水母宫。
回忆此情犹在眼，如何人说凤台空。
奇才末世例奇穷，小病因循秋复冬。
光线无钱窥紫外，文章憎命到红中。

太平洋战窗轩震，香港人逃碗甑空。

天地古今此遥夜，一星黯落海隅东。

闻近弥留絮语中，一刊期与故人同。

奠偿此酒今何乐，作有奇书世肯容。

浅水湾前沧海浪，五羊城外四山风。

廿年虎吼龙吟处，似以新篇傲我侬。

霓雌不碍以文雄，隽语长思鲁迅翁。

刊物两期同海燕，龙门一品定萧红。

我人宁信魂灵说，叟女终无地下逢。

果尔春来亦何觉，乱搔华发向空蒙。

聂绀弩仅在画像左侧题了三行字：

萧红早年像，

瘦石据照片摹。

迳冬书，绀弩扫墓作。

待装裱时聂绀弩又在画像上方补了一个横条，题诗一首，并附跋语：

与君曾近五千里，乃有斯篇待寄君。画与书诗惟两绝，人同尔我半终

分。友朋情谊何生死，今昔江山迴旧新。大任难胜萧女传，港中高旅最

高文。

慎之[28]见拙作吊萧红诗后，动议我为萧红作传。我思此事慎之自为尤

28.即邵慎之，作家高旅的原名。高旅（1918—1997），江苏常熟人，1940年肄业于北平民国学院经济系。抗
战期间曾在桂林《力报》和《柳州日报》任记者、编辑。1950年应香港《文汇报》社长张稚琴和总编辑聂绀
弩之邀，从青岛赴港医治肺病，并任《文汇报》主笔，后任该报副刊部主任。

佳，因将此轴寄赠，借促命笔。

绀弩于北京

六四年十二月廿日

从聂绀弩最后补诗及其跋语中，可知其原意是觉得高旅为萧红立传"尤佳"，因而将此幅诗书画转送高旅，"借促命笔"。1997年8月，高旅将此幅画像捐给香港市政局图书馆（后建成香港中央图书馆），得以妥善保存，弥足珍贵！

另一幅则是尹瘦石的自画肖像。1989年仲夏夜尹老作过一幅《七十自画像》，此时，半个世纪前同在桂林的老友端木蕻良，曾对门而居，如今又在京城同住一里，对楼灯影可以相招。他见尹老的自画像后，浮想联翩，挥毫题下五言律诗一首，曰：

窗对一石瘦，心怀天下寒，

平生惟耿介，名利吾何干。

共饮桂林水，同醺阳美箽，

挥笔驰骏马，曹霸质刀看。

情真意挚，妙趣横生。

大江茫茫去不还

我对尹瘦石先生景仰久矣，1985年10月15日，曾专程赴京拜访他。恂恂儒雅、神韵高淡的尹老洞彻人事而又不愠不火。他动情地回忆起昔日在桂林的往事，不时翻开他整理好的当年在桂从事抗战文化活动的大事记给我看，还为我提供了当年在桂的生活照。对于如何挖掘、整理、研究桂林抗战文化诸问题，他也提出了重要的意见，特别强调要尊重历史，实事求是，还为我列出了一批当年客桂著名文化人的通信处，以便我进行访问。

自此，我在编写《抗战时期桂林美术运动》一书过程中，常去信向他请教。每次他都耐心教导。如1986年7月初，我曾给尹先生写信请教，他收后即复：

益群同志：

来信收到。编纂《抗战时期桂林美术运动》一书很有意义。来信所提有关我在桂林时期的作品和资料，由于战争年代转辗生活，特别是"文革"十年大都损失。现寄上一九四（按：此处漏写"四"字）年田汉题赠一首诗的手迹照片（用后请寄还），你开列的数项作品资料可向桂林抗战时期文化城陈列馆联系，前几年该馆同志来访拍有照片，底片全在该馆保存。如《漓江祝嘏图卷》（包括题跋诗词）、《屈原像》等。我从未给端木蕻良画过像，曾给桂林朱荫龙画过，画像上茅盾题写诗，此像在其子女处（他的女儿现在桂林某校，教师），至于桂林美协界同仁团聚签名像一点也记不起，《音乐与美术》一刊也未见过，如尚能买得，请代购或复印一份寄下。生活照片早为"小将"毁掉，我可提供你可与中国革命历史博物馆联系，吾几张照片值得搜集：一、柳亚子、熊佛西和我等为纪念苏曼殊在桂林榕湖边合影；二、一九四四年我举行画展时与李济深、柳亚子、李铁夫等合影；三、柳亚子、田汉、阳太阳和我等游览兴安秦堤合影。至于写回忆文字，非常抱歉，一则我所知不多，一则他事缠身，请谅。我现住北京朝外金台西路人民日报宿舍民二楼三〇九号，或寄北京画院均可。即致

编安！

尹瘦石
七月十日

我去信致谢。很快，又喜获尹老来信：

杨益群同志：

来信收到。前复信忘记将田汉手迹照片附入，今寄上，用后请寄还。余所亚[29]住址在北京海淀区昌运宫南五楼文化局宿舍。因去西北和桂林故迟复。即致

近安！

尹瘦石
十月九日

自此，因工作繁忙，又知尹瘦石先生重任在肩，诚恐影响其工作和休息，极少与之联系，但先生仍关心我们的研究工作。

先生忠贞不渝的爱国之心，不懈耕耘的事业追求，儒雅从容的艺术风骨，坦诚无私的处世态度，永远使我们怀念，他永远活在我们心中！

29.参见本书"余所亚"篇。

© 尹瘦石致作者信，1986年7月10日

尹瘦石，1941年摄于桂林

　　尹瘦石（1919—1998），原名尹锦龙，江苏省宜兴市周铁镇人。著名书画家，自幼喜爱绘画，1933年入江苏省立宜兴陶瓷职业学校学习陶艺和书法绘画。抗战全面爆发后，经安徽、江西流亡到武汉。1938年考进了武昌艺术专科学校，此后倾尽全力创作人物画。武汉沦陷后撤退到湖南益阳。1940年9月1日抵桂林，在欧阳予倩主持的广西省立艺术馆美术部任研究员。1944年夏桂林大疏散，他同柳亚子先后离开桂林去重庆。1946年，尹瘦石在周恩来的帮助下到晋察冀边区任华北联合大学文艺学院教员。1947年随内蒙古文工团从事宣传工作，并主编《内蒙古日报》副刊及《内蒙古画报》。1980年4月出任北京画院副院长，后当选为北京市文联副主席、中国美协北京市分会主席。1988年至生前连任中国文联执行副主席。

李铁夫
陈海鹰

◎陈海鹰（左）与恩师李铁夫（右）

故国方遭劫，男儿志未舒。
羞为爱情误，当作铁丈夫。
——李铁夫

羞为爱情误

　　李铁夫原名玉田，号昭龙，1887年到加拿大谋生和学画时曾用名是李玉田。铁夫，是他参加同盟会以后给自己起的名字，说起它的缘由，还有一个很感人的故事。

　　1907年李铁夫到了纽约。他追随孙中山进行反清革命，同时也跟康梁保皇党作斗争。不幸的是，他平生唯一的一次婚恋竟因为牵涉这场政治斗争而夭折了。原来，铁夫热恋过一位华侨少女秋萍，而秋萍的父亲是顽固的保皇党人，坚决反对女儿与革命党人结合。就在铁夫离开纽约到美国南部进行革命活动的时候，他强迫女儿嫁到西部的加州去了。铁夫回来，已经人去楼空，消息杳然。铁夫伤心极了，大病了一场，因此也耽误了一些革命工作。好久以后，因为接到孙中山给他的一项重要任务，才又振作起来，并为前段时间的消沉而愧疚。为此，他做了一首诗：

故国方遭劫，
男儿志未舒。
羞为爱情误，
当作铁丈夫。

　　他在诗稿下面签了"铁夫"二字，据说就是从这时起，他才开始使用

"李铁夫"这个名字，并发誓终身不再和女子接近的。

李铁夫是一位毕生追求民主革命理想的杰出画家。他晚年常与青年朋友说到，他平生只有两个嗜好，一是革命，二是艺术。19世纪末期，李铁夫便随孙中山由加拿大到美国，筹建同盟会纽约分会。1909年12月同盟会纽约分会正式成立，初推周植生为会长，钟性初为书记，后改由孙中山"主盟"，李铁夫为常务书记。李铁夫担任此职六年之久，协助孙中山筹款，增设同盟会十九处。为了宣传革命，他不仅组织演剧和导演电影，组织电影公司，通过文艺宣传革命，同时还变卖自己的油画二百多幅，把卖画所得以及数次艺术奖金捐助革命，支持孙中山进行革命活动。

1925年，被李铁夫尊称为"孙大哥"的孙中山和其艺术导师约翰·萨金特先后去世，李铁夫顿生归意，遂于1930年归国，久居香港。曾于广州、广西、南京、四川、上海等地逗留、游历、展览、创作，备受国内文艺界瞩目。徐悲鸿1935年11月22日从广西刚返抵香港，便在郑健庐（时任中华书局经理）的陪伴下，前往住地土瓜湾拜访李铁夫，彼此倾谈融洽，徐悲鸿赞"其肖像画技巧之高超，只有在西方才能看到"。1937年5月中旬，徐悲鸿在港展出期间，虽然其早年所作西洋人像油画曾受李铁夫的批评，但在离港前仍致函郑子展，言及"为国惜才，大家应善视之"，称赞李铁夫西洋画之成就，并关心其拮据生活，寄港币千元暗托分期资助李铁夫，叮嘱保密。是年10月，邀李铁夫、王少陵由港游桂林。

1941年11月18日，柳亚子于九龙城画室谒李铁夫，李铁夫出示近诗，有"专待春雷惊梦回，一声长啸安天下"句。柳亚子又观看铁夫先生在香港为画家冯钢百先生及留学纽约美术大学时为同学某女郎所绘造像，欣喜之余，特赋诗一首：

> 一声长啸莫群哗，画意诗情美比花。
> 壮士虬髯挥铁笔，美人玉貌胜仙茶。
> 凤栖丹穴贤为宝，龙卧南阳壁是家。
> 倘起鹰扬成薄伐，白旄黄钺定中华。[1]

---

1. 中国革命博物馆编《柳亚子文集·磨剑室诗词集》（下），上海人民出版社，1985，第945—946页。

断头险阻都如梦

"性僻难谐俗，身闲不属尘"是李铁夫自况的对联。他虽然生性孤僻，少与人交往，但性格傲岸，厌恶黑暗腐败官僚政治，对豪门巨贾从不阿谀奉承，永葆艺术家率真、纯朴之风，素为友人所熟知器重。

香港失守后，日军宪兵横行霸道，劫掠、打骂、囚禁、强奸、杀戮无恶不作。对言论、信息实行严厉管制封锁。目睹日寇种种恶行，素来脾气耿介，容不得半点不平的李铁夫，怒火中烧，数次在大街小巷上与日军怒目对视。

大概是李铁夫个性孤僻，少与人交往之故，其名字并未出现在中共秘密大营救800多位文化、民主人士的名单上。虽然他在极其险恶困顿的环境下仍能专心绘画，但朋友却为他的安全担忧。大家获悉，日本在发动东亚侵略战争前夕，便已在各地做了大量的情报搜集工作，对滞港的文化人、文艺家都了如指掌，更何况他这样誉满环宇的画家。而事实上敌人觊觎其画已久，香港沦陷不久，日军便闯入其画室搜掠，抢去其衣物，所幸其画作早已由友人妥善转移秘藏，而他为何明华会督所绘之肖像画则被日军劫去。

日军反复搜查李铁夫住处，衣物被盗光了，他毫不在意，仍坚持创作，并言被偷的只是身外之物，若太在意了那就是连精神意志都被偷了。曾在台山帮助过李铁夫避难的报人黎畅九于1946年便这样回忆道：

香江陷后，为日人所知，将尽取其画以去，幸友人先代藏密，始得无事。日人旦夕搜其居，然不敢以非礼加之。某次，破口大骂日敌，日敌将以枪击之，得其酋止之乃已，然卒不敢加害。

朋友们诚恐日军再来干扰李铁夫，便把他从九龙住处接到香港友人家住，靠朋友的接济和为人画肖像，他在简陋浅窄居室度过了拮据的一年。为防患未然，脱离险境，大家想方设法争取把他送到安全地方。此时广九铁路虽维持有限度的服务，但在港居民如要离境仍需证明，只要稍一不慎身份暴露，李铁夫的安危便难料。为万全计，最后还是众人合力让陈挺秀护送他经澳门回台山避难，先坐走私船偷渡至澳门，辗转石岐，再抵江门，几天后才到达当时的台山县城大湾乡陈家。其间险象环生，惊心动魄。从其诗作可见一二：

感怀（二首）

—— 1942年与友脱险于港往澳门

惊闻离笛满船声，荡桨同仁斗酒倾。

断头险阻都如梦，此日应为隔世情。

世逢奇乱始多奇，宇宙沧桑一局棋。

万生难得几时见，走尽天涯一样支。

李铁夫在台山约十个月的乡居岁月期间，正值台山大旱之年，田地荒芜，饿殍遍野，连盘踞县城的日军也不得不退却转移。烽火连天、满目疮痍的现状又激发其忧国忧民之情，他挥毫写道：

感怀（二首）

—— 1942年

离港途次公益埠静居赵巡官园林亭数月有感

万户伤心遍野花，都人何日更荣华。

凄凉终是空街静，饥饿应无半碗抓。

虚留酒阁禅为宝，尚有巡官伴作家。
极目天边云入晚，对河水口尚未迁。

52　　　　此处公益埠位于台山北部，与开平县的水口仅一河之隔，距李铁夫家乡鹤山也仅30多公里之遥，少小离家，近在咫尺不能回，莫奈之何！眼前又是万户萧疏，十室九空，极目黄昏晚霞，顿生悲愤情愫，叹国难之未已，期大地早日复苏，中华繁荣昌盛。

　　　　李铁夫居台山时，尽管心境郁闷，然仍不忘手中画笔，经常背负画具，到三台名胜作画。因战时物资缺乏，李铁夫对笔、纸进行大胆探索，在宣纸上创作水彩。此时创作的这批水彩画，在李铁夫厚实的书法功底和过硬的素描基础的孕育下，呈现出新的画风。

◎李铁夫"性僻难谐俗，身闲不属尘"联

　　　　是年秋天，李铁夫意外接到远在桂林的李济深发来的邀请函，请他速到桂林相聚。他虽与李济深尚未谋面，但二人向来都厌恶国民党的腐败无能，便仍欣然前往，原因无他，同类相聚、同声相应是也。身为一位坚强的爱国者，他无时不在关注祖国的生死存亡，早在1939年9月24日便与香港画家周公理举办画展义卖，响应广西的征募蚊帐运动，所得全数交由广西银行转征募总会，并且尤敬佩李济深坚决的抗日主张和积极行动，欣赏李济深爱护进步文化人士之善举，且获悉爱徒陈海鹰颇得李济深关爱。此行重赴桂，既能与李济深共商抗日建国大业，又可与爱徒团聚，切磋技艺，一举两得！

　　　　此时，陈海鹰正受李济深夫人周月卿的委托，到柳州主持名家书画展，展出包括吴稚晖、于右任、林森、陈立夫、齐白石、徐悲鸿、马万里等名家作品，为桂林博爱托儿所筹募经费。李济深也特地赶到柳州，和陈海鹰一起临江迎接李铁夫莅桂。

◎李铁夫（右）、余本（左）、王少陵（中）1937年游桂林

◎李铁夫（右）、余本（中）、王少陵（左）1937年应徐悲鸿之邀于桂林写生

师徒铁丈夫

1942年10月在陈海鹰的陪伴下，李铁夫抵达桂林，李济深安排两人住进国民政府军事委员会桂林办公厅招待所，除了在生活上给予诸多照顾，也在创作和抗战宣传上提供方便。李铁夫虽已年过古稀，但"还没有向艺术之宫告假乞休，他仍潜心为艺术而努力，这种不以个人享受而艰苦工作的，在近代画家中何尝多见"，在生活上则一如既往那么艰苦朴素：

> 在偶然的场合中，看到了李铁夫先生：一件旧西装，歪斜的领带，花白的头发和胡须，脸上老是笑眯眯的，看上去不像已七十几岁的老先生，再衬上一副眼镜，穿得不大整齐的衬衣，便会想到这是一位寓公，或者是一个流浪者，你哪里能知道就是名震寰宇的老画师李铁夫先生呢！[2]

李铁夫还常和陈海鹰切磋画技，陈海鹰庆幸能再次面对面聆听导师的指教，对此十分珍惜，尤其是导师高尚的言行举止，更是铭记在心，见贤思齐。陈海鹰曾对笔者谈及：

> 因我曾为广西银行总经理、银行家黄钟岳画过肖像，钟很满意。众人

2.庆燕：《画家李铁夫》，原载《大公报》1944年4月。

又获悉导师为李济深画过很传神的肖像，故争相想请我师徒俩画肖像。有一次，黄钟岳设局宴请我俩，想介绍，让广西金融界、工商界要员认识我们。导师懂得了他们的意图之后，拒不赴宴。其时我感到不解和遗憾。过后他情深意切对我说："为生活或人情回报而写的应酬画，无可厚非，但应适可而已。画多了，有违一个艺术工作者的初衷！搞不好，这些作品就会成为商业画。"

陈海鹰事后仔细琢磨恩师的教导，醍醐灌顶，逐渐把它打造成精神灯塔，指引着自己在灵与俗的抉择中保持一个文艺工作者的初心，更好地潜心创作。即使轰炸警报随时响起，经常陪导师进入防空洞躲避敌机轰炸的间隙，他也不敢怠忽，总是随身携带纸笔，抓紧每段随师学艺的宝贵光阴。

陈海鹰创作时，也常获导师的悉心指点。某日，诗人柳亚子到访，见陈海鹰正在作画，李铁夫在旁指点一番以后，遂于画上题词鼓励。柳亚子为师徒间的深情所感，诗兴大发，也即席题诗于画上：

> 海鹰画本铁翁书，衣钵人间那复如。
> 不画神龙画虾子，庄生齐物岂颛愚。
>
> ——题海鹰画虾，铁夫先生先有跋语，六月六日作[3]

时任国民政府军事参议院院长的李济深先生，在1944年3月举行的桂林美术节纪念大会上，对全桂林美术工作者训话中特别提道：

> 从事艺术的同志们，你们从事艺术，要学李铁夫先生，他才配做你们的榜样，你们的模范。他将艺术与人生融和成一片了。不知道什么叫做功名利禄，什么叫做交际应酬。他终生孜孜为艺术而奋斗，没有功夫应酬，开展览会，连娶妻都认为是艺术家人生中多余的事，所以，他终生不娶妻![4]

---

3. 中国革命博物馆编《柳亚子文集·磨剑室诗词集》（下），上海人民出版社，1985，第1234页。

4. 同注2。

李铁夫归国后，本拟创作一组大型的《辛亥革命历史画》和一套《黄花岗七十二烈士》肖像画，还打算在南方建一所"东亚美术学院"，但由于国内局势动荡，风雨飘摇，最终都无法实现。1943年元旦，他在桂林写下《民国卅二年元旦》，诗曰：

（一）

风云惨淡思悠悠，愁绪撩人不自由。

七尺浮萍如落絮，十年浪迹等闲鸥。

山河栅落兴亡感，天地昏沉杀伐秋。

举目已无干净土，披衿慷慨弄吴钩。

（二）

漓园欢宴腊灯红，预祝仇雠崩溃终。

莫道庸愚无敌忾，裹尸马革实英雄。

诗中显出他惨淡心理和壮志未酬的感叹。

1944年4月7日，陈海鹰拟在桂林举办第三次画展，宣传抗战，鼓励军民保卫大西南，并向观众汇报其近期在恩师口传身授下的创作状况。恩师获悉其打算后，不仅大力支持，还拿出其在桂的四幅新作参展。展出作品有国画、油画和水彩画等。其时，国民政府军委会桂林办公厅已被蒋介石撤销，蒋介石要另调李济深到重庆担任位高无权的军事参议院院长，而李济深坚辞不就，仍留在桂林不遗余力地参加抗日救亡运动。当他知道李铁夫、陈海鹰将举办师徒画展时，便题写"李铁夫师生画展"，并与张继、孙科、邵力子、陈立夫等20位名流为李铁夫、陈海鹰师徒画展推介、捧场。

1944年6月19日，长沙失守。23日，日寇进犯衡阳，形势严峻。其间，桂林举行声势浩大的"桂林文化界扩大动员抗战宣传周"和"国旗献金大游行"等活动，动员、募捐，支持抗战。李铁夫、陈海鹰也积极参与宣传周美术日的"美术界大游行"，义卖画作。

就在李济深积极组织、推动桂林文化界的抗日宣传活动之际，蒋介石第三次电催李济深赴重庆就任国民政府军事参议院院长。李济深在桂林八桂厅召开秘密会议，李任仁、陈劭先、陈此生、梁漱溟、万仲文、甘乃光等与会，共商对策。会议决定李济深以养病为由，先返老家苍梧县组建抗日武装队伍，发动民众，守住桂东南，积蓄力量，坚持抗日反蒋到底。

是年6月底，按照李济深的建议与安排，陈海鹰陪护李铁夫和部分桂林文化人一起撤退到桂东南贺县八步。一路崎岖难行，遇敌机狂轰滥炸，遭山匪路霸劫掠，钻山洞，住农舍，险情不减当年李铁夫逃离港九。

李铁夫被妥善安顿，和多位文化人一起生活。8月初，陈海鹰前往桂平县，探望在当地任教的好友汪澄及抗日爱国的巨赞法师。在县长朱蕴章的盛邀下，于新建的太平天国纪念堂图书馆举办画展。在宣传抗战之余，为响应和支援前线劳军，他破例在现场义绘人像。鉴于此举在当地从未有过，求绘者众，他把收入的一半捐出。

是年11月，桂林、柳州相继失守，李济深回到老家苍梧县大坡料神村开展抗战活动，此时日军已占据梧州和苍梧部分地区，日军驻地离李家仅40公里，但他毫无惧色，立即组建抗日自卫队，并派人到贺县八步等地，邀请李民欣、胡希明、陈残云、李铁夫、曾昭林、黄宁婴等文化人，

◎《山雨欲来风满楼》，陈海鹰画，
李铁夫题字，1944年

协助开展抗日活动，陈海鹰也陪师前往，住在李济深大宅里。陈海鹰觉得大宅人多拥挤，又想到恩师在此处居住多获李济深照顾，相对安全，自己不便再继续追随，便阔别恩师返回江门外海老家，此别又经年。

李济深利用家里电台，保持与延安的密切联系，收听电讯，并将抗战讯息油印成小报广泛散发。李铁夫经常为小报作抗战画，关注抗战局势，阅读报刊和来自延安的战况资讯，自诩"不辨风尘色，安知天地心"，对抗战充满必胜信心。

在跟随李济深抗战活动的日子里，李铁夫并非安逸无事，而是常面临敌伪的干扰，辗转迁移。陈海鹰曾言：

日寇兵临苍梧时，曾派汉奸前来李济深住宅诱降，许以高官厚禄。李济深断言不与仇敌为伍，誓死夺取抗战胜利。赶走说客之后，李济深顿觉家宅不宜留守，便率众避入山林中。李铁夫也毅然随行，并挥毫写下"昂藏自有林壑志，饮啄暂随尘中缘"。

事后李铁夫创作了《临水雄鹰》《临岸虎姿》等名画，抒发其抗战到底的雄心壮志。而身在家乡的陈海鹰，心念恩师，尤时刻不忘其谆谆教导，在宣传抗日之余，深入生活写生，苦练基本功，一年间收获颇丰。

◎陈海鹰画虾，何香凝补柳并题，1944年于桂林

◎李济深题"李铁夫师生画展"，1944年4月7日

58

鹰击港粤

陈海鹰生于香港，除6—12岁在家乡新会（今属江门）读书外，余皆在香港度过。自小酷爱绘画，聪慧过人，甚得长辈喜欢。虽身处殖民统治的环境，却有着强烈的家国情怀，尤其是17岁拜李铁夫为师后，在恩师的言传身教之下，不仅技艺长进，爱国思想也日益升华。

日本侵华，激发其无比义愤、满腔热情地声援祖国伟大的抗日斗争。他曾告诉笔者：早在1931年"九一八"事变发生，日本侵吞东北时，有关抗战报刊和《炮兵学》《军事学》《救护学》等书便应运而生，遍布香港满街书报摊。年方十四的他，曾萌发过当炮兵、开军车，以身报国的念头。至19岁时，血气方刚，便全身心投入了香港青年救国运动中。与后来成为东江纵队骨干分子的杨子江创立了"香港中山同乡会"，主旨为服务抗战，以组织回乡慰问团、前线视察团，参与救济伤兵难民和募捐募集药品等为主要工作。杨子江任首届会长，他为副会长。1940年改选他任该会会长，即确定了多项工作提案，选派他率团回内地考察，并向各战区长官献旗致敬，同各抗日青年团体加强联系，建立全国抗日青年运动通讯网等。

1937年为了宣传绥远抗日战役的胜利，他勇排港英当局干扰，绘制了巨幅宣传画，高悬在普庆戏院门外的"援助绥远游艺赈灾大会"上。

1938年4月山东台儿庄大捷，歼灭了日军一批有生力量，坚定了全国军民坚持抗战的信心。陈海鹰从画报上看到了李宗仁战后站在台儿庄车站拍的一张雄姿英发的戎装照，压制不住自己要为战斗英雄写照的创作冲动，在李铁夫的鼓励和指导下，遂于1939年创作了李宗仁威风凛凛的油画肖像，表达对抗战英雄的致敬之情。有学者以此画背景为硝烟弥漫的抗日战场为由，认为这幅李宗仁像是临自报上刊登的那张照片，但我以为不然：一是战时书刊图片印刷不清晰，我看过此照，并不大，难以临摹；二是若未近观李宗仁本人，肯定不能把其画得如此栩栩如生，形神兼备。

台儿庄大捷不久，李宗仁夫人郭德洁到香港募捐抗日军士寒衣。陈海鹰热情响应，在李铁夫的鼓励下，用多年积累下来的一百五十多幅佳作在香港举行义展，所得之款全部捐给抗日勇士，得到了郭德洁和李宗仁的称赞。李宗仁还于1940年冬邀请他到桂林参加抗日文化宣传工作。

1938年10月12日，日军的铁蹄踏进大亚湾海岸，增城、三水、佛山、广州、从化、英德相继陷落，香港民众哗然，因为居港华人大多数来自这些地区。1939年初，为了解实际情况和局势发展，陈海鹰应《学生报》聘约，无畏逆行，亲赴中山、江门等沦陷区作战地写生，写下反映经日敌蹂躏后当地民生苦况的一批画作。正值此时，李宗仁夫人郭德洁在桂林通电海外，希望海外侨胞为桂林的战士筹募蚊帐，陈海鹰闻讯用这批画举办筹赈画展，在筹赈之余，又发挥宣传抗战之效。

1939年12月初日军进犯昆仑关，桂南会战打响，时任广西妇女抗敌后援会常务理事的李宗仁夫人郭德洁，与白崇禧夫人马佩璋、黄绍竑夫人蔡凤珍，联名向海外包括星马地区的华侨呼吁，为前线衣单被薄的军人筹募寒衣。陈海鹰刚将其7月份的抗战画展所收到的二批共870元画款汇往广西银行转广西绥靖公署，旋又宣布应中山青年会之请，于12月底在华商总会礼堂举办"陈海鹰响应征募寒衣画展"。

1940年12月14日，应广西省赈委会驻港办事处的请求，陈海鹰带领由40人组成的计划到广西参加抗日的服务团，从香港出发前往桂林。翌日，香港《大公报》即予以报道："队伍越过日军布防的沦陷区，步行数百里，历尽艰辛，半个多月始抵达桂林。"但实际上困难远比估计的严重，道路迂回曲折，水陆兼程。既要昼伏夜行，避开日寇流民干扰，又受恶劣天气侵害。人

◎香港中山青年会应广西省政府之邀，由会长陈海鹰（左3）率服务团赴桂参加抗战宣传工作，1940年，陈为民供图

员年龄大至56岁，小者仅4岁，病员顿增，时间翻倍。陈海鹰为此感触殊深，于翌年1月13日抵桂时写道：

> （此行）取道粤北入桂，而粤北刚在战后，又在隆冬，败壁颓垣，荒凉满目。途中常有步行竟日而日（人）迹无毫者，陈君（自称）以顾虑全体侨胞之安全，往往为殿后。

又据桂林《扫荡报》记者君秋的报道（刊该报1941年1月13日），由香港出发的40人，行程中为了绕过敌人的封锁线，步行了八百里，踏遍了崇山峻岭，始抵曲江，其间不少队员病倒或无法跟上大家，故抵桂时仅剩20余人。其中有回来投考中央军校或从事机工准备从军者，也有参与开垦或投资的。

◎陈海鹰与其作品《李宗仁将军像》，陈为民供图

　　广西的军政界对这次香港中山青年会服务团克服千难万险莅桂的壮举相当重视。在盛大欢迎会上，陈海鹰讲述了香港同胞对抗战的支持和决心，并向广西战区长官献旗表达敬意。李济深也即席作了近三千字的答词[5]，衷心感谢香港同胞对祖国抗战的支持和参与。

5. 全文刊1941年1月15日版《广西日报》。

画笔做刀枪

　　值得一提的是陈海鹰竭尽所能无私奉献的精神。他在香港为抗战军人等募寒衣的画展时，已将自己全部收入捐出，此行也是自费。抵桂时，虽已囊中羞涩，但仍将在行前广西省赈委会驻港办事处发给他的150元津贴费，全款退还给当地政府。钱虽不多，但这种克己奉公的义举令李济深等长官以及李宗仁夫人郭德洁等深为感动，翌日当地多份报章也作了报道。正是陈海鹰的这种热心国事和无私的奉献精神，让他得到当地一众长官尤其是李济深以及郭德洁的信任和重用。

　　陈海鹰如此无私奉献，竭力支持广西的抗战斗争的可贵精神，我看似乎颇有当年同样为广西抗战大业摇旗呐喊、倾注心血的徐悲鸿的影子。其杰作李宗仁肖像，与当年徐悲鸿油画《广西三杰》一起，将载入广西乃至中国的抗战史册！

　　香港中山青年会服务团完成了向战区长官献旗仪式后，因人员的变动，另组成"香港中山青年会美术宣传团"，陈海鹰仍任队长，在广西开展抗日美术宣传活动。李济深等桂系上层给予了关照与支持，向柳州、南宁等地的有关官员和团体作了通报，协助他们进行抗战宣传和写生。广西报纸迅作报道：

　　　陈海鹰经柳州抵达南宁，并拟至昆仑关、钦县一带前线写生，收集绘画素材，再转桂林举行画展，将战地景象传达给后方同胞。[6]

美术宣传团首先到达不久前我军大捷的昆仑关，进行抗战宣传。在历经惨烈战斗后余烬袅袅的阵地上写生，访问了顽强战斗的士兵和同仇敌忾英勇支前的民众，感同身受，干劲倍增。

随后美术宣传团又奔赴桂林、柳州、梧州、南宁等地宣传抗战、慰问、写生、采访、办画展，所到之处均受到盛情接待和热烈欢迎，加强了香港同胞与内地民众的骨肉情谊，在"皖南事变"期间暂处寒冬的广西抗战文化运动中，无疑顿添些许春意。1941年7月7日，"卢沟桥事变"四周年之际，陈海鹰在桂林举行第一次画展时，时任国民政府军事委员会桂林办公厅主任的李济深亲自前往主持开幕式，并以自己的名义，撰文《介绍陈海鹰画展》，盛赞：

> 画品恒视人品，以为低昂故，凡志行高洁之士，其画亦必超逸绝尘，无古今中外，盖皆然也。陈君海鹰，游心云表，复得李铁夫先生真传，不论西画国画，莫不饶有奇致，桂柳人士，久已称之。[7]

这次画展共展出三天。广西省主席黄旭初、浙江省主席黄绍竑与李济深等先后前往参观，对陈海鹰的画作"备致赞扬，尤以人像之传神，更认为难得"。报纸舆论界认为：

> 陈氏此次展出，全为西画，在桂尚属少见，而其作风之豪迈明快，阅者均极感兴趣，展出四天，参观者不下四五千人。[8]

陈海鹰对李济深的抗日爱国行为和廉洁爱民的道德情操感悟日深，他高

---

6. 载《曙光报》（南宁）1941年2月17日。

7. 载《广西日报》1941年7月7日。

8. 《陈海鹰画展完满闭幕》，载《广西日报》1941年7月11日。

超的艺术造诣、热情诚实的人格、干练稳健的作风，更加深了李济深等对他的信任，遂被聘为广西绥靖公署文化参赞，协助推广广西抗日文化工作，并获邀为李济深画像。李济深还看重陈海鹰无任何政治背景的香港爱国同胞特殊身份，有些不好自己出面之处，便委托他代办。如：与桂林中共地下组织和进步文化人取得联系，传递抗日讯息；暗中关照处境艰难的文化人士。彼此来往密切，友谊殊深，遂成至交。1956年，陈海鹰还携未婚妻雷耐梅赴京请李济深证婚。女儿出生后，特为之取名念潮（李济深字任潮），此乃后话。李宗仁夫人郭德洁创办的桂林德智中学，也聘其在该校任教，使其在水深火热的生活环境中有了一定经济来源，安心投身桂林抗战美术运动。

1942年12月27日，陈海鹰在桂林社会服务社举行第二次画展，李济深与李宗仁、白崇禧、黄旭初、何香凝、柳亚子等31位名流联名为陈海鹰画展做推荐，实属难能可贵！

1943年7月20日，潮梅旅桂同乡救灾会在桂林的广西省党部举办"救济岭东灾荒书画义卖"画展，陈海鹰等画家积极参展，李济深、何香凝、李任仁等出席开幕式。这次画展义卖所得之款，全部捐献给岭东灾区人民。

往事堪回首

1945年8月抗战胜利，10月30日，陈海鹰迫不及待回到苍梧县大坡料神村，精心护送恩师李铁夫离桂赴港，并继续陪伴恩师左右。像李铁夫一样，他在港长期过着"艺海苦行僧"的生活。1949年任香港美术界庆祝中华人民共和国国庆节筹委会主席。

1945—1950年，即抗战胜利至解放战争胜利这五年间，美术界许多著名人士云集香港，铁夫有了更多的朋友。他不但和冯钢百、余本、赵少昂、张光宇等老一辈画家密切交往，而且跟青年画家黄新波、廖冰兄、陆无涯等组织的进步美术团体"人间画会"经常联系。他们非常尊重李铁夫，把他当作进步美术家的一面旗帜。1949年10月1日，毛主席在天安门宣告中华人民共和国成立，香港美术界异常振奋，决定组织港九美术工作者举行一次庆祝新中国成立的重大活动。李铁夫和廖冰兄、张光宇等四处筹备，终于在10月26日在湾仔六国饭店举行"庆祝中华人民共和国成立暨华南解放大会"，一共来了200多人。会上，李铁夫与廖冰兄等提出每人自动捐出作品举行盛大的劳军美术展览会，筹款慰劳解放军，并把11月定为劳军月。

1950年，李铁夫由人民政府派员（陈海鹰陪护）迎接回广州，任华南人民文学艺术学院教授，当选华南文联副主席。生前将自己全部画作捐献给国家和人民，

◎李铁夫1949年于香港与弟子
合影，前排左起：陈海鹰、李
铁夫、雷雨；后排左起：温少
曼、汪澄、伍晓明

现收藏于广州美术学院美术馆。

　　1952年，陈海鹰倾其所有自费创办了一所"香港美术专科学校"，并担任该校校长。齐白石深受感动，特为之题写校名。陈海鹰孜孜不倦从事美术教育半个多世纪，为香港培养了一大批美术专业人才。

　　1994年8月13日，我和深圳画家方展谋应邀到深圳东湖叙餐，竟意外遇到已在深圳定居的老前辈千家驹[9]和香港著名画家陈海鹰。陈海鹰老师热情介绍其抗战期间的经历，并耐心回答我的提问，对于李济深关照他和恩师的往事更是津津乐道。还提到，何香凝老人当年在桂林生活十分拮据，主要靠养鸡种菜和创作卖画度日，1943年蒋介石派人送来了一张十万元的支票和亲笔信，邀请她前往重庆，何香凝不愿与蒋为伍，愤然在信上批下"闲来写画营生活，不用人间造孽钱"，连

9. 参见本书"千家驹"篇。

◎陈海鹰画作《俄国教授》1994年5月被美国肖像画家协
会评为"世界十大杰出肖像画"第一名，陈海鹰供图

◎陈海鹰与其作品《李铁夫画像》，1989年，陈海鹰供图

◎李铁夫《柳溪秋思》,1944年作于桂林,载《李铁夫国画 书法 手稿》,广
州美术学院美术馆编

信和支票原封退回。但她对知心朋友的支援则另当别论,如李济深就曾几次交款
由陈海鹰亲送何香凝。自此,我和陈海鹰开始了书信交往,逐渐加深对其美术创
作成就及其美术教育生涯的认识。如今,我们深情缅怀李铁夫、陈海鹰这对名师
高徒,希望年轻的一代能学习他们艰苦奋斗、献身革命、艺术、教育的高洁品行,
学习他们亲密无间的师生关系,学习陈海鹰十八年如一日尊师重道的可贵精神!

◎李铁夫《饿物》,写于桂林,载《李铁夫国画 书法 手稿》,广州美术学院美术馆编

香港美術專科學校校友會
The Hong Kong Academy of Fine Arts Alumni Association

師承與發揚
INHERITANCE AND BLOOM

約翰・沙展	威廉・齊斯
(美國著名畫家)	(美國著名畫家)
John S.Sargent	William M.Chase
(U.S.A)	(U.S.A)

李鐵夫 LI Tiet-Fu (1869-1952)
(興中會、同盟會的革命元老*，是中國第一位到西方研究美術的畫家)
(" The Laurel of Art in Asia." * honoured by the late Dr. Sun Yat-Sen)

陳海鷹 (校長) CHAN Hoi-Ying (President)

香港美術專科學校
(成立於一九五二年)
The Hong Kong Academy of Fine Arts (HKAFA)
(1952-Present)

香港美術專科學校校友會
(成立於一九五八)
The Hong Kong Academy of Fine Arts (HKAFA) Alumni Association
(Est. 1958)

美專校友會成員在港推廣美術
(成立美術團體，主持或參與各類美術活動)
HKAFA Alumni Association Members Promoting Arts in Hong Kong
(Establishing Arts Groups, Organizing and Participating in various Arts Activities)

如：香港畫家聯會
　　香港現代水彩畫會
　　匯彩美術會
　　香港皇家警察書畫學會 → 並與深圳市紅星公安局進行
　　星期一工作室　　　　　　書畫學術交流
　　以及活躍在中外畫壇的中青校友等

附註：* 習學英美三十六年，作品入選國際畫壇二十一幀。被孫中山先生譽為「東亞畫壇巨擘」。
* 1st Chinese ever to study Art in the Western World for 36 years.
  21 pieces of his paintings received awarded with international recognition.

以表係由台灣省美術館出版之「陳海鷹回顧展畫冊」內之「陳海鷹的藝術道路」圖表，並由美專校友會加入有關美專校友的活動資料。

香港皇家警察書畫學會 → 並與深圳市紅星公安局進行
星期一工作室　　　　　　書畫學術交流
以及活躍在中外畫壇的中青校友等

附註：* 習學英美三十六年，作品入選國際畫壇二十一幀。被孫中山先生譽為「東亞畫壇巨擘」。
* 1st Chinese ever to study Art in the Western World for 36 years.
  21 pieces of his paintings received awarded with international recognition.

以表係由台灣省美術館出版之「陳海鷹回顧展畫冊」內之「陳海鷹的藝術道路」圖表，並由美專校友會加入有關美專校友的活動資料。

◎李铁夫晚年像

　　李铁夫（1869—1952），广东江门鹤山人。少时师从同乡吕辉生孝廉公，习诗文、书法、山水,喜绘画。16岁随叔父赴海外谋生与求学，长期留学英美，为中国最早赴西方攻研美术并达致高深造诣的艺术家，蜚声国际画坛，被孙中山誉为"东亚画坛巨擘"，是中国近代油画艺术先驱。辛亥革命元老，早年曾追随并襄助孙中山民主革命，协助其在加拿大、美国等地筹建兴中会、同盟会分会，并以自己所得画酬与奖金支援革命。在西方的四十多年间，曾入多所艺术院校及机构研习,并追随名画家威廉·切斯（William Merritt Chase，1849—1916）和约翰·萨金特（John Singer Sargent，1856—1925）多年，深得二师精髓。其艺术造诣得到广泛的认可，是东亚画家中加入全世界最高画理学府——美国老画师会——之第一人，对中国传统文化感情深厚，亦擅书法与水墨画。

◎抗战后期陈海鹰在桂林

陈海鹰（1918—2010），祖籍广东新会，生于香港。自小酷爱绘画，于1935年在香港结识著名画家李铁夫，三次上门拜师，终成其入室高足。在长达18年的朝夕相处中，李铁夫将于西方所学油画等技法毫无保留地传授给陈海鹰，并言传身教。陈海鹰则父事李铁夫，尽心尽力地照顾其生活，并专心致志学画，其画逐渐形成沉雄稳健、具有古典气质的独特风格。其肖像画更是技法娴熟，形神兼备。1994年被美国肖像画家协会评为国际肖像画家三杰之一。

◎ 廖冰兄为作者所作的漫画 1996年10月3日

不画牡丹与凤凰，画神画鬼画荒唐。

惟是无私能嫉恶，冷峻笔锋出热肠。

风霜历尽无风霜，依旧毫端似剑铓。

世上犹存狐鬼在，艺师贵有几分狂！

——黄雨贺廖冰兄画展

冷峻笔锋出热肠

　　廖冰兄抗战时期在桂林虽仅一年多时间，但他满腔激情地从事桂林抗战美术运动，为宣传鼓动全民抗战、增强人民抗战必胜的信念做了大量的工作。举办展览，从事漫画宣传活动，是廖冰兄在桂林的主要工作。如1939年初漫画宣传队刚到桂林不久，就在桂林七星岩举办抗战连环漫画展览，观众络绎不绝。是年3月6日至4月上旬，他与黄茅等组成漫画宣传小队，出发到全州、湖南零陵等地举办抗战漫画巡回展，为期一个多月，效果颇佳，尤其是"冰兄那套《抗战必胜》漫画好极了，又通俗，湖南人看得直点头，口水也流下来了"[1]。8月2日，他们又将制作的100多幅漫画，悬挂桂林街头进行展览。9月至10月，他又带领漫画宣传队的部分同志，到广东曲江、南雄、连县、翁源等地举办抗战漫画展览。1940年5月2日，广西省立艺术馆、阵中画报社、木刻协会、漫画宣传队、广西省立艺术师资训练班等联合筹办大型"战时美术展览"，廖冰兄和张家瑶、陆其清、梁中铭、刘元、黄新波、张安治、徐德华等九人被推举为筹委会委员，负责筹备，向社会公开征集各类美术作品。经过20多天的筹备，展览于5月29日在正阳楼和乐群社分两个展场展出，共展出作品300余件。廖冰兄的宣传画、漫画受到好评。该展览于6月2日顺利闭幕，展出4天，观众多达7000余人，宣传效果极佳。《救亡日报》刊出《战时美展特辑》。

---

1. 载《救亡日报》1939年3月21日。

编辑美术刊物，举办漫画训练班，是廖冰兄在桂林的另一个主要工作。1939年2月21日起，他与刘建庵、赖少其、黄新波等先后创办《救亡木刻》[2]、《漫木旬刊》[3]和《工作与学习·漫画与木刻》中的《漫画与木刻》部分[4]。这些刊物，发表了大量的进步漫画木刻作品和美术理论文章，图文并茂，堪称国统区宣传抗战的重要美术阵地。他还参加《漫画木刻月选》等的编辑工作。积极举办漫画训练班，开展漫画讲座，为桂林抗战美术运动培养人才。如初到桂林时，在广西地方建设干部学校任美术指导员，讲授抗战宣传画。是年10月，他又与盛特伟、黄新波等为桂林中学战地服务团举办漫画壁报训练班，并下乡开展漫画壁报宣传活动。11月初至翌年5月中旬，为桂林行营政治部特主办的战时绘画训练班主讲漫画、木刻创作，为期6个多月。1940年4月，为漫画宣传队与中华全国木刻界抗敌协会联合举办的"漫画与木刻讲座"讲课，内容为漫画与木刻运动发展历史、内容与技巧之研究等。

此外，廖冰兄还热心参加桂林美术界的各项重要活动。如1940年3、4月间，他多次参加桂林美术界交谊会，讨论"战时绘画之形式及内容问题""关于绘画工作者的修养问题"等。同年4月5、6日，和李桦、黄新波、梁中铭、刘元、周令钊、陈仲纲七人连续两日在十字广场举行绘像义卖活动。同年6月23日，中华全国木刻界抗敌协会在七星岩前茶座举行留桂会员大会，讨论了开展木刻运动工作等问题。会上他和张在民、黄新波、陈仲纲、刘建庵五人当选为常务理事。对于汪精卫发表的所谓《和平宣言》，他深恶痛绝，立即著文，和桂林文艺界的艾芜、李桦、黄新波、宋云彬、孟超、林山、林林、周行、周钢鸣、胡愈之、夏衍、陈闲、曹伯韩、华嘉、司马文森、王鲁彦、刘仑等一起，以总标题《我们的声讨》，先后刊于《救亡日报》《新华日报》[5]上，打响全国文艺界声讨汉奸汪精卫卖国投敌行径第一炮，并创作了揭露、抨击汪逆的组画。

2.桂林版《救亡日报》副刊，1939年2月21日—5月11日，每10天一期，共9期。

3.桂林版《救亡日报》副刊，1939年11月1日—1940年4月11日，共25期。

4.1939年5月16日创刊，是年8、9月间停刊，共6期。

5.分别为1940年3月30日、1940年4月6日。

漫画木刻创作更是硕果累累。廖冰兄依据抗战宣传的需要，争分夺秒地创作了大量通俗易懂、为民众所接受的漫画、木刻作品。其中，连环画有《抗战必胜连环图》[6]《政宪运动》[7]，组画有《新之颂》（8幅）、《汪精卫的变》（与刘建庵合作，4幅）、《募寒衣》（3幅）、《抗战第四年中的四大任务》（与林仰峥、邝恩仇合作），还有《拿起犁耙耕田，擎起枪杆自卫》《日本军阀的悲哀》《战争的另一面》《开拓者》《保卫西南》《众志成城》及《女童军之死》（与黄新波合作）等。这些画构图新颖，凌厉泼辣，幽默风趣，爱憎分明。尤其是《抗战必胜连环图》，共画一百多幅漫画，由广西省抗敌后援会主办，文化供应社出版，印好后大批运往前线散发，在当时配合宣传毛泽东的持久战思想起到了很好的作用。赖少其曾高度评价《抗战必胜连环图》："大胆地采取民间艺术（至少是受其影响）的形式，以及经过浙、皖、赣、湘、桂数省与百余次的展览，民众都如获异宝的（地）感到兴趣，最重要的还是它能以极通俗的绘画手法描写难以描写的政治、经济、军事各种抽象的题材。"著名美术评论家、画家黄蒙田也给予很高评价，认为廖冰兄此画使"观众会认识到日本军阀为什么侵华和最后必然失败的原因和我们抗战到底具备哪些必胜的条件"。

关于《抗战必胜连环图》的创作过程，廖冰兄曾告诉过我：原作于1938年10月，系色布画，1938年底至1939年初先后在安徽、浙江、江西、广西等地巡回展出。后由廖冰兄画，分别由赖少其、刘建庵、黄新波刻，在《工作与学习·漫画与木刻》上连载部分。1939年10月由廖冰兄绘，陈仲纲刻，1940年2月6日由桂林文化供应社出版。至于创作此连环画的缘由，他说："由于日寇长驱直入，上海、南京相继失守，武汉又岌岌可危，国民党有妥协投降的倾向，群众也人心浮动。在这个危急关头，为廓清民众思想上的迷雾，正确指引全国抗战，1938年5月，毛泽东的《论持久战》正式发表。当月，国统区内的汉口、重庆、桂林、西安等地新华日报馆，相继出版铅印订

6.先由廖冰兄绘，赖少其、刘建庵和黄新波分刻，在《工作与学习·漫画与木刻》第1至6期上连载，后再由廖冰兄绘，陈仲纲刻，1940年2月16日桂林文化供应社出版。

7.后改为《建国必成》，《救亡日报》1940年4月22日—5月27日连载。

◎廖冰兄画《抗战必胜连环图》，第一组赖少其刻，第二、三组刘建庵刻，载《工作与学习·漫画与木刻》1939年第1、2期

正本。我一再捧读，在信服之余，又想到面对一个武装到牙齿的法西斯强敌，要让民族有长期抗战的心理准备，更重要的是让他们有最后必胜的信心。我便按照《论持久战》的精神进行构思，把这套《抗战必胜连环图》分成'越打越强的中国'和'越打越弱的日本'两部分，从政治、军事、经济、资源、国际关系各个方面对比着讲道理，共分成27组，采用每组四格的连环画形式来表达。为了让群众易懂易记，我便用韵文作说明。巡回展出时，我现场为观众按图讲解，使毛泽东《论持久战》的精神迅速普及，令缺少文化的乡民增强抗战必胜的信心。"

廖冰兄在紧张创作之余，还发表不少理论、通讯、短评等文章，对桂林抗战美术运动的开展、漫画与木刻质量的提高、美术人才的培养等方面表达了独到的见解。如《急需训练漫木干部》《漫画与民主》《关于漫木合作》《为

◎廖冰兄画《抗战必胜连环图》，黄新波刻，载《工作与学习·漫画与木刻》1939年第3期

中国新绘画奠基》《把握住新问题》《从行营绘训班街头画展说到行营绘训班》等。1939年5月9日，由中苏文化协会所主办的中国抗战艺术展览会即将在莫斯科开幕之际，他与桂林美术界的二十多位名人联署的《中国绘画工作同人致苏联同志书》与他们的作品被一同寄去苏联，"希望中苏两国由艺术的交流，更能再进一步的帮助中国抗战，巩固和平力量，打击法西斯"。该信同时在《工作与学习·漫画与木刻》第2期上发表。1940年，他和李桦、刘建庵、黄新波、温涛一起在《木艺》上发表了近两万字的《十年来中国木刻运动的总检讨》一文，对过去十年来全国各地木刻运动的概况、经验和不足进行了全面的总结，为今后的木刻运动指明了方向。

1940年7月，国民党改组了第三厅，解散了漫画宣传队。8月中旬，廖冰兄只好离开桂林去了重庆。

◎廖冰兄和妹廖冰、弟余光仪于桂林，1939年或1940年

◎廖冰兄（前）、黄新波（后左）、
黄茅（后中）、刘建庵（后右），
1939年10月于桂林

◎李桦（左6）、黄新波（左3）、
廖冰兄（左2）等，1939年于桂林

◎《抗战必胜连环画》，廖冰兄作、陈仲纲刻，桂林文化供应社出版，
1940年2月16日，廖冰兄供图

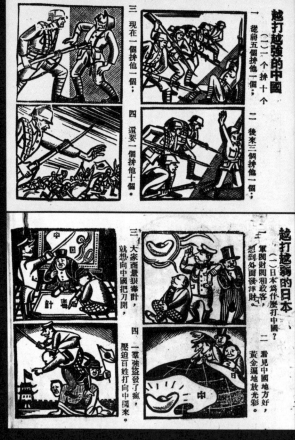

◎《抗战必胜连环画》

手足情深同抗日

认识廖冰兄之前，我对于其籍贯是广州还是广西不能确定。头次（1984年）拜访他时诚怕其有所忌讳，不便提问。直到1997年再次登门访谈时终于向其询及。没想到他侃侃道来，毫无保留和盘托出其悲惨身世：

> 过去我填写籍贯和民族，就有点为难，因为我在广州出生和长大，当然就填籍贯广州，汉族。但小时候，外祖母说过我父亲是广西武宣县妙皇圩人，原在圩上做小贩，后来到济军（广西军阀龙济光军队）当兵，随军到广州后同我母亲结婚。我四岁时他就去世。近年有人告诉我，妙皇圩一带乡村，凡姓廖的都是壮族，倘属实，那我则可能是广西壮族人。

接着廖冰兄又回忆起童年往事：

> 父亲后来被杀，母亲被债主迫疯，祖母也被诬害入狱。母亲后来为了活命改嫁到广西给武宣县一个姓余的地主做二房，母亲又生下四个子女。穷得没办法，只好把年仅六岁的妹妹抵押给人家做婢女。我常常思念着这个相依为命的妹妹。有一天，我实在忍不了，到她主人那里去看她，却被主人拒于门外。我在门外哭，小妹在门内哭。我当时九岁，在广州靠打麻鞋为生，常独自在街头踯躅。

由于母亲改嫁，我被人叫做"油瓶仔"，这是个下贱的带侮辱性的称谓。母亲偶然来看我。母子重逢，本该很亲热的，然而，我在生人面前叫阿姨，不敢叫妈妈，以免人家知道母亲改嫁别姓。我心里多么别扭，多么难受啊！有一天，我饥饿难忍，就去找母亲。母亲见了我指指屋里，又不停地摆手，意思是那人在家，不能进来。我只好低声饮泣，回到庙里喝破缸底的污水。

83

我同妹妹廖冰感情极深，后来发表作品，就在妹妹名字后面加个"兄"字作为笔名。除了少数亲友，很少人知道我的原名廖东生了。

"姓余的不但把我们兄妹赶出来，也不让四个子女读书。我同廖冰挣扎着把他们带去外面读书，并给他们灌输抗日救国思想，合作创作抗战诗画。"说到这里，廖冰兄一扫阴郁情绪，爽朗地笑起来，"我兄妹俩不但没跟他姓余，反把他的子女改了姓。弟弟余光仪是武宣游击队的政委，临解放时迫使他父亲投降过来，阿霞解放前也参加了党。"

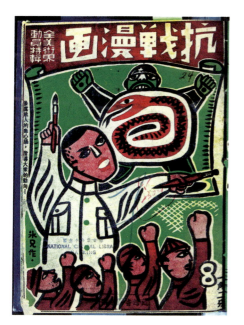

◎廖冰兄《暴露敌人的毒心肠，指导大众的动向！》，《抗战漫画》第8期封面

廖冰兄坎坷身世，让我深受感动之余，领会其深切关注、同情平民百姓生活疾苦之由来，更为其手足情深同抗日的可贵精神所折服。

历经努力，终于在《抗战漫画》第8期（1938年4月16日）上，发现廖冰兄与同母异父三弟妹的抗战漫画和诗歌，它们成就了一段兄弟姐妹齐心抗日的漫坛佳话。

值得一提的是，当年廖冰兄在桂林和弟妹们的处境甚为拮据，与其他艺术家一样，在饥饿线下备受煎熬。然而他们仍然乐观以待，同仇敌忾，积极宣传抗日。聂绀弩于

84

◎《大家起来保卫中华民族和国土》，余光仪十岁诗，廖冰兄画

中国孩子起来了！

谁杀我爸妈？谁杀我姐妹？谁把我们小弟兄插在刺刀上？谁占了我们的土地家产？我们就要举着拳头向谁打去！老年人、中年人、少年人起来了，新中国的小主人起来了，街头的歌唱、舞台的演戏、战场的输送救伤、粉墙上标语，全中国每一块土地每一个落角，我们的小主人给仇恨教育了自己，在炮火中长大起来！看！下边一块块的是孩子心血烧红的铁块，要打碎仇敌的心肝！今年的儿童节是没有笑的，也不要哭，我们要复仇。要干！张开嘴吧，举起拳头，还可以拿起笔杆，每一个小朋友都能够把强盗的行为写出来给大家看，教大家一齐去干！

（冰）

全世界起来打鬼子！ 余光仪作（十岁）

◎《中国孩子起来了！》，廖冰兄作；《全世界起来打鬼子！》，余光仪画

打大刀 余光美作（七岁）

◎《打大刀》，余光美七岁画

1940年11月15日撰写的《飞机木刻号》一文，对此便作了真实生动的描述，特引述于下：

　　木协的房子是一个临街的楼上，窗户外面，从早到晚，都有繁杂的声音打进来。但房子里面却寂静得像修行的庵堂，几个沉静的青年，几乎无论什么时候，都坐在桌上刻，画，读。他们似乎从来不到外面去，从来不和什么人来往，似乎屋子外面的世界与他们不相干，无论什么都不足以歆动他们。要不是看过他们的作品，我几乎以为他们住在"象牙塔"里。

…………

前些时，我又到木协去玩，看见墙上钉着四块大画布，上面是将要完工的国父、总裁、列宁、史太林（斯大林？）的像，是新波等他们四个人分担画的，据说已经画了三天。作什么用的呢？中苏文化协会开十月革命纪念会用的。我知道他们穷，所以很容易想到与他们的物质生活有关的事情，当时说："这回该可以捞一笔稿费了？""那里，义务的，除了画布。"他们答。意思也许是说，还要贴颜料，虽然他们买得起的颜料，大概也不很值钱。

今天下午，是应该烧晚饭的时候，新波不在家，不知到那里打晚饭的游击去了。三个人没有作事，没有说话，低着头坐着。和他们一块儿吃饭的还有李石锋君，初中学生余光仪君，也都低着头坐着。初中学生的奶妈，现在是他们的大司务，早就应该进厨房了，但也和他们一块儿低着头坐着。……再说一句，是应该烧晚饭的时候，全桂林的厨房都冒起了炊烟，文园和广东酒家，恐怕早挤得不通风了，……来了一个客人，那客人恰巧也是个不大讲话的，彼此招呼了一下，就大家默默地坐着，坐了很久很久，房东的厨房里铲锅巴的声音传来了，奶妈才低声咕噜咕噜。说的广东话，客人不很懂，但沉静的人都比较细心，终于半懂半猜地知道他们是没有买晚饭的米和菜的钱，自动地把身边的两块钱捐给他们了。客人还不知道这种情景是他们常有的咧。

吃饭的时候，房东吃惊地问："怎么只有这么一点点菜？"他们呢，有了晚饭，已经喜出望外，心满意足了。人在这样的时候，是很容易说出点有趣的话来的，于是一个人答："我们现在节约呀。因为要献一架飞机给政府，那飞机名叫：木刻号。"（聂绀弩：《沈吟》，文化供应社，1948，第125—128页）

85

惟是无私能嫉恶

　　我在编写桂林文艺抗战相关图书时，虽有许多问题想询问廖冰兄先生，但听人讲他是个大忙人，故不敢多加打扰。自1985年至1986年，先后拜访过他两次。头一次是1985年4月30日，当时我赴穗拜访他和王立、蔡迪支，他们三人都是当年活跃在桂林漫画木刻界的知名画家。第二次是1986年国庆节，专程赴穗给他送书。

　　十年后，适逢国庆假期前后，我特地赴穗登门拜访廖老，到了其家门口，见门已开，专等我来，其女廖陵儿笑脸相迎。廖老闻声，也从卧室径直来到大厅，但见他精神抖擞，满脸红光，健康状况不减当年，只是耳背，多了副助听器而已。他紧握我的手，连说："书已看过了，资料齐全，内容充实，很好！想不到半个世纪前的文章、照片你都找到了，有的我早已忘记了，你真有心呵！"接着便畅谈他当年的部分经历：

　　解放前，我十分痛恨蒋家王朝的独裁腐败，以画作武器，无情地加以揭露鞭挞。抗战胜利后，为了揭露蒋介石假民主，真独裁，假和谈，真备战的图谋，我埋头苦干了五个月，终于在1945年冬，完成了100多幅漫画，总题

目叫"猫国春秋"，有连环画、组画、单幅画等形式。包括五部分，其中有
《鼠贼横行记》，记录了国民党反动派在抗战期间如何横征暴敛，囤积物资，
镇压人民，破坏抗战，掠夺抗战胜利果实的种种罪行；组画《猫国春秋》则
以人形的猫鼠来隐喻反动派官匪相互勾结，狼狈为奸，鱼肉民众的恶行。于
1946年春节在重庆展出，曾轰动一时。

事隔六年之后，我拜读《给世界擦把脸 —— 廖冰兄画传》，赫然见到廖老一
幅字，诗曰：

> 年年忙到气都咳，忙到今年八十一。
>
> 尚祈访者发善心，勿多搜刮我余日。

外加旁注：

非要事急事最好在周六周日晚上八点到九点半来谈，无甚意义的应酬及社会
活动请勿强我参加。

若非有关救灾扶贫助学而来索画索书者一律请付酬。1996年3月廖冰兄跪启。

编者图注称：

1996年新春伊始，冰兄渴求安宁，挂了张"免战牌"在客厅，但亦无济于事，
就连这幅字也被朋友索走了。[8]

---

8. 张红苗、廖陵儿：《给世界擦把脸 —— 廖冰兄画传》，花城出版社，2002，第215页。

年々忙到气都喘
忙到今年八十一
尚祈诗者发善心
勿多搜括我余日

非要事急事最好在周六周日晚上
八点到九点半来谈無甚意义的
应酬及社会活动请勿强我参加

若非有关救灾扶贫助学而
来索画索书者一律请付酉州
一九九六年三月廖冰兄跪启

©廖冰兄的"告示"，1996年3月

◎抗战期间的廖冰兄

廖冰兄（1915—2006），原名东生，广州市人。幼年生活贫困，天性爱画。1932年初中毕业，就在广州报纸上发表漫画反对日本侵略东北。1935年高中师范科毕业后任小学教师，翌年任广州《群声报》和《伶星》杂志美术编辑，经常在报刊上发表漫画反对日本侵略与谴责投降主义。发起组织"广州大众漫画会"，举办大众漫画展，参加了在上海举办的第一次全国漫画展的筹备工作，参展作品《标准奴才》被美国《亚细亚》杂志选载。1937年《伶星》于香港出版，他随之到港工作，并与漫画家黄凤洲自费合办漫画刊物《公仔报》。抗日战争全面爆发，他弃职返穗，欲投身抗战部队，不果，到广西武宣投亲，并创作宣传中国共产党抗日主张的漫画200多幅。1938年2月，返广州举办抗战连环画展，得到夏衍、郁风的支持，在广州版《救亡日报》出画展特刊。随后，他赴武汉参加叶浅予、张乐平、陆志庠等组织的漫画宣传队。在"保卫大武汉宣传周"期间，廖冰兄抗战连环画展再次展出于汉口。10月，他根据毛泽东的《论持久战》一文的内容、观点，以生动通俗的民间艺术形式开始创作《抗战必胜连环图》，并随演剧七队到安徽、浙江、江西一带小城镇作街头展出。1939年初，廖冰兄随漫画宣传队到达桂林，至1940年8月中旬离桂赴渝，在中央训练团绘画训练班工作，后在第三厅的阵中画报社任职，该报主要以前方战士为对象。曾同叶浅予等举办过八人画展。抗日胜利后，先后在重庆、成都、昆明等地举办过"猫国春秋"画展，讽刺抨击国民党官匪勾结，贪污堕落的恶行，轰动一时。1947年在香港参加"人间画会"，举办画展，发表大量漫画，声名远播。新中国成立后回广州，历任广东省美术家协会副主席、广州市文联副主席、广州漫画学会会长、广东人民出版社《剑花》漫画主编。

余所亚

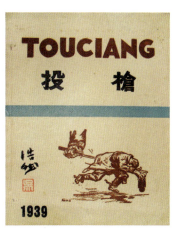

◎ 余所亚《投枪》香港半弓书屋1939年出版

同舟御风雨，千里载歌行！

——余所亚题赠作者

　　余所亚虽身残，但求知欲尤强，爱好广泛，绘画、音乐、戏剧、文学，独具天赋，无不精通，而留给后世最珍贵遗产，当推其漫画，抗战期间已广泛获得桂林文艺界好评。作家李育中《看余所亚的画》一文中称赞他"是生命力倔强的人"，"无论何时他的精神都似很为健旺"，并充分肯定"他的政治性与正义感的控诉是强烈丰富的，这恰好是作为一个时代及画家的起码条件"，"技巧上是更圆熟，在趣味上是更隽永"，"在中国许多漫画作者中，还是最别致的一个"。[1]画家阳太阳赞誉他的漫画具有极大的震撼力，说"看所亚先生的画好像有一阵顽固而强烈的大铲斧头在巨木上面发出的沉重的声音一样"，"那响亮像风雨一般的声音激怒了我们"。[2]而其顽强的斗志和坚韧的毅力，更深深地铭刻在人们的脑海中。林焕平在《生活的最强者 —— 怀念余所亚同志》一文中这样写道："余所亚，是一个具有中国知识分子崇高骨气的人。""身残志不残，一个坚强的人！一个崇高的人！"

　　余所亚抵达桂林后，踊跃投身于桂林抗战美术运动中。1940年10月上旬，他和黄新波、温涛、张光宇、丁聪等出席乐群社招待会，并代表新从港抵桂画家报告香港抗日美术运动。11月23日，被选为中华全国漫画作家抗敌协会广西分会筹备委员会委员。1941年春，主编《美术批评》。是年元月，

1.载《救亡日报》1940年8月22日。

2.阳太阳：《关于夜莹画展》，载《广西日报》1943年7月10日。

参加中华全国木刻界抗敌协会、中华全国漫画作家抗敌协会和文协桂林分会诗歌组联合举办的"街头诗画展",展出余所亚、汪子美、刘元、黄新波、温涛等人的漫画、木刻和李育中、婴子、黄宁婴、紫秋、韩北屏、孟超、林山、胡危舟等人的诗。1942年1月2日,出席桂林美术界新年欢聚会,与会者还有张安治、刘建庵、张家瑶、帅础坚、周泽航(周千秋)、陈海鹰、沈同衡、黄养辉、尹瘦石、沈士庄等三十多人,席间,各自画像以代替签名,并讨论如何建筑美术工作室等事项。1944年2月至5月,为负责西南剧展美术组指导员。同年4月下旬,同黄新波、梁深等合办"春潮美术画展",共展出漫画、木刻作品250幅。7月8日,和黄新波在广西省立艺术馆联合举办"夜萤画展",共展出作品一百多幅,其中余所亚的漫画《前线马瘦,后方猪肥》《纳粹的贡献》《完蛋》和黄新波的木刻《失地收复之后》《准备》《还击》《沉思》等深受群众欢迎。余所亚还积极参加开办漫画训练班、座谈会,促进桂林漫画运动的广泛开展。

余所亚除了热心参加桂林的抗战漫画运动,还以"有如其人那么硬倔"的笔触,发扬鲁迅的"战斗精神"和"倔强不驯的骨气",创作了不少如投枪匕首般的漫画。除了那传诵一时的抨击贪官污吏祸害抗日的《前线马瘦,后方猪肥》外,尚有抨击黑暗统治、针砭时弊的杰作《消夏图》《他说:"为抗战祝福!"》《墓碑》等。《消夏图》刻画一个男子靠在躺椅上,墙上挂着"抗战必胜,建国必成"的对联,正优哉游哉地消磨过日。对联和男子神态的强烈对比,寥寥数笔,形象生动,深刻地讽刺了那些坐等"抗战必胜",逍遥于"建国必成"门外的达官贵人,真是入木三分。嘲讽奴颜婢膝、狗性十足的《墓碑》,"寓意是深刻的,成功的人看了有人的愉快,狗看了有狗的悲哀"。《希特勒的笑和泪》《夏季攻势》《墨索里尼所在》《法西斯威胁着世界》《寒江钓》《怕雷声的强盗》《初秋落叶》《我们以总反攻为答复》《1944在欧洲》等漫画,则矛头直指日、德法西斯反动势力,抨击其灭绝人性的暴行,鼓舞人们抗战必胜的信心。他还为胡风编辑出版的"七月新丛"之《饥饿的郭素娥》等书及《半月文萃》《诗创作》等刊物设计封面,编辑《木刻新选》《世界风云人物》等画册及鲁迅美术语录。

余所亚在桂林期间，另一颇具影响力的则是其杂文、小品文和评论。这些文章，主要发表在《救亡日报》《野草》《新道理》《半月文萃》《诗创作》《文艺生活》《木艺》等桂林的重要报刊上。这些文章短小精悍，是非分明，论点鲜明，论证充分。概括起来，有以下特点：

一、阐明艺术与科学的关系。在《绘画散谈》一文中，余所亚针对某些人将艺术与科学对立起来的错误观点，明确指出：

> 至于说科学的与艺术的，谁富于价值，这是最愚蠢的提问。科学也好，艺术也好，同是人们生活的需要，没有此轻彼重，艺术与科学不特不是水火的不相容，反而是相辅而益美。

接着以美术、音乐与科学的关系为例加以论述：

> 所谓艺术并不像从前那么神秘微妙，不能解释的东西，艺术原来也是非常科学化的。比如说绘画，只是从老师说过这么画就这么画，老师说远山无树，远树无枝……如果肯科学的研究一下，谁也知道这是透视法，为目力之所不能看到的缘故。又比如歌唱艺术，自从科学上发明扩音机以来，不知帮助了歌唱艺术进步到若干万倍。电影有今日的进步，也不能不说是科学与艺术结合的美果。[3]

二、指出木刻的特质及提高木刻创作质量的关键。在《木刻新选》一书的前言中，他针对时下有人简单地将木刻理解为美术与印刷的混体，致使木刻创作水平难以提高的现状，指出：

> 木刻，本来就是艺术，同时是美术表现上一种特殊技巧……永久的不能拿另一种东西来代替，这是木刻本身存在的价值……我们艺术上质

3.载《青年生活》1941年第3卷第5期。

的提高，是在量的增添过程中，同时认识事象为创作正确的根源……问题只是我们能否刻苦，坚持学习、战斗，把艺术紧系在抗战的总任务上，把一切腐朽的、有碍民主革命的现状扫涤，有碍民族革命的现实铲除，木刻才算尽了能尽的任务。[4]

三、阐明漫画特点与作用，指出抗战漫画创作的成功与不足。在《美术节发出的信》[5]和《笑弹 —— 漫画谈》[6]等文中，余所亚回答了某些读者向他提出的有关漫画的种种模糊的疑问，如有的认为"要一张漫画不开罪于某一方，也不赞颂某一方"，他认为这"是不可能的，纵使有这样的漫画，也是糊涂的漫画，其作者也是糊涂人"，"漫画是武器，锋利的，尖锐的，可拿来对付害你的人，害我们国家民族的人，但不能用来残害我们自己"，因为从另一意义上来说：

> （漫画）可以说是一种"以笑代泪长歌当哭"，对不满意的一种控诉，使民众易于接近的艺术……那笑是要热情的，从生活的康健，大众的愉快想象里出发，而不是从卑污麻醉中所发酵出来的笑。

对于抗战漫画的成功与不足，他通过翔实的论证，结论是"抗战以来漫画是以武装的姿态站在岗位上，尽了很大的任务，成为造形美术上的最飞跃的部队"，但"因选取题材过分于拘谨"，"创作就掉在狭隘的范围上，渐渐使画题成为概念的意象"，出现了"所谓单纯口号之公式化"。

四、坚持艺术创作必须"与抗战有关"的原则。1940年10月，关山月在桂林举行画展，轰动一时，《救亡日报》《力报》《广西日报》及《扫荡报》纷纷发表评论文章，由于所持的立场和标准各异，故毁誉不一。余所亚即在《救亡日报》上发表《关氏画展谈》，他旗帜鲜明地指出：

4.《怀念木刻先行者》，载《救亡日报》1940年10月22日。

5.载《广西日报》1944年4月。

6.载《木艺》1940年11月创刊号。

目前无论什么艺术什么绘画，只要其与抗战及其成长有利的，我们都应该培植、发扬，以尽其所能，使之为抗战光辉，同时我们也指出那妨碍进步的因循形式，作为帮助群众理解艺术的一助。这样，无论在群众接近艺术上，民众接纳抗战知能上，都极重要的。

根据这一原则，他对关氏画作的得失作了诚恳、客观的评价，既充分肯定其成绩，也指出其不足之处。在《救亡日报》总编辑夏衍的努力下，终于结束了那些不利于团结的非议，把大家引向正确方向。对关山月本人确也起到了帮助、鼓励的作用。当德国法西斯疯狂进攻苏联之际，余所亚发表了《致苏联漫画家》一信：

> 请转致广大的苏联人民，我们了解苏联的抗战胜利，就是保障人类和平与自由的胜利。故此我们绝不犹豫地站在你们一边，务要把法西斯强盗击退。[7]

余所亚豁达乐观，热情好客，给人留下极其深刻的印象。著名漫画家方成在《我的老师》一文中写道：

> 在桂林，他在七星岩下一茶棚改建的"画室"中安居，温涛、黄新波、刘建庵、彭燕郊、聂绀弩、秦似、欧阳予倩、何家槐等著名文学艺术家都成了他家的常客。他为人忠厚诚挚，极重友情，又是有高度文艺修养的幽默家，谁能不和他交好？[8]

余所亚被人敬爱的美德，更是"我为人人"，急人所急，而非"人人为我"。倘若他知道朋友有所求，他会不顾一切给予满足。因此，大家都爱他。生性孤傲，不甚夸人的著名作家聂绀弩，自战时在桂林始，便与其深交数十

---

7. 载《文艺生活》1941年第1卷第4期。

8. 载《文艺报》1992年4月18日。

前線馬瘦，後方猪肥　　余所亞作

馬從前線囘到後方，與猪同住一隔櫊，

馬：老哥何其長得這麼………

猪：養生之術無他，能獨樂也！

◎余所亚《前线马瘦，后方猪肥》，载《野草》1941 年第 2 卷第 3 期

载，他逢人便夸：

　　余所亚这个人呀！你如果是他的朋友，你没有裤子穿，他可以把身上的裤子脱给你穿，他自己钻进被窝里，并告诉你说："我正想睡觉哩。"[9]

　　聂绀弩还特地写了《一个残废人和他的梦——演庄子〈德充符〉义赠所亚》，就借用写《德充符》中的"兀者申徒嘉"的高尚行为来形容余所亚。

9.陈凤兮：《余所亚这个人》，载《文艺报》1996 年 9 月 13 日。

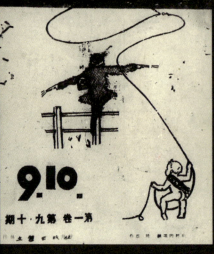

◎ 余所亚为桂林抗战期间出版的《半月文萃》创作的封面

◎ 余所亚为桂林《文艺生活》作插画，田汉题诗

◎ 余所亚《乞妇》，1938年，载《文艺生活》1941年
第1卷第3期

以笑代泪

1980年春，在广西壮族自治区党委的关怀下，我与潘其旭代表广西社科院和以万一知、刘焕林为首的广西师范学院中文系，组成"抗战时期桂林文化运动资料丛书"调研小组，赶赴京、沪开展调研。除了查阅首都图书馆有关资料，还特地拜访了北京图书馆（今中国国家图书馆）馆长刘季平和陈迩冬、余所亚、廖沫沙、郁风等当年客桂的著名文化人。

在北京东四四条狭小的胡同里，我们经再三打听才找到余所亚家（15号）。当门打开时，我们几个人都惊呆了：只见昏暗凌乱的小屋地上，一个瘦削羸弱的老人，一袭灰旧残破衣服，左右手各撑着一个小板凳，敏捷地在地上移动着。此情此景，我们简直是怀疑入错门，认错人，寻找到他家的兴奋心情一下子变得压抑！他得知我们的来意，异常兴奋，侃侃而谈。但其家徒四壁，连张椅子都没有。我们只能站着与其交谈，自感太不礼貌。又因当时他家没有电话，无法提前与之沟通，我们突兀来访，自感歉疚，

◎余所亚为方便来访者所作《北京东四四条胡同口》

故稍作对话，便匆匆离开。

后来我才知道，余所亚由于"文革"期间受过太多不公正的对待，其住处和待遇长期得不到落实。这些悲情，他后来极少向人提及，我也是后来从他处才获悉。

1985年10月21日，我再度访问余所亚，此时他已搬住海淀区紫竹路市文化局宿舍，小板凳也换成了大轮椅。于是他可以自由观看画展，访朋问友。可惜忽患白内障和青光眼，看不到我。听闻我来了，他竟像天真无邪的三岁小孩，兴高采烈，紧紧地抱住我，热泪簌簌如注，接着又神采飞扬地聊起往事。当我们谈及著名版画家黄新波时，他竟悲不自胜，泣不成声。他不仅送我有关资料，还无私地赠予未发表之作品，其中还有著名画家张仃的精致小幅画作[10]。临别合影时，他故作看书状，我正疑惑不解，他却朗朗笑说："我相信我迟早会重见光明的。"

1991年盛夏，趁赴京公干之机，我第三次登门拜访余所亚。性情中人的他，其兴致勃勃之情难以言状。此时他的白内障已摘除，分外高兴，谈锋正浓，自然免不了谈他当年如何以笔当枪，驰骋抗日沙场。

◎余所亚新中国成立前创作的漫画手稿，作者藏

◎余所亚新中国成立后的宣传画设计，作者藏

10.当时我们谈及张仃先生，他说和张很熟，还曾请张在中国木偶艺术剧团帮过忙，对张仃夸张笔法的画赞不绝口，说着还请其夫人帮他取出张仃两张赠画让我欣赏，我也拍手称奇，他见我喜欢，便慷慨相赠一张。

　　余所亚（1912—1991），笔名Soa，生于香港，原籍广东台山。因患小儿麻痹症，行走不便，自小在家学画，得程子仪、胡根天、关良等名画家指教。1927年起在广州以画广告宣传画为生，之后参加《大众日报》《民族战线》编辑工作。抗战爆发后，积极从事漫画创作。1938年被选为中华全国漫画作家抗敌协会研究部负责人，并主持漫画训练班。后分别在香港《星岛日报》《珠江日报》《大公报》编辑漫画周刊，在越南西贡任《南华日报》总编辑。1939年8月15日由香港半弓书屋出版漫画集《投枪》。1940年8月26日，靠友人的资助，由年轻人黄俊生背着他经广州渡口，辗转惠阳、韶关、衡阳等地抵达桂林，客桂直至1944年秋。后因日军进犯桂林，黔桂道上难民挤压，陈尸千里，惨绝人寰。他克服艰难险阻，奇迹般又出现在战时陪都重庆，继续坚持宣传抗战，堪称"无脚飞将军"！他在桂林生活四年多时间，以惊人的毅力，积极从事桂林抗战美术运动，创作发表了一批颇具战斗力的漫画和文章，成为我国抗战漫画运动中重要的一员。著名归侨作家司马文森曾根据余所亚身残志坚、自学奋斗成才的事迹，创作出版了长篇小说《人的希望》，轰动一时。1945年余所亚在重庆与叶浅予、张光宇等举办"八人漫画联展"，曾和十余位漫画家受到周恩来的接见。1945年在上海任《文汇报》漫画副刊《文汇半月画刊》主编。新中国成立前在香港拍摄讽刺蒋家王朝的木偶片《大树王子》。新中国成立后任中央戏剧学院舞美系教师兼木偶研究组组长、中国木偶艺术剧团艺术指导。

沈同衡

◎ 沈同衡自画像

不问自己能力如何，总想升官，以为做了官，不但可以摆架子，而
且官可以越做得大，事可以越做得少，只要指挥别人便得了，结果便成
了不画画的官，比伏在画室里不出来的画家还不如！所以第二我希望绘
训班同学不要想做官！

—— 沈同衡《参加绘画训练班开学典礼有感 —— 希望于绘训班同学者》

废墟中成长

　　沈同衡"不仅是位有文学功底的漫画家，而且是积极的漫画活动家"[1]，这是漫画界沈同衡的朋友们对他恰如其分的评价。沈同衡抗战时期在桂林达六年之久，经历了抗战时期桂林文化城的全过程，为桂林抗战美术运动做出了卓著贡献，是桂林抗战美术运动的活跃分子。

　　在从武汉撤往桂林路上，他沿着湘桂铁路线一路绘制漫画、大标语。1938年底，抵桂林后，便参加了以张铁生为首的编委会，负责编辑《士兵周报》兼美术工作。翌年元月，加入中华全国漫画作家抗敌协会、生活教育社。因印刷困难，《士兵周报》出了十多期后停刊。4月，参加桂林行营政治部第三组，继续从事美术创作和编写工作。加入胡愈之、张志让、张铁生组织的施家园读书会。1939年5月和艾青、李桦、赖少其等人以"中国绘画工作同人"名义，在《工作与学习·漫画与木刻》上发表《中国绘画工作同人致苏联同志书》，呼吁中苏漫画界加强团结，打败法西斯。下半年，兼任《桂林晚报》副刊编辑。1939年11月至1940年5月，为桂林行营政治部设置的战时绘画训练班讲课。多次出席桂林美术界交谊会，讨论"战时绘画之形式及内容问题""关于绘画工作者的修养问题"等，发表了中肯有力的意见。1940年，桂林行营政治部撤销，在《阵中画报》任美术编辑三个月。1940年冬，奉命

1.方成：《斯人犹伏枥》，载《羊城晚报》1994年4月26日。

调至桂林军校政治部，任第二科科员，从事美术工作。1941年加入文协桂林分会。"皖南事变"后，政治形势逆转，1941年4月托病辞职。是年秋，任广西省立艺术师资训练班美术讲师兼总务组长、教导组长。1942年1月2日，出席桂林美术界在美丽川菜馆举行的新年聚欢会。席间，各人以画像代签名。

太平洋战争爆发后，香港沦陷，国民党报纸《扫荡报》发表《祭香港文化人》，沈同衡因写了反击文章发表在《力报》副刊上，被国民党桂林警备司令部逮捕入狱。后来由文协桂林分会欧阳予倩、田汉通过李济深营救出狱。出狱后仍在广西省立艺术师资训练班工作，并加入木协、漫协和文协桂林分会，从事木刻、漫画创作与编辑工作。1942年4月下旬，中华全国美术会桂林分会成立后任理事。1943年主编《音乐与美术》漫画专刊。1944年夏，筹办《儿童漫画》，刊物将出版即遇湘桂大撤退，只好放弃。

在桂林期间，沈同衡还创作了大量的漫画、美术教材、通俗小说、杂感。他多才多艺，作品题材广泛，笔法老练幽默，思想性强。主要作品有：连环画《刘力士》《俩兄弟》《瞎子的笑话》[2]《明明和英英》[3]，小学美术教材《儿童图画》（共六册）[4]，漫画《放火自焚》《中途的悲哀》，木刻《待发》，等等。并在《士兵周报》《桂林晚报》《阵中画报》《救亡日报》《广西日报》《力报》《建军》《木艺》《工作与学习·漫画与木刻》《新道理》《少年之友》《儿童漫画》等报章杂志上发表了一批插图、漫画、木刻。

创作的通俗读物主要有：小说《张子清定计诱敌》、《抗敌小故事》

◎沈同衡和张光宇、丁聪、张文元绘制的鲁迅巨幅画像，1946年10月19日，上海"鲁迅先生逝世十周年纪念大会"

2.《刘力士》《俩兄弟》《瞎子的笑话》皆于1940年由桂林文化供应社出版。

3.1944年6月连载于《儿童漫画》。

4.万有书局1941—1944年出版。

（一、二集）、《兄弟从军记》和《士兵识字课本》（上下册）[5]。

沈同衡还积极参加桂林的抗战美术展览，其讽刺汪精卫伪政权的《加冕图》被送莫斯科参加中国抗战艺术展览会并获好评，被刊于1939年苏联《文学报》。

沈同衡在文艺理论方面也有所建树，对某些不良文艺现象也敢于直抒己见加以针砭。如在《参加绘画训练班开学典礼有感——希望于绘训班同学者》[6]一文中，在肯定许多青年美术工作者勇于投身抗战文艺宣传，到部队到基层之后，又批评有些人一心想升官，不想好好工作的歪风，指出：

> 不问自己能力如何，总想升官，以为做了官，不但可以摆架子，而且官可以越做得大，事可以越做得少，只要指挥别人便得了，结果便成了不画画的官，比伏在画室里不出来的画家还不如！所以第二我希望绘训班同学不要想做官！

最后，他大声疾呼：

> 希望绘训班同学个个做革命的美术工作者，认清我们的环境，充实我们的力量，切实地负起我们艰巨的任务！用我们的画笔，划破一切黑幕，扫清一切障碍，建立美术统一战线，与敌人作殊死的争斗，为了民族的解放独立！

关于艺术教育的问题，沈同衡也有其独到见解。他发表了《论战时艺术教育》[7]《绘画的教育性》《儿童绘画一二事》[8]等一系列文章，着重强调战时艺术教育的重要性和必要性，并指出发展战时艺术教育必须注意的问题。以

5.四者皆于1939年由桂林行营政治部出版。

6.载《桂林晚报》1939年11月20日。

7.载《新文化》第2卷第2期。

8.《绘画的教育性》和《儿童绘画一二事》皆载《救亡日报》1940年12月29日。

《论战时艺术教育》一文为例，重点做些介绍。沈同衡首先指出，"艺术"与"教育"二者的结合虽非始自今天，但"二者真正的结合关联起来并产生了显著的伟大效果与作用，我敢说还只是抗战以来的事情"。接着沈同衡从抗战以来的实践中，指出艺术教育仍存在着不少缺点：

> 而最显著也是最重大的便是战时艺术、教育的联结与配合（不是单纯的合并），还没有如理想的那么紧密切当，这就是说，艺术与教育并没有充分满足战时的需要，艺术并没有尽量发挥它教育的意义与作用，教育也并没有尽量通过艺术的技法以增进其成效。

文末指出：

> 我们为谋艺术教育能切实配合战时客观事实的需要，以为争取抗战建国胜利的一部分重要的力量，并使艺术教育能随着抗战建国的伟大斗争的发展而更迅速更合理的发展起来，我们必须：第一，建立战时艺术教育理论……第二，培养并健全战时艺术教育工作干部……第三，充实战时艺术宣传团体……第四，改进战时学校教育……为了充实我们抗战建国斗争的力量，为了争取我们已经望见了伟大的最后胜利，为了要从胜利中产生出我们所希望的新的中国，我们切望一切战时艺术教育工作者或艺术工作者与教育工作者，全体动员并切实联合起来，坚守在自己的岗位上，共同负起战时艺术教育的任务，以形成艺术教育的"统一战线"，为建立我们新中国的新的艺术、新的教育和新的艺术教育而努力！

"形成艺术教育的'统一战线'"这一提法，无疑是符合我党所倡导的"抗日民族统一战线"思想的，这对当时艺术教育界来说也是颇具新意的，值得我们大力肯定。

关于加强文艺界的团结，夺取抗战最后胜利的论述，这是沈同衡多篇文章中所强调的。他在《全省美展感言》[9]一文中，充分肯定抗战数年来全国军民团结奋战的同时，也指出在团结抗战问题上出现的松弛消极的因素。他联系广西美术界的实际情况，举例道：

> 美协、漫协、木协等美术家的组织，近来似乎松散和消沉得多。以广西范围说，漫协、美协的广西分会，都还未成立。在各种困难中艰苦进行筹备的桂林美术工作室，至今还被包围在困难里。留桂美术界联谊会，虽能经常召开……想在纯粹联谊外，再做实际的工作，因此也不可能。

针对这些有损团结的现象，作者强调指出：

> 我们热忱地希望这次美展，能作为全省美术作家团结组织的一个起点与基础，并从这起点与基础上普遍的发展起来。不论是国画家、洋画家、木刻家、雕塑家，不论是国画教师、美术宣传员、布景和广告画师，也不论是否国内外著名美术学校毕业，更不论是否生于广西，世居于广西，只要不是自私守旧固执地专开倒车的家伙，应该统统真诚地结合起来，并且和全国各地的同志们密切地联系起来，大量地应用一切有用的形式，进行艺术创作，努力使艺术走向民众，反映现实，更广泛更深入地进行抗建教育，使创造为广大民众需要的民族的、科学的、大众的中华民族新文化之主要一环！

9.载《广西日报》1941年9月11日。

◎沈同衡《这回征兵咱家又得去一个》,1938年

◎沈同衡《在废墟中成长》,载桂林《建军》第8期

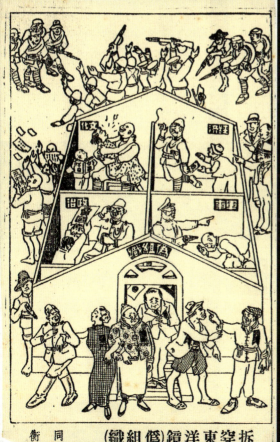

◎沈同衡《拆穿东洋镜(伪组织)》,载
《阵中画报》第127期

◎ 沈同衡画、刘建庵刻《谁是真正的朋友？》，载《工作与学习·漫画与木刻》1939年第2期

◎ 沈同衡画、赖少其刻《扑灭破坏团结的毒虫！》，载《工作与学习·漫画与木刻》1939年第2期

◎ 沈同衡《收复了南宁，还要收复一切失地》，载桂林《新道理》1940年第14期

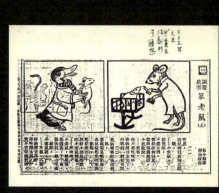

◎ 沈同衡《笨老鼠（上）》（图画故事），载《儿童生活》创刊号，1944年1月1日

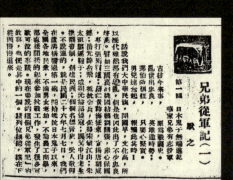

◎ 沈同衡《兄弟从军记（一）》，载《桂林晚报》，后由桂林文化供应社出版小册子

◎ 沈同衡《劝壮丁》，载《桂林晚报》，1939年

漫画家们的群像

在编写相关桂林文艺抗战图书的过程中，鉴于当时对抗战时期客桂的画家情况不甚明了，也尚未有过接触，故开始以出版社征稿信的形式先发给有关画家，征稿信发出后不久，沈同衡先生第一个复信：

编辑同志：

征稿信收悉。嘱稿自当应命，但经浩劫后，我所存作品及资料已荡然无存。写点回忆之类或者还有可能，倘我的日记照片及友人信件题赠尚在手里，写起回忆来也可具体生动多多，现在恐只能全凭"回忆"了。写成时即奉请教。

我在《人民日报》，已离休，仍住报社内，并仍天天去办公室，来信径寄报社即可。此次来信写什么"师资训练班"，不知事出何因，幸尚有报社地址，否则恐难收到矣！

先复。顺致

敬礼！

沈同衡

1983年12月4日

1985年10月22日，恰逢重阳节，因为沈同衡是我编写图书中的重点对象，我特地赴京登门拜访他。他热情好客，我们一见如故，他给我介绍了当年桂林美术活动情况，也谈了个人的经历。

回家后又喜获他的来信，信曰：

112

益群同志：

在京匆匆相见，没有好好招待，很是抱歉。

嘱写简历，现凭记忆所及，草草写就，仅供参考，如有不明了处，请不客气地提出，当尽力补足。

因为急于要准备去贵阳参加漫画学术交流会的材料，恕不多写。

专此，顺致

敬礼！

易琼同志均此问好。

沈同衡
1985年10月27日

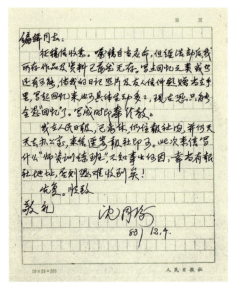

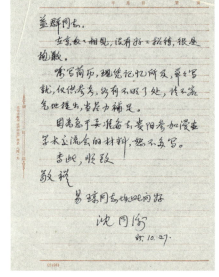

◎沈同衡致编辑部信，1983年12月4日，作者藏　　◎沈同衡致作者信，1985年10月27日，作者藏

剪報資料（二）

发表于《桂林晚报》副刊的零星小文

共41页（1939下半年）

全部文字，无论用的什么笔名，均本人所写。

沈同衡

剪報資料（三）

通俗文艺（故事、诗歌）

新闻报道及插图　挖掘晚报

时事宣传漫画

儿童教育漫画

共26页（1939—1944）

除P.23李济深题字，P.24-26的文字外，其余各页全部文字均本人所写。

沈同衡

1986年9月10日，沈同衡又来信：

益群同志：

手书并附咱俩合影一帧，拜收，谢谢！

《抗战时期桂林美术运动》一书，没有见到。此书已经出了吗？你要我请叶浅予为它题词，是写书名还是写点纪念性文句？倘系书名，宜横式或竖式，请具体说明。不过，书既已出，还题写何用？

嘱代约请当年在桂漫人各自绘漫象（像）一事，自当照办。凭记忆其时在桂及先后到过桂林的漫人，有下列诸位：

叶浅予、张乐平、特伟、陆志庠、宣文杰、廖冰兄、周令钊、张光宇、张正宇、汪子美、陶谋基、麦非、廖未林、叶冈、沈振黄、叶苗、沈逸千、梁琛、黄超、余所亚、梁中铭、刘元、黄尧、刘露德、林仰峥、游允常、丁聪、沈同衡等。

（另此页注：麦非、廖未林、黄尧在国外；梁琛、黄超、刘露德情况不明；林仰峥、游允常当时为我们办的学习班学生，抗日结束后至50年代成为漫画家，算不算？黄苗子、胡考当年未到桂。汪子美近年隐居，实行三不：不见客，不通信，不动笔。刘元解放战争中画过反动漫画，以后基本离了行，现在南京，无联系。）

◎黄鹤楼大壁画《抗战必胜》创作照，沈同衡、周令钊设计，国民政府军委会政治部第三厅美术组集体创作，1938年9月

以上可以找到的15人中，除汪子美、刘元，均有把握取得他们的自画象（像）。请决定是否全部都要？

本月下旬我应河南省漫画学会邀，将有郑州之行，国庆节前夕可回京。请来信，仍寄原址。

又：原艺师班同学卢汉宗，寄我一些资料，其中有田汉题画诗一首，说是题徐杰民先生画的。约1942年初（记得刚过春节），我以正阳楼一画带给田老看［那时他还没搬施家园，住在花桥至七星（前）岩间的码坪街，坐北朝南的沿街房，与田老太太住一起］。我同他谈了艺师班情况，告诉他我想为学生办个"学术讲座"，不定期地请文艺界和国际问题、哲学、经济等专家去讲讲。他很高兴，答允讲一次（茅盾、熊佛西、欧阳予倩和文化供应社、桂林文协等一些同志，多人讲过）。我请他在画上题几个字，他当场草成一绝，反复改了几处。他说："孔夫子弟子三千，你们也培养三千，就不错了，是一支抗战艺术的队伍啊！"（他对于我们当时的教材教法脱离战时现实的倾向是不无意见的，但也并不赞成以标语口号大叫大嚷为"战斗艺术"。国统区那时抗战正处低潮，皖南事变刚发生。怎样培养一支革命的艺术队伍，当时我很受启发。）他的题诗用意很清楚的："正阳楼阁耸青云，中有三千艺术军；笳鼓不闻弦诵起，春城花木发清芬。"我过去不知道徐杰民先生也画过正阳楼（我的正阳楼画曾在一次画展展出过，师生可能有记得的），最近看了资料才知"卅一年四月"田老为他题了此诗，估计是后来为徐先生再题了这首现成之作。现在陆华柏先生为之谱曲，大家正在传唱，这很好，但错了两字，第三句的"弦"错成"从"，第四句的"发"（發）错成"致"。我向卢汉宗同学提及有错字，据说已改了一字，另一字仍未纠正。请便中转告，以免以讹传讹，并应由此正确对待历史，正确认识过去的得失，使正阳楼艺术军的精神，永发清芬。

祝康乐！

沈同衡

1986年9月10日

◎沈同衡致作者信，1986年9月10日

欣读长信，深感沈老处事认真负责，即复信致谢。两个月后，又喜获来信：

益群同志：

　　手书奉悉。漫画家自画象（像），北京的几位我都联系过了。丁聪、陆志庠和我的，已完成。黄苗子表示为难，因为他已几十年不搞漫画，而且他说抗战时只经过桂林一次，未停留过。叶浅予曾回南方老家不少日子，回来后因原住处被拆（要翻造楼房），夫妇分居，他暂住中国画研究院的画室里，离市区远，画室中亦无电话，联系很不便，曾请丁聪、郁风等转告，不见回音。余所亚也很难找，听说他眼睛基本失明，写信都须儿子代笔，过些日子拟花一天时间，专

◎沈同衡致作者信，1986年11月17日

访叶、余二位，结果容后再告。这些老人现在确是不容易见面。上海的张乐平、

特伟、叶冈、宣文杰等，拟请您写信给特伟，让他就近收集如何？特伟通讯处：

"上海万航渡上海美术电影厂"。此复，祝

健好！

沈同衡

1986年11月17日

拜读来函，感动之余，旋即去信再谢。不久，沈老又来信：

杨益群同志：

　　关于征集漫像事，前几天特地去西郊寻找了两年多未见的余所亚，好不容易总算找到了他的住处，但他因双目基本失明，无法作画，只得请丁聪代劳，昨天寄来了。叶浅予身体也不太好，他爱人正病危中，同意用他一幅今年上半年所作的自画象（像）。黄苗子还是不愿画，理由仍旧：①只路过桂林一次，不能算"留桂"画人；②对漫画"不弹此调久矣"。

　　请叶题词，他婉辞了，说："我从不题词，今后更不会题了，原谅！"

　　附上北京五人漫象（像）。上海的，请与特伟联系。此复。顺颂

新年好！

◎沈同衡致作者信，1986年12月23日

沈同衡

1986年12月23日

手捧沈同衡老先生的信和北京五老的自画像，我心潮起伏，久久无法平静。就为了这些漫画家的自画像，沈老不知花了几多心血，单反复去说服年老笔疏、身体欠佳的叶浅予老，便跑了好几趟。我去过北京红庙沈老住处，又到过余所亚海滨区紫竹路住处，一东一西，跑一趟就得整整一天，何况古稀老人。虽非原件，也实属不易！感动之余，即去信致谢。信发不久，又获沈老来信：

益群同志：

手书收悉。漫画象（像）的事，颇有困难。因有的同志年老或身体不好，久已不作画了。陆志庠的自画象（像）是搁笔二十多年后的"老处女"作，丁聪都惊讶说是"不容易"，可是要拿出展览是太不成样子了，因为他是用普通过蓝钢笔画在一个带小格子的袖珍小本本上撕下来的。叶浅予不愿画，也不愿题词，他家房子已拆，暂住画院，夫人病危，情绪极坏，说了半天总算答允把《文艺报》五月间发表的他的铅笔自画象（像）复印交你。丁聪是"文革"以来不断在画的，交你这一幅是他比较满意的，原稿还不知在不在手里，他给我的就是复印品。余所亚两眼认字都认不清了，怎能作画，他很热心，请丁聪给他按照片画了一幅，丁给

◎ 沈同衡致作者信，1987年1月18日

我时也是复印品。总之，复印品也来之不易。我想，你可以在付印时按需要缩成大小相仿的画象（像），然后拼版。请别人画时，也不须以此为样板去给人看原稿。画展就不用展出这批大小不一的原稿了。如何？请卓裁。北京今冬特冷，连下大雪，厚积不融，车慢而挤，老朋友们见面都觉不容易。

　　春节将届，敬颂

　　新禧，并祝旅安！

沈同衡

1987年1月18日

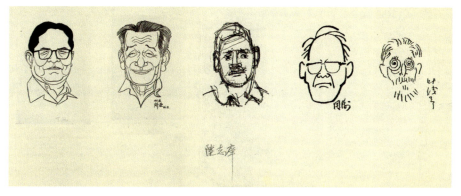

◎抗战期间在桂林的部分漫画家自画像，余所亚因眼睛一时失明，由丁聪代笔，左起：丁聪、余所亚、陆志庠、沈同衡、叶浅予，1986年前后，作者藏

○1938年的沈同衡

　　沈同衡（1914—2002），上海市宝山人。又名石东，笔名童痕、毅云、索伊。自幼随父读书识字，1931年在家乡小学任教，后考入新华艺专西画系。1937年7月在新华艺专毕业后即从事抗日救亡活动。1938年初，辗转到达武汉，参加由郭沫若领导的国民政府军委会政治部第三厅，任第三厅艺术处美术科科员，从事抗战绘画宣传工作。是年10月武汉失守后，经长沙、衡阳撤往桂林，从事桂林抗战美术运动。至1944年秋桂林大撤退，经柳州、都匀、独山、贵阳，于1944年底抵重庆。抗战胜利后返上海从事漫画创作。在"反右斗争"中曾被错划为"右派"，发配到新疆。改正错划后回人民日报社任职。1987年创立新闻漫画研究会，任会长，与人民美术出版社联合出版《新闻漫画选刊》。1992年被中国美协漫画艺术委员会授予"中国漫画金猴奖"荣誉奖。

刘元

◎刘元《葬妻图》(1987年第一稿),作者藏

果然，当我们到达重庆之后，我听到许多朋友的悲惨故事，其中尤以沈振黄兄堕车惨死，他的太太在新坟旁产下遗孤，刘元兄的太太死于他背上，这两件事最为辛酸。

——韩北屏《纪念一个友人》

　　"艺人并非神仙"一点不假，在民族灾难深重的抗战时期，艺人们的处境也与广大民众一样，贫病交加，举步维艰。刘元也不例外，全家十口，要靠其微薄的薪水和少许的稿费养活，在战时物价飞涨的桂林，其艰难拮据可想而知。此时的桂林，畸形发展，人口猛增，从数万猛增至四五十万，住房奇缺。刘元初来乍到，人生地不熟，举目无亲，又拖着一大家，无法找到住处。后来经过了一番周折，好不容易才租上房子，却因房租猛涨，未能按时交纳，屡遭房东逐客之苦。

　　秉性刚直的刘元，受不了房东的白眼，愤而典当了部分衣物，倾其所有，在七星岩下买了一所草屋，借以栖身。从上海逃难至此的老朋友、著名戏剧家熊佛西闻讯，风趣地戏谑刘元：

　　"有此草庐，虽不足扬眉，但可吐气了！"

　　熊佛西语毕，遂摊纸挥毫，写了"吐气庐"横额一幅。刘元喜得墨宝，旋将其悬挂在草堂竹壁上。浑厚苍劲的颜楷不仅使茅舍增辉生色，也可令主人解嘲自慰。

　　然而，草屋毕竟十分简陋，狭小的两间茅房，挤满了刘元夫妇俩及三个孩子（在桂林又添了一男一女），还有年迈的母亲和岳母，以及三个弟妹。叠床架屋，杂乱不堪。更为难忍的是每逢春、冬雨季，苦雨绵绵，满屋湿气，泥地上直冒水，茅房里的衣物都发了霉。有时夜半大雨滂沱，刘元一家竟陷人当年杜甫在成都草堂所遇的那种困境。漏水滴滴答答的响声，勾起了他这般覆巢失所的流浪者的哀愁。他不禁吟诵起杜甫《茅屋为秋风所破歌》的诗句："布衾多年冷似铁，娇儿恶卧踏里裂。床头屋漏无干处，雨脚如麻未断绝。自经丧乱少睡眠，长夜沾湿何由彻！"刘元一家住在这漏无干处的茅屋里，同时也面临着另一大难关，即老老少少十张嘴的吃饭问题。此时的桂林，正值通货膨胀，物价不稳，一天之间，米价几升。担负起全家人经济生活重任的刘元，正像当时一般文人一样，"每天忙于生活问题，在饥饿线上挣扎"。[1]

刘元四处奔波，多方谋职，先后在广西省立艺术师资训练班、桂林行营政治部战时绘画训练班任职或讲课，并任《扫荡报》（桂林版）新辟副刊《美术》主编，经常撰写美术评论和绘制一批思想性很强的抗战漫画。还和版画家赖少其、宋克君合作，分别出版了漫画木刻集《汉奸汪精卫》《都市小景》等。刘元当时虽笔耕不辍，作品甚丰，但那是出于他对民族与时代的强烈责任感，以笔当枪，投身于神圣的抗日救国伟大斗争，并没多大的经济效益。因为其时稿费极低，刊物锐减，要靠创作谋生是难上难。1943年9月23日的桂林《大公报》，就曾以《留桂林文艺作家纷纷改弦易辙，书业冷淡刊物减少，卖稿度日无以为生》为题，对此作了介绍。因此，刘元主要靠菲薄的薪水养活一家，景况十分艰难，常常青黄不接，三旬九食。大妹无钱延医，不幸病亡。膝下三个嗷嗷待哺的孩儿，更使其老母亲愁肠百结。为减轻家庭负担，谋求生路，刘元的二妹嫁为人妇，弟弟投军。家中剩下老少七人。但仍入不敷出，难以维生。

1944年8月8日衡阳沦陷，桂林国民党当局惊慌失措，党政机关纷纷抢占交通工具撤离桂林，达官贵人凭借权力财力，争相逃窜。无能为力的民众，只好等待时机，听天由命，俨如当时民谣所唱："走得一步是一步，救得一命是一命。"桂林危急，刘元只好携老背少，夹杂在逃难人流中，餐风宿露，步履维艰，还要时时提防敌机的狂轰滥炸。逃难不久，未满两岁的女儿

1.《文化人改行》，载桂林《文化通讯》第29期。

◎刘元长卷《流亡图》，76 cm × 333 cm，1945年春，原为作者藏，现已捐赠中国美术馆永久收藏

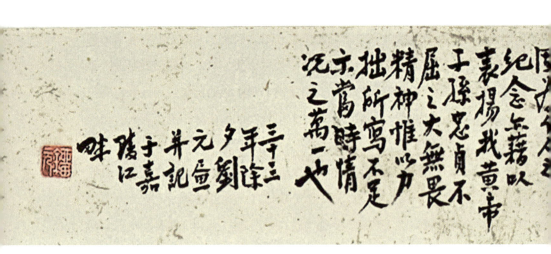

◎刘元长卷《流亡图》局部

三年夏日寇犯我湘桂鐵蹄所至玉廬舍為墟我老千同胞沿桂黔攜幼扶老曲路徒步西犇爸爸飢飲露日晒而暴沍暑而暴沍武中饑寒而倒斃夫失其妻母喪失其子者比二皆是彼輩厥盡艱辛不辭勞瘁者共也須不

染上流行霍乱而夭折。接着，妻子也患急性痢疾，形销骨立，无法行走。刘元只好背起她，手牵年仅4岁的儿子，和其他家人一道趔趄前行。不料快到贵州都匀时，经路人指点，才发现妻子早已死于背上，幸得一青年的帮忙，寻得一破芦席和一把锄头，草草掩埋遗体于路旁荒土中。他只好背起啼饥号寒的儿子，继续和家人一起，含辛茹苦，行行重行行，历时四个多月，终于在是年除夕前抵达重庆。

刘元逃亡途中的悲惨遭遇，引起国统区文化界的关注。著名作家韩北屏在其《纪念一个友人》[2]一文中写道：

> 去年秋间因桂柳战事紧迫，离开广西，……于今年二月初方才到达重庆。三个多月的旅途中，我们虽然翻丛山越苗岭，生活极其困顿，但是，每当记起由公路铁路撤退的友人，他们是在如何险恶的情形底下逃难，他们的遭际自然令人十分关心，他们在差不多二千里的长途上流亡，先是南方的炎热折磨他们，后来是高原上的风寒凌虐他们，一些不幸的事必然跟随他们。果然，当我们到达重庆之后，我听到许多朋友的悲惨故事，其中尤以沈振黄兄堕车惨死，他的太太在新坟旁产下遗孤，刘元兄的太太死于他背上，这两件事最为辛酸。

刘元到了重庆后，痛定思痛，呕心沥血，在春寒料峭的深夜里，他满怀悲愤之情，洒泪挥毫创作了《葬妻图》，接着又根据逃难路上的亲身经历和所见所闻，日以继夜地创作了长卷《流亡图》。该画长3米多，宽约1米，整个画面，男女老少，大大小小共画了五十多人，举止神态、形象各异，栩栩如生，是画家逃难途中的真实写照。画家还以饱蘸情感的笔触，在这幅长卷中间显要之处，题下了动人心魄的语句：

> 卅三年（即1944年）夏，日寇犯我湘桂，铁蹄所至，庐舍为墟。我

2.原载贵阳《大刚报》1945年11月26日。

万千同胞扶老携幼，沿桂黔公路徒步西移，餐风饮露，日晒雨淋，或中暑而暴亡，或饥寒而倒毙，夫失其妻，母弃其子者，比比皆是。彼辈历尽艰辛，不辞劳瘁者，无他，不愿作敌人之奴隶耳！写此流亡图，固为个人之纪念，亦借以表扬我黄帝子孙忠贞不屈之大无畏精神。惟以力拙，所写不足示当时情况之万一也。三十三年除夕刘元画并记于嘉陵江畔。

127

　　1945年早春二月，山城重庆有一个小小的画展引起人们争相前往观看。这个画展便是刘元和友人共同举办的"黔桂道上"，其中最引起轰动的便是刘元的《流亡图》和《葬妻图》。

无声诗史并画史

刘元在桂林长达六年之久，经历了抗战时期桂林文化运动兴衰全过程。其生性耿直，为人忠厚，工作埋头苦干，为桂林抗战美术运动做了大量的工作，表现了巨大的抗战热情，主要活动有：

1938年赴桂，刘元即热情投入桂林方兴未艾的抗日救亡文化活动，在广西省立艺术师资训练班兼课。是年11月13日出席五路军政治部艺术股招待抵桂画家会议。1939年11月初至翌年5月中旬，为桂林行营政治部战时绘画训练班讲课，辅导学员。1940年初，参加中华全国木刻界抗敌协会和阵中画报社主办的"抗战街头诗画展"。3月下旬至4月下旬，参加桂林美术界交谊会，讨论"战时绘画之形式及内容问题"和"关于绘画工作者的修养问题"。是年4月4、5日，在桂林中学"刘仑战地素描展览"会上同李桦、黄新波、廖冰兄等一起义卖画像，支援前线。5月2日，被推选为大型"战时美术展览"筹委会委员，该画展由广西省立艺术馆、阵中画报社、中华全国木刻界抗敌协会、漫画宣传队、广西省立艺术师资训练班等筹办。1939年5月，与艾青、阳太阳、黄茅、赖少其、张仃、李桦、廖冰兄、郁风、特伟、黄新波、沈同衡、刘建庵等一起，以"中国绘画工作同人"名义，在《工作与学习·漫画与木刻》第2期上发表《中国绘画工作同人致苏联同志书》，向苏联美术工作者表示敬意，并决心互相团结，共同夺取反法西斯斗争的胜利。7月28日，任桂林新闻记者公会执行委员。8月13日，为广西省立艺术馆主办的暑期美术讲座讲课，题为《宣传画的制作问题》。10月上旬，在桂林乐群社同黄新波、温涛、周令钊等招待从港归来的美术工作者张光宇、丁聪、余所亚等，刘元和黄新波分别报告桂林美术运动，酝酿成立"全国漫画家协会"。11月23日，出席中华全国漫画作家抗敌协会广西分会筹备会，和余所亚、汪子美、黄新波同被推选为筹委会委员。1941年元月，参加中华全国木刻界抗敌协会、中华全国漫画作家抗敌协会和文协桂林分会诗歌组联合主办的"街头诗画展"。5月中旬，任桂林美术界工作室筹备会经费保管委员，为中华全国美术会会员，任《扫荡报》（桂林版）新辟副刊《美术》主编。8月8日，继续为广西省立艺术馆主办的暑期美术讲座讲课，题为《宣传画研究》。1942年1月2日，参加桂林美术界在美丽川菜馆举行的新年欢聚会，出席者还有周令钊、尹瘦石、沈同衡、帅础坚、张安治、余所亚、黄养辉、沈士庄、周泽航（周千秋）、郑克基、张在民、徐杰民、徐德华、曹佩圻、陈仲纲、吴宣化、傅思达、万昊、郑明虹、陈海鹰、刘建庵等，席间，各自以自画像代签名。3月18日，为桂林美术界救侨美术展览筹委会委员。4月26日，中华全国美术会桂林分会成立，任理事。7月上旬，举办个人画展，共展出近作数十幅。画展揭幕前，便已先声夺人，舆论称"闻其所选内容，多系描绘现实的人物画，技法新颖，寓意深远，多以图画形式表现，精致独特"[3]。画展开幕后，博得大家的好评，影响颇大。桂林各家报纸均纷纷予以报道，其中1942年7月5日《扫荡报》在有关长篇报道中指出：

> 刘元个人画展，参观者极为踊跃，并已预定去大批作品，以现实题材占多数，亦有少数古人物画像，一律用中国工具材料，汇集中西两种画法于一炉，存长去短，创一种新的作风，实为难能可贵，在桂尚属创举。其中佳构如《文信国像》《昭君出塞》《反攻》《农妇》《展望》《秦良玉》《梁红玉》《花木兰》《耕耘与收获》《僧》等幅，均极为观众所爱好，其中一部分并由周泽航氏配景，陈孝威、李维源、熊佛西诸氏题字，更为珠壁

3.载《扫荡报》1942年6月14日。

（壁）联合，相得益彰。

熊佛西、徐杰民等还特地发表了《刘元先生的人物画》《由刘元画展说到人物画》等文章，高度评价刘元的人物画创作。

关于人物画，刘元曾提到过："徐悲鸿看过我的人物画，肯定之余曾鼓励我要继续努力，多画人物国画，并带走我一幅参加全国美展的《农家女》到国外展出。"

刘元除了热心参加桂林抗战美术活动，还创作了大量抗战漫画，经常为《国防周报》《扫荡报》（桂林版）、《救亡日报》《音乐与美术》《工作与学习·漫画与木刻》《广西日报》等报刊撰稿。值得一提的是《国防周报》，系国民党新桂系办的综合性期刊，既有国际、军事、经济、政治评论文章，又有学术论文、文艺作品。最突出的是每期封面都配有讽刺漫画。反映国际反法西斯斗争和抨击、嘲讽希特勒、日寇等罪魁的漫画木刻，思想深刻，鞭笞入理，如《同归于尽》《独裁者的最后一瞬》《倭寇的苦闷》《希特勒的十字军》《抽紧"圈套"！》《日本对美之外交》《防上重要，打下更重要》等。自1941年5月4日创刊至1944年1月终刊，总期数为7卷64期，全部封面漫画均出自刘元之手，确不简单！其他大量漫画，主要是讽刺、抨击法西斯反动势力和汪精卫汉奸败类的丑态，如《意大利的悲哀》《纳粹统治下的饥馑》《希特勒与拿破仑》《玩火者焚于火》《"时间"的祭品》《困在核心》《所谓自动撤退》《胜利的笑》等一大批作品。其中不乏佼佼之作，如漫画《敌人手足无措》（全名为《游击战、迂回战、运动战，使暴敌手足失措》）构图新颖，表现日军受到中国军民的四面夹击，处于手足无措之中。画中日军身后戴钢盔的是中国国民党军人，日军身前手举大刀的是共产党领导下的八路军，日寇头上手执刺刀的是中国的普通民兵，表示中国的抗日民族统一战线之威力。它也很好地记录了运用灵活机动战略战术的全民抗战，给侵略者以沉重打击的史实，堪称传世佳作。

刘元还和宋克君合作（刘画宋刻）创作出版了《都市小景》（画集）[4]。这部画集分为《一般之部》和《桂林之部》，《一般之部》包括：一、《第二战场》；二、《总动员》；三、《胡适？》；四、《吃大菜与买小菜》；五、《肚子也拉警报？！》；六、《流浪儿的职业》；七、《当街示众》；八、《人与树争》；九、《肉与白菜的对话》；十、《呜！呜！呜！》。《桂林之部》包括：十一、《人嫁与肉价》；十二、《人"烟"稠密》；十三、《饮水思源》；十四、《无伞难容身》；十五、《双重压迫》；十六、《约法三章》；十七、《灰布衣黯然无色》；十八、《吃的绝技》；十九、《街头越野赛》；二十、《胆"大"如鼠》。这些作品深刻生动，深受读者欢迎。

在埋头创作抗战漫画之余，刘元也撰写了一批美术理论文章，发表在《音乐与美术》第2卷第12期上的《怎样教宣传画》一文，很有深度，概括地指出宣传画的重要性，他说：

客观的事实，证明绘画是宣传的一个有力的武器。抗战至今已踏上第五个年头，宣传画和敌人作殊死战，一样地与其他部门获得光荣胜利的功果。

接着，又阐述宣传画的概念，指出：

凡是负有宣传使命的绘画谓之宣传画，今天所谈的是指为抗战建国而宣传的图画，是富有政教意义的宣传画。

但是过去没有好的教材，只是从旧教科书里抄些出来随便教给学生，学生掌握不到新技法，因而画不好宣传画，也就失却了抗战宣传的作用。怎样教学生画好宣传画呢？刘元结合自己的创作经验，特提出如下数点：

4.刘元画，宋克君刻，桂林大道文化事业公司1944年1月出版。

1.多教学生练习画人……而宣传画的人，我们不必像普通画人体那样认真，比例、解剖、黑白不一定很准确，只求大体不差，对每一种人的表情、动作、姿态，特别注意刻画，此点又令学生多作速写。

2.关于宣传画的题材内容的决定，教师应取领导地位，或给予暗示令学生自由发挥，如全凭学生拟定，因彼等学识有限，常弄出牛头不对马嘴，画不对题的笑话来。

3.宣传画的表现方法，要简单明了，以线条为主，不必像绘一般画要注意光暗层次，设色用平涂法（和图案同），以墨勾绘轮廓，务求其干净鲜明注目。

4.宣传画要达到它的宣传效果，对每一事物的描绘，不能作客观记录式的描绘，而应加以主观的夸大，如形容日寇的矮小，不妨强调其更矮小……夸张在宣传画中非常重要，可是不能过分。

5.宣传画在表面上看，好像可以随便，不如一般的画那样一笔不苟，但其实宣传画的确是难画，宣传画的练习是要经过严格训练的过程，犹如在写草书之前，先要学楷书一样。

刘元还创作发表了不少颇有深度的散文，其中《西山写画记》[5]是一篇具有史料价值和艺术价值的好文。作者于1943年11月9日应广西桂平西山风景区建设委员会和西山龙华寺著名住持巨赞法师之邀，和著名画家尹瘦石[6]一起到西山写生画风景画，拟于次年春举办画展，作为宣传西山风景和筹募建设基金之用。文中不仅记述作者在西山的生活和写生绘画过程，还涉及巨赞法师的言谈举止，写道：

巨赞法师书读得不少，年纪只有三十五岁，他的思想言论和一般的和尚不大同，我们谈起来倒很感到融合和不拘束，他同我们谈哲学、政治、文学、艺术……他的见解很高。平常几个朋友在一起谈话的程序往

5.载《扫荡报》1943年12月12日—12月19日。

6.详见本书"尹瘦石"篇。

往从宇宙之大到苍蝇之微，由大事到女人，我们虽在庙里，仍没放弃这个原则，谈到男女问题的时候，他也发表许多高见，最后的结论是："还是做和尚能减去这些烦脑（恼）！"谈到最后，我们不仅（禁）问他出缘的动机，他却很轻松而玄妙的笑答这一句："我从小就想做和尚。"

作者还把新画《天外一僧归》请巨赞法师题跋，巨赞法师欣然命笔：

> 天外归来何所事，冷风犹带御风姿；人间未必知禅味，且入画坛和画诗。

作者认为此诗"不啻为彼自述"。至于景物描绘，更是形象生动，情景交融。试看：

> 大雄宝殿的钟鼓声，把我从梦中惊醒，披衣下床的时候，天还是银灰色，我匆匆擦擦脸手，提着画箱，登上昨天所描绘的飞阁，倚栏远眺，一望无涯，俯瞰双江，横绕城廓，这时一轮红日，冉冉的升在远空，发出万丈光辉。天南、白石的双峰，好像装了金，一切景物的轮廓渐（渐）渐清晰，江午的塔影，城里的屋宇，均历历在目，面对着这壮美的景象，在构图上根本不用思考，于午饭前我终于完成这幅画。

对于社会上的不合理现象，如某些人对艺术家的正当权利的非议，刘元也敢于仗义执言，直言不讳。他在《艺人并非神仙》[7]一文中指出：

> （针对）社会上有一部分人士对艺术家举行展览会标卖作品和演奏会售卖门券，颇多非议。认为艺术家们举行作品展览或演奏会，为发扬艺术，为表现个人的技艺，甚至为的出风头，因此根本不应该卖钱，即使卖

---

7. 载《扫荡报》1942年6月19日。

钱也只应收回成本，不能借此盈利，否则不是骗子就和那些市侩商人一样的庸俗，不配称作"高雅"的艺术家。

作者很不以为然，他借戏剧家熊佛西之口指出：

一个从事艺术工作的人，自己或别人不要自称或称人为"艺术家"，最好唤为"艺术工作者"，因为从事艺术工作的人本是一个凭着技艺为人类谋幸福、替社会做工作的"工人"，和其他的工人在生活上、工作上并不两样。正因此，他和其他工人同样需要衣食，同样的需要生活，也同样的需要金钱，一个纯正的艺人，决不会把金钱看作最终的目的，而把它当作追求技艺达到成功之途的桥梁。如果有人认为艺术家是骗子，那末那些囤积居奇的奸商和贪官污吏之流，都可算"善良"之辈了，何况大多数的人，都不是傻子呀。

其结论是：

艺术家并不是一个不平凡的人，更不是神仙，从前一般骚人墨客们传统的"清高"美德，应该值得今代艺人们所秉承效法，同时我们也不要忘记现实，既不必要假充"活神仙"，更不应真的去做骗子。

◎ 刘元《敌人手足无措》，载《抗战漫画》1938年第10期

◎ 刘元《两年来在艰苦奋斗中的收获》，载《阵中画报》

◎ 刘元《农家女》，1941年

◎ 刘元《流血者与流汗者》，载《音乐与美术》
1942年第3卷第1期

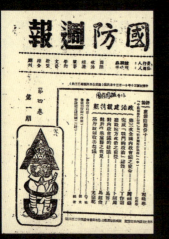

◎ 刘元《倭寇的苦闷》，载《国防周报》
1941年第4卷第1期

刘元创作的人物漫画

◎ 刘元创作的人物漫画，左为徐悲鸿，右为叶浅予，1942年，桂林

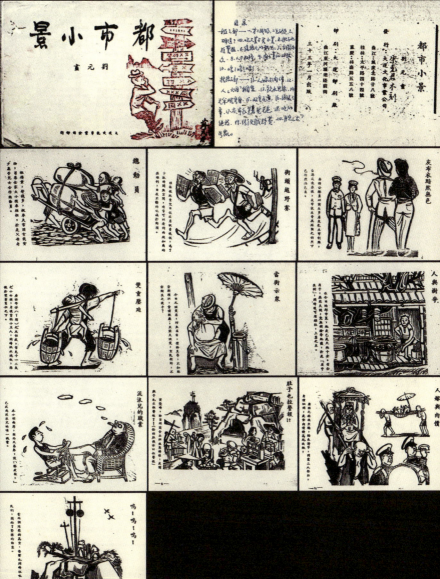

警報在桂林

◎刘元《警报在桂林》(共8幅，选录4幅)，载《耕耘》1940年第1期

墨点无多泪点多

　　1985年10月底的一个上午，我在南京拜访了著名画家黄养辉后赶赴刘元家，一踏入简陋的厅堂，便瞥见一魁梧壮实老人笑脸相迎，他敦厚和气，声若洪钟，此人正是刘元。原来，刘元"文革"期间曾因抗战时在桂林任国民党《扫荡报》编辑等"历史问题"而被下放到干校劳改，刚落实政策归来不久。我向其表明正在撰写有关桂林文艺抗战时期美术劳动的内容时，他万万没想到，过去被当作污点的抗战往事，如今却有人上门探询研究，当即深表支持。旧事重提，感慨万端。最后，当我问及其手头有无当年资料时，他十分惋惜有关资料在解放后尤其"文革"期间被销毁殆尽，仅留下两幅画，其中《葬妻图》在"文革"中被抄家丢弃了，另幅《流亡图》也破损严重，无地方收藏，只好放在门后角落。他说："如你觉得合适，便送你好了！"说着便从门后边取出此画交到我手上。我顺手打开，霉气扑鼻，确已破损严重。我来不及细看便道谢收下。

　　《流亡图》整个画面，人物举止神态、形象各异，栩栩如生。好一幅深刻生动的人物画长卷！与著名画家蒋兆和传世之作《流民图》南北相应，双璧辉映。

　　仔细揣摩此画，从左至右，突现眼前的，是一组组逃难途中惨绝人寰的镜头。画的左上角，一辆军车顶上，搭满"黄鱼"，摇摇晃晃，岌岌可危。坐在车顶后面把守着的士兵，手执树枝狠狠鞭打着攀车者，眼看攀车者即将跌落车下。画的左下角，一位形容憔悴的老头子不幸病倒，只好在山脚路边搭起简陋帐篷休息，其老伴凄然无望地苦守在他身旁。离老头子不远处，一位披头散发的老妇人，正蹲下身紧抱着奄奄待毙的儿子，望着即将成为孤儿寡妇的三个孙儿和媳妇号啕大哭，痛不欲生；年轻的媳妇怀抱婴儿，望着将亡的丈夫和一对啼哭不止的小儿女，顿觉前途渺茫，心如刀绞，泣不成声。

140

画的中部，一个戴着近视眼镜的中年知识分子，在饥寒交迫之中，浑身瑟缩。他背着一个大包袱，踟蹰不前，掉转脸来凝视着步履蹒跚的妻子。他正为妻子将临产而发愁：眼前山茫茫，野苍苍，天寒地冻，若此时分娩，将如何是好？他再三催促妻子快走，恨不得早日抵达目的地。可是，挺着大肚子的妻子，历经长途跋涉，至此已疲惫不堪，举步维艰，只好咬紧牙关，行行歇歇，听天由命。为这对夫妇背孩子、提行李的女佣人，陪伴着女主人停歇之际，蓦然眺望远方被敌机轰炸过的地方，正烈火熊熊，浓烟滚滚。她不禁怀念起远方的亲人，黯然神伤。

画的右边，迎面走来了一家祖孙三代，父女俩小心翼翼地搀扶着年迈的祖母，孙女的左臂别着黑袖圈，不是亡夫便是祖父新丧。老太婆强忍住内心的剧痛，握着拐杖，在儿孙的扶持下，颤悠悠地移动着如灌满铅般的双脚，绝望地往前走。

右下角，一位白发苍苍的老汉，背着沉重的包袱，精疲力竭地坐在路旁，手拿又干又硬的糯米粑粑，饥不择食地啃着。另一愁眉不展的老头子，在其女儿的照料下，搁下担挑，坐在行李包上，端起空饭碗，用筷子夹着锅里的野菜、树皮，狼吞虎咽。

这是迄今为止我看到的罕见的长卷，是反映抗日战争中流民悲惨生活的扛鼎之作！作者在画卷上写的肺腑题词与形象生动的画面相得益彰，弥足珍贵！我小心翼翼地将此画卷带回深圳，后请知名老师傅将画精心装裱。此作曾被借展于"深圳庆祝抗战胜利五十周年画展"。我也曾撰文介绍这一旷世长卷。

后来，我和刘元的交往日渐密切。如1987年11月初，我去信再次请其找找《葬妻图》并请教其几个问题。他很快复信并附上新创作的《葬妻图》。信曰：

益群同志：

信和照片均收到，谢谢！

《葬妻图》未找到，遵嘱重画了一幅，但不及旧作，寄上请斟酌。至于当时情况，已记叙在画上，不再多述。

关于我的简历和在桂情况，所写基本属实（其中有些我已记忆不清了），惟有个别地方与事实稍有出入，且有小的遗漏。如：

1.我到《阵中画报》并非叶浅予介绍[叶曾介绍我到军委会政治部第一厅（按：应为第三厅）工作过一段短时间]。

2.桂林《扫荡报》并未出过美术特刊（因当时制版印刷条件差）。

3.在桂林曾与"木协"赖少其合作一本《汉奸汪精卫》小册子，我画他刻，至于何家书店出版的，已记不清。

刊物出版后，希各寄数本给我留念。

祝笔健！

◎刘元致作者信，1987年11月14日

刘元

1987年11月14日

真没料到刘老如此认真，竟重画当年旧稿，且端端正正题词：

一九四四年，日寇入侵我大西南，攻占桂林，后续向贵州进犯。余不愿当亡国奴，携带妻儿沿桂黔公路随难民群步行转移时，妻患重病，我负妻挽子，行至都匀，妻死于我背上而不知，幸得同伴叶君相助，寻到草席一张，将妻体草草掩埋于公路旁荒土中，幼子痛哭不已，此景此情令人心碎。辗转月余抵达重庆后即作斯图以慰亡妻之灵，并对国恨家仇永记不忘也！……该画遗失。

一九八七年重作并记

刘元于南京

我欣喜之余，旋即复信深表谢忱，并询及当年逃亡路上的具体经过，还提出《葬妻图》的修改意见：建议把尸体扛在肩膀上较为恰当。殊不料竟触到其内心深处的痛楚。他在来信中写道：

益群同志：

来信收到。关于所询的问题，大有"往事不堪回首"之感，尤其是惨痛的往事，更不愿回忆。为了你的写作需要，把记得的情况，叙述于下：

我在桂林的时候，全家老小共10口，包括年迈的母亲、岳母，年轻的弟弟和两个妹妹，我们夫妻两人以及两个男孩和一个女孩，全靠我的收入（薪金和稿费）来维持生活，景况十分艰苦。后来大妹患肺病死去，二妹嫁出，弟弟投军，最后家中还剩下老小七人。日寇攻陷衡阳后，桂林告急。机关和有办法的人纷纷向大后方转移，我以家庭人口众多无力移动。1944年初夏，形势更加恶劣，幸得妹夫之同学又是南京老乡之助，得以离开桂林。这位老乡当时是桂林被服厂的总务股长，搭上该厂运送军服的货车到达金城江（当时是火车的终点站），该厂在金城江设临时办事处，为了生计和有栖息之处，我当了办事处的临时文书职务。（张光宇当时路过此地，无处住宿，让他们在办公室桌上住了一夜。）这时金城江霍乱

◎刘元致作者信，1987年11月29日

流行，我不到两岁的小女患病夭亡。

当日寇继续长驱直入之际，办事处准备向贵阳、重庆撤移。当时交通工具紧缺，办事处只有少数汽车，决定分批撤退，我的母亲和岳母及长子（6岁）乘第一批车去贵阳，我和妻及次子小林（4岁，生于桂林）随（第）二批车。当抵独山时，得知前面公路桥塌已被破坏，汽车不能通过，我等不得不弃车步行。这时我妻郑淑贤（南京人，比我大两岁，是1935年在南京和我结婚的，是家庭妇女），因旅途过分疲劳，加之饮食不正常（有时饿肚，有时向农民买点零食充饥），患严重的痢疾病，体弱不能行走。我把她背在身上，手搀小林，随着难民群继续前进，不料行至都匀，我妻死于背上而不知（系路人告知），当时悲痛万分，不知如何处理。幸得并不相识的同路人（是一个青年，姓叶）替我寻得一张破芦席和一把锄头，草草掩埋遗体于路旁荒土中。我又背起小林步行到贵阳与两老及大孩子相逢。次日又搭被服厂运服装的汽车到了重庆，这时是1944年年底。

以上是我离开桂林到达重庆的坎坷历程，以供参考。

近日因届年终，琐事特多，你对拙作所提的几点意见，本拟再重作，但实在抽不出空来，等一等再说吧。

祝福！

刘元

1987年11月29日

刘元画中及信里提及的次子小林即刘小林[8]，他搜集整理其父民国时期发表的漫画，于2016年选辑出版了新闻漫画《京都纪事》、风俗漫画《南京三百六十行》故事漫画《小克日记》，广受欢迎。他曾在回答澎湃新闻郑薛飞腾采访时，谈到了整理父亲的这些漫画的缘由与困难：

在纪念南京解放55周年和60周年之际，许多老南京人回忆过去时，就不由想起，那曾经每日陪伴着自己度过黑暗时日的小克和在南京家喻户晓的刘元。2004

8.刘小林（1940—2017），毕业于南京师范学院美术系，南京师范大学新闻与传播学院副教授。子承父业，擅长中国画、插画、美术教育，出版有连环画《传家宝》、少儿读物《列宁的故事》等。

144

年3月，《金陵晚报》的"老南京"专栏，开始以"老漫画"为题，刊出了一位收藏家所收藏的《小克日记》，使老南京人又看到了久违的小克，不仅引起老人们的深情回忆，也让新南京人感到兴趣。报社在至年底的专栏刊载期间，收到了许多读者热情的来信和来稿。家乡父老对父亲漫画的热爱和漫画对真实历史形象的再现，使我逐渐认识到它特有的艺术和史料价值，从而产生收集整理以重献给家乡父老，以及有助于老一辈和新一代南京人温故知新、珍惜今日的愿望。然而，父亲的那些漫画都是刊登于当年的报纸，虽然南京晚报社也曾分别于民国三十六和三十八年，将晚报中的部分漫画日记，集结印行成《小克日记》画集三册，但是由于历史的原因，当时除了"文革"后南京秦淮文化馆一位老先生赠送给父亲的一册画集外，其余作品已荡然无存，收集整理工作极为困难，几乎从零开始。幸亏在许多朋友甚至不认识同志的热情帮助和支持下，得以从南京图书馆、老南京人提供的收藏，以及网络等渠道，收集到画作七百数十幅，尽管仍缺失很多，但已基本能系统地看出整体情况。接下来的工作，是对翻拍条件很差、原件陈旧，甚至还有缺损的画面，逐一通过电脑予以整理，使其黑白分明、线条清晰。一幅画花上几小时是常事。为此，我几乎每日要整天坐在电脑屏幕前，对变了形的画

◎刘元作、刘小林选辑漫画集，江苏人民出版社，2016年

面和其中的一笔一画进行处理，总数近千。从2004年开始，用了十年多时间。

距上次来信还不足满月，又获刘老来信，随信附上其新作《葬妻图》。画作依我意见稍为修改，题词也小作改动。来信写道：

益群同志：

　　近来除琐事较多，加之患感冒引起了咳喘病，未能及时给你复信，希谅！

　　《葬妻图》按你的意思又重画，但仍有不足之处，请指正！

　　关于张、沈[9]两人，没有什么详情可告，不知沈同衡（现在北京）是否知之较详，因他当时也从桂林逃难出来。方召麐[10]女士不认识，不知她的通讯处。匆此祝健！

刘元

1987年12月20日

◎刘元致作者信，1987年12月20日　　◎刘元《葬妻图》（第二稿），作者藏

9.当年客桂的画家张安治、沈同衡，详见本书"张安治"篇与"沈同衡"篇。

10.香港著名画家，湘桂大撤退时举家从桂林逃难到重庆。

1995年12月，我的关于桂林抗战美术研究的书出版后，我即邮寄给刘老。过了一段时间后，刘老复信给我，信的内容是：

益群先生：

你好！

非常抱歉，收到大作《抗战时期桂林美术运动》后，没有及时向您致谢，一是卧病很久，后来又因找不到你的通讯地址，直至今日才写信。

拜读大作后，似乎把我又带到半个世纪前的桂林。当时许多事已记忆不清，读后往事仿佛又出现在眼前，感叹不已！你费了大量心血，做了一件很有意义的好事，可喜可佩！另一本大作，出版后仍望寄来一读。

最近工作忙否？春节在何处度过？我已82岁，身体大不如前，很少出门，想搞点东西，已力不从心了，只有得过且过，无所做（作）为，惭愧之至！

盼常联系，多得佳音！专此顺祝春节愉快，万事如意！

碧茵老伴嘱代问候！

刘元

1996年2月16

◎刘元致作者信，1996年2月16日

1997年8月中旬，我应邀到苏州大学参加学术活动"巴金国际学术研讨会"[11]。会后赴南京探望刘老。

是年11月，刘老寄来了热情洋溢的信，一打开信，一股热浪便扑面而来，字里行间充满着浓浓的情意：

益群老弟：

您好！

信和照片收到，谢谢！

此次能专程来看我并合影留念，感激您对我的深情厚意！回忆当年在桂林时，正是青壮年，加之受爱国心所驱使，精力充沛，热血沸腾，有一股干劲，做了一些应做的工作，理所当然，承蒙赞许，感甚，愧甚！

回忆近数十年来，得有关方面在政治上、生活上的关怀、照顾，并得到一定的荣誉，对过去在美术事业方面也多次作过宣传介绍，我曾当过数届人民代表、政协委员，现是美术家协会会员，数年前南京大学出版社出版的《漫画知识辞典》

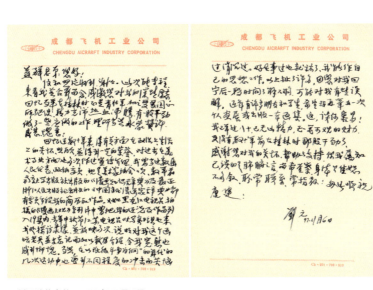

◎刘元致作者信，1997年11月6日

---

11. 作者在大会上所作"巴金与鲁彦"主题发言，详见本书"巴金 鲁彦"篇。

及最近浙江人民出版社出版的《中国当代漫画家辞典》，都有专页介绍我的简历和作品。又如黑龙江电视台拍摄的《漫画大观》系列片中，曾把我的近况及作品列入19集内。去年中秋节江苏电视台《大写真》组也来我处采访录像，并放映多次，说明对我这个画坛老兵并未忘记而加以鼓厉（励）介绍，令我宽慰也感到惭愧。当然，在"以阶级斗争为纲"的年代的几次运动中，也受到不同程度的冲击而苦恼过消沉过。好在事过也就算了，我能作自己的思想工作。以上扯了许多，因您对我回宁后一段时间了解不够，可能对我有些误解，近年有许多朋友和学生希望我再举办一次个人画展或出版一本画集，这，谈何容易！我已年过八十，已无此精力，无一笔可观的财力，更没有数十年前在桂林时那股干劲了。感谢您对我的关怀、帮助与支持，你我属知己，谈的是肺腑之言，尚希鉴察！身体欠佳，恕不多叙。盼常联系，常指教！匆此，顺祝

康健！

刘元

1997年11月6日

读罢来信，我不禁感慨系之，深感其良苦用心。好一位敦厚老实、德高望重的前辈。

刘元（1914—1999），字象乾，因生于 1 月 26 日，恰为农历元月元日，故名"元"。江苏省南京市人。早年就读于安徽公学，1929 年考入上海美术专科学校西画系，受教于张玉良，毕业后返南京执教。30 年代其漫画如《克先生外传》等为南京市人所喜爱，蜚声江浙。1937 年底南京沦陷前，有幸逃离，举家撤往武汉，在阵中画报社任职。后由叶浅予介绍到国民政府军事委员会政治部由郭沫若主持的第三厅工作，参加叶浅予、张乐平为首的"漫画宣传队"，开展抗日宣传活动。1938 年 10 月武汉失守，撤往桂林。1944 年秋桂林被日寇占领前又扶老携小逃往重庆。抗战胜利后返回老家，任南京《中央日报》等报刊编辑。后从事美术创作和教学，创作发表大量连载式漫画作品，如《王小二列传》《克先生外传》《五爷画传》《小克日记》等，真实反映当地民众的苦难生活，无情抨击蒋家王朝的黑暗统治，家喻户晓，风靡宁沪。但在历次政治运动中，尤其是"史无前例"年代，因抗战期间在国民党所办的《阵中画报》（武汉）和《扫荡报》（桂林版）工作过而备受不公待遇，被迫提早退休，挂笔十载。事实上，《扫荡报》（桂林版）当年虽属国民党主办，但刘元主编的该报副刊《美术》和其他进步报刊一样坚持抗日救国。粉碎"四人帮"后重操旧业，焕发极大创作热情，改作国画并撰写画坛忆旧文章，培养年轻美术人才。为南京中山书画社顾问、南京美术家协会理事、南京致公党常委、南京市人大代表、市政协委员。

汪子美

以绘画作抗战宣传，是文化各部门中一支最泼辣有力的挺进军，『宣传画的火力』等于十六吋口径的大炮』。

——汪子美

书生不辞『小技』

152

　　汪子美是又一位以后来的国歌《义勇军进行曲》中的一句歌词为题作画的漫画家（另一位是高龙生），他的《起来，不愿做奴隶的人们！》是被载入中国抗战漫画史册的经典之一。其学弟、著名版画家、中国美术家协会原党组书记王琦先生在回忆这位学长时曾说：

　　　　我和他相识是在1934年，那时我在上海美专是西洋画系一年级的学生，而他却是已经毕业的老学长，而且在上海漫画界已是相当有名气的作（画）家了。我常常从报刊上看到他发表的有关社会生活的漫画，给我印象最深的是他笔下塑造的一系列电影女明星的漫画肖像，简略几笔便能抓住那些人物活灵活现的特征。[1]

　　汪子美自1934年从天津到上海，便逐渐在上海漫画界崭露头角。抗战全面爆发后，汪子美积极从事抗日漫画工作，除了为上海漫画界救亡协会会刊《救亡漫画》供稿外，还参加了叶浅予为领队的救亡漫画宣传队。"八一三"事变，日本侵略军进攻上海，扬言要"三天占领上海""三个月灭亡中国"，驻沪的中国军队第九集团军在张治中率领下奋起抵抗，坚持达三个月之久，

---

1. 王琦：《怀念汪子美同志》，载《美术》2002年第9期。

使日军的侵略野心破灭。汪子美创作了一批宣传漫画，热情赞扬我国军民团结抗日的英雄气概。力作《首当其锋》画中的敌寇一身先进军事装备，手持怀表，妄想在规定时间达到侵略目标，却遭到背着铺盖卷、干粮等笨重简陋装备的中国士兵的迎头挫击。此画问世，便炸裂了漫画界，更激励着军民的抗日斗志，被著名美术理论家黄茅（黄蒙田）誉为"民族伟大力量的缩影"。在其后的《漫画艺术讲话》（1943年2月商务印书馆出版）一书中，他还特地引用《首当其锋》为范例，对其创作手法作了详细评述。

上海沦陷后，1938年应冯玉祥将军之约，汪子美到武汉参加编辑《抗战画刊》。1938年10月武汉失陷后赴桂林，继续编辑《抗战画刊》和《阵中画报》。

在桂林期间，汪子美踊跃投身桂林抗战文化活动，以画笔为武器，以辛辣无比的讽刺手法，入木三分地刻画了日军的侵略暴行，热情讴歌中华民族抗战必胜的斗争精神。多次参加桂林抗战美术展览，其中影响较大的有1938年12月9日与梁鼎铭、刘元、何鼎新等六人在桂林乐群社礼堂举办的"抗战国画展览"。1940年初参加由中华全国木刻界抗敌协会、阵中画报社联合主办的"抗战街头诗画展"。1941年1月初参加由中华全国木刻界抗敌协会、中华全国漫画作家抗敌协会等联合主办的"街头诗画展"等。主要作品有：《扬眉集》[2]，宣传画《发挥民众的力量》（七幅），漫画木刻《静静的独白》《难以"解脚"》《诱击》等。

《扬眉集》是一册诗画并茂、格调高昂的抗战宣传书。本书出版后深受欢迎，一年内再版三次。全书由汪子美编绘，共分两部分：前一部分为"短笛"，由汪子美配上画，其中有诗人韩北屏诗《秋林》《胜利的进军》，李育中诗《耕着福地的人们》《爱马的战士》，婴子诗《克复了的小河》，万章诗《在山上》；后一部分为"民间之歌"，由汪子美作诗并画，其中包括《吴妹》《复仇的故事》《菜刀》《鸠鸠》《三兄弟》《花姑娘是扁担》《三个工人》《军用票》《女县长林芬谷》《荣誉的争夺》《爹爹的枪没有死》《慰劳队》《老黄

2.桂林文献出版社1941年出版。

© 汪子美《首当其锋》，1937年8月，汪蔚然供图

汪子美《台儿庄大捷》，原载1938年4月25日《抗战画刊》第10期，汪蔚然供图

◎ 1938年春，《抗战画刊》主创团队与冯玉祥将军及作家老舍合影，左起依次为高龙生、张文元、老舍、冯玉祥、侯子步、黄秋农、汪子美、赵望云等，汪蔚然供图

◎ 汪子美任编委的《抗战画刊》

◎ 汪子美撰写的《编后记》，汪蔚然供图

156

◎刘元、汪子美《发挥民众的力量》组画，原载《救亡日报》1940年1月11日，黄茅《漫画艺术讲话》1943年2月初版转载

◎汪子美作、赖少其刻《女种田男当兵》，桂林《工作与学习·漫画与木刻》封面，1939年

瓜》《亲善的回礼》等。汪子美的文字也颇具功力，文言、白话均驾驭自如，用词讲究，中外典故信手拈来。文字风格如其画般犀利、辛辣、幽默、抒情、典雅……，多姿多彩。孟超特撰写序《读〈扬眉集〉》，对此书给以极高的评价：

> 汪子美兄以其所绘《扬眉集》见示，浏览一遍，趣味横生……后部"民间之歌"，皆写抗战民间自卫的故事，以极流畅而富有文艺性的笔姿，报导这中间各种英勇事迹。前部与"诗画舫"同功，而后者又具有绣像小说之妙，且皆取材于今日之现实环境，在现代意义上，更是不同，这无怪乎使我不忍释手了。……至于绣像小说，本来画只是文字的附庸，而且坊间所出者，画笔刻工，皆极俗恶，印刷又多模糊不堪，不能与小说的文字相提并论。《扬眉集》在这方面，虽不必过誉为珠联璧合，但确已经在文字与绘画之内，配置匀称，工力相等，这不能不说是一个特色。其次，在抗战中间，以抗战故事作为画题的固然不少，但往往失之粗糙，且每过

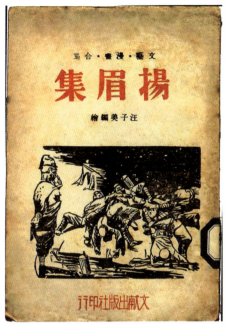

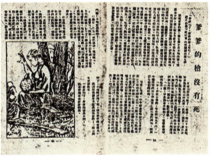

◎汪子美编绘《扬眉集》，文献出版社，1941年，汪蔚然供图

分的（地）采用了西洋的绘画表现方法，这就容易使人减少了真实亲切之感。子美兄作画，多少掺和点中国画的笔触，看着觉得非常舒服，画笔是为我们所"喜"所"乐"见的，文字又多为我们所"喜阅"者，这无疑的是获得了绝大成功！[3]

汪子美对抗战美术工作一丝不苟，热情高涨。当他在1938年抵桂后，继续编辑出版在武汉被迫停刊的《抗战画刊》，并于是年11月中旬，先后出席五路军政治部艺术股招待抵桂画家座谈会、国防艺术社的文艺工作者谈话会，被选为战时文艺工作者联谊社章程起草委员会委员，其他委员为李文钊、夏衍、艾青、白薇。1939年10月初被选为文协桂林分会候补理事。同年11月初，为桂林行营政治部主办的战时绘画训练班讲课。11月中旬，离桂赴广东韶关，在国民党广东省党部宣传科艺术组任主任。1940年初返桂

3.载《扬眉集》，桂林文献出版社，1941。

参加由中华全国木刻界抗敌协会、阵中画报社联合主办的"抗战街头诗画展"。是年8月，为广西省立艺术馆举办的暑期美术讲座讲课。1939年5月9日还与艾青、阳太阳、叶浅予、黄茅、赖少其、陆志庠、刘建庵、廖冰兄、张仃、郁风、黄新波、李桦、刘仑、沈振黄、沈同衡、刘元等一起署名《中国绘画工作同人致苏联同志书》，在《工作与学习·漫画与木刻》第2期上刊发，向坚持在反法西斯斗争战线上的苏联画家致敬，并希望和苏联的同志们一道"用我们的画笔，为人类的正义、和平尽最大的力罢！"。

汪子美在抗战美术理论上也发表了不少独到的见解，在一定程度上推动了抗战美术运动的发展。其主要观点如下：

一、充分肯定抗战美术宣传的重要性，希望美术界团结合作，为光荣之明日而努力。在《新绘画的展望——"抗战画展"献言》[4]中开宗明义地指出：

> 以绘画作抗战宣传，是文化各部门中一支最泼辣有力的挺进军，"宣传画的火力，等于十六吋口径的大炮"……使其在宣传上富于效果，绘画不仅具有造型艺术最优越的表现形式，而（且）更能作为灌输文盲之惟一的文化工具；于目前中国教育不普及的环境下，补救了文字对宣传工作所不能实施的缺陷。这，不再是纸面上的理论，而已经是由抗战近两年来，宣传工作造成的事实所证明了。

汪子美接着指出，美术宣传在抗战以前为什么长期不被重视：

> 毋庸讳言地我们要指出，过去绘画界的生命，大部分是埋葬在艺术封建势力之下的。所谓"艺术封建势力"，是指着权威大师们接受了士大夫阶级的恩典，高筑起学院派的墙垒，不使一点艺术光辉透出来照向大众……我们并不反对"学院派"，而反对学院派的艺术封建化、畸形化，及剥削大众之艺术意识的生长的，那些阻碍绘画艺术发展的传统观念。

4.载《救亡日报》1939年3月12日。

最后，汪子美满怀激情地肯定漫画木刻的成就与战斗作用，指出：

> 过去一向被视为雕虫小技的漫画木刻，现在正做着新绘画改进的先锋工作，在抗战的斗争中奠下建设新艺术的基础……漫画与木刻积极的努力，亦将是推动绘画艺术转向新的路途跃进之一种不可漠视的潜伏力！为今日抗战，为明日建国，我们都希望全绘画界冰释一切派别成见，携手合作，与为艺术光荣之明日努力。

二、强调抗战时期美术教育的重要性，提出搞好抗战时期美术教育的注意事项。汪子美在长篇论文《现阶段的美术教育》[5]中着重指出：

> 在现阶段上，来解释作为文化发展一部门的美术教育，其意义是较前更为深刻更为广泛的。特别是配合在民族解放革命的抗建时代，抗战要求今日的美术教育成为文化动员力的一环，建国要求今日的美术教育奠定新美术建设的基础。换言之，美术教育之立于今日，面向着抗建的伟大时代，必须有两个角度的同时发展：一个角度是实践为现实的今日的文化工作，一个角度是建立着前进的明日的艺术科学。

怎样搞好抗战时期的美术教育？汪子美认真提出：

> 第一，作为美术教育的第一步基础，就是建立以民族的社会生活为中心意识的新绘画……
> 第二，美术教育是推展新绘画运动成为"全民"的及"全面"的艺术运动，先由启蒙运动开展，而逐渐提高大众之美术欣赏力，以扫除低级趣味的存在。……

5.载《抗战时代》（桂林）1941年第3卷第2期。

第三，美术教育是以造型艺术之"形象"化，补助一般文字教育"意象"之不足与调剂其单调。……

第四，美术教育是调节人类生活理智与感情之和谐匀韵的一种手段……要使读者精神获康健的安慰，画家自己先不要带传染病来。

第五，美术教育是作为革命斗争的文化武器。世界革命斗争未达到目底（的）之前，一切文化所含的革命斗争精神，永不能停止。民族的解放革命未获成功，民族的文化革命斗争便不能放手……革命的美术教育，就是必须作到成为革命的文化动员力的一环。

1945年春，汪子美与高龙生联合在重庆中苏文化协会举办"幻想曲"漫画展，展出作品近百幅，对国民党黑暗统治给予无情揭露和鞭挞。周恩来、郭沫若参观预展后给予很高的评价，正式展出时，冯玉祥将军与老百姓一道排队购票、参观，该画展又在成都、万县、雅安等地巡回展出，历时3个月，观众达20万人次。抗战胜利不久，汪子美举办了他的个人漫画展"天方夜谭"，反对专制独裁，呼吁民主自由，主题思想更加深刻。抗战胜利后，美国一家有影响力的杂志想邀他前去任职，他说"你们美国人帮助蒋介石打内战，我不去"，体现了一个漫画家的民族气节和尊严。1947年至1948年在重庆、成都，他为《大公报》《新民报》主编漫画副刊和创办《万象》十日画刊。在这些报刊及其他报章杂志上，他发表了大量反美蒋、反饥饿、反内战、反迫害的作品，遭到当局的警告和威胁，1947年重庆"六一"大逮捕时险陷囹圄。

附 录

遗音成绝响

中华人民共和国成立后，汪子美任重庆市文联常委兼美协副主席。他紧跟当时国内外政治形势的要求创作了一批宣传画。然而"左"风刮起，1955年3月11日的《重庆日报》刊登批判汪子美的文章并附汪子美的检讨。是年8月，《美术》杂志第8期刊登了贺南的《要作尖兵必须努力学习政治 —— 评汪子美的漫画〈手段变成"手断"〉》，他对"左"风有所体会。但此事并没有到此完结，8月，批判又"上纲上线"，不光针对作品，更把批判矛头直指向作者。

这无异对热心创作的汪子美"当头棒喝"，锐气顿挫。在生活中，他日益消沉孤僻，与家人都难得交流还时常发脾气，整日闷在屋子里捣鼓他搜集的小古董。渐渐地，他的家庭生活也出现裂缝，甚至到了夫妻二人商议离婚的地步。1956年初，他与妻子到办事处办理离婚手续，被办事员同志劝退。但到秋天时，还是离了。这时他43岁，妻子不到27岁。一双千金归妻子抚养，从此他孑然独身。

1957年3月，他和柳青、宋克君、谭遥、高龙生、岑学恭、邱成久七人成立了"辛社"同人团体，没来得及发展，就被错划成了"右派"。由于其漫画作品力砭时弊，嘲讽世俗，加之性格耿直，1958年4月，汪子美被划为"极右分子"，开除公职。"文革"期间，身心又受严重摧残。1978年对"辛社"七人给予"撤销原处分决定，恢复名誉"。他从1980年7月开始任四川美术学院图书馆馆长。但他从此深居简出，发誓掷笔寡言，冷漠处世，被人们称为"冷面老生"。要采访他，尤要让其回忆往事，并非易事。

20世纪80年代初，笔者在忘年交著名版画家宋克君的陪同下，前往拜访汪子美先生。行前宋老告诉我：

> 汪老性格耿直执着，"反右"和"文革"期间屡遭打击摧残，愤而与世隔绝，闭门谢客。因我性格和命运与汪老相似，彼此以"难兄难弟"相称，情谊最深！只要他知道是我找他，肯定相见畅叙。

当时汪老住四川美术学院职员宿舍一楼，抵达其处，果然房门紧锁，窗户紧闭。宋克君边敲其门窗，边喊其名，良久未见动静。宋老扒近窗口，昏暗的屋内不见其人，便继续大声喊道："汪老！我是宋难弟，请开门！"或许真如宋老所言，不一会儿，门终于打开了。但见汪老瘦弱稍驼的身躯，戴着深度近视眼镜，凌乱的长发胡须。空荡荡的房间内除了几件过时的家具外，到处堆放着乱七八糟的衣服，屋内满地都是酒瓶和烟盒，分不清哪是书房，哪是卧室及厨房。大白天也有老鼠窜来跳去，一股难闻的气味，令人窒息！

难友重逢，汪老显得格外兴奋。当他知道我的来意时，更是兴奋莫名，好像一下子又回到抗战时期那辉煌岁月，滔滔不绝、眉飞色舞地叙说着昔年往事。我立即打开小录音机，赶紧录下三个小时有关其抗战期间的美术活动情况。而他对过去所遭受的伤害却只字不提，更没半点怨言，豁达大度，益显其淡泊名利的包容之心。只是当我问及其子女时，他才透露有一双女儿，说因其问题拖累了她们……所受之苦，可想而知。但他再无细述。

问汪老平常如何独自生活，才知道他患的是高度近视加白内障：

> 看书时，只隔一个拳头近，看人模糊。不做饭，饿了，就上街去吃碗抄手，或在家饮饮百花露[6]。跟自己兄弟姐妹也不想往来。

6.一种当地盛行的涪陵产的保健酒。

问到手头有何旧作，他笑着说：

落难时，家里有个保姆，觉得就是这些东西把我害了，就把我1947年在成都画的一箱山水画，一把火烧了。那可是当年我爱人保证我每天二两猪肝，我一口气画的呵！是上世纪40年代的得意之作！

中午，我请汪老到饭店用餐，他欣然应允，席间他又兴奋地与宋老畅谈。饭毕我们送他返家，临别时他拍拍宋老肩膀，大声说："宋难弟，得暇要多来聊聊呵！"可见他避世不与人交往，但逢知己交谈则是滔滔不绝，正所谓酒逢知己千杯少，话不投机半句多！

1986年，在家人劝说下，他做了白内障手术，健康状况大有好转。2002年7月12日，汪老忽感咽喉有异，入院十日后在睡梦中溘然长逝，享年90岁。后事办得简朴而圆满。

◎汪子美

　　汪子美（1913—2002），山东省临沂人。初中肄业即就读山东省实验剧院，数月后转入天津美术馆工作。1935—1937年在上海从事漫画创作，声名日著。抗日战争全面爆发后，他创作了大量抗战漫画刊登在《救亡漫画》《抗战漫画》等刊物上，由上海到南京，由南京到武汉，由武汉到长沙，由长沙到桂林，又由桂林到重庆，一路上持续高产地从事漫画创作。1945年抗战胜利后持续创作，发表了大量反美蒋、反饥饿、反内战、反迫害的作品。新中国成立后，汪子美先后在西南文联和重庆市文联工作，曾任重庆市美术家协会第一届副主席。他团结并帮助当地的美术工作者理解党的政策，接受党的领导，并配合政治运动为报纸杂志画了大量的漫画和宣传画。1957年3月，他和柳青、宋克君、谭遥、高龙生、岑学恭、邱成久七人成立了"辛社"同人团体，未及发展便被错划成"右派"。1978年改正。从1980年7月开始任四川美术学院图书馆馆长，于2002年7月22日病逝，享年90岁。

张仃

◎ 抗战期间的张仃，1938年，陕北榆林

漫画在抗战中，要表现出最英勇的姿态，与日本帝国主义，及其走狗汉奸的一切反动文化，顽强地战斗到底，使漫画到民间去，到战场去，到敌人后方去。

——张仃

西行『漫』记

　　1937年抗战全面爆发，张仃加入"漫画宣传队"抵达武汉。是年冬，代表全国漫画作家协会到西安筹建西北分会。出版《抗战漫画》，并主持漫画训练班。1938年，全国漫画作家协会战时工作委员会（后改名为"中华全国漫画作家抗敌协会"）在武汉成立，张仃为15名成员之一。组织抗日艺术队，任队长，创作漫画《不要上日本的当》多幅。秋，经毛泽东特批，在延安鲁迅艺术学院美术系任教。1940年，离开延安到重庆，与张光宇一起拟出版《新美术》杂志，后因突发"皖南事变"，未能实现。此时，张仃自延安随身带来《秋收》《生产行列》和《蒙古民兵》等作品，刊发于香港叶浅予主编的《今日中国》。随后重返延安，参加延安文艺界抗敌协会，创立"作家俱乐部"，即后来新中国的作协或文联的前身。抗战胜利后，随军北上，从事东北解放区美术教育、宣传、出版工作。1949年北平和平解放，奉命进关。当年7月21日，中华全国美术工作者协会（今中国美术家协会）成立，为41名全国委员会成员之一。参加全国政协会徽的起草设计工作。

　　抗战期间张仃虽未曾到过桂林，但桂林文艺界对其行踪仍很关注，在报刊上偶有报道。据初步掌握到的有桂林《救亡日报》发表其信和论文各一，信的题目是《张仃在（内）蒙古》[1]。此处有误，当时张仃在陕西榆林，并非内

1.载《救亡日报》副刊《救亡木刻》1939年5月1日。

蒙古。内容是：

> ……我虽困住沙漠中很久很久了，但我无时无刻不怀念你们，因为我们毕竟是身心始终在一起的忠实战友，在我们之间永远不会有半分隔离。我们离开西安后辗转三月才到渝（榆）林，但我们还没有忘记站在自己的岗位上努力"漫运"，否则也是欺人欺己的挂羊头卖狗肉而已。我对于当前的"漫运"有几点意见，或者你们早已想到讨论到做到，也不妨累赘一下：一、我以为要极力避免门户之见和意气磨擦，但在作品的内容和技巧上应展开诚恳坦白能（的）讨论、批评，并努力建设我们的"抗战漫画理论"；二、发展漫画新干部分散到各个角落去，是极民主的"干部决定一切"；三、工作者本身的生活中要加强革命的警觉性、积极性、创造性。

◎桂林《救亡日报》关于张仃在内蒙古（实在榆林）的报道，1939年5月1日

《谈漫画大众化》[2]是我们仅见的张仃早期的长篇论文，占《救亡日报》副刊《文化岗位》整版篇幅。据说该文最先于1939年发表在山西刊物《西线》上。文章包括论点的分野、绘画与文艺、形式和内容、俗与雅、实践方案五部分。在前四部分中，作者发表了独到的见解，最后部分更提出了促进抗战漫画创作的四点具体实践方案：

---

2. 载《救亡日报》（桂林）1939年9月8日。

一、要使漫画在大众中间扩大影响，尽量发挥艺术效能，用各种方法使漫画大众化、普遍化，出版杂志，改良年画、连环图画等等，使大众对漫画更了解、更爱好，使漫画在大众生活中间，成为不可缺少的精神食粮，提高漫画的宣传教育性。

二、漫画在抗战中，要表现出最英勇的姿态，与日本帝国主义，及其走狗汉奸的一切反动文化，顽强的（地）战斗到底，使漫画到民间去，到战场去，到敌人后方去。

三、漫画作家要彻底改良生活，学习一切抗战中进步的经验，真正接近大众，理解大众，建立漫画大众化的理论，展开批评，把握住正确的艺术观，健全漫画家自身的组织，执行集团的决议——如《全国漫画作家协会战时工作大纲》。

四、培养大众作家，教育职业美术工人——设立漫画研究会、漫画训练班、漫画函授学校等等。

这些从理论到实践的观点，无疑对当年方兴未艾的抗战漫画创作、宣传都起到了一定的指导作用，对于张仃生平及其创作道路的研究者来说，也不愧为珍贵的参考资料。

另外，由赖少其编辑的《工作与学习·漫画与木刻》创刊号上，还以较大篇幅刊登了张仃的《笔底下的（内）蒙古》短文，文中写道：

一年来的漫画宣传以战斗的姿态在全国各地展开艰难的工作，事实给我们证明了漫画在抗战中起了很大的作用，说明了抗战需要漫画宣传，而漫画也不能离开抗战。最近，已有同志带着漫画的种子到新疆迪化[3]一带去垦荒，就是（内）蒙古也可以看见很多漫画宣传作品。从来不为人注意的边疆宣传，已经由漫画工作者去开拓了。这里发表的四帧作品，作为给读者的一个介绍。同时希望借此引起更多的漫画工作者注意这方面的拓荒工作。

3.今新疆维吾尔自治区首府乌鲁木齐市。

© 张仃《谈漫画大众化》（局部），载桂林《救亡日报》1939年9月8日

© 张仃《谈漫画大众化》，载桂林《救亡日报》1939年9月8日

◎张仃文、画，陆志庠摹，刘建庵刻《笔底下的（内）蒙古》，载《工作与学习·漫画与木刻》创刊号（1939年5月16日桂林出版）

并刊登张仃的原作，由陆志庠摹、刘建庵刻。计有《铲除叛逆》《军队爱护民众》《汉蒙合作，推进自治》《民众帮助军队》等。在张仃文、画的感召下，不少画家离开桂林，奔赴大西北写生、创作，宣传抗日。如应恩师徐悲鸿之约自南京护送徐师画入桂收藏并协助办学的陆其清（1908—2006），

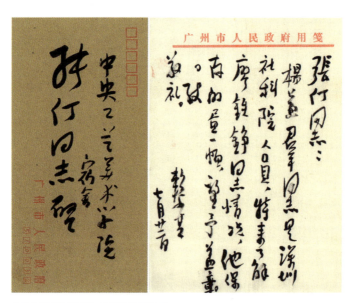

◎赖少其致张仃的信，1991年7月22日

教学之余，创作《起来，保卫我们的家乡》等大型宣传画，带领广西省立艺术师资训练班师生多次举办街头抗战画展。受张汀精神的感染后，放下教鞭，于1941年赴兰州、西宁、玉门等地写生，办抗战画展。代表作有写于兰州的粉画《日寇轰炸我文庙的罪证》、油画《苏武牧羊图》等。其桂林弟子

◎张汀旧作，余所亚赠作者

171

李明就（生于1911年11月），也勇当张汀这样的拓荒者，1939年秋毕业后便奔赴西北写生、宣传。1942年初返桂举办"西北写生画展"，展出《拉卜楞寺之一角》《兰州内城楼》《出发之前》《疏散》《夜袭之前》《行军小憩》《日暮》等版画，颇受欢迎，数幅还被桂林刊物刊登。细研他俩赠送本人的上述作品原画或照片，堪为佳作。

1937年张汀曾和赖少其一起在西安。我因受赖少其之托为其收集资料，须了解他当年在西安的一些情况，遂于1991年7月下旬手执赖老介绍信，赴京拜访张汀先生。

那天登临张家，恰逢张汀病中，不宜接待客人，故其夫人李召[4]先为接待。但因我是远道来访，破例交谈半个钟头。他看了我带去的赖老给其的亲笔信后，便简要地介绍了他当年在西安与赖老的相处经过。

4.诗人，笔名灰娃。

◎张仃

张仃（1917—2010），号它山，辽宁北镇人，祖籍辽宁黑山。现代中国著名艺术家、教育家。1932年流亡考入北平美术专科学校。1938年秋到延安，在鲁迅艺术学院美术系任教。1949年在北京设计中国人民政治协商会议会徽。曾负责设计动画片《哪吒闹海》、鸡年生肖邮票。原中央工艺美术学院院长、清华大学教授。

丁聪

◎丁聪《公仆》载《广西画报》创刊号，1946年

愿听逆耳之言，不作违心之论。

——丁聪题赠作者

永远的『小丁』

丁聪先生抗战期间在桂林有过两次短暂的停留，在桂林留下的资料不多。1991年7月下旬，我受广东画家赖少其之托搜集其过往的资料，分赴京、沪访问曾与其相处过的一批老同志。我去丁聪家拜访，开门是素称"大家长"的丁聪夫人沈峻，60开外，热情大方。丁聪先生闻声从书房出来，把我迎进客厅。他胖墩墩，笑吟吟，身着黑上衣、西装短裤，颇具漫画家风度。

稍作自我介绍后，我拿出赖少其的亲笔信，请其介绍抗战期间的美术活动及当年与赖老相处的往事，他略作介绍后，即指指墙上挂着的两幅漫画。其中一幅《现象图》长卷，他告诉我，此画作于1944年，是在成都时有感而发。其意是讽刺国民党当局在日军淫威下节节败退，酿成1944年秋十万人流"湘桂大撤退"，而在陪都则狐假虎威，鱼肉人民。他试图通过对贪官、伤兵、淑女、官商、穷教授、沽名钓誉的画家等形形色色的人物的刻画，再现抗战后期的政府腐败和社会惨状。他在三年后在香港创作的另一长卷《现实图》，描绘解放战争时期国民党反动派彻底溃败前穷兵黩武和对劳动大众敲骨吸髓的情景，也是《现象图》的延续。该长卷参加第一次文代会美术作品展览，获得广大观众的欢迎。

在丁聪的笔下，这些不同身份的人物排列在一起，成了那个时代的缩影——《现象图》以长卷形式勾勒出三十多个神态、动势各异的人物形象，深刻反映了贪官、奸商大发国难财，而退到后方的难民、伤兵以及穷知识分

左起为陈歌辛、瞿白音、夏衍、丁聪、何香凝、洪道、廖梦星、欧阳予倩, 1941年于香港

◎ 丁聪《香港沦陷前后众生相》, 载叶浅予、李桃笔著《李宁君奇遇记》, 耕耘出版社, 1942年

子等下层民众的悲惨生活。这幅作品曾在成都现代美术会举办的画展上展出，在社会中引起广泛的反响。后被金陵大学教授美国人芳威廉携带去美国，于1945年发表在《幸运》（FORTUNE）杂志上，现藏在美国堪萨斯大学美术馆。在《现象图》的末尾有丁易先生题的《现象图歌》：

现象多幂幕，往往使人惑。

小丁抉入画，历历便如活；

展卷昂藏一报人，蒙目塞口徒具神；

画末伏案乃学子，口封目语无吟呻。

着爱憎，匀丹黄，其中万象森光芒，

汽车隐约两佳丽，风驰电掣尘飞扬。

尘中幢幢如鬼影，肩挑手挈皆流亡，

道上战士亦复冻且馁，

却看官持霉布鼠食粮。

募金赈费争夺耳脸赤，

谁念湘桂军民多死伤。

死伤幸免来后方，街头求业典衣裳，

欲近显者摇手拒，徽章罗列官而商。

挽臂有女毋乃娼？掩鼻而过伤兵旁，

谁芳复谁臭，此事费评章！

直笔曲笔两俱难，憎如偷儿脑已瘫，

不见其旁有只眼，虎视眈眈尺度量，

何如闭眼画黄狗，斯世只此是琳琅，

不然且去"安乐寺"，偌大乾坤袖里藏，

黄金美钞囤积足，肥头胖耳多脂肪。

精研学术如自戕，请看教授手提篮，

佣工女仆乳母一身任，犹且不得果腹敢求鲂。

呜呼！

现象百孔复千疮，收卷掩涕心皇皇。

我欲摹印千万张，遍悬通衢告蚩氓；

现象如此不可长，群起改革毋彷徨！

教育家叶圣陶先生观赏完《现象图》后，也题《踏莎行》词一首：

现象如斯，

人间何世？

两峰鬼趣从新制。

莫言嬉笑入丹青，

须知中有伤心涕。

无耻荒淫，

有为惕厉，

并存此土殊根蒂。

愿君更画半边儿，

笔端佳气如初霁。

这不愧为丁聪这时期的巅峰之作，充分表现了画家在思想上、生活上、技巧上的成熟。对笔者来说，或者说，此画可谓是刘元反映湘桂大撤退长卷《流亡图》的续编 —— 前者是描画作者逃难经历的长卷写实国画，后者则是反映难民抵达国统区后"现象"的长卷漫画。两画相得益彰，构成抗战末期大后方现实社会的真实画卷，生动反映了民众的深重灾难和达官贵人腐败的众生相。

如今斯人虽逝，但其乐呵呵的笑脸依然浮现眼前。回顾丁聪先生坎坷的遭遇，令人扼腕叹息。作为大师级的漫画家，他一生始终不放下画笔，无论身处何年代，几乎从不歌功颂德，而执着于对社会负面现象的揭露。作为一个有独立风骨的知识分子，他不群、不党、不媚，不作违心之论，坚持以平民的立场针砭时弊，宛若一只牛虻狠狠叮在时代庞大躯体的病灶上，其勇敢和正直令人敬佩！但他也因此在历次政治运动中遭受祸害。无穷尽的折磨都不能改变其"不作违心之论"的初衷。肉体和精神的折磨压不垮外表柔弱、内心足够强大的"小丁"。对他来说，最为可怕的是被剥夺画笔，因此1979年改正错划后，他甫一恢复工作便一头埋进他酷爱的漫画创作，为《读书》杂志配插图，一干三十年，迎来其漫画创作的高峰，殚精竭虑，死而无悔。去世前留下遗嘱：不留骨灰，不搞仪式，"我是普通人，就普通离去"。真是赤条条而来，赤条条而去，好一个永远的"小丁"，一座不可逾越的道德丰碑！

◎丁聪《现象图》，1944年，作者1991年摄于丁聪家

◎丁聪《现实图》，1947年，作者1991年摄于丁聪家

　　丁聪（1916—2009），笔名小丁，上海人。抗战前任上海《良友》画报编辑，并为上海联华、新华影业公司编画报。抗战全面爆发后为《救亡日报》作画。1937年赴香港任《良友》《大地》《今日中国》等画报编辑。1940年10月2日自港抵达桂林，9日在正阳楼广西省立艺术师资训练班上为桂林美术界作关于漫画现状及其发展趋势的报告。而后不久即离桂赴重庆任中国电影制片厂美工师。年底被选为中华全国漫画作家抗敌协会理事。1941年离渝经仰光返回香港，继续任《大地》编辑，并为旅港剧人协会搞舞台美术设计。翌年2月23日，因香港沦陷，和叶浅予、黄苗子、陆志庠等一起经东江游击区脱险抵达桂林。是年4月4日，参加桂林美术界举办的救侨美术展览。9月25日，和叶浅予、戴爱莲一道离桂赴渝，继续从事抗日美术运动和美术教学工作。新中国成立后，曾任《人民画报》副总编辑、中国美协理事及漫画组副组长、全国政协委员和中国摄影家协会副主席等职。主编《装饰》，并为《读书》杂志配图。晚年焕发出极大的创作热忱，创作出一批脍炙人口的漫画新作，达到其漫画创作的巅峰。

第四章

铁肩左翼

沙飞

◎沙飞在晋察冀边区，1939年

史称沙飞是中国革命摄影事业的先驱，也有称其为红色摄影记者第一人的。但由于其悲剧性的人生结局，其英名一直被忽略。国家开放了，许多观念改变了，这个名字又光明正大地署在他拍摄的照片下面，研究和关注沙飞者也越来越多。

——作者

如愿以偿

沙飞[1]的家族是著名侨乡开平的望族，美洲侨领司徒美堂是其家族的光荣与骄傲。沙飞父亲司徒俊勋，十六七岁从家乡开平到广州做药材生意、娶妻生子。沙飞是长子。司徒族人关系密切，宗亲从家乡、海内外来广州，都要聚会。沙飞从小就常常与喜欢绘画的司徒乔及其弟司徒杰、司徒汉，以及12岁就离开家乡到广州求学的司徒慧敏见面。沙飞在对外开放、民主革命的策源地广州度过童年、少年时代。1926年7月国民革命军出师北伐，14岁的沙飞刚从广东省无线电学校毕业，便毅然投笔从戎，以报务员身份随军北伐。1928年底沙飞从北平回广州，之后赴广西梧州军用电台当报务员。1931年仲秋，他在摄于梧州照相馆的照片背后用钢笔题诗：

> 浪漫性情浪漫游，寄情湖海与山丘。羞与众生同媚世，心中唯有梦中人。

暗喻其酷爱摄影。是年，时任广州军用电台总工程师的司徒璋被任命为汕头电台台长，请沙飞到汕头电台当特级报务员。1932年春，司徒璋带劳耀民、李泽邦和沙飞，穿着军装进驻国民政府交通部商业、军事两用的汕头

1.沙飞原名司徒传，"沙飞"是其笔名，含意是"热爱祖国，向往自由，希望像一粒小小的沙子，在祖国的天空中自由飞舞"。

◎沙飞，1931年摄于广西梧州

无线电台。翌年3月30日沙飞与电台同事王辉（原名王秀荔）结婚。婚后，家庭温馨，工作安稳，收入高，使他有时间和精力学习、钻研自己喜欢的文学。他把能买到的鲁迅的书全都看完了，读得越多，他对社会、对人生理解得越深刻。

1935年6月，沙飞加入黑白影社，这是当时中国规模最大且最具影响力的专业摄影社团。沙飞参加了1935年、1936年黑白影社第三届、第四届摄影作品展，初次崭露其艺术天赋。

1936年秋，沙飞放弃了无线电台的工作，背着照相机，怀揣挚友李桦写给黄新波的信，满怀勇气地到了上海，开始了用照相机记录中国现代史上一幕幕重要瞬间，实现其伟大抱负的激荡生涯。沙飞初到上海，暂住同是黑白影社社员的牙科医生司徒博家，备受家族亲人左翼电影艺术家司徒慧敏、画家司徒乔、教育家司徒卫等的关照鼓励，对自己的前途充满信心。很快便以别名司徒怀考入上海美术专科学校西画系。9月底，当沙飞拿着李桦的信找到黄新波后，他与美专内外一批思想激进的木刻青年联系上了。从此，美专的课堂很难再见到沙飞的身影。当时，正是中国左翼文化活跃期，沙飞自然成为左翼文艺青年。

最经典的『鲁迅』

　　机会总是让给有准备者。1936年10月8日中午，当沙飞饭毕赶到第二回全国木刻流动展览会场时，他发现了敬爱的鲁迅先生正在同木刻青年谈话，便立即抢拍这一难得的镜头。他兴奋莫名。十一天后（10月19日），鲁迅与世长辞，沙飞又及时拍摄了鲁迅先生的遗容及其葬礼等场面，并把这组照片和《鲁迅与青年木刻家》等照片发表在当时的《作家》（孟十还编）、《生活星期刊》（邹韬奋主编）、《良友》（马国亮主编）、《时代》等上海和广州等地一批杂志上，署名"沙飞"。随后又以"沙飞"之名在《广州民国日报》上发表文章《鲁迅先生在全国木刻展会场里》，较详细记录下拍摄《鲁迅与青年木刻家》等照片的经过和心情，文章写道：

　　第三天，最后的一天 —— 十月八日，十二时半，我去食客饭，饭后赶回会场，不料鲁迅先生早已到了。他自今夏病过后，现在还未恢复，瘦得颇可以，可是他却十分兴奋地、很快乐在批评作品的好坏。他活像一位母亲，年青的木刻作家把他包围起来，细听他的话，我也快乐极了，乘机偷偷地拍了一个照片。不久昨天来过的那个女记者和两位美国人一同来选画，她早已认得鲁迅的，一见面就很亲热地握手，然后再坐下来谈话，这时我又焦急起来了，站到他们的对方又偷摄了这一幕，因为是难得的机会

◎鲁迅在第二回全国木刻流动展览会，1936年10月
8日沙飞摄于上海八仙桥青年会

啊。鲁迅先生徘徊了好些时才走，给予人们一个极亲的印象。[2]

这是个紧张而神圣的瞬间，这张具有划时代意义的照片，历久弥新，成了纪念鲁迅先生和中国现代版画运动的不朽杰作，千古流芳！

沙飞的名字在文学界、美术界、新闻界引起轰动，沙飞记录、留住鲁迅形象的摄影作品，在左翼文化的摄影领域创造了耀眼的成绩，"摄影家沙飞"从此诞生了。

1936年11月中旬，沙飞风尘仆仆地从上海回到汕头，一家人都很高兴，但沙飞却只顾及自己的摄影事业，立即离家去广州准备下月初举办的个人摄影展览。美满的婚姻头次触礁。

2.沙飞:《鲁迅先生在全国木刻展会场里》，原载《广州民国日报》1936年10月28日。

◎ 鲁迅与青年木刻家，左2起为黄新波、曹白、白危、陈烟桥，1936年10月8日沙飞摄于上海八仙桥青年会

◎ 鲁迅先生丧仪，前右欧阳山，前左蒋牧良，1936年10月22日沙飞摄

革命摄影宣言

  沙飞初战告捷，因拍摄鲁迅像一举成名，但也为此付出代价，他旋即被上海美术专科学校责令退学。认准了方向便百折不挠，决不回头，这是沙飞的个性特征。他继续走面向现实的摄影之路。1936年12月3日，他在广州举行第一次个人摄影展览。1937年初，沙飞背上照相机，告别广州，从此，他再没有回到故乡。沙飞在广州举办个人摄影展览之后，确实改变了中国旧影展的面貌，获得了许多好评。当时在桂林工作的一些进步文化人得悉消息，均希望沙飞的个人影展能搬来桂林展出，由于展览照片都是现成的，无须投入更多的经费，这样，在进步教授陈望道、邓初民、尚仲衣、千家驹的支持和资助下，1937年6月沙飞又在桂林举办了第二次个人影展。

  沙飞于1937年1月6日抵桂，不仅是为了他自己的影展，还受李桦委托，为李桦在桂林举行木刻个展。经沙飞的活动并在时任第五路军总政训处处长的潘宜之的帮助下，李桦木刻个展于1月28日至31日在桂林乐群社举行，此次共展出木刻120幅，内容有"一·二八之役""义勇军""鲁迅先生""中国怒吼了"等，这是抗日战争全面爆发前夕新兴木刻在桂林首次展览。这次展览的意义正如李桦此时在桂林发表的《关于木刻的公开信》（第一封）[3]所说：

3.载《桂林日报》1937年3月17日。

亲爱的同志们：

借沙飞先生之介，这回把拙作呈献于桂省大众之前，一面希望就教于大雅，一面却想以虽然表现得极其拙劣的作品，煽动起我们最足宝贵的民族意识……[4]

在筹备个展期间，沙飞还深入生活，在桂林拍摄了一些新的作品，如《劳力零卖》《投向那里去》[5]等，并参加了当时总政训处举办的街头漫画展。

在桂林，沙飞结交了不少文艺家，其中如著名画家陈宏[6]是个能够热切而又客观观察人生的艺术家，他比沙飞大十三四岁，两个热爱艺术的人在广西很快成了无话不谈的挚友。殊不料陈宏于是年5月1日在雷平调研时不慎落水溺毙，沙飞惊呆了，先后在6月14日广州《市民日报》现代木刻版和6月27日《广西日报》"追悼陈宏先生并举行遗作展览大会特刊"上发表新诗《哭陈宏先生》[7]，诗曰：

> 天边的愁云，
>
> 紧压着漓江的两岸，
>
> 苍茫的暮色，
>
> 笼罩着历史的名城。
>
> 无情的西风，
>
> 却吹来了悲惨的音号：
>
> 水龙渚的深潭埋葬了你英伟的雄躯！

---

4. 笔者在拙著《抗战时期桂林美术运动》（漓江出版社，1995）收录的《划时代的壮丽画卷 —— 抗战时期桂林美术运动初探》一文中曾言"第一个把木刻种子撒到广西的，当推李桦"。如今看来此说似欠全面。既然李桦在桂林的首次木刻个展是沙飞带来并参与谋划的，那么，沙飞也是这次个展的有力推手，更是广西抗战初期美术运动的开拓者之一。如1937年6月，沙飞同钟惠若、李漫涛、洪雪邨等人发起成立广西版画研究会，后被选为干事，会员40多人，积极开展广西抗战版画活动，为日后蓬勃开展的广西抗战版画运动奠定了一定基础，功不可没。

5. 这两幅作品皆属"桂林街头十景"。

6. 广东海丰人。曾留学法国学美术，在上海美术专科学校、新华艺专、广州美术专科学校当教师。1933年到广西，次年组织广西美术会，1936年同徐悲鸿等人筹办广西省首届美术展览。

7. 载《广西日报》1937年6月27日。

黑水河的瀑布冲毁了你的幸福和生命！

我曾经痛哭过天才的夭折，

谁料今宵呦，又悲艺星溘然陨灭！

我曾经感慨过相知难遇合，

谁料呦今宵，今宵更失悼了知音！

睁视着茫茫的天野，悠悠的泉壤，

将教我向何处寻觅你诚挚的音容？

我久已重创了的心怀呀，

那更堪这极衰至恸的打击？

滚滚的泪珠已模糊了我的视线！

1937年5月26日，《广西日报》副刊《文艺》周刊主编、广西大学教授祝秀侠邀请陈望道、沙飞等人在环湖酒店开纪念"五卅"运动座谈会。座谈会记

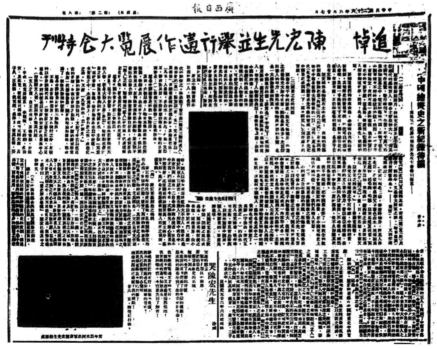

◎《广西日报》追悼陈宏专刊，1937年6月27日。

录刊登在5月30日《广西日报》上。沙飞居桂时间虽很短暂，却为桂林抗战文化运动抹上了浓墨重彩的一笔，尤其是其摄影展，更是惊鸿一瞥，功标青史。

沙飞在广西的个人摄影展，于1937年6月25日至27日在桂林初级中学举行，展出作品100幅，分为五组：1.华南国防前线的南澳岛，18幅；2.纪念鲁迅先生，19幅；3.儿童节献画，8幅；4.大众生活，30幅；5.人像、静物、风景、图案，共25幅。沙飞在《写在展出之前》中说：

> 我学习摄影还未满五年，在这短速的期间中，常常为恶劣环境所阻，以致中断，不过无论环境怎样恶劣，终不能磨灭我的志愿。因为我觉得摄影是暴露现实的一种最有力的武器，我总想利用它来做描写现实诸象的工具。
>
> 摄影是造型艺术的一部门，然而多数人还把它作为一种纪念、娱乐、消闲的玩意儿。这根本忽略了艺术的意义，而使摄影陷入无聊帮闲的唯美主义的深渊里，堕落到逃避现实，醉生梦死的大海中。这是一件多么可怕和可惜的事啊！
>
> 现实世界中，多数人正给疯狂的侵略主义者所淫杀、践踏、奴役！这个不合理的社会，是人类最大的耻辱，而艺术的任务，就是要帮助人类去理解自己，改造社会，恢复自由。因此，从事艺术工作者——尤其是摄影的人，就不应该再自囚于玻璃棚里，自我陶醉，而必须深入社会各个阶层，各个角落，去寻找现实的题材。
>
> 然而在这五年中，我毕竟为了职业所限制，未能如愿地去获得所要找寻的题材，同时，表现的技巧也得不到修养的机会。这种束缚便使我感到莫大的痛苦，然而我并不因此而灰心，恶劣的环境只迫成我的抵抗心——加倍地工作，才得到这么可怜的成绩。
>
> 个展的筹备只有二个星期。一个没有经验的作者要在这短促的期间中把个展弄到完善，是不可能的事，但是，我愿意不断地耕耘，我更愿意接受观众的宝贵的评判。

这是沙飞为影展所写的"前言"，也是沙飞投身革命摄影的宣言。

这次沙飞摄影展的一个重要特点，是十之八九为大众生活写真，有观众认为这次展出的一个突出感觉是"很像似文学上的报告文学"。比如，"儿童节献画"中，一方面是《张家小姐白而胖》《胖如冬瓜白如雪》，另一方面是《我家宝宝哭不歇》《中国大部分儿童还饿着》《问是谁的儿童节》。在"大众生活"一组中，一方面是《小姐的闲情》《上帝的女儿》，另一方面却是《风烛残年》《为了活命》《女佣的生活》《人不如狗》《凄凉的角落》《生命的叫喊》等。鲜明生动的对比，揭示了当时社会生活的尖锐矛盾，使观众受到强烈的感染和震动。

沙飞还是用摄影表现国防主题第一人，"华南国防前线的南澳岛"组照揭露了"日本人侵入南澳岛"的阴谋，具有珍贵的地方文献价值。其中"敌人在我们的国土上侦察测绘"，此照片非常珍贵，首次记录了日本人在南澳岛的活动。

"纪念鲁迅先生"组照中的《鲁迅先生最后遗容》《中国高尔基和孩子们》《鲁迅先生英勇的神态》《出殡之前群众云集》《灵柩由作家抬出》《送殡行列之前导》《章乃器先生演讲》《伟大的民众葬礼》《鲜花布满墓茔》等幅，表现了鲁迅战斗一生的伟大精神和人民群众沉痛悼念鲁迅先生逝世的场面，在现代中国摄影史上弥足珍贵。

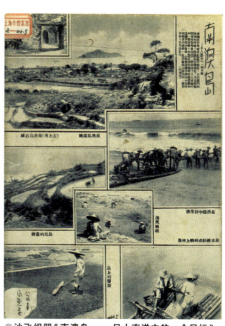

◎沙飞组照《南澳岛 —— 日人南进中的一个目标》，载《生活星期刊》1936年第26期

当年在桂林工作的文化界知名人士如陈望道、千家驹、马宗融、祝秀侠、廖璧光、洪雪邨、柔草等都为沙飞摄影展写了评论。广西大学教授陈望道[8]认为：

8.陈望道（1891—1977），浙江义乌人。语言学家、教育家。曾留学日本，担任过广西大学教授，复旦大学教授、校长。

他的摄影差不多随便那一张我都觉得可爱，我都像看名画似的看得不愿休歇。……若那内容，我更觉得可敬。他的摄影差不多随便那一张都是严肃内容的表现，这在现在用美女照片做封面，用美女照片装底面的摄影时风中简直是一种革命。

194

广西大学千家驹[9]教授则认为他的作品：

十之八九是对于大众生活的写真。……若就整套来说，则除技巧的优美外，更有其特殊的社会意义与价值了。……摄影之可贵，不在其形肖，尤在其神似，即作品不仅要逼真，更重要的还是要传神，就这一点说，沙飞先生可以说是完全成功的。每一张作品都可说是传神之作……

广西大学祝秀侠[10]教授也认为：

对于摄影，我是外行，但照片总算是看过不少的，却从来没有像这次看沙飞先生那一百几十幅的照片那样的被感动过。我贪婪地看了一次又一次。我兴奋得像在读一种精心结构的名著小说或一章优秀的诗篇似的。……沙飞先生每一张照片，都足以抵得住一部文学作品。……在这次影展中沙飞先生充分发挥着摄影艺术的效能，使我们认识摄影机也是一种犀利的武器。……这次影展不但在桂林是一个可宝贵的纪念，就是在全中国，能够出现这样充实内容的影展，也算是有影展史上崭新纪元的。[11]

还有马宗融的《勉强的几句话》、廖壁光的《摄影只是消闲的吗？》、洪雪邨的《崭新的摄影艺术》、李桦的《如何鉴赏摄影》、柔草的《"西洋镜"

9.详见本书"千家驹"篇。

10.祝秀侠（1907—1986），广东番禺人，复旦大学毕业，曾任广西大学教授、广州市教育局局长，1951年赴台湾。

11.以上三段引文分别出自陈望道《沙飞先生的摄影极富画意》、千家驹《沙飞先生影展门外谈》、祝秀侠《为沙飞先生影展说几句话》，原载《沙飞摄影展览会专刊》，1937。

外 —— 为沙飞摄影展览会而写》等，从不同角度对沙飞摄影艺术给以肯定。

在"沙飞摄影展览会专刊"的《鲁迅生前最后的留影》照片下面，沙飞亲笔写下：

> 我们要继续鲁迅先生的对恶势力誓不妥协的伟大精神，奋战到底。

《广西日报》对沙飞影展作了连续报道，称：

> 摄影家司徒沙飞，为提倡艺术，引起各界对于摄影兴趣起见，特于今（廿五）日起至廿七日止假桂初中举行个人摄影展览会。全部作品百余幅，分两室陈列，琳琅满目，蔚为大观。查该氏为上海黑白影社社员，平日对于摄影之研究，极有心得，其作品尤以大众生活，颇得一般爱好艺术者所称许。闻此次展览，为其数年来创作之结晶……（25日）
>
> 各界人士参观极为拥挤，称沙飞君作品之高超，为摄影艺术上开一新途径。定购作品者极为踊跃，总部[12]蒋副处长伯仑，西大教授陈望道、祝秀侠诸先生定购数幅……（26日）
>
> 沙飞影展昨日闭幕，最后一日观众更为拥挤。定画者亦比前天更为踊跃，计有西大教授尚仲衣、马宗融、千家驹、廖璧光，省府参议曾希亮，港报记者常书林等。此次影展极得观众好评，取材深刻，技术超卓。（28日）[13]

在其带动影响下，桂林摄影艺术展事逐渐增多，自1937年至1939年10月，市内共举办各种摄影展览二十多次，广西摄影通讯社、中华全国摄影协会广西分会也先后在桂林成立，推动了宣传抗战的摄影活动。沙飞无疑是摄影新天地的开拓者，堪称桂林个人摄影展览第一人。

---

12. 即第五路军总部。

13. 先后见《广西日报》1937年6月25、26、28日有关报道。

沙飞個人影展

今日在桂初中開幕

攝影家司徒沙飛，為提倡藝術，引起各界對於攝影興趣起見，特於今（廿五）日起至廿七日止假桂初中舉行個人影展覽會，全部作品百餘幅，琳琅滿目。

刊附董何查林、疏氏為上海風白影社……風平日對平裡影之社究以大畫生活，尤其作品許一品。

尤愛藝術者所推許，此次展覽者所珍愛，其結品，必能開風氣之先，故前往作之結品，必能轟動一時，獨創作者……云。

◎《广西日报》1937年6月25日关于沙飞个人影展的报道

◎沙飞摄影展览会专刊

摄影从军征

沙飞影展结束才十天即发生卢沟桥事变，抗日战争全面爆发，沙飞决心立即北上奔赴抗日前线。他曾发出钢铁般誓言：

　　我有二只拳头就要抵抗，

　　不怕你有锋利的武器、凶狠与猖狂，

　　我决不再忍辱、退让，

　　虽然头颅已被你打伤。

　　虽然头颅已被你打伤，

　　但我决不像那无耻的、

　　在屠刀下呻吟的牛羊，

　　我要为争取生存而流出最后的一滴热血，

　　我决奋斗到底、誓不妥协、宁愿战死沙场。[14]

沙飞明白，在国家民族生死存亡的时刻，作为一个摄影师，应肩负起历史重任，用照相机唤起民众。他为上前线做准备。对其壮举，邓初民、尚仲衣、千家驹诸先生多方热诚支持，捐助了不少的路费和材料费，还写了许多

---

14. 沙飞：《我有二只拳头就要抵抗》，载《桂林日报》1937年1月18日。

介绍信给太原、保定、西安、延安等地的友人，要求沿途给以援助。7月11日沙飞好友李桦到桂林，7月16日广西版画研究会举办李桦在桂林的第二次木刻展览会。不久，赖少其在《广西日报》上发表了致李桦信《木刻家到了战争的时代》，称"李桦先生：我们都非常想念着你，曾有两封由司徒君转给你的信，收到了么？第三回全国木刻流动展览会，各地都在积极的进行"。

同版还刊登了李桦文章《我们今后的工作 —— 别广西木运同志们》。[15]当晚广西版画研究会在乐群社阅报室举行茶话会，欢送李桦。常务干事李漫涛致词后，李桦、沙飞、洪雪邨、常书林等发言，大家自由座谈。分手时沙飞也与朋友们握别，告知即将奔赴华北抗日前线。临别，沙飞还在《广西日报》上发表文章《摄影与救亡》[16]，阐明摄影与救亡的密切关系：

> 摄影是造型艺术的一部门……
>
> …………
>
> 谁都知道，在国家如此危难的今日，要挽救民族的沦亡，决不是少数人所能做得到的事。因此"唤醒民众"是当前救亡运动的急务。但是，直到现在，文盲依然占全国人口□数百份（分）之八十以上。因此单用方块字去宣传国难是决不易收到良好的效果的。摄影既具备如□述的种种优良的特质，所以，它就是今日宣传国难的一种最有力的武器。
>
> …………
>
> 摄影在救亡运动上既是这么重要，摄影作者就应该自觉起来，义不容辞地担负起这重大的任务。把所有的精力、时间和金钱都用到处理有意义的题材上 —— 将敌人侵略我国的暴行、我们前线将士英勇杀敌的情景，以及各地同胞起来参加救亡运动等各种场面反映暴露出来，以激发民族自救的意识。同时并要严密地组织起来，与政府及出版界切实合作，务使多张有意义的照片，能够迅速地呈现在全国同胞的眼前，以达到唤醒同胞共赴国难的目的。这就是我们摄影界的当前所应负的使命。

15. 载《广西日报》副刊《时代艺术》1937年8月8日。

16. 载《广西日报》副刊《时代艺术》1937年8月15日。

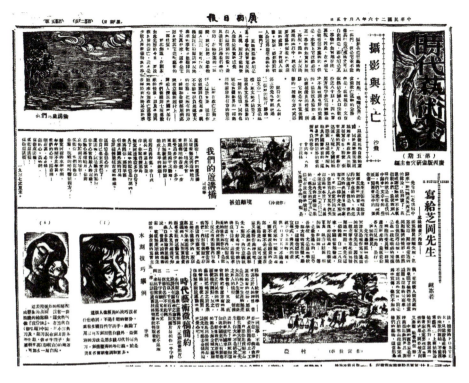

◎沙飞《摄影与救亡》，载《广西日报》1937年8月15日

这也是沙飞给桂林人民的告别信。沙飞的命运与时代紧紧连在一起。他带着朋友们捐助的摄影器材，豪情满怀地踏上征途，奔向沙场。8月底到达太原，经周巍峙邀请，到全民通讯社任摄影记者，后成为八路军第一位专业摄影记者。

沙飞到全民通讯社的第二天，经八路军太原办事处主任彭雪枫同志介绍，以记者资格到八路军总政治部，再转往五台山第一一五师去拍摄平型关胜利品等新闻照片和收集通讯材料，两星期完毕即回太原发稿。沙飞从第一一五师赶回太原后，洗

◎沙飞《战地服务团团长丁玲》，载《战时艺术》1938年第1卷第1期

199

照片，向各地报社通讯社发稿，宣传八路军出师后的第一个大胜利。他住在八路军驻晋办事处招待所，见到了丁玲、陈波儿等，还有从上海来的要到前线去拍纪录片的摄影师徐肖冰。丁玲任团长的西北战地服务团从延安来到太原，他们的任务就是宣传国共合作、全民抗战。沙飞发表在广西《战时艺术》创刊号的《战地服务团团长丁玲》，就是此时所摄。

1937年10月中旬，沙飞再次到五台山。聂荣臻在组建晋察冀抗日根据地的百忙中会见了他，介绍他到杨成武支队采访，拍了《挺进敌后》等照片。杨成武对沙飞的到来很欢迎。沙飞虽然曾在国民革命军当过兵，但他是报务员，不需要像普通士兵一样摸爬滚打、冲锋陷阵。八路军打的是游击战，要不停地运动。沙飞到部队过的第一关是骑马。杨成武回忆：

> 在独立团沙飞跟着我，在平西、北平、天津、张家口、大同周围，他也一直跟着我。他不会骑马，一上马就摔下来。他拿着照相器材，我派个马夫跟着他，马夫也不行，就再派个警卫员，保护他安全，照顾他。[17]

沙飞咬着牙，终于学会了骑马，随杨成武部队四面出击，挺进敌后，开辟根据地，历时一个多月，用照相机把中国军队与万里长城组成"义勇军进行曲"的"交响乐"。他用真实生动的形象，告诉全中国乃至全世界，在国土大片沦丧、民族危亡之际，八路军在华北转战长城内外，顽强地守卫着阵地、坚持着抗战。为强化宣传抗日的效果，他选择适当时机发表。沙飞拍摄的长城组照，包括《塞上风云》《挺进敌后》《战斗在古长城》《战后总结会》《八路军在古长城上欢呼胜利》等，在不同时间发表，照片说明不同时间、地点。

1937年12月沙飞在河北阜平正式参加八路军。沙飞是抗战时期第一个到华北晋察冀军区参军的知识分子。聂荣臻破格提拔、重用非共产党员的沙飞，任命他为晋察冀军区政治部编辑科科长兼抗敌报社副主任（即副社长），

17.杨成武将军回忆，据王雁1995年7月在北京摄影采访杨成武之记录。

主持工作，政治部主任舒同兼主任。沙飞满腔热忱地投入新的工作。12月初晋察冀军区政治部抗敌报社成立。1937年12月11日，晋察冀军区《抗敌报》正式创刊，舒同为该报题写报头。初创的《抗敌报》尽管稚嫩，但忠实反映了晋察冀边区军民英勇抗战、艰苦创建根据地的精神。沙飞主编《抗敌报》至1938年2月。1938年5月，沙飞积劳成疾，住五台县耿镇河北村晋察冀军区卫生部卫生所。翌月，加拿大医生白求恩率领医疗队从延安到达山西五台县金岗库晋察冀军区司令部驻地。中央军委作战局局长郭天民奉调到晋察冀军区，他及新婚妻子窦克与白求恩同行，长途跋涉一个多月。聂荣臻、军区卫生部部长叶青山及当地军民热情欢迎白求恩大夫一行。正在住院的沙飞奉命赶到司令部进行拍摄。8月初，白求恩在五台县松岩口村每天除做手术、开处方外，还亲自设计图纸、指挥木工，改建外科病室。沙飞常背着照相机到松岩口拍摄。

◎《战斗在古长城》，1937年秋沙飞摄于河北涞源

◎《八路军收复长城要隘紫荆关》，1938年沙飞摄

◎《八路军在古长城上欢呼胜利》，1937年秋沙飞摄于
河北涞源

镜头下的白求恩

　　白求恩是1936年10月率领加拿大医疗队赴西班牙马德里前线救护伤兵，1938年1月率领国际援华委员会派出的加美医疗队到中国。白求恩是一个出色的胸外科专家，多才多艺，喜欢摄影、文学、绘画，他来中国前买了一个价昂带有柯达镜头的新型莱丁娜照相机。当时，沙飞用并不流畅的英文与白求恩交流，他们很自然地谈论摄影，探讨在战场上使用哪种相机效果最佳、战地摄影与一般摄影的区别、怎样拍摄又快又清楚等等。白求恩遂成为八路军的一名业余摄影战士，为支援中国人民抗战多做贡献。他注重开展对敌军的宣传工作，亲自给受伤的日本战俘做手术，为康复的战俘照相。沙飞与白求恩千方百计把拍摄的照片向延安、重庆、敌占区、国外发稿，让全中国乃至全世界了解八路军在顽强地坚持抗战。在山西五台县松岩口村，两个异国影友由此建立了深厚的友谊。白求恩更佩服沙飞出色的摄影技术，他在1938年9月30日给延安马海德的信中说道：

　　　　你把那些胶卷冲洗了，而且寄往加拿大，我很高兴。今后，我们打算就在这里冲洗胶卷，因为我们已经从天津弄来一些照相器材，我们还有一个很出色的摄影师，将寄一些我们拍的照片给你，以供人民外交协会之用。

　　此处的"一个很出色的摄影师"所指便是沙飞。白求恩还参加组建"延安人民外交协会晋察冀分会"，他负责英文组并特别注意医院、卫生等方面的工作。中文组则由邓拓、沙飞等参加，前者负责政治和群众组织组的工作，后者负责委员会的军事组及摄影工作。沙飞与白求恩有太多相同之处，都是忘我献身的理想主义者，对法西斯侵略者极端仇恨，对人类命运无比关注，对事业坚定执着，对艺术异常热爱。沙飞从白求恩到晋察冀边区的第一天起，就用照相机记录白求恩的活动，既拍摄了白求恩严肃认真工作的场面，又抓拍了白求恩富有战地生活情趣的照片。1939年11月12日凌晨，白求恩在河北唐县黄石口村去世。沙飞赶去向白求恩作最后的告别，拍摄了战友的遗容。11月21日，晋察冀边区隆重举行白求恩追悼大会。灵堂有白求恩致聂荣臻的遗书（其中有提及将照相机留给沙飞）。沙飞拍摄了大会全过程。

1940年11月白求恩逝世一周年之际，沙飞在唐县军城举办了"纪念我们的国际朋友白求恩摄影展览"，展出沙飞、吴印咸、罗光达等拍摄的白求恩活动照片50幅，白求恩摄影遗作28幅。沙飞用白求恩遗赠的相机拍摄了这次影展现场。1942年7月7日出版的《晋察冀画报》创刊号，沙飞精心编辑一组"纪念国际反法西斯伟大战士诺尔曼·白求恩博士"专题摄影报道，表达了中国人民对白求恩的缅怀之情，也表达了他对异国战友深切的怀念。当时放大照片用的就是白求恩送的放大机。1945年4月《晋察冀画报》第8期发表"白求恩国际和平医院"专辑，10幅照片全部是沙飞拍摄的。2009年9月，加拿大驻华大使馆在山西平遥国际摄影节举办"纪念白求恩逝世70周年摄影展"。开幕式上，加拿大驻华大使用中文致辞：

　　我非常高兴出席今天在这里举行的纪念伟大的加拿大人道主义者白求恩大夫逝世70周年摄影展览。通过这个展览，各位将有机会看到一些从未向公众展示过的有关白求恩在中国生活和工作的照片。这些由摄影家沙飞和吴印咸拍摄的照片见证了一位有理想、正直的人所做的贡献。作为加拿大人，能够与这位富于幻想的先驱者联系在一起，我们感到很自豪。同时，我们也为他在中国受到的尊敬和重视所感动。

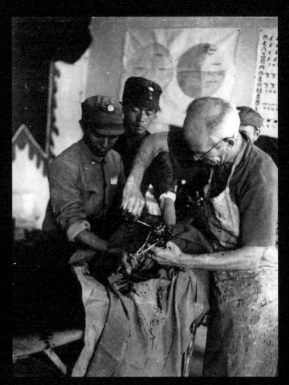

◎ 白求恩在山西五台县松岩口村模范病室动手术，1938年沙飞摄

◎ 白求恩日光浴，1939年沙飞摄

将军与孤女

　　1940年8月至1941年1月，八路军在华北发动百团大战，这是抗日战争相持阶段八路军在华北敌后发动的规模最大、最有影响的战役。沙飞用照相机留住了百团大战期间晋察冀军民较完整的影像记录，还拍摄了《将军与孤女》等照片，轰动一时。事件经过是，就在此次战役中，正当我军进攻东王舍要点新矿之际，井陉煤矿火车站副站长加藤偕其妻与二幼女逃入敌寇堡垒躲避，该堡垒随后被我军攻破，其妻于炮火中亡故，加藤逃入矿井受火伤，经我军救治无效死去，遗下二幼女，最幼者有轻伤，被我军携回。聂荣臻司令员见之，怜爱至极，即请奶妈喂养幼女并调治伤处，给长女喂以牛奶罐头，关怀备至，还请可靠老乡将她们送回敌方，并亲笔致函石家庄日本驻华北派遣军司令，嘱咐转其亲属抚育。其时敌方飞机大炮正向我方肆虐，炮火满天，而该二幼女在严密护卫下，竟安全抵达敌方。面对此情景，沙飞抓紧拍摄，并对其手下冀连波说：

　　这些照片现实可能没有什么作用，也不是完全没用，几十年后发到日本，可能会发生作用。

　　冀连波1998年曾深情回忆此事，并慨叹道：

（沙飞）作为一个记者，能预料到他的作品在几十年后发生作用，没有政治头脑、政治眼光是不行的。事实完全像他所讲的。

石家庄日军收到这两个小孩之后，回信表示感谢。沙飞当即在《抗敌报》上发表《老乡！把这两个日本女娃娃送到敌人那里去！》[18]，文中记录了拍摄《将军与孤女》的过程，并附录聂荣臻致日军信全文，产生了巨大的国际影响！2005年之后，日本沙飞研究会来住新平会长曾经几次对沙飞女儿王雁说：

> 沙飞拍摄聂荣臻与美穗子的照片，完全理解，沙飞怎么会想到拍摄信件？沙飞真有远见、国际视野。

◎聂荣臻将军与日本小姑娘，1940年8月沙飞摄

◎聂荣臻将军送别日本小姑娘，1940年8月沙飞摄

18.1940年9月14日发表的晋察冀社通讯稿，载晋察冀日报研究史会编《1938—1948〈晋察冀日报〉通讯全集》，中共党史出版社，2012。

1980年5月，《人民日报》《解放军报》《解放军画报》发表姚远方文章《日本小姑娘，你在哪里？》及未署名的《将军与孤女》照片。日本读卖新闻社很快找到了当年的日本小姑娘——美穗子，她住在日本九州宫崎县都城市，已是三个孩子的母亲。美穗子1980年夏应聂荣臻邀请来华访问，她说：

> 中国是我的诞生国，中国人民是充满了人类友爱精神的人民，将军是我的救命恩人，是"活菩萨"。我能健康地活着，能来到这里，能见到将军，心情是难以用言语表达的。一些日本旧军人知道了这件事的来龙去脉之后，非常感动和惭愧，更加认识到了侵华战争的罪恶。这些照片是最珍贵的礼物，将是我们家的传家宝。

聂荣臻说：

> 救你的事，不只我一个人会做，我们的军队，我们的人民，不论是谁，遇到这样的事情，都会这样做的。让我们化干戈为玉帛吧！愿中日两

◎八路军于晓雾中向井陉矿区日军进攻，1940年8月沙飞摄

国人民世世代代友好下去，永不兵戎相见。

美穗子曾先后几次来中国探亲。1992年聂荣臻与世长辞的第二天，聂帅办公室收到美穗子的唁电：

> 忽接父亲去世的噩耗，深感悲痛。从回国之日起到今天，我一直崇敬他为我心灵的依托。那场可怕的战争，使我在中国大陆沦落为孤儿，承蒙您的相救，才使我有今天……

美穗子在家里设立了灵堂，按照日本传统习俗举行悼念仪式，表达日本女儿对父亲的特殊感情，祝愿中日友好之树常青。2006年，洪河漕村举办"庆祝百团大战美穗子获救井陉·都城友好纪念馆开馆一周年纪念大会"，中国河北井陉县领导与日本都城市市长签合作协议。沙飞拍摄的照片将历史瞬间定格。沙飞的预言实现了。

　　沙飞擅于捕捉镜头，其重视管理的敬业精神也有口皆碑。从建立摄影科那天起，时任主任的他便规定底片集中统一管理，采取防污、防潮、防失散的措施，自己动手制作底片套，编号码，用防潮纸、油布包起来，装在小盒子里，井井有条，随身携带。后来成立了晋察冀画报社，加上各军分区也先后建立了摄影组织，底片越来越多，便配备专人冲洗底片、洗印放大照片，要求十分严格。底片由专人负责保管。行军作战时，用双层油布包起底片，装入缴获的牛皮背包内，外面再盖上油布，防雨又防晒，过河也不会弄湿。还明确规定"人在底片在"，若背底片的人发生意外，由事先已指定好的另一人接替。背底片的人必须和社领导一起行动。1943年秋季反"扫荡"开始以后，所有的照相制版、印刷器材都入洞坚壁了，唯有装满摄影底片和照片的四个牛皮箱（每个约35厘米见方，厚15厘米，重15斤左右，外面包着金黄色的带毛牛皮），因底片怕潮不能入洞坚壁。

　　12月8日，画报社奉军区命令马上转移。时任主任的沙飞和赵烈指导员率领主力向北转移，并将摄影底片和照片全部带走。沙飞其时身体欠佳，但他仍坚持亲自背两箱底片，大家劝他让别人背，他说：

　　　　你不要担心我的身体，我背得动。摄影底片不比照相制版、印刷器材，照相制版、印刷器材丢了还可以买，底片是摄影记者流血牺牲换来的，丢了就无法弥补。不管发生什么情况，你不要管我，要保证底片的安全，要做到人在底片在，人与底片共存亡！[19]

12月8日上午部队从花塔山出发，开始转移。下午到达柏崖村。12月9日晨，部队准备做早饭，饭后继续转移。米还没有下锅，日寇便开始向村里发起疯狂攻击。在敌众我寡的情况下，画报社人员奋战突围。突围的人群在沟底，鬼子在山梁上，居高临下，向沟里的人群射击。为了轻装突围，同志们除了武器、文件外，几乎把其他东西全都扔掉了。沙飞背着两箱底片和警卫员侥幸逃脱，底片终于完好保存下来了，但沙飞因在与敌周旋中匆忙丢了鞋子，脚被冻伤。且在这场柏崖惨案中，画报社牺牲了九位同志。晋察冀军区锄奸部部长余光文的妻子张立（军区政治部干事）被日军用刺刀捅死，其三个月大的儿子则被日军扔到部队早上准备做饭的开水锅里煮死。日军所作所为，丧尽天良，此情此景，惨不忍睹，沙飞怒火中烧，对敌人怀着刻骨仇恨，从此播下了复仇种子！

第二天沙飞被抬到一家小野战医院，院长主持给沙主任会诊后认为冻伤很严重，有残废的危险，沙飞便被转到军区卫生部和白求恩卫校驻扎的大台村。卫生部领导很重视沙飞，组织几位大夫会诊，一致认为：双脚已经变质，失去知觉，必须截肢。沙飞含泪恳求大夫：

我是摄影记者，没有双脚怎么工作？我求求你们想尽一切办法，保住我的双脚吧！

他们只好将他再转到炭灰铺村和平医院，当护士解开包扎在沙主任双脚上的纱布时，一双黑紫、腐烂、臭气熏人的脚暴露在大夫、护士面前。未等大夫开口，沙飞迫不及待地恳求大夫想尽一切办法保住他的双脚。经过一段

19.时任沙飞警卫员的赵银德2012年回忆。

时间的保守治疗，脚伤慢慢好转，他极力要求回画报社工作。敌人的暴虐，肉体的煎熬，顿使沙飞精神备受冲击，沙飞每次谈到他拍摄日军暴行的照片时，都非常愤怒，有时躺着讲，突然坐起来跳到地上，大骂日本鬼子，晚上睡觉时仍滔滔不绝。回到柏崖宿营后，人们发现他走路不停地摆手，自言自语，精神有些不正常。

212

尽管如此，坚忍不拔的猛士沙飞，仍愈战愈勇，一直奋战在革命摄影事业第一线上，为抗日战争的胜利立下丰功伟绩。

1950年3月，沙飞因肺病在石家庄白求恩国际和平医院治疗时，怀疑日本大夫要谋害自己，旧仇新痛，复仇的火焰终于喷薄而出而无法抑制，精神异常亢奋而枪杀之，因此被处以极刑。一颗绚烂耀眼、冉冉上升的摄影明星，英年早逝。

沙飞记录了一个时代的光影，为抗日战争的光辉斗争历程留下了丰富而宝贵的形象记录，但最后他也死于那场战争的阴影里。

万水千山总是情

都说一个成功男人背后，一定有个默默奉献的贤妻。沙飞的成功，却更多的是贤妻王辉为其做出牺牲，担负着说不尽的苦难。他们分分合合，两心相印，是对名副其实的患难夫妻。

王辉，原名王秀荔，祖籍广东潮安，1911年11月15日生于香港，在香港英华女校读书。1931年在国民政府交通部汕头无线电台（商业、军事两用）就职。1932年春沙飞也来电台当特级报务员。彼此都充满爱国热情，共同推动成立了电台的"救国会"，均被选为常委。"救国会"的工作主要是捐款给东北抗日义勇军，出刊物《醒来吧》。因为进步思想相通，工作又经常接触，两人关系日渐密切，遂成挚友。沙飞深知王辉最崇拜鉴湖女侠秋瑾，就叫她"慕秋"；王辉熟知沙飞天天忧国忧民，以振兴中华为己任，便叫他"振华"。1933年3月30日两人宣布结婚，台长司徒璋送给他们的结婚礼物是个镜框，上书"振华贤侄、慕秋女士新婚志禧"。

婚后两人到香港、广州、上海、苏州、镇江、南京，再转去杭州度蜜月，游了不少名胜，并在杭州秋瑾的墓前拍照留念。1933年底沙飞的大儿子出生，取名司徒飞。1935年春，又添一女孩，取名司徒鹰。这是令多少人羡慕的幸福家庭！在蜜月旅行中，沙飞买了相机学拍照，这是沙飞步入摄影生涯的重要契机。1935年6月，沙飞加入黑白影社，开始了有关的摄影活动。

◎沙飞、王辉蜜月旅行，1933年4月摄于南京

　　1936年初沙飞拿回家一本外国画报给妻子看。里面有几幅照片是1914年6月奥匈帝国皇位继承人斐迪南大公夫妇到访萨拉热窝时被塞尔维亚族青年加夫里洛·普林西普用手枪打死的场景。这个事件是第一次世界大战的导火线。沙飞激动地说："当时一个摄影记者的照相机一直打开着，随时可以拍摄，他拍下了这历史的场面，一下子出了名。我要当摄影记者，我要用照相机记录历史。"他说这话时，情绪沸腾，眼睛放着奇异的光。王辉终生难以忘怀。这几张照片，改变了沙飞的人生。

　　1936年11月中旬，沙飞因拍摄了一组鲁迅活动像一举成名，从上海回到汕头。王辉很高兴，两个孩子围着爸爸，都争着叫抱。晚饭时全家人在一起热闹、高兴，他情不自禁地说："回家真好！"他拿出他拍的鲁迅照片，自豪地对妻子说："这都是我拍的。"她惊呆了。他一边给她看照片，一边给她讲照片上的人、照片背后的故事，讲自己在上海的生活、学习。她被他的成功打动。两个人沉浸在甜蜜、幸福中。夜深了，他告诉她："明天，不，就是今天要去广州，12月初要在广州搞个人摄影展览。"她急了："摄影重要还是这个家重要？"他脱口而出："当然是摄影重要！摄影是我选择的终生事业！"她说不出话来。他马上安慰妻子，摄影、家庭，两个都重要，搞完影展便尽快回家。王辉只能再次让步。沙飞在广州的影展非常成功，王辉为他高兴、骄傲。但影展结束后，沙飞没有回家，甚至连封信也不来，她很失望。1937年1月，王辉主动地写了一封信给丈夫说："从今天起，我们脱离关系吧，我们是无条件结婚，现在也无条件脱离。"沙飞为了发展自己爱好的摄影事业，只好无奈应承，但一直耿耿于怀。直到1942年6月填写"入党志愿表"中，在配偶姓名一栏写上"已婚已离配偶，姓名王若冰"，表明其依旧怨恨原配，把"王秀荔"改为"王若冰"。他从不曾想过是自己为了搞摄影，抛弃了妻子、抛弃了家庭，显示其特立独行的个性。

王辉毕竟是个坚强的女人。丈夫走后，她既要上班挣钱养家，照顾两个孩子，又要参加抗日工作。1938年底，王辉看到汕头《星华日报》转载武汉《新华日报》陈克寒文章《模范抗日根据地晋察冀边区》：

> 边区最大的报纸是《抗敌报》，已经有半年多的历史……《抗敌报》的负责编辑者，过去是全民社的记者沙飞，现在是边区常写文章的邓拓先生。

她知道沙飞已奔赴华北前线，参加了八路军。她不感到意外，她既高兴，又明白他再也不会回家了。

1936年冬王辉秘密参加了华南抗日义勇军。1937年8月，汕头青年抗敌同志会（初名"汕头青年救亡同志会"，1938年1月改名，简称"汕头青抗会"）正式宣告成立，王辉是发起人之一，任理事。1937年9月参加中国共产党，"王辉"一名就是到重庆后改的。1937年9月，汕头青抗会组成第一五五师随军工作队，王辉加入工作队，1938年初担任中共汕头市委妇女部长兼潮汕中心县委妇女部长，仍然在电报局工作，奉命做上层妇女的统战工作。她努力争取，得到了第一五五师师长李汉魂的妻子吴菊芳的支持，与国民党汕头市妇女会主任陈瑞莲多次接洽，共同筹备成立汕头市妇女抗敌同志会。1938年5月，中共潮汕中心县委机关搬到王辉家——汕头市新马路79号。方方、谢育才、李碧山、苏惠等中共南委领导人到汕头时，常住在她家，她家乡潮安彩塘的祖屋也曾是县委机关所在地。为抗日，王辉做好了随时牺牲的准备。1939年春，方方派王辉从汕头到香港找八路军办事处廖承志、连贯，请示并准备去南洋到华侨中进行抗日救国募捐工作，为潮梅地区开展抗日游击战筹集经费。这次去香港，王辉带上两个孩子，把他们送进了保育院。从此，汕头市沙飞、王辉这个温馨浪漫的小康之家破碎了，夫妻各自走向抗日前线，一双儿女流落为难童，一家四口天各一方。

1939年6月汕头市沦陷。战事发生时，得到消息的王辉立刻赶回已撤至郊外的电报局，按预先指示发急电向闽西南潮梅特委、青抗会及各分会报警，青抗会及时组织撤退。金砂乡分会得知情况后，迅速向保安第五团"借"枪支弹药，这批枪弹成了当时潮汕游击队抗日的主要武器。王辉站好最后一班岗，完成任务后从容撤退。

1940年9月，王辉随方方离开广东到桂林，她在李克农领导的八路军桂林办事处工作了几个月。她一直牵挂着两个孩子，曾向李克农提出，可否请廖承志撤离香港时将自己的两个孩子带出来。李克农说，廖承志工作很忙，自顾不暇。年底王辉收到香港朋友吴伟机来信，说香港保育院已撤退到贵阳。1940年12月王辉奉调到八路军重庆办事处。她乘八路军军车经过贵阳休息时，有意识地翻阅当地报纸，在一张报纸的下角有一则香港保育院一批儿童到贵阳的消息。她在八路军贵阳交通站负责人袁超俊陪同下，在一座被日本飞机轰炸过的破楼里，终于找到了两个孩子 —— 7岁的儿子司徒飞和5岁的女儿司徒鹰。兄妹两人经过长期逃难生活，骨瘦如柴、眼睛发炎、皮肤溃烂，和街头小叫花子没有两样，已是寒冷冬天，还没穿棉衣，晚上睡觉也没有棉被。他们望着有些面熟而又陌生的女人发呆，母亲的样子在他们脑海里已模糊了。王辉一把将两个孩子拉过来，紧紧搂抱着，亲吻着，叫着他们的乳名，他们才慢慢地胆怯地喊出了"妈妈"，母子三人悲喜交加，抱头痛哭。

王辉立即请示李克农，要求组织将两个孩子送往延安。李克农要袁超俊电话向重庆周恩来请示，并命令身上带有绝密账本的王辉必须与办事处人员按规定时间离开贵阳。王辉与孩子分手时，流着泪抱着他们说："你们一定会回到妈妈身边的。"12月底她抵达重庆，办事处处长钱之光告诉她，周恩来已批准把她两个孩子带到重庆。袁超俊将两个孩子从保育院接到住所，帮他们清洗身上溃烂的疥疮，无微不至地照顾他们。不久他们随贵阳交通站全体人员一起撤离，抵达重庆，回到母亲身旁。办事处给他们发了棉被和新灰布棉衣，医务室医生治愈了他们的眼病和身上的疥疮，苦难的生活结束了。

1941年1月皖南事变后，中共中央南方局决定部分人员及家属撤到延安。为此，王辉儿子改名为王大力（即王达理），女儿改名为王小力（即王笑利）。同一批走的还有谢育才、李克农、博古的孩子，及李鹏、叶选平、草明、蒋南翔、李金德等人。一百多人分乘几辆大卡车和一辆小轿车，周恩来、邓颖超等人去送行。一行人安抵延安，王辉的两个孩子到延安保小红军小学读书。

王辉在八路军重庆办事处担任中共中央南方局会计兼出纳，她在机要、电台所在的三楼办公，其他人不能随便进出，对内部人也保密。南方局的钱来源绝密，财务绝密，王辉的工作绝密。周恩来、董必武等领导人用钱都在她那里支取，给她收条。她用最薄的纸做账页。每月终，她把账结清，然后交周恩来的秘书童小鹏审核，之后把单据销毁，在账页上签名作绝密件保存。根据周恩来指示，为使新华日报社遭到突然袭击时不致泄密，王辉每次去查完账后，便将所有账表全部烧掉。有几次周恩来叫她到办公室，将现金交给她，让她当场清点，说这都是捐款，是共产党活动经费。当时共产党经济十分困难，不少爱国同胞、华侨和外国朋友给予很大支援。周恩来再三嘱咐，钱来之不易，要绝对保密，如果暴露，捐款人就会被追查迫害，将造成极大的损失。当时王辉保管的现金数目相当大，她还保管一些衣物，方便同志外出化装。1942年下半年，王辉患肺结核病，住曾家岩周公馆。病中的她看到延安八路军军政杂志社出版的《抗战中的八路军》及沙飞主编的《晋察冀画报》创刊号，上有"华北前线"的照片，有的署名沙飞。她看着画报，想着想着，百感交集："他在用摄影为抗战服务！当初那么坚决地反对他搞摄影，真的错了。他现在个人生活怎么样了？……"她躺在床上胡思乱想，对生活、对前途几乎失去信心。邓颖超看到她情绪低落，主动跟她聊天，王辉跟"小超"大姐谈了自己与沙飞的关系。大姐说："既然你们俩现在都参加了革命，如果他还没成家，就应恢复关系。"谈话后王辉似乎看到希望，眼前闪现了一线曙光。

1944年5月，王辉、张剑虹等人被调往延安学习。初到延安，她在《我的自传》中写道：

> 抗战后，听说他到华北，现在晋察冀，改名沙飞，在画报上常常看见他的摄影；我们过去的离婚，不是为了什么了不起的事，我对于他的爱没有完全消灭，听了他进步，我甚快活安慰，认为我过去没有爱错人，我常常默祝他进步、健康、幸福。[20]

王辉在组织部招待所住了一个多月后，进中央党校三部学习，后来转到六部。她向从晋察冀边区来的同学打听沙飞的情况，当得知沙飞已经加入了共产党，还没有结婚时，一向冷静、沉着的王辉沉不住气了。她很快到周恩来、邓颖超那里，跟他们谈了自己和沙飞的关系及他现在的个人情况，并要求转封信给他。邓大姐说应该恢复关系。王辉马上写了封信给沙飞："我在延安学习，两个孩子也在延安上学。"周恩来把信交聂荣臻后，很快托奉调到晋察冀军区并受命护送美军观察组七人到晋察冀边区的耿飚将信带去晋察冀。王辉原来从不跟孩子提及他们的父亲，但她从周恩来那里回来后，高兴地告诉他们，他们的爸爸叫沙飞，在华北前线晋察冀军区搞摄影，是画报社主任。他们高兴极了。

周恩来、聂荣臻对此很慎重，因为在战乱中，各种情况都可能出现。聂荣臻发一封电报到晋察冀军区政治部，朱良才、潘自力接到后，当天通知沙飞到政治部。他看了电报，得知王秀荔已改名为王辉，曾在八路军重庆办事处跟周恩来、邓颖超一起工作，负责财务，现在延安中央党校学习，两个孩子都在延安读书。一刹那间他愣了，脑子一片空白，不知说什么好，反复看着电报，很久才回过神来。朱良才征求他本人对复婚的意见，朱主任说："你的情况由我们电复延安。你本人究竟欢迎不欢迎王辉和孩子，只能你自己答复。"沙飞脱口而出："我愿意与她复婚！"他立即亲自复电报。离开政治部

---

20. 王辉：《我的自传》，1942。

后，想到一家人将团聚在华北抗战前线，他异常兴奋。他知道在自己内心深处始终有"她"和两个孩子的位置，这也是他们"离婚"近八年而他仍然独身一人的根本原因。不久，延安中央党校办公室通知王辉去杨家岭周恩来那里，她立刻猜到，一定是有了关于"他"的消息。电报由周恩来秘书转交，她看到了朱良才和沙飞分别拍的两封电报。朱良才代表组织介绍了沙飞的情况：政治上是共产党员，工作是晋察冀画报社主任，生活是未成家。沙飞电报是：

王辉：

　　我真心实意地欢迎你和孩子到晋察冀来，诚挚地等候你们。

沙飞

　　王辉悬着的一颗心终于放下了。她专门去安塞、延安保小，把父亲来电报的好消息告诉孩子，他们高兴得跳了起来。邓颖超希望她在党校学习完再走，王辉给沙飞回了封电报："我学习完再去，望等我。"

　　花开两头，各表一枝。前述1943年12月沙飞身负重伤，几乎要被截肢，躺在病床上的沙飞突然特别想念妻子及两个孩子。他感觉、希望、相信他们会在延安。1944年春，晋察冀军区政治部师容之去延安前，专门去看望沙飞。沙飞交给他一封信，让他到延安后，去找自己的两个孩子。师容之答应了，但昔日的王秀荔已改名为王辉，俩孩子也已改名换姓，师容之到延安后，根本无法找到他们。师容之为不负朋友重托，写信回晋察冀。此时已与王辉联系上的沙飞立即把妻子的姓名、地址清楚地告诉了他。这封信从春天辗转到冬天，1944年初冬，在中央党校三部学习的师容之找到王辉，转给她一封信，是沙飞在4月份托他带给她的。她感到非常奇怪和意外：当时自己还在重庆呢！他怎么知道两个孩子在延安，我很快就要到延安呢？每天，她都把信及电报看了再看，思念着远方的亲人，想到很快将与丈夫团聚，她心花怒放！这是他们命中注定的缘分！师容之还专门去学校看望两个孩子，知道是父亲身边来的叔叔，孩子们感到格外亲切。

◎沙飞、王辉夫妇，1945年冬摄于张家口

　　1945年6月，王辉奉命调往晋察冀，途中要经过敌人的几道封锁线，她决定不带孩子，自己先去。离开延安前，她去向周恩来夫妇告别，向方方告别。方方对她说："你去晋察冀后要在银行工作，将来回广东搞银行工作，沙飞将来回广东还搞电台工作。"张剑虹知道王辉要去前方与丈夫团圆，为她高兴，专门去送行，还开玩笑说："王大姐，我将来一定要写一部小说，写你们夫妻分别八年后又重逢的故事。"王辉骑在毛驴上，微笑着向剑虹招手再见。王辉和一位交通员、三位八路军战士一起从延安出发，延安方面立即通知晋察冀军区政治部。画报社副主任石少华先知道消息，但没告诉沙飞，因为他担心王辉过封锁线出现意外，直至知道她安全了，才告知沙飞。知道妻子马上要来，沙飞既兴奋又焦急，不知自己该做什么。王辉一行五人在路上走了一个月，7月到达阜平，先到军区政治部所在地。潘自力给画报社打电话。很快，沙飞就骑马赶到了。第一眼见到他，她觉得他老了，但眼睛还是那么明亮。她刚伸出手就已被丈夫紧紧拥在了怀里。她跟他骑着一匹马"回家"，一路上，沙飞问妻子的身体、工作，问两个孩子的情况。傍晚他们到了画报社驻地阜平坊里村，管理员准备了一桌便宴，还有阜平特产枣酒，石少华致欢迎词。晚上，他俩滔滔不绝地诉说彼此离情别绪，一切痛苦都成为过去，他俩都不提起那不愉快的一段，他们的感觉都是分别八年，而不是离

◎沙飞、王辉夫妇与长子王达理（左1）、长女王笑利（右1），1946年摄于张家口

◎王辉与儿女们，前右1为王雁，1954年摄于北京

婚八年。沙飞夫妇在抗战胜利前夕团圆，并愉快地度过第二个蜜月。王辉在画报社负责财务工作。他们共同战斗，迎接胜利到来。王雁的生命就是在河北阜平坊里小山村孕育的，一个月后，日本投降了。神州大地举国欢腾，全国人民沉浸在抗战胜利的喜悦中。年底，他们在延安的两个孩子随朱良才、李开芬夫妇等大批人一起抵达张家口，沙飞全家终于大团圆！画报社的战友们共同见证、分享了沙飞夫妇磨砺八年，奇迹般全家团聚的幸福时光。他们的后三个孩子正是在这随后的四年里陆续出生的。

可惜，好景不长。1950年春天，沙飞因病致精神失常枪杀了日本医生被判处死刑，喜剧又成悲剧。这宛若晴天霹雳，令王辉猝不及防，一下子跌入谷底。正如她所说："我不知道那段日子是怎样度过的，几乎崩溃了。沙飞死的时候，我38岁，5个孩子，大儿子不满17岁，小女儿刚满1岁。"王辉在无奈与悲痛中，惧怕自己和孩子们受牵连，曾提出离婚，领导做工作后，她又不想离了，但阴差阳错离婚报告却已被批准了，俨如1937年初那样，她只好再次默然接受了这个事实，负重前行。这是她心中永远的伤痛！可是她的心、她的感情，仍然与第一次"离婚"一样，从未真正认为自己与沙飞已经离婚。沙飞走后，她几次去石家庄寻找他的墓址。多年来，五个子女都不知道他们离了婚。为争取为沙飞平反，当时已70多岁的王辉多次写证明材料，亲自去北京军区军事法院申诉。她始终深深地爱着自己生命中唯一的男人。她是强者，她没有被命运击垮，孤独地、勇敢地继续前行，一直兢兢业业履行中国人民银行广东省分行副行长职责。

王辉小心呵护一群儿女，为怕伤孩子幼小心灵，她在孩子面前从不提关于丈夫的伤心往事。只能把对亡夫的思念埋于内心深处，待到更深人静，孩子入睡后，才把亡夫装在铁匣的遗物偷偷取出，睹物思人，禁不住泪如泉涌！她始终坚信毕生忠于党、热爱人民、为拯救国难不惜赴汤蹈火，以相机作刀枪，在民族解放和立国伟业上功标青史的丈夫，是非功过后人自有评说，其名誉终将有恢复之日。她也希望儿女们能真正理解自己，理解父亲。

1995年，知天命之年的女儿王雁开始做父亲的事，自小有着叛逆性格的她逐渐与母亲亲近起来，母亲看到了她做的每一件事，知道她在写关于父亲的书。王辉越来越开心，有时会主动跟女儿谈起丈夫及自己。她不再回避了。遗憾的是，她没有看到她期待的书，2005年5月便驾鹤西去了。2005年7月，儿女们将她的骨灰匣安葬在石家庄双凤山陵园父亲的塑像下，让这对患难夫妻从此在天国天长地久！

（本篇除丁玲照片外，原稿史料、图片皆由沙飞之女王雁提供，并经其审核。）

沙飞

　　沙飞（1912—1950），中国革命摄影事业的开拓者，原名司徒传，又名司徒怀。曾用笔名眼兵、莫燕、白桦、浪花、白婴、秋子、丽陵、静子、红叶、路涛、黄芬、刘定、孔望、宋山等。生于广州，祖籍广东开平。1926年，14岁的沙飞刚从广东省无线电学校毕业，便毅然投笔从戎，以报务员身份随军北伐。1929年在广西梧州军用电台当报务员，1932年在广东汕头电台当报务员。1936年9月考入上海美术专科学校。1937年8月底奔赴华北，9月在山西太原担任全民通讯社摄影记者，12月在河北阜平参加八路军。先后担任抗敌报社总编兼副主任、晋察冀军区政治部宣传部摄影科科长、晋察冀画报社主任、华北画报社主任。1950年3月4日，因在石家庄白求恩国际和平医院住院期间枪杀一日本籍医生，被华北军区军法处处以极刑。1986年5月，北京军区军事法院经再审查明沙飞是在患有精神病情况下"作案"，不应负刑

巴金　鲁彦[1]

在中学读书的时候，你的《灯》，你的《狗》感动过我。那种热烈的人道主义的气息，那种对于社会的不义的控诉，震撼了我的年轻的心。我无法否认我当时受到的激励……我们十三四年的友情就建立在这一点感激上面。

——巴金《写给彦兄》

1.原名王衡、王鲁彦、王返我。

炸不怕的城市

　　巴金曾三次到桂林[2]，其间虽然漂泊不定，艰辛备尝，但依然顽强乐观，埋头写作。头次抵达桂林，巴金目睹敌机频繁轰炸桂林，城里经常如一团火海，一半的城市烧成废墟，"那几条整齐马路的两旁大半只剩了断壁颓垣"。满目疮痍的惨景令他刻骨铭心。长篇小说《火》第三部卷首写冯文淑梦中所见的大火，便是此情此景的真实再现。他还撰写了《从广州出来》《梧州五日》《桂林的受难》《桂林的微雨》等散文，追忆从广州逃难至桂的旅途感受，后均收入《旅途通讯》。他称，这些信函文章，都是在死亡的阴影下写成的，自己在生与死的挣扎中，全靠友情的力量才将他引领到生的彼岸。[3]

　　同时，巴金还积极从事桂林抗战文艺运动，如参与筹备中华全国文艺界抗敌协会桂林分会，并任分会理事。主编大型文学月刊《文丛》，继续编印出版了《文丛》第2卷第5、6期合刊。

　　1941年9月，巴金和萧珊及其同学王文涛从昆明再度前来桂林。其创作

2.时间分别是：1938年11月至1939年2月、1941年9月至1942年3月、1942年10月14日至1944年5月初。其间，巴金积极从事桂林抗战文艺运动，参与筹备中华全国文艺界抗敌协会桂林分会，并任分会理事。主编大型文学月刊《文丛》，主持文化生活出版社，先后编辑出版了《文学丛刊》《文化生活丛刊》《文学小丛刊》《现代长篇小说丛书》《译文丛刊》等一大批文学作品。热心参加桂林各种抗日救亡集会，扶植辅导青年作者。创作了长篇小说《火》（共三部），短篇小说《还魂草》《某夫妇》，散文集《无题》《旅途通讯》《废园外》等。

3.巴金：《旅途通讯》，文化生活出版社，1939。

热情有增无减，收获颇丰。[4]他还热心参加桂林各种抗日救亡集会，如应邀出席司马文森主编的《文艺生活》和文协桂林分会多次举办的探讨创作问题座谈会，扶植辅导青年作者，参加纪念湘北大捷兼庆中秋的文化团圆会，因而深得桂林进步文化界的赞誉，在1942年文协桂林分会年会上改选理事时，再次当选为理事。1942年3月，离开桂林，经贵阳赴重庆。

1942年10月，巴金最后一次返桂林，寓居东江路福隆街。是年冬，创作小说《夫与妻》，与分别在重庆和成都写成的《猪与鸡》和《兄与弟》均收入短篇小说集《小人小事》。用巴金在该集后记中的话来说，就是所谓的"小人小事"，并没有特别的意义，不过是一些渺小的人做过的渺小的事情。翌年2月，巴金的挚友林憾庐病逝。悲痛之余，巴金撰写了《纪念憾翁》，寄托哀思。并于5月动笔撰写《火》的第三部，作品的主人公之一田惠世就是以林憾庐为原型。该作于9月完成，后由开明书店出版。

这期间，巴金利用主持文化生活出版社工作的有利条件，大量翻译出版一批世界名著。先后翻译出版了屠格涅夫的长篇小说力作《父与子》与《处女地》，为青年读者打开学习外国名著的一扇窗口。

巴金一如既往，在潜心写作之余，不忘参加桂林的文化活动。如茅盾小说《霜叶红似二月花》甫一出版，巴金便与田汉、艾芜等发起座谈会，大加肯定，并联名发电报向远在重庆的茅盾表示祝贺。由于这几年是世界法西斯势力最为猖獗的时期，也是我国抗战极端困难时期，加之大后方政治环境日趋恶化，桂林的一些文艺刊物被封或因经费不足被迫停刊。"书业不景气，版税拿不到"，靠稿费生活的作家们举步维艰，纷纷改行或离去。时任桂林《大公报》记者的曾敏之署名寒流，1943年9月25日在该报发表了《桂林作家群》一文，报道了王鲁彦、艾芜、巴金、千家驹、穆木天、彭慧、端木蕻良、田汉、欧阳予倩、蔡楚生、周钢鸣、司马文森等文化工作者为生活陷入欲眠不得的窘境，文中提道：

4.其间撰写短篇小说《还魂草》《某夫妇》等作品，并完成小说集《还魂草》，散文集《废园外》，还承担《文学丛刊》第7集的编辑工作。

过去一段时间纷传离桂的作家，还有巴金。这位青年读者敬爱的作家，却没有离开桂林。他似乎比一九三六年写《沉默》一书时更沉默了。他的《火》的第二部、第三部将在沉默中产生。他似乎很少烦恼的事情，但近来为文化生活出版社的发展却有点烦恼。他面对运输困难，印刷不易，再加上审查手续繁杂等问题，感到很棘手。

巴金对贫病交加的王鲁彦等朋友关怀备至，情真意切，尤值得重视的是，自1943年12月起，巴金与赖贻恩神甫展开了一场关于"生活标准与道德标准"的大论战，这是一场为捍卫真理的论争，是巴金生平的一件大事，也是我国抗战文化史上的一件大事。

1944年5月8日，巴金与萧珊离开桂林赴贵阳旅行结婚。原打算婚后再回桂林，不料不久后日寇进犯湘桂，只好暂时寓居重庆。

巴金抗战时期在桂林文学创作的最大特色是，其内容都是以亲身的体验热情地歌颂中国人民的顽强抗战，愤怒斥责日寇的侵略罪行，充分表现其善良爱国的高尚情怀。不论是小说《还魂草》用利莎（原型为王鲁彦的女儿莉莎）和秦家凤纯真的友爱与日本帝国主义的凶残暴戾相对比，愤怒地控诉了日本帝国主义的野蛮侵略罪行，还是《某夫妇》以温一家原本生活美满和乐的生活被日寇炸弹毁于一旦，愤怒控诉了日寇的滔天罪行，表现出不屈不挠的战斗意志，抑或是长篇小说《火》第三部描写的基督教徒田惠世逐步摆脱多年来宗教思想对自己的影响，全身心投入抗战宣传工作的经过，以彰显抗日战争的伟大神圣，这些作品主人公的原型都是巴金的熟人，不是邻居便是挚友。其散文则真切记录了自身颠沛流离、同国家人民生死与共的心路历程，表明抗战必胜的决心与信念。如在《桂林的受难》一文中，他正告侵略者中国人永远不会屈服，"中国的城市是炸不怕的"，在《桂林的微雨》里，庄严宣告"血不会白流，痛苦应有补偿，牺牲不是徒然"，标志着巴金从前期的浪漫主义风格向现实主义创作方法的重大转变。其强烈的爱国抗敌的伟大情怀，专心致志、埋头写作的苦干精神，卓有成效的创作成果，功盖抗战文坛，誉满国统区。

留桂劇人實驗劇社首次公演

四幕名劇

家

原著：巴金
編劇：曹禺
導演：熊佛西

地點　廣西劇場
時間　三十二年七月十二日起

在廣州的最後一晚
——十月十九夜

海底夢

：

屠格涅夫選集

IV

父与子

著夫抗廖
譯金巴

夜未央

文化生活叢刊
XX

著姆托斯
譯金巴

遲開的薔薇

文化生活叢刊
XXXII

巴金与鲁彦

引子

抗战期间，巴金失去八位亲朋，其中鲁彦的病故，最令巴金悲伤。噩耗传来，他痛苦得"躺了几个钟头，没有讲一句话"[5]。为了寄托哀思，他不仅撰写了情深意切的悼念文章，而且创作了与此有关的小说。今天，深入探讨巴金与鲁彦的关系，对于研究巴金的人格力量和创作思想，不无裨益。

一见成莫逆

巴金比鲁彦年轻三岁，早在南京读高中时便开始阅读鲁彦的作品，并深受感染。巴金曾在《写给彦兄》一文中写道：

> 在中学读书的时候，你的《灯》，你的《狗》感动过我。那种热烈的人道主义的气息，那种对于社会的不义的控诉，震撼了我的年轻的心。我无法否认我当时受到的激励……我们十三四年的友情就建立在这一点感激上面。

可见，巴金同鲁彦的友情是有着共同的思想基础的。因此，巴金于六七

5.巴金：《写给彦兄》，载《巴金经典作品集》，广州花城出版社，2004。

年后（1930年秋）应友人之邀到福建旅行，在鼓浪屿一家旅馆里与鲁彦畅谈了一个多钟头以后，与其成了莫逆之交。

鲁彦虽然比巴金早成名，但毫无轻视巴金之意，而是处处器重、支持巴金。巴金属后起之秀，没有半点傲气，事事尊重、关照鲁彦。1935年8月，巴金从日本回到上海，为圆编辑之梦，开始独立主持文学编辑出版工作，担任文化生活出版社总编辑，着手编辑出版《文学丛刊》，创办《文学月刊》并任主编。他立即向鲁彦约稿，鲁彦认真撰稿，热情支持。其《雀鼠集》一文与鲁迅、茅盾、沈从文、张天翼等作家的作品一起列入《文学丛刊》第一集，于当年出版。此集作家阵容强大，颇有声势，加之装帧设计大方别致，因此甫一问世便成一大盛事。

1936年春，左联解散。是年6月，中国文艺家协会在上海成立并发表宣言。因为鲁迅此前与他们之间有了裂痕而没在宣言上签名，巴金也没加入。为了表达自己的抗日救亡主张，巴金和黎烈文各起草一份声明，由黎烈文送病中的鲁迅征求意见，将两份声明合并为一，和鲁迅一起改定为《中国文艺工作者宣言》，鲁迅带头签名。鲁彦闻知也踊跃签名支持巴金。宣言发表后，横遭曾任左联常委、宣传部长、书记的徐懋庸等人的围攻。徐懋庸指责鲁迅不该接近"巴金和黄源之流"。鲁迅愤怒至极，扶病写了一封著名长信《答徐懋庸并关于抗日统一战线问题》，对文艺界存在的理论上与行动上的宗派主义及行帮现象提出尖锐批评，充分肯定巴金。巴金也著文加以反击。之后，丑化、围攻巴金之风越刮越烈。对此，鲁彦深恶痛绝，十分同情巴金。鲁迅逝世后，鲁彦撰写了《假使鲁迅先生还活着》[6]的纪念文章，他重引了鲁迅《答徐懋庸并关于抗日统一战线问题》有关论述后指出，在抗日民族统一战线内部，不能"禁止人家发表意见"，不能搞专制、独霸和攻击，而对于"别有作用的歪曲的理论，我们就须给以无情的打击"，再次理直气壮地支持巴金。

在发展中国现代文学事业和文艺界有关抗日统一战线论争的大是大非问

6.载《国民公论》1939年第2卷第8期。

題上，鲁彦如此毅然全力支持巴金，在日常生活琐事上，只要于人有利的，鲁彦也会毫不犹豫地配合巴金去做。1936年冬，鲁彦就曾应巴金之约，不辞劳苦，和巴金、靳以一起由上海专程赴杭州，帮助一位不认识的女读者脱离危难。巴金同鲁彦的友情，无疑给巴金带来了温暖和力量。

同入桂林城

　　真诚是巴金伟大人格力量的基础。他感情真挚，珍重友谊。对朋友，肝胆相照，相濡以沫。诚如巴金的挚友、已故著名作家孙陵所说："（巴金）从不出卖朋友，从不见利忘义，这种始终不变的真心，不是金子是什么？……全心全力为朋友解决问题，不是侠义是什么？"[7] 巴金这种金子般的心和侠义之举，在鲁彦身上得到最充分的体现。

　　抗战全面爆发后，巴金和鲁彦离开上海。巴金于1938年11月由广州抵达桂林，鲁彦也于是年12月由湖南来到桂林。此时的桂林，文人荟萃，社团繁多，印刷业、出版业发展迅速，抗战文化活动空前高涨，遂以战时文化城蜚声中外。在这里，他俩除了继续写作和从事编辑出版工作外，还热心参加桂林文化界的抗日救亡活动，过从甚密。如共同发起筹建中华全国文艺界抗敌协会桂林分会，一起被推选为分会理事，鲁彦还全面负责分会工作并主编会刊《抗战文艺》（桂刊）。由于劳累过度，加之营养不良，鲁彦染上肺病。作为鲁彦的挚友和邻居，巴金对于鲁彦的疾病和家庭困境（几个嗷嗷待哺的儿女）比谁都清楚。他看在眼里，急在心里，设法让鲁彦经办一个刊物，以解决鲁彦一家的经济困难。后来，鲁彦的夫人覃英回忆说：

◎鲁彦在桂林中学

7.孙陵：《我熟识的三十年代作家》，成文出版社，1980。

◎鲁彦、覃英伉俪

　　巴金同志看到鲁彦有病在身，又拖着一堆孩子，实在是贫病交加。为我们的生计着想，他便主张由鲁彦编辑刊物，由我以三户书店的名义出面作发行人（实际上是生活书店发行），大家共同支持。这就是后来于一九四二年初创刊的《文艺杂志》。[8]

　　为了支持鲁彦办好刊物，巴金特在百忙中为创刊号赶写了小说《还魂草》。"《还魂草》如期交稿，受到编者和读者的欢迎"。[9]紧接着，巴金又为《文艺杂志》赶写小说《某夫妇》等作品。由鲁彦主编的《文艺杂志》这个大型文艺期刊在巴金等人的大力关心、支持下，越办越好，从1942年元月至1944年3月止，共编辑出版了三卷十五期，成为当时国统区重要的文艺期刊，深受文艺界和广大读者的欢迎。编辑刊物虽然为鲁彦一家解决了一些经济问题，但鲁彦也为此耗费了巨大心血，他百病缠身，编校等事，平时均系卧床倚枕而作。[10]诚如巴金所写：

　　后来你的声音哑了，结核菌蚕食着你的喉咙，肉体的痛苦跟着死亡的逼近一天天地在增加。但你还是不肯放下你的笔，你还是不断地为你创办

8.刘增人、陈子善：《鲁彦夫人覃英同志访问记》，载《新文学史料》1980年第2期。

9.巴金：《关于〈还魂草〉》，载《讲真话的书》，四川文艺出版社，1990，第446页。

10.王鲁彦：《王鲁彦启事》，载《文艺杂志》1942年第1卷第6期。

的《文艺杂志》焦心。[11]

1944年2月，鲁彦的病情越加恶化，巴金十分关心，多方宽慰并给予经济援助，还和端木蕻良等向社会发起募捐，为鲁彦解决医药费用。其实，巴金当时在桂林的处境和身体状况也并不理想。桂林的《力报》发表《作家与健康》[12]一文中特地举例：

235

> 曾经以小说博得万千读者欢迎的巴金，他具有一个多皱的瘦脸，不健康的身体。

巴金这种克己为人、助人为乐的品德，是多么崇高伟大，有口皆碑！一位香港作家忆及此点时，念念不忘地说：

> 巴金在桂林时，个人生活也紧张，但朋友有困难，他不会视而不见的，而且还常常为远方的朋友筹医药费及帮助要到重庆的朋友筹路费。可见他不单活得好，活得硬，而且活得无私。[13]

1944年8月20日，鲁彦贫病交加，医治无效，不幸在桂林与世长辞。巴金在重庆惊闻噩耗，心如刀割，热泪纵横。为此写了激情洋溢、感人肺腑的散文《写给彦兄》，向鲁彦的亡灵哭诉思念之情，并决心赶回桂林完成鲁彦未竟之事业。后因桂林沦陷，未能如愿。

真正的诤友

鲁彦英年早逝，不仅使巴金痛失了一位挚友，而且也是中国现代文学史上的一大损失。噩耗传出后，当时因湘桂大疏散离开桂林的许多文艺人士，

11. 巴金：《写给彦兄》，载《巴金经典作品集》，广州花城出版社，2004。

12. 载《力报》（桂林）1942年11月30日。

13. 余思牧：《作家巴金》，南国出版社，1964，第164—165页。

又冒险返回桂林，料理其丧事，并筹备追悼会。8月底，桂林文艺界举行了鲁彦追悼会，欧阳予倩主持，邵荃麟代表全国文协致悼词。周恩来同志也发来唁电，安慰家属，叮嘱要"善抚遗孤"，并请冯雪峰转送抚恤费一万元，还指示都匀、昆明、贵阳等地负责护送文化人的执行站要把鲁彦的家属接往重庆。

鲁彦逝世后，除了巴金外，邵荃麟、艾芜、以群、臧克家、王西彦、傅彬然、焦菊隐、柳倩等文艺界人士以及"桂林文协同人"都写了悼念文章。在这批悼念文章中，感情最浓烈深沉，对鲁彦的评价最中肯的，要算巴金的《写给彦兄》一文。巴金充分肯定鲁彦坚持原则、不苟且偷安的性格特征。他写道：

> 生活的担子重重地压在你的瘦削的肩上……你一直在跟它挣扎，你始终不肯屈服……你不能为了个人的安乐，忍受任何不公平的待遇。你到处撞，到处碰壁，可是长期的困苦并不曾磨去你的锐气。……你还是昂着头在撞……

巴金的结论是：

> 在生，没有人称你做一个战士。事实上许多年来你一直在奋斗……即使有人说你没有留下光辉的战迹（其实你的一部分作品不就是光辉的战迹么！），但谁能否认你是一个勇敢的战士呢？

同时巴金对当年文艺界对鲁彦的某些误解或偏见进行澄清和匡正。茅盾的《王鲁彦论》就这样写道：

> 作者的向善心，似乎是在常常鼓励他作一个人类的战士，然而他又自疑没有那样的勇力……王鲁彦不是一位多产的作家……[14]

14.茅盾：《王鲁彦论》，载曾华鹏、蒋明玳编《王鲁彦研究资料》，知识产权出版社，2009。

诚然，茅盾论的是鲁彦的早期作品，也有一定的理论依据，但这样的评价也欠全面。更何况鲁彦在曲折漫长的人生道路上，不懈地追求，不断地搏斗，尤其是全身心投入伟大的抗日救亡斗争中，终于在其生活的后期，由一个追求人道主义的小资产阶级个人主义者转变为自觉地在党的领导下，走集体主义的道路，追求民族解放的新民主主义革命者。"桂林文协同人"的悼文称赞鲁彦"不仅是一位清醒的作家，而且还是一名不懈的战士"[15]，这与上述巴金的评价不谋而合。显然，依旧人云亦云用老观点套给鲁彦，是大错特错的。至于鲁彦的创作，也是硕果累累、熠熠生辉的。以其在桂林为例，他虽倾注大量心血主办刊物和从事抗日文化运动的组织、宣传工作，但在贫病交加的艰难日子里，他仍顽强奋笔创作了长篇小说《春草》（一至七章），通俗小说《胡蒲妙计收伪军》，短篇小说《我们的喇叭》《伤兵旅馆》《杨连副》《炮火下的孩子》《陈老奶》《千家村》《樱花时节》以及一批短评、散文、战地新闻报告等。这些作品从各种角度来描写抗战和与抗战有关的内容。其中《胡蒲妙计收伪军》被誉为抗战通俗文艺的典范之作，《陈老奶》《千家村》被称为"优秀的短篇"[16]。尤其是陈老奶形象中体现出来的高度概括的典型意义、强烈的时代精神、巨大的艺术感染力，标志着鲁彦无论在思想还是在艺术方面，都弥补了早期创作的种种缺陷，已成为一个成熟的现实主义作家。巴金对鲁彦的评价是实事求是、恰如其分的。

巴金在高度评价鲁彦的人格和成就的同时，也不为友者讳。他在《写给彦兄》中明确地指出：

（好处和缺点）你两样都有，因为你是一个人。而且我们谁又没有更多的缺点呢？

巴金还点明鲁彦郁郁寡欢的性格弱点，说不论在泉州，还是在上海、桂林，他都不曾见鲁彦"有过十分畅快的笑容"。其根源则是七口之家的重担

15.桂林文协同人：《悼鲁彦先生》，载《广西日报》1944年8月30日。

16.范伯群、曾华鹏：《王鲁彦论》，上海文艺出版社，1980，第109页。

压得他"透不过气来"。巴金从鲁彦的悲剧中，看到了早婚多育的危害，因此推迟结婚，直到鲁彦病逝前夕才建立家庭，从而避免了重演鲁彦的悲剧。正如巴金在《知识分子》一文中写道：

> 在那样的社会里我能够活下去，因为（一）我拼命写作，（二）我到40岁才结婚，没有家庭的拖累。

巴金与鲁彦的交往，促进了巴金创作思想的发展，开拓了新的创作题材，即写"小人小事"。早在20年代，巴金笔下的革命家群像里就出现了一些"平凡人"的形象。但真正写"小人小事"，则是始自应约为鲁彦《文艺杂志》写的小说《还魂草》，作品中的小女孩利莎的原型实则就是住在巴金隔壁鲁彦的女儿莉莎。接着便是为《文艺杂志》第二期写的《某夫妇》，直至小说《寒夜》才告结束。诚如巴金所说：

> 我其实是欣赏这些小人小事。这一类看不见英雄的小人小事作品大概就是从《还魂草》开始，到《寒夜》才结束……[17]

《寒夜》虽不是应鲁彦之约而作，但其创作意图和塑造主人公汪文宣，仍与鲁彦有关。巴金在《关于〈寒夜〉》一文中谈道：

> 我写汪文宣，写《寒夜》，是替知识分子讲话，替知识分子叫屈诉苦。……我的脑子里常常出现三个人的面貌……第二位是另一个老友彦兄。在他需要帮助的时候，我没有认真地给他援助。我最后一次看见他，他的声音已经哑了，但他还挂着手杖一拐一拐地走路，最后听说他只能用铃子代替语言，却仍然没有失去求生的意志。他寂寞凄凉地死在乡下。[18]

17. 巴金：《关于〈还魂草〉》，载《讲真话的书》，四川文艺出版社，1990，第445页。

18. 巴金：《关于〈寒夜〉》，载《讲真话的书》，四川文艺出版社，1990，第566页。

可见，巴金的"小人小事"题材的创作与鲁彦紧密相连。

巴金十分重视"小人小事"的创作，这是因为他始终认为：

> 正是这样的普通人构成我们中华民族的基本力量。任何困难都压不倒中华民族，任何灾难都搞不垮中华民族，主要的力量在于我们的人民，并不在于少数戴大红花的人。[19]

因此，他十分"欣赏这些小人小事"，多次讲道"自己颇喜欢《还魂草》"。而对于1962年某出版社以"爱护您的声誉"为名，要巴金把《还魂草》从即将出版的《文学小丛刊》里抽出时，他"心里很不好过"，并愤愤不平。

鲁彦虽已离别巴金多年，但巴金对鲁彦的思念没有随着时光流逝而减弱。他在不少文章中深情地缅怀他们昔日相处的往事。当鲁彦夫人覃英整理出版《鲁彦选集》时，巴金在身体欠佳，写字困难之际，仍欣然撰写《〈写给彦兄〉附记》一文为"序"，深情写道：

> 关于鲁彦，我相信会有人写出更多的文章。好的人，好的作品是不会消亡的，作家鲁彦将永远活在读者的心中。[20]

我也深信"好的人，好的作品是不会消亡的"，相信他们友谊之树常青，我更钦佩巴金高尚的人格。

19.巴金：《关于〈还魂草〉》，载《讲真话的书》，四川文艺出版社，1990，第446页。

20.巴金：《〈写给彦兄〉附记》，载《讲真话的书》，四川文艺出版社，1990，第766页。

评巴金同赖贻恩神甫的论战

　　20世纪40年代前期，我国抗日文化运动中曾出现过一场轰动一时的论争，这便是杰出的爱国作家巴金同英国赖贻恩（一作"赖诒恩"）神甫关于"生活标准与道德标准"的论争。历时数月，巴金撰文五篇，其规模之大，时间之旷久，程度之激烈，堪称巴金生平中绝无仅有，也是我国现代文化史上的大事。论争闪烁着巴金热爱祖国、关心人民、坚持真理的崇高思想光辉，对于当年桂林的所谓"批判巴金运动"者更是响亮一击。

论战的缘起及经过

　　论战是由赖贻恩神甫的一篇文章引起的。1943年12月中旬，由香港逃难至桂林的赖贻恩神甫发表了名为《在西方的山巅上》一文，认为"提高道德标准"比"提高生活标准"更重要。其时，正在桂林埋头创作并忙于处理文化生活出版社繁忙事务的巴金阅读后，满腔怒火，于17、18日在《广西日报》上发表长文《一个中国人的疑问》[21]，指出目前重要的是提高生活标准，而非提高道德标准，因为中国人的道德标准并未堕落过、降低过，并以战时中国人民水深火热的悲惨处境加以驳斥。结论是，如果没有真正解决提高大多数人的生活标准问题，即使有千百个道德教条和"提高道德标准"的良方妙法，也"决不能产生出一个较良的世界"。

巴金的文章发表后，赖贻恩旋即也在该报上发表了《走向较好的世界》[22]一文，否定巴金关于"提高生活标准"的重要性、迫切性的观点，进一步重申"道德标准的提高比生活程度的提高更要紧"，最后竟公开反对革命和立法，主张只有宗教信仰才是"提高道德标准"的唯一出路。

显然，赖贻恩没有正面答复巴金的质疑，使巴金大为失望。赖氏那"不能反驳"的武断又激起巴金的愤怒。于是，巴金又撰写长文《什么是较好的世界——质赖贻恩神甫》[23]，向赖贻恩提出一系列质疑。

文章一针见血地指出："赖神甫向我们侈谈'走向较好的世界'"，"我敢问一句，在较好的世界里面是不是应该人人都有衣穿有书读呢？赖贻恩否定我这个论点，那么我可以想象到，许多衣不蔽体、面黄肌瘦、走路无力的人，在忍饥受寒之际，去听一番道德的教训，虔诚地表示愿意遵行"，那不是滑天下之大稽吗？这"未免把事物的秩序颠倒了"。

巴金的质疑提出后，赖氏又发表了《再答巴金先生》一文[24]，除了重申其"提高道德标准"的观点外，并未一一回答巴金的质疑，相反，竟怪巴金"离题太远"，还嘲讽巴金"渊博"。本来巴金已表示过不再写文章了，但面对赖氏的态度，他致函给报社，声明其著文论争"并非故意说着不相同的话，使世界热闹一点，也非玩着笔墨游戏，开什么'笔战'"[25]。

信不长，但措词较严厉，这使原已声明不再著文论战的赖氏又撰写了题为《两个标准》[26]的长文。文中，赖贻恩不得不承认"当生活标准到了某种水准以下的时

---

21. 载《广西日报》1943年12月17日—18日。

22. 载《广西日报》1943年12月23日。

23. 载《广西日报》1943年12月26日—27日。

24. 载《广西日报》1944年1月2日。

25. 巴金：《巴金先生致编者——关于"道德"与"生活"问题的一封信》，《广西日报》1944年1月6日。

26. 载《广西日报》1944年1月31日—2月2日。

候，人类是很不容易过着高度道德标准的生活的"。但他最后又说："生活标准并不是唯一重要的事，真正的基本观点，还是道德上的"，"没有宗教，德性是不能长久旺盛的"。至此，赖神甫终于按捺不住，赤裸裸地鼓吹宗教是提高道德之良方，正是三句不离本行！

赖贻恩这篇带有挑衅性的文章，又激起巴金的愤慨。经过长达20多天的准备，巴金终于发表了《读〈两个标准〉》[27]的长篇论文。这是带有总结性的文章。他采取层层剥笋的方法，逐条批驳，由表入里。

首先，巴金把赖氏连篇累牍、晦涩难懂的说教，尤其是关于"道德标准堕落"的几种表现，以高度概括的语言加以归纳之后，便逐条加以批驳。接着列举了赖氏的诸多谬误，抨击他"信口开河，不要立论的根据"。最后，狠狠地批驳赖氏鼓吹所谓宗教道德的不良用心。

巴金与赖贻恩的分歧及论争的实质

综观巴金同赖贻恩的论争过程，我们可以清楚地看到，他们的论争虽然是围绕着"道德标准和生活标准"孰先孰后而展开，但涉及的内容却相当广泛，概括起来，他们的分歧表现在：

一、怎样看待经济基础与道德的主从关系

赖贻恩神甫贯串其所有文章的基本观点，便是认为提高道德标准比提高生活水平更迫切、更重要，只要道德标准提高，生活水平的提高也就不成问题。简言之，便是道德是第一性，经济基础是第二性，道德水平决定经济基础。

在这个问题上，巴金在一系列论文中则始终针锋相对，认为目前处在战乱中的中国人民，正过着悲惨不堪的生活，当务之急是提高他们的生活水平，只有大家的生活水平普遍得到提高，在此基础上才谈得上道德标准的提高。也即说，经济基础是第一性，道德是第二性，经济基础决定道德水平。

究竟谁对谁错？让我们看看人类历史对待道德本质的认识过程。什么是道德本质？马克思主义以前的伦理学家，各执一端。主观唯心主义者认为，道德是由

---

27. 载《广西日报》1944年2月24日—27日。

人的精神或理性决定的，是"主观意志的法"，或者是人先天固有的"善良意志"。旧唯物主义者认为，道德是由人的"感情欲望""生理本能"所决定的。唯心主义者和旧唯物主义者关于道德本质的说法虽然不同，但归根到底都是历史唯心主义的。他们无法解释最基本的道德现象，比如：为什么不同时代不同阶级的人会有不同的道德呢？为什么道德从这一时代到另一时代变化得这样厉害？人类伦理思想的发展史表明：用唯心史观作指导是不可能揭示道德的社会本质的。马克思主义则认为，道德不是"主观意志的法"和先天固有的"善良意志"，也不是人的自然本性的表现，而是社会物质生活条件的反映，是由一定社会经济基础所决定的一种社会意识形态。正如恩格斯所说："人们自觉地或不自觉地，归根到底总是从他们阶级地位所依据的实际关系中——从他们进行生产和交换的经济关系中，吸取自己的道德观念。"[28]马克思主义这一决定论原理科学地揭示了道德的一般社会本质。

显然，赖神甫的观点属于唯心主义者的范畴，他抹杀了道德的鲜明的阶级性和深厚的民族性、人民性，是虚无缥缈的，也表现了其对道德的无知。正如巴金在《一个中国人的疑问》一文中所揭示的那样："提高道德标准 …… 并没有多大用处，主要原因是主张'提高道德标准'的人对道德并不了解。"巴金坚持马克思主义道德观，理论联系实际，因此，他在与赖氏论战过程中，既看到了社会经济基础决定社会道德水平，也看到道德水平随着社会经济基础的发展而变化，看到在不同历史时期和不同国家道德具有各种不同的属性。例如巴金在驳斥赖氏"提高道德标准"的主张时，以其耳闻目睹的大量事实阐明了道德的阶级性、民族性和人民性。他说，目前世界和中国的沦陷区，甚至在桂林，"大部分人还是吃不饱穿不暖，连最起码的生活也过不了，…… 他们的道德标准从未降低过。他们需要的是'提高他们的生活标准'"。因此，"撇开大多数人的幸福和痛苦来谈道德，等于抓起一具枯骨来硬给他装上一个灵魂！"[29]，从而戳穿了赖氏"提高道德标准"的虚伪性，有力地阐明了只有"提高生活标准"之后才能谈得上"提高道德标准"。恰如中国古语所云：衣食足而后知礼义！

28.《马克思恩格斯选集》第三卷，人民出版社，1972，第133页。

29.巴金：《一个中国人的疑问》，载《广西日报》1943年12月17日—18日。

二、怎样理解道德的社会作用

赖贻恩在这批文章中另一突出的论点，便是无限夸大道德的社会作用。在他看来，由于当今世界上出现了道德的堕落现象，所以才引发了战争，产生了暴政和贫困。若要消除战争，抑制暴政，祛除贫困和实现世界和平，唯有"期待道德标准的提高"，"才能使这种迹象有望"[30]。

赖氏的观点，受到巴金的严厉驳斥。他在《什么是较好的世界——质赖贻恩神甫》一文中通过全面的剖析后，逐条加以批驳，强调指出道德"必须是为了帮助人类谋幸福、发达与繁荣而存在的"，"绝无加害于人的"。即道德必须促进经济基础的巩固发展、社会的发达繁荣，绝非相反。

上面我们已经谈过，道德水平是由社会的经济基础决定的。而道德一经形成，就会对社会的经济基础产生巨大的反作用。如何看待这种反作用？历来存在着两种相互对立的错误观点：一种是"道德决定论"，另一种是"道德无用论"。马克思主义伦理学科学地分析了道德的相对独立性和社会作用，既反对"道德决定论"，也反对"道德无用论"。

赖氏的主张，实际上便是重弹"道德决定论"的老调。其根本错误就在于否定社会经济基础对道德水平的决定性作用，把道德看作是一种独立的、唯一起作用的力量。事实上，任何道德作为一种意识，对于社会的作用只能是种反作用，任何时候都不能不受当时社会物质生活条件和经济关系的制约。它只能在一定范围内、一定程度上起作用，绝非万能的。如果离开生产力的发展和对阻碍生产力发展的生产关系的变革，单靠道德的力量，社会是不能前进的。

诚然，半个世纪前的巴金，虽尚未能自觉、完善地运用马克思主义学说来评析赖贻恩的"道德决定论"，但他的分析无疑是符合马克思主义原理，颇为透彻中肯的。他在《读〈两个标准〉》一文中，更是旗帜鲜明地反对赖氏鼓吹的"道德决定论"。他以无可辩驳的事实逐一指出赖氏的错误：第一，他把少数人的行为来代表多数人；第二，他把这个世界看得非常单纯，认为一切罪恶，一切败德及痛苦都是由个人的私心来的；第三，他把战争的发生归罪于道德的堕落，却没有用任何

30.赖贻恩：《走向较好的世界》，载《广西日报》1943年12月23日。

例子或理论来证明这个观点。结论是，赖贻恩"信口开河，不要立论的根据"。

三、怎样对待宗教道德

巴金同赖贻恩论争过程中，还有一个突出的分歧，便是对待宗教道德的不同理解与态度。赖氏在文章中不厌其烦地谈论道德的堕落及其带来的恶果，其意在于主张只有宗教信仰才是提高道德标准的唯一出路。他反复强调："我们的以历史的例证及理解为根据的信仰，就是：这唯有通过宗教始有可能。"[31]

赖氏的主张，立即遭到巴金的驳斥。巴金在《读〈两个标准〉》一文中，以极大的愤慨历数了赖氏所谓"道德堕落"的种种谬误之后，进而点明赖氏万变不离其宗，其用意便是"显示了没有宗教，德性是不能长久旺盛的"，并揭露宗教裁判所拷打残杀善良人们的历史事实，一针见血地指出"撇了人民的幸福来谈宗教，结果呢？结果——不是毫无用处，便是回到宗教裁判所去！甚至赖神甫也不能够抹杀历史的教训"，有力地戳穿了宗教的欺骗性，表现了巴金的鲜明立场和一贯态度。

对于宗教，马克思在《〈黑格尔法哲学批判〉导言》中有过一段经典的论述："宗教里的苦难既是现实的苦难的表现，又是对这种现实的苦难的抗议。宗教是被压迫生灵的叹息，是无情世界的感情，正像它是没有精神的制度的精神一样。宗教是人民的鸦片。"在这段话里，马克思指出了宗教产生的社会历史根源、阶级根源、认识论根源和社会作用。马克思正是从这四个方面入手去概括宗教的本质的。

按照马克思的观点，我们不难看到，赖氏所说的唯有通过宗教才能提高道德标准的观点，实是客观唯心主义的道德起源论的翻版。所谓宗教道德，目的在于追求一种道德境界，塑造一种理想人格。这种理想人格就是神德。而这种假借"神"或"天"的意志把阶级的道德和道德说教神圣化的起源说，目的是欺骗、愚弄人民，以巩固统治者的统治地位。因此，赖氏所鼓吹的宗教道德，旨在宣扬愚昧、迷信、麻木，宣扬对虚伪上帝的爱、绝对信仰和服从，实质上是抹杀阶级对立和阶级斗争，在客观上是麻痹西欧和中国人民抗击侵略者的意志，为法西斯势力服务的。

31.赖贻恩：《两个标准》，载《广西日报》1944年1月31日—2月2日。

论争的意义与影响

抗战期间，桂林曾被誉为国统区的文化中心，抗战文化运动蓬勃开展。尤其是自广州、武汉相继沦陷之后，桂林更成了联结我国西南、华南并通过香港联系海外抗战文化运动的重镇。因此，巴金同赖贻恩这场论争，其意义与影响也便因为桂林的重要地位而扩大。

巴金和赖贻恩论争的文章刚在《广西日报》上发表，便引起了轰动，深为读者所关注，大家纷纷投稿参战。在已发表的十多篇文章中，大多数支持巴金的观点，并给予较高的评价。综观上面的分析并参阅当年读者的评价，我认为这场论争是具有重大意义和深远影响的。

首先，这场论争是巴金生平绝无仅有，也是我国抗战文化史上的一件大事。关于道德的讨论，这本来是伦理学、社会学界的事，在报纸上展开论争，在我国并未多见，而由中国作家挑战外国神甫，更是空前盛事，诚如有的读者所说："辩论在中国是久已乎不存在了。巴金写这类的文章，十多年来还是第一次吧？……所以特别值得我们珍视！"[32]

巴金本来很忙，对赖贻恩的论点自可置之不理，但强烈的爱国主义精神，尤其是对备受战火洗劫的中国人民的深切同情，使他再也不能保持缄默。正如他在《一个中国人的疑问》一文中所说："在抗战后的六年半中间，我始终跟我的同胞在一块儿生活 …… 我有权利在这里用中国人的名义讲话。"巴金正是代表中国人民在讲话，因此，他参加论争的这批文章，字字句句饱蘸着忧国忧民的满腔热忱，更表现出理直气壮、义正词严的气概。巴金终于在这场论争中取胜，大长了中国人的志气。

其次，这是一场为捍卫真理的论争。真金不怕火烧，真理越辩越明。为了坚持真理，辩明是非，巴金面对赖贻恩含混不清的论述，表现了极大的耐性。正像巴金在《读〈两个标准〉》一文中提到的那样，赖贻恩"始终没有讲明白道德是什么东西，道德的目的是什么"，"东拉西扯，左弯右拐，叫人抓不住他的中心点。因此我也只能一段一节地回答他"。由于巴金能认真细致做好准备工作，论据充分，以理服人，

32.翁实夫：《循什么道路》，载《广西日报》1944年1月8日。

由浅入深，通畅明了，因此，其文章显得颇有说服力，其论点也易引起读者的共鸣。何家英在题为《不可忘记原来的问题》[33]一文中认为，林语堂的道德是少数人的道德，赖贻恩说"不可反驳"更成问题。相反，"巴金先生的论点倒是不可反驳"。有的读者则认为"我相信这场争辩是有助于真理的启示的。对于认识不清的人，这场争辩，大有裨益"，"巴金先生主张提高生活的标准，我是拥护的"[34]。

再次，这场论争还关系到国家、民族的生死存亡。1944年，是中国人民抗击日本侵略者艰苦卓绝的第十三个年头，正处于极其困难的抗战相持阶段。也就在这一年，日军又发动大规模进攻，妄图作垂死挣扎。那么，是像赖贻恩神甫所说的那样，迷信宗教，麻木不仁，专心刻意去空谈所谓"提高道德标准"，还是如巴金所倡导的那样，正视世界和中国人民面临的深重灾难，并为彻底改变这种现状，为提高生活标准而鼓起斗志，同仇敌忾，夺取抗日战争的最后胜利？这是关系到民族存亡、国家兴衰的头等大事。当时，不少读者都深刻地认识到："巴金先生对赖神甫的质难我认为极有意义，这不独是真理之争论，而且是目前社会急需解决的一个问题，这不能认为是小争论，而是一个重要的社会病态之论证，寒热之分实系于存亡。"[35]有的读者读了巴金的文章后，大受启发，纷纷起来抨击赖贻恩论点的反动实质，指出赖氏所谓的"道德标准非但没有比生活标准更多的相对价值，它是连一点绝对价值都没有的。它有的是罪恶价值。眼前法西斯魔鬼的罪行和古来无数暴君的虐政就是具体的说明了"[36]。

巴金同赖贻恩关于两个标准的论争，至今已经过了半个多世纪。50年来的历史有力地印证了巴金观点的正确性。就在这场辩论后的第二年，中国人民终于取得了抗日战争的伟大胜利。他们靠的绝非如赖贻恩所鼓吹的"提高道德标准"，而是像巴金所主张的那样，出于为"提高生活标准"的强烈求生欲望，百折不回，浴血奋战得来的。

当前，在社会主义现代化建设中，随着社会主义市场经济的迅速发展，我们

---

33. 载《广西日报》1944年3月6日。

34. 翁实夫：《循什么道路》，载《广西日报》1944年1月8日。

35. 吕之陈：《关于"两个标准"》，载《广西日报》1944年3月5日。

36. 陈琼瓒：《生活标准和道德标准》，载《广西日报》1944年1月11日。

应该重视社会主义精神文明建设。尤其要正确处理好市场经济与道德的关系。既要重视道德的社会作用，又决不能夸大道德的社会作用。今天，我们在进行市场经济条件下的精神文明建设，更应该借鉴巴金的论点，摆正经济基础和道德的主从关系，务必防止过分强调道德的社会作用而导致道德支配经济和道德管理经济的结果，并再次走上曾经走过的伦理绝对优位的老路。

（该文在第三届巴金国际学术研讨会上宣读）

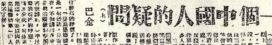

◎ 巴金《一个中国人的疑问（上）》，载《广西日报》1943年12月17日

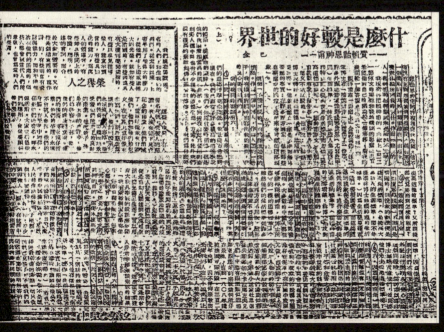

◎ 巴金《什么是较好的世界 —— 质赖贻恩神甫（上）》，载《广西日报》1943年12月26日

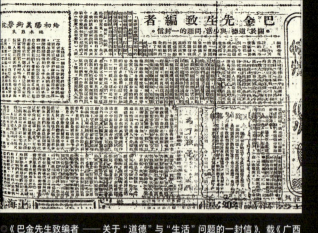

◎《巴金先生致编者 —— 关于"道德"与"生活"问题的一封信》，载《广西日报》1944年1月6日

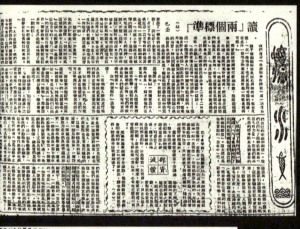

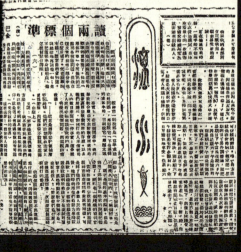

◎巴金《读〈两个标准〉》，载《广西日报》1944年2月28日

巴金1938年在桂林

巴金（1904—2005），四川成都人。祖籍浙江嘉兴，原名李尧棠，字芾甘，笔名有王文慧、欧阳镜蓉、黄树辉、余一、余三、余五、余七、巴比、比金等。从小生活在一个官僚地主家庭，目睹了种种丑恶的社会现象。五四运动使其打开眼界，树立起反对封建制度，追求新的社会理想的信念。1923年春，离家赴上海求学，后考入南京东南大学附中就读。1927年赴法国学习，其间写成第一部长篇小说《灭亡》。1931年九一八事变后，积极参加抗日救亡活动。和鲁迅来往密切，鲁迅认为"巴金是一个有热情的、有进步思想的作家，在屈指可数的好作家之列的作家"。抗战全面爆发后，巴金坚守在上海的文化岗位上，支撑文化生活出版社的业务，发行文艺杂志《呐喊》（后改名《烽火》），编辑《烽火小丛书》，影响很大。1937年11月12日上海沦陷后离沪赴穗，1938年10月21日广州失守前夕离开，经梧州、柳州，于11月到达桂林。后往返于桂林、贵阳、昆明、重庆之间。抗战胜利后回上海，继续从事文学创作和出版工作。生前为中国文联副主席、中国作家协会主席、上海市文联主席、《收获》主编。

青年时期的鲁彦

鲁彦（1901—1944），原名王衡，浙江镇海人。早期作品以描写乡村小资产者和农民的生活见长，被鲁迅称为"乡土文学"作家。

田汉

◎《日落西山》1937年，田汉作词，张曙作曲

壮绝神州戏剧兵，
救亡声里请长缨。
耻随竖子论肥瘦，
争与吾民共死生。
肝脑几人涂战野，
旌旗同日会名城。
鸡鸣直似鹃啼苦，
只为东方未易明。
——田汉1944年七律

耻随竖子论肥瘦

抗战期间，田汉先后来桂林四次，前三次逗留时间较短，第四次自1941年8月至桂林沦陷前撤退到贵阳、昆明，有近四年时间。

1939年4月下旬，田汉率领平剧宣传队第一次到桂林。受广西戏剧改进会的热烈欢迎，在南华大戏院招待会上，他发表了慷慨激昂的讲话，指出旧戏"负有动员广大群众之任务"，"一定要把许多革命的事实表演在舞台上，才不失其历史剧之意义"，并阐述旧戏与抗战的关系，认为：

> 只要在形式上和内容多加以改进，原来旧的内容，决定旧的演技，假如换了新的内容，加以新的演技，就可以配合到抗战，为大众真正所需要的艺术。[1]

他还针对有人以为他搞旧戏改革是从新剧运动倒退到了旧剧运动，再次公开申明观点：

> 人们经常把话剧和戏曲的差别看作新与旧的对立，这是不确切的。过去这种对立的旧账就不必去算它了，现在对艺术上的新旧问题应有新的认

1.田汉在广西戏剧改进会招待会上的讲话，载《救亡日报》（桂林）1939年4月28日。

识……诸位不要误会，以为我干了十几年的新剧运动，现在忽然来干旧剧运动了。我不过是从话剧转到戏曲，就戏剧运动来说，我干的仍然是新剧运动。[2]

会后，戏剧改进会会长马君武先生在他的杉湖新居设宴，彼此畅谈了桂剧改革方案。

平剧宣传队在田汉的领导下，排演了许多新编和经过改革的剧目，如《新雁门关》《新儿女英雄传》《新天下第一桥》《江汉渔歌》《土桥之战》《陆文龙反正》《梁红玉》等，其中《新雁门关》《新儿女英雄传》《江汉渔歌》《土桥之战》等为新作。平剧宣传队不但演出的剧目内容新颖，能够鼓舞民心士气，而且作风也为之一新，他们当时的口号是"把舞台当作炮台，把剧场作为战场"，并每天在剧目广告栏都标明"废除开锣垫戏，准七时半开演"，以战斗的姿态出现在观众面前，给桂林观众留下了深刻的印象。田汉这次在桂林住了约五个月，于9月20日随平剧宣传队回湖南。离桂前夕，在金城大戏院举行了告别晚会，到会的新闻及文艺界人士数百人，田汉报告了平剧宣传队在桂五个月来的工作概况。

田汉大刀阔斧、卓有成效的旧戏改革，在桂林引起很大的震动，也招致某些守旧势力和别有用心者的非议或围攻，如《欧阳予倩与田汉》《李雅琴与田汉》等等，连篇累牍见诸报端，有的褒欧（欧阳予倩）压田（田汉），挑拨欧阳予倩与田汉的关系，有的全盘否定田汉的旧戏改革，说"田先生不懂旧剧而谈改良，实在笑话"，"配称戏剧家么"，甚至"敬告田汉先生，江湖好汉，每到一码头，自己虽然本领十足，也要说句'一山自有一山高，强中自有强中手'以表示客气。以你在桂林所表显的成绩，识能两缺，竟敢大模大样，摆死人架子，作名流气度，在你固肉麻当有趣"，"狐狸的尾巴，决

2.田汉：《一切旧剧服务于抗战的先声，在欢迎田汉席上，平、湘、桂、粤、话剧人员大团结》，载《救亡日报》（桂林）1939年4月24日。

◎田汉为《戏剧春秋》而作的《发刊词》，1940年11月

不是宣传所能掩的"[3]，有的竟恶意造谣中伤，说"田汉搬来劣货色[4]，大出臭风头，洋场才子之气概，商场老板的算盘，真是演才有地，生财有道"，根本不懂改良旧剧，只懂"宣传"[5]，但如此流言蜚语丝毫动摇不了田汉旧戏改革的决心。

1940年2月，田汉以军事委员会政治部设计委员的身份到广西前线昆仑关等地访问，回长沙途经桂林，并作短暂逗留，此为其第二次来桂林。其间他与时任广西艺术馆馆长的欧阳予倩畅谈剧运和桂剧改革问题。3月8日应欧阳予倩之邀，在南华戏院观看了欧阳予倩亲自编导的桂剧《桃花扇》。

1940年秋，田汉第三次来到桂林，同夏衍、欧阳予倩、杜宣、许之乔等筹办并于11月1日创刊《戏剧春秋》，他担任主编，并为该刊撰写了《发刊词》，指出戏剧是最好的抗战宣传武器。刊物对介绍抗战戏剧理论、提供抗

3.鲁男：《就教于田汉先生》，载《旦华半周报》1939年5月14日。

4.即指田汉率平剧宣传队从长沙来桂林。

5.曾文媛：《宣传的生意经》，载《旦华半周报》1939年5月14日。

战戏剧剧本、交流戏剧工作经验等方面颇多裨益，有力推动了桂林和国统区的剧运。1940年底，田汉又去了重庆。《戏剧春秋》编务工作交由许之乔负责。不久，皖南事变发生，田汉被迫离开重庆，于1941年3月转移到湖南家乡，在南岳菩提园住了约半年的时间，从事写作活动。

皖南事变后的桂林，文化运动处于低潮。留桂的进步戏剧界人士为了组织力量继续战斗，根据党的意图，由杜宣出面筹组新中国剧社，并亲自前往南岳同田汉商量，请求支持。田汉毅然应允，举家于1941年8月23日移居桂林，这是他第四次来桂。

田汉刚回到桂林，便投入新中国剧社的创建活动，剧社公演头一出戏选择了陈白尘新编的五幕话剧《大地回春》，为壮声势，由其挂名导演，杜宣任执行导演。同时，田汉又紧锣密鼓地构思撰写《秋声赋》，力求为新中国剧社第二次公演提供一个理想的本子。几乎是他写好一部分，剧社就赶紧刻印并排练一部分，还派人到他家里坐等新稿。田汉见状，为了抢时间，干脆自己拿起铁笔，直接在蜡纸上刻写起剧本来，此乃中外创作史上所罕见。

接着，田汉又为新中国剧社赶写了《穷追一万里》，同夏衍、洪深合写了反映人民爱国热情、暴露豪门罪恶行径的四幕话剧《再会吧，香港！》。其中第四幕和主题歌《再会吧，香港！》就是出自田汉手笔。此剧于1942年3月初在桂林正式公演，曾遭到国民党顽固派的查禁。不到两个月工夫，又改名《风雨归舟》在桂林同观众见面。此外他还写了《黄金时代》（发表在熊佛西主编的《文学创作》上）、《少年中国》（未发表）。他也写过活报剧[6]，如《怒吼吧，漓江！》是在一次日本飞机大轰炸之后，为了控诉日寇的暴行，为当时的平剧宣传队赶写的。他还为平剧宣传队赶写过一些历史剧，如《双忠记》《岳飞》《金钵记》等，其中《双忠记》是以瞿式耜、张同敞二人抗清的英勇事迹为题材的。

田汉创作的剧本，内容上皆为积极宣传抗战，揭露反动统治阶级的黑暗

6.一种戏剧演出形式，多在街头、广场演出，也可在剧场演出，最早出现在苏维埃俄国，目的是要向广大群众，尤其是不识字的观众提供"活的报纸"，所以剧本主要是从报纸和杂志中寻找素材，将之剪辑在一起，以讽刺和幽默的风格呈现，演出时常常把人物漫画化，并穿插有宣传性的议论。

腐败，富于战斗性，在发表和演出时，均会带来一些麻烦。如有一次，演出他所改编的《新武松》，剧本中有"从来苛政猛如虎"这样一句唱词，国民党图书杂志审查处要田汉删掉，田汉据理力争地说"这些不需要改，当时历史就是这样的"，他们无言以对。

1944年春，在党的抗日民族统一战线方针指引下，为了进一步团结广大戏剧工作者积极投入抗战，总结交流戏剧工作经验，推动国民党统治区进步戏剧运动的向前发展，田汉和欧阳予倩在桂林共同发起组织了一个规模空前的"西南第一届戏剧展览会"（简称"西南剧展"），并亲自为之写了会歌。这次剧展检阅了救亡戏剧运动的成绩，有力推动了大后方的抗战剧运，是中国戏剧运动史上的伟大创举。

抗战后期，田汉还被推选担任过中华全国文艺界抗敌协会桂林分会第三、四、五届理事会的理事、常务理事，积极开展文协许多活动，经常到各单位去作学术报告和演讲，使桂林的文艺运动在斗争中前进和发展。1944年4月20日，桂林文艺界在艺术馆举行盛大晚会，纪念文协成立六周年，桂林分会全体会员参加，田汉在会上讲了抗战以来文艺界的工作情况，指出了今

◎ "西南第一届戏剧展览会"会长、名誉会长、筹备委员名单，红线为作者所加，聂守先系聂耳之兄

◎田汉（左1）与欧阳予倩（左4）等

后文艺运动的路线，并提出应与国际文艺界取得密切联系等问题。

　　1944年6月，日寇压境，桂北危急。田汉挺身而出，组织成立了桂林文化界抗敌工作协会，亲自进行动员，发表了《怎样建立我们的心防》这篇激动人心的报告，并很快组成了桂林文化界抗敌工作队（简称"文抗队"），开展街头宣传和募捐，支援抗战。经过近一个月的积极筹备和集训工作，7月底，文抗队奔赴桂北前线，田汉任副总领队，陈残云为队长，姚牧、甦夫为指导员，为数近百人的文化兵沿湘桂铁路经兴安到了全州，

◎田汉编剧，李紫贵、曹慕髡导演《金钵记》，四维平剧社，1944年

在全州前线开展抗日救亡宣传和慰劳抗日战士的工作。直到9月因衡阳失守，桂林发布紧急疏散令时，该队才被迫返桂解散，为桂林抗战文化名城献演了一出悲壮的谢幕戏。永不言输的田汉，立誓"明朝莫作鸟兽散，再为中原著一鞭"！[7]

7.田汉诗："胜利年成疏散年，高歌一曲柳江边。明朝莫作鸟兽散，再为中原著一鞭。"1944年9月作于柳州。

刀丛觅小诗

　　文抗队自1944年6月底成立至8月底解散，虽然只有短短的两个月左右，但充分显示出田汉请缨报国的壮志豪情和杰出的组织才能，值得深入钻研。为此，我反复搜集、查阅有关资料，先后访问了亲历者，如著名作家陈残云、华嘉、于逢，画家蔡迪支、方志星，报人蓝岗等，还喜获一份桂林文化界抗敌工作队1944年6月至1984年6月部分队员的通讯录。通讯录的扉页特写明"已故、牺牲的同志田汉、姚牧、甦夫、温涛"。名单共有48人，散居全国各地，单广东、香港便有38人。还有当年田汉作词、姚牧作曲的《桂林文化界抗敌工作队队歌》，弥足珍贵。歌词曰：

　　　　战旗在飘荡，
　　　　号角声声悲壮。
　　　　从中原到三湘
　　　　敌人还肆着疯狂。
　　　　胜利虽已经在望，
　　　　当前的困难，
　　　　待我们这一代担当。
　　　　起来起来，中华的知识儿女，
　　　　快动员一切力量，

走向反攻的战场，

我们是大众的先躯（驱），

我们是军民的桥梁，

我们是辛勤的播种者。

要把这文化的种子

带到每一条前线，

每一座村庄。

听吧 祖国在呼唤 祖国在呼唤，

让我们再出发再出发再歌唱，

再歌唱直到祖国的原野，洋溢着自由的光芒。

直到祖国的原野洋溢着自由的光。

从被访者口中，我获取了有关田汉当年筹组和带领文抗队奔赴前线的详情，其中还提到，当年迫于形势险恶，桂林文化界抗敌工作协会会长李济深发急电给文抗队，令队伍结束活动立即返桂。但血气方刚、毫不气馁的田汉，便以自愿参加原则，组成一支九人小分队，并指令广东木偶艺术家林堃为分队长，于8月22日送别大队返桂当天凌晨，率队继续挺进湘南战地，直抵衡阳城西40公里处的洪桥（今祁东县城），成立洪桥战地服务站。在烈日烤灼之下，他们免费为难民、士兵送茶供药，慰问中国军队前线指挥部官

◎《桂林文化界抗敌工作队队歌》，田汉作词，姚牧作曲

兵，并取得驻军的支持，将每天的战地电讯油印出版成《战地快报》，发给军民，深受欢迎。8月29日，田汉冒着生命危险，率小分队深入敌占区衡阳市近郊二塘，慰问中国军队前沿阵地桂系四十六军指挥所，并对衡阳的陷落展开实地调查。通过实地调查和对前线的考察，田汉感到前线需要加强抗日宣传工作，文化兵大有可为，遂于8月31日折返桂林，拟向文抗协会汇报，请求增派人力物力，以便支援小分队更好地开展战地宣传工作。正当他信心百倍筹集物资，增强人力，准备继续北上战地之际，湘桂战局急剧变化，日军直扑桂林，桂林当局强迫疏散，限全城居民须于9月14日前彻底疏散。至此，满腔热忱的田汉，只得奉命挥泪告别在此战斗过六个春秋的文化城，经柳州撤往贵阳。[8]

田汉不仅是一个杰出的戏剧家，而且是一个诗才横溢的著名诗人。在桂林期间，据不完全统计，他写了百多首新旧诗歌，但《田汉文集》收录的还不足80首，其中1942年写的最多。如夏衍、司徒慧敏、蔡楚生、郁风等人从香港脱险安全抵桂，欧阳予倩于2月13日在美丽川菜馆设宴，招待夏衍一行。欣喜之余，田汉出口成诗，翌日又为蔡楚生画的《黄坤逃难图》（夏衍自香港脱险，逃难途中化名黄坤）题咏，对夏衍一行旅途生活做了典型而生动的描绘，诗曰：

> 风云香岛恶，游子只顾返。
>
> 昨过蛟龙窟，今遇铁门坎。
>
> 疾趋都斛镇，途远日已晚。
>
> 衫如孔乙己，须如加拉罕。
>
> 更如张伯伦，肩挑破洋伞。
>
> 眼昏路不熟，心急脚愈懒。
>
> 四海正蜩螗，一身余肝胆。
>
> 仆仆道路间，惟恐文明斩。

8.详见杨益群：《湘桂大撤退——抗战时期中国文化人大流亡》，漓江出版社，1999，第38页。

幻作流民图，聊以寄有产。

该诗幽默风趣，生动传神，众人看罢不禁击节喝彩。

1940年3月8日应欧阳予倩之邀，田汉在南华戏院观看了欧阳予倩亲自编导的桂剧《桃花扇》，当时扮演李香君的是桂剧名演员尹羲，她情感充沛，慷慨陈词，痛斥南明小朝廷粉饰太平，卖国苟安，欺压良善，引起观众强烈共鸣。田汉看了激动不已，当场赋诗：

> 无限缠绵断客肠，桂林春雨似潇湘。
> 善歌常美刘三妹，端合新声唱李香。

1942年5月12日欧阳予倩53岁寿辰之际，田汉写绝句四首相赠，其中一首曰：

> 漓江同听董莲枝，艺事精时鬓已丝。
> 一曲梨花两行泪，灵均辞赋少陵诗。[9]
> （原注：董唱《焚稿》，首举屈子与杜甫不幸遭遇，才转入林黛玉正文，所谓"何况是伶仃孤苦的女儿身"也。）

这些诗，凝聚着这两位戏剧家的战斗友谊，也倾诉了戏剧前辈致力于剧运的战斗豪情。

总之，田汉在桂林留下的诗，主要有三方面的题材和内容：一是对一些戏剧界演员和演出剧目的赞美，这类诗为数不少，如对桂剧著名演员小金凤（尹羲）、小飞燕（方昭媛）、如意珠（谢玉君），京剧名演员金素秋、李紫贵，湘剧名演员陈绮霞以及大鼓名演员董莲枝等都分别有诗题赠，并给予很高评价；二是对一些文化艺术界方面的战友、文友、诗友的题赠，这些诗

---

9. 见本书"徐杰民"篇田汉题赠徐杰民。

多抒发了他对战友们的深厚感情，如《欢迎夏衍等安全抵桂》《题蔡楚生作〈黄坤逃难图〉》《寿夏衍四十生日》《南山之什——为沫若兄五十寿辰而作》，以及《寿欧阳予倩》《赠欧阳予倩》《赠杜宣》《佛西嘱题》《赠田念萱》《赠尹瘦石》《端午节和柳亚子》等等；三是对当年一些重大事件及活动的感触，如《七七两周年献礼歌》《八年以来——颂西南第一届戏剧展览会》《桂林抗日大游行纪事》等，《七七两周年献礼歌》曾由当年著名音乐家吴伯超谱曲，并在桂林群众中传唱。

田汉的诗，曾给桂林诗坛增添了一道亮色。我走访过一大批当年客桂知名文化人，他们对田汉的诗意豪情都赞美有加，众口一词。著名诗人彭燕郊便对我说过：

老大（当时大家对田汉的尊称）一身正气，似一团火，走到哪里，哪里的愁烦、阴霾就被烧得一干二净。他诗情横溢，脱口成诗，深获吾心。

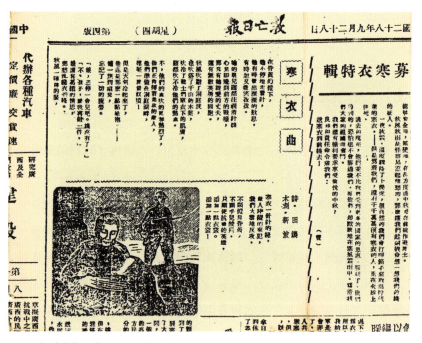

◎田汉诗《寒衣曲》、黄新波木刻《募寒衣》

有些诗至今无忘，朗朗上口。

从画家徐杰民处，我更是意外获睹田汉两首尚未发表的诗作真迹。身为画家的徐杰民跟桂林戏剧界鲜有联系，但对于其领军人物田汉这位激情充沛、人缘极佳的传奇式抗战斗士，却颇为熟络与敬仰。因此，举凡有田大哥出席的集会或讨论会，徐杰民都喜欢参加，聆听他慷慨激昂的演讲，消化他卓越的见解。在频繁的接触中，逐渐增进了情谊，他心存与其合作诗画的念头。徐杰民事先画好两幅画，趁田汉到正阳楼（即桂林南城门）艺师班演讲之机，送他题诗。田汉是个思绪敏捷、诗兴洋溢的才子，动辄能出口成诗，但与画配诗者却不多。他笑笑之余，稍作思考，便挥毫作诗，其一诗曰：

正阳楼阁耸青云，
中有三千艺术军。
笳鼓不闻从诵起，
春城花木致清芬。

杰民写正阳楼艺师班校址也
卅一年四月，田汉

关于田汉此诗，当年曾在桂林艺师班任教的漫画家沈同衡，也证实确有其事。他在1986年9月10日的来信中说到当年他也画过正阳楼并请田汉题过诗。当时田汉还跟他说："孔夫子弟子三千，你们也培养三千，就不错了，是一支抗战艺术的队伍啊！"时间应比徐杰民这张早，可惜此画不见了。他还指出：第三句的"弦"错成"从"，第四句的"发"错成"致"。经推敲，第一句还是"耸"字合理，第四句则以"发"字可解。嗣后，艺师班教师陆华柏[10]还为此诗谱曲，广为传唱。

田汉题罢正阳楼一画之后，吟哦片刻，又挥毫为徐杰民另一幅画写道：

10.音乐家，新中国成立后任广西艺术学院教授。

镇日经营镇日忙，

良工心事不寻常。

雕梁画栋堪欣赏，

只为当时刨得光。

杰民先生作良工刨木图嘱题

田汉

　　此诗第一句中的"镇日"应是"整日"或"成日"之意，田汉在1919年所作的长诗《梅雨》中便有"心中默默的镇日无语"句。[11]徐杰民和田汉这两张合璧诗画，传递着深情厚谊的佳话。而且笔者阅遍已出版的《田汉文集》和《田汉诗选》，均未录入此两首题画诗，这一发现正可补遗珠之憾。

---

11. 田汉：《田汉文集》第12卷，中国戏剧出版社，1984，第2页。

田汉在桂林期间，生活是十分艰苦的，他"与安娥在东灵街一间喧嚷得令人头昏的小房子里从事写作"[12]，只好每天一早就起身，跑到七星岩找个安静的地方坐下，独自在那里写文章，编剧本。他没有固定的工资收入，几乎全靠稿费维持一家八口的生活。抗战时期的国统区稿费不高，而物价比稿费涨得快，往往是拿到稿费时，已经买不到多少生活必需品了。《大公报》记者曾敏之署名寒流的报道《桂林作家群》对田汉有着这样一段记述：

> 说来有点黯然，田汉的笔尖挑不起一家八口的生活重担，近来连谈天的豪兴也失掉了。他家一桌人吃饭，每天的菜钱是三十九元，一片辣子，一碗酸汤。[13]

有时竟然无米下锅，家里人问他怎么办，他总是泰然地回答："慢慢来！"因此，"慢慢来"竟在当时戏剧界传为佳话。曾有人为他写过一首这样的诗：

> 多才多艺田寿昌，箪食瓢饮写文章。
> 秋风秋雨秋声赋，从古奇才属楚湘。

12.寒流（曾敏之）：《桂林作家群》，载《大公报》（桂林）1943年9月25日。

13.同注12。

这首诗，作为田汉当时的生活写照，是恰如其分的。当时，有人笑"田先生一支笔挑不起一家老小，还想搞剧团"，有人攻击他与戏曲艺人为伍是"倒退""复古"。一次，孟超无意中将这类话转告了田汉，他听后沉吟了一会儿，凄然答道："在今天的情形下，戏剧运动还没有坦途，然而它需要存在，需要发展，不能不照顾落后者，不能不应付环境，更不能不迂回周转，我哪里能顾及自己的清高呢？"说罢，他又高笑起来："笑骂由人吧，事还是要做啊！"[14] 他就将个人的荣辱得失置之度外了，重要的是"做事"。郭沫若在《先驱者田汉》一文中如此写道：

> 寿昌是一位精力绝伦的人，为了前进的事业，为了能服务大众，他比任何人都能够吃苦，衣食住就到最低的水平，先顾大众然后管私人。为了人民利益，他坐过牢，也不曾退转。……他有的是发财的机会，他发不了财，他有的是做官的机会，他做不牢官……他是我们中国人民应该夸耀的一个存在！[15]

田汉在桂生活困难，曾得到远在重庆的周恩来、郭沫若的关怀和资助，周恩来从重庆托人带了一笔款给田汉补助生活，让他能够安心从事写作和工作。郭沫若则于1942年写了五幕历史剧《高渐离》寄桂林，在田汉主编的《戏剧春秋》上发表，并将该剧的全部稿费相赠，附函称："即请留弟处，以为老伯母甘旨之费。"[16] 田汉复郭老信曰：

> 个人在桂林的生活，承兄记挂，甚至愿以稿费补助家母甘旨之赏，真使我感激至于泪下。……有时过度艰困之时未尝不想大家帮帮忙，但这困难也时常会突破的。"我总是有办法的"，这一口头语在朋辈几乎成为笑谈。实在我也常常有办法的，不然一家早饿死了。

14.孟超：《记田汉》，载司马文森主编《作家印象记》，智源书局，1949。

15.郭沫若：《先驱者田汉》，载《文汇报》1947年3月13日。

16.中国田汉基金会、中国田汉研究会学术活动部编《田汉研究》第3辑，中国戏剧出版社，2006，第301页。

尽管田汉自己的生活十分清苦，然而，他对群众的疾苦却非常关心，同文艺界是同呼吸、共患难的。他经常为新中国剧社的困难处境操心，为了维护和坚守这么一块宣传抗日的文艺阵地，他想方设法给新中国剧社筹款，为剧社赶写剧本，有时剧社揭不开锅，他就把自家里仅存的一点大米送去。他注意同桂系上层搞好关系，尤与时任桂林军委办公厅主任的李济深感情甚笃，每当山穷水尽、走投无路时，便向李求助。如1942年新中国剧社由于《再会吧，香港！》横遭禁演，而陷入九死一生之困境，他只好登门向李述说，李深表同情，破例为新中国剧社这个与军队毫无关联的团体批发了一大笔军粮。又有一次，正当剧社无米可炊、饥肠辘辘之际，他带领大家，以为李祝寿的名义，让大家饱吃一顿。当年剧社的成员回忆：

> 当时田汉匆匆忙忙跑到剧社，叫上所有的同志，男男女女一大群，去给"李任公"贺寿，主人恭候在门口和我们彬彬有礼地一一握手，请我们登堂入室，待如贵宾。[17]

作家王鲁彦长期患病，在桂林和湖南乡间疗养，因无钱医治，病情加重，田汉便联合柳亚子、熊佛西、端木蕻良等发出启事，募医药费，予以资助。他还运用手中的笔，经常写文章造舆论。1942年他在桂林一家报纸上发表了《岩下纵谈——艺人的行路难》，描述了当时艺人的艰难苦境。在湖北恩施的演剧九队看了这篇文章，把曾与平剧团举行联合义演所得全部汇给新中国剧社，解了他们的燃眉之急。还有周氏兄弟马戏团流落桂林，连个演出场地也找不到，靠变卖演出服装、道具度日。田汉知道了，立即设法给予支持和鼓励，使这些遭受冷遇的艺人深感温暖和安慰。

"争与吾民共死生"这是田汉在其《题西南剧展》诗[18]中抒发的心声，也是其高尚品性的写照。他时时刻刻以此严格律己，在文化界广泛交友，克己奉公，为党做了大量工作。由于田汉平易近人，客人络绎不绝，有不少青年

---

17. 桂林市政协文史资料委员会编《驼铃声声》（《桂林文史资料》第18辑），内部资料，1991，第105—106页。

18. 诗文见本篇篇名页，作品见本书"徐杰民"篇配图。

是去向他求教的，还有不少是去求他介绍工作的，也有人是去求他资助的。周恩来赞赏他说：

> 田汉同志在社会上是三教九流、五湖四海，无不交往。他关心老艺人，善于团结老艺人，使他们接近党，为党工作，这是他的一个长处。[19]

其挚友阳翰笙在纪念田汉逝世15周年的悼文中深情地写道：

> 田汉同志一生密切联系群众，和人民同甘苦、共患难；他搞五湖四海，广泛结交朋友，引导他们来为革命出力，这种群众化的作风是十分珍贵的精神财富。[20]

19.阳翰笙：《痛悼田汉同志》，载《人民日报》1979年4月26日。

20.阳翰笙：《田汉同志所走过的道路》，载中国人民政治协商会议全国委员会文史资料研究委员会编《田汉——纪念田汉同志诞生八十五周年》，文史资料出版社，1985，第13页。

◎1944年田汉陪柳亚子游灵渠，第二排坐者右2为柳亚子，第三排站者：
安娥（右1）、田汉（右2）、刘雯卿（右4）

◎左起为刘斐章、洪深、田汉、吕复，1946年于无锡

◎田汉与安娥抗战期间在桂林

田汉抗战戏剧理论及创作初探

在硝烟弥漫的抗日战争时期，革命的戏剧运动站在革命文艺运动最前列。为全民抗战热潮所鼓舞的剧作家和业余剧作者们，激发出极大的爱国热忱，以笔当枪，创作出了大量的独幕剧、街头剧和多幕剧，起到了宣传动员抗日的进步作用。田汉是这场声势浩大的抗战戏剧运动的主帅。他鞠躬尽瘁，奋勇直前，始终站在抗战剧运第一线，先后发表了一批戏剧理论文章，创作了一批剧本，为抗战剧运立下了汗马功劳，极大地丰富了我国抗战戏剧宝库。总结他在这一时期的戏剧理论及创作，无疑对我们认识和总结抗战剧运是大有裨益的。

一

抗战前后，我国从事戏剧理论研究者寥寥无几，更谈不上怎样用戏剧理论来指导推动我国戏剧运动。为了使戏剧理论更好地指导推动抗战戏剧运动，田汉先生针对这种状况，大声疾呼："我们头发也快干白了，戏剧理论上几乎还是一张白纸。我们只是在'干话剧'，而不知如何说话，该说些什么话，对谁说话，为谁说话。"指出："不仅建立新的话剧我们需要理论，打破今天五幕家庭悲剧的沉滞局面需要理论，就是改革旧剧——地方剧也须（需）要理论 …… 我们不容许再这么瞎干，无严整理论地干。单这么凭一点热情地干，不会太有结果的。我们必须根据今日的客观要求，组织现阶段改革旧剧的理论，而且不要单在一个角落里干，应把这理论普及到每一个角落里，让大家都起来照着干，那么一来，许就'经济'得多了。只要是理论真成为有群众的运动，成为具体的力量，旧的恶势力也就不容易发挥毒素，阻碍进步了。"[21]田汉一针见血地指出了过去剧运在理论研究上的严重缺陷，阐明了戏剧理论研究的重要性和深远意义。

关于戏剧批评和戏剧理论的关系，田汉具有独到之见，他认为："批评当然也是伟大作品产生推动的力之一，但批评之不振，实在由于理论的贫乏而来，因为中国剧艺与剧文学真正新时代的到来，我的期待战斗的理论与批评的蓬勃发展。"[22]在其为《戏剧春秋》所写的《发刊词》中，有进一步论述，他论述了戏剧理论与抗战新环境的密切关系："自抗战军兴，戏剧与新的环境新的现象相接触一时不免手忙脚乱，因而要求更适合此新环境新现象之内容与形式。这儿便要求新的指导新的理论"，才能"实现一个光辉的戏剧时代"，夺取抗战的最后胜利。

"五四"以来的革命文艺运动，曾对文艺的大众化问题进行过积极的探讨，但鉴于客观条件的限制，并未取得显著的成效。抗战爆发以后，革命文艺不但要求文艺同群众密切联系，更有效地用戏为民族解放战争服务，同时也提供了更为有利的条件。所以，大众化问题便成为文艺界更加关心和亟待解决的问题。这样一来，通俗化、旧形式的利用就成为抗战初期文艺运动的中心课题。广大文艺工作者在进行实践活动的同时，对文艺大众化的当前任务，通俗化和旧形式利用的意义等问题也展开了讨论。在这场空前广泛的论争中，田汉先生多次在重庆、桂林等地主持召开了戏剧的民族形式问题座谈会，并将会议内容记录整理发表，有力地指导推动抗战戏剧运动。他自己除了在创作实践上对民族形式进行尝试外，还在理论上作了深入探讨，阐发了独到的见解，认为"因为形式同内容是有机的关

21.《展开有理论的戏剧运动》，载《新文学》1944年第1卷第3期。

22.《关于当前剧运的考察》，载《半月文萃》1943年第2卷第3期。

系"，"你把新内容装进旧形式里面去，旧形式要起质的变化，经过相当溶（融）汇扩大的过程它也将变成适合传新内容新现实的形式——那就接近了新形式"。所以"今天我们去运用旧形式，把新内容装进旧形式里去，这本身便是旧形式的否定"[23]。他还进一步阐述了内容与形式的辩证关系，指出"形式固然好像是次要的，但一定的内容也要求一定的形式。内容与形式高度统一的作品应该是我们所追求摸索的境界。何况今日要使文艺或戏剧充分有效的为抗战建国服务，当然要求文艺作品具有高度的民族形式，既充分有效地表现现代激荡复杂波澜浩阔的民族生活，同时能充分有效地获得全民族的理解与爱好"。他既批驳了以向林冰为代表的无限夸大"旧瓶新酒"、原封不动利用旧形式的错误主张，还驳斥了另一种认为通俗文艺只是宣传品，属于"低级"的东西。他极力主张和扶持地方民间戏曲改革，指出对于地方民间戏曲"在今天不是打倒的问题而是扶翼保护的问题"，"只要把旧歌剧的形式加以新的抗战内容"，"照样可以用来做抗战的工具"[24]，所以，"广泛运用各种形式不仅做了抗战宣传，也提高了艺术水准"[25]。田汉的观点，不独在当时是正确的，在今天无疑也是有指导意义的。

田汉对抗战理论的探索，是多方面的，他密切注视当时戏剧界的动向，联系实际，有感而发。他曾就当时某些戏剧过分暴露本民族弱点的倾向，强调了新现实主义的创作方法，阐明了正确反映人民群众缺点应有的态度、目的。指出："我们今天的现实主义的文艺，必然需要对我民族在政治、社会、文化各方面所存的缺点加以无情的揭发"，"但我们的新文艺、新戏剧当然不以暴露黑暗、揭发民族缺点为满足"，"我们的暴露，我们揭发，也是出发于这民族主义，即为着建国的利益。我们不是为暴露而暴露，为揭发而揭发"，"不仅需要冷静的思想，而且还要极崇高极强烈的热情"，"这就是新现实主义为什么异于旧现实主义的所在"[26]。这些观点，于今天的戏剧创作，更倍感亲切。

对戏剧工作者的思想改造和创作与生活关系等问题，他也多次触及。他根据

23.田汉：《戏剧的民族形式问题座谈会》，载《戏剧春秋》1941年第1卷第3期。

24.行健：《田汉谈战时戏剧》，载《战时艺术》1938年第1卷第1期。

25.同注3。

26.田汉：《关于现实主义》，载《广西日报》副刊《漓江》1941年12月2日。

当时有些演员和戏剧作者忽视思想改造，贪恋都市生活，不肯深入前线士兵和后方民众中的不良倾向，多次提出要"把看台上和看台下的人格统一起来"[27]。还高度评价活跃于各战区的演剧队"和现实政治紧密联系"，"真正以'戏剧兵'的资格受着一般的军事训练，过着一般的士兵生活，奔走全国数万里，转辗前后方达五六年之久的戏剧团体，就在最前进的国家也不多见"[28]，号召广大戏剧工作者向他们学习，戏剧"下乡""入伍"。

1942年毛泽东同志划时代的重要文献《在延安文艺座谈会上的讲话》（简称《讲话》）发表，使田汉先生的思想更明确，论述更有力，他在1944年西南第一届戏剧展览会上的总结报告，可以说是贯彻宣传《在延安文艺座谈会上的讲话》精神的范例。他在谈到关于工作态度问题时指出：我们在推进抗战戏剧运动过程中，应注意"树立民族气节，刷新全社会风气"，使"剧界有高尚人格，台上台下力求统一（风格与人是统一的）。好好地注意做人，在今日是很重要的。只有好的人，才能演好的戏"，要把"戏剧和政治结合起来"。在这里，他第一次明确地提出了"只有好的人，才能演好的戏"，强调作者思想在创作中的重要性，同今天我们常说的"要演革命戏，先做革命人"是同一个意思。这对当时国统区戏剧界来说，无疑是深具影响力的。

在谈到关于表演方法问题时，他在充分肯定抗战初期戏剧成果之后，接着便分析了随着抗战时间的推移，斗争日益艰巨复杂化，有些戏剧工作人员渐感疲乏，情绪低落，戏剧赶不上现实需要的现象。还指出内容贫乏不如抗战初期那么充实，使戏剧陷入了形式主义。可见，关键是生活化不够，"生活化是需要的，这是克服形式主义的对症药"。

接着又阐明了如何深入生活、向谁学习的问题。田汉认为，这也不是单向专家请教的问题，而是应深入生活，面向工农兵，了解他们、熟悉他们。他还特地加以引证，说明《最后一颗手榴弹》一剧之所以演得成功，乃是经过五十几次在前方部队体验生活和演出，不断提高的结果，从而指出"象（像）我们演士兵戏常很难演得好，因为我们不大熟悉他们的生活，所以我们最好向士兵（民众）学

27. 田汉:《对于戏剧者的几点要求》，载《半月文萃》1942年第17、18期合刊。

28. 田汉:《关于当前剧运的考察》，载《半月文萃》1943年第2卷第3期。

习""'生活即教育，社会即学校'，这对我们戏剧工作者也是至理名言"[29]。鉴于国民党的白色恐怖，当时国统区的戏剧工作者不可能直接认真学习毛主席的《在延安文艺座谈会上的讲话》，田汉先生这些方面的论述，起到了间接宣传《讲话》的作用，有力地指导了国统区抗战剧运，其功绩是永不能泯灭的。

田汉在桂期间，还写了不少有关戏剧方面的论文和文艺作品，据不完全统计，就有四五十篇之多。关于戏剧方面的文章，有《抗战戏剧第七年》《关于当前剧运的考察》《抗敌演剧队的编成及其工作》《关于抗战戏剧改进的报告》《新歌剧问题》《四一年以前戏剧运动得失》《第四届戏剧节》《戏剧节与西南剧展》《开展有理论的戏剧运动》《戏剧运动中的几个问题》《批评战线的重要》《对于戏剧工作者的几点要求》《序〈愁城记〉》等，文艺作品有《母亲的话》《病与朋友》《岩下纵谈》及《烽火中来的声音》(介绍抗敌演剧队)等，分别发表在《当代文艺》《半月文萃》《戏剧春秋》《艺丛》《大公报》等刊物上，其中《母亲的话》是田汉在桂林根据他母亲的口述记录整理而成，是一部很好的传记文学，曾在《人世间》月刊上连载。

田汉善于倾听他人意见，集思广益，博采众长，围绕文艺界所关心的热点，主持召开不同类型的座谈会。如1940年6月至11月，田汉在重庆先后邀请阳翰笙、葛一虹、黄芝岗、光未然、常任侠、史东山、任光、陈白尘、章泯、吴作人、郭沫若、杜国庠、胡风、老舍、郑伯奇、陈望道、茅盾、孙师毅、洪深、赵望云、姚蓬子、辛汉文、龚啸岚、朱洁夫、安娥、力扬、凌鹤、应云卫、贺绿汀、盛家伦、马彦祥等文艺界知名人士，多次进行"戏剧的民族形式问题座谈会"，并亲自记录整理座谈会内容，先后发表在《戏剧春秋》第1卷第3、4期上。该座谈会内容充实，各抒己见，求同存异，有力地推动了国统区文艺界关于"民族形式"的讨论。他还见缝插针，随时随地召开座谈会。如1942年春节，他邀请了几位戏剧界的朋友到其桂林家里做客，也算是"迎春"，大家座谈了"新形势与新艺术"方面的问题，参加的有欧阳予倩、夏衍、熊佛西、李文钊、洪深、蔡楚生等人。座谈的记录曾发表在2卷2期的《文艺生活》上。他还及时指导抗战后期的文艺工作。有

29.田汉：《戏剧运动中的几个问题》，载《新华日报》1944年5月29日。

一次，在桂林七星岩大枫树下，主持关于历史剧问题的座谈会，柳亚子、茅盾、欧阳予倩、胡风、宋云彬、于伶、安娥、蔡楚生、周钢鸣、端木蕻良等十余人出席。会后发表记录，促进抗战历史剧创作。

二

田汉不仅是抗战戏剧的杰出理论家，而且还以其创作实践，为我国抗战戏剧画廊增添了一件件熠熠生辉的珍品，在抗战期间，他焕发了革命斗志，奋笔疾书了大小十八个剧本。如此多产，极为罕见。

1937年7月7日卢沟桥事变发生，在我党的领导下，我国揭开全面抗战的序幕。此时，刚冲破蒋介石南京政府牢笼的田汉先生，旋即以极大的爱国热忱和革命义愤，创作了大型四幕剧《卢沟桥》(一作《芦沟桥》)。该剧以这次事变前后为背景，热情讴歌宛平县人民群众、青年学生和二十九军士兵的爱国精神，号召全国人民"用拳头抗战"，"把我们的血肉筑成保卫北平的要塞"。同时该剧还愤怒地控诉、揭露了日本侵略者假和谈真进攻的狰狞面目，抨击蒋介石"不肯拿出一点诚心诚意"，"把自己一家的利益始终摆在国家民族的利益前面"的姑息养奸的不抵抗政策。最后指出"前进便是胜利，后退便是灭亡"，表达了抗战必胜的信念和坚决斗争到底的决心，道出了当时中国广大人民群众的呼声，起到了宣传鼓动抗日的积极作用，不愧为抗日救国的洪亮的号角。

1941年皖南事变后，国民党反动当局假抗日真反共的阴谋日益败露，更残酷地迫害进步文化工作者。桂林原有的一些自由空气烟消云散，不少进步文化人被迫离开，曾一度被誉为"文化城"的桂林，而今却秋风萧瑟。一次，田汉在送别朋友时听到朋友慨叹："我们要保卫祖国，可是祖国不要我们了。"身居桂林的田汉面对这种沉闷的政治局势，感触殊深，为了"将年来所感的若干部分一吐为快"[30]，振奋大家的斗争精神，并支持新中国剧社的第二次公演，在极端艰难的环境下，他赶写出五幕话剧《秋声赋》。剧本以第二次湘北会战前后在长沙、桂林两地引起的波动为背景，描写作家徐子羽与其妻秦淑瑾及情人胡蓼红间的爱情纠葛，反映了

30.载《大公报》(桂林)1941年12月31日。

当时文化界遭受到的困境和抗战生活。田汉通过徐、胡二人，鞭笞了当时那种因逆境而想远走异乡的错误思潮，热情歌颂抗日救国的伟大爱国主义精神，号召人们以国为重，抛弃一切私心杂念，全心全意致力于祖国伟大解放事业。他还以象征手法影射并抨击国民党当局的黑暗统治。剧本的题目，诚如他所云"是很明白的"，即以"秋声"来象征当时秋风萧瑟的政治气候。"此秋声也，胡为乎来哉"，"但这样的秋声不会使我们悲伤而会使我们更积极，更勇敢"，"我们要清算一切足以妨害工作甚至使大家不能工作的倾向"[31]。可见，《秋声赋》一剧，从某种意义上说，也可当作是对国民党第二次反共高潮的严正抗议。由于该剧具有强烈的现实意义，给人鼓舞和力量，令人透过深秋看到了春天，看到抗战的光明前途，因此，该剧于1941年底如期演出，盛况空前，震动了整个国统区文化界，被誉为"作者近年来之代表杰作"[32]。翌年，即在司马文森主办的《文艺生活》杂志上全剧连载。接着，又出单行本，发行全国，各地均争相演出此剧。

紧接《秋声赋》脱稿之后不久，田汉又以奔放的革命激情，编写了四幕话剧《黄金时代》。剧本通过青年战地服务团的斗争生活，向读者提出了一个众所关心的严峻问题，即如何看待祖国的命运和个人的前途。以队长梁士英和女队员林淑琼为主的一群青年文艺工作者，把个人的前途同伟大的抗战运动紧密相结合，随时随地准备用自己的青春命运去殉祖国的解放事业，"准备拿我们这一代的黄金时代换取民族的黄金时代"，认为"应该把工作和学习统一起来，从工作中学习，为工作的必要而学习"，在伟大的抗战斗争实践中才能学到真正有用的东西。而以副队长余世桢（林淑琼的爱人）为代表的个别人，开始抗战情绪也颇高涨，慷慨激昂，但随着艰苦斗争岁月的推移，对前途产生动摇，甚至丧失信心，认为抗战"这三年的日月是白丢的。我们什么也没有学习到"，只是"把我们的黄金时代都丢在这样荒山旷野中间了"，竟然提出离队回孤岛上海或大后方继续求学深造，将来才有出路、前途。于是，余世桢不择手段地诱惑林淑琼离队，进行分裂服务团的卑鄙勾当。最后二人分道扬镳，各行其是。服务团在梁士英的领导下，继续奔赴前线，不畏艰难，不怕牺牲，经受了严峻的考验，在斗争中锻炼成长。而余世桢之

31. 田汉：《通讯》，载《戏剧春秋》1941年（下）第6期。

32. 见《文学创作》1943年第1卷第6期。

流却落得个身败名裂的可耻下场。

该剧在热情讴歌青年文艺工作者的爱国精神的同时，也与其他剧本一样揭露抨击国民党军队昏聩无能、横行霸道，使老百姓见了"就害怕"，嘲笑国民党当局鼓吹的所谓"军民合作"，并借伤兵之口，控诉国民党当局"不爱惜人"，不顾士兵死活的罪行。如果说，《秋声赋》的成就是在于头一次较完美地将爱情、家庭纠葛置于伟大抗战事业之中，唤起人们的爱国热忱，展望未来，共同对敌，那么，《黄金时代》则是因进一步阐发了这种爱国主义精神，并正确解答了黄金时代的真正含义，增强人们抗战必胜的信心而呈异彩。

这里，值得一提的是田汉和夏衍、洪深合编的四幕话剧《再会吧，香港！》。1942年春，由于爆发了太平洋战争，夏衍逃出香港抵达桂林，应邀为新中国剧社排戏。田汉便和夏衍、洪深合编话剧，内容以香港现实题材为背景，反映我国抗战的现实斗争，歌颂人民的爱国热情，针砭豪门官僚的罪恶行径，以示人民群众对黑暗势力之抗争。题目《再会吧，香港！》就表达出跟国民党黑暗统治决裂的决心。该剧由夏衍撰写第一幕，洪深撰写第二、三幕，田汉撰写第四幕和主题歌，并由他最后统一修改。刚搬上舞台，国民党桂林当局就如临大敌，横加扼杀。后经夏衍、田汉等人的不懈斗争，才于1942年5月易名《风雨归舟》在桂林和观众正式见面，并由桂林集美书店出版。这是国统区抗战戏剧史上的一件大事，也标志着国统区革命文艺工作者在我党领导下，同国民党当局政治斗争取得了重大胜利。

综上所述，田汉这一时期的剧作，一扫其早期彷徨苦闷的感伤情调，饱含战斗激情和乐观主义精神，紧密配合当前政治斗争形势，充分发挥戏剧的战斗作用，狠狠揭露、打击敌人，鼓舞人民群众的革命斗志，夺取抗战斗争的最后胜利，其思想性是相当强烈的。从其剧作中，我们看到中华民族的觉醒，人民群众勇敢冲破国民党政府的投降政策，掀起声势浩大的抗日怒潮；看到中华民族抗击外来侵略者可歌可泣的悲壮历史；看到作者对置身水深火热中的国统区民众的疾苦及国家民族命运的深切关心，从而激发我们对日本侵略者的无比愤慨和对国民党反动派腐败无能的强烈痛恨，唤起我们振兴中华的爱国热忱。

田汉的抗战戏剧，不仅具有强烈的思想性，而且还具有独树一帜的艺术造诣。他以戏剧家兼诗人的横溢才华，在剧本中有意识地将诗与歌巧妙地糅合，使之成为整部作品的有机组成部分，洋溢着浓郁的诗意，歌戏交融，强烈地感染着读者、观众，引起文艺界的瞩目。如《秋声赋》就被誉为"是一部诗一样美丽动人的作品"，"全剧充满诗意"，"把'诗意的情境，写实的笔法，政治的认识'三者求得统一的处理和发展"[33]。事后不少同志在回忆中也都十分赞赏此点，称"戏和歌交融在一起"，是"田汉同志的剧本""一贯的特色"，特别指出《秋声赋》更是一部充溢着诗情、画意、歌声的作品"[34]。因此，田汉抗战剧本中的一些诗歌，朗朗上口，当时广为传播，流行于西南乃至香港各地，有的至今不少人尚记忆犹新。如《秋声赋》的主题歌《落叶之歌》：

草木无情，为什么落了？

丹枫像飘零的儿女，萧萧地随着秋风。

相思河畔，为什么又有漓江？

挟着两行清泪，脉脉地流向湘东。

啊！秋风送爽，为什么吹皱了眉峰？

青春尚在，为什么灰褪了唇红？

趁着眉青，趁着唇红，

辞了丹枫，冒着秋风，

别了漓水，走向湘东，

落叶儿归根，

野水儿朝宗，

从大众中生长的，应回到大众之中；

他们在等待着我，

那广大没有妈妈的儿童。

这些诗句，借景抒情，情景交融，委婉动听，唱出了当时国统区广大人民群众的心声，充分显示出作者卓越的艺术才华。这种行之有效的艺术手法，也是始

33.以群等：《一九四二年渝·桂·各战区剧运评述》，载《文学创作》1943年第1卷第6期。

34.汪巩、严恭：《浩歌声里请长缨——田汉同志和新中国剧社》，载《光明日报》1979年5月15日。

终贯串其剧作的一大特色，成其独特的风格，为其所喜爱。诚如作者所云：

> 我过去写剧本欢喜插进一些歌曲：《南归》《回春之曲》《洪水》《芦沟桥》和《复活》等都是如此，那是真正的"话剧加唱"，这种形式我以为还是有效果的。[35]

强烈的浪漫主义色彩，这是田汉抗战剧作的又一艺术特色。浪漫主义创作手法，在田汉早期剧作中常被运用，到了抗战期间，又有所发展，现实主义成分逐渐加强，达到了现实主义和浪漫主义的统一。他善于把人物编织在曲折复杂甚至常有传奇色彩的情节中，表现他们的命运和性格，造成强烈的戏剧效果。《黄金时代》一剧便很突出，该剧第三、四幕写淑琼不经请示批准，擅自赶上打前哨的志芳等队员，路上偶遇日军，便展开了一场厮杀，志芳受伤不治而亡，淑琼负伤住院。此时，余世桢前来看望，仍用金钱、地位、前途和所谓黄金时代来劝诱淑琼回大后方过舒适生活，而淑琼则苦劝世桢及早归队，两人始终谈不拢。淑琼悲愤地倾诉大家的心声："我们对得起自己，对得起队，对得起祖国。死，迟暮，疾病，衰老，你们都来吧，我们不怕你。中国青年都准备拿我们这一代的黄金时代换取民族的黄金时代！中国青年战士万岁！"淑琼语毕，兴奋过度倒下去，演出就此结束。剧本正是通过与敌相遇、厮杀，负伤，牺牲，以至余世桢的突然来临等曲折甚至带传奇色彩的情节，充分表现淑琼、志芳和世桢等人的命运与性格，强烈的对比衬托，收到了预期的戏剧效果，感人至深。

抗战期间，田汉不仅创作了《卢沟桥》《秋声赋》《黄金时代》等大型话剧，还创作了活报剧《怒吼吧，漓江》和《少年中国》《穷追一万里》，并改编了鲁迅的《阿Q正传》和果戈理的《侦察专员》；不仅创作了反映现实斗争题材的话剧，还编写了历史题材的地方戏，如平剧《岳飞》《情探》《新雁门关》《双忠记》《金钵记》《新儿女英雄传》《江汉渔歌》，湘剧《新会缘桥》《武松与潘金莲》等，丰富多彩，引人注目。在反映历史题材的创作中，田汉始终遵循"古为今用，推陈出新"的原则，紧密配合现实斗争需要，积极宣扬爱国主义思想，宣扬追求自由、反封建和

35.田汉：《田汉剧作选》，人民文学出版社，1955，第429页。

反对黑暗势力的压迫。他在谈到《江汉渔歌》的创作动机时，便开宗明义地指出："今日吾人欲取得胜利，必须全国男女老幼各就其岗位报效国家。老年人有老年人的用处，妇女有妇女应尽的责任。《江汉渔歌》一剧亦即阐扬此旨。"[36] 可见，他在反映历史题材时，首先的着眼点则是放在当前的需要，完全服务于伟大的抗日运动。试以《岳飞》《新会缘桥》《金钵记》为例，略作分析。

新平剧《岳飞》，初稿1939年写于衡阳，成于长沙，正式发表于1940年11月1日《戏剧春秋》创刊号。此类剧本，从旧戏《风波亭》到以后新编的话剧、戏曲，虽然已有不少，但田汉并不因循守旧，而是在此基础上加以改造创新。首先，因为田汉"总希望现实比较朝着胜利的道路上去"[37]，故他扬弃了传统戏《岳飞》那种令人心寒气闷的悲观主义因素，而赋予更多的理想主义，专写使人气壮的场面，给人以鼓舞和力量；其次，他认为金兵南下中原，奋起保卫家园的并非只有岳飞、韩世忠等少数人，"而是有无数忠义奋起愿为保卫祖国而死的中原豪杰"，因此十分注意突出群众的力量，在刻画岳飞布置作战时，特别注重义勇军的配合运用；再次，他认为，岳飞率部抗击来犯者时，"不仅两河豪杰闻风响应，连敌伪之中都有输诚"，因此，剧本在描写岳飞用兵时，很注意对敌尤其是对伪军的宣传工作。这样处理，便使《岳飞》更富于现实感，激发观众的爱国热忱，使他们勇敢投身于抗战运动中去。

湘剧《新会缘桥》是1942年为湖南新成立的中兴湘剧团而写的高腔剧本，正式发表于1942年9月15日《文学创作》创刊号上。全剧共十八场，是从昆腔目连戏改编来的。京剧、桂剧都有这个本子，桂剧叫《哑子背疯》，平剧叫《老背少》，湖南一带则叫《会缘桥》，通称《老汉驮妻》。主要剧情是：小生文焕，漳州人氏，自幼读书习剑，抱负颇高，因其父恶严嵩而不乐仕进。后逢倭寇患东南，念及"匹夫匹妇也要担负起天下兴亡"，便别妻范娇鸾从戎，投靠浙江俞大猷，当其帐下行军参谋，英勇杀敌，屡建奇功。其母、妻不幸遇寇，母被杀、妻被俘后他巧献三计，杀敌后跳崖跌伤。文焕奉命化装成老头回乡侦察，驮妻过会缘桥，妻巧骗倭哨，并唱"劝世文"，号召全国男女老少"须当报国恩"，"乡国最关情，天下兴亡

36.田汉：《关于〈江汉渔歌〉》，载《救亡日报》1939年7月27日。

37.见《野草》第2卷第5、6期合刊。

有责任"，"莫愧中华少主人"。《会缘桥》原只是一出宣扬封建伦理观念，专为女演员一人扮两角色，突出演技的传统旧戏，经田汉"给（会缘桥）那一场戏加了一个大头和一个小尾，同时赋予它以完全不同的意义"，[38]效果就大不相同，成了号召男女老少杀敌报国的动员会，深受观众欢迎。

京剧《金钵记》，1944年写于桂林。关于白蛇（白娘子）和许仙的爱情故事，在我国已家喻户晓，广为流传。田汉为了配合当前抗战斗争的政治需要，选择了这个为群众所喜闻乐见的传说，在原《白蛇传》旧戏基础上，把场次扩大到十六场，增添了钱塘县官勾结外奸，贪赃枉法，把河山出卖给东洋，白娘子盗库银赠送许仙等新内容，讽刺国民党卖国求荣的罪恶行径，暗喻国民党贪官污吏的丑态，赋予旧戏《白蛇传》以全新的时代气息和政治内容。诚然，这种写法，可能使美丽的神话传说显得不甚协调，也使原主题思想有所改变，是否可取值得商榷，但，在大敌当前，国家存亡攸关的严峻时刻，我以为仍应大加肯定。这出戏在新中国成立后曾得到周恩来同志的关怀和周扬同志的帮助，臻于完善、炉火纯青。田本《白蛇传》，被专家们公认为是《白蛇传》的范本。田汉也曾说过，"倘使把它比作一口剑，我可算磨了它十二三年了，而且不只是我一个人在磨，是好些人在一块儿磨哩"，"我们将继续不倦地磨下去"[39]。这充分表明他对此剧的酷爱。如此磨戏，在其整个戏剧生涯来说，也是罕见的。

综观田汉抗战剧作，我们清楚地看到，其思想性和艺术性都达到了一定高度并获得较好的统一，富于艺术魅力，发挥了很好的战斗作用。但也存在不足之处，如结构欠严谨；有些场面过于神奇，缺乏真实感；地方戏剧个别唱词尚欠锤炼，似有话剧加唱之嫌；与他所塑造的形象生动的知识分子相比较，其他阶层的人物则稍为逊色，人物性格不鲜明，有概念化之毛病。当然，这是有其原因的。正如田汉的自白：

　　我在对日抗战前期有过部队访问的经验，因而我写过农民，写过工人，写过士兵，也写过知识分子，写过话剧工作者和戏曲艺人。当然，对我所熟悉的我能

38.田汉:《新会缘桥》，载《文学创作》1942年第1卷第1期。

39.田汉:《白蛇传》，作家出版社，1955，序第1—2页。

描绘得比较有鼻子、有眼睛，我所不甚熟悉的就不免影影绰绰了。由于要及时反映当前斗争，我常常不能不来"急就章"，对人物性格就顾不到精雕细琢。[40]

在谈到抗战期间他和新中国剧社间的创作、演出关系时，田汉又说：

　　　　我们从来不是轻视技巧的，但我们更多地看重政治任务所在，我们不惜夜以继日地把戏剧突击出来，因此，我们被称为"突击派"……谁不愿把自己的艺术磨得更光呢？[41]

这就清楚地表明了作急就章的客观因素是当时政治斗争的迫切需要，主观原因则是对工农兵还不够熟悉。我们深信，只要时间充裕，再加上进一步深入生活，了解、熟悉工农兵，上述存在的问题是会迎刃而解的，再经琢磨，像田本《白蛇传》那样，是会成为人们公认的范本的。可惜，解放后繁忙的事务工作，特别是不幸被"四人帮"迫害，使他再也不能驰骋剧坛，为中国戏剧宝库留下更多光辉之作，这是我国戏剧史上的巨大损失。

整理研究田汉的戏剧活动、理论及创作，是我们后来者义不容辞的职责。然而，恕我直言，这项工作至今仍未引起足够的重视。比方鉴于种种原因，在目前已出版的多种《中国现代文学史》中，对田汉抗战期间的剧作往往一笔带过。本人撰写此文，希望引起戏剧界、评论界同仁的重视，共同挖掘、整理这块瑰宝，并借此纪念田汉先生一百周年诞辰。

40.田汉：《田汉剧作选》，人民文学出版社，1955，第427—428页。

41.田汉：《他为中国戏剧运动奋斗了一生》，载《戏剧艺术论丛》1980年第三辑。

　　田汉（1898—1968），原名寿昌，笔名陈瑜、首甲、春夫、汉仙、伯鸿、明高、陈哲生等。湖南省长沙县人。早年留学日本，1922年回国后在上海创办南国艺术学院、南国社，从事话剧创作和演出。1930年参加左翼作家联盟。1932年参加中国共产党，任"左翼戏剧家联盟"党团书记、中国共产党上海中央局文化工作委员会委员。在话剧、戏曲音乐、电影等方面进行了大量的工作和创作活动。抗日战争时期，到武汉，在周恩来和郭沫若的直接领导下，担任军事委员会政治部第三厅第六处处长，主管艺术宣传，组织了十个抗敌演剧队、四个抗敌宣传队和一些地方剧团，团结地方戏曲艺人，开展抗日宣传活动。武汉沦陷后，田汉先后在长沙、重庆、桂林等地从事进步戏剧运动。抗战胜利后返上海继续从事戏剧和电影工作。生前任中国剧协主席、中国文联副主席。"文革"初期被迫害致死。田汉为我国新文艺事业奋斗近半个世纪，是中华人民共和国国歌的词作者，在现代文学、话剧、戏团、电影、音乐、文艺评论以及文艺事业的组织管理方面都做出了突出贡献，在国内国际享有广泛的声誉。

蔡楚生

生如海燕舞青天，忽觉繁花落眼前。

疑是桂林春色好，一天风雨正森严。

——蔡楚生

影业昆仑

288

　　1947年的上海，有一部电影空前轰动，连演3个多月，观众达70余万人次，创造了新中国成立前国产影片的票房奇迹，堪称中国电影史上第一部史诗之作，也是中国电影艺术的里程碑。这部电影便是《一江春水向东流》，而这部电影的导演蔡楚生更是被法国电影历史学家乔治·萨杜尔在其著作《世界电影史》中誉为"世界最知名的两百位电影艺术家中唯一的中国人"的电影艺术大师。

　　电影《一江春水向东流》以1931年"九一八"事变后的上海为故事背景，反映进步青年反对日本侵略东北愤而走上街头，开始"共同抗日"的宣传活动。夜校教师张忠良（陶金饰），游说纺织女工们起来抗日，女工素芬（白杨饰）对其激情演说产生了共鸣，遂生爱意并与之结婚。情节沿着两条线索有序展开：一条以张忠良为核心，描述其从一个有志的"抗日英雄"蜕变为寄人篱下、丧尽良知与尊严的豪门快婿；另一条以素芬为核心，描述其家人艰辛困苦的生活，对爱人的期盼与希望破灭后的悲惨故事。结尾描绘两人重逢后的恩恩怨怨，面对背叛负心的丈夫，素芬投江自尽。故事跌宕起伏，动人心魄，至今仍是我国成功反映抗战的影片典范。

　　1937年11月上海沦陷后，蔡楚生转赴香港开展抗战电影工作，与司徒慧敏合作了电影《血溅宝山城》和《游击进行曲》，并独自编导了《孤岛天堂》和《前程万里》两部抗战题材故事片。就在他潜心创作下一部抗日剧本

《南海风云》时，日军占领香港，他于1941年年底离港赴桂林，抱病坚持抗战文化宣传工作，创作五幕大型话剧《自由港》。该剧描写日寇占领香港前后号称自由港的香港的广大居民所遭受的空前劫难，愤怒地控诉了日本侵略者奸淫烧杀的滔天罪行。1944年秋桂林失守，他撤往重庆。抗战胜利后，蔡楚生和阳翰笙、史东山一起，接受周恩来同志的指示，回上海建立进步的电影基地，组建"联华影艺社"，后合并为"昆仑影业公司"，成为战后党所领导的进步电影运动的重要阵地。

虎口脱险

1941年12月25日香港沦陷后，日军开始大肆搜寻在港的文化人士及爱国民主人士。日本文化特务禾久田幸助则在香港所有的电影院打出幻灯片，指名要梅兰芳、蔡楚生、司徒慧敏等知名文化人士到香港半岛酒店的日军战斗司令室报到。名为邀请，实则诱捕。正处危险时刻，蔡楚生不顾自身险情，想到的是友人的安危。他叫夫人打电话通知"正在踌躇不定，进退维谷"的许幸之立即收拾行李赶到他家逃避：

> 第二天，日寇从四面八方包围了九龙的外围地……他匆匆离开九龙到香港……他从香港打电话要我赶快到香港去。对我如何过海做了详细的安排，楚生对我关怀备至，真使我无限感激。[1]

为了帮助留港文化人尽早脱离虎口，临危受命的广东人民抗日游击总队（东江纵队前身），进行了茅盾所称的"抗战以来最伟大的抢救工作"，在当时东江抗日游击区与港九地区之间开辟了海、陆两条主要线路。西线，即陆上交通线，从九龙到荃湾，越过香港最高山大帽山到达元朗，然后渡过深圳河，进入宝安抗日根据地。绝大多数的文化界人士如茅盾、邹韬奋、胡风、范长江、千家驹等都是通过这条线路安全脱险的。

1.许幸之：《难忘楚生助我情》，载中共惠阳地委党史办公室编《东江党史资料汇编》（第三辑），1984。

东线，即水上交通线，从九龙往西贡然后乘船进入内地，转入惠阳抗日根据地。考虑到陆路的关卡多，一些在香港时间长、在国内外都有影响的文化人容易被敌人认出，危险性太大，如蔡楚生、夏衍、司徒慧敏、郁风、金仲华等，再加上个别年老体弱的重点对象如何香凝和柳亚子等，经不起陆路的艰苦跋涉，则安排他们从香港经长洲岛再转乘船到澳门、中山、台山、湛江等地，继而辗转到内地。

1942年1月7日清晨，香港筲箕湾的一条小巷中已有两三行人走动。此时，两位拎着行李的姑娘来到一间已停业的藤店前，谨慎地环顾四周后敲了敲门，一位盲人装束的老者走了出来，他便是乔装打扮后的电影导演蔡楚生。而两名姑娘一位是东江纵队港九独立大队土生土长的香港少女巢湘玲，另一位则是蔡楚生的妻子、中共地下党员陈曼云[2] ——人称"大姑"，早年留日，抗战后赴港，办事干练，被潘汉年特地从廖承志的"八路军驻港办事处"调来从事党的地下情报工作。她俩扮演两姐妹，任务就是护送"舅舅"蔡楚生前往码头，安全撤离香港。他们途经几个岗哨，每次都要停下来接受日军的检查和盘问。为了能安全通过检查，他们故意夹杂在难民群中，由"大家姐"[3]上前应付盘查，"舅舅"则一手拿着个包袱，一手扶着"外甥女"巢湘玲的肩头。趁着"大家姐"与鬼子周旋之机，巢湘玲便掩护"舅舅"从旁混过去，最终顺利地护送蔡楚生安全离港到达目的地。他与夏衍、金仲华、司徒慧敏、金山、王莹等16位同志先后乘船经长洲岛到达澳门[4]，再赴台山等地。众人在海上险象丛生，既要逃避日寇巡逻汽艇的追迫检查，还要应付伪军勒索和"海盗截劫""水尽粮空"的处境，涉险漂泊20多天。

2月4日蔡楚生等抵达柳州，适遇抗敌演剧四队、五队，他们曾看到香港小报说蔡楚生、司徒慧敏都被打死了，正准备举行追悼会呢！翌日，蔡楚生抵达桂林，在火车站受到田汉、洪深等人的热烈欢迎。蔡楚生多才多艺，

2.广东番禺人，与蔡楚生同庚。她平时爱去观看司徒慧敏执导的电影，因之邂逅蔡楚生，两人于1941年喜结连理。1967年6月蒙冤入狱，后获平反，1976年3月去世。

3.粤语，指自己的亲大姐。

4.见巢湘玲回忆录《盲人"舅舅"蔡楚生虎口脱险》。

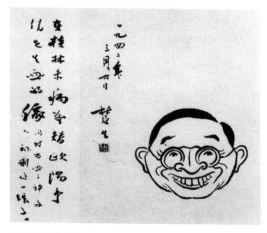

◎蔡楚生、陈曼云伉俪　　　　　　◎蔡楚生在桂林为欧阳予倩画像，1942年3月6日

能诗善画。2月13日在一次欢迎聚会上，他根据逃难经过，即席挥毫画了一幅《黄坤逃难图》（夏衍其时化名黄坤），画毕，田汉题诗，珠联璧合，众皆拍手称快，遂成当年文坛佳话。诗曰：

风云香岛恶，游子只顾返。

昨过蛟龙窟，今遇铁门坎。

疾趋都斛镇，途远日已晚。

衫如孔乙己，须如加拉罕[5]

更如张伯伦[6]，肩挑破洋伞。

眼昏路不熟，心急脚愈懒。

四海正蜩螗，一身余肝胆。

仆仆道路间，惟恐文明斩。

幻作流民图，聊以寄有产。

5.苏联外交家，曾任驻华公使。

6.当年英国首相。

苦难行军

　　蔡楚生当年住在桂林环湖边一间潮湿破旧的屋子里，贫病交加，但他发誓只要不死，就要"永远不知辛劳，也不知困苦地工作下去"。他以顽强的毅力，带病积极参加桂林抗战文化运动。鉴于电影器材缺乏，电影摄制工作无法展开，在热心参加桂林抗战文化运动之余，他只好潜心进行话剧创作。此时，其父与四弟相继病逝，其精神遭受重大打击，加之病魔缠身，举笔维艰，话剧《自由港》初稿便是在近十个月若断若续的血泪交织中勉力写成的。

　　关于蔡父与四弟之死，我手头珍藏有蔡楚生于1942年11月16日和11月19日深夜写给亡父、亡弟的血泪长信《两封无处投递的信件》初版本。[7]作者以饱蘸情感的笔触，描述父亲与四弟病亡过程。1939年6月下旬，日军攻占汕头，家乡沦陷，其父带三弟、四弟赴港投奔蔡楚生共渡难关，目睹蔡楚生捉襟见肘，生活举步维艰，曾在上海谋生的父亲便于是年冬带着四弟再奔上海另找出路，不幸于1942年3月11日病逝。接着四弟也病倒。蔡楚生在获悉四弟"得病讯后，设法筹钱寄药，但交通不便，迟迟未得消息"，"四弟举目无亲，仓惶失措中离开人世"，噩耗传来，痛彻心扉："我们不会忘记这是民族仇恨的一页！"痛定思痛，彻夜难眠，梦见慈父爱弟，往事历历在目——十六年前的冬天，他决定离开汕头"远走高飞"奔赴上海时，父亲虽并不阻止而默认着，

7.蔡楚生：《两封无处投递的信件：〈自由港〉代序》，载《文艺杂志》1944年第3卷第3期。

"然而人性的慈爱，终究使我从您庄严肃穆的脸色上，看到了从不哭泣的眼睛中在泛溢着莹晶的泪光"，临走，刚登上船，没想到父亲牵着刚8岁的四弟来送行，船已远，父亲仍不离开。回忆起当年在家和弟弟于田里踏水车的欢乐景象，往事不堪回首！⋯⋯两封信共约15000字，字字是泪，句句是血，益显蔡楚生的骨肉情谊和对敌人的深仇大恨，遂萌生创作《自由港》剧本之念。

294

《自由港》剧本刚刚完成，蔡楚生尚来不及导演，便因肺病恶化而病倒，后在党组织和桂林文化界发动社会友好济助下才得以住院治疗。关于此时的状况，田汉在1944年2月4日一则日记中这样写道：

> （医院）门外挂着"禁止会客"的牌子。我们正踌躇时，"新中国"[8]的李实中君从门缝里张（望）我们，我们就进去了。楚生面色不佳，痰中仍带血⋯⋯楚生为人狷介而极慷慨好义。他原有三条棉被。一条送给李青去了。因为他们夫妇俩外加两个孩子，却连一条棉被也没有。另一条给了他兄弟⋯⋯我听说楚生吐血赶去看他那天，天气那么冷，他却只拥着一铺薄被躺在没有垫褥的竹床上。这就是许多优秀电影作品的导演蔡楚生氏的运命！我实在不能不替中国艺术工作者洒一把热泪。[9]

处境虽然如此恶劣，却丝毫消磨不了蔡楚生那抗战到底的革命斗志，他在病床上写成的一首诗，正是其心境的真实写照：

> 生如海燕舞青天，
> 忽觉繁花落眼前。
> 疑是桂林春色好，
> 一天风雨正森严。

蔡楚生虽不能亲自导演，但他决定将导演权和首演权给予新中国剧社，

8.指桂林的"新中国剧社"。

9.田汉：《二月四日的日记》，载《当代文艺》1944年第1卷第4期。

并将上演税和导演税捐赠给桂林贫病作家做医药费用。

关于蔡楚生此时的境况，曾敏之曾化名寒流在桂林《大公报》上写了一篇《桂林作家群》，提道：

> 《自由港》的作者蔡楚生，自香港归来后，即蛰居文明路友人家。《自由港》修改后，将由艺术馆上演，也许是欲沉默而不可得吧！他又写了《两万五千万人的吼声》，其中泪尽胡尘里的顺民生活情景，不久将给后方人"欣赏"。[10]

蔡楚生带病坚持创作和热心桂林抗战文化运动的可贵精神，博得了桂林文艺界的崇高敬意。在1944年3月19日文协桂林分会第五次会员大会上，他被选举为该会理事。

1944年秋桂林将陷，在紧急疏散声中，蔡楚生拖着疲惫不堪的病体，夹杂在拥挤的人流里，悲惨地逃向贵阳、重庆。沿途人流拥挤、哀鸿遍野，文化城横遭野蛮的践踏。张客事后回忆道：

> 我们看见全国最知名的电影导演蔡楚生被汽车司机踢着打着，强迫着他滚下车来，拖着病弱的身体，吐着浓重的血痰，推那辆超过载重而抛锚的汽车爬过山岭。

蔡楚生在流亡途中，怀着无比悲愤的心情说道：

> 生活是最好的教课（科）书，这话的含义我体会到了，我天天在难民生活的铁流里滚，受到血的教育，这比我在上海十里洋场受的教育不知深刻多少倍！这要拍成电影多么震撼人心！这十万难民象（像）铁锤一样老捣着我的心，我吃不下，睡不安……[11]

10.寒流（曾敏之）：《桂林作家群》，载《大公报》（桂林）1943年9月25日。

11.张客：《难忘的记忆——怀念蔡楚生同志》，载《电影艺术》1979年第6期。

桂
林
！
桂
林
！
——
中
国
文
艺
抗
战

296

◎蔡楚生《两封无处投递的信件——〈自由港〉代序》全文，1942年11月16日、11月19日，载《文艺杂志》1944
年第3卷第3期，作者藏

　　这为期数月横跨湘、桂、黔、蜀数省的惨绝人寰的大流亡——"湘桂大撤退"，成为日后蔡楚生编导《一江春水向东流》的生活源泉和情感体验。

◎湘桂大撤退中的蔡楚生，1944年秋

◎蔡楚生

　　蔡楚生（1906—1968），生于上海。6岁时回故乡广东汕头潮阳读私塾，12岁到汕头一家商店当学徒，23岁离开汕头赴上海从事电影工作，初在华剧影片公司担任临时演员、场记、置景等工作，1931年正式任联华影业公司的编剧、导演，翌年独立完成第一部影片《南国之春》，1933年参加左翼组织"中国电影文化协会"并被选为执行委员会委员，1934年编导影片《渔光曲》轰动影坛，创造了当时中国影片的最高卖座纪录，并获莫斯科电影节"荣誉奖"，实现中国影片获国际奖零的突破，1936年参加发起成立"上海电影界救国会"。全面抗战爆发后参加"上海文化界救亡协会""电影工作人协会"等救亡组织，被选为理事、常务委员，积极从事抗日救亡工作。新中国成立后，先后担任中央电影局艺术委员会主任、电影局副局长、中国电影工作者协会主席和中国文联副主席等职务。1962年至1963年，在繁忙的领导工作之余，仍与陈残云、王为一合作编导电影《南海潮》。该片以1927年广州起义失败到1937年日本侵略华南十年为历史背景，讲述了一个南海渔民家庭的悲情故事。1968年7月15日蔡楚生蒙冤去世，时年62岁。这位毕生为我国电影事业呕心沥血的电影艺术大师，终其一生自编自导或与他人合作的影片共26部，自创电影剧本12个。

艾芜

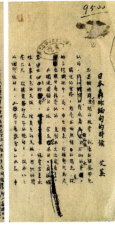

◎艾芜抗战时期在桂林的手稿

须知在那险峻的行军途中，
都有人向你频频回首，
当成祖国故乡一般地眷念。
别了，小屋……
——艾芜之妻蕾嘉诗《湘桂逃难别观音山小屋》

出桂林

　　1944年6月23日，长沙沦陷后的第4天，衡阳发生大火。这场大火令人敏感地联想到1938年武汉失守后不久突然发生的"长沙文夕大火"。当年11月13日凌晨，国民党军队弃守岳阳后，立即纵火焚烧长沙。大火烧了几天几夜，把好端端的一座长沙城毁掉了十之八九，弄得鬼哭神号，惨绝人寰。如今，桂林人乍闻衡阳大火，诚恐悲剧不日也在桂林重演，不寒而栗，人心浮动。

　　6月27日—7月6日，在风声鹤唳之中，桂林开始了第一次大疏散。本来桂林的人口就多达四五十多万，除一部分人沿水路撤往桂东的昭平、黄姚、八步，桂北的融安、罗城之外，大部分都争先恐后地拥到了湘桂铁路上。加之衡阳大火后，更多的难民也顺湘桂铁路奔向桂林。因此，桂林火车站人头涌动，一片大乱。

　　当年桂林《大公报》记者陈凡，就曾在该报上对此作过生动的描述：

　　　　桂林疏散到今天为止，已经开始了四天了。十天的疏散期，差不多已去了一半。到现在，仍是政府在忙乱的（地）催，人民在忙乱的（地）跑。

　　　　许多人费了九牛二虎之力，抢上了车，在车上饿了一天，饿了两天，结果支持不住，还是带着半病的身体疲软地从车上走下来。车究竟开不开？什么时候开？不知道。路局既不贴布告，也不宣布，也是不知道。因此，车站上整天你挤我拥，弄得一塌糊涂，而实际被装走的没有多少人。

但损失却是不少了。本来健全的人，碰伤了，跌坏了。本来健康的人，累坏了，病倒了。只带着几个血汗钱的人，给窃光了。都只剩下一把眼泪⋯⋯[1]

就在这你推我挤的人山人海中，但见一位中年男子，头发凌乱，满脸皱纹，两眼深陷，身材瘦弱，穿着退了色的灰布中山装，在月台上逡巡着。他，就是著名作家艾芜。

艾芜带领妻子 —— 诗人蕾嘉和4个年幼的儿女，数天前曾将行李安放在赴平乐的船上，因人多挤不下，只好改乘火车，但火车照样搭不上。真到了走投无路的地步。

又一辆货车徐徐开过来，艾芜眼睛一亮：啊！终于碰见了一位熟人 ——《广西日报》记者王坪。他正佩戴着一支手枪，腰围一圈子弹，雄赳赳地坐在无顶篷的货车上。艾芜爬上车挨近王坪，问他能不能让孩子们上来坐。王坪面有难色，说此车是广西银行专门运纸币的，不好随便坐。艾芜毕竟是个老实忠厚者，开始他确实感到若与纸币同车，必有瓜田李下之嫌，还是以避忌为妙。但为了孩子们，他还是鼓足勇气，再次恳求王坪通融。王坪表示理解，有所松动，便向旁边的另一位报社记者商量。不料这位艾芜也认识的记者先生，却冷漠无情地说："不行，我们要睡觉的！"

艾芜见大难临头，人情竟如此淡薄，伤心至极，只好返回月台原处找妻儿们。途中，偶遇著名出版家赵家璧携幼扶老，也正为搭不上车而发愁。出于无奈，赵家璧打算出一千元高价雇请一辆板车，将行李和小孩抢运到前面的二塘站，再从二塘上车。艾芜用手摸摸口袋里仅有的两千元，这是临离开桂林时邵荃麟代表组织送他的救济款。路途迢迢，他舍不得花。但为了及早逃难，咬咬牙，狠狠心，他也想以千元高价雇请板车。后来又听说到了二塘后，当天未必能搭上火车，怕要在那里住旅店过夜，这样既花钱又折腾，艾

1.陈凡：《空言与现实》，载《一个记者的经历》，广东人民出版社，1985，第18页。

芜这才慢慢冷静下来。正当艾芜在月台上彷徨之际，忽见作家司马文森朝他走过来。司马文森当时在桂林汉民中学任教。他生性豪爽，古道热肠，知道艾芜一家无法搭上火车后，便立即为他们寻找座位，动员他的学生袁洪锋、黄少梅等三四人，在十分挤迫的情况下，腾出自己的位置，齐心协力帮艾芜一家挤上火车。

这是运钢轨的平板车，无顶篷，也无板壁，周围没什么遮拦，人只能坐在钢轨上，又难受又危险。随着列车轰隆轰隆有节奏地前进，孩子们很快便呼呼入睡了。疲惫不堪的艾芜，振作起精神照管孩子们，有时也难免睡意蒙眬。他突然醒来，发现孩子们东倒西歪的睡姿，不禁吓出一身冷汗，担心他们会掉下车去。艾芜就这样惴惴不安地坐到了黄冕车站。他觉得这样乘车太冒险了，于是举家下车。此刻，已是晚间9点钟了，卖茶水和卖饭的小贩，都已挑起担子离开车站回家去了。孤零零的两三间旅馆，也远在江边上。黄冕的街道，对旅客似乎较为安全，却在江的对岸，夜晚封船，无法叫到渡船过河。艾芜一家只好在车站候车室里过夜。

车站的候车室，大门彻夜敞开着，人们进进出出，有的席地而坐，有的睡在长板凳上。室内没有灯光，仅靠侧面一扇半开的门，把隔壁车站办公室的微弱灯光漏射进来，人影依稀可辨。艾芜庆幸暂时有个栖身之处，但又

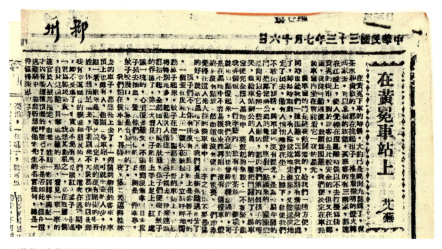

◎艾芜《在黄冕车站上》，载1944年7月16日《柳州日报》

感到不大安全，生怕被人打劫，眼睁睁地守着行李不敢睡。小女继珊身体不舒服，啼哭不止，惹恼了车站办公人员，咣的一声，把门一关，候车室一片漆黑。蕾嘉在黑暗中摸索着从行李筐取出半瓶茶油、一个碟子，想做一盏油灯，但又没有灯芯草，只好作罢。由于过度劳累，孩子们很快便呼呼入睡，有的伏在被包上，有的歪在皮箱上。

四周皆田野，蚊子奇多。起初，艾芜夫妇轮流用扇子替孩子们赶蚊子，但扇着扇着，也打起盹来。成群的蚊子俨若轰炸机，轮番在孩子们的嫩脸上狂轰滥炸。翌晨醒来，只见孩子们个个满脸红肿，艾芜心极难受，但转念一想，儿女们虽受蚊叮，遭皮肉之苦，但总比被日本鬼子抓去为他们的伤兵输血幸运，于是内心便稍微宽慰。

一列开往柳州的客车驶过来了，每节车厢密密麻麻地塞满了人，连车厢顶上也坐满了人。车厢底下，所有车轮之间的铁杆上都搭着一块木板或几根竹竿，再用绳子在两头扎一扎，人就趴到上面去。虽然极为危险，但也挤满了人。车站的人根本无法上车。艾芜站着发愁，偶然瞥见头等与二等车厢里人却出奇地少，这些人衣冠楚楚，正在悠闲地饮茶谈笑，全不像逃难中人。他带着一线希望跑上前去，仔细一看，车厢上竟贴着"高等法院包厢，他人不得搭乘"的条子。车厢过道口还有武装车警把守着。艾芜心知休想挤进去，便感慨万端地掉头返回。

又一列火车从桂林方向开过来，车头插着随风飘舞的旗子，里面坐满了伤兵。"伤兵列车"在黄冕车站停下来时，已是下午2点多了，伤兵们饥肠辘辘。重伤者躺在车厢里不能动弹，轻伤者缓慢地走下车来，走向卖饮食的小摊贩。他们讨价还价，同小贩争得面红耳赤，有的甚至动手打人，抢吃霸王饭。

艾芜带着女儿珍妮、儿子继泽，乘伤兵下车之机，就近走向一节敞开车门的车厢。他指着孩子，恳求躺着的伤兵让他们上车。伤兵们置之不理。后来有两个四川籍伤兵听出艾芜的老乡口音，可怜艾芜一家的遭遇，便挤一挤，腾出点位置让艾芜一家上了车。

艾芜同四川籍的伤兵聊起家乡的情况，大家很快便融洽起来。从交谈中艾芜知道其中有好些人是自1939年从成都郊区农村应征入伍的。他们曾经无数次同日本鬼子浴血战斗，为保卫祖国屡立战功，是当年一大批入伍者中的幸存者。但他们受伤得不到及时治疗，有的伤口已长出蛆来，还备受饥饿的煎熬，常常是一天只吃一餐。有个病倒的士兵，伸出颤抖的手小声地请求艾芜："给我点子钱吧！"艾芜听完伤兵们的诉苦，又看着被雨水和煤灰搞得又湿又脏的车厢里躺着的面黄肌瘦的伤兵，对伤兵们肃然起敬之余，颇觉可怜。后来，他特地写下《搭伤兵列车》[2]，文中为他们的处境愤愤不平：

> 他们不是有饷的么？我们后方的城市，这次不是几千几万地捐给他们么？为什么一离开战场，竟就穷到这田地？

下午4点钟，伤兵列车离开黄冕，一直闷在车里的孩子们，这才由烦躁转为平静。车轮与铁轨咔嚓咔嚓有节奏的摩擦声，像催眠曲般，很快就使孩子们沉入了梦乡。艾芜望着熟睡了的妻孥，心潮起伏，毫无睡意。无顶篷的车厢，正好让站着的艾芜露出一个头，举目四望夕阳西照中的平原景色。他一手扶住车厢的铁壁，一手叉在腰上，良久站立。

去鹿寨雒容途中，田野平坦宽阔。那种北方才能见到的牛车，也在这里出现，牛车由两三头水牛拖着，慢吞吞地行走在烂泥路上。赶车的人骑在牛背上，挥动着鞭子。田地里的禾苗长得茁壮茂盛，有的已抽出稻穗来，预示将是个丰收年景。

艾芜深刻地体会到，在战争年代里，粮食至关重要，它不仅是人民赖以生存的必需品，而且是支援前线战士抗击敌人的保证。这几年来正是由于粮食奇缺，所以粮价暴涨，民不聊生。前方的战士也常常勒紧裤腰带作战，影响了作战情绪。因此，他认为所谓"以空间换时间"的口号不宜再提倡了。尤其是秋收将到，更应该坚守领土，保住空间，不让敌人劫掠粮食，断我给养。然而，国民党军队兵败如山倒，节节溃退。眼看着这和平丰饶的原野顷

---

2. 艾芜：《搭伤兵列车》，载《艺文志》1945年。

刻间就将横遭日寇蹂躏，艾芜心如刀绞，悲愤交加。

傍晚车过雒容，刚一停站，便拥来了一群穿着入时的青年男女。他们并非来搭车，而是听说伤兵列车路过，特来看看，以满足他们的好奇心。伤兵们面对这帮人那观看西洋镜般的怪异眼光、悠闲的举止，深感厌恶，有的甚至破口大骂。艾芜见状，心头又袭上一阵悲哀。国难当头，这帮青年人真是麻木不仁，可悲可鄙！此事若发生在欧洲，此刻该是有人前来献花、献食品。深夜11时许，火车抵达柳州北站。伤兵得在车上过夜，等到明天才能住进柳州医院。艾芜全家只好匆匆下车。下车前，艾芜十分同情伤兵的贫困境遇，又出于对那两位让位伤兵的感恩，暗中悄悄塞了一百三十多元小费给他俩。他俩也没推辞，爽快地收下，并把孩子和行李帮艾芜递下车，彼此客气道别。

火车没有直接停在北站上，而是停在离北站半里多路远的岔道上。艾芜便让妻子留下照应睡熟了的孩子们和行李，独自到车站找搬运工。夜深找不到人，站外的黄包车夫又不准进入站内，艾芜只好自己动手搬行李。

艾芜把路程分成好几段，每几十米为一段。他把行李挑到前面一段后，便让睡眼惺忪的大女儿珍妮坐在行李上守着，自己再回头搬第二次。年仅8岁的珍妮，又困又怕，但还是乖乖地守着行李。艾芜像蚂蚁搬山似的，吃力地来回奔忙着，汗流浃背。直到午夜时分，总算把行李和睡着的孩子们搬出站口，叫了辆黄包车，拖起一家人直奔龙城中学。艾芜坐在车上，抱着两个熟睡了的孩子，疲乏得昏昏欲睡。但他终是强忍着睡意，抖擞精神坚持到底。

◎艾芜《逃难杂感——赴柳州途中》，载《贵州日报》1945年4月9日

困龙城

　　深更半夜，万籁俱寂。艾芜一家停在龙城中学门口。艾芜多次想举手敲门，又诚恐他们这些不速之客惹人讨厌，因此犹豫不决。回头瞥见横七竖八睡倒在行李堆上的孩子们和那怀抱小女继珊打盹的妻子，艾芜实不忍心大家如此狼狈不堪露宿门口，便鼓足勇气，边喊边敲门。校门终于打开了，门警探出头来惊异地盯着艾芜一家。艾芜说明来意后，便将朋友开给他的介绍信交给门警，再由门警交由传达去找校长。

　　不一会儿，传达返回说校长不认识此人。艾芜后悔没有向朋友询问清楚这收信人的具体情况，无话可说，只好另找住宿。艾芜想雇黄包车把一家人拉出去寻租旅馆，但黄包车已无影无踪。学校远离市区，周围是蛙声四起的池塘和一些零零落落的民宅。艾芜一家又陷入了进退维谷的困境中。迫于无奈，艾芜只得恳求门警让一家人在会客室里暂歇一宿。幸得允诺，门警还送来一壶冷开水给大家解渴。艾芜急急打开被盖，铺在泥地上。大家顾不上群蚊猛咬，倒头大睡。

　　翌晨醒来，艾芜觉得手脸发痒，再看看孩子们，个个的脸上和手脚上蚊迹斑斑。他十分难过，匆忙收拾行李，准备搬到旅馆去住。刚出校门口，恰巧碰上著名作家周钢鸣的太太（作家黄庆云）一早牵着孩子出来玩。一问之下，才知道他们是三天前随新中国剧社离开桂林，搬来龙城中学住的。经周钢鸣太太的帮助，艾芜终于找到了桂林朋友介绍的人——龙城中学新任教师黄谷隆[3]，一家重新住进龙城中学。

位于柳侯祠隔壁的龙城中学是中共柳州地下党特别支部的所在地，有不少中共地下党员在此任教。大部分湘桂逃难的文化人被安排在此栖身。一间低矮的空教室里，挤住着艾芜等好几家人，睡床是用课桌暂时拼排起来的，窗户没安装玻璃，仅钉几根木条子，又没蚊帐，挡不住蚊子的猖獗袭击。

艾芜一家刚住下不久，孩子们便相继发烧，其中尤为严重的是5岁的小男孩继泽。继泽连续几天发高烧，昏昏迷迷躺在床上，急坏了艾芜夫妇。无钱请医生治病，只好照土办法，用手搓烂苦瓜，连汁带叶贴在孩子额头上。蕾嘉忙于照料孩子，家务杂事自然落在艾芜身上。最麻烦的是一日三餐。教室里没有厨房，几家人只能轮流到黄谷隆老师家煮饭。艾芜每次煮完饭便用竹篮提着回教室里吃，吃完再轮流到黄谷隆的厨房洗刷食具。有时还得分管孩子，颇耗精力。

艾芜身上仅有的一点钱很快花光了，捉襟见肘。孩子们常常饥一顿饱一餐，有时饿得实在太难受了，便牵着艾芜的衣角，可怜巴巴地喊道："爸爸，我饿呀，快去煮饭吧！"无钱买米，怎能煮饭？艾芜耐心安慰孩子一番后，便争分夺秒伏案写稿，以换几个买米钱。有时，稿费无法接上，艾芜只好取出几本心爱的书，挑出几件旧衣，装在竹篮子里，厚颜上街摆地摊。陌生人瞧见他一袭破旧衣，满头乱发，满脸皱纹，十之八九会误认他为路边乞丐。

艾芜每次进出龙城中学，都以崇敬的目光注视着隔壁的柳侯祠。作为一个有抱负的政治家，柳宗元身处逆境，被贬到蛮荒之地柳州任刺史，但他仍大胆革新，为民众做了大量好事，功标青史，永为历代人所怀念景仰。然而，作为著名的诗人，他却是多么不得志！"岭树重遮千里目，江流曲似九回肠"，柳宗元当年在柳州抒写的名诗，也成为今日艾芜的内心独白，令人扼腕叹息。蕾嘉是20世纪30年代在上海初露词锋的诗人，抗战以来，因家务缠身，无暇动笔。湘桂大撤退至今短暂的日子里，她已尝够了颠沛流离的滋味。惆怅之余，困在龙城中学教室里，她重拾旧好，写下了一首新诗——

3.黄谷隆，即民俗学者、诗人薛汕。关于后者请参考本书"薛汕"篇。

《湘桂逃难别观音山小屋》：

别了，
小屋！
我轻轻地走出，
我重重地叹息。

你是那样沉默，
我也故作镇静。

你不是高堂，
你也不是华屋，
你只有薄薄的几片明瓦，
透过蓝天，
你只有方方的几扇窗，
照进了太阳。
你朴实地盖在坡上，
你优雅地靠在岭旁。

我曾亲手为你扦过竹篱，
我曾亲手为你刷过粉墙，
我也曾亲手为你栽起新竹，
我也曾为你点缀起，
番茄的红，蔬菜的绿。

向日葵金色的盘，
也终日陪在你的身边。

你也以你的温暖，
使我度过抗战艰辛的时光，
孩子们也在你的庇荫下，
一个个都抽芽成长。

一声紧急令——"疏散"！
惊雷一样的"疏散"，
闪电一样的紧张，
洪水一样的逃亡。
你是那样的茫然，
我也失了主张。

我想把你托付给邻人，
邻人也和我们一样的张惶，
我想托付给过客，
过客也都惊疑万端，
到处都是狂风啊，
随地都是猛浪。

唉，我的故乡已经沦陷，
祖国也已经残破不堪，
小屋啊，
让我向你说声
再见！
于今我与我的幼孩们，
将远离你的护卫。
小屋啊，
你不要为那暂时的孤苦

感到寂寞，

也不要为那暂时的事情

感到惨伤，

须知在那险峻的行军途中，

都有人向你频频回首，

当成祖国故乡一般地眷念。

别了，小屋……

蕾嘉的诗很快在桂林《大公晚报》上发表，熟悉芜艾夫妇的朋友们，都为蕾嘉重返诗坛而高兴，都说她诗情横溢，不减当年。

艾芜的窘境，遂引起桂林舆论界的关注。桂林《大公报》记者曾敏之在《流徙中文艺工作者》[4]一文中写道：

> 夹着作品逃难的还有艾芜。这位只问耕耘不问收获的作家，最近在柳州已陷入穷运，妻儿几口嗷嗷待哺。在逃难中不仅尝尽酸辛，同时也遭受了"友情"的轻蔑，他最近以愤懑的笔触写了一篇逃难的文章，叙述他抢车时，受到一位有车可乘的友人拒绝的经过。柳州非久留之地，他决心要在短期内离开，想回到他十多年未回的川中去，可是千里风烟行路难，妻弱子幼，囊少川资，要走也走不动，《飘泊杂记》的续篇，将在这次涕泪满途抑制激动的心情下，来执笔罢？

艾芜一家在柳州逗留了四十多天后，本想等待局势好转后折回桂林，但等来的却是衡阳失陷，桂林告急的坏消息。他只好又携全家人挤上开往贵州的火车。

◎蕾嘉学士照，1933年

4.曾敏之：《流徙中文艺工作者》，载《大公报》(桂林)1944年8月5日。

　　火车从柳州开出时，车上已相当拥挤，艾芜一家好容易才挤坐在车中过道的行李上。到了金城江，又陆续挤上一些人，其中有一位中年商人，头戴上好的灰青色呢帽，身着崭新的香云纱衫裤，手提洁白的小包袱，满面红光，颐指气使。他强占一个木工的座位还要动手打人，用40元买饭菜却又骗走小贩80元的碗碟。

　　艾芜面对奸商市侩的胡作非为，深恶痛绝，特写了题为《黔桂车上》的散文，对其唯利是图、横行霸道的丑恶嘴脸作了入木三分的刻画。

入黔南

是晚10点30分，火车在离贵州独山二三十里远的小站停下。月台很小，灯光微弱，附近只有两三间小土屋。四周是黑沉沉的荒野。艾芜久闻贵州地处僻远，匪患不绝，此时忐忑不安。

忽然，远处半山腰有五六点连成一行的火光在慢慢移动着。大家都被这神秘莫测的火光惊吓。艾芜也有点恐慌，格外留神。好在火光逐渐远去，只是虚惊一场。

不久，火车又开动了。抵达独山已是午夜时光。本来，艾芜一向对陌生的城市都有新鲜感，但对于被柳州的朋友称为"毒山"的这个地方，却忧心忡忡，时时警觉。

艾芜人生地不熟，他吸取了前次半夜在柳州车站的教训，不想贸然入市内找旅馆住宿，而和其他难民一样，把行李摊开在离部队骡马不远的月台侧边上。安顿好小孩子睡觉后，他又手撑雨伞，为孩子们挡住冷雨。极度疲惫，使艾芜也没精打采，昏昏然倒地熟睡。

独山，是黔南的一个重要市镇。抗战后期，竟成为西南交通要冲之一。这里虽有街道以及民居、庙宇、祠堂、牌坊、会馆之类旧建筑物，还有新中国旅行社开设的招待所、火车站客舍等新设施，但由于难民麇集，不得不在周围又搭起一批临时草棚。这里厕所奇缺，人们随处大小便，臭气熏人。道路残破不堪，一场雨下来，到处都是烂泥潭，有的深可没胫。当地人只好穿上笨重的木屐，以猪皮做面，木料做底，屐齿有三四寸之高，否则寸步难移。晚上睡觉，臭虫、老鼠肆虐，百病丛生。

对湘桂撤退下来的难民而言，能安全到独山，实属万幸，但如此脏乱不堪之地，却无法久留。艾芜成天疲于奔命，设法弄车，以期尽早离开。当时，黔桂铁路虽已筑至都匀，但独山、都匀段并未正式通车，汽车便成了唯一的交通工具，待价而沽，从独山到贵阳，一条"黄鱼"要价1万多至2万元。这对艾芜一家来说，确是个天文数字，谈何容易！再次陷入绝境的艾芜，幸得三户图书社朋友的帮助，搭上了开往贵阳的汽车。

在贵阳，艾芜一家住进了接待文化人的小旅社。艾芜阮囊羞涩，急于入川，天天四处联系车辆。有一天，艾芜不在，他的小女继珊腹泻不止，脸色骤变，浑身抽搐。这突然的病态，把蕾嘉吓得呆若木鸡，束手无策。待神情稍镇定之后，她嘱咐珍妮看管好弟妹，怀抱继珊直奔医院。

蕾嘉给小女喂完中药后，病情仍不见好转，心急如焚。适逢一位慕名前来拜访艾芜的文学爱好者热情地带领她母女到其单位的卫生所治病。医生嘱吃"大健黄"。此药价贵，为了医好女儿，艾芜只得又典卖最后一点书物，终于把女儿的病治愈。

贵阳，虽说是贵州的省府，但处"地无三尺平，天无三日晴，人无三分银"的偏僻地带，并不发达。湘桂大撤退之后，难民如潮，达官贵人云集，使其畸形繁荣。一边是纸醉金迷，一边是贫病交加。如艾芜之类的逃难文化人，新来乍到，举目无亲，钱尽粮绝，苦不堪言。他们忍饥挨饿，更没钱买月饼糖果，瑟瑟缩缩地挤在摇摇欲塌的旅社床铺上，黯然无声地度过中秋之夜。

就在艾芜再次濒临绝境之际，碰上了住在同一旅社里的一位操四川口音、戴眼镜、身材瘦小的青年，他就是李亚群同志，当年中共南方局协助湘桂文化人逃难的负责人之一。他了解到艾芜的艰难处境后，即代表党组织交5000元给艾芜，以解燃眉之急，让艾芜得以在贵阳度过较为安定的半个月。

1944年9月11日晚，艾芜一家住宿在沙河资源委员会贵阳区运务处的礼堂内。翌日正午，经朋友介绍，乘上该运务处装运湖南产黑铅的卡车，驶向重庆。

一路上，时晴时雨，寒风刺骨。到了三桥，因持有西南公路局局长签发的通行证，才通过宪兵的检查。这时，检查站又介绍数名难民上车，其中有一对自衡阳逃难来的夫妇，他们携带的行李已差不多卖光了。那女的怀抱未满月的婴儿，头部勒着布帕。那男的张伞为其御风。两人轮流用一个小碗吃饭，一副狼狈相，艾芜目不忍睹。

314

下午，车停扎佐，此地离贵阳约四十公里。夜宿小旅馆。主人招待固然周到，但臭虫奇多，夜不能寝。艾芜夫妇只好半夜秉灯捉臭虫。

9月13日，天刚蒙蒙亮，艾芜一家便早起。打好背包，连同行李送上车后，蕾嘉抱着小女继珊坐在司机位侧，艾芜则带三儿女坐在车厢里。车刚启动，便下起瓢泼大雨。沿途风雨从篾篷洞飘入，孩子们冷得直打哆嗦。艾芜急打开雨伞，为他们遮风挡雨。

车速加快，山路崎岖，十分颠簸。车内油烟弥漫，其味难闻。同车一位女人哇哇直吐。艾芜夜晚睡不好，头昏脑涨，肠胃又不舒服，一见车上狼藉的呕吐物，也想呕吐。他一手怀抱二女继玳，儿子继泽靠在他腿上睡着了，大女珍妮又偎依在他足下，另一只手又张伞为他们遮挡风雨。为此，他必须格外小心，振作起精神来。

一日正午，经过十二天的颠簸，车抵达遵义，在资源委员会遵义车站停下。司机以汽车机件损坏需要大修为由，抛锚数天。艾芜遂取下行李，带家人住进车站对面的上海旅社。

艾芜在旅社住下之后，立即给在贵阳的朋友、著名戏剧家熊佛西及诗人方敬等写信，告诉他们有关抛锚的事情，希望在贵阳资源委员会运务处做事的友人，能再在车子上替他想办法，让他搭乘离遵义赴重庆。

艾芜一家在遵义一住又是十二天，幸好此处东西较便宜，生活费用不甚高。但因停留时间过久，党组织的赠款也花光了，只好卖掉仅有的一只戒指。为了省钱，他们开始自己动手煮饭，勉强应付三餐。

遵义是个古城，街道广阔，景色宜人，距离重庆不远，难民都以此为赴渝的过站，较少在此停留，故同独山、贵阳等地相比，显得颇为清静安定。晚饭后，艾芜总爱带孩子逛街。当见到有的人家墙和铺板上仍残留着当年红军长征路过此地写下的"打倒日本帝国主义"和"××连住此"之类的墨迹时，他心潮澎湃，夜不能寐。他为自己因家室拖累而未能奔赴延安而懊悔。

9月17日夜，艾芜突发疟疾，病情严重，但他仍记挂着前线战事。次日，他在日记中写道：

> 九月十八日，星期一。夜来发疟疾，来势甚猛，冷得使人发颤，牙齿也互相碰击起来。早晨醒来，头昏且痛，肚子很不好过，觉得的确生病了。饭后睡了好一阵，吃奎宁丸一粒。阅报见全州已失，敌后侵湖南道州，岳家在宁远，即在道县紧邻，恐亦不免要沦陷了。

蕾嘉的老家宁远紧邻道县，道县失陷，宁远也将不保。艾芜痛心国土的沦丧，也担忧亲人要惨遭日寇蹂躏。他诚恐蕾嘉惧怕担心，只好隐忍不说。

朝阳冉冉上升，笼罩着山城的薄雾渐渐消退，遵义显得愈加肃穆苍郁。艾芜一家乘着刚修理好的卡车，恋恋不舍地离开遵义。司机沿路收搭给"黄鱼"的乘客，车里越来越拥挤，艾芜一家苦不堪言。中途，还出现了一场虚惊：一个军官在检查站几个士兵的护送下，拦车强行要将几大件私货随人上车。司机和助手不让，招来士兵一顿毒打。官兵还以私带"黄鱼"之过将车扣下。司机溜之大吉，乘客叫苦不迭。幸好司机助手乘那官兵不备，急将司机寻回，匆忙把车开走。

逃难至此，乱世的人情，艾芜耳闻目睹，不禁吟哦起难民中流传的一首顺口溜：

> 黔桂路上四大怪：
> 坐车不如走路快，
> 行李孩子一挑担，
> 姑娘媳妇论斤卖，
> 官兵更比土匪坏！

◎艾芜《旅途杂记——离开遵义的第一
天》，载1945年5月9日《贵州日报》

9月24日，夕阳西下，汽车开进了贵州省内最后一站——松坎运输站，从这里再爬过一座山，便是四川境内了。大家松了一口气，终于到了老家门口。松坎是个小市镇，位于山谷里边，紧靠着河流，地势险要，住着九十七军的部分队伍。据说他们将要开拔去保卫桂林。

旅馆难找，距车站又远，艾芜全家只好在汽车站附近一家铺户那里租住了一夜。刚住下不久，便觉得奇臭无比。艾芜掌灯仔细一查，原来是卧室紧挨着厕所和猪圈，但因天太晚，行李又难搬，唯有硬着头皮住下去。孩子们对此夜印象殊深，每念及这次长途逃难，便都情不自禁地说："松坎那地方好臭啰！"艾芜虽然在松坎度过极其难受的夜晚，但一念及即将踏上故乡的土地时，他心潮翻滚，欣然命笔，在《松坎停车记》[5]一文中写道：

这个离开十九年便没再踏进过的故乡的土地，眼看就要展现在我的足下，心中更不禁出了一股奇妙的近乎喜悦的感情。

1944年10月，艾芜夫妇带着四个孩子千里迢迢抵达了战时"陪都"重

5.艾芜:《松坎停车记》，载《进修月刊》1945年第1卷第2期。

庆，暂时结束了历时3个多月的颠沛流离的流亡生活。这是一段刻骨铭心的经历，新中国成立后他仍耿耿于怀。他在《艾芜中篇小说集》[6]的序言中又特地提起当年的情景：

> 从桂林逃到重庆，一路上颠沛流离有三个月，两个最小的女孩不能走路，随时得由大人抱着。两个能走路的女孩子和男孩，便守着行李或提着小包袱跟着走。他们有的生疮，有的害病，长期不能得到医治，一想起这些就使我感到心酸。
>
> ……从桂林逃难到重庆的三个月中，困在桂林、柳州、贵阳三个地方，党都在经济上给过我很大的帮助；如果没有党在经济上的救济，一家人很难生活过来的。

6.艾芜：《艾芜中篇小说集》，百花文艺出版社，1980。

四访艾芜记

　　我自小喜爱文学，尤钟情"中国的高尔基"——艾芜的作品，初中时捧读艾芜的短篇小说集《南行记》和《南国之夜》，便被书中我国西南边境的绮丽风光和东南亚各国的奇特异国风情深深吸引，后来又陆续读其长篇小说《百炼成钢》、短篇小说集《南行记续篇》，更为其文学才华所折服，仰慕之情益甚。20世纪70年代末，我从事桂林抗战文化研究，搜集到艾芜抗战时期在桂林的著作和活动资料，深为其对桂林抗战文化运动的卓著贡献和丰硕的文学成果所感动，撰文记之，心想若能目睹其风采该有多好！

初遇

　　1982年12月，我应邀参加"四川省抗战文艺学术讨论会"，在大会闭幕式上，身为中国作协四川分会名誉主席、重庆地区中国抗战文艺研究会名誉会长的艾芜亲临大会作报告。我终于目睹其风采，聆听其教导！翌日，在大会组织者之一的四川社科院文学研究所文天行的陪同下，前往成都红星中路新巷子19号《现代作家》编辑部拜访艾老。

　　12月中旬的成都虽处隆冬，但编辑部内却是花团锦簇，满院春色。艾老神采奕奕地站在庭院中接待我们，并合影，接着和蔼可亲地把我们迎进其居室。房间不大，堆满了书，十分简朴。

我们说明来意后，便很快进入正题。艾老轻声细语，有问必答，除了简单扼要介绍他自1939年1月至1944年6月在桂林的文学创作和文化活动外，还回答了一系列问题。简述如下：

一、关于抗战文艺，艾老认为：

抗战文艺是我国30年代"左联"文艺的继续。其有两个主要内容，一是反映抗战斗争运动；二是反封建，争民主。抗战文艺作品好与坏的标准，要看其是否坚持抗战，是否坚持民主进步。有的人不是按照作品的实际内容来评价，而是以别人的评价来评价。应该依据时代精神。有的作品可能与抗战无关，但在反封建、争民主上可能是有益的，也应肯定。

二、关于文协桂林分会，艾老认为：

1939年7月4日，由中华全国文艺界抗敌协会总会代表姚蓬子等人，与桂林部分文艺工作者，在桂林聚会商讨成立中华全国文艺界抗敌协会桂林分会筹备会。会上我被推选为筹备委员。当时有人想争夺领导权，我便和林林拟好候选人名单，去请示八路军驻桂林办事处主任李克农。李认为分会负责人要让中间人物出任，只要他主张抗战，要求进步便好。根据李的这一指示精神，初步确立了以王鲁彦为首的分会理事名单。而后在当年10月2日选举通过了这份名单。文协桂林分会于翌年3月出版会刊《抗战文艺》（桂刊），我只是编委不是主编。因人力物力不足，仅出一期，后易名《文协》（旬刊）改在《广西日报》出版，艾青主编。王鲁彦是我的挚友，来往密切。他虽贫病交加，但仍热心桂林抗战文化运动，还创办了大型文艺刊物《文艺杂志》。我热心给其投稿，协助其解决些难题，如当原合作的出版单位爽约时，我四处奔走，帮他和三户图书社签了出版合同，使得刊物（1943年第3卷1期）得以继续出版。还和王鲁彦等多次商量如何给其治病。他不幸在桂林大撤退时于桂林病逝（1944年8月21日），我深感悲痛，但因我一家已撤退到了柳州龙城中学，未能到桂林参加追悼会，十分遗憾！到了重庆后，我痛定思痛，撰写了《关于鲁彦的回忆琐记》一文，以示怀念。

三、关于吴奚如[7]等人，艾老认为：

1933年4月，吴奚如接受党的派遣赴上海参加"左联"的大众工作委员会和中央特科工作，当时我也参加"左联"，但彼此尚未谋面。1938年10月武汉大撤退前夕，他奉周恩来之命，以其政治秘书名义代表中共中央长江局先行抵桂筹备八路军桂林办事处事宜，建立新四军驻桂通讯处，暂任办事处主任。此时经中共党员作家周立波的介绍，我终于认识了吴奚如，志趣相投，过从甚密。受其影响，认识观和创作思想发生了较大转变。不久吴回新四军工作，1941年"皖南事变"发生后，吴逃至桂林，我把他安排在家里住了半个月，并找到在《救亡日报》工作的林林，为吴伪造一份证件，吴才得以安全离桂经重庆辗转到达延安。参加延安整风运动好像出了点问题，当时传说他已死，重庆《中央日报》还发文悼念他。1947年起先后在东北总工会、华中师范学院任职，1957年调中国作家协会湖北分会任专业作家。当年在桂林参加抗战文化运动的国际友人有美国的爱泼斯坦、史沫特莱，日本的鹿地亘夫妇，朝鲜的李斗山、金奎光、金昌满等。

而后，我将参加学术研讨会的论文进行修改补充，改写为《艾芜在桂林的文学活动及成就》[8]，指出艾芜在桂林抗战文艺活动中的突出贡献如下：

一、组建中华全国文艺界抗敌协会桂林分会，历任该会一至六届常务理事，负责出版部和研究部工作，并兼抓小说组工作。任劳任怨，一丝不苟。

二、带头撰写战斗檄文，和夏衍、王鲁彦、胡愈之、黄药眠等人的文章合编，以《我们的声讨》《我们声讨汪逆》为题，分别在《救亡日报》《新华日报》上发表，打响了全国文艺界联合讨汪第一炮。

三、对于国民党当局压迫进步文化人的罪行及文化界不良倾向，敢于斗争，

7.吴奚如（1906—1985），我国早期共产党员、政治活动家、现代著名小说作家。1925年参加革命。

8.该文后发表于《南宁师院学报》（哲学社会科学版）1984年第1期。

无情揭露。如在1944年月2月19日，西南剧展和桂林文艺界联欢大会上，他面对国民党中央文化委员会主任委员张道藩，慷慨陈词，抨击国民党当局对出版界不合理的审查制度，批评文艺界脱离抗战的不良倾向，强烈呼吁政府当局应改善书刊审查制度，立即采取措施纠正当前文艺脱离抗战现实，专画花鸟风月之不良倾向。

为推动桂林抗战文艺创作，艾芜做了大量的实际工作：1.先后编过文协桂林分会机关刊物《抗战文艺》（桂刊）、《文协》（旬刊）（《广西日报》副刊）和《桂林晚报》副刊等刊物，为桂林三户图书社主编出版过《文学丛书》，其中有沙汀、穆木天、王西彦、陈翔鹤等当时的代表作。2.十分重视辅导业余作者，培养青年作家，经常为他们上文学写作课、评阅习作。3.在自身经济拮据情况下，仍十分关心并接济叶紫、王鲁彦等贫病老作家。

艾芜在从事大量的社会活动之余，依然争分夺秒勤奋创作，即使"在郊外躲警报时，就是常常带着一把小得可怜的帆布小凳，坐在山边野外，以自己的膝盖作桌，低着头来写作的"[9]。据不完全统计，他在桂林期间，约共创作并发表、出版了20多部专著，其中以小说为主，还有杂文和理论专著，在报刊上发表130篇以上的短篇小说、散文、诗歌和文艺评论。如此丰硕的收获，在我国文学史上是罕见的。在其本人创作史上，桂林时期也是一个值得骄傲的黄金时代，其间的代表作有短篇小说《纺车复活的时候》，长篇小说《落花时节》（《丰饶的原野》第二部）、《故乡》《山野》，从不同的侧面真实描写、反映了民族解放战争的背景下国统区的社会生活和人们的精神面貌，表现了城乡错综复杂的阶级关系。《故乡》《山野》二书虽迟至1947年正式完成出版，但皆创作并连载于桂林时期。前者为艾芜所有长篇巨著中字数最多的一部，共50多万字；后者成就最大，颇受好评，不仅是当时反映抗日战争小说中的佼佼之作，也是"艾芜在新中国成立前创作道路上的一个高峰"[10]，"标志着作者在长篇创作上走上成熟时期"[11]。

艾芜在桂林的文学成就，还突出表现在文学理论的研究上。他积极参加各

9.陈凡：《桂林行旅记》，载《一个记者的经历》，广东人民出版社，1985，第458页。

10.广西社会科学院、广西师范大学主编：《桂林文化城概况》，广西人民出版社，1986，第14页。

11.唐弢、严家炎主编《中国现代文学史》（三），人民文学出版社，1980。

种创作座谈会和文艺理论研讨会，独抒机杼，发表了一批有分量的论文，如《文学创作上的言语运用问题》《鲁迅的创作方法》《论阿Q》《略谈文艺大众化、中国化及民族形式》等，不失为当年桂林文艺理论界颇具影响力的一家之言。而影响最大，论述最全面系统的，当推其在桂林共增订七版的畅销书《文学手册》。这是艾芜从事文学创作以来的经验结晶。他虽自谦是作为"文学入门一类的书"而写成的，但它不仅是作为"文学入门一类的书"而获得初学写作者的热爱，而且也深受专业文学工作者的珍惜、重视，尤其是其中他对文学的看法、学习写作的经验和写作技巧的探讨等论述，仍值得我们今天去认真学习、研究、实践。1981年湖南人民出版社又出版了该书的增订本，又成为热门书。本书从1941年初版至此整整40年，其价值和影响却不因时间的流逝而消失。因此，我认为此书决不能只看作一般的"文学入门书"，而应当作研究艾芜文学创作的重要的理论依据，是抗战时期一部较全面系统的简明文学概论，在我国文学史上应占有一定地位。

再访

1984年10月29日我参加乐山"抗战时期的郭沫若"研讨会后，再次到成都拜访艾芜。在谈到创作时，艾老认为：

> 我虽然早在1927年于仰光《华侨日报》上发表文章，但真正的创作生涯，则始于1931年抵达上海，参加"左联"之后。《南行记》（1935年出版）初版的8篇，系上海所写，由巴金帮编辑出版。后陆续在桂林、重庆、成都再写，1963年再版时收入20多篇。1982年四川出版时又增添到31篇。我一生酷爱写作，早在上海时我便一心一意搞创作，但开始只是为了生存。抗战爆发后，便决心把它当作工作，借以表达自己的思想感情，宣传抗战。到桂林后，生活十分拮据，旁人觉得很苦，但我觉得并不太苦。我记起鲁迅先生的教导，有的作家有了点小名气，便作为敲门砖不创作转而去教书。我下定当专业作家的决心，坚持文艺创作，乐在其中，绝不放弃。开始我和好多进步文化人一起住在施家园，后来搬到离桂林市五公里外疏散区用竹片搭起的房子住。何香凝、叶挺及新西兰人艾黎的工业合作

艾芜主编《抗战文艺》(桂刊),中华全国文
艺界抗敌协会桂林分会1940年出版

艾芜《文学手册》,桂林文化供应社1941年初版

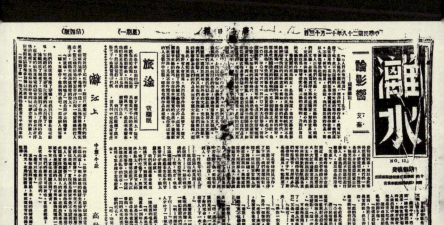

社也在那里。我边写作边开荒种菜补贴家用。有时我爱人生病了，没人帮忙，我便一手抱孩子一手执笔写作。经常到郊外躲敌机空袭时，我便带着一把帆布小凳，坐在山边野外，膝盖当桌低头写作。即使是在逃难途中，也不曾搁笔。我对写作就是这样入了迷，乐此不疲，难怪有人说我是"墨水瓶挂在颈上写作的人"！但当时因出于生活的压力，作品都是边写边发表，来不及认真修改，这不好，以后有空要好好补修一下。我的全集拟出12本，按时间先后，也考虑到题材，已出版了一集，打算后年全部出齐。

此次访问结束后，我在成都欣喜地查阅并复印了艾芜抗战前期的散文集《杂草集》（1940年改进出版社出版），共收入他自淞沪保卫战前夕起至沪杭、湖南、桂林逃难过程中的经历共33篇，弥足珍贵。

三探

1988年11月26日，我应邀参加在四川乐山召开的"郭沫若与中华文化"学术研讨会，惊闻艾芜不慎摔伤住院。会后我即和武汉中南民族学院章绍嗣教授一起去医院看望艾芜。艾老年迈，体弱多病，照理应该借此在医院好好休息，然毕生勤奋的他，哪里闲得住？除了看电视，读报纸，就是读原版莎士比亚著作，撰写回忆录，还关注国家的文艺动态，和文化界保持着联系。与数年前相比，虽说银发稀疏，面容清癯，行动不便，但神采依旧。

四顾

1991年9月17日上午，我赶往艾芜家看望他老人家，恰好他出院回家。阔别数载，乍见之余，惊觉艾老步履蹒跚，行动有些迟钝，不禁心头一紧，十分难受。但转念一想，艾老年已近九旬，对我仍有印象，可见其记忆力还强，实属难得，稍得宽慰。

无情岁月虽然吞噬了他的健康，但丝毫动摇不了他对生活的热爱、勇往直前的探索、坚忍不拔的毅力。就像他常对我所说的教诲："要战胜生活的苦难和诱惑，包括自己的软弱。"他的心态依然显得那么宽厚、从容、平和。我更敬佩其朴实、

◎艾芜（左2）和艾青夫妇（右1、右2）访问深圳，1984年6月3日

325

憨厚、谦虚、平易近人的崇高品格。

　　翌年12月5日，艾老驾鹤西去。两年后，我根据多次对艾老的访问和前后搜集到的资料，撰写了《艾芜：颠沛流离还故乡》[12]，以示纪念。

12. 载杨益群：《湘桂大撤退——抗战时期中国文化人大流亡》，漓江出版社，1999。

◎抗战期间艾芜在桂林

艾芜（1904—1992），原名汤道耕，四川新繁县（今属成都市新都区）人。生于乡村小学教师家庭，自小好学，追求进步。1925年，由于不满守旧的学校教育和反抗封建的包办婚姻，离家出走，在整整五六年里，只身漂泊于我国西南边境和缅甸、马来亚（半岛马来西亚的旧称）、新加坡等地，在社会底层过着自食其力的贫困生活。1931年春因参加缅甸的革命运动，被英帝国主义殖民者遣送回国，自此开始小说创作。1935年以其漂泊生活为题材的短篇小说集《南行记》引起文坛瞩目，开拓了我国现代文学反映社会现实的新领域。此作后来被改编成电影、电视剧热播，被人们视作人生哲学的"教科书"。艾芜生逢乱世，漂泊流徙，艰苦备尝，既磨炼了其蔑视困难，坚忍不拔、勇于挑战的可贵品格，也为其创作提供了极其丰厚的素材。其因传奇人生，被誉为"流浪文豪"。生前为中国文联、中国作协理事，中国作协四川分会、四川省作协名誉主席，中国作家协会顾问。

司马文森

◎林娜(司马文森)《不要看轻自己的武器》,载《救亡日报》1938年1月11日

司马文森是我国现代文学史上一位有影响的归侨作家,也是一位精力充沛的文艺活动家和卓有贡献的外交家。1939年春,他离开了广东韶关,风尘仆仆,辗转来到了西南文化名城桂林,在这里度过了极其艰难的五六个春秋,一直坚持战斗到1944年桂林沦陷前夕。桂林被日寇占领后,他仍留在广西桂北开辟抗日游击区,并以饱蘸情感的笔触和惊人的毅力,创作了一批熠熠生辉的作品,直到抗战胜利,才离开广西到广州。

——作者

革命家是小说家

　　司马文森从小酷爱文学，靠他的勤奋和熟悉生活，很早便从事文学创作。20世纪30年代在上海，他参加"左翼作家联盟"时期，就以"林娜"为笔名在文坛上崭露头角，而他创作生涯最旺盛的年代则是来到桂林之后。这一时期，他风华正茂，精力充沛，加之风雷激荡的伟大抗战斗争生活，为其提供了丰富多彩的创作题材。肩负着民族与时代的重任，他以笔当枪，唤醒民众，奔赴战场。强烈的创作愿望，激越的情感，似咆哮奔腾的扬子江水，一泻千里，难以自控。因此，他在从事大量的社会工作之余，总是争分夺秒，废寝忘食地写呀写，从而被大家公认为这一时期的高产作家。1939年2月至1940年2月，这一年并非其创作高峰年，但他至少也写了13万字的作品。他是一位才华横溢的多面手，诗歌、散文、杂文、报告文学、小说、剧本、文艺评论，均有佳作，尤以小说的成就最为卓著。他的坚忍不拔的毅力和辛勤耕耘，使其取得了创作上空前的大丰收。据不完全统计，桂林短短的五六年间，他便创作发表了100多篇（部）作品，出版了17部散文、报告文学、短篇小说集及中长篇小说、童话故事，堪称他的文学生涯中的极盛时期。他一生中共创作了6部长篇小说、10部中篇小说、5部短篇小说集和6部童话故事集，而桂林时期便创作了长篇小说4部、中篇小说9部、短篇小说集4部、童话故事集5部。其数量之多，不仅在其本人生涯中是空前绝后的，而且在我国现代文学史上也是极为罕见的。

揭露国民党军政机构的腐败，抨击封建恶势力的罪恶，针砭这一切扼杀抗日救国生机的行为，是司马文森小说创作的最大特点。抗战爆发后，司马文森耳闻目睹了国民党的腐败无能，极为反感，尤其是经历过了在国民党军队一段生活之后，对此更为深恶痛绝。他认为"只有使这些卑鄙恶劣的不良现象彻底澄清，才能使我们的抗战更加（和）胜利接近"。因此，他极力"提倡以带有讽刺性、暴露性的短篇小说"[1]。

短篇小说《大时代中的小人物》[2]就是实践其创作主张的头一篇讽刺小说。作品写一位姓章的国民党准尉司书，见别人升官，他发牢骚，也想升官。于是，对上司竭尽阿谀奉承之能事。他气壮如牛，实则胆小如鼠，他鼓励女同事不要害怕，但空袭警报刚响，却头一个跑去躲。当人们把他从树洞里拖出来时，他哼着"这生活我过不下……"，胆也被吓破了，"眼皮往下一盖，便断气了"。小说把一个梦想升官往上爬的庸俗无能之辈讽刺得淋漓尽致，入木三分，初露作者幽默诙谐的讽刺风格，同张天翼的《华威先生》有异曲同工之妙。

如果说像《大时代中的小人物》之类的作品还只停留在对国民党下级军政人员的揭露批判上，那么，中篇小说《南线》[3]则将矛头直指国民党的高级将领，揭露更为深刻，鞭挞更有力。它在《国民公论》发表时，编者特地加上按语，盛赞这是"正面表现南线战史最有系统的一部小说"。司马文森在谈到其创作缘由时也指出，关于表现南线战场已在《粤北散记》和《一个英雄的经历》两个集子中有所反映，"然而都是一些比较零碎的断片"。以后，又写了中篇小说《天才的悲剧》（又名《记尚仲衣教授》），算是"不完全零碎断片的东西"，而现在——

我写《南线》的企图心，比之在写《天才的悲剧》时还要大。过去我
所写的东西，只限于零碎的点线而不是完整的面，换一句话说，就是我只

1.司马文森：《朝低潮走吗》，载《救亡日报》1940年9月3日。

2.司马文森：《大时代中的小人物》，载《国民公论》1939年9月16日第2卷第6期。

3.司马文森：《南线》，载《国民公论》1941年第4卷第11期、第4卷第12期、第5卷第1期。

能做到表现在整个大海中的某一点小浪泡而已，在这儿，我要的已不是那小小的浪泡，我要表现着整个咆哮着的海洋。……在这儿，我企图写下南战场在战事发动初期可悲的溃败原因。[4]

显然，司马文森是打算通过《南线》这部小说，较完整地描写南线战场，从中揭示南线战场乃至整个抗战前期国民党军队节节败退的某一部分内在原因——指挥者的腐朽无能、损公肥私和军纪败坏。小说的主人公是"雄踞南方战线的最高军事负责人徐汉东将军"，他官运亨通，靠其善于钻营和所谓"显赫的战功"升任军长，被委以重任，驻守海防，指挥南线战事。然而，就在驻守海防的一年多里，他却带头大搞走私活动，本是阻止敌人偷袭登陆的海防实际上已成了不设防的港口。日寇乘虚而入，连陷二城，迫近旷州（实指广州）。此时，他落荒先逃，临走前将宪兵司令和警察局长叫来当替死鬼，要他们坚守阵地。不久，旷州失守，整个南线战场兵败如山倒。这个被誉为"常胜将军"的人束手无策，终于成了常败司令，一副狼狈相，"把头低着，面上的皱纹和忧愁，随着战况的恶化增多了"，"常常失眠"。与先前那种耀武扬威、骄横跋扈的神态形成强烈对照，完全暴露其色厉内荏、腐败无能的真面目，也揭示了南线战场败北的不可避免——

> 当敌人已进了城，……士兵们在憩睡中，长官还有许多逗留在他的情妇家里的。当他们听见枪声，喊杀声，刚来得及爬起身，已有大半被围困且缴去武装；仓皇突围而出的，也是残缺不全，不是仅带着枪没带刺刀的，便是只穿裤子没穿上衣，情形是那样的叫人哭笑不得的。战事发展到第二天清早，城市已丢了两个，师部还不知道。当他们知道了，想指挥自己的部队作战，却临时发生了参谋找不到参谋长，参谋长又找不到师长……

4.司马文森：《南线后记》，载《野草》1940年第1卷第4期。

这样腐败无能，不堪一击的军队，居然被冠以"常胜的铁之部队"；而靠这种军队起家的人，则居然被捧为常胜将军，青云直上，"常胜"二字，确是对国民党军队的有力讽刺。应该指出的是，像作者这样敢于对国民党高级将领进行无情的揭露与鞭笞，敢于将国民党军队的腐败无能如此痛快淋漓地公之于众的，这在当时还属绝无仅有的。

上面提到，司马文森写中篇小说《天才的悲剧》[5]，主要是为了指出南线战场乃至整个抗日战场初期失败的某一部分内在原因，但着重于揭露抨击国民党反动派对热心抗日救国的知识分子及其他进步力量的歧视与迫害。这部作品又名《记尚仲衣教授》，基本上是真人真事。尚仲衣出身较富裕，自幼受到严格教育，到美国留学后回国当教授。1938年上半年，尚仲衣教授和一批进步文化人参加了国民党第四战区政治部宣传组，出任上校组长，活跃在韶关翁源一带，满腔热忱地宣传抗日，过着极其艰难的生活。但是，他和同志们的努力不仅没得到国民党反动派的支持和肯定，反而受到了刁难、打击和迫害。他被"遣散"后，不幸覆车身亡。《天才的悲剧》正是通过尚仲衣教授的不幸遭遇，强烈地控诉了国民党反动派迫害进步知识分子的罪行，引起了广大知识分子的共鸣。作品甫一问世，其编者即写信给作者称赞是篇成功之作，南方出版社还特意作了介绍推荐，指出：

全书四万言，在生动流利的字中，洋溢着作者的真挚的感情，是传记文学的一种新型作品，与作者的其他作品相比较，显出另一种风格。[6]

香港文协也曾为之举办了座谈，予以肯定。当然，也有人提出非议，认为它既不像小说、传记，也不像报告文学，但司马文森不以为然，他认为文学形式不是一成不变的，形式考虑得太多容易束缚作者。诚如他在《我怎样写〈尚仲衣教授〉》一文中所云："你想怎样写，才能写得更好一点，你就那

5.这部中篇小说最早发表在《文艺阵地》上，1940年5月由桂林南方出版社出单行本，1947年4月由香港文生出版社再版。

6.载《十日文萃》1940年第1卷第6期。

样写吧。"

短篇小说《回乡》则通过一女青年学生曹碧珍，冲破重重阻力投考广西地方建设干部学校，毕业后满怀希望回乡参加抗日救国工作，但横遭封建地方势力和落后群众偏见的围攻，理想破灭的坎坷遭遇，抨击了封建恶势力对抗战生机的扼杀，塑造了在抗战洪流中报国无门的另一类年轻知识分子的典型。

反映伟大的时代人的精神面貌的变化，表现年轻一代的成长，这是司马文森小说创作的另一特点。短篇小说《路》，写一对青年夫妇分道扬镳的故事。男的叫陈梗，女的叫李芳。李芳是一位有志气有抱负的热血青年。抗战爆发后，她满怀抗战激情参加战地工作队奔赴前线工作，精神焕发，艰苦奋斗。陈梗也有过一股抗战热情，后来却贪恋后方生活，留在国民党某军事机关。他因惯于巴结钻营，平步青云，早已把当初的抗战热情抛到九霄云外。三年后，李芳回来探亲，目睹其生活奢侈，营私舞弊，极为反感，便想离开。陈梗则以物质享受、金钱地位诱惑、挽留她，即遭到其严词斥责："你自己忘记了你应尽的义务，在战士们的骷髅堆上过喝血日子，还要拖人下水。""你以为我是回来给你当装饰品的？笑话，你把我看成怎样的一个人？你现在也许嫌我穿得难看，长得黑，不像个人样，但这并不是一件可耻的事，只有那些悄悄地躲在大后方，在战士们的骷髅堆上养肥自己的人，才是可耻！"言毕即愤然返回前线，继续战斗。这些掷地有声的语言，在当时是很发人深思的。而他们所走的不同道路，更具有一定的现实意义。

中篇小说《宋国宪》[7]写于日本宣布无条件投降不久（1945年9月13日），是司马文森根据其在广西融县和罗城县龙岸一带担任抗日纵队政治部主任时身边一个18岁勤务兵——宋国宪的事迹创作的。宋国宪的经历并不复杂，他念过书，是个独子，决心抗日救国，怕父母反对，便偷偷报名当了志愿兵。不久，桂林沦陷，他慌忙突围，赶到融县加入抗日游击队，当了名勤务兵。但他不安于职守，迫切希望能扛枪上战场杀敌，加上他突围时丢了

---

7. 发表于《文艺生活》（光复版）1941年第1期。

枪，又有点书呆气，被同伴们讥为"傻子"，冷眼相看。他委实过不下去，便离队到乡下去。在一次战斗中，他用柴刀砍死两名鬼子，夺了轻机枪，遂身价高百倍，为村民们所崇敬。接着，又扛着这架机枪重回游击队，屡立战功，被誉为"来自民间的人民英雄"，广为传颂。作品虽以幽默的笔调描写宋国宪的稚气、傻气，哀其不幸，但始终突出其正直善良，有骨气的一面，尤其是他那一心为抗战，爱枪如命的"傻劲"，更令人过目难忘。当他从鬼子手里夺得机枪回到村里时，便有人给一万元高价买他。他说："我为这挺机枪，受过人家多少闲气，不卖，交一百万元也不卖！"当游击队大队长亲自动员他交出机枪支援游击队时，他郑重其事地说："我不能给……一个军人和他的武器，就正如一个人和自己生命一样，我不卖，不给任何人！"游击队后来准备将其晋升为分队长来表彰其战功，他出人意料，不愿意干，而愿当个班长，继续扛机枪参加战斗。《宋国宪》的典型意义就在于它暗示大家：抗战虽胜利了，但斗争并未结束，决不能放下手中枪。

勇于探索，正确表现爱情生活，是司马文森小说创作的又一特点。抗战初期，国统区文坛上曾出现了两种极端，一种是所谓"抗战加恋爱"，另一种是千篇一律充满"冲呀""杀呀"，过分强调抗战内容而忽视艺术性。对进步作家来说，爱情题材却成了禁区，谁敢问津，便会被扣上"与抗战无关"的帽子挨骂。司马文森克服了重重阻力，冲破禁区，连续创作了几部爱情中、长篇小说。

长篇小说《雨季》[8]既是司马文森的头部长篇小说，也是他探索爱情题材的尝试。他写这部长篇，是由于深受一个真实的爱情悲剧的感动，目的是表现"一个真正的人性的觉醒"。青年夫妇孔德明、林慧贞，虽都是知识分子，但由于彼此的家庭出身和爱好各异，他们的结合貌似美满幸福，但"没有共同的认识基础"，"纯粹是建筑在彼此的利害关系上"。林慧贞爱的是孔德明有钱，孔德明则因为林慧贞漂亮，可当"装饰品"。轰轰烈烈的抗战运动唤起了林慧贞强烈的爱国心，她痛下决心改变"像囚犯一样的被

8. 载1941年10月15日至1942年12月15日桂林《文艺生活》第1卷第2期至第3卷第3期，桂林文献出版社出版单行本。

幽禁着"的环境，重新探索新的人生道路，追求新的爱情与幸福。恰在此时，孔德明远行到昆明创办新厂，他的大学同窗好友、广东游击队政工部主任方海生出差来到桂县（上海沦陷后孔德明将纺织厂迁至此），突然出现在林慧贞身旁。他同情林慧贞的处境，向她讲述革命道理，介绍战地生活。林慧贞深受感动之余，爱上了方海生，而且简直爱到了发疯的地步。但方海生拒绝她的爱，不辞而别，返回前线。林慧贞也终于悄然离家出走，离开优越富裕的家和患病的独生子，来到了古岑儿童教养院教唱抗战歌曲，开始了新的战斗生活。故事便这样围绕着孔德明等三者间的矛盾冲突而展开。林慧贞和孔德明爱情的决裂势在必然，林慧贞爱上方海生，表明其敢于追求真正的幸福。林慧贞求爱被拒绝之后，没有倒下来，继续冲破家庭牢笼，投入抗战洪流中去，是其人生道路的一大转折，值得称道。但是，林慧贞对方海生的追求，显得刻毒自私，甚至不择手段，几乎到了失去人性的疯狂地步，则是不足取的。司马文森对她的爱情纠葛的描述，难免有落入俗套之嫌，但决然不同于以往的"三角恋爱"或所谓"抗战加恋爱"。我们看到的是新时代的娜拉，富有反抗精神的新女性。林慧贞不迷恋小家庭，不图享受，不向封建势力低头，毅然投奔新潮流，追求光和热的勇气与精神，鼓舞了广大的知识青年，具有一定的典型意义，被当时评论界誉为"在抗战中觉醒了"，"要求热情，要求高亢而战斗的爱"，"大胆向旧社会向幽囚过多少女性的牢笼宣战"的"青年而贤惠的女性"[9]。小说中的心理描写和细节刻画，也十分动人，相当成功，不过美中不足的是有些情节和对话欠缺推敲，显得冗长拖沓，人物形象的塑造尚欠丰满。尽管这部小说尚有不足之处，但它"对推动人民群众走向团结和斗争，迎接新中国的建立，起了积极作用"，"在同形形色色的反动文学争夺阵地方面做出了贡献"[10]。不少知识青年受了《雨季》的启发教育，冲破重重阻力，走上革命道路。正如野曼在《抹不去的脚印——怀念司马文森同志》[11]一文中所说：

9.载桂林《大公报》1943年9月24日。

10.唐弢、严家炎主编《中国现代文学史》（三），人民文学出版社，1980，第458页。

11.野曼：《抹不去的脚印——怀念司马文森同志》，载《广西文学》1982年第7期。

（这部小说）曾叩动过我青春的心房。当时，我就是在司马的启迪下，怀着在"雨季"中被压抑的感情，写下了组诗《绿色书简》……司马那"倔强的声音"，也曾煽动过我，去追求那隐藏在云层中的阳光。

继《雨季》之后，司马文森再次探索爱情题材，陆续写了中篇爱情小说《希望》和《折翼鸟》。《希望》是他所写的三部既相连又独立的中篇之一（另两部是《战地》《流亡》）。它反映了一个青年剧团在抗战运动中的成长过程。开始，由于爱情纠纷，剧团几乎濒临解散。后来，年轻的文艺工作者经受了艰难磨炼，正确处理了爱情关系，宁愿牺牲个人利益，服从集体的需要，完成他们的战斗任务。这部小说发表后，被出版界誉为"一篇有血有泪的作品"。《折翼鸟》塑造了一个和林慧贞截然相反的典型——虔，小说中她曾同"我"有过一段恋情，后来同茹结婚，茹不幸去世，她带着遗孤想摆脱封建牢笼，向"我"倾诉热烈真挚的爱，但最后还是屈服于家庭和社会舆论的压力。司马文森通过"虔"的爱情悲剧，向封建社会制度及封建礼教提出了强烈的控诉。其思想性和艺术性，较之他抗战前期之作，均渐趋成熟，尤其是后者，更富有感染力。他擅长抒发感情，工于心理刻画，把一个年轻寡妇不堪寂寞、大胆追求新的爱情的热烈心情，写得委婉动人，传神逼真。这部小说被香港的评论界誉为"司马文森的另一个杰作"[12]。

司马文森小说创作题材相当广泛，除上述作品之外，还创作了反映大革命时期斗争生活的长篇小说《夜寒》，于1943年下半年被国民党图书检查机关列为禁书。同年，他创作出版了反映一个残疾青年自学成为画家的经过的长篇小说《人的希望》（原型即漫画家余所亚，参见本书"余所亚"篇），还有充满异国情调的儿童小说《菲菲岛梦游记》和《渔夫和鱼》。中篇小说则有《王英和李俊》《落日》《转形》《湖上的忧郁》等。短篇小说集有《一个英雄的经历》《奇遇》《孤独》等。他还打算写一部约一百万字的长篇，替被人瞧不起的广大"救亡分子""申冤申冤"，人物一百多个，按抗战分期分三部来

12. 东瑞：《司马文森的小说》，载《开卷》（香港）1981年第3期。

写。司马文森称这为"狂妄"的"计划"。至于具体内容，他"打算暂时不宣布，到时自有分解"[13]，该作品后因湘桂大撤退，作者转而参加了游击战争而辍笔。

除了小说，散文、杂文、报告文学也能体现司马文森杰出的文学成就。如这时期创作出版的报告文学集《粤北散记》、散文集《过客》，就是当年桂林出版的同类作品中的佼佼者。请看当时出版界的评价：

> 大家都以为司马先生只是一个小说家，却不知道他同时也是一个优秀的散文作家，他底文章风格的清丽，情感的丰富蓬勃，早已为一般读者所公认。《过客》是他五年来所写的散文作品的总集，里面充满了作者对于现实的热爱和憎恨，刻画出在抗战中各种严肃的和荒淫的身影，可以说是近年来颇为难得的散文作品。[14]

◎司马文森抗战期间在桂林创作的部分著作

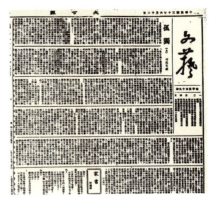

◎司马文森短篇小说《孤独》，载1941年6月16日《大公报》

13.司马文森：《作家生活自述》，载《当代文艺》1944年第1卷第4期。

14.《野草》丛书介绍，1941年9月，转引自魏华龄等主编《桂林抗战文化研究集》，漓江出版社，1992，第465页。

漓江风云

　　春寒料峭，夜幕初降，喜怒参半的司马文森，按照党组织的安排，和画家黄新波[15]等一道抵达桂林，承蒙周钢鸣诸老战友的盛情款待，暂宿太平路《救亡日报》社。乱离重逢，分外兴奋，但乐极生悲，过于喜悦，反倒勾起了对韶关那令人愤慨而又心寒的往事的回忆。广州失守后，满腔热血想执笔为抗日大业奔走呼喊的司马文森，却只好置个人的爱好于党的决定之下，违心地到国民党军队做统战工作，随余汉谋的第四战区长官部（后改由张发奎管辖）迁往韶关翁源等地。司马文森和"抗宣队"等的热心宣传抗日，却招致了张发奎忌恨，成了"眼中钉"，因而监视、讥讽、侮辱接踵而来。最后，空有"少校"官衔的司马文森，终于和当时党组织负责人石辟澜及尚仲衣教授、黄新波等，以"嫌疑重大"之罪名被遣散。他和黄新波来到了风气较民主且抗日的桂系营地桂林，而石辟澜和历经千辛万苦从广州迁移韶关的"抗宣队"同志们，却仍面临着物质和精神上的双重折磨，尚仲衣教授则不幸覆车身亡。追忆往事，缅怀战友，历历在目，彻夜难眠。翌日，征尘未除的司马文森，把悲愤深深揉在心间，雄姿英发，精神抖擞地接受了党组织的新安排，到杨东莼同志出任教育长的广西地方建设干校担任指导员，并驰骋于桂林进步的抗日文化运动中，成为这场如火如荼的斗争热潮的中流砥柱，名标

---

15. 参见本书"黄新波"篇。

青史。

司马文森来到桂林之后，并不是闭门埋头写作，而是"为大局着想，不计较个人利益"[16]，满腔热情地献身于进步的抗战文艺事业，在促进桂林文艺界的团结和推动国统区抗战文化运动的发展上，做了大量的组织、发动工作。他对中华全国文艺界抗敌协会桂林分会（简称"文协桂林分会"）自始至终地大力支持协助，便是其中一例。文协桂林分会是在党的领导下桂林文艺界抗日民族统一战线的战斗团体，在领导桂林文艺界抗日救国和反对国民党反动派消极抗战、积极反共的斗争中发挥了巨大的作用。该会自1939年10月2日成立以后，每年改选一次理事。司马文森连任六届理事会理事，和王鲁彦、巴金、夏衍、田汉等同志一道，积极从事该会的组织领导工作，分别担任出版组、组织部、儿童文学组等部门负责人。该会发起组织的各项活动，他都事无巨细，带头参加。当汪精卫公开投敌叛国时，文协桂林分会曾两次组织作家们分别在《救亡日报》和《新华日报》上发表文章给予声讨。他和夏衍、艾芜等著文愤怒声讨汪逆，打响了全国文艺界讨汪第一炮。他还及时配合分会的布置，利用其主办的刊物《文艺生活》，出版《寄慰苏联战士》专号，发表了《桂林文协电慰苏联人民》《中国诗歌界致苏联人民书》，以及欧阳予倩、邵荃麟、熊佛西、黄药眠、韩北屏、芦荻、张安治、余所亚等著名作家、诗人、画家的文章、诗歌，热情歌颂和声援战斗在反法西斯战争第一线的苏联战友。他代表杨东莼同志参加中苏文化协会桂林分会筹备工作，为加强中苏团结而奔走尽力。为了培养文艺青年，分会办了两期文艺讲习班，他主讲了文艺写作过程研究等课，还以大无畏的英雄气概和出色的斗争艺术，积极参加分会发起的"保障作家合法权益"运动，和茅盾、田汉、胡风等一起被推选为九人领导小组成员，同国民党反动当局压制民主、破坏宣传、出版自由的罪行展开针锋相对的斗争，保障了作家创作自由和合法著作权益。

为了及时引导、推动桂林抗战文艺运动的蓬勃开展，司马文森毫不知倦

16.秦牧：《从血泪童工到革命作家》，载《战地》增刊1978年第2期。

地参加多个进步文艺团体举办的座谈会，如应邀参加戏剧春秋社主持的《国家至上》《包得行》演出座谈会，出席文学创作社熊佛西主持的"战后中国文艺展望"座谈会。1941年桂林乃至整个国统区的抗战文艺运动曾出现过低潮，为了及时总结经验教训，更好推动新的一年的文艺工作，他以文艺生活社的名义，于11月19日主持召开"一九四一年文艺运动的检讨"座谈会，邀请田汉、邵荃麟、艾芜、宋云彬、杜宣、许之乔、孟超、吕复、魏曼青、徐桑楚、胡危舟、伍禾、雷蕾等新老作家和文艺工作者到会，欧阳予倩、熊佛西、葛琴因故缺席。雷蕾将座谈会记录整理，在《文艺生活》上全文发表。司马文森综合与会者的意见，针对这一年文艺刊物纷纷停刊，"作品在量方面减少，质方面贫乏"的局面，总结了八点原因：

（一）作家们在写作时，深感现实主义的困难，所受的限制太多。（二）文化中心转移，大批文艺作家离开原有的文化据点。（三）交通困难，影响到书籍杂志的流通。（四）物价飞涨，生活日以（益）艰难，作家的生活得不到保障，纷纷改行，写作时间自然受了剥削。（五）文艺理论和批评贫乏，作家失却领导。（六）受时局的影响。（七）作家生活逐渐的和现实脱节。（八）市侩主义又在文艺运动中抬头。

接着，他又实事求是地指出文艺低潮中的某些发展，如杂文"非常盛行"，戏剧"相当活跃"，长诗、翻译作品增加，"在内容和表现技巧上，且都有了进步"。最后提出了新的一年文艺运动值得注意的几个问题：

（一）应如何克复（服）主客观的困难。（二）应如何继续展开民族形式问题的论争，并切实实践。（三）应如何建立文艺理论和批评。[17]

以上意见，虽不能誉为完美无缺，也有值得继续讨论之处，但在当时整

---

17. 均引自《文艺生活》1942年第1卷第5期。

个国统区来说，则是独一无二的，既是对1941年国统区抗日文艺运动的回顾、总结，也为新的一年文艺运动指明了方向，而对于今天我们研究这一时期的抗战文艺，无疑也是极为珍贵的参考资料。

对于繁荣儿童文学创作、出版事业，司马文森也是一名热心者。1940年10月下旬他具体负责文协桂林分会出版组、儿童文学组工作后，紧接着在11、12两个月中，先后主持召开了"当前儿童读物之优缺点""儿童文学座谈会""儿童戏剧座谈会""儿童戏剧报告会"等多种形式的会议，对促进桂林儿童文学、戏剧创作演出和儿童读物出版工作，发挥了很好的作用。他还撰文批评轻视儿童文学创作、出版工作的错误倾向。如《夜记》[18]谈道：

> 少年读物的编纂供应问题，现在似乎又重新的引人注意了，……这工作的开始被注意无论做得好与坏，总是一件可喜的事。不过，我们也还不应以它的量的众多为满足，更重要的是要注意它的质，是否已经比从前提高了，能否满足我们少年读者的要求。

他还带头创作了《菲菲岛梦游记》《渔夫和鱼》等一批童话故事，深受少年儿童的喜爱。

司马文森不仅时刻关心文坛的新动向，在理论上认真探索造成国统区抗战文艺运动低潮的原因，为掀起抗战文艺运动新高潮而大造舆论，而且以实际行动力促新潮的到来。正当文艺刊物纷纷停刊，出版业日趋萧条冷落之际，他暂时抑制住强烈的创作冲动，大办文艺刊物，为振兴桂林的出版业而废寝忘食，操劳不息。单是1941年这一年，他便创办了大型的文艺月刊《文艺生活》，并和刘建庵、张安治、胡危舟、马卫之、杨纪、宗建庚、李文钊等发起组织艺术新闻社，编辑出版《艺术新闻》并担任社委。主编出版"文艺生活丛书"以后，还应聘为桂林国光出版社的编辑，编辑出版多种文艺书。《艺术新闻》以报道艺术消息、介绍艺术作品为主，独树一帜。《文艺生

18.司马文森：《夜记》（二则），载《野草》1941年第6期。

活》则是综合性的文艺刊物，发表小说、诗歌、杂文、随笔、剧本和文艺评论，主要撰稿人有郭沫若、欧阳予倩、夏衍、田汉、邵荃麟、艾芜、周钢鸣、穆木天、熊佛西、骆宾基、黄药眠、何其芳、碧野、姚雪垠、林焕平、陈残云、秦似、秦牧、沙汀、王西彦、何家槐、罗荪、柳亚子、孟超、欧阳凡海、许幸之、韩北屏、臧克家、卞之琳、邹荻帆、芦荻、聂绀弩、靳以、曹靖华、焦菊隐、张安治、余所亚等，实力雄厚，几乎包括了全国各地的知名进步作家、艺术家，充分显示了司马文森杰出的组织才干和活动能力。该刊经他苦心编辑，以崭新的面貌展现在读者眼前，深受全国各地读者欢迎，顿使萧条沉寂的桂林出版界增添了生气。在出版条件极为艰难的情况下，该刊坚持按月出版，至1943年8月被国民党广西当局勒令停刊为止，共出了3卷18期，在宣传抗战救国、抨击国民党反动政策的斗争中发挥了巨大作用，是当时全国屈指可数的大型进步文艺期刊。

当时他的生活、创作情况曾引起新闻界的重视，1943年9月25日桂林《大公报》曾以《桂林作家群》为题，报道了他的近况：

> 《文艺生活》奉令停刊后，司马文森的太太又添了一个掌上珠，衡量得失，倒也令他苦笑。他的长篇小说《夜寒》被检扣了。另一个长篇传记文学《画家的一生》初稿完成，在修改中。目前，他厌倦于短篇的写作，生活虽不十分艰难，而当你在街上碰到他时，他那奔忙和不修边幅的样子，你是不能说他生活过得优裕的。

胸襟阔达，善于团结同志，尊重他人劳动成果，关心贫病作家生活疾苦，是司马文森的几大美德，也是其赢得大家莫大信任的原因。他热心辅导、培养文艺青年，尽力扶持他们；对老作家和战友，更是赤诚相见，想他们之所想，急他们之所急。郭沫若50年诞辰，田汉44年诞辰，他都前往热烈祝寿，并在其主办的《文艺生活》上出版纪念特刊。鲁迅逝世三、四、五周年纪念日，桂林均举行大会，他每次都大力支持，积极参加，除在《文艺生活》杂志上出版纪念专辑外，还在会上发表激情奔放的讲话或撰写纪念文章，亲切缅怀、热情歌颂鲁迅的可贵战斗精神，号召大家：

> 要发挥先生韧性的战斗精神，挥起驱魔杖和他们周旋到底，抗战到底！一直到我们民族的自由、解放、独立获得之后！[19]

342

夏衍的名剧《心防》（欧阳予倩导演，由广西艺术馆实验话剧团演出）首演成功，他为之喝彩，应邀出席座谈会。茅盾的新作《霜叶红似二月花》刚问世，他便和留桂作家巴金、田汉、胡仲持、艾芜、端木蕻良、黄药眠、周钢鸣、孟超、林焕平等发起召开座谈会，给予肯定，并联名发一快邮代电[20]给远在重庆的作者深表祝贺。

对于别人的成就，司马文森由衷地高兴；对于战友的困难，他设身处地，关怀备至。1944年夏秋之交湘桂大撤退，桂林火车站拥挤不堪，好车厢给达官贵人霸占了，有顶篷的货车也已堆满了人，连用以载铁轨的光板车也无插足之处。艾芜一家老少东求西托，均无法上车，正陷入穷途末路之际，司马文森见状，立即动员其学生帮艾芜一家抢上了光板车。[21]等送走了战友之后，他匆忙撤离桂林，但一到柳州，却陷入窘境，诚如当时报纸所说：

> 彷徨在柳州的司马文森……挈妇携雏，和艾芜一样的狼狈。文章无地发表，可怜的稿费收入也绝了来源……司马文森向友人诉苦说："设法活下去，成了最迫切的问题，今后行踪，不能预卜。"[22]

此时此地的司马文森一家的苦状可想而知。是年8月底，王鲁彦不幸于

---

19. 司马文森：《三年祭：纪念鲁迅先生》，载《国民公论》1939年第2卷第8期。

20. 是民国时期以快速传递的邮件代替电报的一种公文，邮资大大低于电报的拍发费用。北洋政府时期，为适应就紧迫事务与无法通达电报的僻远地区联系的实际需要，仿照电报格式写成文书交付快速邮递，称为"快邮代电"（即"快速邮件代替电报"之意），简称"代电"。

21. 参见本书"艾芜"篇。

22. 曾敏之：《流徙中文艺工作者》，载《大公报》（桂林）1944年8月5日。

桂林病逝[23]。噩耗传来，司马文森暂置家庭困境于不顾，旋即和邵荃麟、曾敏之、端木蕻良等重聚桂林，刊讣告，写悼文，发起募捐，救助遗孤，筹备追悼会，奔忙不息。他冒险在战火中开完王鲁彦的追悼会，妥善安置遗孤，于桂林沦陷前夕随最后一批人员撤离桂林。

司马文森助人为乐的精神及舍生为友的品质，给人们留下了终生难忘的印象，不少同志回顾当年的战斗生活时都深情地谈到这一点。如夏衍在追忆出版《救亡日报》（桂林）经历时说：

> 我永远不能忘记在极度困难中支持过我们的朋友和同志，而这些朋友和同志中，有不少人，如杨东莼、田汉、司马文森、孟超……都已经在林彪、江青反革命集团的迫害下，永远离开了我们。[24]

去年我们访问艾芜同志时，他也念念不忘当年最苦难时司马文森对他一家的援助。

尤为宝贵的是司马文森那种无限忠于党、忠于人民的革命精神和高尚情操，他处处听从党的召唤，勇挑重担，而置个人生死于度外。皖南事变发生后，桂林空气剧变，风雨如磐，夏衍、范长江、周钢鸣等一大批进步文化人士被迫撤往香港，而司马文森坚决服从党的决定，冒着随时有遭国民党反动派逮捕杀害的危险，留下来承担联系和领导桂林文化系统地下党员的工作。"事情相当忙"，任务"相当沉重"，上级党派来联系的人却又迟迟未到。然而，疾风知劲草，他"无犹豫，无担忧，是共产党员就不怕烈火来考验"[25]，沉着冷静地分析、处理好错综复杂的问题，完满地执行党所交给的任务。后来，当他携妻带女夹杂在逃难人流中来到柳州之后，他考虑的并不是继续往贵州、重庆西撤，而是照样斗争下去。于是，他欣然接受党组织的委派，举家深入桂北山区开辟抗日游击区，出任纵队政治部主任，狠狠打击敌人，直到抗战胜利。

---

23. 参见本书"巴金　鲁彦"篇。

24.《白头记者话当年——记救亡日报之二》，载《新闻研究资料：一九八一年第二辑》，新华出版社，1981。

25. 司马文森：《在桂林的日子》，载《广西日报》1962年10月9日、10月11日、10月13日。

文论如虹

在文艺创作上，司马文森充分显示了他的才华，而在文艺理论方面，同样也表现了其敏锐的洞察力和高超的理论水平。他除了踊跃参加各种文艺座谈会，在会上独抒机杼，发表了一系列切中时弊的见解，还针对某些不良的创作倾向和错误的文艺理论，撰写了一批富有战斗力的理论文章，概括起来，有如下几方面：

一、反对轻视文艺普及工作，主张文艺深入士兵

抗战时期，文艺界曾展开了文艺大众化和民族形式的热烈讨论，有助于"文章下乡""文章入伍"口号的贯彻。但在抗日文艺队伍中，还在不同程度上存在着轻视普及，不愿下乡下部队的现象，尤其是不重视士兵的文化宣传教育工作。司马文森立即写了《把文艺种子传播到战壕、兵营里去》[26]，指出大众是能接受抗战文艺的，直到目前为止，还有大部分人把抗战文艺运动局限在出版文艺杂志的圈子里，还只把它局限在写文章上面。他大声疾呼"抗战的文艺运动也应该成为群众的，打破只编文艺杂志、写文章的圈子，把种子传到各村庄、工场，特别是营房和战壕去，是在师以下部队工作的文艺工

26.载《救亡日报》1939年2月27日。

作者"应尽的义务。在《论"文章人伍"》[27]一文中，他进一步论述了"文章下乡""文章人伍"与文艺大众化之关系，指出抗战以后在文艺界有"文章下乡"和"文章人伍"口号的提出，"这与文艺大众化有不可分离的关系。它是现阶段文艺大众化更进一步、更具体化的表现"。怎样做好"文章人伍"工作，他提出了具体设想：

> 一、彻底纠正一般带兵长官、政工人员对宣传品，尤其是对士兵宣传品的轻视态度，认为是狗皮膏药，说来骗骗人的心理。二、在营以上设立文化输送站，解决战线上运输的困难。三、每战区必须创办小型士兵通俗周报一种。

司马文森如此了解、关心士兵的文化宣传教育工作，这与他曾深入军队做宣传发动工作不无关系。只有熟悉下层士兵的苦衷，掌握了实际情况，才能有的放矢地提出并分析问题。值得提出的是，像他这样理论联系实际，敢为一般士兵说话的文章，在当时还是寥寥可数的。

二、正确评价抗战文艺，强调暴露与讽刺

抗战前期，随着文艺要不要为抗日战争服务论争的展开，文艺界又发生了符合反映抗日的现实生活，要不要暴露黑暗等问题的论争。接着，又鉴于张天翼暴露国民党官吏假抗日的讽刺小说《华威先生》被日本报刊翻译过去，问题的争论再度掀起。大部分进步工作者认为，暴露黑暗问题，是国统区进步文艺面临的一个重要任务，文学创作上仍然需要暴露与讽刺。《华威先生》所代表的暴露黑暗的创作倾向是现实生活的真实反映，与抗日民族统一战线原则并不抵触，不会造成消极影响。但也出现了相反意见，其论调之一，便是认为：

27.司马文森：《论"文章人伍"》，载《救亡日报》1939年11月17日、18日。

在这个真正的生死已到了最后关头的时候，作家们不去写前方，却在写后方；不去写我们的战士如何英勇杀敌，却来暴露自己的弱点。比如什么发国难财啊，某某包庇走私啊，真真是岂有此理。

结论便是抗战文艺在"朝低潮走"。针对这种论点，司马文森痛加驳斥，针锋相对地指出：

在我看来，这不但不是低潮，不是退后，反之却是一个新的发展，从创作上来说已使我们的写作主题更深入和扩大了。从写作技术上来说已进入到能够描写形象，表现正确的地步了，为什么还说是退步？

文学要不要暴露和讽刺，司马文森的回答是：

在彻底执行文艺服务于抗战这一个正确的目标底下，我们不止应该去表现这些有害于当前抗战的不良现象，且应该是每个文艺工作者当前最主要的写作任务。因此在这时，我们不仅要提倡鲁迅风的杂文，且要多多的提倡以带有讽刺性、暴露性的短篇小说，小故事，及短剧等。

关于《华威先生》，他则认为：

张天翼的《华威先生》曾替我们划（画）出了一条新的写作路线……但这还不够，我们还得努力，还得更多方面的去发掘、去表现，须知只有使这些卑鄙恶劣的不良现象彻底澄清，才能使我们的抗战更加（和）胜利接近。[28]

司马文森如此独具慧眼的论述，于当时是无懈可击的，于今也是言之成

28.本页引文均见司马文森：《朝低潮走吗》，载《救亡日报》1940年9月3日。

理、发人深思的。

三、戏剧工作者必须到乡间、前线去，在民众、士兵中生活呼吸

抗战爆发后，戏剧成了宣传抗日救国的轻骑兵，街头剧、活报剧的创作、演出盛极一时，影响很大，但也存在着种种不良倾向，其中最突出的便是怕苦怕累，热衷于在后方大城市中做"学院式的表演"。对此，司马文森作了深刻生动的描绘：

要是某些地方，已经成为，或将成为经济、政治、军事文化中心的话，那么就有许多戏剧或非戏剧团体，凑热闹似的挤到那儿去。当你跑进这些工作者的住所，你第一眼看见的，是大部份（分）工作同志都在忙着，问明了原因，才知道原来是为了"排戏"。接着，他们就会热情的告诉你：这是为了某种纪念或运动，"排"给民众看的！

除此，"应酬主义"的演出也很盛行。针对这种怪现象，司马文森也作了入木三分的揭露抨击，指出：

某些团体喊要到前线去，已经半个月了，好容易找到机会，要到前线去，于是事前先替自己宣传了一番，临走时又发了告别××同胞书，最后慷慨激昂的走了。他们只到离前线还有三四百里的集团军部，或者是军部便不走了，人家招待他们，他们便也软软的留下。他们在那儿开始施展身手了，作着"战地活动"对那些不用宣传的人进行宣传，士兵同志要看戏吗？慢一步来，我们忙着演给官长看。这样一再的作着应酬演出，然后再回到后方来，第二天报纸就登着自己拟好送去的新闻；对市民作报告说，某某工作大队"已从前线工作归来了"！

由于存在着"学院式的表演主义"和"应酬主义"，严重地阻碍了戏剧为抗战服务，"在广大的地区中，有千千万万真正的民众，正在渴望着教育，渴望着宣传，却永远也得不到机会"，"为了民族的生存，为了抗战的辉煌前

途，甚至于为了工作者自己，我们都不能对这错误加以宽容"。为了扭转这些不良倾向，真正发挥戏剧宣传、动员群众，努力为抗战服务的作用，司马文森对戏剧工作者发出强烈呼吁：

> 有千万人在牺牲、流血，以至死亡，我们就不能更牺牲一点，更吃苦一点吗？抗战已转入第二期，我们所需要的是更切实更合实际的工作及其方式，那种表演式的作风时代已经过去了。抗战需要着：戏剧工作者到乡间去，到真正的前线去，在民众中、在士兵中去生活呼吸！[29]

此外，在继承中外古代文学遗产、发展儿童文学创作、文艺工作者的地位作用和战后中国文艺展望等问题上，司马文森也作了一番探索，并阐发了颇有见地的观点。如怎样对待中外文学遗产，他认为：

> 我们不否认世界文学是有许多珍贵的作品，可以给我们借鉴或学习的，特别是苏联、法国。不过我们也不能过于看轻自己，太看轻自己，过分的尊重人家也有危险的。作为一研究者，人家累积下来的遗产固然不能不设法去了解，用功去究讨，对我们自己祖先遗留累积下来的，也不能一概抹杀，整理文学遗产的呼声已叫了许久了，结果也只是喊喊而已。作家说：要建立民族形式必须先对过去的文学遗产来一番清理工作，这是对的，但我希望不要又是喊喊而已。[30]

对于战后中国文艺展望，"司马文森先生虽赞同战后必须加强肃清文盲的工作，但战时的创作自由的限制，却也是不可忽视的阻碍文艺进步的原因"，"战后的作品，我以为不必降低迁就，那时读者的水准自然会慢慢提高"。他不满进步文艺工作者"小的是被看不起，大的就要吃不少冤枉"的社

29.以上引文见司马文森：《散步在宣传圈内》，载《国民公论》1939年第2卷第1期。

30.司马文森：《夜记》（二则），载《野草》1941年第6期。

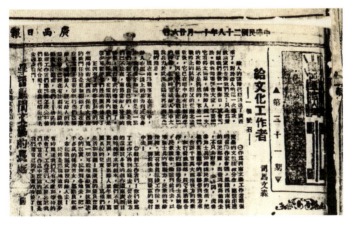

◎司马文森《七七感怀》，载《广西日报》1939年7月6日

◎司马文森《给文化工作者一个号召》，载《广西日报》1939年11月26日

会现状，"非（常）厌恶那些把文化人看成垃圾堆的人"[31]，充分肯定他们在抗战中的地位和作用，强调指出：

> 中国有今日成就，打了六年仗，我们还能在桂林"安居乐业"，四强之一的荣誉也得到了，除了将士的坚（艰）苦奋斗外，就不能不□全沾这批"救亡份（分）子"的光了。而我们那些靠"国难"起家的人，却动不动

31.李文钊、灵珠、宋云彬：《战后中国文艺展望》，载《当代文艺》1941年第1卷第4期。

◎司马文森创办的《文艺生活》，创刊号，1941年9月15日

就把"救亡份（分）子"视为虎狼为鱼肉，这实在是太不公平了。[32]

综上所述，我们可以清楚地看到，司马文森抗战时期在桂林进步文坛上引人注目，卓有成就。桂林之所以能成为当时国统区文化中心，跟司马文森的努力是密不可分的。这是他一生中的黄金时代，奠定了他成为我国有影响的现代作家的基础。可惜正当他大有作为之年，他服从党的需要从事政治外交工作，只能在百忙中抽暇零星写作。不幸的是，司马文森这颗闪烁一时的文坛红星过早陨落了，这不能不说是我国文艺界的一大损失！

32.司马文森:《作家生活自述》，载《当代文艺》1944年第1卷第4期。

妻如文君

　　雷维音（1924—2013），原名雷懿翘，作家，统战、外交工作者。广西融水人，出身于书香门第。就读融水中学时，积极参加学校抗日宣传队，演唱救亡歌曲和演出《放下你的鞭子》等抗战剧目。1938年10月，获时任《救亡日报》采访部主任的作家周钢鸣之助，成为《救亡日报》（桂林版）的通讯员，并到桂林考入欧阳予倩领导的广西省立艺术师资训练班，开始在《救亡日报》上发表文章，还参加桂林抗日文化运动。其间结识周钢鸣的朋友司马文森，受其影响，投身革命事业。1941年初皖南事变发生后，受党组织安排，

◎司马文森、雷维音结婚照，1941年7月

到《柳州日报》任记者，开始以"雷维音"之名发表文章。是年7月，与司马文森结为连理，从此两人成为风雨同舟、相濡以沫的革命伉俪。

雷维音始终是司马文森文化出版事业和统战、外交工作的得力助手。如司马文森创办的《文艺生活》，跨域广（桂、港、穗），时间长（1941—1950），影响大（遍及国统区、港澳、东南亚），系我国当年屈指可数的大型文艺期刊，更是我国现代文化出版史上一颗璀璨明珠，其成功离不开雷维音这位贤内助，她从编辑、校对到联络，事无巨细，持之以恒，并在该刊发表作品。又如，司马文森是位杰出的社会活动家，不论是抗战时期他在负责中共桂林地下党文化支部工作，抑或是解放战争期间任中共香港工委电影工作组组长，还是新中国成立后出任中国驻印尼大使馆文化参赞、中国驻法国大使馆文化参赞等，其大量的统战、外交工作都得到雷维音的大力协助。

1982年底，雷维音离休前在国家对外文委欧洲司供职，专著有《奇异的乡土》《丁玲学习的故事》《春晓》等。离休后应约为有关单位、刊物撰写回

◎雷维音《春晓》，香港学文书店印行，司马小莘供图

◎杨益群、司马小莘等编《司马文森研究资料》

忆司马文森的文章，参与编写司马文森作品选集《彩蝶——新中国外交官的海外散记》《会师新中国的十月》《南线——司马文森抗战纪实文学选》等，更不辞辛苦，到各图书馆查阅有关资料。尤其关心支持《司马文森研究资料》的编写工作。在短短的一年时间里，她便亲笔写信，对此书的编写工作做了及时中肯的指导。在成书过程中，又对书稿作了反复认真的校对。1984年，《司马文森研究资料》定稿，她倾注了大量的心血。

雷维音生前与笔者来往的诸多信件有很多对司马文森经历的回忆，有很好的史料价值，选录于下：

杨益群同志：

由于时间关系，你的材料我只匆匆过目了一下。印象是：《抗战时期司马文森在桂林的文学活动》材料收集较详尽，但是，不确切的地方还是不少，有机会可再核对修正为好。

至于年谱，我想最好是用《司马文森的生平和文学创作活动年表》，可把他的生平与文学活动联系在一起来写，使人看来更完整些。可参看《张天翼研究资料》。

你这份年谱，当然是费了很多力气收集的，可是还很欠缺；特别是他的童年，上海左联时期以及他参加上海"文救会"的许多救亡活动情况。我的印象是年谱从1945年后材料太欠缺了，从抗日战争胜利至整个解放战争期间，他在香港的大量统战、文化活动、创作以及领导香港电影界的工作，是十分繁重的。1952年1月10日凌晨，他被港英当局递解出境，回到华南的广州后，筹备作协广州分会，主编会刊《作品》以及参加中南文联、历届全国文代大会等工作。1955年5月6日调外交部到驻印尼大使馆工作，1962年底轮换回国任对外文委二、三司长，工作期间的对外文化联络工作十分大量。1964年中法建交，1964年夏我们又到驻法大使馆工作至"文革"回国。1968年受到迫害突然离世，这十余年他从事的对外文化交流联络工作活动量大，也极活跃。我们是应较详尽地反映在其生平年谱中的。

如果将来《司马文森的生平和文学创作活动年表》初稿完成后，有机会，即时间较充裕些，我会将我了解的情况尽量补充。

　　匆此，即颂

近安

雷维音

一九九三年十月十三日

杨益群同志：

　　小莘一直忙于查找材料，收获也颇丰。目前看来最缺的还是司马初期创作（即在福建《泉州日报》、厦门的报纸上的作品），我们托福建省委负责同志查找，也没能找到。小莘听说有些材料各地档案馆可能保存，不知你年初赴福建时能否亲自去查找？如你去福建的话。

　　上海左联时期的活动材料，最近我查阅了《左联回忆录》（中国社会科学出版社出版），有一些，你可翻阅一下。

　　上海左联时期的创作，小莘查到了的均已提供给你，你如能托人或赴上海，可查《申报》本埠增刊《新闻报》《晶报》《大美晚报》和《中华日报》的副刊文艺专刊；《申报》副刊《自由谈》及《时事新报》副刊《青光》，小莘在北图查到一些，可能还不全（因报纸缺少不全）；另，当时上海出版的《太白》杂志等。上述报刊当时是左翼作家经常发表作品的。

　　司马同志的老家情况：他的父亲名何恭泽，母郭坠娘，共有兄弟姐妹八人（兄二、姐一、弟二、妹二），因家境贫苦均无法上学受教育，从小就远渡重洋当童工。其父（祖父）均为小贩，以一条扁担挑菜卖菜为生，当时的家境困难可想而知。

　　听李慧珍同志和徐迺翔同志说这本集子原定上半年交稿，年底付印，因而，我的意见最好是现在即动手编写，重点是编写他的传略，他的创作系年目录。如果你确太忙，可否交小莘编写？

　　陈乃刚同志的稿子，你可以作为参考，但是，可不受其约束。因为根据我们收集到的材料看，你将来可以写得更丰富，详尽。你掌握的司马在桂林时期的材料，小莘找到的在上海、香港、广州的材料，都是陈乃刚同志未曾收集到的。小莘收集到的材料也是去年四月应徐迺翔同志建议与陈乃刚合作后才开始收集的。

小莘目前仍能够每周抽两三天时间（连星期天她也用上了）查找材料，可是到十月她的设计工作上马，她就无法再去查找材料了。

为此，我建议，你可否边写边收集材料，争取能于上半年按期交稿。

匆此，并问你一家近好！

雷维音

一九八四年一月廿四日

杨益群同志：

研究集我们仍在补充（小莘已补充了近两万字），从目前情况看，最好的办法是你能抽空来京一趟（哪怕只要一周时间也好），以便能在一起补充、研究和定稿，早日交稿。

如果你实在不能来，我们只好将稿寄给你，这样，来回往返，既耽误时间，也不利于我们对一些问题的研究。因为许多问题靠书信是说不清楚的。

望速回信告能否来京。

祝你

一家安好！工作顺利！

雷维音

一九八四年十一月廿日

杨益群同志：

信悉。原稿即挂号寄去，望争取早日交稿为盼。

对你的提问，答复如下：

一、孙陵[33]所提由夏公发起围攻巴金事，似无根据。司马更是不可能对巴金（包括胡风等）有过"批判"。这是孙陵的胡说。孙是国民党那边的人，在桂林时期进步文化界对他是有戒备的。在桂林我和司马常去看巴金，解放后我们到上海也和巴金见面。前半年巴金在北京，记得有一次在意大利作家访华宴会上（我当时主管欧洲工作，参加了宴会），夏公和巴金坐在一起，还和我交谈，绝无任何隔阂。

二、高士其到桂林时，的确生活十分困难。司马为此是做过安排的。我记不起周邦了，此人现在何处我也不了解。高当时也常到我家（由人推着轮椅）。

三、胡危舟是有他自己的问题的，当时对他，我们也是有戒备的。因为他靠近《扫荡报》，有国民党特务嫌疑。至于野曼文章中有关段落，我也同意可以删去为好。

由于小苹的右手抄写过累，劳损，不能写字，已理疗一个阶段，最近正在康复，因此，信只好由我抽空给你写了。

对你写的"评传"，我们当大力支持，只要力所能及，这是义不容辞的，你别客气。

"研究集"我建议不用我的名字，用司马小苹署名为宜，因为实际上也是小苹在做这方面的工作。她掌握了她父亲生平创作活动等全部资料，除了已整理出来的之外，她脑子里尚储存了大量资料。这本研究集她是花了大量心血和劳动的。

---

33. 孙陵（1914—1983），原名孙虚生，笔名梅陵、虚生等。山东省黄县人，作家、知名编辑。1925年随父母迁徙哈尔滨。1931年九一八事变，经萧军介绍，编《大同报》副刊。1936年冬同杨朔一起在上海创办雁北出版社。全面抗战爆发后，从上海赴武汉，参加郭沫若领导的国民政府军委会政治部第三厅，任郭沫若的机要秘书。1938年4月同臧云远创办大型文学刊物《自由中国》，毛泽东曾为该刊题词。与此同时，孙陵同郭沫若、老舍、阳翰笙等发起成立中华全国文艺界抗敌协会，并在《自由中国》创刊号上发表《中华全国文艺界抗敌协会发起趣旨》。该会成立后，正式提出"文章下乡""文章入伍"的口号。孙陵率先响应，奔赴前线，参加会战，撰写报告文学《突围记》，即《鄂北突围记》等。1938年10月25日武汉沦陷，孙陵随第三厅撤往桂林。1944年秋湘桂大撤退，桂林将陷，他和太太背着孩子徒步跋涉，辗转撤往重庆，为抗战文艺运动做出重要贡献，代表作有长篇小说《大风雪》。抗战胜利后转回上海。1948年12月离沪赴台，其在抗战胜利后至1949年前及去台后的情况不明。而其《我熟识的三十年代作家》（成文出版社，1980年版）一书对郭沫若、田汉、骆宾基、萧军、夏衍、周扬、阳翰笙、臧克家、司马文森、姚雪垠等左翼作家，皆贬多褒少，但有些经历，如其回忆骆宾基与端木蕻良在桂林的过节，还是值得参考的。感谢当事者司马文森夫人对其论加以辨正！

是否还要将稿子寄去给李慧珍定稿（徐迺翔同志说由三家定稿），由你决定。

此复

祝你工作顺利！问你爱人孩子们好。

维音

12月4日草

又及：1.你把我的名字写错了。2.《抗战文艺目录索引》望出版后送一份给我们。

12月5日

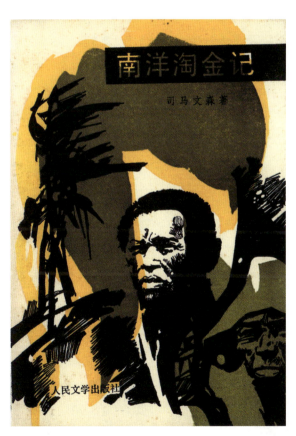

◎雷维音赠作者司马文森著作《南洋淘金记》，人民文学出版社1986年8月出版

抗战时期司马文森在桂林

　　司马文森（1916—1968），福建泉州人。1931年参加"互济会"，1932年参加共青团，任泉州特支委员，1933年参加共产党，任中共泉州第二届特支委员、中共泉州特区委员。1934年参加左联，1937年参加上海文化界救亡协会以及《救亡日报》工作。1938年任广东文学会理事。1939年至1944年任中华全国文艺界抗敌协会桂林分会理事、常务理事。1941年创办《文艺生活》月刊，任中共桂林地下党文化支部书记。1944年任中共桂北特支书记，组建、领导抗日武装斗争至抗战胜利。1946年任文协港粤分会理事，香港文协常务理事，香港达德学院教授，中国民主促进会中央委员、顾问，中共香港工委文委委员。1949年作为第一届全国政协代表参加政协成立大会，任共同纲领草案整理委员会委员，出席开国大典。新中国成立后先后任华南分局文委委员，中共港澳工委委员，中南军政委员会委员，第一届广东省人大代表，民革中央委员，香港《文汇报》总主笔兼社长，华南文联常委，华南电影工作者联谊会理事，中南文联常务理事，中南作协常委，中国新闻社理事，中国人民对外友协理事，中国驻印尼大使馆文化参赞，中国对外文化联络委员会司长，中国驻法国大使馆文化参赞。全国文代会第一、二、三届代表。"文革"中受迫害去世。

秦牧

◎秦牧、吴紫风伉俪

尽管在这段逃难期间，我已经和『文学生涯』没有什么关系，但是我还是要花些笔墨来描绘它。因为这段时期的经历，使我对国民党的统治完全绝望，我不但不愿再在它所属的任何机构工作，并且觉得一定得奋发努力，投身到争民主的浪潮中去，如非结束这种黑暗统治，国家势将灭亡了。这种觉醒也决定了我后来的写作道路。

——秦牧《寻梦者的足印》

声起漓江

　　抗战后期，是秦牧创作生涯初露锋芒阶段，也是其艰难竭蹶的时段。1941年6月下旬，年方二十有二的秦牧饱受失业的煎熬，从香港途经韶关来到了桂林。初来乍到，难以谋生，只好到离桂林80多公里外的兴安县的"39补充兵训练处"的军事机构当了个附员，勉强维生三个月，幸遇友人介绍，回桂林先后在立达中学、中山中学任教，边教书边开始文学创作，在《野草》《大公晚报》《新工人》《文学批评》《文艺生活》等刊物上发表文艺评论、小说、杂文和剧本等多种形式的作品。他加入了中华全国文艺界抗敌协会桂林分会，从事桂林文艺界的抗日宣传活动，逐渐引起文坛的关注和读者的喜爱。当时其作品并未结集出版，其选取的《秦牧杂文》，战后才交叶圣陶在上海出版。

　　《秦牧杂文》共收作品25篇，内含杂文18篇、小说性质的"历史小品"7篇。秦牧亲睹国统区生活中荒唐残暴、卑俗龌龊的众多丑行与惨相，用饱蘸情感的战斗之笔，将这些人间罪恶和盘托出，并对劳动人民的穷困与灾难寄予了深切的同情，初现了作者贴近生活、灌注感情、描绘形象、含蓄幽默的创作风格。

　　秦牧在桂林还写有近三万字的长篇散文《柔佛海峡的两岸》，在1943年《大千》杂志上连载。这是一篇以秦牧自己童年生活为内容的自传性散文，反映其少年时离开潮汕老家，随双亲侨居赤道边上港口城市的故事。书中潮汕人风俗习惯的描绘、南洋迷人风光的刻画、童稚的浪漫情调，为读者开拓了新境界。值得一提的是，在作者仙逝十年后，此文在《羊城晚报》上重新连载，并由吴紫风（秦牧夫人）编入《秦牧全集》（补遗卷）。

秦牧的小说作品也不少，有短篇小说《囚秦记》（1942）、《罗马的奴隶》与中篇小说《阴阳关纪事》[1]（1944）等。后来收入《秦牧杂文》中的7篇历史小品其实就是历史小说。这些小说主题深刻，具有现实意义，如《阴阳关纪事》写的是抗战时期沦陷区与游击区之间农民自发武装的活动，颇具新意和深度。

由于对戏剧的喜爱，秦牧创作了独幕剧《一出喜剧》[2]、多幕剧《风雨桂林城》[3]，还写了《论丁西林的〈妙峰山〉》[4]等评论。这些成果，显示了秦牧思想的深度和理论的成熟。

秦牧在戏剧和理论批评方面的这些表现与成果，在当时的桂林文艺界得到重视。1944年春桂林举行西南第一届戏剧展览会，六省三十多个剧团来桂演出。剧展主持人之一的田汉组织了一个"十人评议团"，对参加演出的剧目进行评论。"十人评议团"包括田汉、周钢鸣、秦似、孟超、洪遒、华嘉、骆宾基、韩北屏、陈迩冬等人，秦牧也被选入。在剧展期间，他与田汉等剧坛名家一道观摩演出，讨论剧目，并联名写了一批剧评。

桂林的生活不仅给秦牧以创作的灵感与动力，也给他的个人情感与家庭生活以绚丽色彩。1942年，他经翻译家何思贤介绍认识了《广西日报》记者吴紫风。有一次，他们去看电影《浮生若梦》，当时报上征求有奖影评，秦牧与吴紫风一同参加征文比赛，吴紫风得了第二名，秦牧得了第三名。就这样，这一对文坛笔友建立起了友谊，产生了爱情，走到一起来了。1942年，秦牧与吴紫风由桂林去柳州旅行结婚。

1944年夏，桂林危急，秦牧参加了桂林进步文化界组织的"文化界扩大动员抗战宣传周"。在各项活动当中，规模最大又最悲壮动人的是"国旗献

---

1. 秦牧：《阴阳关纪事》，《大公晚报》（桂林）1944年4月6日—11日连载。
2. 林觉夫（秦牧）：《一出喜剧》，载《文艺生活》1942年第3卷第2期。
3. 秦牧：《风雨桂林城》，载《文艺创作》1942年9月创刊号。
4. 林觉夫（秦牧）：《论丁西林的〈妙峰山〉》，载《文学批评》1942年9月创刊号。

◎秦牧（林觉夫）1942年9月1日在桂林《文学批评》创刊号上发表论文

金大游行"。秦牧与田汉、欧阳予倩等多名文化人手持一面巨大的国旗，缓缓地在街头游行，号召人们为抗战献金出力。9月桂林将陷，广西当局下达紧急疏散令，秦牧不愿当亡国奴，沿黔桂线千里迢迢跋涉到贵阳、遵义、重庆等地。

桂林，让秦牧在文坛上声名鹊起，也让他在生活上尝尽酸甜苦辣，经受历练。

◎秦牧（前排左2）1942年送友人赴延安合影

国家不幸诗家幸

倘若说桂林时期秦牧开始正式跨进文学领域，那么真正决定他毕生从事写作的动机，则是1944年秋湘桂大撤退中他所遭遇的大逃亡。这场惊世骇俗的大劫难，对年方25岁的秦牧来说，刻骨铭心，终生难忘。他每每论及其创作道路，无不提到它，其《文学生涯回忆录》[5]更是明确指出这一点。由此可见秦牧在湘桂大撤退中的流亡历程在其后的创作道路中占有极其重要的地位，我们有必要细加回顾秦牧当年怎样从惨绝人寰的大流亡中走过来，让我们将镜头推向近80年前的夏秋之交。

桂林紧急疏散前，秦牧在桂林中山中学任教，吴紫风在《广西日报》任记者、编辑。是年6月27日桂林第一次紧急疏散后，学校迁往阳朔，坚持上课。秦牧偕妻子也随校前往。

湖南前线战况日渐恶劣，国民党军队节节败退，日寇长驱直入，8月8日，衡阳宣告沦陷。桂林、阳朔危急动荡，气氛紧张。中山中学被迫解散，秦牧失业，吴紫风辗转到融县，在一所中学任教。秦牧步行数百里路去找她。

随着战火向南迅猛蔓延，融县也非久留之地。在9月8日桂林第二次紧急疏散中，秦牧夫妇变卖了部分随身衣物，同秦似、曾炜[6]三家夹杂在逃难的人流中，好不容易才挤上开往贵州的列车，行行停停，两三天后才到柳州。

5.载《新文学史料》，1988年第3期。

6.吴紫风姐姐吴平的丈夫，当时系桂林民盟（全称"中国民主同盟"）负责人，南京解放前夕被国民党杀害。

到站后车又停开，即使通车了也无法挤上去。形势日渐恶化，桂林将陷，大家心急如焚。秦牧夫妇觉得与其困死在此等车，不如迈开双腿走路。便辞别秦似、曾炜两家，沿着黔桂路穿梭西行。秦牧雇不起搬运工，行李只能靠手提肩背。他俩用一根棍子穿过一个大包袱，合力提着走。还各自背着行李，秦牧背的最重，少说也有四十来斤。秦牧和吴紫风夹杂在川流不息的难民群中，沿着大体和铁路平行的公路蹒跚行进。途中所见惨状，触目惊心。孩子的哭喊声、男人的吵骂声、女人的呼叫声、老人的哀号声，此起彼伏，不绝于耳。铁轨、路旁，死尸狼藉，有的是从车上掉下来，被车轮碾得粉身碎骨，有的死于瘟疫，被人草草用一张芦席卷盖着。苟延残喘者不乏其人，有的骨瘦如柴，倒在路旁奄奄一息；有的弃婴被丢在荒野，嗷嗷待哺。尤令人惨不忍睹的是，有一个人被突然驶来的火车轧断了腿，鲜血淋漓，呻吟不绝，拱手向路人哀求道："哪个有枪有刀的，请快给我补上一枪一刀，了却残生，行行好！"此时恰遇一身份不明的持枪者，他竟然拔枪朝其胸膛"砰"地开了一枪，见伤残者一命归天后，持枪者才扬长而去。

为了节省开支，以防旅费中途告罄，秦牧夫妇不敢住旅店，天天过着"未晚先投宿，鸡鸣早看天"的生活。落脚荒村，就向农家借宿。被窝自带，借宿一般免费。有时找不到住处，便在村旁稻草堆里露宿。路过市镇，就借宿教堂。因为吴紫风的父亲曾是牧师，她多多少少略懂教义，秦牧也读过《圣经》，故他们常冒充教徒去求宿。若碰到星期天刮风下雨，无法赶路，他们便和教徒共做礼拜，应付了事。吃饭也特别省俭，白天急于赶路，午餐就在路旁小食摊上随便解决，晚饭便向农民借炊具，自己动手做。

从柳州到桂黔边界上的六寨，秦牧夫妇日行四五十里，足足步行了一千多里。中间经过宜山、怀远、德胜、金城江、河池、六甲、南丹等地，皆属广西北部少数民族地区，不仅道路崎岖曲折，经济贫困落后，而且卫生条件极差。大撤退以来，这些地方就变得更为脏乱不堪，垃圾、腐物、尸体、粪便，充斥着每一个车站的周围。每一座车站，都仿佛成了人间地狱。痢疾、伤寒、霍乱、疟疾等传染病，猖獗流行。当秦牧夫妇路过德胜车站时，正遇上霍乱流行，无人救治，无人收尸。有的尸体面孔已经腐烂，爬满蚊蝇；有的肠子被野狗拖出，样子十分恐怖。

秦牧怀着沉重的心情，匆匆告别德胜，跋涉了好几天，到达了通往贵州的重镇金城江。沿途虽说艰辛，但秦牧对比那困在车里的人，倒还觉得赶路比乘车机动些。他有个桂林学校的同事，小女儿夭折于火车上，找不到地方安葬，又不能老抱在身上，只好下车，含泪将尸体丢在远处的泥潭中。秦牧得知后为之心酸不已。

过了金城江，公路越来越陡，曲折难行。加之吴紫风患病，秦牧背着两人的行李，更加艰难。他们时而和大批难民同路，时而落在后头，于荒野山谷间慢慢挪动。昼则烈日当空，夜则寒风刺骨。就在秦牧、吴紫风举步维艰、疲惫不堪之际，常有一些满载乘客的汽车呼啸而过，车上大抵是一些能付高价的特殊阶层。像秦牧这样的穷知识分子只能望"车"兴叹，无法问津。

更令人痛心疾首的是，担负着"救国大任"的国民党军队，未战先退，根本不管失地千里的耻辱，更不顾人民的死活，而在这场空前的民族大浩劫中，仍不忘大发国难财。甚至连从前线撤下来的坦克，也被用来做拉客的"黄鱼"买卖。一路上，秦牧亲眼看见这种做"黄鱼"买卖的坦克车上，竟然晾着小孩的尿布屎裙。它们轰隆隆飞驶而过，把灰尘泥浆溅满路上难民全身。

秦牧从这些湘桂离乱的见闻中，加深了对处于水深火热中的中国人民的同情，增添了对日本帝国主义者滔天罪行的仇恨，进一步认清了国民党反动派的腐败无能。

历经了数十天的艰难险阻，11月中旬，秦牧夫妇终于徒步到了桂西北和贵州交界的边远小镇六寨。幸得朋友的鼎力相助，乘车抵达贵州独山。以地方而论，独山显然比金城江大得多，但环境卫生却一样糟糕。满城泥浆，脏臭异常，上街十分不便。

吴紫风而后在独山一家民营报社里找到了记者的职位，秦牧仍然失业，只好告别妻子，独赴贵阳。贵阳远离前线，又是转往重庆或昆明的必经之地，从湘桂来的难民，大部分在此逗留。秦牧抵达贵阳，没想到贵阳也是满目疮痍，满街的难民，饿殍遍地。到处是成群驮着背篓、鹑衣百结的乡下人。店铺中、市场上，随处可见要饭的"文化人"。日寇轰炸留下的颓墙颓屋，更显得萧条与冷落。可是贵阳也云集了一大批官绅富商，他们借国难大发横财，挥金如土，贵阳又显现出一种灯红酒绿、歌舞升平的"繁荣"景象。两相对照，秦牧想：凭这样的大后方，怎能坚持抗战！中国的前途真不堪想象！心中又平添几多愁烦。

重回遵义

1944年12月2日，离桂林、柳州沦陷还不满一个月，独山也沦丧敌手，日寇先遣部队迫近都匀，贵阳告急，陪都重庆震动。难民川流不息，越来越多，其艰难竭蹶之苦况，更是空前惨烈。由于局势动荡已久，民不聊生，盗贼蜂起，难民雪上加霜。有的连仅存的御寒大衣都被抢掠而去。贵阳的大街小巷，常出现服装特别奇异古怪或者衣不蔽体的人，被冻得缩成一团，他们大都是些劫后余生者。

有一次，秦牧眼见一个怪人，此人用一张破毡子，在中间剪了个大洞，套过头部当做衣服披在身上。这人找到了著名戏剧家、桂林《当代文艺》主编熊佛西。熊当时正和金仲华在贵阳主持救济文化人的机构。此人说自己是文化工作者，被强盗洗劫得连证件也荡然无存，请求救济。熊佛西深表同情，连声说："不用证件了，你这衣着便是很好的证件，我们一定给你帮助。"这件事给秦牧留下了极其深刻的印象，他感到熊佛西善待落难文化人，比起那些只看证件，不问实际情况的所谓"坚持原则"者要近人情、通事理得多了。

熊佛西为了更好地救济从湘桂撤退来的文化人，特地在遵义设立"文垦团"团部。他十分信任秦牧，把发放生活费的重任交由秦牧负责。秦牧义不容辞地挑起这副重担，偕吴紫风离开贵阳共赴遵义。秦牧手中掌握了一笔相当可观的救济款。他虽不懂会计，但采用了简单的付款登记办法。每次分发救济生活费时，便请领款人在簿子上写明日期、款项，并签上名字，随时结算，以备上缴查核。

不久，重庆的救济机构派车到贵阳、遵义等地接运湘桂逃难的文化人，秦牧夫妇乘车赴重庆。临走前，秦牧委托朋友把救济登记簿和剩款如数上交熊佛西。熊深为他一丝不苟、廉洁奉公的精神所感动。从此两人成为莫逆之交。

秦牧和吴紫风抵达重庆后，暂时住进了"战区文化人招待所"里。招待所设在陕西街一间澡堂里，十分简陋，每晚只能打地铺睡觉。郭沫若、老舍、胡风联袂代表中华全国文艺界抗敌协会前来探望。秦牧顺便向他们汇报了黔桂道上文化人逃难的惨状，请文协总会呼吁国民党当局重视抢救战区落难文化人的工作。

由于秦牧决心不再在国民党任何机构里工作，故招待所有关人员多次探询其是否由他们介绍到政府机构中就职时，均遭秦牧谢绝。在朋友的帮忙下，秦牧夫妇搬进一间租赁来的旧楼房。

这间楼房极其陈旧简陋，居住条件极其恶劣。楼底下是饮食店，煤烟油味混浊，直把秦牧和朋友两对夫妇呛得喘不过气来，白天和傍晚只好外出，待到晚上收店了才能归宿。

重庆虽说是战时的陪都，生活稍为安定，但大批逃难而来的文化人，其处境仍然极为艰辛拮据，秦牧夫妇也不例外。这使他时常忆起田汉逃难至贵阳时写的一首诗：

爷有新诗不济贫，
贵阳珠米桂为薪。
杀人无力求人懒，
千古伤心文化人。

田汉这首诗，也是秦牧此时的真实写照。他懒于求人，因此总是没法找到工作。若靠写稿，则难以谋生。而国民党政府机构的职务，他又不愿俯就。单靠菲薄的救济金，只能是逐渐走向穷途末路。正是"千古伤心文化人"！

就在这无比困顿之中，从遵义发来的一封挂号信使秦牧的苦难生涯有了转机。这封信是熊佛西寄来的。他告诉秦牧，他在遵义已办起了一份报纸，自任总编辑，端木蕻良任经理，拟聘请秦牧任编辑主任、吴紫风任记者，并汇来一笔旅费。1945年初，秦牧、吴紫风应约重回遵义。

熊佛西在遵义主办的报纸《力报》，原是湖南的一家民办报纸，报社疏散到贵州后无力再办下去，便把招牌顶给他。熊佛西为了宣传抗日，在经费短缺、人员不足的情况下，决心承办下来。报社的地点就在一间偏僻的旧祠堂里。设备十分简陋，劳动量也极繁重。夜幕降临，秦牧点燃了蜡烛开始编电讯。编好后，便由勤务员手持马灯赶送到十几里路远的印刷厂付印。途经旷野，常遇野狼跟随，迫得众人只好持棒护送。

报纸由于经费不足，每天只能印3000份。有时经费接济不上，寅吃卯粮，还得借钱才揭得开锅。办报尽管如此艰辛，但秦牧夫妇同大家一起同舟共济，坚持准时出报。在旧祠堂办报，还时常受到国民党军队的干扰。国民党军队途经此处，从不事前征求同意，便入内歇宿。这期间，秦牧一次次目睹了被押解而来的壮丁的悲惨景象，十分心酸。

每当秦牧夜里编报，目睹如此景象，便不寒而栗，浮想联翩，低沉地吟诵起杜甫的"三吏""三别"中的诗句。有一次，又有一队新兵住进祠堂里来。翌晨，他们集合上路，那情景更令秦牧震惊，以至几十年后他仍历历在目：

　　严寒天气，里面居然有一个半裸着身体，只穿一件露胸的短袖马甲，觳觫着，颤抖着捧住一团褐色的旧棉花按在胸窝取暖。我看了极为难堪，尽管我的衣服并不多，也连忙找出一件赶上去送给他。那人接过衣服，有一种泫然欲泣的神情，又和其他壮丁一道，被吆喝上路了。

　　这些壮丁，如果有谁死了，那就被拖去埋葬在附近的山坡上，埋得极浅，又无棺木芦席，有时雨水一冲，就在坟堆中露出脚趾（指）头来。

　　千家万户的男儿，就这样被那么一个腐朽的政权糟蹋着，像这样的

"兵"，怎么能够打仗呢？我在遵义看到的这一番景象，为"湘桂大撤退"那样悲惨的局面何以会出现，找到了一个答案。

是的，秦牧终于找到了造成"湘桂大撤退"悲剧的答案，也找到了从事文学创作的真正动力！

　　我曾两度访问过秦牧先生，头一次是著名杂文家秦似[7]的夫人带我前往。第二次则是秦似的女儿王小莘（华南师范大学中文系教授）作陪。关于拜访的经过和内容如下：

　　惊悉著名散文大家秦牧仙逝噩耗，悲痛之余，我以颤抖着的手，虔诚地翻看他生前为我题赠的二幅墨宝。研读眼前的一笔一字，我的每根神经，旋即被牵动起来，往事浮涌心头 ⋯⋯

　　我对秦牧先生仰慕已久，早在20世纪60年代初，我在中山大学中文系就读时，便将他的《花城》《艺海拾贝》奉若至宝，对其广博的学识和深邃的见解佩服得五体投地，更为我们澄海老家孕育出如此名人而自豪。从此便产生拜见他之念头，但始终缘悭一面。1980年初期，我在广西社会科学院研究桂林抗战文化过程中，搜集到秦牧抗战时期在桂林的不少资料和作品。获悉桂林曾是其成家立业之处，被其称为第二故乡。他不仅在此喜结良缘，而且迎来其创作生涯的第一个黄金时代，尤其杂文、散文（后收入《秦牧杂文》），蜚声桂林抗战文坛，更奠定其成为散文大家的坚实基础，自然成为我主要研究对象。思贤若渴，我恨不得尽快拜访他，但因其搬家而扑空。

7. 参见本书"秦似"篇。

1987年10月上旬，我到广州出席学术研讨会，适逢广西著名杂文家秦似的遗孀陈翰新为出版《回忆秦似同志》拟向秦牧组稿并聘请其为该书顾问，我与秦似夫妇原为关系密切的忘年交，便结伴前往。

秦似抗战期间曾在桂林主编著名杂文刊物《野草》（该刊编委有夏衍、聂绀弩、孟超、宋云彬），常接编秦牧来稿。加之秦牧同陈翰新同在桂林立达中学任教，两家来往更密切。秦似比秦牧年长两岁，同是血气方刚，直言快语，虽常因见解相左而争得面红脖子粗，但事后却烟消云散，若无其事。随后两人竟成莫逆之交。1945年社会上误传秦似被国民党反动派杀害，秦牧愤而著文刊于重庆《大公报》上以示悼念，强烈痛斥国民党的罪恶行径。由此可见彼此友谊之深。

抵达秦似住处之后，经陈老介绍，我受到秦牧、吴紫风夫妇的热情接待。大家的话题自然从桂林的往事谈起。他们共过欢乐，也同过患难，相濡以沫，生死与共。他们还特地提起桂林紧急疏散时的往事：鉴于广西当局仓促发布疏散令，从长沙、衡阳撤退下来的难民绵绵不断，桂林本地难民又争先逃命，唯一通往贵州的火车站人流汹涌，一片混乱，加之达官贵人利用特权霸位抢运家财，故难民们根本无法挤上车。秦似、秦牧、曾炜三家也结伴来到车站拟乘车西逃，见状束手无策。绝望徘徊之际，曾炜获悉桂林《扫荡报》用18万元购买火车上一个床的位置，便与之联系，幸得允上车。这个床的位置竟密密麻麻站满二十多人，连转身间隙都无，其挤迫程度可想而知。车上腐浊闷热的气味更令人作呕窒息。就这样一直艰难地站了三天才挨到了柳州。车到站后又因故停开。他们只好租了一叶渔舟，在柳江边挤着住下月余。眼看形势十分危急，他们只好化整为零，分道扬镳。秦似夫妇返回博白老家，秦牧、曾炜两对则先后徒步西行。30年后，秦似对此仍耿耿于怀，每每忆及便激动满怀，在《柳江忆往日》诗中写道："猿鹤诸公争攀席，虫沙我辈卧渔舟。"这段往事，鲜为人知，我急忙笔录。

正是缘于二秦有着真挚深厚的感情，因此一经陈老说明来意后，秦牧便欣然笑允。我见陈老已把要事办妥后，便继续询问秦牧当年逃难苦况。他大有慷慨话当年之感，沉重地告诉我，他同秦似、曾炜二家道别后，和紫风变卖了部分衣物，背上行李，夹杂在黔桂路上拥挤不堪的难民群中，餐风露宿，怆惶逃避敌机轰炸，艰难跋涉了几十天，才脱离了险境，到达黔桂交界的边远小镇六寨。一路上靠变卖行李为生。香港逃亡作家舒巷城就曾买过秦牧的旧衣。陈老还补充说："听说秦牧老您当年还卖过水，是吗？"秦老颔首微笑。接着，秦老还为我们描绘一幅幅悲天悯人的逃难图……

最后，我又向秦老请教他在桂林的文学活动情况，他都一一作答，还介绍《秦牧杂文》的写作出版过程：早在桂林时期，作者便拟将此时发表的杂文、散文结集出版，但由于多种因素未能如愿，直到1945年抵达重庆之后，经叶圣陶审稿，拟由开明书店出版，又因故延至1947年才在上海出版。全书包括两辑。第一辑收入哲理、知识性杂感18篇，均取材于现实生活，对国统区种种荒唐残暴、卑俗龌龊的现实，表示了深恶痛绝，对人民群众的穷困与灾难寄予深切的同情。第二辑为7篇历史小品，则是通过历史画面，借古讽今，表达作者对世事的鲜明态度。接着，他又兴奋地告诉我："这是我的第一本书，当时着实高兴和摩挲了好一阵！"又说："这看似平常的书，它却是我文学创作学步时跨出的第一步。它使我有了信心，对我自己的影响是深刻的！"

大概是老乡之情，交谈的气氛特别轻松融洽，三个多钟头的时光不知不觉飞逝，夜渐深，诚怕影响三位老人家休息，我主动提议结束。……

翌年底，在秦牧等秦似生前友好的同心协力下，《回忆秦似同志》一书很快付梓，秦牧如约出任本书顾问，并写下了情真意切的《怀念秦似》一文。…… 三年后，我又与秦似的女儿王小苹再度登门拜访秦牧先生，又获取不少宝贵资料。……

我常以先生之嘱自勉，潜心治学，力争有所成来回报我的杰出乡贤秦牧先生！

1992年10月6日更阑泣就

◎秦牧1944年在桂林

　　秦牧（1919—1992），原名林派光，乳名阿书，1936年读高中时改名林觉夫。原籍广东澄海县，生于香港，3岁时随父母迁居新加坡。1932年回家乡读书，读高三时，抗日战争全面爆发。1938年3月，他放弃学业，到广州参加前锋剧社，从事抗战宣传工作。是年10月，广州沦陷前夕，参加战时工作队撤往西江，辗转在韶关、香港、桂林、遵义、重庆等地坚持抗战教育、文化工作。抗战胜利后先后在重庆、上海、香港参加《中国工人》（中国劳动协会主办）编辑工作。1949年8月参加粤赣湘纵队，10月随大军进入广州，参加接管工作。新中国成立后曾任广东省文联副主席、全国文联委员、中国作协广东分会副主席、《羊城晚报》副总编辑、《作品》副主编。

千家驹

◎靳极苍书赠千家驹的对联"千家驹，驹值万宝；万家宝，宝抵千驹"
（按：万家宝即曹禺之原名），1994年作者摄

香岛年时记过从，深谈款款慰余衷。

重逢此日漓江畔，依旧飘零类转蓬。

——柳亚子诗《赠千家驹》

经世致用

千家驹虽生长于浙江，就职于北京，但早于1933年便与南方边陲之地广西结缘。当年7月，奉陶孟和之命，他与吴半农、韩德章等被派往广西调查经济，先后考察了南宁、柳州、桂林、八步、梧州、玉林、龙州等地，为期半年。后由千家驹、韩德章和吴半农将调查报告整理编著成《广西省经济概况》一书，1936年由上海商务印书馆出版，甚得广西各界好评。同时又写《广西纪行》，由上海《申报》连载。此时，千家驹又赴山东邹平参观梁漱溟的乡村建设研究院，与李紫翔写成《中国乡村建设批判》一书，1936年由上海新知书店出版。1937年1月，应聘抵达桂林，任广西大学专任教授。曾因皖南事变被迫离桂赴香港一年左右。太平洋战争爆发，香港沦陷后又回桂林，直到1944年秋湘桂大撤退时撤往广西昭平县黄姚镇。抗战胜利后，遂举家于1945年10月乘船赴梧州戎墟拜会李济深，后经广州赴港。抗战期间，千家驹大部分时间在广西桂林、黄姚度过，他积极参加桂林、昭平的抗日文化运动，除了在学校任教，撰写政治、经济文章，主编刊物、报纸外，还热心桂林、昭平进步的政治、文化活动，为广西抗战时期的教育、文化事业做出特殊贡献。

千家驹抗战时期从事广西教育事业的时间分前后两个阶段。前段自1937年1月至1940年下半年，任广西大学教授。鉴于千家驹战前曾到过广西进行经济调查并出版、发表有关广西经济的专著、文章，故其得桂系上层欢迎。

广西大学校长由省主席黄旭初兼任，黄与之有一面之缘。加上广西教育厅厅长邱昌渭原为北大政治系教授，与千家驹关系也颇佳。千家驹初聘到广西大学任教时，所受礼遇甚周，与著名学者、教授陈望道、邓初民、熊得山一样，是全校待遇最高的教授，颇受重用。千家驹热心教学，并向黄旭初推荐李达、钱亦石等知名人士，建议成立经济研究室，兼任室主任，并聘请张培刚、陈晖任研究员，分别研究广西粮食和交通问题。后由商务印书馆出版了《广西粮食问题》和《广西交通问题》二书。

由于广西大学（简称"西大"）校内右派力量的干扰和重庆中央政府教育部的干预，千家驹于1940年下半年辞职离开"西大"。后段从事广西教育事业的时间是从1944年秋至抗战胜利后。当时，千家驹避难往昭平县黄姚镇，获知此处文化教育很落后，连一所初级中学都没有，当地青年小学毕业后需跋涉百十里地到昭平县城八步继续求学。为扭转这一落后现状，千家驹在当地群众支持下，创办了黄姚中学，出任校长，深受群众欢迎。当他离开黄姚时，群众依依不舍，放鞭炮热烈欢送，并赠锦旗一面，上写"文化之光"，下有当地数百父老的签名。广西省政府教育厅厅长黄朴心还写了一封感谢信，衷心感谢千家驹在疏散期间为广西教育事业做出贡献，造福青年。

千家驹热心广西教育事业之余，还积极参加广西的政治、经济、文化活动。广西建设研究会于1937年10月成立，从表面上看似乎是一个学术研究团体，或者是替广西的政治、经济、文化、建设提供意见的机构，而事实上这是一个以反蒋为主要目的的政治组织，也是抗战时期桂林文化界的统一战线组织。千家驹任该会经济部副主任，热心参加该会组织的专题报告会和座谈会，宣传抗日。1940年，他和研究会部分成员陈劭先、胡愈之、白鹏飞、张志让、陈此生等一起，策动广西省临时参议会的开明参议员和各界上层民主人士，成立了研究会的外围组织"广西宪政促进会"，广泛利用报告会、座谈会、电台专题广播、研究会刊物《建设研究》等多种形式，催促蒋介石结束"训政"，还政于民，实施民主宪政，推动抗战。

1939年，千家驹还与李任仁、白鹏飞、司马文森、夏衍、陈此生等一起筹建中苏文化协会桂林分会，并分别任该会和国际反侵略大会中国分会桂林支会理事。他还出席由桂林文学创作社主办、田汉主持的"战后中国文艺展望"座谈会和西南第一届戏剧展览会开幕式暨广西省立艺术馆新厦落成典礼。在座谈会上，他应邀作了一番目前的经济情况的报告，列举了工业、物价、币制的许多例子，说明现实尚存有不少困难，指出"今天不要太强调战后建设，强调了，反而转移目标，将现实的切身苦痛忽略了"。建议政府应改善检查制度，积极支持言论自由，推动文艺运动的发展，更好地为抗战宣传服务。

1944年6月27日衡阳告急，日寇逼近桂北，国民党广西省政府发出第一次疏散令。为了号召和组织文化工作者分赴各地扩大抗战宣传，桂林文化界抗敌工作协会成立，千家驹踊跃参加，与李任仁、陈劭先、欧阳予倩、田汉、梁漱溟等当选为工作协会委员。桂林沦陷前夕，他被迫举家撤往昭平，继续从事抗日救亡活动。桂林、荔浦、蒙山相继失守后，昭平形势紧急，他和何香凝、陈劭先、欧阳予倩、陈此生、黎民任、严直方等发起组成昭平县民众抗日自卫工作委员会，任委员会委员，组织民众抗日自卫工作委员会教导队，准备展开武装抗敌斗争。

桂林在抗战时期曾以文化名城蜚声中外，其一突出表现则是进步报纸杂志猛增，出版业繁荣。其中也有千家驹的功劳。他除了经常抽闲为桂林各进步报纸杂志撰稿，积极支持桂林抗战新闻出版事业，而且还亲自主编了颇具影响力的《中国农村》（由中国农村经济研究会主办），同胡愈之等合编全国知名刊物《国民公论》（救国会主办），任《广西日报》（昭平版）的编委兼主笔，还同广西建设研究会主要成员集资兴办桂林进步文化人的出版机构文化供应社，不仅以出版园地养活了许多文化人，出版了许多好书，而且又给他们开展革命进步活动以隐蔽的场所。

经济学家的抗战

和其他进步文化人一样，千家驹在桂林一家七八口人的生活是颇为拮据的，尤其是被广西大学解聘后和从香港返桂后，只能靠菲薄的稿费维生，被迫卖掉自己心爱的藏书。曾敏之在《桂林作家群》[1]一文中就曾如此描述千家驹的困境：

> 在大家认为社会的风气对什么事倾向于依存经济性能才有办法的今天，中国的名经济专家千家驹也束手无策，蛰居于七星岩下。当我拜访他的时候，他那清癯贫血的面容颇使我茫然，不禁产生了疑问："他为什么没有经济上的出路呢？"他目前的生活，已从研究国家经济到计算柴米油盐的阶段了。不久以前，他曾打算写一部在经济学术史上有相当价值的《财政学》，可是第一二章就在审查机关困了觉，待醒来时，已给打上禁忌的符号而使他就此搁笔了。"不著作能生活，倒是舒适的享受，只要借贷不成问题。过去远走香港，剩下一部分书籍留在桂林，在我的研究工作受到难堪的阻碍而又无法支持时，它将变成我个人经济上最后的"资本"！……我劝他去当教授，他摇头说不可能。我进一步劝他不妨运用他的经济之才去从商，他却凄然一笑送我走了。

1.寒流（曾敏之）:《桂林作家群》，载《大公报》（桂林）194:3年9月25日。

当时，还有人在桂林《大公晚报》上发表题为《奉劝千家驹》的文章，认为如今空谈经济理论没用，劝千家驹改行做生意。千家驹理直气壮地回答：

> 即使书籍卖光吃光了，我也决不至于出卖灵魂，而且我也决不至于饿死，我还要更坚强地活下去，我还要不断地写文章，叫希望把我们饿死听不到我们声音的人们继续地不大舒服，这是我从周树人先生那里学习来的韧的战斗精神，这一点我是敢于自信的。[2]

尽管自己处境艰难，但对于他人的贫病，千家驹还是十分关注的。1944年元月上旬，当他惊悉作家王鲁彦卧病湖南茶陵，无钱医治时，他即与田汉、端木蕻良、熊佛西、金仲华、王西彦、陆联棠等联名发起募捐，在《广西日报》上刊登了言真语切的数百字《募款小启》。他生性耿直，傲骨铮铮，但对朋友则互敬互爱，亲密共处，跟欧阳予倩、张锡昌、柳亚子、陈劭先、陈此生、李济深、何香凝等成了忘年之交或知己。如他比柳亚子年轻22岁，他们早就认识，抗战期间由桂林、香港到昭平等地，过从甚密。1944年5月底，湘桂大撤退前夕，桂林文化界特为柳亚子58岁诞辰举行盛大祝寿会，千家驹代表桂林文化界在会上向柳亚子表示衷心祝贺，高度赞扬其敢于坚持正气、坚持真理的崇高品德，号召大家学习柳亚子的爱国主义精神，团结一致，勇敢地起来保卫桂林，抗战到底。

笔者在学弟胡锐颖的热心帮助下，从香港购得了洛文（陆联棠）著的《受难的人民 —— 桂林疏散记》[3]一书，里面有千家驹的代序《正视现实的必要》，从中可窥见其素来便具有诤言直陈、为民请命的宝贵秉性。文章如下：

> 桂林柳州两大城市疏散以来，成百万的人们川流不息地向大后方移动。他们所遭受的深刻的苦难，简直远非我们所能想像（象）。洛文先生以其在桂柳途上所亲历目击的事实记述出来，没有铺张，没有成见，仅仅

2.千家驹:《作家生活自述》，载《当代文艺》1944年第1卷第4期。

3.上海联益出版社1946年8月出版。

向读者忠实的报道。然而我们每个有良知的人，读了没有不被感动，不对受难的同胞们起恻隐之心的。我们知道这些同胞们都是中华民国善良的老百姓。他们颠沛流离，艰险备尝，侥幸得到柳州，仍不知何处是归宿；不幸的甚至尸首狼藉，死无葬身之地。谁无父母？谁无儿女？只要不是麻木不仁，总不能无动于中罢。

现在我们要问一句：谁使他们受这样的苦难的？当然，是我们的敌人，日本帝国主义者。没有敌人的侵略，自不会有疏散，也不会有这些无辜的受难者。但我们要问一句：这种苦难是不是绝对无可避免的呢？桂林的沦陷在十一月十二日，但我们在九月十二日便实施强迫疏散，而且强迫疏散的日期只有三天，这样张皇失措，这究竟是有计划的还是无计划的呢？如果强迫疏散日期可以延长十天或半个月，不是许多惨剧可以避免吗？桂柳通车平常半日便到达，而这次疏散中最快的竟走八天，最慢的要二十八天，连牛车也早已拖到了，然而这竟是现代二十世纪的火车。据说火车迟慢最大的原因是缺少煤炭，然而机车在机厂里没有动，也会无缘无故的吃完三十二公吨的煤；难民拥挤得车顶、车底、煤车上都塞满了，然而湘桂路的"员工疏散车"上却竟可以连木板铁锅之类也带着走。撞车的惨剧至再至三，尸首竟像枕木一样的数也数不清，像这一些几非人世……这种惨痛的教训我们如果不能记取，如果仍旧认为这是抗战中无可避免的现象，那么，我们真是无可救药的民族了。

但我们是不是绝望或悲观呢？绝对不是，中国的前途是光明的，我们对最后胜利的信念丝毫没有动摇。不过我们与一些别具用心的人们根本不同的是我们认为必须具有正视现实的勇气，才能够扫清抗战中贪污舞弊，扫清假公济私的残滓，才能够得到光明。我们认为只有承认错误，勇于革新，不再粉饰太平，自欺欺人，而以大无畏的精神，改变作风，与民更始，才能够取得胜利。我们今天不怕困难，所怕是依然有人掩耳盗铃，讳疾忌医。我们深信抗战必须民主团结，上下努力始能胜利，但绝对不相信抗战可以坐待胜利。若以浮肿为肥胖，视疮疤为美斑，见有人指出这是疮疤，便认为是破坏抗战，则前车可鉴，覆辙难免，真是中华民族千古的罪人了。（此文原为1944年11月27日《广西日报》社论）

○ 千家驹（前右2）、熊得山（后左3）、邓初民（后左4）、陈望道（后右3），20世纪30年代初游桂林东郊尧山途中合影

○ 左起为张锡昌、莫乃群、欧阳予倩、千家驹等，1945年摄于广西平乐

○ 千家驹（二排右1）、欧阳予倩（二排右2）、莫乃群（二排右3）、张锡昌（前排右5）、蔡迪支（后排右6）、易琼（前排右4）、欧阳敬如（前排右2）等广西省立艺术馆、《广西日报》（昭平版）同仁，1945年摄于广西平乐

附 录

千家驹二三事

在我所交往的老前辈文化名人中，有不少是一见如故，相谈甚欢的，但与千家驹先生的接触则是例外。他开始给我的印象是比较严肃，不苟言笑的，而后随着交往日增，对其了解由浅入深，才慢慢理解其高尚的道德情操。

与千家驹头次见面，始于1980年12月18日，他应广西政协、广西民盟、广西社科院之邀，到南宁作题为"当前我国经济形势"的报告。那时我刚由《思想解放》编辑部转入《学术论坛》编辑部，负责《桂林抗战文化研究》专栏。他夫妇俩被广西尊为贵宾，入住南园饭店，我同《学术论坛》主编王斌和编辑潘其旭闻讯前往拜访，听取其对当年桂林抗战文化运动的介绍，并向其约稿。可能是萍水相逢，彼此缺乏了解，场面较为局促，谈得不多。不久，千老完稿寄来，我捧读长稿，喜出望外。因我初来乍到，情况还不大熟悉，稿件暂由老编辑潘其旭负责处理，鉴于篇幅限制，只能分两期发表。又因为专栏系专题研究桂林抗战文化，故遵照主编之意，把发生于桂林以外的文字一律删除。因此乃惯例，责编便未去信征求千老意见。千老大作被修改后以题为《在桂林的八年》，先后在《学术论坛》1981年第1、2期上发表。殊不料惹恼了千老，他收读后即来信：

《学术论坛》编辑部：

三月廿一日示悉。拙稿被删去十之七八，甚至办黄姚中学一段亦删去，拟请将我手稿退回，以便保存。

又《关于叶挺将军二三事》，何时刊登既未定，亦请一同退还，无任感荷！

顺致

敬礼！

千家驹

三月卅日

翌日，千老又给潘其旭来信：

其旭同志：

接读《学术论坛》一九八一年第二期，知拙稿被删三分之二以上，因编辑部认为标题改为《桂林的八年》[4]，内容应集中回忆桂林的文化活动，故把不在桂林的部分删去。这理由是非常可笑的，其实，拙稿中关于一九四一年"皖南事变"后香港的文化人活动，是极其珍贵的史料，如果你们刊物的目的是要报导抗日时期的进步文化活动，而不限于桂林，那是完全可以保留的。在形式上，似内容与标题不符，而实质上并没有矛盾，因为我的目的是要记录抗战时期文化运动的史料，以供后人参考，而不是给桂林编地方志。

如果我的题目改为《回忆抗战时期的文化活动》，大概你们就认为可以了。在古人文章中，只要主题思想明确，标题与内容不完全一致，是经常遇到的。你刊把拙稿大删大削，事前未征求我的同意，这是我十分遗憾的。不过现在木已成舟，说也无用，因此我只要求你刊将我原稿退回，叶挺将军一稿，亦希同时退回。因读来信口气，此稿何时刊登尚未决定，故请一并掷还。

顺致

敬礼！

4.应为《在桂林的八年》。

试看《红楼梦》中的章回篇目与内容，有完全一致的吗！

4月9日，又接千家驹来信：

《学术论坛》负责同志：

前函计已达览，迄未见复，至以为念！

《在桂林的八年》续稿，你刊将它删去十之七八，该稿我无存底，故请将未发表部分退还，以便保存，又叶挺将军一文，亦希一并退回。

前请你社将1981年第一期再寄我二本，亦未见照办，而第二期却寄我五本（第一期仅寄一本），不知第一期尚有存书否？如无存书，不能补寄，亦希望你们告诉我一下。

一个刊物要办得好，必须对读者认真负责，韬奋办《生活》的成功经验在此。我的续稿，你们删去十之七八，我稿子寄去很早，你们完全有时间与我商量一下，或事先面示一声，而你们没有这么做，这是对作者不够负责任的表现。又我要求补寄第一期二本，你刊亦置之不理，这也是令我很不理解的。

读第二期有周钢鸣一文，其中多有与事实不符之处，这固然不能由你刊负责，但周文内忽称广西省省长黄旭初，忽称广西省主席黄旭初，又将"广西建设研究会"误称为"广西建设研究委员会"，如此明显的错误（诸如此类，不胜列举），而编辑同志不为之纠正，真粗心大意，可见一斑。我希望你们的刊物办得精益求精，故不觉言之者切。

最后再请求把我的未发表部分和叶文速即寄回，如何即复。

顺致

敬礼！

千家驹

四月九日

自是年3月30日—4月9日，在短短的十天时间里，千老便连续给我们编辑部寄来三封信，言词甚为恳切，尤对我们删去其稿件大为光火，这当即引发了我们内部不小的震动。只好由主编出面去函向千老表示歉意并作诸多解释。大家也从中吸取了经验教训。

对于这件事，当年编辑部也有人觉得不大理解，认为事实上被删去部分，并非如其所说的"十之七八"，千老似有摆老资格之嫌。今天回头细读千老这些信件，则颇有教益。首先，信件凸显千老秉性刚直的特质，有话照说，毫不转弯抹角；其次是启迪后代要尊重、善待作者，认真、负责办好刊物；还充分体现其爱护广西刊物的热切之心，诚如其信中所云，"我希望你们的刊物办得精益求精，故不觉言之者切"。

其时，正当大家以为千老从此再也不理睬《学术论坛》，与其失之交臂之际，翌年10月10日，我们意料之外却又收到千老的信和他与秦柳方、莫乃群、王易今、华昌泗等合写的《忆张锡昌[5]同志在桂林》一稿。来函如下：

《学术论坛》编辑部：

　　我们几个朋友写了一篇纪念张锡昌同志的文章送给贵刊发表，锡昌同志是一位好同志，在抗战时期为广西文化界做了许多工作，纪念他是有必要的。专此。
　　并致
敬礼！

千家驹
一九八二年十月十日

5.张锡昌（1902—1980），笔名张西超、西超等，江苏无锡人。著名经济学家。"八一三"上海抗战前，在无锡发起组织救国会，领导青年学生和工人抗日救亡运动。1938年3月在中共浙江省委领导下，任浙江省统战工作委员会书记，积极开展统战工作。"平江惨案"后，浙江政治局势日益恶化，1940年夏，根据党的指示，携眷从丽水转移到桂林。在桂期间，曾先后担任广西大学讲师、广西建设研究会经济部研究员，主编《中国农村》《中国工业》杂志，任《广西日报》主笔、广西企业公司专员、中共桂林统一战线委员会文化组成员、新知书店顾问、桂林文化界抗敌工作协会常委，参与创办《广西日报》（昭平版）、《民主》星期刊（桂林版），任中国民主同盟广西省支部秘书长、国立桂林师范学院教授等职。其间除1944年疏散到昭平的一年时间外，一直战斗在桂林这块土地上，直到1946年8月，举家由桂林经香港回上海。1949年5月27日上海解放，张锡昌参加上海市军管会和工会的工作，负责接管中国纺织建设总公司，任军代表，并先后担任华东纺织工业管理局副局长、华东财委副秘书长、华东纺织工学院院长等职务。1952年12月调任北京。1980年6月19日病逝，终年78岁。

我记取上次教训，对该文稍作润色后，很快安排在《学术论坛》1983年第2期上发表，作者颇为满意。

编发完《忆张锡昌同志在桂林》后不久，我调离编辑部，与千老也失去了联系。1986年，又调往深圳工作。1994年8月13日，我到深圳东湖叙餐，竟意外地遇到已在深圳定居的千家驹先生。久别重逢，兴奋异常。他仍与十多年前初见时无甚变化，虽仍是少言寡语，但精神矍铄。我道及当年在《学术论坛》编辑部约稿一事，并将编辑部同人接受了千老的教育，改变了工作作风的情况，向千老表达了诚挚的谢意。

意外重逢后，我多次前往木头龙千府拜访他。1994年，采访千老时，他仍是端庄严肃，一丝不苟。但令我惊异的是他一打开话匣子便滔滔不绝，记忆力特强，具体细节，他都能准确而生动地娓娓道来。

几经访问，我获取了丰富的资料，还了解了千家驹亲历的另外二三事。

一、何香凝在香港沦陷后，冒险离港辗转到达桂林，途经粤北南雄时，不满国民党当局腐败无能，米商囤积居奇，民不聊生，于是她提出要"挂牌抢米"。风声一出，其堂堂大名吓坏了当地官员，不得不出来做做样子，息事宁人。而后她对千家驹说："张发奎我都不怕，还怕当地民团司令吗？不平之事我不能坐视不管！"

1944年6月27日，衡阳告急，桂林开始紧急疏散。重庆国民党政府又派人送巨款接何香凝赴重庆，被她再次拒绝："不使人间造孽钱"，"堪与吾民共死生"。9月，何香凝便和千家驹、陈此生、李任仁、欧阳予倩、莫乃群、张锡昌、陈劭先等，以及广西省立艺术馆、《广西日报》社、文化供应社等单位的一部分进步人士，先后冒险沿漓江乘船而下，疏散到广西东南部的平乐、昭平、黄姚、贺县八步一带，开展抗日救亡工作。那时何香凝和千家驹两家住在昭平县国民中学内，广西绥靖公署也在国民中学设立一个民团司令部。何香凝带着的一双小孙子（廖承志之子女），晚上经常啼哭，打扰了司令官蒋如荃的清睡。蒋司令本就想把他们两家撵走，便借故派县长韦瑞霖向何香凝说，想给她另找房子，请其搬家，以为只要何香凝一家搬走，千家搬走也便不成问题。何香凝对国民党顽固派素怀有强烈反感情绪，更何况司令部设在学校本就不对。听闻之下，她横眉冷对，最终使得这位

◎千家驹（左）向作者讲述抗战期间在桂林等地的往事，1994年8月13日摄于深圳

民团司令下不了台，多次派人向她赔礼道歉。

二、抗战期间，鉴于广西以李宗仁、白崇禧、李济深为首的桂系主张抗日，礼遇进步文化人，加之自1938年10月广州、武汉相继沦陷后，桂林成为重要的交通枢纽，遂成为国统区的文化中心，不少进步文化人士宁愿留在桂林也不愿到陪都重庆受蒋介石控制。而重庆的国民党特务，碍于桂系的势力，也不敢来桂林随便抓人。由于战前千家驹便来广西考察经济，并撰写出版《广西省经济概况》，以后又组织编写出版《广西粮食问题》《广西交通问题》等书，受广西当局器重，被奉为上宾。千家驹一贯快言快语，在桂林时常针砭时弊，不留余地。某些人认为他"比共产党还共产党"。听说国民党特务已把他列入逮捕的黑名单，但就是迟迟不敢动手。

三、在千家驹先生的书斋里，挂着一副别有风趣的对联，上书"千家驹，驹值万宝；万家宝，宝抵千驹"，落款"靳极苍[6]撰，学生赵望进书"。千老兴致勃勃地指着对联对我们讲起他与著名剧作家曹禺的深厚情谊，还讲述这副对子的由来。他说："靳极苍教授早年毕业于北师大，1931年又考入北大国学研究所。和我及曹

6.靳极苍（1907—2006），河北徐水人。注解家、著名学者。治学严谨，坦荡做人，与千家驹是同道诤友。

禺（原名万家宝）等是同气相求的老朋友。在一次聚会时，他脱口而出这副对子，后由其学生、山西书法家赵望进书写，赠予我。抗战期间我和曹禺曾在桂林时，田汉便对我俩说过：'你俩的名字真是一副绝对！'那时只是说说而已，没想到如今竟写成对子，实属难得！故我特地张挂于书斋，以示纪念。"

◎千家驹1937年在桂林

　　千家驹（1909 — 2002），浙江省武义县人。自幼向往革命，追求进步。受"五卅惨案"的教育，曾认为中国的唯一出路是国民革命，把希望寄托在中国国民党和共产党身上。1925年上半年，未满16岁便先后加入国民党和共产党，成为"跨党分子"。1928年被北洋军阀张作霖政府逮捕，出狱后未恢复共产党的组织关系。1932年毕业于北京大学经济系，在校期间积极参加进步学生活动。大学毕业后受胡适推荐，进北平社会调查所工作，兼任北京大学经济系讲师。1936年加入全国各界救国联合会并任理事。1944年加入中国民主同盟并任南方总支部秘书长。新中国成立后历任中国人民银行总行顾问，清华、交大等校教授，政务院财经委员会委员，中央工商行政管理局副局长，中央社会主义学院副院长，中国科学院哲学社会科学部院士，中国社会科学院顾问等。

骆宾基

© 骆宾基处女作· 1985年7月15日骆氏题赠作者

在桂林的时间并不长，但是写了不少东西。桂林时期的生活，是我很难忘的，那是在我的文学生涯中最关键的一个创作时期，是我写作史上的一个高潮。

——《骆宾基忆桂林》（载《桂林旧事》，漓江出版社1989年10月出版）

　　抗战期间，崛起于漓水江畔的东北作家群令人瞩目。他们自北至南，漂泊转徙，国仇家恨，刻骨铭心。和南方人相比，他们的境况更惨，体会殊深。摆在他们面前的一道难关，便是"水土不服，言语不通，人情更悬殊"。有的束手无策，"只有血泪偷弹而已"[1]。这"可怕的一群""被逼着来到这人地生疏的地方"，"充满了饥饿，所以每天到处找工作……在街上落叶似的被秋风卷着，寒冷来的时候，只有弯着腰，抱着膀，打着寒颤"。[2]

　　骆宾基也不例外，居桂期间，因经济窘迫，租不起房子，经常到朋友处"打游击"，居无定所，时而到画家黄新波家搭铺，时而到艺术馆或新中国剧社友人处借宿，生存环境十分恶劣。据其作家朋友罗迦回忆，"那时，他靠微薄的稿费过日子，生活艰苦得很"，一日两餐，"除了青菜萝卜便是生瓜苦瓜"，"然而青菜萝卜生瓜也就罢了，更苦恼的是少，少得不够下饭。只好买些辣糊，将就着咽饭"。冬天骆宾基住在"又冷又小"的旧屋里，"桂林的冬天，如果下雨并不比北方温暖，再加上抗战年月，我们这些靠笔杆子吃饭的穷光蛋，谁也买不起火盆，烧不起炭"：

　　　　所以入夜以后，常常冻得脚冷手木，写完稿子浑身就像掉进冰窟一

1.周之风：《一个东北人的十年血泪》，载《大公报》（桂林）1941年9月19日。

2.萧红：《九一八致弟弟书》，载《大公报》（桂林）1941年9月26日。

样，钻进被窝，要半天才恢复得过来，等到稍一蒙眬，却已天明了。而骆宾基在我们之中比谁都强，他睡得最迟，写得最多。有时候我们实在冻得不行，支持不下去时，他就诙谐地说："冻是年青人发奋的一种药剂，如果怕冻，那还谈得上什么磨练。我就喜欢冻，一冻灵感就冻出来了。"……尽管说什么"喜欢冻"，事实上是已经将包里的最后一件单衣都往身上裹了，可是他不吭一声，不仅埋头写作，而且还鼓励我们写作，用他那诙谐而又诚恳的笑声，给我们以温暖和力量。[3]

桂林的夏天更难熬，但骆宾基依然故我，乐观以待。在白岩眼里：

> 那时小木楼燥热难耐，他挥汗如雨仍不停笔。"蚊虫咬你不咬我。"我问："为什么？"老骆指着腿上的汗毛说："蚊虫飞到我这茂密的丛林里，会迷失方向的。"我注意一看，只见他的手臂上、大腿上、腹部和心窝头，都长满了茸茸的汗毛，简直和毛人差不多。[4]

鉴于桂林在战时的特殊地理位置，人口骤增，畸形发展，通货膨胀，物价不稳，一天之间，米价几升，即使每月得以发表数万字之作，也难以一人填肚糊口。骆宾基与当时一般的文化人无异，"每天忙于生活问题，在饥饿线上挣扎"[5]。尽管骆宾基"整天伏案疾书"，"创作的长篇、中篇、短篇小说，在桂林的各家杂志上都可以经常看到"，但靠卖文为生，也无法自立，有时手头拮据，只好靠朋友接济，往来奔波于桂林市区与近乡之间，或到两江、平乐友人家度荒。对其此时的苦况，1943年9月23日桂林《大公报》以《留桂林文艺作家纷纷改弦易辙，书业冷淡刊物减少，卖稿度日无以为生》为题作了介绍。疾风知劲草，逆境见高低。贫穷的生活迫使桂林文化人纷纷改行或离去，"许多人在这秋风瑟瑟中已作冬眠的准备"，"各处一隅，无声息地

3.罗迦：《相识在桂林——回忆骆宾基之一》，载《桂林文艺》1982年第12期。

4.白岩：《笔耕终老献丹心——忆骆宾基片断》，载《桂林日报》1985年7月20日。

5.《文化人改行》，载《文化通讯》（桂林）1943年第29期。

混日子"[6]，但骆宾基坚忍不拔，含辛茹苦，争分夺秒挥笔疾书，从而获取文学创作的大丰收。他在桂林虽只有短暂的三个春秋，但这三个春秋却是其文学创作的黄金季节，也奠定了他在中国现代文学史上的地位，所以他视桂林为心目中的第三个故乡。

1940年，他初到桂林，略事安顿下来，即埋头从事创作。是年冬，整理和继续完成长篇小说《人与土地》与中篇小说《吴非有》《生与死》等；1942年由港返桂，便以主要精力进行长篇自传体小说《姜步畏家史》第一部《幼年》的创作，并陆续写成了一些短篇和少量其他体裁的作品，如杂文、剧评、散文，其中有"最能代表作者艺术风格的一个短篇小说"《北望园的春天》。"揭露现实黑暗较为尖锐"的短篇《1944年的事件》[7]与《姜步畏家史》第一部《幼年》[8]及第二部《少年》（部分），是他此时期的重要创作成果。小说借着主人公姜步畏天真而纯洁的眼睛，以运用自如的第一人称娓娓记叙作者家乡古朴和秀美、粗犷与细腻相容共存的社会风俗、人情世故、自然风光，以及在特定的历史时期这一东北边陲小城的社会变迁。

《吴非有》《老女仆》《乡亲 —— 康天刚》《北望园的春天》《周启之老爷》等作品，不仅是骆宾基在桂林时期小说的代表作，也是充分体现他所特有的创作个性和艺术风格的佳作。此时，骆宾基的创作视角由热情讴歌抗战英勇将士（《边陲线上》），转入对小市民和知识分子平凡甚至是琐屑的日常生活层面和心理层面的描绘与审视。他的创作风格和审美倾向由抗战初期的粗犷、豪放转变为深沉和忧郁、悲凉和寂寞相交融，清淡而略带苦涩的"骆宾基式"风格。

1944年1月，骆宾基发表小说《一个唯美派画家的日记 —— 当那幅油画诞生的时候》，这篇小说是受罗曼·罗兰《约翰·克利斯朵夫》影响写成的，体现出作者期望开拓自己表现生活的努力，发表后即受到朋友们的注意

6.寒流（曾敏之）:《桂林作家群》，载《大公报》（桂林）1943年9月25日。

7.唐弢、严家炎主编《中国现代文学史》（三），人民文学出版社，1980，第130页。

8.分别于1942年连载于《人世间》第1卷第1—4期，1944年由桂林三户图书社出版发行。

和批评，被认为表现出"脱离了政治倾向的爱情及虚无主义式的茫然情绪"[9]。此批评引起了骆宾基的自省。

2月，西南剧展在桂林开幕，骆宾基与田汉、周钢鸣、韩北屏、秦牧、秦似、孟超、华嘉、陈迩冬、洪遒等人组成"十人评议团"参与了一系列剧评的撰写讨论，这些剧评在当时颇有影响。

7月，骆宾基应友人姜庆湘教授邀请，前往中山大学讲学，8月返桂。此时衡阳失守，桂林危急。《幼年》此时恰好由桂林三户图书社出版，骆宾基一拿到稿费便赶忙与漫画家余所亚结伴撤往重庆。

9.《骆宾基小说选·后记》，湖南人民出版社，1982。

风雨漓江

    我研究桂林抗战文学，始于20世纪70年代末，在历经一段时间广泛查阅、搜集有关资料和拜访一批当年客桂的文化名人之后，我印象颇为深刻的是在桂林抗战文坛上始终活跃着一支年轻的东北作家群，其中有著名作家穆木天、舒群、杨晦、白朗、孙陵、端木蕻良、骆宾基等。远在延安、香港的萧军、萧红等，也常给桂林文艺刊物投稿。我撰写发表了《抗战时期东北作家在桂林》[10]之后，又重点研究了孙陵、端木蕻良、骆宾基三人。除孙陵已在台湾去世外，我对端木蕻良和骆宾基拟将择日赴京拜访。1985年7月15日，我参加"抗战时期桂林党史研讨会"，有幸见到了骆宾基先生，自然抓紧时间向其请教。

    骆宾基自1978年突患脑血栓之后，身体孱弱，行动不便，在家多是躺着，走动只能拐杖随身。此次赴会，家里人开始不同意他远行，但拗不过他赴会心切，只好备好急救药物，全程由女儿张小新作陪。他说话时中气不足，有点喘息，但一提起当年在桂林的往事，尤为激动，脸泛红光，低沉的声调间或因喘气而致有些不连贯。我劝其慢些，稍作歇息再说，可他还是滔滔不绝。

    初和骆老接触，感觉他不苟言笑，有点望而生畏，但随着交谈久了，则倍感其和蔼可亲，更知其是性情中人。

10.杨益群：《抗战时期东北作家在桂林》，载《学术论坛》1982年第6期。

当日清晨，出席"抗战时期桂林党史研讨会"的老文化名人杜宣、骆宾基、阳太阳、华嘉、吕复、高汾、吴荻舟、叶厥孙、左洪涛、陈明、张拓等，兴致勃勃地来到解放桥南客运码头，登上崭新游轮，向阳朔进发。虽说众人都是四十多年前客桂的老人，但在那戎马倥偬的岁月里，能如此闲情逸致游漓江者则微乎其微，基本上是头次畅游漓江。诗人杜宣即席赋诗："何辞酷暑到漓江，三十载相思鬓已霜。多少名山曾过眼，最难忘却桂林山。"不知不觉，船到羊堤，正当大家沉浸在漓江的诗情画意中，倏忽间，狂风肆虐，大雨倾盆，船身剧烈摇晃，桌椅板凳被摔到一边，人无法站稳。大会的陪游者大惊失色，联想到前天一游轮在漓江中途突遇龙卷风翻船死伤多人的事故，顿感责任重大，立即请老船工把船驶近岸边。虽身处险境，但这些从战火中历练而来的老同志，却不动声色，泰然自若。但见原来在船顶拍照的同志拿着湿漉漉的相机不慌不忙走下船舱。画家阳太阳则乘机忙着《风雨漓江》写生，当年新中国剧社创始人杜宣、抗敌演剧二队队长吕复和抗敌演剧四队队长吴荻舟则异口同声、饱含情感地说道："我们又一次风雨归舟！"《风雨归舟》是当年桂林新中国剧社主演的

◎游漓江，高汾（左6）、华嘉（左7）、骆宾基（左8）、阳太阳（左9）、作者（左5）等，1985年7月20日

剧目，1942年初，香港失守后，夏衍等从香港辗转撤往桂林，田汉、夏衍、洪深三人执笔编写了四幕话剧《再会吧，香港！》，由新中国剧社演出。该剧以香港现实题材为背景，揭露官僚豪门的罪恶行径，表现人民对黑暗势力的抗争。当年3月初公演时备受国民党当局的阻挠。洪深等当场给予针锋相对的斗争。后经一番挫折，稍作修改，易名《风雨归舟》，于5月1日由新中国剧社石联星、朱琳、许秉铎等原班人马演出，轰动一时，成为我国抗战戏剧史上的一段佳话。

　　骆宾基（1917 — 1994），原名张璞君，祖籍山东，生于吉林省珲春县城。早年学业时辍时续，曾辗转济南、北平、哈尔滨等地求学。1934年，丧父的骆宾基寓居于北平"山东会馆"，到北平大学法商学院旁听、自修，初步接触了马列主义和世界文学名著。1936年5月，19岁的骆宾基在萧军、萧红等东北作家的影响下，来到了当时的文化中心上海，开始创作他的处女作 —— 反映"抗日救国军"活动的长篇小说《边陲线上》。1937年七七事变、八一三事变爆发后，骆宾基积极投身到抗日活动中去，写下了不少报告文学作品。上海沦为"孤岛"后，他经胡愈之、王任叔介绍，赴浙江嵊县从事抗日救亡宣传工作。1938年，经中共宁（波）绍（兴）特委批准加入中国共产党。1940年6月，骆宾基到新四军工作；10月，由皖南到桂林。是年冬，被选为文协桂林分会理事。1941年，皖南事变发生，骆宾基被迫离桂，经友人介绍，到博白中学任教，暑假后去香港。太平洋战争爆发后，骆宾基逃脱日本人抓捕，又从香港回到桂林。新中国成立后出版《骆宾基小说集》《山区收购站》等。1956年转为研究金文和古籍，出版有关著作多部。1978年患脑血栓后，行动不便，仍笔耕不辍，完成自传体小说《幼年》以及《书简·序跋·杂记》等书。后又转入史料考证，撰写有关老问题新论证的文章。曾任中国作协北京分会副主席。

端木蕻良

红梅花下立，袖手独沉思。

寥廓家何在？艰危梦岂知。

龙文双宝剑，虿尾一囊诗。

誓愿收乡国，辽东马正肥。

——柳亚子为尹瘦石所绘端木蕻良像题诗

萧红死后

　　随着1941年12月太平洋战争爆发，栖身香港孤岛的端木蕻良眼见萧红病情急剧恶化，无回天之力。萧红去世之后，1942年1月26日，端木蕻良匆忙安置好萧红的骨灰便离开了香港，辗转回到内地。从1942年3月来到桂林，至1944年秋桂林失守前夕撤退到贵阳期间，端木蕻良在桂林生活了两年多时间。

　　端木蕻良到达桂林后，强忍丧妻之痛，立刻投身桂林抗日文化运动，曾担任中华全国文艺界抗敌协会桂林分会第五届候补理事、第六届理事，参与了文协桂林分会各项事宜的讨论与筹办。王鲁彦病重后，端木蕻良不但承担起王鲁彦委托的编辑《文艺杂志》之责，还积极为其募集医疗费。1944年2月，他一次筹得文化供应社2000元交与发起募捐的桂林《大公报》。据《大公报》的公布，这是当时募得的捐款中最多的一笔。1944年8月下旬，王鲁彦去世后，当时已疏散到了外地的端木蕻良闻讯又赶了回来，参与了文协桂林分会安排王鲁彦后事的各项工作，如撰写发布讣告、筹措抚恤金、举行追悼会、安抚遗孤等。

　　除此以外，端木蕻良还积极参加桂林文艺界的各种会议，如历史剧问题座谈会（1942）、《霜叶红似二月花》座谈会（1943）、"战后中国文艺展望"座谈会（1943）、文协桂林分会欢送李济深离桂聚会、柳亚子58岁寿辰祝寿会等并发表有益的意见。值得注意的是，从他在"战后中国文艺展望"座谈会上所说的"战后中国的文艺，必然要歌颂人民的领袖……是人民的文学"，可见出毛泽东的文艺思想此时对其影响颇深。

小说家的文坛

　　端木蕻良在桂林主要还是潜心从事文学创作。他写下了大量的小说，如短篇小说《初吻》《早春》《雕鹗堡》《蝴蝶梦》《海港》《步飞烟》《琴》《红夜》《女神》《前夜》《饥饿》，长篇小说《科尔沁旗草原》和《几号门牌》（未完），出版了长篇小说《大江》[1]。大量的创作成果表明，桂林时期是他一生创作生涯的重要时期。

　　长篇小说《科尔沁旗草原》是端木蕻良早期创作的一部重要作品。1942年，端木蕻良由香港来到桂林之后，怀着对遥远故乡的思念情怀，开始续写《科尔沁旗草原》第二部。鉴于尚未写完，也未能出版，当时仅发表五章，约四万字[2]。作品将主人公灵子对生命、死亡、命运的思考等哲学意义的内容作为小说的主体，写她的忧郁、内心痛苦和对丁宁的思念，对未来的冥想等等，体现了端木蕻良对中国妇女的地位、命运和对人性等问题的思考。

　　端木蕻良此时还创作了话剧《红楼梦》《晴雯》《林黛玉》《安娜·卡列尼娜》、京剧《红佛传》等剧本和《哀李满红》《赠瘦石》《秋日访逖冬不遇》等诗作，并作有《写人物——以安娜·卡列尼娜为例》《论艾青》《向〈红楼梦〉学习描写人物》《我的创作经验》及《历史剧问题座谈》（座谈会记录）与《心浮私记》（札记）等论文、文学札记多篇。

1.桂林良友复兴图书印刷公司1943年4月出版。

2.载《文艺杂志》（桂林）第2卷第3—6期、第3卷第1期，1943年3—11月。

由此可见，端木蕻良在桂林时间虽不长，但活动频繁，成果丰富，对桂林抗战文化运动颇有贡献。其作品较抗战前形式更为多样，内容、题材更广。

端木蕻良为人谦诚，在桂林期间，对柳亚子、欧阳予倩等前辈更是尊敬有加，留下不少佳话。他从香港脱险抵达桂林，栖身于三多路一偏僻的小阁楼上，因阁楼上有三开间，便取名"梅影楼"，尹瘦石为其造像，柳亚子为其题诗。

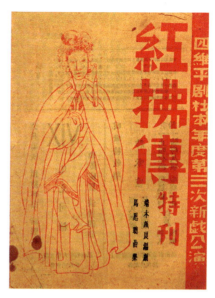

◎端木蕻良《红拂传》，作于桂林时期

端木蕻良曾在《我所认识的柳亚子先生》[3]中高度评价他："在近代中国文化史上有两个杰出的人，一个是鲁迅先生，另一个就是柳亚子先生。这两个人格有一个共同的特点，就是能够敢说，敢笑，敢哭，敢打，敢闯。由于这种战士的性格使他们的人格达到同一的崇高，而成为青年心目中的北极星。"同时也指出他俩的不同之处："鲁迅先生是用理智来传达感情的，而亚子先生则用感情来传达理智。"

端木蕻良同柳亚子及欧阳予倩间还有一段趣事——正当他"沉默地在写作《科尔沁旗草原》第二部"之际，为了给柳亚子祝寿，端木蕻良废寝忘餐，全力以赴将《柳毅传书》改编成京剧。他怕友人来访干扰其创作，遂在住房门上贴了"谢绝来宾"字条。一天，欧阳予倩正想登门催写京剧《王翠翘》，见此告示，不予理会，正欲举手敲门，却发现是空城计，主人不在家。欧阳予倩见状，便在信笺上写了一首《杜门诗》钉在门上。诗曰：

女儿心上想情郎，

日写花笺十万行。

---

3. 端木蕻良：《我所认识的柳亚子先生》，载桂林《力报》副刊《新垦地》1944年5月27日。

月上枝头方得息，

梦魂又欲到西厢。

数日后，欧阳予倩又登门向端木蕻良催稿，恰逢端木蕻良正在聚精会神写作。出于老前辈对青年人的爱护，欧阳予倩并不去惊动端木蕻良，便将预先写好的另一首绝句，署名"红良小姐"，从窗口抛入屋内，悄然离去。诗曰：

春宵何处觅情郎，

拥被挑灯春恨长。

吟到拟云疑雨候，

小生端合便敲窗。

欧阳予倩这两首诗，幽默风趣，乃戏谑主人"杜门谢客"的"杜门诗"，并代主人端木蕻良抒发心声，谢绝来访。

著名散文家秦牧在《漫记端木蕻良》[4]一文中这样评价他：

我是四十年代在桂林认识端木蕻良的。这个好学、良善、安详，瘦削而又坚韧的东北作家给了我很好的印象，和他相处，使人感到很亲切。这个人没有什么自高自大、盛气凌人，或者什么狭隘嫉妒，……因而和他在一起，觉得很自在，很安详，可以天南海北，无拘无束地聊天。

4.秦牧：《漫记端木蕻良》，载花城出版社编《文坛老将》，花城出版社，1981，第159页。

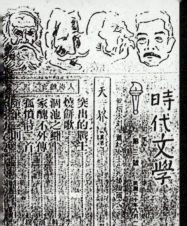

端木蕻良1941年在香港主编的《时代文学》，萧红题写刊名，端木蕻良画鲁迅等名人像

端木蕻良在《时代文学》1941年第2期上发表《大时代》，萧红发表《小城三月》

端木蕻良为萧红小说《小城三月》的插图，标题为萧红自书

端木蕻良为萧红《小城三月》手绘的插图

408

© 张光宇速写《端木讲述罗兰先生小史》，1945年1月22日湘桂大撤退逃亡途中，
作于文恳团在遵义举行的罗曼·罗兰逝世纪念会上

附录

识荆复失联

在研究抗战时期桂林文艺运动初期中，有一支活跃的东北作家群曾引起我的特别关注，他们中有著名作家穆木天、端木蕻良、骆宾基、萧乾、舒群、杨晦、白朗等。远在香港、延安等地的著名作家萧红、萧军等也很关心桂林文化城，热心为桂林进步文艺刊物投稿。历经多年的搜集查阅，我获取到他们在桂林的有关资料，撰写了我的第一篇论文《抗战时期东北作家在桂林》。在撰写过程中，碰到一些疑问，便斗胆于1982年4月初写信向端木蕻良请教。因从未与他联系过，有些忐忑不安，未知其是否会复信。半月后，我喜获复信。信曰：

益群同志：

您寄来的刊物和信都收到，谢谢！

我目前正处"拼搏阶段"，待将来稍稍喘息时当向贵刊投稿。我对桂林是难忘的，我儿时就有到山水甲天下的桂林去的向往。

感谢您在收集我在桂林创作的目录，记得当时我在《大公晚报》（由沙千里同志约稿，徐铸成主编时）曾发表过小说《几号门牌》，但我一直未看到此稿。后来因有特务威胁，怕影响报刊的发行，和柳亚子、周鲸文相谈之下，他们都主张暂停下来，因而没有写完。不知你们那里是否能查到？如查到，请复印一份寄我为感！

现回答一些问题如下：

（1）周之凤是个中学语文教员。1958年上海《文化报》有一篇文章曾提到他，我对他不了解。

（2）张洁的父亲叫董秋水，他可能是东北军，能写旧体诗，下落不明。

（3）当时在桂林四维平剧社吴枫、金素秋似乎都是东北人，对推动剧改有一定影响，现在他俩都是云南省京剧院领导成员，可以直接写信和他们联系。

专此，即复，颂

编安！

端木蕻良

4月17日

耀群托笔问候，通讯处请直接寄家中：北京市虎坊路一楼一单元二号

是年5月上旬，我将《抗战时期东北作家在桂林》初稿寄端木蕻良审阅，6月中旬，收到由端木蕻良夫人钟耀群代笔的复信：

益群同志：

信和稿，早收到。由于忙、乱、杂，至今才清出拜读，请多多原谅！

总的来讲，对尊稿提不出什么意见，只是对所谓"端木的高见和预言"，评价过高了。

其次，根据骆宾基同志所下的注释来阐述《红玻璃的故事》的由来，并作了"这是作者和萧红战斗友谊的结晶"的定评，似乎不够恰当。

再就是文中有个别不够准确的地方，就在稿上作了一点改正，想你不会介意吧？

端木因赶写《曹雪芹》中卷，什么都顾不过来了，他要我向您致歉，并问好！待他再忙过一阵再给您写信。

您来信请直接寄到家中，以免耽误。地址是"北京虎坊路一楼一单元二号"。不用挂号都能收到，因家中随时都有人在也。

专此即颂

撰安！

钟耀群

1982年6月10日

接获复信后，在敬佩端木蕻良先生虚怀若谷之余，我遵照他的意见对拙文作了修正。

411

1985年6月初，我将耗时四年才搜集到的端木蕻良长篇小说《几号门牌》手抄稿寄给他。翌月中旬，我又喜获复信：

益群同志：您好！

　　信和《几号门牌》抄件及宣纸信封等早收到。非常感谢！因端木六月份去了一趟东北，所以回信晚了，请原谅！

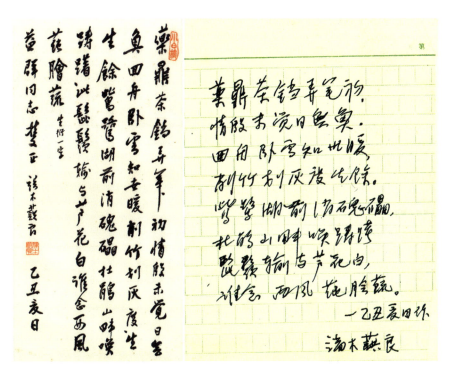

◎端木蕻良题赠作者诗，1985年7月

　　《几号门牌》已抄了一份，有的字和段落核改了一下，现将原件寄回，不知残缺部分，是否还能在别处找到？开始发表的日期，不知是否可以按日子推算出来？结束的日期则无法推算了。我目前正在编端木文集，想尽量将他发表的文章收进去，请您继续帮助我们！

　　寄上端木刚刚写得的新诗一首，既可作为他感情的抒发，又可感谢您对他的研究！不知是否喜欢？如觉不好，可要他再写！

　　刚刚接到桂林市委办公室电报，约请端木参加抗战时期党史座谈会，已复电感谢并祝贺，因身体不好，不能去参加了。

　　再见，祝您不断取得新成就！端木问候您。

钟耀群
7月7日

　　我马上去信深表谢意，并将端木蕻良先生的墨宝装裱挂在书斋墙上。许多朋友每见并得知端木夫人钟耀群那句"如觉不好，可要他再写"时都会戏谑说"那如若是我，肯定会请他再写一幅"，我也笑答："尽管此幅字中衍写一字，但也很宝贵知足，绝不好意思得寸进尺再求一幅。况且娟秀的字体更如其人之内秀，怎能说不好再来一幅！"

抗战期间端木蕻良在桂林

端木蕻良（1912—1996），原名曹汉文，曾用名曹京平，笔名黄叶、罗旋、叶之林、曹坪等。辽宁昌图人。1928年就读于天津南开中学，1932年考入清华大学历史系，同年加入左联，发表小说处女作《母亲》。1933年开始写作长篇小说《科尔沁旗草原》，1935年完成，堪称30年代东北作家群产生重要影响的力作之一。抗战时期和解放战争期间，端木蕻良先后在武汉、西安、重庆、香港、桂林、遵义、上海等地任教，并编辑《文摘》副刊、《时代文学》、《文艺杂志》、《大刚报》副刊等，长期从事进步文化工作。1949年新中国成立前夕从香港赴京。1960年5月与钟耀群成婚，1980年当选为北京作协副主席，1984年当选为中国作协理事。1985年《曹雪芹》中卷（与钟耀群合著）出版。1996年10月5日因病在京逝世，享年84岁。

陈残云

◎ 1944年秋陈残云（后排左3）和文抗队在前线宣传鼓舞士气

我们永远年轻，我们永远向前。

学校是革命的熔炉，我们是熔炉里的一群。

——陈残云为桂林逸仙中学所作校歌

诗卷残云

　　陈残云在桂林前后共两年多时间，日子虽不长，但为桂林抗战文化运动做出了较大贡献，产生了一定的影响。第一次到桂林后，他在逸仙中学任教，并积极从事桂林抗战文化运动。桂林逸仙中学是广东旅桂同乡会于1938年7月创办的，教职员40人左右，学生约500人。当时粤籍客桂的进步文化人李嘉人、黄新波、黄宁婴、华嘉、黄复懋、李启、王磊及陈残云等都是该校骨干力量。陈残云还为学校写了校歌。

　　陈残云和师生们亲密相处，经常用爱国主义思想启发学生，与学生们一道走向街头宣传抗日。在参加逸仙中学的教学之余，陈残云积极投身桂林抗战文化运动中。1940年2月4日，参加桂林乐群社文化部主办的"诗歌朗诵晚会"，与会者有黄宁婴、林林、刘雯卿、彭徽、李伟诗、孟超、胡危舟、黄药眠、李育中、李伟昌、陈子秋、龙贤关、陈芦荻、李文钊等。1940年3月上旬，他热情观看"在华日本人民反战同盟西南支部"演出队演出鹿地亘的三幕反战话剧，应邀参加文协桂林分会主办的有关座谈会，并在3月8日《救亡日报》副刊《文化岗位》上发表《受难者的呼声》，对该剧给予充分肯定。1940年4月14日，出席中国诗坛社在逸仙中学举办的"诗歌的民族形式"座谈会，与会者还有黄药眠、黄宁婴、林林、陈芦荻、刘火子、林山、高咏等20多人。为了加强同苏联文艺界的团结，声援苏联人民抗击德国法西斯的入侵，1940年9月9日，《救亡日报》副刊《文化岗位》以整版篇幅刊发"桂林文艺界同人给苏联的书简"，其中收有陈残云的《给江布尔先生》一文。1941年12月15日桂林《诗创作》第6期发表了《中国诗歌界致苏联诗人及苏联人民书》，陈残云和郭沫若、田汉、艾青、老舍、冰心、胡风、臧克家、田间、戴望舒、王统照、何其芳、袁水拍、邹荻帆、覃子豪、力扬、王亚平等署名代表中国150名诗人。

作为原广州中国诗坛社主要成员，陈残云在这一年里以满腔热忱，激情横溢地抒写抗战诗篇，先后在《中国诗坛》《诗创作》《文艺生活》《中学生》《广西日报》《广西妇女》《力报》《新工人》《抗战文艺》（桂刊）等报刊上发表了《母亲的歌》《海滨散曲十章》《焦土上》《笛声》《某村》《为你而歌》《送远行人》《煤油灯下》《箫声》等诗篇，出版诗集《杨村江畔》。他的诗立意高远，清新明快，直抒胸臆，以情感人，1941年发表在《文艺生活》杂志上的长诗《海滨散曲十章》最能体现其创作风格。这首诗写于皖南事变后，当时诗人被迫离开桂林这座"冷冷的城，闷闷的城"，来到香港"这势利的病态的都市"，初来乍到，举目无亲，难免"每夜我颓然／蹀躞于海滨"，但诗人坚信这"沉默"只是暂时的，那"狂飙的夜风雨来时／海要咆吼的"，表达了诗人对祖国、民族的命运至诚关切和对抗战必胜的坚定信念。无论在思想还是艺术方面，这首激情洋溢的抒情长诗均达到了诗人所追求的境界。

此外，陈残云还在桂林报刊上发表了不少文艺理论文章，如《反对"标奇立异"与"朦胧"》《爱护武器》《清理与提高》等，这些文章针对性强，观点鲜明，具有说服力。发表在《中国诗坛》第5期（新）上的《反对"标奇立异"与"朦胧"》，是针对当时桂林诗坛流行的某些怪现象有感而发，旗帜鲜明地主张抗战诗歌必须面向斗争现实，该文对推动桂林抗战诗歌运动的健康发展，有一定的指导作用。

值得一提的是，此时陈残云的生活虽颇为拮据，却很开心。他初来乍到，举目无亲，只好在桂林施家园租住木屋，如其所云：

生活相当艰苦，天寒地冻，连棉被也买不起。我写了些散文，只在陈芦荻编的副刊发表。他的副刊每周只发两次，篇幅不多，稿费又低，很难度日。[1]

在《最后一杯咖啡——痛悼新波兄》中他又说道：

> 我们曾经同住在施家园的木屋区里，并与温涛、特伟、廖冰兄、舒群、陈雨田、陈仲纲等人，合伙开饭。大家都很穷困，冬天里住的是透风的房子，吃的是一大锅无肉的粗菜和大米粗饭，但大家都是单身汉，既达观又快活，特别是新波，有许多逗人笑乐的趣话。有时饭后，还和温涛、冰兄披上破毯子，用毛巾扎着脑门，化装学演大戏，彼此胡扯胡唱，引得众人捧腹大笑。连就近的老人和小孩也跑来观看。有人说，这伙大不透的青年人真是"穷风流、饿快活"。[2]

陈残云第二次在桂林期间，思想发生了较大的变化，决心"为国家的独立自由而战"，胆量大了，斗争性加强了。意识到不仅要拿起笔，而且要拿起枪，为夺取抗战胜利战斗到底，于是他开始了在马来亚及冒险越境回归桂林之前的苦难历程。

1.陈残云文集编委会编《陈残云文集》(第8卷)，百花文艺出版社，1994，第367页。

2.陈残云：《最后一杯咖啡——痛悼新波兄》，载陈残云文集编委会编《陈残云文集》(第8卷)，百花文艺出版社，1994，第340—341页。

南洋历险

　　1941年1月皖南事变发生后，陈残云离开桂林去香港。同年秋，他带着夏衍的介绍信去南洋工作，辗转于马来亚各地。在新加坡，他受到了文化界前辈胡愈之、沈兹九、王任叔、杨骚的照料，结识了一批年轻的进步文友。1942年2月，马来亚全境沦陷。他以店员的身份住了两年，过着"奴隶般的痛苦生活"，耳闻目睹了日本侵略者在马来亚的残酷统治和被奴役的人民的痛苦与反抗，从而"感到当作家毫无用处，只有枪对枪地干，才是出路"。1943年10月，他冒险逃离马来亚，潜入泰国，绕道老挝、越南，历经千辛万苦，担惊受怕，于1944年1月终于回到祖国怀抱。在桂林，他热泪盈眶，感慨万端，立志抗战到底，性格、思想遂起巨变：

　　　　我原来是一个很规矩又怕事的人，但经历这两年多朝不保夕的痛苦生活，在国家多难之秋，应该既拿笔，又拿枪，为国家的独立自由而战，回到祖国来，我要参加共产党，干些实实在在的工作，会更有意义。[3]

　　于是，陈残云在桂林租了个小房间住下，开始了对日寇在马来亚暴行的揭露和抨击，陆续写了近10万字的报道文章。首篇《今日的马来亚》发表于

3.陈残云：《烽烟岁月寓文情》，载《文学报》第541期。

1944年2月初的桂林《大公报》，连载三天。此文虽只1万字，但对日本侵略者占领下的马来亚惨状报道得相当全面充分。如日军开进新加坡时的骄横，傀儡们粉墨登场的表演，占领军的物资控制、金融统治、资源掠夺、奴化教育等种种统治措施，以及在残酷统治下民众备受折磨、饥饿的蹂躏，作品中均作了如实描绘和详细报道，还反映了海外侨胞强烈的爱国情怀。当时这是首次在国内公布的日占马来亚社会状况之作，材料新鲜，内容翔实，不仅在政治、经济、军事上，而且在有关我方和日方的材料上均有着情报参考价值，因而发表后立即引起各界人士的重视。美国驻桂林陆军供应处很快便将其译成英文寄回美国发表，甚至还拟请陈残云带领他们潜回马来亚帮助该地游击队。《今日的马来亚》不仅是我国抗战文学的可喜收获，也是中国现代报告文学史上闪烁光芒的佳作。

陈残云所写的十多篇关于泰国、老挝、越南社会现实生活的报道文章，因故未能存世，实为憾事，其间缘由，作者曾说：

> （当年）没有在报刊发表，准备出单行本。但战事形势突然紧张，日寇进攻湘桂，桂林紧急疏散，单行本出不成了，我将原稿交余所亚同志带去重庆，转交夏衍同志。战争结束后，余告诉我，夏公将原稿放在新华日报，其后国民党反动派封闭新华日报时，我的稿子也一同遭了殃。[4]

4.陈残云：《异国乡情》，花山文艺出版社，1982，序言第1页。

拿笔又拿枪

　　1944年5月，日寇迫近长沙，桂林形势紧张，陈残云踊跃投入桂林抗日救亡运动中。他积极响应李济深"保卫东南半壁河山"的号召，参加"桂林文化界扩大动员抗战宣传周"活动。6月19日，长沙失守，衡阳告急。6月27日，广西当局下达了第一次紧急疏散令。为了安定人心，坚持抗战，6月28日，桂林文化界抗敌工作协会宣告成立（简称"文抗协会"），李济深任会长。7月4日，"文抗协会"组织了桂林文化界抗敌工作队（简称"文抗队"），由黎民任任总领队，田汉任副领队，陈残云任队长，华嘉任秘书。经过紧张的集训，60多名文抗队队员在田汉、陈残云、华嘉的率领下，于8月1日，走着与疏散人群的逆方向，离桂北上兴安、全州等地宣传抗日。8月8日，正当他们即将离开兴安北上全州时，传来了衡阳失守的消息，全州危在旦夕。疏散的人群络绎南下，军队正在层层布防，到处是一派紧张的战地景象。为了安定民心，鼓舞士气，他们还是继续赶赴全州县城，轰轰烈烈地开展各项街头抗日宣传活动，举行军民联欢大会，协助当地民众组织抗日自卫队。陈残云亲自创作《全州自卫队队歌》，号召自卫队奋起抗日救亡保家乡。8月18日，他和田汉又率队北上黄沙河前线，慰问驻军，宣传抗日，鼓舞士气。8月21日，遵李济深命，陈残云率文抗队大部分人员离开前线返回桂林。8月23日，参加文协桂林分会为著名作家王鲁彦举行的追悼会。第二天，欧阳予倩代表桂林文抗协会宣布结束文抗队的决定。桂林文抗队从成立到结束，历经两个月左右，身为队长的陈残云，勇往直前，斗志旺盛，热情宣传抗日，为保卫桂林做出了特殊的贡献。

1944年9月8日，广西省政府发布了第二次紧急疏散令，陈残云被迫和黄宁婴、朱治平等离桂经柳州徒步撤往贵阳。在贵阳获悉李济深正与中共合作，在其家乡苍梧县大坡山建立敌后根据地发动群众抗日。受党的派遣，他带领黄宁婴、朱治平等近十人，经贵州安顺，绕道黔滇边境，翻山越岭，徒步折回广西，冒险冲破多重封锁线，终于在11月上旬抵达广西苍梧县大坡山，在李济深的警卫部队当政工队队长，并于1945年8月秘密加入中国共产党，实现了"既拿笔，又拿枪"，"参加共产党"，"为国家的独立自由而战"的宏愿。

附录

识荆君已老

我自小喜欢文学，残云老是我心中偶像。20世纪50年代中期，那时我正读初中，他所创作的电影《羊城暗哨》公映时，家喻户晓，其大名便深深刻印在我脑海里。1961年我就读于中山大学时，又有幸到学校附近的珠江电影制片厂观看其另一力作《南海潮》的拍摄。1966年应邀参加《南方日报》举办的有关陈残云长篇小说《香飘四季》座谈会，对残云老崇敬之情与日俱增。

20世纪80年代初，我主编《桂林抗战文化研究》专栏，曾专程回穗分别向当年在桂的著名作家周钢鸣、楼栖、华嘉、陈残云等约稿，遗憾陈老当时不在广州，错过了拜访他之良机。后来，我专门从事桂林抗战文化研究工作，在搜集到的大量当年有关出版物和史料中，掌握了关于陈老较为丰富翔实的资料，并在《桂林抗战文学史》中对其当年创作的诗歌有所论述。1999年8月，我的长篇纪实文学《湘桂大撤退——抗战时期中国文化人大流亡》完稿，因其中一章写的便是陈残云当年的活动。

2000年6月24日，我趁赴穗工作之机，特地到广东省作协宿舍拜访陈老。当天上午我准时按响陈老家门铃，陈太太开门热情迎接："阿陈，深圳客人到了，快出来！"高瘦的陈老应声边扣纽扣边笑眯眯地跨出房门，我立即迎上，紧握其温厚双手，扶其坐下。无需客气寒暄，快人快语的陈太便对我说："你看他精神好好的，其实近些年他已老糊涂，脑和脚都不灵了！"我把当时刚出版的新书送给他，并把有关他的那一章翻开给他看，他笑呵呵地连声"嗯嗯"，还高兴地指着告诉我书里有他的名字哩。我见状不觉心如灌铅，倍感沉重。那次赴穗我方知前年还曾拜访过的黄新波夫人章道非[5]和著名画家王立均已作古，顿觉时不饶人，所以当时看到眼前只会笑脸相迎而老态龙钟的陈老，教谁都无法与当年在桂林勇任文抗队队长那生龙活虎的雄姿及驰骋文坛的神态相联系！

　　临别，陈太满怀深情地说："今天你与陈老真是有缘，没想到他精神那么好！要是平时，他就不会这么顺利照你写的办。"又再三叮嘱说："杨先生，他确实无法自如写字，你千万勿让人家知道陈老为你题词，否则他无法应承！"我告辞后，二老送我到门口，慈祥的陈老还要送我至楼梯口，我不敢当，轻轻地拉着他的手请其止步，帮他们关好门后才迅速离开。

---

5. 参见本书"黄新波"篇。

　　陈残云（1914—2002），原名陈福才，笔名残云，取自"风卷残云"，广州人。1931年在香港当店员，开始写作并发表诗文。1935年就学于广州大学文学系，并继续从事文学创作。1937年在广州同陈芦荻、黄宁婴等创办《广州诗坛》，为适应全国抗战需要，后更名《中国诗坛》，广州诗坛社改名为中国诗坛社。1940年初到桂林。一年后皖南事变，他被迫离开桂林，转道香港，于1941年秋到达马来亚。1943年10月，逃离被日寇占领的马来亚，偷越了泰国、老挝、越南国境，1944年1月辗转返回桂林，至是年9月撤离桂林，经柳州、贵阳，绕道黔桂边境，徒步于11月上旬抵广西苍梧县大坡山，加入李济深领导的敌后抗战斗争，任政工队队长。抗战胜利后，先后在广州、香港等地从事"民盟"和文艺教育界的民主运动。同黄宁婴、司马文森等人共同推动《中国诗坛》《文艺生活》等刊物复刊。新中国成立后调回广州，继续从事文学创作和广东省作协领导工作。曾任广东省作协主席，其电影剧本《羊城暗哨》《南海潮》和长篇小说《香飘四季》蜚声文坛。2001年12月中国作家协会第六届全委会议决定陈残云为中国作家协会名誉委员，并颁发证书和金质纪念章。

杜宣

◎杜宣夫妇与魏华龄（左）晚年游桂林

读书学剑不成欢，且向榕城作看官。
金凤玲珑飞燕好，周郎从此做人难。
——田汉赠杜宣诗（小金凤、小飞燕
为当时桂剧的名角）

谍战传奇

1943年4月，在重庆周恩来的安排下，杜宣巧妙摆脱桂林国民党特务的逮捕，装扮成塔斯社驻中国总社副社长罗米里诺斯基的翻译一路同行（其实他根本不懂俄语），冒险闯过了沿途国民党军警的层层关卡，最终平安到达重庆八路军办事处。

1944年，新婚燕尔的杜宣又临危受命打入美军陆空辅助总部，担任顾问。为完成同盟国开辟东方战场进行前期联络工作，他以民主教授的身份，带着两个美国情报人员，以建华东气象站为名，从昆明出发，途经江西、福建，既要避开日军，又要瞒过国民党，穿山越岭，历尽艰险，为时一个多月，最终在浙西天目山找到了新四军总部，完成了给中缅印战区美军司令史迪威将军在中国东南沿海选择登陆地点的重要情报收集工作。

1945年8月日本投降后，杜宣坐着美军飞机直降香港与广州两地，开始参与同日军谈判受降事宜，成为中国作家里直接目睹二战结束谈判全过程的唯一见证人。

抗战胜利后，杜宣和妻子被派遣到香港，以大千出版社社长和南国大酒店董事长的身份继续从事秘密工作，和三教九流打交道。1948年深秋，因战局急变，国民党大势将去，保密局严令邓葆光少将将他所掌管的财产尽快抢运到台湾，包括他的经济研究所搜集到的110箱7万册珍贵古籍。邓葆光在杜宣的策反下，易姓更名为"邓景行"，将古籍运到香港招商局仓库，伺机偷运回大陆。1950年9月，台湾方面出重金排查，终于"淘"出了一年半前由上海迁港的"邓景行"。1950年9月12日，邓葆光在街头身中九刀，倒在香港红棉酒家门前的血泊中，后经抢救护养，幸从死神手中逃脱。杜宣临危出击，数次密赴香港，通过谍报与外交的双重努力，与港英当局联手用"灵车"将邓葆光护送出香港至罗湖桥的北头，进入广州。上海市副市长潘汉年、公安局局长扬帆探视邓葆光时，郑重告诉他：那批深藏在香港中环路私人仓库的珍贵古籍国宝，在杜宣同志的策划运作下，已全部安抵上海，送交中华人民共和国国务院。杜宣对香港是有着特殊感情的，1997年，香港回归祖国之际，84岁高龄的他仅用半个月的时间，就完成了反映香港157年沧桑变迁的大型史诗剧《沧海还珠》，上海话剧界五代同堂向祖国献演，创造了中国话剧史上的奇迹。

上海解放初期，杜宣受中央社会部李克农部长的亲自委派，接管国民党伪国防保密局的"东方研究所"（即后来的国际政治经济研究所），在进行了情报的勘察、核实、侦讯等大量工作后，向中央决策层提供了一张国民党潜伏大陆的间谍网。五年之内，国民党反攻大陆的定时炸弹全部被新中国有关部门排除，国民党反攻大陆的阴谋彻底幻灭。

谍海恋

　　杜宣在谍海中如鱼得水，节节胜利，屡创奇功，离不开其贤内助的通力协作，而其夫人叶露茜[1]的经历同样是一段传奇。

　　1934年在南洋高级商业学校读书时，叶露茜就酷爱艺术，积极参加上海左翼业余演剧活动。翌年，成为上海左翼剧联领导下业余实验剧团和业余剧人协会的主要演员，先后参加演出《钦差大臣》《大雷雨》《武则天》和阳翰笙的《塞上风云》、于伶的《夜光杯》、田汉的《最后的胜利》等剧目，进行抗日战争宣传活动。1934年春，在叶家花园，她和金山、王为一一起参加左翼剧联演出的话剧《奇迹》，作为募捐义演。赵丹看完戏后，到后台向金山和王为一祝贺，与叶一见钟情。1936年4月26日，赵叶二人与唐纳、蓝苹（江青）和顾而已、杜小娟两对新人一起在杭州六和塔前明志结婚，婚礼办在了六和塔下，取"六人百年好合"的彩头。1937年八一三事变后，日寇悍然侵占上海，义愤填膺的赵丹、叶露茜夫妇把年仅9个月的女儿赵青留在家中后便随抗日救亡演剧队赶赴四川重庆。1939年6月，赵丹辗转去了新疆，梦想着准备在那里开辟新的戏剧事业。叶露茜怀抱10个月大的儿子，随赵丹和徐韬、王为一、朱今明等三对夫妇辗转一个月，由重庆抵达新疆迪化（今乌鲁木齐）。不料赵丹在新疆却被军阀盛世才监禁长达五年之久。叶露茜曾奋力前往营救未果。为将叶露茜等家属赶

1.叶露茜，原名叶毓珠，广东南雄人。1917年生。父亲系高级知识分子，性格独立自主。母亲是广东香山县翠微乡（今属珠海市）人，家道殷实。

跑，1942年12月中旬的一天，盛世才老婆找叶谈话，通知她赵丹已死，他们必须离疆。翌日盛世才不由分说便派兵武装押送叶等家属，乘着大卡车一路颠簸，走了半个多月，于次年1月到达兰州。三个月后，叶收到了周恩来委托金山汇来的路费，随即和4岁的儿子搭乘八大队的军用飞机离开兰州，回到重庆，那时重庆已为赵丹开过追悼会。叶露茜带着幼儿，孤苦伶仃，身心交瘁。基于地下工作的需要，经郑君里说合，叶露茜于1944年改嫁杜宣，继续在重庆参加新中国剧社戏剧活动。翌年8月底，随杜宣抵达香港，在中共港澳工委领导下筹备成立港九妇女联谊会，并担任主席，团结上层人士家属，配合杜宣从事情报工作。1946年2月加入中国共产党，担任中共港沪交通员。

笔者曾向杜宣先生求证婚事真伪，他微笑着说："不错，我们的婚姻是周恩来总理指示并证婚的。因为当时我们要去香港做地下工作。我们的爱情是自由、真挚、忠实的。白头偕老，终生不渝！"

据说，赵丹出狱后听闻爱妻改嫁，痛苦不堪，此时叶已怀上杜宣的孩子，赵丹希望叶露茜打掉这个孩子和自己走，但叶好言相劝："我因为误信谣言毁了一家，现在又为复婚拆了一家，不行！"赵丹只能长歌当哭，忍痛离开。杜宣与叶露茜和赵丹，一个谍报特工人员、一个新时代自由女性、一个电影界耀眼的明星，三个在抗战中相逢相知的热血青年之间的爱恋大片轰动半个世纪。女儿赵青曾问过母亲这一生更爱谁，叶答曰：杜宣。

新中国成立初期，叶露茜任上海市总工会康乐科科长，先后调任上海文艺工作者工会筹备会文教部长、市文化局文艺科长、长宁区文化科长和区艺术学校副校长等职。整个50年代，叶露茜都在基层负责文化工作，兢兢业业，口碑甚佳，又是一位精心养育九个儿女的贤妻良母。"文革"初期她被打入"劳改队"，备受折磨，杜宣也入狱三年。1992年1月25日，叶露茜因病去世。12年后，杜宣也不幸离世。2006年8月23日，落葬于宋庆龄陵园名人墓园。赵青按照杜宣生前的"妈妈要一起去，死了也要浪漫主义"的遗愿，遂将叶露茜的骨灰由龙华烈士陵园迁出与杜宣合葬。顺便指出，有的论者谓叶露茜与杜宣结婚后即随其奔赴桂林，参加新中国剧社宣传演出，此乃误传，杜宣乃1940年单身赴桂林，4年之后二人方结为连理。

◎1937年1月悬挂在卡尔登大戏院中的
　叶露茜的大幅照片

◎赵丹与叶露茜1936年在上海

◎1947年7月8日杜宣全家合影于香港

演剧入桂

　　1940年春，杜宣一到桂林，就参加了由欧阳予倩主持的广西省立艺术馆工作，帮助他整理桂剧资料，做些研究工作。据杜宣回忆，当时欧阳予倩"还在剧场划给我固定座位，要桂剧团每晚演四出折子戏给我看。看完后要对每出戏提出意见"。[2]就这样，杜宣天天晚上看戏，先后看了一百多出，这对于长期以来过惯了救亡团体走南闯北战斗生活的杜宣来说，无疑很难适应。尤其是看到那些软绵绵的调情戏时，他竟坐立不安，不禁对刚来到桂林住在其家的田汉流露出向往火热战斗生活的心情。田汉大笑之余，当即写诗相赠（见本篇篇名页）。

　　与此同时，杜宣还和桂林原国防艺术社副社长李文钊合作，组建新中国剧社。他专程到湖南向蛰居在南岳的田汉和在广东坪石中山大学任教的洪深去求援，在他们的全力支持下，剧社宣告成立，由李文钊任社长，并担负经济开销，艺术上和人事则由杜宣负责。于是杜宣、许秉铎、石联星、严恭等演剧队的同志全部脱离广西省立艺术馆，加上各地演剧队新来的一些人共二十余人，齐集剧社。田汉为支持剧社的创建，也从南岳迁来桂林。由杜宣执导陈白尘的新作《大地回春》作为剧社的首演。鉴于经费窘迫，李文钊不

2.杜宣：《杜宣剧作选·后记》，上海文艺出版社，1982。

得已退出剧社，剧社的经济和演出两副重担都压到杜宣身上，他每天为剧社筹措柴米，四处奔波，东挪西借，居然使剧社二三十号人的最低生活维持下来。当时其窘境可想而知，常常是一边排戏，一边由杜宣设法借钱回来才能买米下锅。在相当长的时间里，往往是一天只能吃一顿饭。

但新中国剧社没有被困难吓倒，以杜宣为首的剧员们，逆流而上，发扬团结战斗的抗战精神，排演了《英雄的插曲》《秋声赋》《钦差大臣》《大雷雨》《重庆二十四小时》及《再会吧，香港！》（又名《风雨归舟》）等剧目，并到湖南等地旅行公演。

除此之外，杜宣还和田汉一起，于1940年11月1日在桂林创办了《戏剧春秋》，田汉任主编，杜宣、许之乔负责编辑工作。先后为该刊撰写了《关于剧作上唯"噱头"的倾向》《一个旧问题的新提出》《论公式化》《演员和观众》《一个马戏班女艺人之死》《迎第四届戏剧节》[3]。在这些文章中，杜宣针对当时话剧创作中的某些倾向提出了自己的看法，提出必须加强"戏剧的严肃性质"，以提高正在"蒸蒸日上的发展着"的新话剧（《关于剧作上唯"噱头"的倾向》），号召作家们去参加实际的斗争生活，指出"中华民族从数千年奴隶生活解放这一伟大时代的史诗，是参加击碎这枷锁的实际斗争过程的作家们所写成的"（《一个旧问题的新提出》）。他在《论公式化》一文中指出了艺术要有"独到的地方"，反对"空空洞洞的、无生命的一些概念的形象"，希望"能够读到充实的、有力量的、典型性格的东西"，呼吁作家们"只有去接近现实生活的各方面"，并明确指出要"克服公式化的作品，首先必需要克服公式化的生活"。杜宣的这些观点和主张，无疑代表了当时话剧创作中的一些新思想，也紧密联系了当时的实际情况，对当时话剧创作的繁荣发展是有一定影响和起了一定作用的。此外，杜宣还写了《建设戏剧批评》《预祝第三届戏剧节》《民族艺术交流之夕》《〈春的消息〉观后感》《迎抗剧一、九队》等戏剧评论，先后发表在《救亡日报》副刊《文化岗位》上。他还翻译过卢那察尔斯基的《批评论》，发表于《人世间》上，可谓为繁荣国

---

3. 六篇文章分别载于《戏剧春秋》1940年11月至1941年3月各期。

统区抗日戏剧运动贡献良多。

　　杜宣在剧社的繁忙工作之余，还从事剧本创作。1942年他创作《自修室的黄昏》（独幕剧）[4]和《英雄的插曲》（两幕话剧）[5]。《英雄的插曲》是为新中国剧社庆祝郭沫若50周年诞辰和创作25周年纪念特意赶写和排演的。剧本描写郭沫若当年"抛妻别子"离开日本，秘密回到祖国参加抗战以后，其夫人安娜在日本的艰难生活及所受到的一系列遭遇。全剧情节感人，表现了郭沫若的爱国主义及其夫人深明大义的高贵品质。该剧以田汉的长诗《南山之什——为沫若兄五十寿辰而作》为前奏乐章，充满了强烈的悲愤激越之情，使演出获得出乎意料的成功。

4.载《中学生》1942年第55期。

5.载《戏剧春秋》1942年第1卷第6期。

老来不健忘

　　鉴于杜宣抗战时期在桂林戏剧运动中举足轻重的地位，早在1983年我便专程前往上海拜访他，受到时任上海市文化局演出处处长的蒋柯夫的热情接待。蒋柯夫抗战期间曾在杜宣领导下的桂林新中国剧社任职，对杜宣的为人处世印象深刻，他向我们作了生动翔实的介绍后带领我们前往杜老家拜访。杜老慈眉善目，稳健持重，夫人叶露茜爽直明快，谈笑风生。杜老一谈起桂林，便兴奋莫名，滔滔不绝。

　　1985年7月15日，我在"桂林市抗日战争党史座谈会"上有幸与杜老重聚。他不仅认真仔细地向我介绍当年桂林抗战剧运和他个人的抗日历程，还饶有兴致地回忆起当年趣事。21日，在会议组织的桂林兴安灵渠游途中，他向我讲起当年柳亚子陪田汉饮酒的一则逸事——1942年柳亚子陪田汉到桂林嘉陵酒家喝酒，田汉一摸口袋没钱，柳亚子便给酒店老板写诗，以诗当钱。诗曰：

> 金貂换酒寻常事，
> 难得今宵酒又醇。
> 三十一年大除夕，
> 愿拼一醉在嘉陵。

事后查阅柳亚子先生《磨剑室诗词集》，果见此诗，虽略有出入，但也可见杜老记性殊强。全诗（文）如下：

洪浅哉五十初度，遥祝一首即寄渝都，时十二月三十一日也（诗略）。

是夕寿昌招宴嘉陵馆，同集者予倩、问秋、佛西、仲寅、安娥、云彬、蕻良、孟超、郁风、萨空了、周钢鸣、许之乔、孙宝刚、杜宣、姚展、特伟、赵三暨余共十九人，赋诗纪事，兼赠馆主徐寿轩、宿伯石夫妇：金貂换酒吾侪事，难得今宵酒似渑。三十一年大除夕，愿挤狂醉在嘉陵。酒浅愁深辛未能成醉也，存此诗聊作纪念而已。[6]

当天，杜老还提到了田汉在桂林赠给第四战区司令长官张发奎的诗：

> 将军华发忽萧萧，
>
> 犹有豪情不（未）可消。
>
> 秋老未（不）知湖蟹味，
>
> 每因把酒忆南桥。

会议结束后数月，我收到了杜老来信，内容如下：

益群同志：

十一月十八日信悉。

关于回忆新中国剧社文章，我一定要写的，只是目前安排不出时间，明年开春争取交卷。

兹寄上钟耀群（新中国剧社演员，端木蕻良的夫人）一篇纪念瞿白音的文章的小样。她寄给《文汇报》，小样已排就，若有版面将发出。报社送来要我帮她看看。现在征求好报社同志，转给你们发表。

6.见中国革命博物馆编《柳亚子文集·磨剑室诗词集》（下），上海人民出版社，1985，第1022页。

发表后，稿酬直接寄：北京市文联端木蕻良转钟耀群收。专此

问好！

杜宣

十一月二十三日

438

　　杜宣（1914—2004），原名杜苍凌，江西九江人。剧作家、散文家、诗人和国际文学活动家。1932年入上海中国公学中学部读书，同年参加中国共产党。1933年组织三三剧社，参加左翼戏剧家联盟。接着去日本东京日本大学留学，并从事左翼文学和戏剧活动，组织杂文社，主编《杂文》月刊，并组织中华留日学生艺术界聚餐会、中华留日剧人协会等。1937年抗日战争全面爆发前夕回国，参加新四军战地服务团。1938年在江西搞地方工作，带领京沪平等地的流亡学生组成的剧团，到江西各地巡回演出，大大鼓舞了战士和群众的抗战情绪，也引起了国民党顽固派的仇视。1939年夏天，国民党顽固派突然袭击新四军驻平江通讯处，掀起第一次反共高潮，江西国民党当局也开始大逮捕。为逃避国民党的搜捕，在江西省委的安排下，杜宣搭上路过的抗日演剧九队的车子，离开吉安到达湖南衡阳。1940年春，应欧阳予倩之邀到桂林筹建广西省立艺术馆。新中国成立后在上海市文联、作协、剧协、对外友协等单位担任过领导职务。

秦似

◎秦似译约翰·斯坦倍克小说《人鼠之间》

人鼠之间

〔美〕斯坦倍克著　秦　似 译

猛士谁堪使屈降，坚贞自有铁肝肠，
黄巢不畏上方剑，秋瑾何曾惜发香，
剩水残山嗟暴虐，扶危救死奋忠良，
江河血泪几时尽，百姓犹荷民主枪。
　——秦似《病后》

一场『援救』

在抗日战争年代，鉴于时局混乱和交通不便，文化界偶有发生某某被误传为不幸牺牲或病逝的消息，有的甚至还为此举行追悼会。秦似便是其例，这缘起于重庆《新华日报》的一则短讯。

1945年7月30日，该报刊登了一条题为《秦似逝世》的消息，内容是：

> 据作家何家槐自百色来信，前桂林《野草》杂志编者秦似，于去冬退出桂林后混乱中病逝。

一石激起千层浪，消息一出，立即引来了秦似朋友们及其粉丝读者的亲切关注，纷纷撰文写诗表示悼念。

首见报端的是署名高扬的《吹号者——为秦似夫妇之死而作》[1]。原文如下：

> 我们的青年优秀作家，正人君子所厌恶的《野草》的编者——秦似先生以及他的夫人陈翰英[2]女士，在抗日战争和争取民主团结的道路上，倒下了！他们饮着自己（己）骄傲的血酒，衔着最大的憎恨，吻着忠于人民大众的一颗赤诚的心，倒下了！他们是民主中国道路的人，他们不愿充

---

1. 高扬：《吹号者——为秦似夫妇之死而作》，载《力报》（贵阳）副刊《文艺新地》1945年8月28日。
2. 应为陈翰新。

当无声的中国的奴隶，不愿躲在时间的河流而静静地死去，不愿成为二十世纪中国活的木乃伊，为了迎接一个民主、自由、独立和富强的新中国，不惜奉献出他们的生命，站在战斗的祭坛上，喊破他们的喉咙，洒尽最后一滴血，支付了他们所能支付的。他们是死得多么的朗爽、勇敢、光荣和骄傲。

是的，中国人多的是眼泪，廉价的也是眼泪。但是对于秦似夫妇的死，我们却没有眼泪，只有愤怒！

不用说，秦似夫妇的死，是他们战斗品格的崇高的表现，也就是中国知识分子的战斗品格的表现。中国知识分子继承并发扬了"五四"革命优良传统。这是建设民主的新中国的可靠保证。这是中国文化界的光荣、中国知识分子的光荣、中国人民大众的光荣。

摆在作为人民号手的中国知识分子面前的道路只有一条，即为人民服务的道路，也就是人民的道路。我们晓得只有思想和行动结合，艺术和战斗结合，知识分子才能够和人民共同呼吸，打成一片，"拿头脑同情人家是容易的"（托尔斯泰），中国也不需要高踞在黄鹤楼上的知识分子。秦似夫妇走的就是战斗的道路、人民的道路，无疑的，这就是中国知识分子所要走的道路。

活得顽强，死得勇敢。秦似夫妇已经走在前面，我们还能犹豫不前吗？（一九四五年七月二十九日）

著名诗人柳亚子风闻秦似夫妇去世的消息后，心急如焚，四处打听。在8月20日给朋友信中特地写道："报载秦似兄逝世消息，兄处有何详细报告？展示甚感也。"并作诗悼念：

> 天涯惊恶（噩）耗，怀旧涕潸然。
>
> 烽火怜非命，干戈损盛年。
>
> 文章忧患始，伉俪死生缘。
>
> 留取高名在，还凭野草传。（《野草》为君主编的刊物）

并题曰："迩冬书来言桂林燹后，秦似走归博白，与其夫人骈死乱军中，诗以哀之。九月四日作。"[3]后柳亚子又作《再哭秦似一首，九月十六日作》：

444

> 横死怜秦似，乡亲忆绿珠。（迩冬言秦似博白人，绿珠之同乡也。）
>
> 文章憎命达，怀旧共嗟吁。（君在桂林屡乞余撰文在所编《野草》发表，后复辑为一卷，颜曰《怀旧集》，欲为余付梓而未果。）
>
> 健硕犹堪想，尸骸奈早枯。
>
> 李家村畔路，影事未模糊。（一九四三年耶诞前一夕，寿昌招游桂林之李家村，君与佛西、仲寅、安娥、端苓偕往。）[4]

10月3日，柳亚子又特地在致陈迩冬的信中提到，他已把哭秦似二诗及为琴可所发的电稿抄寄罗承勋，请对方在《大公晚报》发表。[5]可见柳亚子对秦似的不测是十分关注的。

与此同时，各地也都举行声援活动，如福建张垣、赖丹、熊寒江在《抗战时期闽西南、北文艺运动的追忆》一文中提道：

> 一九四五年九月抗日战争胜利前夕，西南的文化中心城市——桂林发生"秦似出走事件"时，董秋芳[6]曾用"新语学友联谊会"名义发出通电声援。[7]

据传昆明进步文艺界还为此举办吊唁秦似的追悼会，秦似的父亲、著名语言学家王力与会并写诗悼念。秦似在桂林的战友司马文森[8]，更利用其主

3.见中国革命博物馆编《柳亚子文集·磨剑室诗词集》（下），上海人民出版社，1985，第1312页。

4.见中国革命博物馆编《柳亚子文集·磨剑室诗词集》（下），上海人民出版社，1985，第1316页。

5.柳亚子：《致陈迩冬》，载上海图书馆编《柳亚子文集·书信辑录》，上海人民出版社，1985，第317页。

6.鲁迅学生，福建《民主报》副刊《新语》主编。

7.张垣、赖丹、熊寒江：《抗战时期闽西南、北文艺运动的追忆》，载中国作家协会福建分会、福建师范大学中文系编《福建新文学史料集刊》（第一辑），1982。

8.参见本书"司马文森"篇。

编的刊物《文艺生活》，大声疾呼"援救秦似"。《文艺生活》（光复版）新三号（1946年3月1日）开卷重要位置上发表了《秦似未死　现被囚广西狱中》，消息称：

> 去年柳州收复，听说秦似和他的太太在"桂南惨案"中，被"清剿"而死。不久渝、昆等地报章什（杂）志，纷登追悼他的文字，大家都以为他真的死了。据最近重庆朋友接到他太太陈翰新女士的来信说：
>
> "……秦似于去岁秋天桂林失守之际，从桂林回到博白，曾在博白教书，后被县政府逮捕，说他是'奸匪'要枪毙他，如果他交不出十万元的话。后来固无确证，幸而未死，但至今仍拘禁未放……"可见秦似并未死，却以"奸匪"罪被捕了。

该刊同期还发表司马文森的文章《援救秦似》，作者以饱蘸感情的笔触写道：

> 桂林紧急疏散不久，我在柳州，若干秦似的行止，听到两个不同的说法。有一说他已随张今铎到独山去做官了。另有一说，他并不到独山去，也不做官，他已到象县去教书了。不久，柳州局面也紧，我徒步走了四天，向融县撤退。
>
> 在桂北敌后，坚持武装抗敌工作时，我们经常的忆念着那些同自己一样留在广西敌后工作的文化界朋友，秦似就是这些被我们关心着的朋友中的一个。我们通过了许多关系，才打听到他在南路一带，干的也是和我们一样，武装工作。我们很兴奋，可是取不到联系。
>
> 敌人将近从桂东北溃退的时候，我从二区专员公署倪专员处得到南路"叛变"被剿灭消息，据说被捕和清剿的人物中，除了张炎外，还有秦似的名子（字）。他死了，失败了，我们感到难过！
>
> 敌人投降，我被复员到柳州，听到关于秦似死的消息更多，甚至于在重庆报上，看见追悼他不幸牺牲的文章。那么，他是死定了，连追悼文章

桂
林
！
桂
林
！
——
中
国
文
艺
抗
战

446

也有了。

可是，从南路来的一个朋友告诉我，秦似虽参加了那儿起义工作，但并未被杀。他到那（哪）儿去呢？随张炎夫人带了残部到某地去了。这个朋友可靠，他的话有十成可以相信，所以到了广州后，有人问到我关于秦似的死，我表示了怀疑和保留态度。最近，看到一段消息，……除了愤慨和痛心外，我说不出第二句话。南路的屠杀，差不多已成了多年来广西有名的杰作，甚至于连最高统治者，也摇头认为未免过火一点，在大兴屠杀之后，刽子手尚不以为足，又兴了冤狱，囚禁文化人，勒索十万元，这是一种什么作风，我无法解释！

我不是在替秦似辩护，他是否是"奸匪"，我只问，即使他是所谓"奸匪"，这时又该怎样？蒋主席不是表示过给人民以四大自由，给各政党以公开合法地位，三万个政治犯不是闹着要被释放了吗？可是秦似为什么还要被关着，关在冤牢里，难道真的要十万元才肯放吗？

八年来，坚贞的文化工作者，被军阀官僚特务份（分）子的欺凌压迫还不够吗？为什么在大解放日子已经到来，还要给他们在冤狱中受难！我们表示对这个问题关切，我们号召全国文化界注意这个问题，我们提出，我们向大家呼号：

"从速援助秦似！"

不然，也许就会有第二个羊枣出现！

该文同时发表于《新华日报》1946年3月27日副刊上。

司马文森的文章发表后，在全国文艺界产生了广泛的影响。紧接着，《新华日报》又于当年4月10日发表了史复的《援救千千万万的"秦似"！》。文章披露了更多秦似的真情实况，全文照录：

秦似死了，有人悼秦似，然而后来竟然证明他未死。

秦似被捕了，有人呼吁救秦似，虽然我要证明他也并没有被捕，但我仍作同样的要求：援救秦似！援救千千万万的"秦似"！

秦似没有死，秦似也没有被捕。早在年初，重庆便传着秦似未死，但已失自由的消息，说他被禁于桂南某县，那个县长要有十万元的赎身费才肯放他出来。就在那时，我接到了一封寄自广东信封上并未书明寄信人地址的信，拆开一看，信尾的署名是"土根"，那时的欢喜是无法说出了，套一句成语，正是"如亲故人"，一份甜蜜，加一份辛酸。信一开头便说："别来至念。弟幸而尚在人间，渝传失实……"终于得到证实了，秦似没有死，因为秦似就是土根，土根就是秦似。（是他的笔名。其实秦似也还是笔名。）

信的内容很简单，"此时此地，弟一切详情不克书述，所可告者，惟日困愁城，生活费用无着而已"。另外提到存在友人处的他的一部译稿，想设法卖些钱，并说"杂文如有人肯要，到（倒）可以集一新集"云。

不久，就又收到他的另一封信，还是说"生活极苦"。信纸的背面抄有几首旧诗，说是"愁坐多暇"而写的，希望在报纸上刊出。如果照他自己的说法，那些诗句表现的是他的"现况"就是这样的了：

"万里烽烟战乱间，坎坷几许蚁民还，胸怀浩气余生苦，志切时潮贻死闲，道路翻传伤慈泪，衔庭悔过耻靦颜，漫怜民主一砖石，俯仰屡当巨泰山。"（答父）

"身入大荒近海隅，蓬头依寄野人居，官军要索文书亟，同志伤亡音讯稀，乡居难浇血块垒，村姬堪语大同书，青春磨尽髭须壮，北望中原又几时。"（乡居）

"猛士谁堪使屈降，坚贞自有铁肝肠，黄巢不畏上方剑，秋瑾何曾惜发香，剩水残山嗟暴虐，扶危救死奋忠良，江河血泪几时尽，百姓犹荷民主枪。"（病后）

"初经念九载风霜，愧有睚眦书万行，笔墨怨深浑未解，鼠蛇志满且

猖狂，流离绝地遗妻女，困顿穷乡久叛亡，又是一年寒露后，高歌寂寞对秋光。"（念九）

从这些诗里，我们知道秦似并没有被捕过，只是在"扶危救死奋忠良"失败之后，"同志伤亡"了，"军官要索"得很急，耻于"衙庭悔过"，这一块民主的砖石就只能隐姓埋名，于海隅荒村，过逃亡生活了。虽然"困顿"，虽然"寂寞"，却仍不失高歌的勇气，依然有敢"当泰山"的决心，与村姬讲大同书，一点一滴的工作。秦似到底是秦似！他没有死，也没有因苟活而低头，落荒而退伍，他还是老样子的硬朗，老样子的倔强！

使人想起"野火烧不尽，春风吹又生"的野草；使人想起那一个以《野草》为名的小小的杂文刊物。

《野草》与秦似，几乎是一而二，二而一的，因为他是那一个刊物的实际编辑人。一如其名，《野草》的篇幅其小如草，一如其名"野草"的战斗精神极其顽强，顽强得使某些人必欲去之而后快。不幸的结果，终于如秦似在发刊词中所说，"野草虽然孕育于残冬，但生长和拓殖却必须在春天的，如果严冬再来，它自然还得消亡"。而当后来严冬再来时，《野草》就果然消亡了。

那是一段令人惨默的日子。

失去了《野草》，秦似就失去了他作战的阵地，但武器——他的杂文，是没有失去的，利用着每一个可能，他还是不时在挥舞。

而最后如风暴般袭来的是那最黑暗的湘桂大撤退，掣妇将雏，他颇为狼狈的离开了文化城的桂林，在那儿，在那时候，除了逃难，是什么也不能作，不许作了，他预备到一个小县教书去，而后来却参加了一个应景而生的官家所办的地方民团。不久，由于那个民团司令硬要他当军法官。"那怎么行？我又没有念过法律！"在学校念数理，出了校门弄文学的秦似当然不肯干，一边是无论如何要你接受，一边是无论如何我都拒绝，终于，扛起他那劫余的小包袱，秦似自走他的路了。

秦似是不懂法律的，而在那些地方，"法律"也的确难懂，为了思想有"问题"，一个十二岁的小孩也给枪毙了，这就是那些地方的"法律"，秦似所不懂的"法律"啊！

但秦似终于找到了人民的队伍，而且参加了进去，在离开那官办的民团之后。正因此。他乃为"官军要索"而困顿，而逃亡了，一个名叫张炎的抗敌将军且以此被害，一群起来抗敌的同志且以此伤亡。

这是一段苦极，苦极的日子，这日子直到最近也还未过去。秦似的来信写于去年年底，而最近司马文森先生呼吁"援救秦似"（新华副刊，三月二十七日）的文章里，还根据重庆刊物上的消息，以为秦似仍处狱中，可见虽在胜利之后，虽在政治犯要放，人身自由要保障之后，秦似依然逃死逃名于穷乡僻壤间，还不能挺身而出，堂堂正正的做一个人，连近在广州的朋友（如司马文森）也只有老远的向重庆探索其生死，"官军要索"也真太"巫"了，使人想起那句老话：兵来如剃。难道真个视民如寇雠，非执刀一个个剃死不可吗？

秦似虽然未被捕（他侥幸逃脱了），未与羊枣同其命运，但他得到的也并非自由，他依然待救。

而且，待救的又何止秦似一人？"官军要索"的文（又）何止一个秦似？千千万万不能安于其位，不能人尽其才，逃去逃来，望门投止，忍死须臾的不都是"秦似"，不都要援救吗？

正如秦似所说："如果畸形的受难者们正立起来的时候，兽脸就将被刷清或自己藏起来。"

援救他们，揭开兽脸（那些虚伪的诺言，吃人的法令），正是我们的责任。

揭开兽脸，不要让它藏起来！（写于张炎将军被害周年后六日）

就在大家此起彼伏的一片关怀声中，秦似终于发声。1946年9月出版的《文艺生活》（光复版第8期）刊登了他的《从夜里到夜里——告两年来关怀我的友人》，文中秦似无限感慨地回忆起桂林沦陷前夕，匆促撤离的窘迫情状：

想起那个秋雨迷蒙的早上，我们挤上了桂林南站的疏散车，我和女人和另几位朋友。"黄沙河失守，飞机场大火"，连看我也不回头一看那火海中的死城。我不知道人们要逃到什么地方，可以逃到什么地方，日本人跑得那样快，而带着虱子一般的男女小孩的疏散车却是每天走不了几里又停下来；前去独山，就连停住不开的火车也塞满了人了，官兵民三等，各各住了家。我们很快就发现了自己是逃难竞争中的失败者，而这时候，另一条道路却向我打开着大门，那是往沦陷中的家乡去的路。"国破山河在"，这被弃遗了的山河，又正有着自己的母子家人，和万千同自己一样乡音谈吐的家人父子，……就这样折向南边，在凤凰站挨了车站警察的殴辱和强抢，把他们化装劫掠的剩余背在肩上，在敌前走了七天零两个晚上，终于回到敌后的家乡了……在参加人民一砖一瓦的，保乡爱国斗争工程中……

此处所说的"斗争工程"，就是秦似1986年10月为纪念聂绀弩所写的《友情难忘录》[9]中提到的"桂东南抗日武装起义"：

一九四五年春，秀才造反，我参加了桂东南抗日武装起义。起义很快遭到失败，同志们死难很多，因而那时盛传，我已牺牲了（其实我是受到农民掩护起来了）。

在《从夜里到夜里——告两年来关怀我的友人》中，秦似还回顾他在农民保护下的避难过程：

我在这些日子里很难成眠，常常躺上了床，对着灰堆中的余炉（烬）默索一天里的事。必须竭尽心智，从仅有几个村人的口里和脸上，填出一天村里外情况变化的空白。下一刻会怎样呢？成十成百青年人的牺牲，把

9.秦似：《友情难忘录》，载《聂绀弩还活着》编辑小组、政协京山县文史资料委员会合编《聂绀弩还活着》，人民文学出版社，1990，第191页。

我丢了下来，现在，我是独立搏斗了。生命挣扎的本能在提醒着我：半点疏忽就会等于死亡……我不能忘记他把我安置在一只小船里，如虎似狼的官军从船边呼啸而过之后，他黄脸上那朵安堵的憨笑，他也伴过我不少夜行，累成对汗人儿般的攀爬中同喝山沟里的水……怀着畏惧和小心，人们还是把我收藏起来了。

秦似在感谢乡亲们的爱心和保护，缅怀惨遭杀戮的青年之后，他表示：

从血堆中站起来，从死神手上挣脱。我不能向人民的仇敌宣告我是伤乏了，孤独了，准备把生命交给他们了，像一匹落荒的战马，我要认路奔回自己营里来……挫败征服不了倔强的身心，折磨摧不毁期待天明的意志……我抖擞身心，收拾起这多余的情绪，走上了险风恶雨的前路。

辗转流徙，终于抵达如其幼女王小莘所期盼的"不杀人的地方"——香港。文末还深深感谢前辈和友人对他的关怀，说：

我理解这不仅出自友谊和感情……对于一个文化兵士的坎坷遭遇寄予关怀，不正是向万千同样遭遇的不幸者表示一点休戚与共吗？百般煎熬的日子里，友人的关心给了我温暖和勇气，而且凭借这份勇气，我终得脱死。一切语言，在表示我的感谢上是不会有用处的罢，我只在此默祝诸位的平安。而且告慰诸位，我暂时之间是平安了。

之所以不厌其烦地陈述这一事件，主要是它在当时文坛上影响深远，而且从中我们可以窥见秦似此时虽年纪轻，知名度却不小。

◎ 秦似抗战期间在桂林的部分著作

◎ 秦似与夏衍、孟超、宋文彬、聂绀
弩合编的杂文刊物《野草》（创刊
号），1940年8月20日

◎ "西南剧展十人评议团"部分成员合影，前左起为秦似、安娥（田汉夫人）、洪道、孟超、华嘉，第二排左起
为陈迩冬父女、卓元樑（许幸之夫人）、许幸之、韩北屏、周钢鸣，第三排唯一一人为田汉。此照不少桂林抗
战文化论著皆有转载，但对照片中人名标注却不尽相同，甚至十分离谱，有的竟把陈迩冬父女标成张曙父女。
其实张曙父女早于1938年12月24日在桂林敌机轰炸中遇难，张曙是著名的抗日音乐家，其创作的抗战歌曲
家喻户晓，其不幸牺牲在全国影响很大，桂林、重庆等地均举行盛大追悼会。而西南剧展则是1944年的事。
稍对桂林抗战文化有点研究者，是绝不至于如此张冠李戴，贻笑大方的！作者对此照人名的标注经华嘉生前
确认过，应较准确

生死之交聂绀弩

在我国20世纪40年代文坛上，曾出现了轰动一时的杂文刊物，这便是在桂林创办的《野草》月刊。该刊以短小精悍的文字、明快犀利的笔触，深刻地反映了抗战前后中国的真实面貌，针砭时弊，无情揭露、抨击敌人恶行，鼓舞斗志，是我国现代文学史上重要的文学期刊。值得一提的是，该刊的编辑是早已闻名我国文坛的老将夏衍、宋云彬、聂绀弩、孟超，而主编则是崭露头角的23岁的文学青年秦似。前四人中年纪最大的宋云彬比秦似大20岁，最小的聂绀弩也比秦似大14岁。秦似不仅谦虚好学，积极苦干，而且尊敬、团结前辈，相处相当融洽，因此刊物越办越好，广受读者欢迎。1942年秋刊物被广西当局查封，1946年冬他们又先后聚集香港复刊《野草》。

秦似和《野草》同人始终相濡以沫，坦诚相见，友谊长青，新中国成立后仍保持紧密联系。孟超、宋云彬、聂绀弩先他而去，他当即命笔深情悼念或为其杂文集撰序；而他离去后，夏衍也撰文寄托哀思。这里着重谈他与聂绀弩的友谊。

聂绀弩是个颇具传奇色彩的人物，早年进入黄埔军校，参加过北伐战争，留学苏联，去过日本，因组织反日活动被逐出境。后由胡风介绍参加左联并一起组织过新兴文化研究会。又在鲁迅的支持下，办过《中华日报》副刊《动向》和杂志《海燕》，突显其写作和编辑才能。1934年入党，抗日战争全面爆发后积极参加抗日救亡演剧一队、丁玲率领的"西北战地服务团"等深入前线后方宣传抗日，到过延安。1938年经周恩来介绍，在新四军军部任文化委员会委员，与陈毅朝夕相处。1940年4月到桂林主编《力报》副刊《新垦地》和编辑《野草》。他虽然才华出众，阅历颇深，但同时又是"一个落拓不羁，不修边幅，不注意衣着，也不注意理发的人。讲真，不怕得罪人，有所为有所不为，属于古人所谓的'狂狷之士'。他不拘小节，小事马马虎虎，大事决不糊涂。他重友谊，重信义，关心旁人远远胜于关心自己。他从不计较自己的待遇和地位"[10]。

秦似和聂绀弩是在筹办《野草》杂志之中以及秦似向聂绀弩主编的《力报》副刊《新垦地》投稿过程中相识相知的。交往中，秦似十分敬佩聂绀弩为人随和率真，更为其博学与文采所折服。他回忆道：

> 绀弩的文章，风趣，不板脸孔，嬉笑怒骂皆成文章。他虽身受鲁迅影响，但文风却与鲁迅不一样。而风趣、寓庄于谐，则是深得鲁迅的杂文三昧的。他的文章长短由之，信笔拈来，往往就引人入胜。实在是一大文章家。[11]

其影响最为深远的是在《野草》桂林版发表的《韩康的药店》和香港版刊载的《毛泽东先生与鱼肝油丸》，两文均为聂绀弩亲自交秦似编辑发表的。前文写于皖南事变后，巧妙地将汉朝的韩康和宋朝的西门庆糅进同一时代的同一故事，借古讽今，揭露并抨击国民党顽固派依倚权势也无法赢得民心的现实。这篇"故事新编"式的作品一经发表便引起很大轰动，人们奔走相告，刊物销量猛增。事后，"韩康的药店"便成为读者对广西当局那排斥异己的国防书店之类书店嘲讽的代名词。后文是写他在延安和毛泽东谈论学问，并记述毛泽东对群众的演讲如何深入浅出，风趣生动。又说毛泽东工作很忙，有时健康欠佳需服用鱼肝油丸，近见毛泽东到重庆参加国共谈判的照片，不

10.秦似：《友情难忘录》，载《聂绀弩还活着》编辑小组、政协京山县文史资料委员会合编《聂绀弩还活着》，人民文学出版社，1990。

11.同注10。

禁引起对他健康的关注，云云。文章发表后，反响很好。殊不料到了1957年前后，他却因此文被指责为对领袖不恭而错划成"右派"。秦似为此曾多次对我说，此文是他在香港向聂绀弩约写并编发的，全篇丝毫没有对领袖不恭之处，而且作者分明考虑到文章是写给海外和香港读者看的，所以只称主席为先生。更何况，刊物在当时既要能公开发售，又要宣传我们党的事业，所以他把毛主席当作一个人和一个革命领袖而不是神来尊敬的，这也是绀弩的可爱之处。无限上纲上线的做法是要不得的！

秦似与聂绀弩到了香港，聚会更为频繁。除了一同开会活动，私下常来往。秦似告诉我，那时他住港岛，只有一间"老虎尾巴"般大的小房间，夫妇和女儿睡一大床，只容得再打一帆布小床；而聂绀弩则住在九龙港九劳协办公室旁狭长的小房间，面积还不足十平方米，仅容得一卧榻，另有一小小的写字桌和一张旧沙发。即便如此简陋，但每周秦似总有一两天去聂绀弩家过夜，聂绀弩夫妇睡床上，他则侧躺在旧沙发上，再拿聂绀弩那件日本旧军大衣当被盖。"除了论世谈文外，又多了一个友谊——下围棋，不亦乐乎"，尽兴而归。

二人同属浑身热血沸腾、毕生追求真理的性情中人，为文句句生棱、字字有角，针砭时弊、直言不讳，"峣峣者易折，皎皎者易污"，所以他们总是命途乖蹇，防不胜防，并同在政治运动中受到不同程度的冲击，聂绀弩尤甚。直到1979年，聂绀弩党籍得到恢复，任人民文学出版社顾问，后被选为中国作家协会常务理事、全国政协委员。秦似十分同情、关心聂绀弩的遭遇，经常打听其情况，和他保持往来和书信联系。尤其是自1982年聂绀弩病卧在家起，秦似一到京即前往聂绀弩家慰问，依然保持着良好的关系。

1986年3月26日，聂绀弩不幸逝世。秦似从南宁赴京参加其遗体告别仪式，同时探望病危的父亲王力，不料10日自己却卧病入院，后诊断为不治之症。动手术不足两周，伤口才稍愈合，即扶病撰写悼念聂绀弩的文章，这情深意挚的五千字文却成为秦似弥留之际的获麟之作。他于7月10日也驾鹤西去，到天国继续陪亡友对弈谈心。这对历经四十六个春风秋雨的患难之交，"由新老关系进入老老关系"，始终是"君子之交淡如水，但友情却一天没有中断过"！[12]

聂绀弩在出狱不久给秦似一长信，从中足见他俩亲密无间的关系，也可知聂绀弩出狱前后的一些情况，弥足珍贵。惜据传此信原件已失，幸我仍握有此信复印件，特录于此 ——

秦似兄：

一部十七史，从何说起？

数月前蒙赠大著《诗韵》二册，尚未拜读，即被人抢去。可见此书定有销路。但我因尚未看，无话可说，失去写信给你的由头。

我久想写信给你，听说你有事要来，不如等你来后面谈。有许多事写信谈不好，面谈则三言两语可决。但你至今未来。

我又不想、不愿、不敢写信。十余年前，你到家找我下棋，一次我略及我的杞忧，你厉声说："这不用你担心！"我才明白你我共同语言已少，就下棋吧。后来你连棋也不来下了，我也未觉遗憾。现在给你写信，假如你的见解和心情还和十多年前一样，又有什么写信的必要呢？

按照十多年以前又以前的关系，先谈几句废话吧。我在里面十年，所幸有许多时间看书，马恩全集读了一大半，其中最大的《资本论》，四卷六大册，二百五十万字，一卷读了十遍，其余各卷至少三遍，反杜林和列宁的唯物主义经验……各读了廿五遍，其他不提。这些书一看下来，脑子真是大大改变了，包括对以前你说我研究《水浒》是学究式，宋之的说我讲古典小说不能引经据典的意见的理解。关于这些以后详谈。

去年九月被宽大释放，月领生活费18元，现依周颖为生。家中三妹、周海燕相继死去，靠古稀老妪烧饭及料理一切。她同我一样有喘病，我不但喘，而且大失走路能力（如果是单人房，恐已成哑子），一点不能帮忙理家。而我们又都越来越老，前途不堪设想。因此有求于你，这是信的本题。

12. 秦似：《友情难忘录》，载《聂绀弩还活着》编辑小组、政协京山县文史资料委员会合编《聂绀弩还活着》，人民文学出版社，1990，192页。

有个女的名叫"申娟"，五十多岁了，在南宁化工厂工作。她是我的表侄女，也是义女养女之类。她的丈夫名"李剑（健建？）秋"是党员，在厂内当科长。据申娟说，她（他）们感情不合（和），已分居十几年，屡次提出离婚，不知何故，男的总不同意，告到法院，法院向厂理（里）了解，厂负责人总听李剑秋的，因之一直批不准。这事，早由周颖函告翰新同志，翰新亦曾出力，但也无效。似乎还有别人帮忙，也都无效。据说其所以无效，是因为帮忙的人都不是有地位的党员。就是说如果有一个有地位的党员出来，情况就大不相同了。因此就想到你。又想，这事于你太风马牛了，所以迟迟未写信。但她（他）们如果离婚了，于我和老周大有好处。她自由了，退休之后，就可来京和我们一块生活。我们有了这样比较年轻的人在一块儿，晚年就好过得多。这又是终于写这封信的理由，不用说，动机是不纯的。如果你念过去几十年的关系，觉得这事不妨爱（碍），和有关方关（面）谈谈，不是完全无法，完全无人可找，那就请插插手看。这事翰新比我知道得更多，请与之商谈商谈。如果完全无法帮忙，当然只好作罢。

关于别的，只一句话，只要你无顾虑，肯和我通信，我们会有畅谈一切的机会。

祝好！并问翰新好！

绀弩上

八月五日

周颖附候

申娟爱人的名字，可和翰新对证一下，我记不清了。

回信寄北京东外新源里西九楼三单元33号

此信"寄广西人民出版社《辞源》修订组秦似收"，但此时的秦似并非如聂信中所说的"有地位"，只是被借用到出版社修订《辞源》而已。

◎聂绀弩致秦似信，原件已失，图为作者所藏复印件

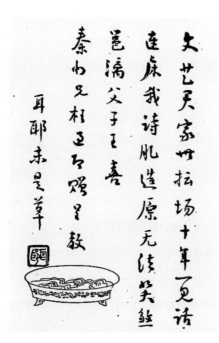

◎聂绀弩题赠秦似诗

杂文不死

　　如果说，阳太阳是广西画界的泰斗，那么，秦似则应是广西文坛"一哥"。他不仅在20世纪40年代便因撰写杂文并主编著名杂文刊物《野草》而久负盛名，而且新中国成立后其杂文仍是光芒四射，八桂独秀。尤其是在20世纪80年代，他任职广西大学中文系教授并创办了独树一帜的《语文园地》，又组建广西文学学会，被选为中国作家协会广西分会副主席等。笔者当年在广西社科院从事桂林抗战文化研究，多次访问他并参加其主持的文学活动，相处甚洽，得益匪浅。胖墩墩的身材，不修边幅，声音洪若铜钟，直言快语，知识渊博，温厚热情，循循善诱，这就是他留给我的深刻印象。

　　我与秦似通信始自20世纪80年代初。记得第一次写信给他是1981年5月，其时我正负责《学术论坛》"文化城忆旧"专栏，去信向他约稿并请教其笔名及有关作品。他即刻回复：

　　益群同志：

　　　　手书敬悉。桂林文坛回忆，我即使有可写一点，但目前正忙，恐要等到下半年再看看。承你为《语文园地》写稿，甚感。

　　　　承询及我在桂林《野草》上用的笔名，计有余土根、徐曼、曹尚沂、张筑、令狐厚、顾元筹（记忆不全），译文则用茹雯。其中论争性的文章，我记得除《斩棘录》（大部分是我写的，有一二则是孟超写的）外，还有《还是老调子》以及在张智先《老实话，风流话？》文后写的"曹尚沂按"。总之，那时思想斗争确乎相当剧烈的，文章多数已收入《没羽集》中（1958年作家出版社版）。现在北京人民出版社准备重新拓印桂林、香港两个时期全部的《野草》，可能要明春才能出版。对桂林时期倘感到兴趣，系统地看看那些文章，是可以谈谈的。

倘你愿意评论一下我的杂文，从这里入手是很适宜的。桂林时期是一个阶段。四六年后，在香港写的又是一个阶段。解放后到"文革"前又是一个阶段。打倒"四人帮"后则是新的阶段。几个阶段大体都同时事有关，也贯串着我的世界观、艺术观。

我的总集子《秦似杂文集》即将由三联书店出版，估计下月可能出书。到时一定送上，请你指正！

专此，谨候

著安！

秦似

5月30日

不久，秦似送我刚出版的《秦似杂文集》，我认真研读之余，应《广西日报》邀约，撰写了《熠熠生辉，别具一格——读〈秦似杂文集〉》，后又花了将近两年时间整理撰写了《秦似年谱》，送秦似审定。不久，获其来信，内容如下：

益群同志：

送来的材料，我已看过。散篇的诗文，可能还有遗漏，但收集到这个程度，也很不容易了。我这次编集子，就有好几篇在你的资料目录上有，但我已遗忘了没收进去的。

上月我在广州，到中山图书馆去看点珍本书，遇到华南师院（或广州师院，记不清了）一位教师，素不识面的，他走过来打招呼，并说："我年轻时读过你的一篇文章，题目是《人的尊严》，一直很深刻，至今还记得。"但我早忘了，没有收入。我记得似乎那是我把一些译文编成一个集子，交远方书店，书名为《人的尊严》。写了一序文，也叫《人的尊严》。可能这位先生看到的是这一篇文章，发表于何处，我也记不清了，后来这书也没有出成，因桂林不久就疏散了。可见，不少篇目漏去，是一件憾事，你能做一点钩沉的工作，我是万分感激的。

看目录，似乎你限于注意解放前的文章（包括译文、诗歌），解放后只列了几个剧本。解放后，我的杂文也分别见于香港《大公报》（解放初期）、《广西日报》《新观察》《桂林日报》《人民文学》《广西文艺》《文汇月刊》…… 以至福建、广东、江西、武汉等地的报刊，要做个目录，也极不易。这次编集子，也肯定有不少的遗漏。不知你是否放在下一步进行？

我将于后天到成都参加中国语言学会年会，要月底才能回来，那时再联系吧。

匆复，谨祝近安！

秦似

10月3日

按照秦似教授的指引，我又耗时数年，在我离开南宁抵深圳工作后两年，亦即他仙逝后两年，终于整理好《秦似年谱》，其中抗战时期部分在《抗战文艺研究》1988年第2期上发表，以示纪念。

秦似教授外表似乎有点"威严寡言"，但接触久了，则深感他是个可以敞开心扉款款长谈，助人为乐，与人分忧的良师益友。

秦似教授人缘极佳，又极重友情，不少文坛老友，从烽烟连天的抗战时期，到国泰民安的20世纪80年代，都彼此保持联系。为让我对此有更深入了解，秦似教授曾十分信任地将近期他们的部分来信借我一阅，计有茅盾、夏衍、骆宾基、周而复、聂绀弩、范用等的信件。研读之余，颇为他们的深情厚意所感动。不久，他又来信：

益群同志：

近日想必很忙吧？

拿去复印的几封信，想早已印好，什么时候能把原件还我，甚念。

我将于4月20日[13]左右赴广州转去香港参加一个会议，最好你能在20日以前

---

13. 时为1985年。

来一谈，并将原件带来为盼。

匆祝

文安！

秦似

4月3日

接信后我即复印了这几封信，并登门将信件悉数奉还，约好该月28日再在广州聚会。后我如约到广州与秦似教授聚会，在一起的还有秦似的夫人陈翰新、女婿吴智棠、老友张子燮[14]、黄洁玲女士[15]。大家欢聚一堂，饭余茶后，促膝谈心，不亦乐乎。

不料一年后他从南宁到京出席聂绀弩追悼会，并探望病危的父亲王力后便不幸病逝。但秦似永远活在我心中，我从未中断过对他的研究。到深圳后，除了完成《秦似年谱》外，我还有感而发在报上发表了《秦似与〈野草〉》[16]和《有感于夏衍寻找秦似》[17]等文章，秦似夫人陈翰新看到我的头篇短文后，特来信说：

益群同志：

发表在特区报大作，我拜读了，我读一次就哭一次，太感动人了，秦老编《野草》时才23岁，正是他闪闪发光的时候。

秦老建国前的年谱，已脱稿了吗？还需要什么资料，请来信，我一定设法找到寄去给你。

你工作安排在什么单位？至为挂念。

敬祝

编安！

陈翰新

4月14日

14.张子燮（1911—1988），原东江纵队成员，在香港长期从事党的地下工作。

15.美国中新文化社记者，笔者中山大学中文系师兄麦启邻的太太。

16.杨益群：《秦似与〈野草〉》，载《深圳特区报》1987年2月5日。

17.杨益群：《有感于夏衍寻找秦似》，载《深圳特区报》1992年9月18日。

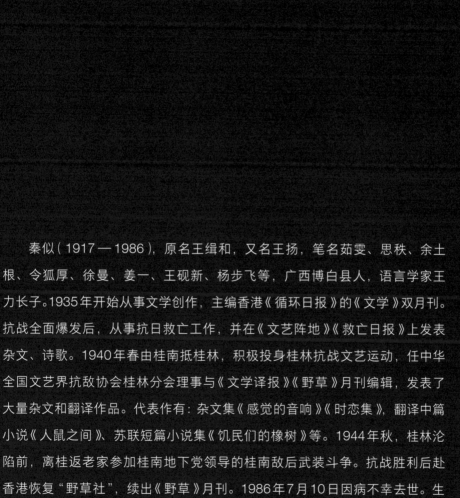

  秦似（1917—1986），原名王缉和，又名王扬，笔名茹雯、思秩、余土根、令狐厚、徐曼、姜一、王砚新、杨步飞等，广西博白县人，语言学家王力长子。1935年开始从事文学创作，主编香港《循环日报》的《文学》双月刊。抗战全面爆发后，从事抗日救亡工作，并在《文艺阵地》《救亡日报》上发表杂文、诗歌。1940年春由桂南抵桂林，积极投身桂林抗战文艺运动，任中华全国文艺界抗敌协会桂林分会理事与《文学译报》《野草》月刊编辑，发表了大量杂文和翻译作品。代表作有：杂文集《感觉的音响》《时恋集》，翻译中篇小说《人鼠之间》、苏联短篇小说集《饥民们的橡树》等。1944年秋，桂林沦陷前，离桂返老家参加桂南地下党领导的桂南敌后武装斗争。抗战胜利后赴香港恢复"野草社"，续出《野草》月刊。1986年7月10日因病不幸去世。生前任广西大学中文系教授、中国作家协会广西分会副主席、广西政协副主席等职。

林焕平

◎林焕平题字 1993年10月1日

人海的险恶有如／暴风中的汪洋／一副笑脸包着／满肚阴险／自负得天般高／把私益看如泰山。／对疏于奉承的人／无端猜忌毒忤／绊倒了朋友／当自己的垫脚石／到现在还玩当时／诬鲁迅的把戏／但朋友／迷蒙大海中必有无数同行者／只须踏着正确的航线奋进呵／事实这公平的证人／它会证明谁最坚贞

—— 林焕平和何香凝画腊梅诗

『左联』之路

著名文艺理论家和教育家林焕平教授在桂林抗战文艺运动中有举足轻重的地位。1989年4月和1990年2月，我先后赴桂林拜访林老，他重点回忆了当年到上海求学和参加左联的情况：

我的家乡台山是著名侨乡，文化教育较发达，小小的县城便有四家大报，三家是白话文，每天出二三大张。我从小受"五四"新文学熏陶，向往当作家，又受大革命思潮的影响，思想启蒙较早。我小时是个农村放牛娃，家穷，等到11岁才有机会入学，但只读至初中。在学期间偏爱语文，拼命练习写作，常在报上发表文章。1929年初中毕业，去当了半年小学校长，积攒了几个钱当作路费，抱着去当黄包车夫的决心，于1930年2月到上海求学，后考上了中国公学中文系。喜得恩师著名左联作家白薇的推荐，当年6月参加中国左翼作家联盟（简称"左联"）。翌年9月转学暨南大学，1932年10月因参加进步活动被开除。1933年9月到日本留学。从1930年6月至1933年9月一直参加左联活动。第一次活动与我在一起的小组成员有郑伯奇、华汉（阳翰笙）、杨邨人、夏衍、白薇。而后与我同组的有华汉（阳翰笙）、夏衍、艾芜、李辉英。其间我加入中国共产党，与叶以群、任钧、穆木天同属一党小组。

到日本后于1933年12月遵照党组书记周扬的指示，恢复左联东京支盟，成员有林为梁、陈斐琴、陈一言、魏晋、欧阳凡海、孟式钧和我。由我和林为梁、陈一言组成干事会，我任书记。1934年8月创办该组织机关刊物《东流》并任主编，由上海杂志公司出版。为适应形势的需要，后又出版《杂文》（后易名《质文》）和《新诗歌》。《杂文》由杜宣出面主编，魏猛克、陈辛人、孟式钧和我任编委。该刊是在学习鲁迅先生的战斗精神下创办的（1935年5月15日创刊），得到鲁迅先生的支持，其《在现代中国的孔夫子》便发表在《杂文》第二期上。出此期（1935年6月）正值盛夏，酷热难耐，同学们都到海边泡澡避暑，所有编辑、校对、付印等工作，均由我和猛克负责。当最后一次校对完毕，我俩赶送印刷厂付印时，因劳累过度，我的肺病复发，大口大口的血吐在印刷机和地上，遂被送铁道医院诊治（当时我在铁道专科学校就读）。后到乡下疗养了二年。所有医疗费用都由左联的同志们募捐而来，其中陈子谷、林为梁、梅景钿给的最多，最后还是欠了医院二百多元而被赶。《杂文》出到第三期便被禁止出版，遵照郭（沫若）老的建议，把杂志易名《质文》，仍在东京出版，寄国内发行。主编改由勃生（邢桐华）出面负责。邢是从北京来日本的，在早稻田大学俄语系学习，精通俄语，译写俱佳，1940年不幸在桂林英年早逝，令人叹惜！

1937年5月下旬，我和林为梁、任白戈、魏猛克、张香山、林林，分别以反日作家的"罪名"被驱逐回国。那时的情景，记忆犹新，我到停止呼吸的最后瞬刻，都不会忘记的！

旅日被逐始末

林教授究竟是如何被驱逐的，根据采访整理，其大致经过如下：

我在乡下疗养二年后，住回井之头公园附近。一天下午三时许，有位西装革履的中年刑士（特高警察）闯进我住处，怒气冲冲地喊着："走！跟我到警视厅去！"我问："干什么？"那人吼道："别啰嗦！要你去就马上得去！"到了东京警视厅，警官拿出一个本子，里面剪贴我在《东流》《杂文》《质文》上发表的文章，指着画好的众多粗红色杠杠，列陈我反日种种"罪行"。我毫不示弱，据理力争，即惹恼他们，横遭拳打脚踢，一顿毒打之后，警官恶狠狠地宣布："反——日——分子！马——鹿——野郎！（强调'混蛋'的说法）驱逐你回支那去！限你明天上午八时离境！"然后着令我打了指模，照了相，才说："给我滚！"

我回到家里，已是万家灯火，公寓老板娘告我，说下午四点光景，梅先生来找我，她说下午三时刑士把我带走了。

晚饭后，梅景钿又过来看我，知情后也帮我整理行李，并说马上去告知林为梁，明天一起来送行。我生怕连累他们，予以婉拒。他恳切地说："你有病，非送不可！"

翌晨八时，我被押送到横滨一艘皇后轮的统舱里，被那位刑士监视到下午一时开船，他才离开。我即刻跑上甲板，发现景钿正站码头上，傲然地微笑着向我挥手致意。我也热烈地挥手回应："亲爱的朋友，后会有期，保重！"不料却成永别！

隔日船经神户，靠码头后，瞥见报童正叫卖报纸，我见没人盯梢，便上岸急急买了一份报纸，打开一看，《中国作家被驱逐回国！》的醒目大标题赫然在目，里面有包括我在内七八人的名字。

469

◎陈子谷（右1）、林焕平（右2）、林基路（右5），1934年夏摄于日本千叶县房洲海滨

◎1935年在日本东京参加左联活动，林焕平（前排左4）、陈子谷（前排左3）

两次大逃亡

　　在整个抗日战争过程中，林焕平经历了两次惊心动魄的大逃亡。一次是1941年底香港失守，危在旦夕之际，他在东江纵队的掩护下，易装冒险逃脱日军的魔爪，离港穿越深圳、曲江等地，辗转抵达桂林。第二次是1944年秋，桂林将陷，在无路可走，进退维谷之余，他只好选择恶水险滩，举家从柳州搭船经融县（今融安县），入贵州松江、榕江溯江北上，历经千难万险抵达四川涪陵，其逃亡经过略述如下：

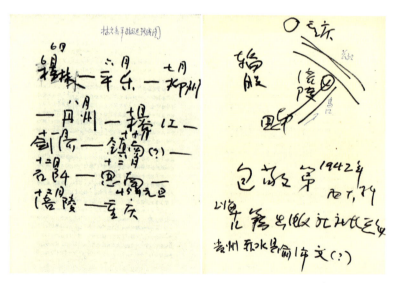

◎林焕平教授介绍其逃难经过所写的路线、人名，1990年2月

1944年6月19日，长沙沦陷。6月27日至7月6日，桂林城防司令部发布第一次紧急疏散令。林焕平把妻儿送往柳州后，立即返回桂林投入文化界保卫大西南宣传活动。8月8日，衡阳失守，日军进攻广西，发起桂柳战役，桂林告急。直到9月8日，桂林开始第二次紧急疏散，他才被迫离开桂林。

桂林此时是蜚声中外的文化名城，人口多达四五十万，从湖南以至广东逃来的难民，川流不息。中央及地方机关，叠床架屋，数不胜数；各地迁桂及本地的工厂，大小数百家；学校、商店、社团林立；军用民用物资囤积如山。然而，这样一个重镇的陆上交通主要靠湘桂铁路，再从柳州接黔桂铁路，平常每天仅开两列火车；公路不多，汽车班次亦少。加之只有一纸命令，无计划无组织，因此，桂林大疏散一开始便陷入了风声鹤唳、生灵涂炭之境地。在万头攒动的火车站，要上车也如登天之难，火车上人塞得密密麻麻、水泄不通。你要想上车，只能攀车窗而入，而且得靠下面的人用力顶托。于是，被称为"新兴业者"的队伍应运而生。每托人一次，就要收费两三千元。有的还拿着梯子，专门做连人带行李托上车顶的生意，每次收费四五千元，穷人哪能付得起。即使侥幸上了车，车厢里拥挤不堪，也难有立锥之地。每一节车厢，都有四层"座位"：车顶上，叠满行李，难民们高高坐在行李堆上面，有的撑着伞，有的拉布篷，用以挡烈日和遮风雨；车厢里，在平时的座位上面，皆另外搭起一层"阁仔"，上下两层都塞满了人和行李；车厢下面，用铁条和木板又搭成一层，也塞满行李，人只能平躺着，一旦连接的绳索被磨断，就会被车轮碾得粉身碎骨。

林焕平教授给我们展现了一幅幅人间地狱图：那时，他本以为家眷已先期到达柳州，单枪匹马，凭着自己年轻力壮，挤上桂林开往柳州的列车不太难。便星夜赶到了车站，乍见月台上横七竖八躺满人，间或夹杂着饿殍和垂危病人，叫声、骂声、哭声、呻吟声，不绝于耳。火车迟迟未到，他累极只好到附近稻田捡了点稻草席地而眠。怀着沉痛的心情，林焕平徘徊了两三天，在朋友的帮助下，好不容易才挤上火车。瞥见靠近窗口处，一老一少两个女人，后者正抱着一个瘦弱的婴儿喂奶。听说她们是从湖南沦陷区过来的，老人的儿子被日本鬼子打死，这个媳妇被日军糟蹋，死里逃生。那年轻的母亲趁着婆婆打瞌睡，将婴儿丢弃。接着他又见坐在车顶上一青年，不慎被震了下来，跌断了腿，流血不止。林焕平禁不住黯然神伤，慨叹这真是不折不扣的"地狱列车"！

从桂林至柳州的火车，平时仅需七八个钟头便可到达，林焕平却费了整整四天的时间。此时桂林已进行最后的强迫疏散，整个柳州处于极度恐慌之中。眼看着携妻带儿（三个小孩和两个小侄女）无法挤入黔桂路上人头攒动的难民群，他只好乘船逆水北上融县。途中船触礁，进水尺许，差点沉没，幸好及时抢修。可惜行李被浸，装有其创作、改编的剧本《月亮下去了》《沉江日月》和一批论文手稿，还有友人、翻译家陈适怀的译著《惠特曼诗集》，整箱原稿被泡成豆腐渣，深感痛惜。

在融县，喜遇桂林疏散至此的国立广西大学、桂林师范学院、广西省立医学院的和不少逃难的桂林文化人，便与国立广西大学教务长张先让教授等溯江北上贵州榕江县。途中险些遭匪徒洗劫，林焕平又疟疾复发，苦不堪言。更为不幸的是老船夫那年逾双十的儿子突患急症，无药可治而亡，老船夫痛不欲生。林焕平倾囊相助，拿出1000元帮他处理儿子后事。此后，林焕平一家又与张先让教务长、郑昭明医生（广西省立医学院牙科主任）和作家韩北屏、庄寿慈等好几家人，组成浩浩荡荡四五十人的难民群，风霜雨雪，翻越侗山苗岭。此时已是12月下旬，"冰结盈寸，孩子们被冻得手肿耳烂，一路上啼哭不止"。又因雇请的少数民族挑夫惧怕路遇国民党军队被抓当壮丁，先后开溜。林焕平夫妇只得边背孩子边抬行李，掉队后在黑夜中误闯深山老林四处摸索，跋前疐后，直到天亮才赶上队伍。翌年元旦，林焕平一群落难文人抵达黔东北的石阡县。这是只有七万人口的小县，食宿艰难。林焕平身上盘缠告罄，只好将行李摆摊出售，度过了苦难深重的新年。他当即写道："一九四五年，苏美英在欧洲是全面胜利了；抗战最久的我们却还在逃难！元旦，是应该欢喜的，在这一天谁不笑呢？可是我们，是笑好呢，还是要哭好呢？在学生仔提灯游行的时分，我们正在各处找客栈安身……"

林焕平自广西融县到贵州石阡的长途跋涉中，时刻关注着民生疾苦，沿途目睹战争致生灵涂炭，尤其少数民族，更濒临绝境。在冰天雪地中，衣不蔽体，仅用稻草织成一草洞，钻进里面取暖。吃饭没菜，只好用树皮或树叶烧汤，再加点辣椒。这里文化教育相当落后，他顾不了劳累与惊吓，还对此作了深入调查。如贵州剑河全县人口六万多，仅有高中生三人；石阡县也只有徒有虚名的一所初级中学；思南县人口为石阡或剑河县的三倍多，但全县只有四五名大学生。通过实地调查，林焕平为中国如此落后的文化教育状况而慨叹不已。

　　林焕平一行在石阡稍作停留后，便溯乌江北上，途经贵州的思南、沿河等县，进入四川的彭水、武隆等县，于1945年1月28日抵达四川重镇涪陵，行程近千里。沿路各乡镇公所设卡大肆敲诈，土匪横行霸道。国民党军官兵强占民船，稳坐船中间的"大官舱"，而把林焕平等人赶到船头尾，饱受风吹雨淋，或被挤到煤炉旁边吸煤气，致使林焕平2岁的小儿子中煤毒昏迷不醒，只好抱到船尾吸"新鲜空气"。更可怕的是乌江水深流急，险滩丛生，一不小心就会触礁沉船，弄得众人心惊胆战。到达涪陵时，同行的七条船仅剩两条，其他五条已触礁沉没。林焕平、张先让、韩北屏、郑昭明、庄寿慈等刚好同船，幸免于难。大家不约而同地说："这真是一次惊心动魄的大逃亡！"

　　数天后，林焕平一家终于到达战时陪都重庆。此时他已一贫如洗，无米下锅，幸遇1942年在广西大学任教时的学生包敬第，通过他得到俞沛文[1]两万元资助，暂渡难关。

1.俞沛文，中共党员，新中国成立后任我国外交部礼宾司司长。

474

　　抗战期间林焕平客居桂林三年，先受聘于国立广西大学（以下简称"广西大学"），教授预科国文、师范专修科中国文学史和广西大学法学院日语。1942年9月，夫人刘以德从故乡带子女三人、侄女二人赶来桂林团聚。1943年暑假，林焕平转教桂林师范学院，教授中国文学史、国文、语言学。一家七口仅靠其一人工作维持生活，故兼教于西南商业专科学校。任课之余，勤于写作，得夫人协助，挣稿酬贴补家用，但全家生活仍颇拮据，仅得温饱而已。在大学任教期间，林焕平常参加进步学生活动，抨击国民党反动派的腐败政策，揭露广西大学校方负责人假公营私、投机倒把的卑劣行径和反动言行，宣讲鲁迅精神，并以鲁迅先生的战斗方法，巧妙地反抗国民党的法西斯统治。如1943年5月，国民党特务公然在桂林街头绑架了民主人士萨空了[2]，他当即翻译日本作家小林多喜二抗议日本法西斯统治的一组文章，题名《小林多喜二简钞》发表，严厉谴责国民党的特务勾当。

　　为了配合抗战形势发展的需要，林焕平撰写了大量时评，分析当前国际形势，宣传抗战必胜的坚强信念。著名时评有:《重光上台与轴心的外交阴谋》《日本的歧途》《从日本的内政看它的前途》《战局现势与日本政策》《战

2.详见本书"郁风"篇。

后日本国体的前提条件》《日本应付盟国反攻的战略》《迎接明朗的双十》《加紧创造历史的新页》《论苏联反攻》《欧洲战局的展望》《太平洋战争一周年感想》《国际形势答客问》《太平洋美军的战略动向》等等。这些时评以敏锐眼光捕捉时代风云变幻，旗帜鲜明地站在人民大众正义的立场上分析问题，爱憎分明，启迪民众，显示出这位左联作家杰出的政治洞察力和分析力，他因而被称为"日本问题专家"和"国际问题专家"。

林焕平精于文学评论，时刻关注文坛动向，热情为抗战文艺鼓与呼，猛烈抨击文化界不正之风，热情扶助文艺新苗。如《论文艺的神圣使命》[3]，紧扣抗战现实，努力运用马列主义文艺观，指出"文艺是社会的一分子，不能脱离社会而独立"。《论当前诗歌的诸问题》[4]指出当前诗歌创作中的某些悲观颓废现象。《当前文艺界的中心问题》[5]则号召文艺家们必须和广大人民一道顽强战斗。作者还考察综观一年来文坛的动向，直陈时弊，指明方向。如《岁末话文坛》[6]，针对当时文艺界的特点，尖锐地指出，1942年的文坛是"沉滞的文坛""'客气'的文坛""分散的文坛"。因此，"文艺家的主观努力也要加强"，"我们应该破除虚伪的'客气'，敢于说真话"，要克服"矛盾、摩擦、小宗派倾向"。作于1943年底的《一年来的文艺界》[7]，则指出"今年的出版界，比去年冷落得多"，在分析了"物价高涨，成本增高，读者购买力降低；交通困难，发行阻滞"等客观原因外，更直率地揭示"文化政策的限制和影响"这个主要原因，矛头直指国民党当局的文化统治，充分展露其直面现实，坦率而又辩证的文风。

林焕平在教学过程中，涉及不少文艺理论问题，教学之余，他撰文发表，在当时的理论界产生了很大影响。他还针对朱光潜在学生中颇有影响之

3.林焕平：《论文艺的神圣使命》，载《广西日报》1943年6月20日。

4.林焕平：《论当前诗歌的诸问题》，载《群策月刊》创刊号1943年6月。

5.林焕平：《当前文艺界的中心问题》，载《广西日报》1943年12月20日。

6.林焕平：《岁末话文坛》，载《文艺生活》1942年第3卷第3期。

7.林焕平：《一年来的文艺界》，载《收获》1944年新9号1月12日。

《文艺心理学》的某些唯心主义错误，撰写理论专著《文艺的欣赏》[8]，从美学角度探讨文学作品的欣赏过程。它从大多数读者熟悉的《阿Q正传》入手，介绍典型形象的美学意义，并进行深入浅出的论述，坚持从唯物主义的认识论去理解文艺欣赏的本质，为我国抗战文艺理论建设做出了重要贡献。

林焕平还积极参加桂林的戏剧活动。1944年2月，由田汉、欧阳予倩等为首组织的"西南剧展"在桂林隆重举办，他踊跃参加，不仅忙于会务，还积极投入剧评工作，撰写发表了大量评介文章。在《对于戏剧的若干浅薄意见》[9]一文中，他对剧本创作和演员的演出态度问题进行了探讨，认为"内容沉厚、形式完美的作品，唤起读者观众的共鸣必多且深，印象必深且久"，"话剧演员要透彻了解剧本、自己所扮角色，牢记台词，还要摆脱原来脾气性格，换成剧中人的脾气性格。不如此就不能演好话剧"，对当时抗战戏剧创作和演出均不失为金言玉语。还有剧评《茶花女——时代的祭品并涉及创作的问题》[10]、《从〈茶花女〉到〈大雷雨〉》[11]和《〈旧家〉习评》[12]等，分析了剧中人物形象并指出了剧本的时代意义，对国统区抗战剧运起到了一定的促进作用。

8.此书除个别篇章在桂林报刊上选登外，全书于1946年由上海《文艺春秋》分章刊完，1948年由香港前进书局出单行本。

9.载《广西日报》1944年2月21日。

10.载《收获》1944年第49期。

11.载《力报》1944年3月15日。

12.载《广西日报》1944年3月4日。

先生之风

　　在广西，林焕平堪称文坛上之翘楚，笔者见他之前，心存敬畏，见面之后，顿觉其和蔼可亲。他温文尔雅，戴着高度近视眼镜，脸色红润，说话轻声细语。1980年9月，当他得知我们将赴京、沪访问抗战时期客桂老文化人，查阅有关资料时，他主动写信给在沪著名戏剧家于伶，介绍我们去找他。

　　1986年6月24日，我又登门拜访林老，他回忆抗战时期在桂林的活动时提到：在抗日战争艰难困苦的生活条件下，尤其在皖南事变后白色恐怖日渐加剧的环境中，他从众多正直、坚强、进步的知识分子身上汲取精神力量，并仿效他们的革命气节。一次，他登门拜访何香凝先生。其时何先生因爱子廖承志被国民党特务抓捕而大骂蒋介石，立誓不与蒋介石为伍，决心抗战到底。林焕平深受激励，在林焕平的请求下，何先生画腊梅一帧相赠。梅花傲寒也就成了林焕平的榜样。不久他作诗奉和（见本篇篇名页），此诗后载桂林《诗创作》上。

　　林老曾为拙著《湘桂大撤退——抗战时期中国文化人大流亡》口述作序，这也是林教授生前对他亲历的那段抗战史的最后回顾，特录如下：

　　湘桂大撤退、桂林大疏散是日本帝国主义野蛮凶残的侵略和国民党当局消极抗日、积极反共、倒行逆施所造成的历史悲剧。

　　在这湘桂"十万人流大撤退"悲壮的一幕中，有着田汉、艾芜等一批文化精英的悲惨遭遇。在那战火纷飞、动荡不安的岁月里，这批文化精英，经受了血与火的严酷考验，他们所表现出的凛然正气，非凡智慧，追求真理的执著，向往光明的热忱，对黑暗、对邪恶的鞭挞，在抗日战争史上留下了光辉和悲壮的一页。杨益群教授长期从事桂林抗战文化研究，出版多部有关桂林抗战文化专著，积累了丰富的第一手资料，现又以纪实的文体，文史结合的手法，撰写了长篇纪实文学《湘桂大撤退——抗战时期中国文化人大流亡》一书，客观、准确、生动地反映这批文化精英在湘桂大撤退中的精神全貌，文笔流畅，可读性强，尤具较高的学术、史料价值，弥足珍贵。该书概括起来有两个主要特点：

1. 严守真实性的原则，热情讴歌光明与正义，大胆揭露黑暗与邪恶。真实是纪实文学的生命，没有真实，就没有纪实文学的时代性和战斗性，真实才能产生震撼人心的效果。杨益群教授治学严谨，他以翔实的史料、珍贵的图片、精彩的描述，将那段岁月里这批文化精英的苦难与追求、可歌可泣的感人事迹以及在大撤退中血与火的悲壮场面、强敌施暴的凶残情景、万千民众的深重苦难真实地展现在读者面前。

2. 作者重视人物性格的刻画，注意细节描写，多角度的（地）表现人物的性格和丰富的内心世界；选取典型的事例、生动的情节揭示人物的思想感情，色彩鲜明，具有强烈的时代感。书中有战火浩歌请长缨的田汉，投笔从戎随任公的陈残云，颠沛流离返故乡的艾芜，千古伤心文化人秦牧；更有堪与吾民共死生的何香凝，凛凛正气压百邪的李四光，九死一生真铁人的高士其，反映了抗战时期文化人的高风亮节及崇高的爱国主义精神，也表现出作者精湛的艺术才能。

今年已是抗战胜利54周年，和平与发展是当今世界的两大主题。但国际政局依旧风云变幻，特别是近年来日本国内军国主义的重新抬头，有些人对日本侵略中国的历史采取不认账、不反省、不检讨的态度，为法西斯开脱罪责，这不仅极大地伤害了中国人民的感情，也伤害了亚洲人民的感情，给国人和世人敲响了警钟，当前出版这本书，不仅具有重要的历史意义，而且具有深刻的现实意义。杨益群教授以高度的政治责任心，高昂的革命热情，严谨认真的写作态度，再现了半个世纪前湘桂大撤退这一段血与火的历史，从一个侧面反映了日本侵华战争给中国人民造成的灾难是空前的。我自己就曾亲身经历了湘桂大撤退这场空前的灾难，是这一段历史的见证人。前事不忘，后事之师。抗日战争虽然已经成为历史，但牢记历史，振兴中华，建设强大的社会主义国家，却是我们几代人共同的历史责任。只有沿着有中国特色的社会主义道路，坚持党的基本路线一百年不动摇，才能加快发展社会生产力，增强国家的实力，才能使可能出现的侵略者望而却步，才能使我们伟大的祖国昂然屹立于世界民族之林。

林焕平

1999年11月4日写于病中

　　林焕平（1911—2000），笔名东方旭、石仲子，广东台山人。1931年到上海就读于中国公学大学部，参加中国左联作家联盟。1933年到日本留学，任左联东京支盟负责人，后任该组织机关刊物《东流》主编。1937年回国，先在广州，后到香港任教，并任中华全国文艺界抗敌协会香港分会理事、中国青年记协会负责人。1941年底，太平洋战争爆发，香港失守，只身逃往桂林任广西大学、桂林师范学院教授。1944年9月，桂林将陷，林焕平全家疏散离桂，取道平乐、柳州、丹州，经贵州东部于翌年初赴重庆，后转贵州大夏大学任教。新中国成立后返广西工作，曾任广西大学、广西师范学院（今名广西师范大学）中文系教授、系主任，广西作协副主席，广西中国文学学会创会会长，桂林市文联主席，桂林市政协副主席。生前任广西文联、广西作协名誉主席，中国鲁迅研究学会名誉理事，中国郭沫若研究学会、中国茅盾研究学会、中国文艺理论学会、中国比较文学学会顾问。至1985年7月，从文65年，从教57年，著述近千万字，培养了大批优秀人才。

曾敏之

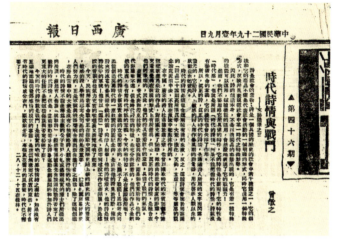

◎ 曾敏之《时代诗情与战斗——文艺随笔之三》，载1940年1月9日《广西日报》

曾敏之先生是中国世界华文文学学会成立的最大功臣，不仅打开了内地学界关于海外华文文学研究的大门，还为了学会的成立四处奔走，呕心沥血，将一颗真诚的心奉献给了中国世界华文文学学会。
——饶芃子

此情可待成追忆

　　曾敏之人脉广，在桂林、柳州的记者生涯中，结识了一批抗战文化人，尤对桂林抗战后期所发生的重大事件，亲历其中，感触殊深。如2000年11月4日，在广州，我们谈及湘桂大撤退，我顺便提到在撰写《湘桂大撤退——抗战时期中国文化人大流亡》过程中，受益于原桂林《大公报》记者陈凡[1]的《转徙西南天地间》[2]。没想到这一提竟触及其深藏心中的隐痛，勾起他对昔日往事的回忆，他深情地说道：

　　陈凡是我的好友和同事，我任职《大公报》正是他推荐的。1944年8月底，我从柳州特地赶回桂林参加王鲁彦追悼会，此时，桂林已危在旦夕，我刚从痛苦中挣脱出来，便思念起数月来中断联系的初恋情人潘砚之，想到她温馨的送别。原来，西南剧展结束一个星期后，战局紧张，1944年6月19日长沙陷落，衡阳告急，我临危奉命赴战地采访。出发前她特地请假赶来告别，细心地为我理好行装，把衣裤放到小藤箱里，深情地叮嘱我："采访中自己要多留意，子弹是不长眼睛的，我牵挂着你……"

---

1. 陈凡（1915—1997），广东三水人，笔名周为等。抗战爆发后，曾在桂东南办油印《曙光报》。1939—1944年先后任桂林国际新闻社记者、《诗》编辑、桂林《大公报》记者与采访部副主任、柳州办事处主任、驻柳州特派员，1949年之后继任香港《大公报》编辑、副主任、副总编辑。
2. 后收入陈凡：《一个记者的经历》，广东人民出版社，1985。

我在战地坚持了两个多月。其间邮路已断，想打电报给她，又不知道她身在何处。待结束采访任务回来，桂林已紧急疏散，兵荒马乱，难民群拥挤南逃。我寻到她演出过的广西艺术剧院（实际应为广西省立艺术馆），但已人去楼空。找到了她先前住过的宿舍，也空无一人。宿舍旁边的一幢小楼，已毁于日机的炸弹之下，成了一堆瓦砾！我做了种种推测：也许她还在这个城市的某个地方等着我，也许她已西撤了……无奈中只好与陈凡一起奉命西撤。车站人头攒动，水泄不通，交通运输几近瘫痪，只能夹杂在难民群里，沿着两江，一路翻山越水，忍饥耐饥，昼夜兼程，又要躲避敌机轰炸。150多公里的长途，跋涉三天三夜才到达柳州。[3]

到柳州后陈凡继续西撤，我奉命留驻，继续报道前方军政信息。不久，柳州下了强迫疏散令，我仍继续寻潘砚之未果，只好悻悻提着行李走向停车场碰碰运气。正好《广西日报》驻柳州办事处主任张兆汉的侨商朋友庄希泉有一辆车装布匹去重庆，同意我可搭车前行。车将要开时，突然瞥见潘砚之正在停车场上寻找西撤交通工具，我欣喜若狂，立马大声喊她，在经得主人允诺下，双双上车紧挨着坐在布匹上撤往贵阳。她也异常兴奋，表示等抵达重庆后即与我完婚。可车到贵州独山之后，她却不去重庆了，说她的母亲就在独山，要留下来照顾母亲，暗示各走各路，各自珍重。说完，转身就走。这猝不及防的冲击，使我顿时蒙头转向，半天说不出话来。望着她的背影，我心急如焚，真想追上去把她拽住，但车子已开动了，只好强忍着心中悲痛，独自失魂落魄继续西行。

望着狭窄陡险的盘山公路，看着远处摔入悬崖的车骸，我骤生"摔下去倒也痛快"的念头，但转念觉得大敌当前匹夫有责，宁可为国捐躯，却不可以因私情而丧志，继续以笔当枪战斗到底。

我和潘砚之的感情还是真挚炽热的，然而，为什么会突然情断，我还

---

3. 据陈凡《转徙西南天地间》文中"自桂林到柳州"一节的记载，在强迫疏散的最后时刻，所取路线主要是这样的两条：一、由桂林出发，向南经过两江墟，再向西走到融县的长安镇，又折而南下经过罗城县，到达宜山，然后设法乘黔桂铁路的火车或西南公路的汽车，续向西撤；二、循湘桂铁路线南下柳州，到达柳州后再作打算。他们一行二十多人选择第二条路，经过四天四夜在十八日下午六时走到柳州。可见曾敏之记忆有误，他和陈凡应是"循湘桂铁路线南下柳州"。

是百思不解。躺在布匹上，思考着她为什么会突然情变，最后还是理智战胜感情，我不怀疑她是移情别恋，也不相信她对自己不满，我宁可诅咒日寇的侵略战争，也许是战争的残酷苦难吓着了她，在前线三个月音信全无让她提心吊胆。在烽火连天、水深火热的恶劣环境下，舍弃爱情回到母亲身边去尽孝无可厚非，我原谅了她。

　　1978年，我执掌香港《文汇报》编务时，著名的老影艺明星、桂林时期的朋友卢敦悄悄告诉我说潘砚之也在香港，还说她结婚不久，丈夫亡故，儿子现从事教育，她现正在长城电影公司当配音演员。战争割断了情缘，没想34年后忽然又重聚一地，我感慨万分，真是命运弄人啊！我不计前嫌，约她相聚。两人见面，她潸然泪下……

　　我真想把80年代重游桂林怀念她所作《七星岩忆旧》[4]一诗抄给她，她则真诚地道声谢谢我在逃难时对她的照顾。事后我还是给长城电影公司董事长廖一原先生去了一个电话，告诉他："潘砚之，老演员了，请廖先生多加关照，让她有个安定的生活；发挥她的艺术才能。"

　　曾敏之与潘砚之之间的恋爱经过在战时文艺青年中较为典型，现根据曾敏之而后所述，再加考证，梳理如下：

　　潘砚之原系广西国防艺术社的台柱，国防艺术社（1937年5月—1942年9月）原属桂系第五路军总政治部，社长由五路军总政治部主任韦永成兼任。不久，部分人员随军开赴前线，留下人员改属广西绥靖公署政治部，社长也改由政治部主任程思远兼任，实际主持日常工作的是李文钊，孟超任总干事，导演有马彦祥、洪深、焦菊隐、熊佛西、欧阳予倩等，皆是桂林戏剧界的名宿。1942年9月国防艺术社被解散。其间上演过不少进步话剧，还大力支持和协助桂林戏剧界为《救亡日报》筹集基金公演《一年间》（夏衍编、焦菊隐导演）。特别是1938年底至1939年初，日本飞机连续对桂林进行了大轰炸，国防艺术社的社址全部被毁，他们连场地的整理都顾不上，又及时排

---

4. 诗文为："七星岩里漫搜奇，乳石玲珑入眼迷。偏有绮怀忘不得，华年曾醉古岩西。"载于曾敏之：《望云楼诗词》，作家出版社（香港），1998，第19页。

演了《古城的怒吼》，并于1939年初在桂林上演，反映了这个剧团在抗战中的战斗精神。

国防艺术社被解散后，潘砚之转入欧阳予倩领导的广西省立艺术馆话剧实验剧团。1943年，欧阳予倩先后把曹禺的《雷雨》和由曹禺改编的《家》搬上了话剧舞台，潘砚之在这两出大戏中先后成功饰演四凤和鸣凤两个角色而受到了热烈追捧。[5] 曾敏之也被吸引住了，时常借文教记者采访之便，选择最佳位置仔细观看潘砚之的演出。看着看着，年方二十有六的他情窦初开，惊羡潘砚之高超演技与美貌之余，不禁萌发爱意，但自愧不如，羞于向其表白，只好去跟老友司马文森"偷师"。司马文森虽仅比曾敏之年长一岁，却已于两年前结婚，堪称其恋爱"顾问"。司马文森笑道："你是风头正健的作家、记者，前途无量，有啥配不上？"又鼓励他："你俩配对，郎才女貌，要有自信，要有水滴石穿的勇气和毅力。当然，爱情既是前进的动力，也可能是人生绊脚石，关键是要选择处理得当。"司马文森一席话，如醍醐灌顶。曾敏之开始壮胆前行，瞅准机会来赢得潘砚之的芳心。一天晚上，他聚精会神地看潘砚之演出《雷雨》，发觉其念台词时声音似乎没有先前那么清亮，悟到这可能是其连日排戏演出嗓子累坏了，应帮她补补身子了。翌日，他便买了沙参、玉竹、胖大海等，煎煮好汤，送到后台给潘砚之补气清嗓润喉。在动乱的岁月里，孤身南渡、飘荡异乡的妙龄女子，得到曾敏之如此温馨、体贴的关爱，自然心动。曾敏之出众的文采和记者的良知也吸引着潘砚之。于是，"投我以木瓜，报之以琼琚"。两人碰撞出爱情火花，切磋演艺，探讨战局、人生，互诉衷肠，在频繁的警报声中，牵手钻岩洞逃避敌机轰炸，在艰难竭蹶的战时生活中享受了爱的温馨。

1944年2月15日—1944年5月19日，桂林举办了"西南第一届戏剧展览会"[6]，曾敏之和潘砚之都是积极参与者。当时曾敏之任大会宣传部文字组干事，潘砚之任播音组干事[7]。此时曾敏之在桂林《大公晚报》上连续发表

---

5. 经作者查证属实，参见"巴金"篇中《家》的公演演员表。

6. 该会盛况参见本书"田汉"篇。

7. 参见《西南第一届戏剧展览会大会职员表》，载《当代文艺》1944年第1卷5、6期合刊。

《三杰传——西南剧展人物记之一》（即欧阳予倩、田汉、熊佛西）、《三导演——西南剧展人物记之二》（即蔡楚生、瞿白音、赵如琳）、《青年群——西南剧展人物记之三》。文章以翔实的例证、生动的描述，全面反映了上自大导演下至戏剧小青年的整个戏剧界同仇敌忾，为抗战鼓与呼的爱国情操，引起与会者的强烈共鸣。潘砚之更为之欣喜敬佩，一个播音，一个采访，三个月的共同战斗，频繁的近距离接触，彼此心灵更相通，情更浓。

也就在"西南剧展"刚结束，曾敏之便奉命随军奔赴衡阳战场采访，与心上人中断联系三个月，随后也就有了前述的独山情变。了解曾敏之与潘砚之的恋爱史，似能理解他在当年潘砚之绝情而去时陷入情感低谷的缘由，爱得深，痛得切也！

文人不掩报人勇

　　应该说，这段烽火岁月中感情的磨难也恰好是曾敏之入桂和出桂两个事业阶段的分水岭。在这段感情之前他接触桂林抗战文坛，始于1939年考入桂林广西地方建设干部学校。在校期间，他常在桂林版《救亡日报》副刊《文化岗位》上发表散文作品，并与广州来的作家于逢、易巩等人组织过"文学研究组"，从事文学理论及创作的研究。1940年毕业后，到著名作家王鲁彦主编的《文艺杂志》（桂林）当助理编辑，并为杂志的出版印刷奔忙。不久因生活困难便转到柳州任《柳州日报》采访主任和副刊《草原》编辑。

　　1942年，经诗人、记者周为（陈凡）介绍，曾敏之回到桂林任《大公报》文教记者，并加入中华全国文艺界抗敌协会桂林分会。在此期间，曾敏之先后创作了短篇小说《盐船》《孙子》以及许多反映广西少数民族地区风土人情的优美散文，发表在桂林《大公报》副刊《文艺》、茅盾主编的《文艺阵地》和司马文森在桂林主编的《文艺生活》等刊物上，后结集为《拾荒集》，收《芦笙会》《烧鱼的故事》等散文多篇，由桂林萤社于1942年出版。此外，曾敏之还写了一些随笔之类的文章，发表在当年桂林的各个报刊上。曾敏之在桂林创作的短篇小说之一《孙子》，曾由茅盾选入其主编的"抗战时期小说大系"之中。后因局势紧张，茅盾流离迁徙而未能出版。1990年上海文艺出版社出版的1937—1949年《中国新文学大系》散文卷，收入曾敏之在桂林写作并发表的《无灯小唱》、《忆》和《芦笙会》等三篇。1943年1月筹建柳州

《真报》并任经理，1944年1月改为晚刊，至本年4月停刊。

曾敏之特别关注桂林文教系统的状况，尤关注桂林文化人的艰辛经历，写了不少反映桂林文化城文化界活动情况的通讯报道。如《桂林作家群》写于1943年9月[8]，署名寒流，1982年被作者收入《望云海》一书，改名为《桂林风雨与文人》，文中述说了曾敏之遍访王鲁彦、艾芜、端木蕻良、穆木天、彭慧、田汉、欧阳予倩、熊佛西、巴金、胡仲持、周行、周钢鸣、司马文森、蔡楚生、聂绀弩、陈占元、孟超、彭燕郊、韩北屏、洪遒、易巩、方敬、林焕平、宋云彬、胡明树、苏夫（即甦夫）、芦荻、黄宁婴、张煌、胡危舟、千家驹、金仲华等三十余位作家、学者的生活状况：他们在桂林的生活拮据，处境艰难，有的"生活潦倒得靠借贷度日"，有的贫病交加，"在贫困中还给疟疾缠绕着"，束手无策。加之文网森严，书稿经常被扣，出书不易。"书业不景气，版税拿不到"，只好搁笔改行，"许多人在这秋风瑟瑟中已作冬眠的准备"，但即使"为生活陷入欲眠不得的窘境"，他们中还有"一种韧性，这韧性支持了他的文学事业"，"生活虽然潦倒，但创作却不放松"。《流徙中文艺工作者》[9]则是作者对湘桂大撤退时桂林文化人惨状的报道，除了前述作家外，还提到了柳亚子、邵荃麟、葛琴、黄新波等人。他对备受贫病折磨得在医院病床上"辗转呻吟"的王鲁彦的报道尤其触目惊心！文末指出：

> 他们的穷窘都有共通性，卖文无路与版税无着，加上飘流中所受的磨折，其困难是不难想象了！时代的苦难，虽煎迫着文人，但觉醒的知识分子，是创造新中国的中坚，他们有强韧的意志。

这是对颠沛流离中的桂林文艺工作者的真实写照，也充分表现作者广泛的人脉和人文关怀，对于研究有关文艺家抗战期间的经历，无疑有着珍贵的史料价值。

8.寒流（曾敏之）：《桂林作家群》，载《大公报》（桂林）1943年9月25—26日。

9.曾敏之：《流徙中文艺工作者》，载《大公报》（桂林）1944年8月5日。

值得一提的是，曾敏之写这篇报道的时候，已是衡阳沦陷前夕，桂林面临第二次疏散，留桂文化人已开始陆续撤离。在一片风声鹤唳的紧张疏散之中，著名作家王鲁彦于8月20日在桂林病逝，噩耗传来，已疏散到柳州的曾敏之闻讯，即从柳州重返桂林，与文化界朋友一道参与料理王鲁彦的后事，8月23日举行"王鲁彦先生追悼会"。之后，才于9月初又跟随湘桂大撤退的人群离开桂林，经柳州去了重庆。

伴随着这段感情的横遭断绝的痛楚，曾敏之抵达了重庆，但他并没有因失恋而"躺平"。他任职《大公报》采访部主任，继续以"书生报国，秃笔一枝（支）"的为文宗旨，积极投入抗战斗争的有关报道。以国民党军第十军军长方先觉为衡阳守军的"衡阳保卫战"，是中国抗战史上敌我双方伤亡最多、中国军队正面交战时间最长的城市攻防战，震惊中外。衡阳失守，方先觉生死不明，是以身殉国，被俘还是投敌，谣传四起。就在这莫衷一是的声浪中，曾敏之暗中探得一丝重要讯息：方先觉已在重庆。又经过一番努力，确认方先觉就密藏在国防部总参谋长陈诚的公馆。但陈诚公馆戒备森严，如何进得？他略施谋略与胆色，借来辆崭新豪车，西装革履，扮成大人物，直闯公馆，终于如愿以偿访问了方先觉。就在蒋介石秘密会见方先觉翌日，曾敏之专访的独家新闻稿《苦战衡阳的英雄回来了！方先觉军长平安飞到重庆》头条隆重刊出，特稿扼要记述记者与方先觉的对话，通过对话，让读者明了方先觉军长被俘获救的经过：方先觉是在弹尽援绝的情况下被俘的，后被囚禁在一所意大利教堂。鉴于日寇在衡阳的疯狂屠杀，方先觉曾向日方提出了严正抗议，声明不允日军加害第十军被俘官兵。南京伪组织也曾派人利诱，许以伪军高官，方氏始终不为所动。囚禁三个月后，先期脱险的手下官兵找到了囚禁地点，乘看守松懈之隙，在当地力量的协助下，巧妙地解救方先觉等人脱险。

特稿的发表，消除了社会上种种不实猜想，让人对浴血奋战、宁死不屈的第十军官兵肃然起敬，从而鼓舞了全国军民夺取抗战胜利的信心与决心。

迎来了抗战胜利的曙光之后，曾敏之又投入了反饥饿、反内战、反迫害的斗争，在重庆文化界进步人士联署抗议国民党当局的《文化界时局进言》

上签名，揭露抨击国民党当局压制民主的罪行。撰写长篇访问记《谈判生涯老了周恩来》（后更名《周恩来访问记》收于《望云海》一书），首次公开周恩来的非凡经历和哲人风范，轰动一时。他被学界誉为"中国记者报道周恩来第一人"。

为了更好地报道重庆的学生运动，曾敏之建立了《大公报》通讯员制度，聘请大学生任通讯员，及时报道学运情况。有时也召开通讯员会议，了解学运情况。就是在这些活动过程中，他有幸结识了成为他终身伴侣的章佩瑜。章佩瑜出生于无锡，长大后跟父亲来到上海，在明德女中读书。1937年11月初，上海被占领前夕，随战区学生冒险撤离上海，跋涉辗转，经西安到重庆，后考取了重庆国立女子师范学院教育系。该校学生运动尤为活跃，积极为《大公报》反映学运情况，章佩瑜也成了通讯员。在交往中其善良、淳朴、正直的品质，亭亭玉立的外形，给曾敏之留下深刻的印象，进而产生爱意。经过频密的接触观察，曾敏之觉得一生的情感可以托付于她，于是发起热烈的追求。

1947年6月初，正当章佩瑜临近毕业之际，曾敏之被国民党逮捕入狱，他预感到与章佩瑜的爱情可能也"黄"了，有点失落。后经多方营救出狱。当他刚跨出狱槛，眼前一亮，见到章佩瑜手捧鲜花前来迎接，他喜出望外，更加珍惜这份真情，不久便比翼双飞。为避开国民党的继续加害，这对新婚伴侣便奉命飞赴广州《大公报》履职。婚后琴瑟和谐，妻子勤俭持家，相夫教子，既是难得的贤妻良母，又是忠诚的战友。曾敏之在反右斗争中被戴帽，"文革"时又和秦牧双双被关进牛棚。面对无休止的批斗，他俩秉持"士可杀，不可辱"的理念加以抗拒，秦牧想遁入林中上吊，他则奋起跳楼，可幸大难不死。章佩瑜始终不离不弃，坚定地陪伴他度过那风风雨雨的坎坷岁月。可惜1990年章佩瑜不幸病逝，曾敏之强忍着莫大的痛楚，把对妻子难以割舍的眷恋铭刻心灵深处，此后一直保持独身。

倘若说曾敏之先生抗战期间在文学创作上崭露头角，引人关注，不如说其在新闻报道上声名远播、反响热烈更为准确。在研究桂林抗战文化过程中，曾敏之先生最吸引我的，便是其上述的《桂林作家群》《流徙中文艺工作者》和《不平凡的宴会 —— 记文协欢送李济深将军》等报道。由于资料翔实可贵，这三篇文章堪称研究有关作家和桂林抗战文化点击量最高之作。而其文学作品中所展现的浓厚的桂北乡土气息，对我这样曾在其家乡工作过的人来说，更是倍感亲切。鉴于此，萌生拜见"老乡"之念。

20世纪80年代初我在编写《司马文森研究资料》时，收入曾敏之的《司马文森十年祭》[10]，被其对昔日战友那浓情厚谊所感动，更想早日求见，但因其在香港任职，求见不易。好不容易等到1993年7月，我应香港作家联会之邀，随同"港澳文艺综合考察"课题组，赴港访问考察，其间备受曾敏之先生等人的盛情款待，也与香港作家协会同人交流座谈。其间访问了在港的部分作家，如东瑞、忠扬、罗琅、黄继持、卢玮銮、王一桃等。此后我曾多次向曾先生请教，向他了解抗战期间在桂林的记者生涯和文学创作，获益颇深，尤受其生性豁达、乐观处世的高尚人格、文品所感染。虽然曾先生的人生历经坎坷，却丝毫不影响他对生活的热爱，他忘记年龄、恩怨、功利，不仅是在枪林弹雨中勇往直前的战地记者，还是具有诗情、文心的作家，更是心系时政的爱国人士，永存浩气，永为典范！

10.载曾敏之：《望云海》，人民文学出版社，1982，第176—182页。

○ 曾敏之

　　曾敏之（1917—2015），笔名敏之、寒流、望云、丁淙等。祖籍广东梅县（今梅州市），生于广西罗城。家境清贫、父母早逝，15岁小学毕业便任小学校长。1935年到广州半工半读，并开始练笔，发表过文言小说。抗日战争全面爆发后，返回广西到桂北三江古宜小学任教。1939年开始发表文学作品。抗战期间参加中华全国文艺界抗敌协会，1942年进入《大公报》工作，历任记者、采访主任。1946年独家采访周恩来，并发表长篇专访《谈判生涯老了周恩来》，轰动一时。1978年后任香港《文汇报》副总编辑、代总编辑。长期担任香港作家联合会会长，中国世界华文文学学会会长、名誉会长。著作主要有《曾敏之杂文集》《望云海》《文苑春秋》《诗的艺术》《古典文学欣赏举隅》

华嘉

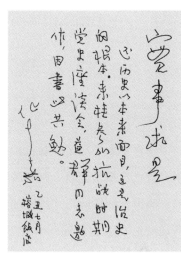

◎ 华嘉为作者题词，1985年7月

昔日漓江歌势壮，今朝重到鬓全霜。

虽经浩劫心犹健，敢挥拙笔写新章。

——华嘉诗

一个报人的战斗

　　华嘉基本经历了桂林抗战文化运动的全过程。在桂林期间，华嘉主要从事《救亡日报》记者、副刊编辑工作，撰写了一批新闻、报告文学，有一定的影响力，如访问记《活跃江南的游击军——访叶挺将军》《敌第五师团被歼详记》[1]等，前者就一年来新四军的作战情形、游击区的经济状况、新四军的政治工作、目前的国际形势等四个方面介绍叶挺将军的观点。这些问题都是当时国统区人民最感兴趣的，加之叶挺的威名，更具说服力，故文章发表后影响巨大，读者不仅对新四军有了全新的认识，而且进一步认清了国际形势，区分敌友，为夺取抗战胜利起了促进作用。当华嘉以目前国际、社会上担忧苏联与日本签订停战协定，将不利中国抗日的疑虑请教叶挺将军，叶将军十分肯定地答道：

　　　　目前日苏停战协定签字，一般杞忧者马上便担心起来了，其实这大可不必。苏联为什么要把中国分成两半来削弱联合打日本的力量呢？不仅如此，我们还可以预言：日苏大战在一年内会再爆发的，那时是敌是友当可看得清楚了。

1.二文分别载于《救亡日报》1939年10月2日与1940年1月17日。

这篇访问记，既是我国新闻史上弥足珍贵的文献，也是研究叶挺的重要资料，具有一定的价值。

除了任职《救亡日报》，华嘉还先后兼职逸仙中学、松坡中学教员，积极参加桂林各项抗战文化活动。如1939年10月5日，著名作家叶紫病逝，华嘉积极参加"为援助叶紫先生遗族募捐"活动。1940年元月4日，参加由范长江任团长的桂林文艺界、新闻界桂南前线慰问团，这次活动体现了持不同政见的各报社团结一致宣传抗日的可贵精神，各大小报刊都连续跟踪报道，一并发表了一系列战地通讯，影响很大。如《救亡日报》1940年1月13日刊登"中央社讯"：

> 桂林文艺界、新闻界桂南前线慰问团一行13人（文艺协会黄药眠、林林，木刻协会、漫画协会黄新波，《阵中画报》梁中铭，《扫荡报》卜绍周，《广西日报》韩北屏，《救亡日报》华嘉，《桂林晚报》范旦宇，国际新闻社范长江，《大公报》桂林办事处钱庆燕，贵阳《中央日报》张常人，香港《珠江日报》刘宁，中央社顾建平）于本月4日携带大宗贺年片及书报等，官兵情绪极为兴奋。事后视察昆仑关战绩，及附近山地敌军溃退遗留工事，11日在某地参观战利品。全团业于昨日返抵桂林，今日宣告解散云。

1940年3月9日，华嘉与欧阳凡海、陈子谷、黄新波、孟超、陈残云、周行等一起，参加林林主持的关于《三兄弟》演出的座谈会，会上热情肯定了"在华日本人民反战同盟"负责人鹿地亘等创作演出的反对日军侵华的话剧《三兄弟》。1942年同周钢鸣创办刊物《种子》，该杂志是面向文学青年的辅导性综合刊物，除了刊发文学作品，还比较注重语文知识、学习方法、思想修养、青年习作及其评价，较适合爱好文学的青年学生的需要，撰稿人主要有周钢鸣、宋云彬、司马文森、易庸（廖沫沙）、胡仲持、孟超、华嘉、曹伯韩、任重、郑思、芦荻、黄宁婴、周达等。

华嘉除了撰写通讯报道，还撰写发表了不少评论文章，较有影响的是

《部队文艺工作》[2]一文，针对当时不重视部队的现象提出自己的看法：

> 说到"文章入伍"，我以为有一点是值得一提的。那就是我们不仅应该生活在士兵群里，用士兵的口语，为士兵而写作；而更重要的是我们应该使士兵们自己也获得这武器，并用这武器—如用他手里的长枪一样娴熟，打击他们的敌人。部队的文艺工作是多样的丰富的。问题只是我们有没有决心，和会不会争取时机去做而已。

至于当时文艺界争论不休的问题，即文艺作品该不该暴露现实，尤其是暴露部队的黑暗面，作者态度十分鲜明：

> 黑暗面并非绝对不能暴露，而是不应夸张，而且在暴露黑暗的时候，应该把握光明的一面，并且从黑暗中看出光明来。这并不是说一切讽喻的作品都要加光明的尾巴，而是应该着重指出：如果用悲观消极的态度去描写黑暗面，其结果一定走向越陷越深的泥沼，不仅不能正确的了解问题，相反的只有走向错误的道路。

1944年2月15日至1944年5月19日，华嘉参加西南剧展"十人评议团"[3]。他以"明之"的笔名，发表了《论〈油漆未干〉》《〈茶花女〉的粤语演出》《舞台上的〈大雷雨〉》《法西斯细菌》《论〈鞭〉》《舞台上的异国情调 ——〈皮革马林〉的分析与批评》《〈水乡吟〉观后》等评论文章，产生了较大影响。

1944年8月1日，衡阳将陷，桂林岌岌可危，开始紧急疏散，华嘉踊跃参加由田汉率领、陈残云为队长的桂林文化界抗敌工作队，担任秘书，勇敢地北上火线宣传抗日，鼓动守军士气。8月21日，因形势十分危急，华嘉和陈残云奉命带领"文抗队"六十多位成员返回桂林。9月初，在桂林当局最

---

2. 华嘉：《部队文艺工作》，载《抗战时代》1940年第2卷第4期。

3. 成员还有田汉、秦牧、孟超、秦似、周钢鸣、陈迩冬、洪道、韩北屏、骆宾基。

◎华嘉《香港之战》，热风出版社1942年
10月再版，桂林文献出版社总经售

后一次强迫疏散令中才冒险撤往柳州，夹杂在拥挤的难民群中辗转跋涉到贵阳、重庆，这充分展示了其忘我报国的伟大襟怀。

　　华嘉是位多产作家，在桂林创作发表了一批颇有分量的文学作品。专著主要有中篇报告文学《香港之战》[4]。全书分为五章：第一章《香港打了十八天》，写战争爆发时香港的形势和人民的反响；第二章《一个都市的陷落》，记录了沦陷后的香港面貌和日军的暴行，对日军的厌战心理也作了揭露；第三章《逃亡的开始》，描画了逃出香港的脱险经过；第四章《沦陷区见闻》和第五章《归途杂记》，记述了逃出香港后的所闻所见。这是一本反映太平洋战争爆发后香港沦陷不可多得的纪实文学。

　　散文集《海的遥望》[5]，收入散文、通讯27篇，分为4辑。第一辑为战地通讯，共7篇，大多写于1938年初，反映了抗战初期中国军民的战斗气概，勾画了一些普通抗日战士的精神面貌；第二辑为抗战生活回忆，共4篇，记叙在广州、从化等地的救亡工作和生活感触，其中《圣诞节夜的钟声》则是记载1941年12月25日香港失陷之夜作者的悲痛心绪；第三辑4篇，描写乡居生活小景，属抒情性散文；第四辑12篇，多写战时的见闻杂感，另有数篇为对童年往事和家庭生活的记述。还有代序性质的《海的遥望》和《后记》

4.热风出版社1942年版。

5.文献出版社1944年1月出版。

二篇。

除了报告文学、散文等作品，华嘉的小说也不少，其代表作有《江边》《寂寞》《赵老师的悲哀》等。《江边》[6]1942年4月写于桂林，小说取材于抗日文艺中队的一个生活片断，以上级派往该队指导工作的女指导员的感情为线索，以细腻纤巧的文笔揭示一个抗日女战士丰富的内心世界，反映出抗战的烈焰虽抑制了人的某些感情需要，却也锤炼了每一个人。小说乐观向上，颇为感人。《寂寞》1942年8月写于桂林，据作者回忆说发表于司马文森主编的《文艺生活》，但具体期数不明。《赵老师的悲哀》[7]1943年秋作于桂林。这两篇小说均以抗战后期挣扎于社会底层的中学教员的贫困生活为题材，通过这些中学教师的悲惨遭遇，沉痛地反映出抗战后期国统区小人物生活的辛酸和苦难，愤怒地控诉了现实的残酷。以上小说均收入华嘉的文集《满城风雨》[8]。值得一提的是其中收录了《疏散列车》一文，系1945年1月作于重庆，描写了1944年秋桂林大撤退中的惨状，催人泪下，也是反映大撤退题材的可贵篇章。

6.载《文艺生活》1942年第3卷第1期。

7.载《人世间》1943年第1卷第6期。

8.花城出版社1988年出版。

书信即书史

  我同华嘉先生的交谊始于1980年，那年8月中旬，家母病危，我请假携儿子匆匆返家探母，顺带完成工作任务：到广州拜访陈残云和华嘉，向他们约稿。在广州，我受到华嘉的热情接待。他边向我介绍抗战期间在桂林的活动情况，边在信笺上写关键词（见下页图）。自此，我们开始了频密的书信往来。

  鉴于华嘉的信上仅标日月，尚缺年份，有的一时难辨，只好把信件一一列出，再对信中内容稍加解释。

益群同志：

  收到清样后，因为工作关系，只能在晚上业余时间，查史料，并校对各地友好来信，关于一些人和事做了必要的订正和补充，迟至今日才初步完成，因限于时间，只好做成这样了。可能还有疏漏或误记之处，只好以后再说了。

  来信提到文协讲座，既然是根据1940年8月《救亡日报》所载，那就是准确的了。因此，我决定补上温涛和黄药眠，在鲁彦和夏衍二人中，我认为先写鲁彦为宜。因夏衍的习惯是不擅长于作报告和谈话的，也可能开始定了他，临时因工作忙不讲。所以做了这样的改动。请酌。

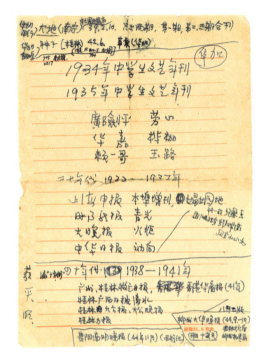

◎华嘉书写的个人有关资料，1980年8月于广州，作者藏

　　干校的教师和指导员人名中删去了二个，都是他们来信说明当时没有在干校的。补记上另一党支部书记张海鳌，是根据当时在干校工作的人说的，是可靠的。可惜张海鳌前两年在广州逝世，无法核对了。

　　国新社的创办人也减去了刘思慕和高天，因为当时刘还在香港，是1942年才去桂林的，高当时还是记者，还不是创办人。

　　为了认真区别1939—1940年和以后的1941—1944年，我化（花）了很长时间，因为看了不少回忆文章（包括钢鸣写的）都是分不清楚的。因此，很想把这两个时期的人和事弄清楚一点。不过，个人所知有限，虽费力不少，可能还是仍然混淆不清。这只好请你们在整理史料时再认真加以鉴别了。

　　顺便向你们提议，根据现有回忆录和当年报刊史料，最好能编1939—1944年的桂林文化城大事记。不知你们以为如何？

　　最后我还是请求你们把原稿用完还我。我没有留底，我还想进一步订正补充，留个比较准确史料（如文协理事会名单，我手边也没留底，清样已不见这名单，等等），这点想必会体谅。

至于下篇，也因为事忙，只能断断续续随写随记，因为业余时间不多。但愿能在月底前完稿，下月初即可寄上，免念。

耽误了一个星期才改了清样寄还，十分抱歉。这也是不得已的事。

匆复，并颂

编安！

华嘉

6月15日

从信的内容看，应该是写于1981年，里面所说的"清样"，指的是我根据其来稿修改编辑的《"桂林文化城"思忆》清样。

益群同志：

文化城之忆原稿已收到，谢谢。

今天是七月十日，下篇虽已修改多次，但仍不满意，但时限已到，只好挂号寄上，请审阅。请认真给以斧正，特别是如果尚有不通顺之处，敬烦校正和润饰。因为业余时间有限，断续写来，很多地方我自己看了也不满意。还请寄来清样，以便再进一步根据史料和当年一起工作的同志们来信加以订正补充，至感！时间匆促，未留底稿，用完之后仍请退还原稿，不胜企盼之至，谢谢。

还有一事，读了《学术论坛》第二期刊载的演出儿童剧的一段回忆一文，内说道："欧阳予倩还向我推荐两位小主角，一位就是田汉同志的女儿田玛莉，一位是孟健同志的女儿……"后面还说："孟健的女儿扮演剧中的妈妈。"这里说的"田汉的女儿田玛莉"，没有错，"孟健的女儿"却是错的，应该是"孟超的女儿孟健"。如你们认为必要，可以根据我的来信加以订正。

又，新波的女儿黄园[9]给你们写了一篇回忆新波的文章，不知收到了没有？我看过了，除了告诉她一些补充材料，关于新波等在《救亡日报》编刊的《漫木旬刊》我手头有各期的目录，如你们需要，可以抄寄给你们作补白。

来信问到司马文森的家属，他的夫人是雷维音（在桂林发表文章时用的笔名是雷蕾），她在北京，地址是：和平里和平街八区十五楼三单元二号。至于司马的笔名很多，常用有耶戈，三十年代在上海用的是林娜，教书时用的是林曦。还有一些，一时想不起来了。

匆致

编安！

华嘉

7月10日

此信也应该写于1981年。此信所指的"下篇"，即华嘉的《"桂林文化城"思忆》，收到后经修改编辑，已于1981年第5期刊用。黄元所写的《一个版画家的战斗历程——记我爸爸黄新波在桂林的片断》也系我们的特约稿，也于1981年第6期刊用。

杨益群、王斌同志：

《学术论坛》收到，谢谢！

很久没有写信了，近况可好？有一事情，麻烦你们，请查问一下，能否把我在贵刊发表的《"桂林文化城"思忆》（下篇）的原稿寄还给我。我记得你们是答应过我的。我希望收到原稿，为的是其中你们删而未刊的长安中学和开智中学的史料，我得以保存，同时将来如收为文集时补进去。因无原稿，事非得已，敬请原谅，并盼助我一臂之力，把原稿捡出还我，不胜感激。

9.应为"元"。

匆匆，敬祝

编安！

华嘉

12月7日

从信的内容看，此信应写于1981年。

益群同志：

前复一函至编辑部转，不知已否收到。现有一事，即请大力支援。前来信说及发现我不少旧作，可否为我复印，或拍照片或抄写寄给我，因为我现正收集我的解放前旧作，所需费用，告知即寄。

现恳请代我找两份刊物。一是1939年6、7、8月间的南宁《大地》文艺月刊，卅二开本，是我与周行合编的，只出三期，图书馆可能留存；另一份是1942年冬桂林《种子》文艺月刊，廿四开本，是我与周钢鸣合编的，也只出两期。如有消息，请即告知。

我现已离开行政工作，虽曾挂着顾问职务，但实际上是在家写作，因此开始收集旧作，这心情想会理解的。至于重新写作，那是明年的事了。关于西南剧展材料事，前函已写了情况，现在关键在广西剧协是否已编印出版，因为最近大家都认为重复印刷一事须检查，故未得确认，还不能作决定。如何，请告。

祝编安！

华嘉

11月30日

据内容看，此信写作时间应在1982年至1983年之间。

益群同志：

收到来信，十分高兴，也十分感谢。

要不是你找到《部队文艺工作》，我不复记忆曾发表过这样的文章了。我已复印了一份，原件现随函寄返，请查收。现在来看，当时的观点还算是没有什么大错的。我想不起来这《抗战时代》是谁编辑出版的了。下次来信请告知，为感。

你说还有两篇，不知可否为我寄来。用完必定寄还，不误。

据说广西图书馆可代复印，那就不必抄写了。我现在天天泡在广东省立中山图书馆里，主要找上海、香港、广州的报纸，已经找到三四十篇，也都复印了。如南宁能找到下列旧报刊，那就好极了，因为抗战八年，我有六年在广西。请代为留意下列的报纸：

1.桂林《救亡日报》。桂林八办纪念馆存的没有全份，我已看过一遍，记下一些目录、索引。如南宁有全份就最好了。这个将来我再开目录来，请他们复印。

2.桂林《广西日报》副刊《漓水》（1939—1944），先后是艾青和芦荻编。

3.桂林《大公报》副刊《文艺》、《大公晚报》副刊《小公园》（1940、1942—1944），先后是萧乾、杨刚编。

4.桂林《力报》副刊《新垦地》（1940年5月—1944年），绀弩编。

5.《桂林晚报》副刊（1940年9月30日起），艾芜编。

6.桂林《抗战文艺》（文协会刊，1940年创刊）。

7.《国民公论》（胡愈之等编，1940—1944）。

8.《中国诗坛》（1940—　　）。

9.《全民抗战》（韬奋、柳湜编，1938—　　）。

10.南宁《大地》文艺月刊（1939年5、6月），桂林《种子》文艺月刊（1942年下半年），都是我编的，只出两期。

关于西南剧展材料，当即遵命挂号寄返，勿念。

如找到我的旧作，最好先给我目录、索引，我再复告哪些需要复印，主要是为了避免重复。麻烦之处，敬请原谅。

不知上次寄《学术论坛》编辑部的信有否收到。今后是否还是寄印刷厂李嫦莉收？

匆复，敬祝

编撰两安！

华嘉

12月15日

来信可直寄家里，可以快点收到：广州东山寺贝通津寺贝新街21号

（新编120号）四楼。

此信应写于1983年。当年我不仅帮华老找到《部队文艺工作》一文，还找到其短篇小说《赵老师的悲哀》等。

益群同志：

五月三日挂号信寄来时，刚好我在开剧协广东分会代表大会，随后又开省政协会议。本想即寄返《香港的受难日看受难的香港》的复印稿也来不及了。现在，会都开完了，约有一个月的空隙。现在，先寄返复印稿，然后再看你寄来的大迭（叠）文稿，估计至少十月八日后才能写成书面意见，送返部里去盖章。刚巧碰着开会，实在无法抽时间来看，耽误了您的事情，实在抱歉，请谅。

复印稿原件随函附上。请查收。如再有机会，也请给我复印寄来，至感！

敬礼！

华嘉

5月21日

此信应写于1984—1985年，此处说的"大迭（叠）文稿"，指的是我的《司马文森研究资料》。

言犹在耳

　　与华嘉同志的数次接触，有两次便是在桂林一起开会。一次是1984年3月27日至4月1日在桂林参加纪念"西南剧展"[10]四十周年座谈会。这时隔四十年的纪念座谈会是由中国戏剧家协会、广西文化局、中国剧协广西分会联合举办的，与会者包括当年参加"西南剧展"的老同志和欧阳予倩、田汉等的后人。当时桂林除了举行座谈会，还举办"纪念'西南剧展'四十周年文物史料展览"和"纪念欧阳予倩诞辰九十五周年座谈会"。华嘉既是抗战期间在桂林经历时间最长者之一，也是"西南剧展"十人评议团小组成员，在整个会议期间，十分活跃，尤其是在大会上的发言，更是给研究者留下宝贵的参考史料。

　　另一次是在1985年7月的"桂林抗日战争党史座谈会"上，华嘉仍然显得精力充沛，在大会小会上侃侃而谈，诉说当年不少鲜为人知的可贵史料。还畅游漓江、秦堤，寻访当年《救亡日报》社、《大公报》社及音乐家张曙墓等旧址。

　　在此次会上，我向他了解当年他在桂林的有关情况，他毫无保留，主要讲道：

　　香港虹虹歌舞团在香港于1940年成立，由共产党领导的，我和陈残云在港时也参加该团。1944年春，该团来到桂林想参加西南戏剧展览会，当时我和残云都

10.全称"西南第一届戏剧展览会"，于1944年2月15日至5月19日在桂林新落成的广西省立艺术馆隆重举行，由欧阳予倩、田汉、熊佛西、瞿白音等著名戏剧家主持。具体情况在前文"田汉"等篇中皆有介绍，此不赘述。

在桂林松坡中学任教，他们都来找我们给介绍工作。他们住的是打太平铺，天天唱抗战救亡歌曲，宣传抗日，受国民党特务盯梢，剧展开幕前被抓，只逃跑出来几个人，到学校找我们，我们只能靠在桂林的外国友人帮忙营救。为首的有朱致平（现在北京金融研究所）、钟瑞明，还有现任《羊城晚报》总编朱华（廖公的秘书）也参加。

张云乔（至今还不是共产党员）在桂林办一个烟厂，一个机械厂，可能是个秘密联络点。他与《救亡日报》关系密切。

在桂林《救亡日报》工作时，生活较艰苦，大家吃大锅饭。每人一个月的津贴可买一斤肥猪肉，肉炼成油，这是最高津贴，就是最好的享受了。连做一套衣服都没有，夏公[11]常说我们是"伤兵之友"。我们常发起外勤记者聚餐会，每次得掏几块钱，也是不容易的。

逸仙中学的教师，主要是从广东来的。当年文艺界穷得没法活的，都往学校里挤。如艾芜、彭慧等都来教书。

李宗仁夫人郭德洁开办了德智中学，皖南事变后，党的策略是化整为零。我们一帮人，如李嘉人、黄宁婴、陈芦荻弟弟陈仲纲等都转去德智中学。苏曼事件发生后，我和司马文森在汉民中学教书。

我参加两次较大的报道活动。一次是和黄新波、韩北屏等，参加"桂林文艺界、新闻界桂南前线慰问团"，奔赴昆仑山前线；另一次是日寇撤离南宁时，和何家英等奉命去采访。两次都及时采写、发表了一批稿件。

---

11. 指时任《救亡日报》总编辑的夏衍。

◎ 前排：华嘉（左2）、高汾（左4）、杨益群（左1）；后排：魏华龄（左2）、王文彬（左3）。摄于音乐家张曙墓址，时出席"桂林抗日战争党史座谈会"，1985年7月

◎华嘉在香港时期，1941年

华嘉（1915—1996），原名邝剑平，笔名明之，广东省南海人。起初参加上海青年文艺界救国会工作，并从事创作。抗战全面爆发后，担任广州《救亡日报》战地通讯员。1938年冬，由江西南浔前线辗转抵达桂林。元旦前夕到南宁，在尚实中学任教，并参加南宁抗日文化宣传活动，筹办出版《大地》（共三期）。1939年8月初奉调离开南宁赴桂林任《救亡日报》（桂林版）记者。1941年皖南事变发生后，被迫离桂赴港，任《华商报》记者。1942年2月返桂，至1944年9月初桂林大疏散时，离桂撤往黔、渝。抗战胜利后返回广州继续从事文学创作。1946年下半年起赴港，任《华商报》副刊编辑，同黄新波、陈实、黄秋耘等创办“人间书屋”，编辑出版《人间文丛》《人间译丛》《人间诗丛》等丛书。1949年后历任《南方日报》副刊主编，华南文联秘书长，华南文学院教授、文学系主任，广东省文化局党组书记、副局长，戏剧家协会广东分会党组书记、主席，广州市文化局党委书记、局长，中共广州市委委员、宣传部副部长，广东省文联副主席，广州市文联主席。1934年开始发表作品，著有长篇小说《冬去春来》，散文集《海的遥望》《奔流集》《华嘉散文选》，评论集《春耕集》《门外戏品》《论方言文艺》，小说集《复员图》等。

楼栖

◎楼栖《反刍集》·文生出版社1946年出版

七月的烽火／四年前在卢沟桥／燃起了烈焰／五千年的历史闪耀着红光／四百余兆的炎黄子孙／昂头作摇天的呼啸／东方的不愿意作奴隶的／民族，挣脱了镣铐／广漠的原野卷起血腥风／掠过万里长城／掠过黄浦江畔／掠过重山又重山／也掠过了黄河的滚滚怒涛／长江的滔滔白浪／百余年来的血债／要向敌人清偿

——楼栖《七月的烽火》

离港为报国

　　桂林文化城轰轰烈烈的抗战文化运动，吸引了报国心切的楼栖。1939年他在香港教中学，虽然生活远比陷于水深火热的内地安逸，但"隔江烽火，召唤我投奔故国的怀里。于是，抖清了满身的粉笔屑，奏一阕'岛上谣'，驮一个梦，奔向辽远"，"祝福自己这份愉悦的旅程"。[1]于是，他怀抱刚两岁的幼儿，乘船经越南河内到达昆明。把孩子交给妻子后，他便马不停蹄绕道贵阳进入广西柳州，沿途艰辛劳顿。更为不幸的是，他得到爱儿夭折的噩耗。然而个人的悲哀丝毫动摇不了楼栖抗日救国的决心。他痛定思痛，激发起满腔的革命热情，积极参加桂林抗战文化运动，从事《广西日报》国际新闻部编辑工作。《广西日报》创刊于1937年4月1日，系桂系所办。该报聚集不少进步文化名人，如总主笔金仲华，主笔刘思慕，采访部主任刘火子、陈子涛，副刊部主任艾青，还有韩北屏、陈芦荻、马国亮、楼栖、洪遒、胡明树、吴紫风等编辑和记者。由艾芜负责的中华全国文艺界抗敌协会桂林分会主编的《文协》旬刊，也在《广西日报》上创刊。郭沫若、巴金、田汉、夏衍、邵荃麟、周立波、艾芜、周钢鸣、司马文森、林林、欧阳予倩、焦菊隐、王鲁彦、黄药眠、林焕平、秦牧、廖沫沙、千家驹、黄新波等经常为该报撰稿。这些文章在宣传团结抗战，揭露抨击日寇侵略暴行，反击汪伪投降

1.楼栖：《风尘草》，载《楼栖自选集》，花城出版社，1994，第231页。

势力，支持国际反法西斯阵营等方面发挥了一定的作用，这与楼栖的努力工作是密不可分的。楼栖还积极参加中华全国文艺界抗敌协会桂林分会的活动，创作发表了一批诗歌、散文、小说、评论文章。

楼栖著作甚丰，但其自认为主要成就在于诗歌创作，足见其对诗作情有独钟。他是中国诗坛社重要成员，先后在桂林创作发表了《斯巴达之魂》《七月的烽火》《枕木·列车》《别山城》《春之献》《定型》《算盘》《悼儿殇》《南方的城市》《岛国的世纪梦》等诗作。这些诗，感情炽热，节奏感强，激发人民的抗战情绪，如"七七"四周年前夕写的《七月的烽火》[2]，闪耀着强烈的爱国主义精神（见本篇篇名页）。

长诗《南方的城市》和《岛国的世纪梦》，每诗均在四百行左右，前者系"广州沦陷二周年于桂林"所写，后者写于1941年除夕的桂林，即香港沦陷之际。诗人以饱蘸情感的笔触，讴歌这两座富有革命传统的"南方的城市"广州和"海上明珠"香港的光辉历史及其斗争精神，强烈谴责日本侵略者的血腥暴行，鼓舞国人团结奋战，夺取抗战的最后胜利。

楼栖还撰写了不少散文和小说，其代表作为散文、小说集《窗》[3]，共收入作者在香港、桂林等地创作的作品13篇。有散文《窗》《岛上谣》《山居恋》《黄花忆》《冬》《风尘草》《田东行》《周年祭》《旧寓》《阳朔冬旅》《叔父》和小说《曹宋》《伴侣》等，作品多数写于桂林。作者在《〈窗〉后记》中提到，他前期在广州所写的文稿和剪报，曾先后两次被焚毁，仅剩下在香港、桂林之作：

> 收在这里的，是在祖国过着血腥的日子时写下的散文的一部。我常常感到矛盾：我向往美好感情的和谐，爱自然的绮丽，因此我的文笔有时不免过于轻松和细腻。如《岛上谣》《风尘草》《田东行》。这些文章的这样写法，一半也是迁就编辑底脾胃，才给自己底感情以这么大的挤压。但在另一方面，我也爱纯朴，爱血肉的生活，爱火热的战斗，像《窗》《曹宋》

---

2. 楼栖：《七月的烽火》，载《广西日报》1941年7月7日。

3. 1942年由桂林山城文艺社出版。

和《周年祭》，我变得没有这么华丽，也没有那么拘谨了。

文集《窗》出版后，广获好评，反响热烈。桂林唯一的文艺评论刊物《文学批评》创刊特大号发文高度评价：

> 笔触颇为广泛的：有牢狱的诅咒，有自由的呼吸，有岛国龌龊的写生，有祖国抗战的歌唱，有后方人物的素描，有战士英勇的姿态。个人的悲欢联结着时代的喘息，文笔生动多姿，永不会给读者以单调感！[4]

其中，写于香港的《曹宋》《窗》《岛上谣》和作于桂林的《伴侣》《风尘草》《田东行》《阳朔冬旅》等篇，被作者收入《楼栖自选集》，花城出版社1994年12月出版。

值得一提的是1941年2月17日写于柳州的《周年祭》[5]，文章不长，作者以白描手法，不加修饰，信笔写来，悲情横溢，从儿子还在娘胎就"擎起小拳头慢慢划过腹壁，作颤动的小捣乱"，到"从来不爱哭"，"天真的笑靥像一朵灿烂的蔷薇，记录了全家人的欢乐"，再到"仅仅是两岁的稚龄，你却有惊人的'狡计'"，"奇特的智慧超过同龄的婴儿"，写尽了儿子的娇憨聪慧，宝贝至爱。随后笔头陡然一转，又抒写了娇儿生不逢时，乱世遭飘荡的悲命：卢沟桥一声炮响，国难当头，"我还不高兴你来时，你却悄悄地来了"。因无法供养，头一年[6]只好"寄养在九江外婆家"。翌年冬，广州沦陷后一个月，"外婆抱着你饱尝了逃难的苦味，取道石岐来到香港"。"前年[7]，……携你奔逐了几千里的长途"，旅途劳累加之昆明不适的高原气候，爱子不幸夭折。望着这山城荒郊的孤坟，作者写下了"黄土的分量于你太重，无泪的悲苦于我却太浓"的诗句。真是此时无声胜有声，情透纸背，痛彻心扉！楼栖

4.载《文学批评》创刊号1942年9月1日。

5.楼栖：《周年祭》，载《大公报》（桂林）1941年4月4日副刊第8期。

6.即1937年。

7.即1939年。

正是通过对爱子大喜大悲的强烈对比，形象生动地控诉日本强盗给中华民族带来的深重灾难！言简意赅，不可多得。

在撰写桂林文艺抗战相关书稿时，我曾搜集到不少当年逃难途中儿童病亡甚或被丢弃的例证。如由田汉率领下的新中国剧社，从桂林撤往贵阳途中，优秀作曲家费克、曹珉夫妇过安顺时，一双儿女突染斑疹伤寒，相继夭折。经济学家蒋学模八个月大的女儿患普通的疳积，夭折于逃亡路上。这些惨绝人寰的悲剧都是语焉不详，一笔带过的。楼栖此文，无疑填补了空白，弥足珍贵。楼栖还撰写了不少杂文、评论，如1942年1月写于桂林的《应考》和1945年6月写于广西八步的《补考》，针砭时弊，文笔精练犀利，自成一格。时评《莫斯科的争夺与近卫内阁的坍台》[8]一文，作者针对时下流行的对法西斯势力咄咄迫人的担忧，通过缜密严谨的分析，科学地回答人们关于"莫斯科能守得住吗"的疑问，明确指出："以苏联一国的军力来抵抗欧洲大陆各国的联合军……但兵力的多寡，不一定就是决定胜败的最主要的因素，列宁格勒久攻不下，便是一个实例；但莫斯科争夺战的结果，还是留给事实来证明吧。"

剧评《看过了〈李秀成〉》，在指出欧阳予倩编导的《忠王李秀成》的成功与不足之后，对布景也提出独到见解。他说："布景也是出人意外的华丽，色调都很强烈，每幕的后面都似乎有美丽的天幕，撩起观众深幽的意境。最难得的是，虽然彩排，但也布置得很快。不过，第四幕的几度换景，我都认为大可商量。观众到了第五幕，已经感到疲倦了。再来几次换幕，不仅是觉得时间的浪费，而且要当心情绪的低潮。"[9]

此论深得戏剧大师欧阳予倩赏识。

---

8. 载《广西妇女》1941年第17、18期合刊。

9. 载《广西日报》1941年10月30日。

老师的老师

　　1938年10月广州失守前夕，中山大学迁往粤北坪石，与桂林文化教育团体交往频繁。据计，当年来往桂林或驻桂活动的，有校长许崇清、教授董每戡、钟敬文、洪深、尚仲衣、杨荣国、谭丕模、陈廷璠、鲁默生、邹谦、吴宗慈、朱谦之、黄昌谷、张掖等，还有之后任中共中山大学委员会第一书记的冯乃超、中山大学校长李嘉人和教授陈寅恪等。楼栖对他在中大读书时的老师十分尊重。其中最令其动容的是洪深教授。抗战全面爆发后，洪深离开中大，后赴武汉参加由周恩来任国民政府军委会政治部副部长、郭沫若任该部厅长的第三厅，于第六处主管戏剧音乐，全力以赴地投身党领导下的抗日宣传活动。1941年初，国民党反动派制造震惊中外的"皖南事变"，在白色恐怖气氛笼罩下，进步文化人处境变得险恶起来。当时在重庆的洪深备受病困缠绕，顿感"一切都无办法，政治、事业、家庭、经济，如此艰难，不如且归去"[10]，便举家自杀，以死来抗议黑暗与暴虐。幸亏被郭沫若发现，才得以抢救脱险。此举引起全国文艺界的极大轰动，纷相慰问。远在桂林的楼栖惊悉之余，即撰写了《记洪深》[11]，亲切地回忆起五年前洪先生到广州中山大学执教时的音容笑貌、学生们的好评敬慕，最后指出：

　　当年如此悠闲暇豫的教授，对人生饱经忧患的剧作家，谁又想到他竟

10.见陈美英：《洪深年谱》，文化艺术出版社，1993。

11.载《广西日报》1941年3月7日。

会感到生平用血汗，用脑汁写的剧本还不够，自己在舞台上表演悲剧还不够，一定要用自己的生命、自己的血肉在人生舞台上表演最后最悲壮的一幕呢？倘若说一个人的自杀是最后痛苦的解脱，则这样的"解脱"反而是最痛苦的悲剧。一个人生的剧作家，何必将自己的人生如此悲剧化了，留自己以毕生的遗憾呢？永远顽健下去吧，没有叫自己为痛苦而牺牲的理由。

洪深住院期间，谢绝了国民党政治部部长张治中和朋友所赠的医药费，表现其狷介生性。而此时，中大即来电慰问并聘其为该校文学系主任，月薪三百元，还汇款一千五百元，使之深受感动，决定3月前往履新。洪深康复上任后，更为奋发工作，热心抗战宣传活动。他是桂林最受欢迎的老朋友，早在1937年4月7日就率领中山大学文化考察团一行十人抵桂，受李宗仁、白崇禧高规格设宴招待，徐悲鸿应邀作陪，第五路军总政训处国防艺术社特献演《回春之曲》，并请他讲演、辅导。复出后，桂林文艺界对他更为欢迎重视，经常邀请他讲座、辅导。田汉、杜宣还与其约好，每年寒暑假或闲暇，请其来桂导演至少两出话剧，从而为桂林抗战戏剧运动做出了巨大贡献。

1942年12月31日，在田汉和欧阳予倩的主持下，桂林文艺界还特地在广西省立艺术馆举行洪深五十寿辰祝寿会。会前由田汉起议，每人出五元份金，他自掏一百元，供众人会后吃面。虽属临时通知，时间紧迫，结果出席者众，其中有杜宣、许之乔、孟超、柳亚子、端木蕻良、熊佛西、周钢鸣、安娥、叶仲寅、郁风、姚展等文艺界名人。由抗敌演剧七队队员先用红纸在墙上剪贴一大金寿字。诗人柳亚子诗兴大作，当场挥毫题诗：

> 剧国文场旧霸才，
> 洪郎五十气能恢。
> 巴山此日开筵未？
> 愿献漓江作酒杯！
>
> ——洪浅哉五十初度，遥祝一首即寄渝都
> 时十二月三十一日也

诗毕，众人皆签名。田汉首先说明这次祝寿会的目的、意义。欧阳予倩接着发言，回顾洪深自留美回沪时，剧坛上还是男扮女角，他主张男女合演，做了好多工作才找到女性参加。欧阳予倩还列举洪深的很多生活习惯，如写剧本时，他一定要削好一大堆铅笔，先用英文写成大纲，每一支铅笔都用过后，大纲也写成了，再用中文写剧本之类。最后谈及洪深的遭遇，几次他来桂林排戏，离桂时，欧阳予倩都去送行，没有一次不是很难过的。又说洪深是一位罕有的戏剧人才，可是生活却那么坎坷，他自杀过，这是多么叫人不安的事！说着说着，欧阳予倩的泪珠已在眼眶里转，全场为之黯然。最后合影留念，便到嘉陵川菜馆聚餐，席间大家余兴未尽，决定即兴联诗寄赠洪深。

后来，这首联句而成的祝寿诗中嵌入了洪深的剧作名，如《香稻米》《劫后桃花》《寄生草》《醉梦图》《包得行》《压岁钱》《黄白丹青》《风雨归舟》等，别开生面，并由柳亚子即席挥毫写就寄给洪深，此为抗战文坛之美谈。

此时，楼栖的太太郭茜菲也在桂林《力报》社任职。报社同样集结不少进步文化名人，如总编辑冯英子，主笔邵荃麟、杨承芳、储安平，副刊《新垦地》《半月文艺》先后由聂绀弩、葛琴、彭燕郊、王西彦等人主编，编辑、记者主要有胡希明、高旅、郭茜菲等。师母工作认真负责，敢于直面黑暗势力，抨击时弊，深得好评。当年该报采访部负责人胡希明回忆说：

> 郭茜菲到《力报》当记者时，刚从中山大学社会系毕业不久。她瘦瘦小小的个子，跑采访很勤快。一个女同志在当时那么复杂的环境下搞外勤工作，是很不容易的。……郭茜菲抓了一条新闻，把一家米铺字号见诸报端，米铺老板寻上门来大吵大闹，说冤枉了他，情形比较紧张。郭茜菲说幸得我当时出面，言明仅是存米量略有出入而已，囤积居奇之事不容辩驳。[12]

12.胡希明：《风雨桂林城》，载王曼主编《我的记者生涯》，广东人民出版社，1992，第176—177页。

1944年9月8日，湖南长沙、衡阳相继失守后，桂林紧急疏散。楼栖夫妇与何香凝、梁漱溟、陈劭先、陈此生、欧阳予倩、刘思慕、金仲华、千家驹、高士其等先后撤往桂东昭平、八步。是年11月1日，《广西日报》（昭平版）创刊，楼栖继续在《广西日报》工作，坚持抗战宣传活动，以笔当枪，战斗不息，直到抗战胜利才返回广州。

我的老师

　　1961年至1968年我在中山大学中文系就读时，楼栖是我们的系副主任和文艺理论课导师。楼老师虽身材较瘦小，但双目炯炯有神，精神矍铄。他当年从民主德国讲学回来不久，仍旧穿着吊肩裤，别有一番风度。他操着浓重的客家口音，讲起课来轻声细语，深入浅出，"引人入胜"。每次我都听得津津有味，从而唤起我对文学理论研究的强烈兴趣。毕业至今，我之所以能坚持文学史和文学理论研究，自应感激他当年给我打下了良好基础。

　　离开母校之后，我曾萌发回校看望恩师的念头，然忙于应付日常杂务，即使偶尔回家探亲，也只是倥偬路过广州，无暇顾及。1980年，我调到广西社会科学院从事桂林抗战文化研究，主编"桂林抗战文化研究"专栏，才开始对楼栖抗战时期的抗日救亡文化活动有所了解，并向其约稿。是年底，老师应约赐稿，题为《〈广西日报〉杂忆》。文章开门见山写道：

　　　　1941年初春，我来到桂林，在《广西日报》任国际新闻编辑，前后不满三年……这段经历成为我的"罪证"之一，"问罪"没完没了。

　　为还老师的历史清白，把颠倒的历史弄清楚，我继续搜集研究他的有关资料，

◎出席"中国文艺理论学会"成立大会与楼栖伉俪（前、后中）合影，作者（后右1），1985年3月26日摄于桂林

并先后在《桂林抗战文学史》[13]和《抗战时期文化名人在桂林》（续集）[14]中有所论述。

　　1985年3月下旬，我应邀到桂林参加"全国高等学校文艺理论研究会第四届年会暨中国文艺理论学会成立大会"。会上，意外见到了与会的恩师与师母，十分欣喜。当时我刚好在写《桂林抗战文学史》，有好些问题需当面请教他。桂林地处桂北，虽说是阳春三月，但气温仍较低，尤其遇上绵绵阴雨，更是春寒料峭，容易感冒。楼老师到桂适逢此天气，致伤风感冒，但他仍耐心回答我的提问，毫无倦意。我终于看到了恩师有别当年课堂上严肃认真的另一面。他对相关问题的逐条作答，也让我加深了对恩师当年在桂林的抗战文化活动和文学创作的认识，我也录音留念。

　　自此之后，我与恩师楼栖教授的接触日趋紧密。楼师曾复信又提供了一些历史回忆：

---

13. 蔡定国、杨益群、李建平：《桂林抗战文学史》，广西教育出版社，1994。国家"六五"重点课题。

14. 魏华龄主编《抗战时期文化名人在桂林》（续集），漓江出版社，2004。

益群同志：

信和附件已收到，……

你为了写书患病，现已康复，今后诸希珍重，要劳逸结合。我国中年知识分子，健康大都不好，值得注意。……

《桂林文化城概况》中《广西日报》部分，我翻阅了一遍，我记得黎蒙接任社长后，主笔是金仲华，其妹金端苓任记者，编辑还有洪道。我和马国亮、胡明树没有编过副刊，副刊编辑是艾青、陈芦荻、韩北屏，当时姚苏凤还有一副主任，上海人，姓名我忘了。后来《广西日报》（昭平版）副刊编辑我记得是陈闲。记忆可能有误，仅供参考。

茜菲于去年十月间乘公共汽车，回避自行车急刹，把她从后座弹起来，摔落在（地）板上，后脑受伤，加上脑动脉硬化，颈椎骨增生，经常头晕，有时不能起床，历时五个月，最近大有好转，可以起来走动，头也不那么晕了。

勿复不尽，顺祝

春祺

又：蒙代抄旧作，谢谢！

楼栖

二月廿九日

1996年4月2日楼师又来信：

益群同志：

读来信异常高兴。多年来你从事桂林抗战文化研究，收获丰盈，令人敬佩。大著倘已出版，望能寄我一册，以便拜读。

来信提到十多年前在桂林时的录音带，早已淡忘，无从回忆。你准备整理出来，结合当年拙作，写成文章，盛情可感，顺致谢忱。去年十月，你因公来穗，夜访旧寓扑空，我深为不安。我搬家多年，疏于问讯，使你乘兴而来，败兴而去，深以为歉！我家新址：中大蒲园区621-102。我家电话：中大总机转1216。

我今年84岁，去年12月病了一场，住院20余天。风烛残年，前途路短，这是自然规律。

　　匆复不尽，顺颂

春祺

楼栖

4月2日

　　殊不料这竟是恩师留给我的绝笔信！后楼师突因急病入院，抢救无效，在广州不幸仙逝，享年85岁。

楼栖（1912—1997），原名邹冠群，广东梅县人。民盟成员，中共党员。1937年毕业于中山大学文学院。历任香港华南中学高中部教员，《广西日报》国际新闻部编辑，广西工业作协分会工作站主任，香港达德学院文哲系教授，广州市军管会文教接管委员会新闻出版处杂志组长，中山大学中文系副教授，中国现代文学教研室主任、系副主任，德国柏林洪堡大学东方学院教授，教材《文学概论》编委，中山大学中文系文艺理论教研室主任、系副主任、教授。中国作协广东分会三届理事及第三届副主席，广东省三届文联委员，中国郭沫若研究学会、广东中华诗词学会理事。1956年加入中国作家协会。著有散文集《窗》，杂文集《反刍集》《柏林啊，柏林》《楼栖自选集》《楼栖作品选萃》，中篇小说集《枫树林村第一朵花》，文学专论《论郭沫若的诗》，长诗《鸳鸯子》等。

宋斐如

◎宋斐如、区严华伉俪

对照宋斐如生平的思想政治活动和丰厚的学术著作,我们有理由认为,宋斐如是我国现代史上杰出的思想家、伟大的爱国者。宋斐如壮烈牺牲时人届中年,未满45岁,生命虽短暂,却熠熠生辉。其卓著的思想成就和突出的历史贡献,值得我们认真学习,深入研究,给以应有的评价与地位。

——作者

日本问题专家

日寇侵华战争蓄谋已久，中华民族要打败强大而凶顽的敌人，夺取抗战的伟大胜利，除了同仇敌忾，奋战到底，还应该对日寇有全面深刻的认识，制订相应的战略，所谓"知彼知己，百战不殆"是也。为此，身为爱国台胞的宋斐如，于1937年毅然离日归国投入抗战斗争，以笔当枪，殚精竭虑开展日本问题研究。全面抗战爆发后，他迅速联络返国的留日同学，在汉口发起组织"战时日本问题研究会"，并创办、主编会刊《战时日本》。该刊旗帜鲜明地阐述办刊的宗旨是"知彼知己，百战不殆"，目的和任务是："有系统地深入地讨论日本各方面的问题；多方面地、准确地刻画日本帝国主义的真面目；把敌人的弱点和危机，广泛地向国内外宣布；拟议各方面对敌工作实施办法。"内容主要有时事述评和敌军战略与兵力两大栏目，还有敌国资料、敌情研究、敌兵日记、日人论反战、敌后实况、各地通讯、外论选译、漫画、书评、讲座、座谈会、人物素描和本刊资料室等专栏。针对重大问题和不同时期发生的主要事件撰写的"特辑"，如"日寇内部危机""战时日本农村的危机""战时日本工业的危机""日寇南进问题""日寇第四期侵略战的力量""战时日本总检讨""美日战事""苏日协定后的国际形势""东北的现状""抗战中的华侨"等特辑及"太平洋战争专号"，等等，针对性强，及时而集中，深获读者欢迎，影响广泛。作者队伍十分强大，有国内著名的专家、学者，如郭沫若、张友渔、张铁生、林焕平、许涤新、刘思慕、于毅夫、李纯青、李友邦、谢东闵等；有国民党政要如蒋介石、冯玉祥、孙科、梁寒操等；还有日本、韩国、朝鲜、苏联等各国的反战人士，如鹿地亘、池田幸子、盐见圣策、李斗山等。由于受战争的影响，该刊先后转移到广州、桂林、昆明、重庆等地继续出版，自1938年8月1日创刊至1942年1月15日终刊，历时三年半，坚持出版了6卷共32期，成为我国抗战期间重要的期刊，更是难得的以研究日本问题为主的抗战理论特刊，在我国现代出版史上占有重要的位置。《战时日本》是个16开本的大型刊物，人手少，从组稿、编辑到出版，大量编务工作都得由宋斐如亲力亲为。"创刊词""编后话"及每期固定的"时事述评"和"编辑室"专栏文章，皆出自其手笔。各期的"特辑"或"专号"组文，皆有宋斐如撰稿。据初步统计，他在该刊发表近百篇文章，每期均在三篇以上。由此可见，《战时日本》的成功出版，是与宋斐如的努力密不可分的，也是其对我国抗战宣传出版事业的巨大贡献。

宋斐如在呕心沥血主编、出版刊物，积极宣传抗战之余，还争分夺秒继续潜心日本问题研究，共出版有关专著16本，其中有《战时日本工业的危机》《九国公约会议与我们应有的斗争》《日本铁蹄下的东北》《日本人民的反战运动》《日本战时外交内幕》《日本亚洲独霸战》《日本如何决战》等。译著8本，其中有《日本国家机构略解》《日本人民统一战线的发展》《日本资本主义论战》《太平洋战略论》等。有关的论文不计其数，除了上述提到他在其主编的《战时日本》上发表了近百篇之外，还在其参与的《少年台湾》《新东方》及其他报刊上，如《时事类编》《中苏文化》《时事月报》《世界知识》《东方杂志》《抗战》《抗到底》《抗战文化》《新中华》《广西日报》《大公报》《力报》《新华日报》《扫荡报》《中国农村》《半月文萃》《西南青年》等，发表了大批研究日本、宣传抗战的论文。

这些论文的特点是：

第一，内容广泛，层层深入。宋斐如对日本问题的研究，涉猎的范围相当广泛，论述全面而深刻。从纵的方面来讲，有政治问题，如《日本战时

◎ 1934年与冯玉祥泰山读书研究室部分教员在泰山普照寺西北侧冯玉祥读书楼前合影，前排为研究室主任宋斐如（右1）、苏秉琦（右2）、赵澄之（右3），后排左1为陈定民，参见2006年3月台海出版社再版的《宋斐如文集》（五卷本）

◎ 1937年冬，宋斐如等抗日志士乘冯玉祥副委员长专车自南京撤至武昌，途经河南遭日机轰炸，左起：宣缔之、孙晓邦、冯玉祥、沈钧儒、王向辰、张申府、何容、宋斐如

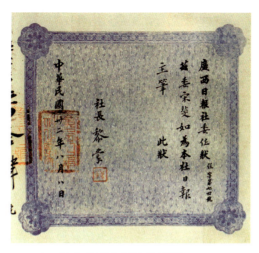

◎ 1934年《广西日报》社给宋斐如的委任状

政治的衰落及其展望》[1]、《现代独裁政治的分析》[2]、《战争第四年日本政治总检讨》[3]、《日寇国民政治的没落》[4]等；有军事问题，如《敌寇军事南进的阴谋》[5]、《日本军事法西斯论》[6]、《日本最近军事动向》[7]、《日本南侵北攻下的出丑》[8]等；有经济问题，如《日本侵略战争所造成的社会经济危机》[9]、《日寇通货膨胀的新发展》[10]、《日本劳力资源的悲哀》[11]、《日本产业统制的三种制度》[12]等；有外交问题，如《日本战时外交及其动向》[13]、《最近日寇的外交动向》[14]、《日本最

1. 载《广西日报》1943年3月10日—12日。

2. 载《中山文化教育馆季刊》（冬季号）1935年10月。

3. 载《战时日本》1940年第4卷第1期。

4. 载《半月文萃》1943年第2卷第5期。

5. 载《西南青年》第2卷第5期。

6. 载《世界知识》1938年第7卷第2期。

7. 载《广西日报》1943年11月1日。

8. 载《战时日本》1939年第2卷第5期。

9. 载《时事类编》（特刊）1937年第1期。

10. 载《战时日本》1941年第5卷第3期。

11. 载《广西日报》1943年8月6日—8日。

12. 载《广西日报》1943年9月3日。

13. 载《广西日报》1943年1月10日。

14. 载《时事月报》1938年第18卷第3期。

近对美的外交剖析》[15]、《日本军部行动派最近的外交主张》[16]、《日本对美国软硬并施》[17]等；还有社会、文化及其他问题。从横的方面而言，作者又把上述问题各列出几个小问题，由浅入深，条分缕析。以经济问题为例，就分好几个方面：工业，如《日本战时中小工业的没落》[18]、《日本侵略战争中工业危机的发展》[19]、《日寇最近的钢铁业与造船业》[20]等；农业，如《日本农村经济的特质》[21]、《日本粮食增产的政策的批判》[22]、《日本半封建的农业经济》[23]等；金融，如《日本金解禁与中国》[24]、《日本战时金融统制的剖述》[25]、《日本货币的新攻势》[26]等；财政，如《日寇南进的财政状况》[27]、《战争财政论 —— 如何筹划战费》[28]等。可以毫不夸张地说，宋斐如的日本问题研究，不论其广度或深度上，堪称我国抗战文化研究中屈指可数、卓有成就的。

第二，爱憎分明，笔力犀利。宋斐如在全面深入研究日本国内的政治、军事、经济、社会、文化诸多问题的同时，也浓墨重笔、义愤填膺地抨击揭露日本的侵华暴行，其中有《日寇在东北的残杀与暴行》[29]、《日本侵略下的东三省农业生产》[30]、《日寇七年来在东北的经济掠夺》[31]、《日本铁蹄下东北同胞

15.载《世界知识》1939年第10卷第5期。

16.载《战时日本》1939年第3卷第6期。

17.载《战时日本》1939年第3卷第3期。

18.载《广西日报》1943年9月23日。

19.载《中苏文化》1938年第2卷第2期。

20.载《广西日报》1944年6月18日。

21.载《战时日本》1939年第2卷第3期。

22.载《大公报》1943年9月5日。

23.载《战时日本》1941年第4卷第3至6期与第5卷第1、2期。

24.载《新东方》1930年1月创刊号。

25.载《广西日报》1943年10月3日。

26.载《战时日本》1939年第2卷第4期。

27.载《战时日本》1939年第3卷第6期。

28.载《广东省银行季刊》。

29.载《民族战线》1938年第8期。

30.载《新东方》1932年"二周年纪念特刊"。

31.载《战时日本》1938年第4卷第6期。

的生活惨状》[32]等。《日本铁蹄下东北同胞的生活惨状》是这方面的力作，写于1937年9月，副标题"为纪念'九一八'而作"。全文分为：一、日本占领东北六周年；二、日本狰狞面目的表露；三、"经济统制"下的掠夺；四、武装移民强占民田；五、苛捐与杂税；六、毒化政策；七、奴化教育等。作者满怀对惨遭日寇蹂躏的东北同胞的深切同情之心，以大量血淋淋的实例和精确的数字，力透纸背的笔触，愤然控诉日寇对东三省民众的残酷迫害与横征暴敛，读来触目惊心，激发起对日寇的深仇大恨，坚定了抗日救国意志。对日寇的侵略行径，宋斐如疾恶如仇，痛加揭露，而对于为虎作伥的投降论调，他更是大义凛然，迎头予以抨击声讨。如面对汪精卫的叛逆言行，他按捺不住满腔怒火，立刻撰写了一系列讨汪的战斗檄文，入木三分地揭露其叛国投敌的丑恶嘴脸，引起了大家的强烈共鸣。其中有：《汪逆兆铭的悲哀》[33]、《汪逆卖国与我们的觉悟》[34]、《本多与汪逆的魔舞》[35]、《汪伪"参战"前后的乖谬》[36]等。《汪逆卖国与我们的觉悟》中作者指出的六点"觉悟"，一针见血、切中流弊，不啻是坚持抗战夺取最后胜利的一剂强心针，在当年具有指导鼓动作用，于今也有认识参考价值。

宋斐如在狠揭日寇侵华暴行和痛斥汪逆投敌言行之余，还撰写了《东北义勇军的母亲——赵老太太》[37]、《冀南豫北游击队英勇抗战的一斑》[38]、《台湾民主国对日抗战》[39]等一大批文章，热情歌颂中国人民英勇抗日的战斗精神；撰写了《七年来的教训与进步》[40]、《上海事变的检讨》[41]、《第二期抗战胜利的

32.载《时事类编》1937年第2、3期。

33.载《战时日本》1939年第3卷第6期。

34.载《战时日本》1940年第4卷第1期。

35.载《战时日本》1941年第5卷第3期。

36.载《大公报》1943年8月16日、18日。

37.载《战时日本》1938年第1卷第2、3期。

38.载《抗战》1938年第67期。

39.载《人民导报》1946年5月26日、27日。

40.载《战时日本》1938年第1卷第2、3期。

41.载《新东方》1932年"二周年纪念特刊"。

532

◎ 20世纪30年代初宋斐如主编的《新东方》和抗战期间主编的《战时日本》

◎宋斐如的部分著作

◎宋斐如在《时事类编》刊发的部分抗战文章　◎《宋斐如文集》，右五卷为2005年台海出版社出版，左五卷为2006年海峡学术出版社出版，杨益群为特邀主编

剖述》[42]、《第四期抗战的敌我情势》[43]、《新年·新阶段·新觉悟》[44]等评论，及时总结各阶段抗战经验教训，指出前进方向；撰写了《对日集中进攻罢！》[45]、《抗战必胜的理论根据》[46]等文，号召全国各族人民团结一致，坚持不懈抗争，夺取抗日最后胜利。这些文章，对推进我国伟大抗日救国运动都产生了较大的影响，具有一定的学术价值和史料价值。

第三，意识超前，见解独到。社会科学研究，不仅需要扎实的理论功底，更需要敏锐的思辨能力，才具有真知灼见，不致人云亦云。宋斐如在日本问题上卓有建树，得益于其深厚扎实的理论素养和不折不挠的研究实践，更来自其勇于探索，善于独立思考。这主要表现在其对国际形势的正确判断上。为了说明这个问题，有必要将抗战期间国际形势的框架和总格局略述于下。

42.载《中苏文化》1938年第1卷第12期。

43.载《战时日本》1938年第1卷第4期。

44.载《抗到底》1938年第1期。

45.载《广西日报》1943年7月8日。

46.载《时事类编》第4期。

534

抗日战争的前十年，我国是单独对日作战的。其时苏美两大国尚未卷进战争旋涡里，英美与日本有矛盾，也有准备牺牲中国以与日妥协的举动。尤其是1940年9月27日德、意、日三国代表在柏林签订《德意日三国同盟条约》，鼓动了日本在东北太平洋地区进一步扩大侵略的气焰。日、美两国间爆发战争的危险日趋严重。但美国此时仍幻想置身于战争之外，或尽可能地推迟太平洋战争，便不惜牺牲中国的利益，谋求通过谈判与日本达成妥协。日本虽然也已下决心"南进"，为夺取南洋地区不惜与美国开战，但为麻痹美国，并企图通过日美妥协以尽早结束中日战争，也赞成同美国谈判。于是，1940年底，日美谈判以非官方接触开始。此后，日美谈判虽继续进行，但日本以谈判当作备战之烟幕弹，美国亦利用谈判争取时间，更把它当作远东慕尼黑阴谋的重要组成部分。双方虽然提出各式各样的"方案""建议""临时协定"等，但谈判毫无进展。直到1941年12月7日，日本偷袭美国海军基地珍珠港，美军损失惨重，日美谈判收场，次日美对日宣战，太平洋战争爆发，中国与英美结成了世界反法西斯同盟。与此同时，鉴于德国法西斯侵略苏联的危险性日趋严重（纳粹德国于1941年6月22日入侵苏联），苏联虽同情中国，但担心日本北进，为避免在西方和东方两条战线上同时作战，决定对日缓和。而日本亦想集中力量解决对华战争和准备南进，暂时对苏联采取中立态度。苏联遂于1941年4月13日与日本签订了《苏日中立条约》。日寇侵华气焰更加嚣张，中华民族面临更加严峻的考验。因此要想取得抗战的最后胜利，就必须身处扑朔迷离的国际形势中保持头脑清醒，绝不能迷失方向，必须抗战到底。

宋斐如有鉴于此，适时撰写了一系列国际问题研究论文，透过对变幻莫测的世界局势的科学分析，独辟蹊径，廓清流弊，一针见血地揭穿日本侵略者的阴谋诡计，警示世人。这些文章较侧重于论述国际关系，除了"中日关系"，主要还有"日德关系"，如《德意军事同盟与日本》[47]、《日本军事代表团

47.载《广西日报》1939年6月9日。

赴德意》[48]、《日寇欲勾结德国平分世界》[49]等，抨击日本同德国勾勾搭搭，其野心在于与德国平分世界，建立其所谓"大东亚新秩序"。在"日苏关系"上，则有《苏日渔约纠纷的前前后后》[50]、《日苏最近的纠纷》[51]、《日苏谈判及其问题》[52]、《苏日会马上爆发战争吗？》[53]等，阐明日苏两国鉴于各自的需要，不得不暂时掩盖矛盾纠纷，缔结"中立条约"，目前日本不可能进攻苏联，所谓日本北攻苏联是假，实则蓄意南侵英美等国。上述作者的论断已为后来的事实所佐证，发挥了一定的指导作用。尤为突出的是关于"日美关系"的论述，如《美国不能坐失制裁日本的机会》[54]、《日本对美国软硬并施》、《日本最近对美的外交剖述》、《日本南侵北攻下的出丑》[55]等。这些文章的发表，均早于日本1941年12月7日偷袭美国海军基地珍珠港。正当日本诱惑麻痹并处心积虑备战美国，而美国则毫无觉察甚或助纣为虐之际，作者便不厌其烦地阐明：日本对美国采取一系列软硬兼施的外交政策，其意在于对美国施放烟幕弹，为侵美战争作准备。在《美国不能坐失制裁日本的机会》一文中，他强调指出：

> 太平洋的血战，自所难免，美国及其较弱的邻邦，将遭遇强烈的压迫……假使美国也与英国同样屈服于恫吓，日本将更得寸进尺地排挤……美国今日制裁日本比苏联容易得多，她可以不动一兵，不发一炮，使倔强的侵略者屈服，因为日本在华的经济开发还没有成功，离开了美国资源及军火的供给，就无法遂行战争……美国今日尚可以运用轻而易举的经济制裁办法及与英法苏联合外交方法，使日本侵略者就范，若再过些

---

48. 载《战时日本》1939年第2卷第6期。

49. 载《战时日本》1941年第5卷第2期。

50. 载《战时日本》1939年第2卷第1期。

51. 载《时事月报》1938年第18卷第10期。

52. 载《世界知识》1939年第10卷第6期。

53. 载《半月文萃》1943年第2卷第2期。

54. 载《战时日本》1939年第3卷第1期。

55. 载《战时日本》1939年第2卷第5期。

时候，到日本的毛羽丰满之时，美国即欲保持其本国之安全，也恐不可能了。

最后，作者语重心长，强烈呼吁：

536

> 我们代表中华民国的全部人民，以极诚恳的态度，敬告美国当局及人民：美国绝对不能坐失制裁日本强盗的机会！

真可谓料事如神，一语中的！可惜当年美国无视这些忠告，预言应验，自吃苦果。

值得指出的是，被誉为二战史上经典战例的"珍珠港事件"（1941年12月7日），日本仅用了两个多小时便把神秘精良的美国海军基地炸毁，致使美军损失惨重，并蒙受奇耻大辱。可见日本早有准备，战前的情报工作也做得十分准确。我曾有幸赴夏威夷亲历其境，纪念馆的讲解员告诉我们，说日本当年靠的是大量移居岛上的日本侨民提供美军的情报及日本间谍的策应。而早在1938年8月发表的《美国不能坐失制裁日本的机会》中，宋斐如便十分清楚地指出：

> 日本侵略者的魔手，早已伸展到美洲，日本对于美洲移民的积极，及近来日本间谍在美国的活动，其情势之严重并不下于日本四十年来对于中国的企图。

这绝非偶然的巧合，而是作者善于审时度势，具有超前意识。

力促祖国统一

    台湾早在1895年《马关条约》签订后被日寇所占领，日寇为了使台湾人"成为忠良的日本人"，即受日本人支配、奴役的忠实奴仆，着手实行所谓"同化政策"，开展奴化教育的训练。抗日战争爆发后，更变本加厉在台湾推行"皇民化运动"，加重对台湾人民的政治压迫和精神强制。

    宋斐如自小生活在日寇如此残暴的统治之下，但爱国情怀愈加炽热，向往祖国之心无时不在。终于在1922年冒险悄然返回祖国大陆在北大就读，并从此献身于促进祖国统一的伟大爱国事业中。1927年，在北大求学期间即与张我军、洪炎秋等进步台湾青年创办期刊《少年台湾》，"架起台湾与大陆间资讯传播的桥梁"，向台湾岛内宣传祖国。抗战期间，宋斐如同谢南光、李友邦、谢东闵、丘念台、李纯青等在重庆发起建立"台湾革命同盟会"，这是台湾知识分子在大陆组成的爱国抗日政党，由台湾民族革命总同盟、台湾青年革命党、台湾革命党、台湾独立革命党、台湾国民革命党、台湾光复团等六个进步党派和团体联合组成。宋斐如为三人常委之一。抗战胜利后，宋斐如就任台湾省行政长官公署教育处副处长期间，提出要"教育台胞成为中国人"，要教台湾人民以"长江大河、五岳长城的雄壮"，"学习做人、做主人、做中国人、做世界人"。还通过其创办的《人民导报》，号召台湾要搞光复后的经济建设，更要加强祖国的文化教育，和祖国"溶化在一起"。他为两岸的统一事业贡献了毕生精力。

◎宋斐如北京大学毕业证

　　宋斐如在促进两岸统一的过程中，不仅运用刊物做好舆论引导工作，而且通过政党和自身职务做了大量组织发动工作，还以饱蘸爱国激情之笔触，撰写了感人肺腑的论文，抒发其热盼台湾早日回归祖国的赤子之心，概括起来，可以分为：

　　一、愤怒控诉日寇占领台湾的种种恶行，强调台湾是祖国密不可分的一部分，呼吁祖国毋忘台湾。其中较突出的有：《评〈帝国主义下的台湾〉》[56]、《日本资本在台湾的发展》[57]、《台湾的惨状与祖国的责任》[58]、《毋忘台湾》[59]、《台湾在急激演变中》[60]、《太平洋战争中的台湾》[61]和《台湾民众的悲哀》[62]等。

56.载《新东方》1930年第1卷第10期。

57.载《新东方》1930年第1卷第11、12期。

58.载《新华日报》1942年4月17日。

59.载《广西日报》1943年12月3日。

60.载《热流》1944年第2期。

61.载《半月文萃》1943年第1卷第11、12期。

62.1930年9月出版，译著。

《台湾的惨状与祖国的责任》堪称这方面的代表作，作者在历数日寇残暴蹂躏台湾人民诸多罪行之后，着重从政治、经济、教育三方面给予揭露抨击，指出：

> 在政治上，敌人的政治制度本来是很野蛮的……而对台湾的统治尤其野蛮……在残酷的"六三法律"支配下，台湾的统治可以说是一种暴君的专制；个人生杀予夺完全操在一个人手上。而这种专制的统治，是透过警察制度执行的。警察的权力最大，他可以随意对人民加以逮捕或殴打，随便侵入人民住宅，因此，常常酿成反抗的事件……第二，在经济上，敌人不只是实施经济的剥削，而实在是超乎经济以外的掠夺……强占农民的土地，强（迫）农民栽种甘蔗……数量价钱完全由会社规定，由不得老百姓作主……所以一般蔗农都叫苦连天，过着非人的生活……第三，在教育上，敌人所能给我们的只是奴化教育，而待遇上尤有厚薄之分……所以常常闹出民族的斗争……这不过是指其一端，其实在教育上的束缚毒害，又何止待遇上的不平而已。

> 从政治、经济、教育三方面看，日本人统治台湾用的是半封建的野蛮的方式，我们五百多万同胞所过的是非人的生活，所以四十八年来，民族解放的武力斗争，始终没有中辍过。但大多是地下的孤立无援的行动，很少得到祖国同胞的了解。到了今日，才能够向祖国同胞公开提出光复的口号，希望重新回到祖国的怀抱来。在祖国方面……过去四十八年来：我们一直表面缄默着，到今天才能作公开的呼号，台胞的悲痛，可想而知！……六百万台胞只要求回到祖国温暖的怀抱来。我们很清楚，我们除了这条路以外，更没有别的路可走！同时，我们也有权利要求祖国表示收回台湾的决心，宣布台湾是一块失土，和其他沦陷省份一样看待。我们还要求祖国赶快完成收复的设施……

读着读着，我们的灵魂深受震撼，仿佛看到一个濒临水深火热之中的弃儿，正在伤心欲绝地向他那多灾多难的母亲诉说着离情别绪，迫切呼唤早日将其从苦海中拯救出来，回到母亲的怀抱中！作者正是通过触目惊心的例证，丝丝入扣的论述，如诉如泣的字句，充分表达其将台湾的命运跟祖国的抗战大业紧密联系起来，希望祖国早日打败日寇收复台湾，抒发其热情高涨的爱国情怀。

二、重申台湾与祖国"血浓于水"的关系，为如何收复台湾出谋献策。其中，尤以《台湾的惨状与祖国的责任》、《如何收复失地台湾——血浓于水台湾必须收复》[63]、《台湾农民的惨痛》[64]等最为突出。《台湾的惨状与祖国的责任》系宋斐如在重庆"台湾光复宣传大会"上的发言稿，《新华日报》发表时特加编者按语称：

> 本文系台湾革命同盟会常驻委员宋斐如先生在台湾光复宣传大会的演说。其中叙述台湾人民的战斗经过，并对日寇统治台湾的方式和台湾解放问题，提出了他的意见。兹特刊载如下，用供内地同胞的参考。

宋斐如讲话一开始，便再次深刻阐明台湾跟祖国"血浓于水"的密切关系。他通过深入系统的论证之后强调指出：

> 从地理上说，大家都知道，台湾距离福建很近。从厦门坐船到高雄只要四个钟头，两地相隔不过一衣带水，台湾实是全国的海防屏障。从人口上说，大多数都是中国人，台湾与祖国的关系更为密切……所以从历史上、地理上、人口上这三者观察，都可以证明台湾是中国的领土，我们怎能让它受敌人的宰割呢？还有，台湾除了上述三点之外，尚有一个中华民族所不能忽略的特点，就是它始终是抵抗异族统治的坚强根据地……

宋斐如在讲话中，还再次无比愤慨地控诉揭露日寇摧残毒害台湾人民的血腥暴行和阴险手段，表达台胞"要求回到祖国温暖的怀抱来"的强烈愿望，

63.载《大公报》1943年3月30日、4月1日。

64.载《台湾先锋》1942年第10期。

希望祖国义不容辞地担负起解放台湾的神圣职责，早日使"台湾同胞拨开云雾，重见天日"。

为此，宋斐如为祖国收复台湾建言献策，提出：其一，纠正"以为台湾革命运动向来不统一"，要求只有"先统一起来"，方能进行收复准备的"错误观念"。他认为：

> 自去年以来，由于祖国抗战的关系，各团体已经完全统一，各党派的意见也完全一致，大家都在台湾革命同盟会这个一组织下努力进行种种革命工作……因为同盟会是代表全台五百多万同胞的一个总体，所以我们主张在省政府未成立以前，它要具有政治机构的性质，在省参议会未成立以前，它应该是代表民意的机关……要求回到祖国……需要五百多万台湾同胞的努力与奋斗，同时也要靠祖国四万万五千万同胞的协助……收复台湾失地，已不只是台湾人民的责任，而是全国同胞的共同责任。

这些建议，完全符合当时的实际情况，中肯贴切，颇具可操作性和指导性，表现出作者在如何收复台湾、促进两岸统一方面的见识与智慧。

如果说，宋斐如在上文关于收复台湾的献策中较偏重思想认识和设施建构的考虑，那么《如何收复失地台湾——血浓于水台湾必须收复》（续）一文，则突出中华民族"凝聚力"的深层探讨。他指出：

> 收复台湾须自收揽台胞人心下手，而收揽台胞人心之妙，在于运用民族主义……台湾人的宗族观念极深，每一家或一族，皆与"唐山"保持着族谱关系。用宗族关系去联络台胞，容易亲密混成一片……但此台湾宗族与国族的联锁……为日寇离间民族政策所遮断，故欲运用宗族关系以发挥民族主义于台湾，须先接上宗族与国族的联系。……首先要着，就是集中台人的力量……收复台湾的第二要着，应该是争取"台胞内向"。争取台胞内向最有效的办法，就是民族主义的运用。台胞受治于日寇达四十八载之久，加以政治经济的压迫，其民族精神不无多少变化。故欲争

取台胞内向，必须先复活台胞的民族主义。

最后，宋斐如强烈呼吁中国政府务必高度警惕日寇的人心争夺战，指出：

542

> 现在，敌人不但在积极谋同化台胞，且欲利用台胞为桥梁，经由宗族关系，来怀柔我沦陷区的同胞……其心叵测，良可警惕，愿当局三思现势之转移，考虑适当办法，以相抵制。

凡此等等，宋斐如有关收复台湾的意见可谓忠心赤胆，金石之言，在当年团结台湾同胞，争夺抗战胜利上，发挥了很好的推动作用。今天，更具有重大的现实意义。尤其在增强中华民族凝聚力，争取台胞民心方面，值得我们记取，而对于"台独"的媚日勾当更应引起我们的高度警觉，迎头痛击。

三、关心光复后的台湾建设事业，提出要加强祖国的文化教育，和祖国"溶化在一起"。较主要的文章有：《如何推进台湾生产建设》[65]、《谈谈台湾农业的改进》[66]、《台湾教育施设的现阶段》[67]、《台胞应踊跃参加师范教育》[68]、《如何改进台湾文化教育》[69]、《如何恢复台湾话的方言地位》[70]、《台湾心理建设问题》[71]和《我们要溶化在一起》[72]等。《我们要溶化在一起》是作者抗战胜利后在台湾省地方行政干部训练团上的讲话，篇幅不长，立意高远，开启心扉。开头介绍其早年离台赴祖国大陆的原因和目的。他说：

---

65. 载《台湾省训练团团刊》1947年第3卷第4期。

66. 载《人民导报》1946年9月29日。

67. 载《人民导报》1946年9月22日。

68. 载《人民导报》1946年3月29日。

69. 载《人民导报》1946年1月11日、12日。

70. 载《人民导报》1946年12月2日。

71. 载《人民导报》1947年2月23日。

72. 载《人民导报》1946年5月31日。

　　兄弟是本省南部人，从小就离开台湾，有二十五年之久……因为我们不满意日本政府，到祖国（大陆）去发动抗日的工作，另与台湾方面时时取得连（联）络，做复兴台湾的运动日本政府当然很注意我们……这期间在国内奔走呼号的同志们很苦……但一回想到台湾同胞受日本政府的欺侮压迫，其痛苦自比我们更多……兄弟在国内二十多年工作的目的，就在要台湾重回到祖国的怀抱，因为台湾的人民，也就是祖国的人民，台湾的土地，也就是中国的版图。

　　宋斐如接着谈到，抗战胜利了，"台湾已重返祖国，亲兄弟'久别重逢'，这是人生最快乐的一回事"，但是，"台湾因过去五十年离开了祖国，在历史的认识上难免有一部分脱节"，"日人实行文化封锁政策致使大家对祖国文化不大明了"。其实，"祖国有五千年悠久的历史吸收世界进步的思想，实是光辉灿烂的文化"，即使近五十年来，"各方面都有进步"，如"从社会思想来讲：有'五四运动'"，"不是单纯的学生运动，而是有重大历史意义的文艺复兴运动，这种文化运动的成果值得我们来接受的"。总之，"我们中国的历史文化是这般光荣悠久，我们更要去接受"。为此，他提出在进行战后台湾积极建设的同时，也要重视台湾的精神文化建设，尤其要加强祖国文化教育，"更要虚心接受祖国的文化"。在这篇讲话中，宋斐如还特别指出抗战胜利后，台湾出现的不和谐现象："近来在社会上舆论上，看到本省人与外省人有些隔膜，国内同胞对台湾同胞有种种批评；而台湾同胞对外省同胞也有许多不满，两方面都有相当理由，因为时间和空间的关系，许多事往往不能如我们理想，这是难免的现象。但是这种现象是否让他（它）继续存在，或是想办法来消除呢？"答案是后者而绝非前者。为了解答这一问题，宋斐如先引用了国父孙中山先生的教导："构成民族的要素，就是血统关系。国家是由家族到宗族再由宗族到国族结成的。"接着指出："我们可以从普通台胞家族的族谱中，看出从前台胞一部份（分）是从福建漳泉来的，另一部份（分）是从广东潮州梅县来的，我们之所谓'唐山'就是我们的祖家，我们的所谓'唐山人'就是指内地人，这就可以证明我们同是一个血统，同是一个民族。"结论是，要消除台湾光复后存在的人民内部矛盾，"我们今后要互相亲爱，互相团结"，更要和祖国"溶化在一起"！

宋斐如这些铿锵有力的爱国诤言，充分表现了他热爱祖国，始终坚持把台湾的命运与祖国的富强紧密相连。虽然已逾半个多世纪，但它们今天仍光芒闪烁，尤其对于目前"台独分子"煽动、挑拨台湾族群的对立冲突，以达到其分裂祖国的野心，更是一面照妖镜。

综上所述，宋斐如一生为台湾人民的自由、民主，为驱赶日本侵略者，收复台湾，为中国人民抗日救国大业奔走呐喊，献青春，洒热血，功留青史，不愧为台湾人民的优秀儿子、炎黄子孙的精英，确为我国近现代史上一位杰出的思想家，伟大的爱国者。

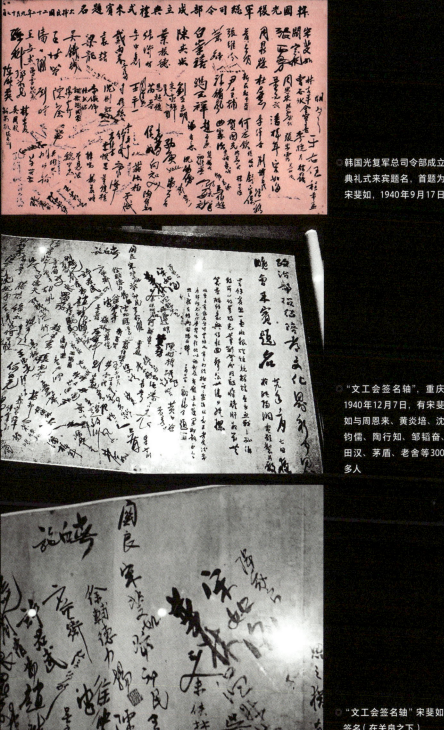

◎ 韩国光复军总司令部成立
典礼式来宾题名，首题为
宋斐如，1940年9月17日

◎ "文工会签名轴"，重庆
1940年12月7日，有宋斐
如与周恩来、黄炎培、沈
钧儒、陶行知、邹韬奋、
田汉、茅盾、老舍等300
多人

◎ "文工会签名轴"宋斐如
签名（在关良之下）

○宋斐如像

　　宋斐如（1902—1947），台湾省台南县人。1922年3月毕业于台北商工学校，1930年就读于北京大学经济学系，毕业后留校任教。在校期间，积极参加进步文化宣传活动，曾于1927年参加创办《少年台湾》月刊并任后期主编，向台湾岛内宣传祖国状况。1930年又与吕振羽、谭丕模、刘思慕、夏次叔等成立"东方问题研究会"，并创办会刊《新东方》月刊。1932年至1935年，冯玉祥隐居泰山期间，化名宋瑞华（宋端华）担任冯玉祥泰山读书研究室主任，为冯玉祥及其部属讲授经济学、日文，并介绍日本国情及国际反法西斯形势。1935年至1936年，赴日本东京帝国大学深造。全面抗战爆发前夕，返国内满腔热忱投身抗日救国运动。先后在武汉、重庆、桂林等地发起组织"战时日本问题研究会""台湾革命同盟会"，创办、主编《战时日本》，任《广西日报》主笔，"中央设计局"台湾调查委员会专任委员。1945年10月，随"前进指挥所"人员返台，担任从日本占领者手中接收台湾的工作。翌月，任台湾省行政长官公署教育处副处长，兼任台湾省行政长官公署设计考核委员会教育文化专门委员会委员，坚持爱国思想教育。创办《人民导报》，针砭时政，为台湾国民党政府所不容，后来被秘密绑架杀害。根据中央统战部指示，1980年广西壮族自治区人民政府追认宋斐如夫妇为革命烈士。

林山

◎青年林山在延安，家属供图

秀出天南笔一枝，但开风气不为师。
行人临发长亭晚，香满吟笺酒满卮。
少年奇气称才华，浩荡离愁白日斜。
别有樽前挥涕泪，怀人无奈碧云遮。
——1941年1月皖南事变后林山被迫
离桂赴港，宋云彬作诗诀别

『我的自剖』

　　1984年仲夏，乘回汕头老家探亲之际，我顺便访问广州、汕头等地当年客桂知名文化人（如画家黄新波夫人章道非，画家廖冰兄、关山月、蔡迪支、黄超、陈望等）。当我前往老家拜访诗人林山前我已获悉他因在"文革"期间遭受迫害，而成了植物人。但进林山家门，仍被眼前景象所惊呆：他形容枯槁、神情木然地坐在靠背椅上，面对客人毫无反应。这无论如何都无法让人与当年驰骋沙场，活跃在抗日宣传文化战线上的勇士联系起来！

　　我强抑心头哀痛，诚恐影响林老休息，只好告辞。后有幸接获马风兄[1]的《在大后方（桂林）时期》一文。此乃根据汕头市档案馆藏的林山于1970年4月至1971年3月所写检查《我的自剖》中的一节 ——《在大后方（桂林）时期》抄录整理而成。《我的自剖》全文十万字，文末落款：林山，一九七〇年四至十月起草，一九七一年一至三月二十八日抄完于汕头市郊。

　　《在大后方（桂林）时期》主要自述作者当年从延安往返桂林宣传抗日的详细经过及其心路历程，十分难得，此文已销毁，家属也未保留，弥足珍贵，特录于下：

　　　　我从延安经过西安、重庆到桂林，已经是1939年秋末或冬初了。到桂

1.即郭马风，离休前曾任汕头市市志办公室副主任、副主编。

林，我拿边区文协介绍信找八路军办事处发生关系之后，就由办事处介绍到《救亡日报》社找夏衍发生关系。初到桂林时，我还是想在桂林活动一个时间，完成边区文协委托的任务之后，就到潮汕来参加抗日活动，积累材料，将来从事写作 —— 写我怀念、热爱的船民生活。后来估计政治环境不好，回来不能活动（我1932年在潮州韩山师范学生中进行那次活动之后，据说，汕头报纸刊登了一条消息，说我带了一些韩师学生到饶平什么山上当"土匪"，这件事究竟是不是真的，我一直没弄清楚。所以，政治环境不好，我是不敢回老家来的），才决定在桂林参加文化工作，心里还是希望能有机会回来的。

当时桂林已经成为大后方文化活动的中心，文化工作逐渐活跃起来。我就以一个从延安出去的文艺工作者的身份（到桂林后，因为活动的需要，也估计到环境许可那样做，我公开了身份，代表边区文协在文化界的集会上介绍延安的新文化活动，为边区文协募集经费和文艺资料，个人写文章也用真姓名）参加了桂林的抗战文化活动，主要是编通俗刊物和从事诗歌活动，提倡街头诗。

从延安到桂林，从陕甘宁到大后方，是两个社会 —— 一个是共产党领导的人民大众掌握了政权的光明、进步、自由、幸福的新民主主义社会，新的中国；一个是大地主、大资产阶级，也就是国民党一党专政的黑暗、倒退、腐化、苦难的半封建半殖民地社会，旧的中国。尽管当时桂林的政治环境跟重庆有点不同，也就是说有点"自由"，但实质是一样的。从我个人的身份来说，也有了很大的变化 —— 在延安我是一个机关团体的工作人员，一个革命干部，到桂林，就变成一个自由职业者，一个靠自己谋生的文化人或文艺工作者。我虽然跟党有上述的一点关系，在党的领导下工作和活动，但我不是共产党员，也不是在党直接领导下的单位工作人员，为《新华日报》、新华书店等单位工作，跟《救亡日报》社的工作人员也有区别。我的工作（职业）和生活，组织是不负责的。

因为经历了如此重大的变化，我在桂林的工作、活动和生活也发生了很大的变化，思想感情当然受到影响，又产生新的矛盾和问题。

在桂林这个时期的工作和生活，对我是相当合适的；编通俗刊物和读物，自己写点东西，参加一些抗战文艺活动，都是我所愿意做和喜欢做的，担子也不轻。工作也起到一点作用，产生一定的社会影响，人们半开玩笑的（地）叫我做"新道理"（我和曹伯韩合编的一个小小刊物），我也确实对它很有兴趣，经常谈起它，努力想把它编好。我没有写出像样的东西，在所谓"文坛""诗坛"上是没有什么地位的。但作为一个从延安出去，代表边区文协会进行了一些活动，又是一个比较大的进步的出版社（文化供应社）的编辑，我所编的小刊物，又有一点社会影响，颇引起注意，在桂林的文化界中是有点小小的地位的。因为在延安生活了两年，又到前方跑了两趟，多少总是学到一些在大后方的人不容易学到的新东西，看到一些他们不容易看到的新鲜事物。在一般文化界中，我被认为是比较先进的、红的人物（有人大概以为我是共产党员），我自己也感到思想认识还是比较先进的，有责任在文化界、文艺界和青年知识分子中起些好的影响和作用。

到桂林之后，不，应该说从离开延安之后，我改变成一个自由职业者，我又不是一个共产党员，可以不必过集体生活，受组织纪律的压束，历史问题和自由主义的包袱暂时放下了，至少是不再成为精神上的负担，因而感到轻松、"自由"。物质生活又过得很好，每月薪水七八十元，还可以拿点稿费。一个独身汉是足够用了。我的钱主要是花在吃和买书上。经常上馆子吃点自己喜欢吃的东西，水果更是每日不断。到今天，对桂林的扣肉、沙田柚、金橘子还感到颇有味道。像我这样一个过去在都市中过了一个时期的穷困生活的人，更是感到不错。这是我所没有想到的。这个时期，在工作、活动和生活方面，我是感到合适，有兴趣以至有点满足的。我好像从山上走下来，走到一块小小平川，一时心里感到有点舒适。这种心情，反映了我的人生观的一个方面。

但旧中国的政治环境和生活又使我的思想情绪产生新的变化，发生新的矛盾。到国民党统治的大后方生活、工作、活动，政治上不自由，这一点我是预料到，有精神准备的，但没有亲身经历（我只有抗战前的经历，总以为抗战后应该有所不同了）之前，总是不能尝到它的滋味。两年前从上海到延安，一踏上边区新土地，首先感到的是政治自由了。两年后从延安到大后方，一进入国统区，首先感到的是政治上又不自由了。到桂林之后，虽然感到比重庆（在重庆就不好或不能公开活动）好一点，"自由"一点，但我到后不多久，因为公开进行上述的一些活动，就马上引起国民党反动派（当时一般叫顽固派或"中央派"）的注意。以后就经常听到这样那样的风声，精神上总是感到有压力，受到威胁，不知哪一天会发生问题，编刊物要把原稿送国民党审查机关审查，发稿件寄东西都要考虑是否能通过，是不是会被抓住辫子，发生政治问题。平时活动更要注意。总之，处处感到不自由，感到有压力，受限制。还有特务机关看不到的黑手，威胁就更大了。至于对广西派，也就是地方势力，也要有所警惕，他们的政治态度随时都可能发生变化。在这样的环境之下，我很自然地就常常回忆延安的自由自在的生活。

物质条件虽好，工作虽有兴趣，但日子长了，就感到单调、平凡、贫乏、空虚、缺乏诗意，甚至感到无聊，每天接触就是那么一批所谓文化人、作家、民主人士，大家客客气气，互称"先生"或"某公"，感到很庸俗、厌烦。桂林这个中小城市的环境，我虽感到不错，对环湖路一带还相当喜欢，但对自古称为"甲天下"的桂林山水，不知怎样，却不很赏识，除逃敌机进岩洞，夏天到漓江游泳，我很少，几乎可说没有游山玩水的兴趣。我越来越想念延安蓬蓬勃勃、自由活泼、简单朴素的生活，怀念我所敬爱的同志。想起开荒生产、行军、住窑洞，草鞋和冬天的雪的原野，想再回去，又感到矛盾，也不好意思再向组织提出来。

我写了一些介绍延安的新文艺活动的文章，经常跟人讲起延安的生活，但总感到不满足，想写一首长诗来歌颂反映它。受毛主席划时代的伟大著作——《新民主主义论》的启示，又受了马耶（雅）可夫斯基的有名的长诗《好！》的影响，在桂林就开始酝酿写《新的土地》（后来过香港时写了初稿）。我重新发表了在延安发表过的散文诗《延安的黎明》。东西好不好是一回事，我当时确实对延安，对这个革命的重地、新中国的摇篮怀着深厚的真挚的感情。

我是自己走下山来的，到了山下回头仰望，才感到它的壮丽、雄伟、可爱，真是"无限风光在险峰"。我对它羡慕赞美，但自己并没有决心（前面说过，思想上感到有矛盾，也感到不好意思再提出来），再去攀登。假如不是"皖南事变"政治环境恶化，国民党反动派把我"逼上梁山"，我大概还会在山下这块小小的平地上，也就是在桂林这个地方再呆下去，过着如上所说的矛盾的生活。

我的理想是做一个非党内的马克思主义者，一个"党外"的革命作家，一个群众文化工作者。我用这个标准来要求自己。我保持和党的联系，自觉执行毛主席的指示和党的方针政策。因为政治环境和延安完全不同了，我对政治问题也就比较注意，有所警惕，也注意个人的生活上的问题，避免发生不好的影响。不像在延安那样的自由主义。当然也不是就做得很好，很恰当。至于生活习惯、性格等等，如孤僻、感情容易冲动、待人接物简单、不注意礼节，有的是自己不想改，有的是改不了。在文化界中，我这个人还是有些"怪"——不大像个文化人。

我到桂林不久，毛主席的划时代伟大著作——《新民主主义论》就在《中国文化》第一期上公开发表。当时在大后方文化界中引起很大震动，产生很大影响。我兴奋的（地）学习这篇名著，对新民主主义的政治、经济、文化，特别是对文化，认识更加明确了。我以它作为自己行动的纲领，结合工作，努力贯彻、执行。我跟曹伯韩合编的刊物《新道理》，就以宣传新民主主义，传播民族的、科学的、大众的新文化作为内定的方针——正因为是在毛主席的《新民主主义论》指引下编的，这个小刊物（读物也一样）才有了明确的方针，才能起到一定的宣传作用。这个小刊物和读物，编得怎样，现在不能再看到，凭多年前留下的印象估计可能编写得不好，但方针肯定是正确的，符合毛主席指示的民族的、科学的、大众的方向的。从社会影响来看，从国民党反动派对它的注意（后来——"皖南事变"前后——重庆国民党中央宣传部指名要广西当局抓我和曹伯韩，罪名就是编《新道理》，"宣传共产主义"，还组织读者会，他们说这是"共产党的外围组织"），也可以看出方针基本是对头的，对读者，对群众起了宣传的作用的。我现在回忆在桂林这一年多的工作引起怀念的，感到有点安慰的也就是参加编这个小刊物。办这个小刊物的人手很少，就是一二个主编，一二个助手，从看稿、选稿到编排、校对、付印，都要自己动手，不像后来的编刊物的官僚主义的做法，想起来特别有味道。我认为这是一个好的经验。这里应特别说明一下，假如这个刊物还办得不错，有一点成绩的话，除了在毛主席的《新民主主义论》指引下，方向正确或基本正确之外，曹伯韩写了不少我今天还认为很好的通俗文章，起了不小的作用。当然，今天假如能再看到它，肯定会觉得很幼稚，会发现很多缺点以至个别错误。这恐怕是不可避免的。

在桂林这一年多，我除跟曹伯韩合编《新道理》（和一些小读物，这是我的职业也是主要工作）之外，就是自己写点东西，参加一些抗战文艺活动，即是副业。介绍延安新文艺活动是初到二三个月内的事，以后就很少做了（没有新的材料），在文艺活动和创作上，由于自己马列主义文艺理论修养实在太低，写不出有说服力的文章，个人创作太少，也拿不出像样的东西，没有产生多少社会影响。虽然方向上我到今天仍认为基本上是在延安那两年学到那一些，后来又学习毛主席的《新民主主义论》，对文艺的民族形式，对文艺大众化，为工农大众，特别是为广大农民服务，认识更加明确。我主要做的，突出的一点还是坚持大众化，坚持文艺为抗战服务，为群众服务。这一点我是始终没有动摇的，虽然理论上的认识很肤浅，自己也缺乏创作实践。关于文艺大众化问题，我当时曾写过一些小文章，还写过一本小册子在文化供应社出版，可惜后来几十年没有机会再看到它们。现在也很难说有什么问题。不过，按我当时的总的思想倾向，大的错误肯定不会有的。

这个时期我新发表的一点诗歌，不少是以前在上海、延安时写的和发表过的，后来大多收集在小诗集《战斗之歌》中，从内容到形式，都带着小资产阶级知识分子的东西。个别诗还有错误。收集在《战斗之歌》中的《不必为我唱哀歌》，现在看来就有问题。这首诗是在反省院中作的（秘密记在脑子中），过去以为是好的，现在才看出这首诗的调子是低沉的，反映了我当时的基本的情绪。我记得诗是这样写的 ——

同志，不必为我唱哀歌，

监牢虽然这样黑暗，

铁链虽然这样沉重，

但是生活的海洋中，

还有起伏着的波澜，

监牢中有血有死，

我是革命

—— 那巨人的一条神，

我的血早就

跟千千万万的大众合流。

没有什么生的痛苦，

也没有什么死的恐怖，

（死的黑影

只能使我的心轻轻跳动）。

同志，不必为我唱哀歌，

让我再说一遍吧！

监牢中有血有死，

也有斗争和工作。

问题就在"只能使我的心轻轻跳动"的"只"字。用一个"只"字，而不用"不"字。这一个字反映了对死的看法还是有问题。我主观上是要宣传、歌颂不怕牺牲的革命精神的，但还是认为在死亡面前，心总是要"轻轻跳动"的。还反映了我的文艺思想还受了自然主义的影响，以为这样写才真实，才忠于现实，才更能使读者感动。总之，这个字反映我的生死观、文艺观还是有问题的。

这个集子中，我还收进一篇散文诗《死囚之歌》，主题也是反映我的生死观，是在反省院中酝酿，出来后才写下来的。思想是更明确了，但调子还是有点低沉。

我当时之所以要印这个小小的诗集，是想要把它作为战斗的武器来使用的。书名就叫《战斗之歌》，从封面设计到后记，都鲜明的（地）表现了我的这个意图或目的。因为不愿意舍弃一些我认为政治性、艺术性较好的作品，如《延安的黎明》等（对那几篇散文诗，我都比较喜爱，认为比诗好），估计审查通不过，不可能公开出版。书店也不敢承印，只好争取半公开方式（不送审，没有出版号，只托书店代售。自己大约拿出百多块自费印刷，准备被没收）。上面说过，我当时之所以自己拿钱印这本小诗集，目的完全为了战斗 —— 对坚持抗战，争取民主自由起战斗的作用。我从来，或者说，从抗战后第一次去延安之后，就没有为艺术而艺术的思想。我写诗就为战斗，这一点，我在这本小集子的后记中说得很清楚。但这小集子在当时是否起过一点战斗作用，读者的反映（应）如何，因出版后不久，"皖南事变"就发生，我匆匆离开桂林逃亡到香港去，不久，又从香港到敌后了，没有听到什么反映，连它的命运如何，书店是否敢代售，是否被没收，我都不清楚。我今天的认识是这样：我当时出版集子，目的是好的，集子中大部分作品，政治倾向基本是正确的。在当时是有战斗作用的……

上面就是我对那一年多在大后方（桂林）的工作、活动（包括编刊物、读物和自己创作）的基本估计。

细读林山关于在桂林期间的"自剖"，可窥见其当时的心路历程。不言而喻，鉴于其时的处境与压力，他不得不尽量"检查""悔过"，放大"错误"以自污。我们今天读来自然能分清是非曲直。

印证

为印证林山"自剖"的真实性，我先后做了三件事。一是寻找见证人。这方面难度较大。林山在《我的自剖》一文中提到，抗战期间他两度到延安，曾任延安文协秘书，培养民间说书艺人韩起祥，并帮其整理出版《刘巧团圆》。1985年3月21日上午，我借出席桂林"全国高等学校文艺理论研究会第四届年会"之际，访问了抗战时期在延安主持文协工作的丁玲夫妇。她对林山印象颇深，对他当年在延安的情况作了简单扼要的介绍。大意是：

> 文艺大众化运动是抗战期间延安革命文艺的中心工作。林山大约在1936至1939年到延安。当年是我们延安文协秘书处成员，工作勤奋，他和柯仲平等人积极从事大众化文艺运动，他在《新中华报》上发表《开展街头诗歌运动》等文章。和刘白羽等编《文艺突击》。培养民间说书艺人韩起祥。他不厌其烦地深入乡下调查了解，协助民间说书艺人韩起祥记录、整理《刘巧团圆》，影响很大！

二是继续深入查阅当年有关记载。林山在《我的自剖》一文中提到他从延安到桂林之后，被人半开玩笑地称为"新道理"，"新道理"指的是林山和曹伯韩编的《新道理》。有关林山抗战期间在桂林的宣传活动，此前我已从当年桂林出版的报纸杂志上搜集到不少资料，而后我又继续深入全国各大图书馆查阅，证实所言不虚。为了彰显林山当年的耀眼风采，还其英雄本色，我根据所获有关资料撰写成文，收入《抗战时期文化名人在桂林》一书。

至于林山在《我的自剖》中提到的当年在桂林的生活状况，他的挚友、著名作家宋云彬[2]的《红尘冷眼——一个文化名人笔下的中国三十年》[3]中便有多处记载：

晚五时，去开明，吃绍兴酱鸭、鱼干，均佳，白鸡亦好。六时一刻，赴新生菜馆，应国新社之邀。餐后，参加国新社联欢会，余已小醉，歌昆曲，大笑，不觉酒涌上来，醉态毕露。杨彦英、丁务样、林山挟予归寓，倒头即睡，不知东方之既白。（第55页）

天气大暖。早文供社开读书会，林山报告《文艺的民族形式问题》，并重排报告人秩序，又推定张铁生、陈此生为副主席，正主席仍为张季龙。（第58页）

今日劳动节……二时半，偕林山入漓江游泳，大为畅快，约半小时即回寓，精神抖擞，与上午判若两人。（第68页）

晚，偕林山、朱光暄在花桥堍小吃，然亦费去法币五元。（第69页）

午后二时，去建设研究会，与教育厅代表商编印小型图书馆书籍。五时，偕林山去建设印刷厂。六时，愈之邀往天然酒家吃饭，座有《星岛日报》营业部主任何藻鉴及虎标永安堂调查员胡文锐，饭后偕愈之、林山赴中北路桂戏院看桂戏，十时半散场。（第69页）

午饭后，例睡午觉，至三时方醒。偕林山进城，去开明，访孙陵于文协会，六时应《力报》聂绀弩之邀，去美丽川菜馆，来客甚多，与夏衍等畅谈。（第71页）

上午文供社例开工作会议，以愈之等有要事，改明日上午开。下午四时，偕丁文朴、杨人鸿、林山入漓江游泳。（第72页）

午后四时偕林山、杨人鸿进城参观美术展览会，同赴酒家小饮，又偕

---

2. 同为中华全国文艺界抗敌协会、文协桂林分会理事，文化供应社的同事。

3. 此书由山西人民出版社于2002年出版。

林山去启明大戏院看桂戏，返寓已十一时矣。（第72、73页）

上午游泳。新安旅行团假乐群社招待各界，表演新歌舞，文供社同人皆被邀。彬然约余等先在豫丰泰小饮后，同往参加，余与林山、光暄、锡光先后应约赴豫丰泰，王鲁彦亦来。十时返寓。（第74页）

午后游泳，漓江水大涨，不敢涉足深处，而林山则顺流而下，飘然远去，至可美慕也。（第76页）

午后偕林山、文朴、云卿去游泳，漓水深且冷，流甚急，不敢久留，仅半小时即登岸。（第77页）

五时半偕林山往花桥边小酌，脆味鸡大佳。（第77页）

下午游泳。晚偕林山去花桥边岭南酒家小酌。天奇热不可耐。（第78页）

午后一时半，偕林山等去漓江边雇得一船，停泊江中，下水游泳，并购西瓜两枚（价法币三元五毛）分啖之，邂逅文朴及其友某君，遂共桌，计餐费不满五元，可谓便宜之至。（第78、79页）

◎文化供应社同人合影，1940年摄于桂林，桥头左3为宋文彬，林山待考

由此可见抗战期间林山在桂林的生活，确如其云是满意舒适的。

三是赴延安考察。延安是我向往之革命圣地，尤因想追寻林山的革命足迹，了解抗战期间延安的大众化文艺运动，故赴延安考察并接受革命洗礼。放眼塔山延水，虽是一片欣欣向荣景象，但也难掩黄土高坡的严峻。比方说天气，此时已是盛夏，白天烈日烤炙，奇热难耐。傍晚则寒风拂面，出门需着外套。冬日严寒可想而知！据说当时从南方来的文化人，衣单鞋薄，很不适应。不禁对林山当年的北上壮举肃然起敬！在参观延安革命纪念馆等一系列展馆时，我特别关注与林山有关的延安大众化文艺运动，从中得知当年在延安文协领导下的文艺大众化运动搞得轰轰烈烈，成果丰硕。有关民间说书人韩起祥及其《刘巧团圆》便占相当大篇幅，除了不少照片，且在显眼处摆放韩起祥的塑像。当年出版的《刘巧团圆》一书，存放在玻璃桌柜里，封面标明此书确为林山等记。

《刘巧团圆》是民间艺人韩起祥根据发生在20世纪40年代延安抗日根据地的真人真事编的说唱节目，说的是陕甘宁边区农村少女刘巧儿，自小由父亲强行许配予邻村青年柱儿，后其父贪图财礼，唆使巧儿退婚，嫁给财主王寿昌。巧儿不愿，遂自己作主与柱儿定亲。刘父到县政府告状，地区马专员用群众断案的方式解决了这宗案件，使巧儿的婚姻如愿以偿。作品反映了青年男女对自由婚姻的大胆追求，歌颂边区政府，歌颂新型的官民关系，有着鲜明的时代特色。

自小便在潮汕木鱼歌熏陶中长大的林山，对韩起祥的说唱情有独钟，不辞劳苦，深入乡村调研，并帮助韩起祥提炼整理，使作品线索更单纯，情节更明快，节奏感更强，人物不多但人人个性鲜明，在群众中广为传唱，颇有影响，遂成延安革命文艺的一大收获。1943年袁静据此改编为剧本《刘巧告状》。而后在1950年王雁又根据《刘巧团圆》和《刘巧告状》改编为评剧《刘巧儿》并拍成电影，成为新凤霞的成名作，风靡全国。《刘巧团圆》在我国抗战文艺史上的地位及深远影响也与林山的发掘、协助密不可分。如今纪念韩起祥，也不能遗忘林山！

四是查阅有关回忆文章，历经反复寻找，在《延安文艺丛书·民间文艺

560

◎延安民间艺人韩起祥

◎《刘巧团圆》1952年版

卷》中，有林山《盲艺人韩起祥：介绍一个民间诗人》[4]，文中较详细介绍了韩起祥的成长历程。又见《延安文艺研究》1989年第1期《延安"文协"——关于中华全国文艺界抗敌协会延安分会》（作者刘建勋），在介绍延安文协时提道：

> 1938年9月11日在延安成立了陕甘宁边区文化界抗战联合会。这便是中华全国文艺界抗敌协会延安分会的直接前身……简称"延安文协"……陕甘宁边区文化界抗战联合会的领导机构，是执行委员会。丁玲、林山、田间、成仿吾、任白戈、沙汀、周扬、柯仲平、雪苇、刘白羽等为执行委员。

该刊1990年第1期中《延安诗歌大众化运动的概略及其影响》（作者高敏夫）一文说：

4.林山：《盲艺人韩起祥：介绍一个民间诗人》，载《华北文艺》1949年第6期。

一九三八年六月间，西北战地服务团经西安回到延安，在陕甘宁边区文协的倡导下，由延安战歌社和西北战地服务团的战地诗社共同确定八月七日为"街头诗歌运动日"……有名的"八七紧急会议"，就是党中央为了反对当时的右倾机会主义、投降主义于一九二七年八月七日在南昌召开的。……我们当时选定这个有意义的日子，也确有大规模地推行诗歌大众化，加速进行街头诗活动。紧急动员诗歌战线上的人，进行一次消毒工作，清除诗歌高贵、艰深和现实生活脱节的不良倾向，开展一代新诗风的教育。当时积极倡导和踊跃参与这一活动的诗歌工作者有柯仲平、田间、林山、史轮、高敏夫等人。

从中可见林山当年确是"延安文协"的主要领导成员，也是延安"街头诗歌运动"的积极倡导和推动者。之后，又见黄药眠在《动荡：我所经历的半个世纪》书中谈到"西安事变"后，他终于在党的营救下，从南京国民党监狱获释到延安，尽管其在狱中蒙受折磨，坚定不屈，但仍遭受某些人的怀疑冷漠。在周扬的关照下，他被安排到延安作协，周还派其爱人苏灵扬常来看他。书中还提到他后来搬到延安作家协会去了，作家协会的柯仲平同林山都对他很好，由此也可侧面反映出延安时期林山在文艺界中的口碑甚佳。

全面抗战爆发后，一大批热血青年纷纷奔向延安，像林山这样的文艺工作者却从延安南下国统区。作为延安边区文协秘书处负责人之一的林山，在为边区文协募捐之余，也自觉地担负起宣传介绍延安革命文艺的责任。

延安的火种

　　林山在桂林的时间虽未满两年，却做了不少工作，他激情洋溢地传播革命圣地延安的文艺信息，热心参加桂林抗战文化运动，倡导桂林街头诗运动，推动文艺"大众化""民族形式"理论的发展，并创作了一批抗战诗歌，为抗战前期的桂林文坛吹来了一阵阵和煦春风，倾注了新鲜血液，贡献良多。

　　抗战爆发后，他撰写了一系列的有关文章，其中最具影响力的是连载于《救亡日报》的长文《关于运用民族文艺形式的意见与尝试——延安文艺漫谈之一》及《延安的文艺工作和文艺工作者》[5]。前文共分四部分：（一）为什么运用民族文艺形式会成为今天延安文艺运动的主流？（二）关于运用民族文艺形式的意见。（三）延安运用民族文艺形式的尝试。（四）延安运用民族文艺形式的一点经验。其中，第三部分指出，延安文艺运动总的倾向是通俗化或大众化，即采用民族文艺形式是解决通俗化、大众化的具体方法。延安文艺界近两年来，在运用民族文艺形式的尝试方面做了不少工作，取得了很大成绩。比如鲁迅艺术学院附设的旧剧研究班，他们改编的京剧《松花江》（即《打渔杀家》），在延安不知上演了多少次，颇受观众欢迎；音乐系的师生下乡收集了一千多种歌谣、小调和民歌，不仅创作了一批在边区、在华北，甚至在全国流行的带有民谣风的歌曲，还创作了带有浓厚民族色彩的歌剧《农

5.载《救亡日报》1940年1月20日。

村曲》和《生产大合唱》。至于民族形式在美术、诗歌、曲艺（包括大鼓、评书之类）上的运用，也正在开始。文艺家向民间学习也蔚然成风。在《延安的文艺工作和文艺工作者》长文中，他充分肯定了延安文艺工作者有不少值得大家学习借鉴的进步之处：

表现在日常生活上。延安的文艺工作者，自然也是穿军装吃小米的。他们的生活已经和普通的兵士差不了多少。这样自然会或多或少的使他们的生活和群众接近起来。最值得注意的，是作家的学习军事政治与参加劳动。今天延安的作家已经不只会用笔，而是多少懂得点军事政治常识，多少会使用锄……

延安的文艺工作者不仅注意学习生活，参加劳动和军事政治学习：

同时也不忘记学习社会科学，学习哲学，学习文艺理论与写作技术……他们都参加社会科学的、哲学的讨论会。又常常举行文艺座谈会与讲演会。

林山还创作并发表了《延安的黎明》《介绍大众诗人柯仲平》《民族英雄那台刘》等诗歌、通讯、报告文学，并在有关集会、座谈会上，多侧面及时地传达了延安革命文艺信息，为桂林抗战文坛带来了新气息，催人奋进。

林山抵达桂林后不久，便被推选为文协桂林分会理事，并任该会通俗文艺组组长，积极开展桂林文艺通俗化、大众化工作。针对大家对文艺通俗化、大众化的重要性认识不足，他撰文指出，"为了担负起与完成历史所给与（予）文艺的任务——鼓动、宣传、教育与组织广大民众"，文艺通俗化、大众化的问题被提出来了，"而且成为抗战文艺的中心工作"[6]。《通俗文艺的基本问题》[7]更是一部关于通俗文艺问题较完整、系统的理论著作。

6.林山：《文艺民族形式》，载李仲融等著《现阶段的文化运动》，文化供应社，1940。

7.此书由桂林文化供应社于1943年2月出版。

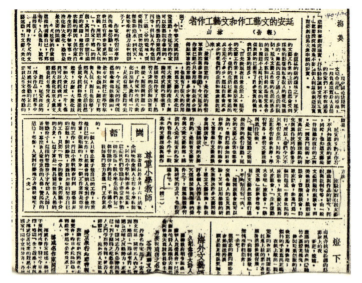

◎林山《延安的文艺工作和文艺工作者》，载《救亡日报》1940年1月20日

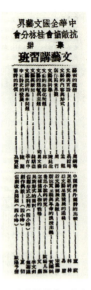

◎文艺通俗化、大众
化的推动者

书中含括了抗战以来人们对通俗化和通俗文艺发表的诸多意见，予以整理，并加上个人的观点、论析。其编写之目的，是想解答与提出目前关于文艺通俗化、大众化、通俗文艺和通俗文艺运动的一般问题。全书分为上、中、下三篇。上篇"文艺通俗化的一般问题"，解释并回答了通俗化与大众化、民族形式、政治、文艺价值及提高等关系，说明通俗化不是目的，而是一种方法，其结果是对自身的否定，是大众文艺的创造；中篇"通俗文艺与通俗作家"，先论述通俗文艺的语言、形式以及内容，后从思想、技巧、方法等方面对通俗作家提出要求；下篇"通俗文艺运动"，除论证开展通俗文艺运动的必要和可能外，着重对如何开展提出了必须组织通俗文艺团体，出版通俗文艺刊物，动员组织民间艺术家参加通俗文艺运动，培养从大众出来的作者，以及通俗文艺的印刷与发行等方面的具体意见。

除了致力于通俗化、大众化理论研究、宣传外，林山还多次为桂林文协举办的"文艺讲习班"主讲"文艺的通俗化问题"等课，运用多种形式举办"民间文艺研究""诗歌通俗化""文艺上的中国化和大众化"等座谈会。尤其是和曹伯韩一起创办了面向工农大众的通俗刊物《新道理》，影响更大。

该刊由桂林文化供应社出版发行，是"以启发民众各种知识为目的"，主要发表"通俗文艺，通俗图画，政治常识，社会常识，史地常识，科学常识，民众生活通讯等"，"内容以民众与士兵的各种生活，或与他们的生活有密切关系者。形式尽量通俗化，尽量少用一般民众所难懂的字眼，新名词，新术语等。尽量用简短的句子，用现代大众口语，尽量利用大众所熟习、所爱好的格调"，因而深受工农兵群众欢迎。值得一提的是《新道理》之所以能办得成功，这是与林山自觉地坚持以毛泽东关于建立"民族的、科学的、大众的新文化"为指导分不开的。

林山身体力行，率先在桂林《中国诗坛》《诗创作》等刊物上创作发表了一批标明"街头诗"的诗歌，还多次与桂林文协诗歌组、中华全国漫画作家抗敌协会、中华全国木刻界抗敌协会一起筹办"街头诗画展""街头诗展"，印发诗传单。如1940年6月6日，他和桂林文协分会共同发起颇具规模的街头诗活动。当天，他们在桂林的主要街头贴出大幅诗壁报，刊发《6月街头诗宣言》及诗十多首，加印数千份作为诗传单广为散发，大受欢迎。桂林各报副刊皆出版"街头诗特辑"。1941年元旦，他和桂林文协分会诗歌组、漫协、木协联办"街头诗画展"，更是轰动一时。

为了及时总结经验教训，加深认识，更好推动桂林街头诗运动，林山还写了《诗画展、街头诗和桂林的街头诗运动》《由抗敌街头诗画展览会说起》[8]等文章。前文共分三部分：第一部分指出桂林"街头抗敌诗画展览会"的不足之处。第二部分指出"街头诗的特点"，是"富于宣传鼓动性的通俗的短诗"。其理由是：一、因为街头诗是从战斗中生长起来的，只有在战斗中负起宣传鼓动的任务，方能成为宣传、教育、组织群众的有力的武器……因此，宣传鼓动性，就成为街头诗的第一个条件；二、因为街头诗的对象是广大的群众，所以，无论内容与形式，都必须是通俗化的，才可能被他们所了解，所接受与爱好，才能发挥它的宣传鼓动的作用。第三部分指出过去桂林街头诗运动未能很好开展的原因和今后值得注意的问题。主要有两点：一是

---

8. 分别载于《广西日报》1940年11月20日与《中国诗坛》1940年第6期。

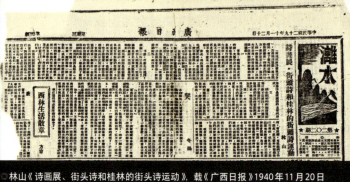

◎林山《研究民歌与大众诗歌的创造》，载《救亡日报》1940年8月9日

◎林山《诗画展、街头诗和桂林的街头诗运动》，载《广西日报》1940年11月20日

◎林山《关于知识份（分）子——读绀弩先生的独白后的一点杂感》，载《力报》1940年9月7日

过去"我们太没有勇气了——没有勇气走上街头,没有勇气走到群众中去,没有勇气把诗当做一种斗争的武器来使用。这态度,假使不彻底改变过来,桂林街头诗运动的展开是不可能的";二是"没有成为一种经常的,有计划、有组织的工作",因此"不能迅速地反映当前的政治问题和社会问题","希望文协诗歌组要和各个诗歌团体,能够切实来讨论,并且解决了这个问题"。

林山在促进桂林抗战街头诗运动中,勤于笔耕,成果显著,除撰写发表了上述有关评论、专著外,还先后在《中国诗坛》《诗创作》《文艺生活》及《中学生》(战时半月刊)、《新道理》《国民公论》《青年生活》《救亡日报》《广西日报》等报刊上发表了一批充满战斗激情的街头诗、短诗,出版了诗集《战斗之歌》。

林山在上述各方面表现都很突出,而对于文协桂林组织的活动也都积极参与。以1940年初为例:2月11日,为纪念俄国伟大诗人普希金逝世103周年,文协桂林分会召开纪念会并座谈"诗歌之新形式问题",林山在会上发表独到见解并登台朗诵。"席间林山、韩北屏、徐迟、刘火子朗诵诗歌《不死的荣誉》和《俘虏死了!》,情况热烈,历四小时散会。"是年3月30日,汉奸汪精卫在南京正式成立伪国民政府,自任主席,公开叛国投敌。林山和艾芜、李桦、宋云彬、周行、周钢鸣、孟超、林林、陈闲、曹伯韩、黄药眠、华嘉、司马文森、黄新波、廖冰兄、刘仑等在桂林《救亡日报》上分别撰文声讨,打响文艺界声讨汪逆叛国投敌第一炮!4月6日,他又和桂林文艺界同人夏衍、王鲁彦、胡愈之、艾芜、李桦、宋云彬、孟超、林林、周行、周钢鸣、陈闲、曹伯韩、黄药眠、华嘉、司马文森、黄新波、廖冰兄、刘仑等分别在《新华日报》上撰文,继续愤怒声讨汪逆的卖国行径。其杂感、随笔如《关于知识份(分)子——读绀弩先生的独白后的一点杂感》等也直抒胸臆,颇有见地。

　　林山（1910—1984），乳名林石印，学名林贤山（私塾至高小）、林仰可（师范学校以后），后改名林山，笔名唐起、玄山、林可、可可。广东澄海人。1930年入上海暨南大学文学院就读。1933年4月在上海法租界加入中国共产党。1934年还未办理党员转正手续即被捕入狱，监禁3年，失掉组织关系。1937年冬到延安，历任延安陕甘宁边区文协秘书，参加延安诗歌活动，曾和刘白羽等编辑《文艺突击》。积极从事文艺大众化运动，发表有关文章、诗歌。1939年秋，受延安边区文协委托，专程赴桂林筹集经费、传播延安文艺信息和参加桂林抗战文化运动。1941年皖南事变后险遭国民党当局逮捕，被迫离桂赴港。数月后林山离港到苏北抗日根据地，在苏北文协和苏北行署文教处工作。1943年春重返延安工作，进延安鲁迅艺术学院文学系研究室任研究员，负责改造旧艺人的工作并编辑文艺刊物，常在《延安日报》《华北文艺》上发表关于改造民间文艺的论文。在延安期间，曾为陕北民间艺人韩起祥记录整理和出版《刘巧团圆》一书。后任陕甘宁边区文协常委。1946年冬在延安重新加入中国共产党。新中国成立后曾任广州军管会文艺处干部、中共汕头市委宣传部部长兼潮汕文联主席、通俗刊物《工农兵》主编。1952年调广州，先后任广东省文化局主任秘书、副局长等职。后任中国民间文艺研究会秘书长、广东省民间文学研究会副主席，诗刊《天兰》主编。1957年调北京中宣部民间艺术处，兼《民间文学》主编。1963年回汕头，任地委常委，专管宣传文化，尤热心潮剧改革工作。"文革"期间受残酷迫害，1974年中风后长期卧病，1984年12月8日逝世。

薛汕

◎ 薛汕题字赠作者

四十年代之桂林象
鼻山脚楚歌岁半个
世纪挥用笔纸下千
堂听号音

楫英群生正

薛汕

三四年来的生活颠簸得
多么厉害呀，我做过战士，
也做过奴隶，而战士与奴隶
之间，似乎缺少联系，其实
并不，因为感到奴隶的枷锁
太可怕了，所以打碎它，形
成了一个战士的行动，可是
奴隶的对手是占着优势而握
有一切摧残人们的工具，稍
有疏忽，就会坠入对方的网
罟里，那就被彻底的以最标
准的奴隶来苛刑……而在
这集子里，有一部分已替
我留了一个痕迹，我为了纪
念，我呼吸自由的空气已快
三年了。

——薛汕《文艺街头》后记

　　谈及薛汕逃难到桂林，不得不感恩一位女性的资助。1941年，薛汕在江西出狱后，一无所有。当时雷洁琼在江西省妇女指导处任要职，后转到中正大学当教授，薛汕与之有过一面之缘。离开监狱后，他偷偷跑去请其帮助解决两件事：一是把他的亲属介绍到广东，二是给点钱作路费。事后他写道："（雷洁琼）毫不犹豫地取出笔墨纸张写了介绍信，把我的亲属介绍到广东南雄儿童教养院雷幼琼那里。然后又掏出一些钱，没数，给了我说：'钱不多，拿着吧！'"薛汕因此得以逃离江西，从此感恩戴德。1941年6月24日离开广西南宁将赴桂林前夕，他写下《二教授》一诗，赞扬雷洁琼及其丈夫严景耀。诗曰：

　　　　你们是火星，
　　　　你们是芒种，
　　　　……
　　　　旅程上，
　　　　我知道你们给人们带来希望。
　　　　有了你们，
　　　　属于同志的热力，

我才没有羁绊，

悄悄地走，

远远地走，

朝着真理所在的指向。[1]

薛汕在桂林生活十分清贫，他住在訾洲的竹屋里，冬天衣单被薄，脚生冻疮，夜不能寐。他当年的日记记述如下：

有人说一个中学教师的生活可以少却浪迹街头的悲哀，但有一天，我在10点钟的时候，很是惋（宛）然地一手提起毛毯，从一个相等于下逐客令的友人的住处辞别了出来，在桂林的闹街徜徉，想到何处去度一夜呢？到很夜才找到安身的地方。（1942年2月1日于桂林）

即使我没有棉被，但是我仍然要生活，这是人类的最低要求，我不愿自杀；如果真的想"杀"，也要为自己的生存想尽一切方法，以至于被"杀"，那才算真正尽了生命的意义。（1942年1月11日于桂林）

尽管薛汕的处境如此拮据，但他继续坚持党的宣传工作。在中学任教之余，加入中华全国文艺界抗敌协会桂林分会，积极从事抗战文化活动，创作发表了一些作品，搜集、整理、研究民俗文学，取得了一定的成就。

---

1. 薛汕：《二教授》，转引自张润光主编《疾风劲草》，东方文化出版社，2000，第363—364页。

痛失『阿姆』

　　值得一提的是，薛汕在湘桂大撤退时，"阿姆"（广东潮州话"母亲"）路过广西宜山不幸走失，这成了他终生挥之不去的痛，过程如同诗人曾卓的母亲当年走失于都匀差不多。曾卓为此书写长诗《我的心跳着》，无比哀伤地悼念母亲。而薛汕为此也撰写了《我的母亲》[2]一文，满怀悲情地抒写其母亲勤劳贤良的一生，并回忆起当时同母亲分手后的惨况，感人至深。他写道：

　　不幸的是在我和她分开到重庆以后，也即一九四四年，日军南下广西，要切断湘桂铁路，她逃难到宜山，在镇上与姐姐一起冲散了，从此下落不明，可能饿死，被杀害在兵荒马乱之中……在这以后，才知道她在宜山非常紧张的时刻，作为她的儿媳妇，要把两个孙女卖掉。她坚决反对，宁可不要与她同去重庆，而要两个孙女让儿媳妇携带生死不离，她用抖颤的声调说着："你不能把两个孙女出卖，我命里该死就等死了，可不能做对不起阿更[3]的事。"……后来我在各个危险的关头上，就时常想到这几句话而不屈地活下来。当抗战胜利重踏上上海土地的时候，为欢欣，我应该对她祭奠，安慰她在天之灵。可是她没有墓地，她也没有回到家乡。

---

2. 载陆勇编《梦里依稀慈母泪：现当代文化名人献给母亲的歌》，云南美术出版社，1996，第261—267页。

3. 即薛汕。

我只有一颗空漠的心，禁不住写了《九年的梦》后来收在我的《贫穷的一夜》散文集上，作为冥纸供献……

为进一步弄清真相，我曾写信请教薛汕太太张穆舒，张老告诉我：

> 你想多了解薛汕与其母亲、原配在湘桂大撤退的经过，可惜我也了解不多；薛汕不善于与家人交流、沟通，更不爱谈他的过去。我了解他的过去，只是从发表的文章中和他的片言只语中零星的（地）知道一些。收读你的信后，找出他早年的日记和文稿，匆匆浏览了一遍，因我也很忙，再加上他的字迹潦草。现把它们寄给你。

我如获至宝，研读之余，有所了解，摘录如下：

1946年1月4日

母亲大约是不在人间了，今晚比较空闲些，一共写了二封信，一封以寻母紧要启事给《龙江日报》，登登一星期看，一份（封）给宜山三岔乡公所，托代为询查，这都是在没有希望中去找寻希望，因为我一想到母亲 —— 阿姆，我就难过起来。而战争，就是使她死于不明不白之中，而战争，就是这么样的剥夺了我的爱。

我不敢想母亲，一想起，这一晚就一定失眠，今晚，我准备不知做第几次的失眠了！

母亲，是一个苦难的记号啊！

我又偷偷地把大姐寄来的长信拿出来读，看至这么一段叙述：

"自你那天和八妹上火车后，我等了一个钟头，阿姆来了，即搬东西回三岔（广西宜山县）去住，我把阿姆那些旧衣服整出来卖多点钱，过两天我又回学校去把棉被送回学校，在校长那里借多两百元，买一点米来三岔卖，可赚一点钱，这样暂时可以过得去。

"那天忽碰到曾冠英先生[4]，他问他[5]为什么不同走呢？我回说因经济困难的原因。他很客气的说：'如果要避难，到我家里去，和我进山岩去逃避，吃住是不成问题的。'我听了只答应他：'好，谢谢！'可是那两天时局又好转一点儿，我又不想去了。过两天，曾先生回柳城去，他要我和阿姆一齐到他家里去，因时局好转，又不想去，生活过得，何必麻烦人家呢？他又说'等紧急时，你带老太搭船到柳城去'，并开地址给我。他去后二天，我即下柳城去看，并带行李放文秀家，预备将来去方便一点，又转回来三岔。过几天又回六塘去，那时局已不大好了，学校解散了，搬些东西来，和阿姆同住。三天，阿姆就得病了，病见日重，不能起身。弄到我没有办法，只好在服侍她。那几天一落雨恐闷得要命，不知如何是好。钱又没有几多，忽有买报纸，看了一会，时局又转好一点，那时才接到弟弟来信，意思即是要嫂嫂快动身。那天下午，我自己又打摆子，两人俱病。又过了一礼拜，我的病好了，我才打算买一点药给阿姆吃，同时去找船到柳城去。忽见曾先生的堂兄匆匆跑进来，向我说：'你还不到柳城去？我堂弟来两三次的电[6]，要你和老太马上下柳城去，现在敌差不多要进柳城了。'我那时赶快出来找船，可是找了半天，不见船的影子。回来煮稀饭阿姆吃，见街上的人家在搬东西进岩去，我看了心里恐慌的不知如何是好。忽传来消息，敌人已进柳城了。那时我真不知道要哪样的，哭又哭不出来了。阿姆还在做睡梦，要东西吃。我只说完了，完了，两人在这里等死。算了，忽见他堂兄跑进来，他说：'你还不预备走，一条街人家都走完了，敌人离这里只有廿里了，你还在顾你的妈妈，慢点走生命都没有了。''我的东西搬完了，现在就走！'我要跟他走，他不敢应承。对面房一个老婆婆，她说：'大姐，你跟我去乡下避一下，这时候不能顾你妈，要请人家抬，人已走光了。你去乡下几天，看安静，才出来看你妈！'那时，谢谢他（她）老人家，阿姆在房里，才听到她说：'过几天安定了，你

4.当时住他的房子。

5.应为"我"。

6.应为电话。

出来看我。'那时，我存点钱，都去买米、油、盐酱柴给[7]，后来匆匆跟那老婆婆走……

"第二天早晨，我想来看阿姆，和着老婆婆爬过了山岭，碰着人家，他们都说去不得，敌人已来三岔了。我和老婆婆只得转回头来，一路思想匆匆地走，也没有和阿姆说清楚。……过了十八天，三岔已有人家去了，敌人已出布告安民了，我想要老婆婆和我一齐到三岔去，可是好多人都说去不得，敌人乱抢妇女，所以又不敢出来。结果男子先去，我则托他帮我看阿姆，看看情形若何……

"等到那男子回来说：'你妈不见了，房门板，一切都没有了。'那时我听了，很是难过，……"

就抄到这里止住吧，我抄不（下）去了，我的母亲，——阿姆，可就这样的离去了吗？

一想，我忍不住流下泪来！

时常在梦里母亲总还不曾死，这是真的么？真的么？莫非有一天……

这则日记中所录的是薛汕姐姐给他的复信，过程有些重复，且夹杂着潮州话，不够简洁明了，但较详细还原薛汕母亲当年失踪的过程，不失为当年湘桂大撤退悲剧之一实证，读来不禁扼腕叹息！

三岔，位于柳州市与宜山县中间，隶属宜山县辖下，是黔桂铁路线上桂西北的一个小站，也是1944年湘桂大撤退千万难民撤往贵阳、重庆的必经之地。崇山峻岭，地少人稀，生活贫困。因撰写桂林文艺抗战相关书稿过程中，我也曾了解到当年大量惨绝人寰的逃亡景象，故对其母亲和姐姐在战乱中的遭遇更感同身受！

1946年3月11日

母亲的失踪，——也可能是死亡的地点，宜山三岔的韦作编乡长回了

---

7. 应是漏了"她"字。

我一封信，说是可能有一个老年人，不论年龄、籍贯、身材、语言，……都有很多与我的母亲的条件吻合，于是，我即函要大姐去寻觅。但最近得到的回信，是如此：

"……据三岔乡长的来信，本来……我猜想可能不是阿姆，去年逃难他老人家也曾到六塘学校一次，如果真的是阿姆，该到学校去询问，同时我在三岔跟罗嫒逃难下乡，阿姆是知道的，现罗嫒已搬回原处，阿姆照理该询问罗嫒。未必有这样的事。

"去年我曾几次找寻她老人家，老是得不到消息，惟（唯）有一次据人家的传说：

"'你妈妈在一个山眼里。'

"我也曾去查，终不见影子，及至最后那一次你来信要我到那里再查看，那次到三岔，有人告诉我，六塘有一老妇人是广东人，满口说着粤语，我以为是阿姆。跑到六塘乡公所查明，在黄道村山岩里，我不怕劳苦，跑到岩里去，却给我失望，那老妇人是南海人，姓何。故此，败兴而回。现在据韦乡长的来信，所说的他（她）仍是那位南海的老妇人，但是做子女的都是放心不下，我已写几封信，托三岔六塘友人待查……"

如此看来，则恐怕又不能是母亲了，是的，母亲究竟生或死，生，生在什么地方？死，死在什么地方？干吗这么不明不白？作儿子的，应该有这么个权利追问：

母亲呀，你在人间何处？

1946年3月11号深夜

1946年4月13日

我为母亲祝福！

今天，又收到这么一封信：

"……情形是这样：韦乡长所得的消息，也是由郑仁安那里得来，故我亲自询问郑仁安。据说：在旧历腊月，他在六塘圩摆摊时，曾有老妇人（约四十余岁）到来赶圩，自谓是广东人，流落于此，因为没有饭吃，迫得嫁给附近村上——大约是在六塘乡大青村附近，听其话音，确是广东土话，曾经到了六圩二三次，以后终不见这妇人来了。

"以后，我又亲自到了六塘查询大清附近人，有谓系有此事实，闻这一妇人又不懂普通话，又不识做工作，主人又将卖给别处，卖到哪里呢，要不得详实，我无法查得究竟，……既然是有这么一回事，是谁呢？

"这一被迫改嫁，复被出卖的老妇人，是不是母亲？……世间谁无父母，而这老妇人必是有母亲的身份无疑，却是这么样被冷酷的事实踏烂着，真是使人悲愤！

"可是，母亲呀？你是不是这一老妇人？是不是与她一样的命运……谁来回答我，我为母亲祝福！"

1946年4月14日

由于信上叙述着一个老妇人的事迹，而且可能与我的母亲的血肉相关，昨晚梦里也促（触）及这一问题了。

　　谈到薛汕痛失母亲，自然要提及薛汕的另一位女人 —— 前妻。前述所引薛汕《我的母亲》一文谈及当年逃难到广西宜山时，妻子要卖掉两个女儿，母亲"宁可不要与她同去重庆，而要两个孙女让儿媳妇携带生死不离"，为了求证此事，我从薛汕夫人张穆舒处获取其原配的简况，又花了些工夫搜集有关资料，并购得《圣洁的灵魂》[8]，通读之余，进一步有所了解。

　　薛汕的原配吴峤，曾用名菱、文楷。生于1920年，广东惠来县人。毕业于潮州县立中学，历任桂林实验中学、南宁实验中学、柳州龙城中学、重庆文德女中、上海启秀女中教员，曾任上海文学艺术工厂宣传部负责人、上海市总工会《工人创作》月刊副主编，并加入中华全国文学工作者协会上海分会（中国作家协会上海分会前身）。1947年开始文学创作，先后在《文艺复兴》《文艺春秋》《同代人文艺丛刊》《工人创作》《大公报》《解放日报》《新民报》等报刊发表短篇小说、散文、报告文学等。

　　关于在湘桂大撤退的逃难过程，吴峤的《圣洁的灵魂》有多处提及，如《缅怀司马文森》一文，记述如下：

　　　　1943年，我应龙城中学的聘请，来到柳州市。第二年夏天，桂林已有

8.吴峤：《圣洁的灵魂》，中西书局，2011。

沧陷的危险。司马文森和他的几个学生一起，帮助艾芜一家六口，挤上了一列平板火车，来到柳州市我学校暂住。……后来柳州告急，住在教师宿舍的我学校教师和文化人，一批批陆续撤走，只有艾芜一家，因为人多，行李也多，无法撤离。正当艾芜每天跑火车站想办法时，司马文森又带了学生来我学校，帮助艾芜一家上火车。临走时，他发现了我，问我为什么不走。我说我因患病，身体虚弱，挤不上车，也不知道该去哪里。在这生死攸关的紧急关头，他二话不说，立刻从口袋里取出一个笔记本，在我房间的桌子上匆匆写了几行字，撕下递给我，非常果断地说："走！我们送你上车，跟艾芜一家一起走。到了贵阳，你去找熊佛西！"

我又在司马文森的帮助下，撤离了即将沦陷的柳州，来到贵阳，找到了熊佛西主持的文化人救济接待站，解决了我的食宿问题。[9]

而在《圣洁的灵魂》中的短篇小说《母亲的恋歌》，吴峤以第一人称，描写一位怀孕8个月的母亲，带着一个2岁女儿，于湘桂大撤退时艰难跋涉黔桂铁路线上，继而在柳州与宜山之间的路旁诞下女婴。在敌人紧追，风声鹤唳的情势下，濒临绝望深渊的"我"，被迫萌生过杀婴和送人领养的念头。历经十多天痛苦的煎熬，最终，母爱战胜了恐惧，"我"拖着疲惫不堪的病躯，背起婴儿，牵着幼女，含辛茹苦地迈向前方，为我们谱写了一曲伟大母爱的颂歌。该作品中的"我"，自然有着作者本人的影子，因为当时作者也是带着一双幼女逃亡过此地，遭遇相似，不同的是小女儿在柳州出逃时已分娩。

吴峤在《沉痛悼念骆宾基先生 —— 记骆宾基五十年来指导我习作的往事》[10]一文中便有明确的表述：

　　我和骆宾基相识，是在四十年代抗日战争后期……我则恰巧从湘桂战火中逃难来到了重庆……骆宾基曾经不止一次地对我说过，小说人物

9.吴峤:《圣洁的灵魂》，中西书局，2011，第235页。

10.原载于《新文学史料》1994年第4期。

的形象创造，总是免不了或多或少地掺杂着自己的成分，带有自己的影子，这是因为作者最最理解的一定是自己，包括自己的生活和思想。……我听了他的话，看了他的作品，深有体会，因此我所写小说的一些女主人公的思想、性格、行为，差不多在不同程度上都有着我自己的影子。那篇发表在1947年10月《文艺春秋》月刊5卷4期上的《母亲的恋歌》，基本上是写了我自己在逃亡路上亲身经历的苦难，那位女主人公在存亡关头不惜用自己的生命来换取孩子的生存的感情，实际上是我在桂林撤退时孤身带着才分娩的第二个孩子在逃亡路上受尽磨难的真实感情。为了自己的生存，我既想抛弃她，又不得不冒着一起死亡的危险背着她徒步迈上生死难卜的茫茫征程。这种一般人无法体会的在生死存亡关头的母爱的感情，恰恰是我亲身经历的。这是我写下了自己真实感情的生活体验，因而在那母亲身上透射着自己的影子。

正是由于作者亲身经历过"这种一般人无法体会的在生死存亡关头的母爱"，作品中的母爱才能表现得如此淋漓尽致，如此感人，情节发展才能如此跌宕起伏，人物形象才能如此丰满生动，不失为成功之作。

在1944年那场惨绝人寰的湘桂大撤退中，很多残忍的事情不胜枚举。比如，当时著名作家王鲁彦在大撤退开始时病亡，强忍丧夫之痛的覃英，拖儿带女在桂林逃亡途中，迫于无奈，便曾将最小的儿子送农民抚养。在今人眼里，似有些不可思议！然在当时生灵涂炭，岌岌可危的难途中，一个单身女子尚难逃生，更何况还要携婴带幼，迫于无奈之举，是完全可以理解的。薛汕与吴峤，原是一对志同道合、出生入死的革命伴侣。关于他俩的邂逅及走上抗日救亡道路的过程，吴峤在《我参加抗日救亡组织》一文中，便有较详细的回顾：

我初中毕业，已是1938年。

这时，全面抗战开始了。

我回到惠来，参加了林文海领导的青年抗日救亡队。每天上街宣传抗日救亡，唱抗战歌曲。

不久，一位潮州金山中学毕业的学生雷宁（后改名薛汕）邀我和他一起去了江西南昌参加江西青年服务团。

来到南昌后，我住在南昌火车南站。

一天，一位叫谭建秋的中年人来看我。他主动提出介绍我加入中国共产党。谭建秋后来改名陈立平，任解放后南京副市长。

我和雷宁都被组织安排参加战地工作队第一大队。队长是作曲家何士德。

从这天开始，我们便穿上军装，打上绑腿，穿上草鞋。每人背一支长枪，腰带上别两枚手榴弹，背上背一只装满日常用品的背包。

我们启程前往长江南岸战地湖州地区。

为了避免敌机轰炸，我们白天睡觉，夜里行军。我们的任务仍然是宣传抗日。

只过了半年，南昌当局对我们所有工作队的队员很不信任，命令我们全部撤回南昌后解散。

回南昌后，我和雷宁住在新四军南昌办事处。办事处为我们提供一间房间，用稻草铺成床垫。我和雷宁住在了一起，宣布结婚。

然后，办事处派我们去赣粤闽边区国民党军队文工团工作。

到了文工团，我改名伍绪菱。一天，政治部古主任叫我去谈话。他说："没听说潮汕地区有姓伍的！"

我虽然应付过去，但内心忐忑不安，知道自己的政治身份已暴露。于是，我和雷宁决定逃跑。我们日夜兼程，逃回江西。

到了江西，雷宁被组织安排在赣州专署蒋经国身边工作。我便在遂川县妇女指导处从事农村妇女工作。

1941年皖南事变发生，江西全省掀起白色恐怖。

第一个被捕的是雷宁。这天，正好雷宁的父亲带着雷宁的弟妹谷宣和少叶从家乡来赣州找雷宁。因此，组织把我从遂川调到赣州"工合东南区办事处"工作，以便将雷宁的父亲带回广东老家。

恰巧，这时，广东梅县工合办事处急需一位能说潮州话的工作人员。我因此有机会把雷宁的父亲带到梅县，然后安排他们返回家乡。

不久，我接到雷宁逃离集中营抵达韶关的电报。我在一位女工的掩护下连忙乘黄牛汽车离开梅县前往韶关。

582

我在韶关拿到雷宁留下的两封介绍信，一封是写给广西桂林的邵荃麟，另一封是写给司马文森。

邵荃麟听说我是从江西逃出来的地下党员，不敢接待，怀疑我是叛徒，还是司马文森接待了我。

司马文森要我把年龄起码报到29岁，他可以给我一张大学毕业文凭，由他介绍我去山区的隆山实验中学教书。问我："敢不敢？"

为了解决职业，解决吃饭问题，我一口答应："敢"！

从此以后，我当了八年的中学教师。

我教过桂林实验中学、南宁实验中学、柳州龙成（城）中学，后来逃难到重庆，在重庆教过文德女中，1945年8月抗战胜利后，我从重庆来上海，在上海教过启秀女中。然后，我结束教书工作，开始从事文学创作。[11]

对于彼此这段革命历程，薛汕虽未有过如吴嵘这般详细记述，但给我们留下一首近千行的叙事长诗《我们》，摘录于后：

……

我们，

1938年6月的一张照片，

题下了记印：

为了祖国的爱，

一个从北方，

东方，

11.吴嵘：《我参加抗日救亡组织》，载《圣洁的灵魂》，中西书局，2011，第280—282页。

经过伟大的扬子江的流浪者，

和一个南方的女战士，

奔驰在抗战大动脉的粤汉线，

于这儿更为着革命的爱，

我们共撑着熊焰的火炬！

那个时候，我们微笑着

在空军战地的南昌！

我们太缺乏初恋的幸福，

我们的结合

演成有涩汁的苦伤，

是一个开始！

工作开始了我们相近的步伐，

也带来了一个误会，

复从此酿下了一副新认识的憧憬。

……

才从乡村走了出来，

走向火场，

走向前方，

以文化武装来斗争，

穿到敌人占有的领域上……

战争的鼓手，

民众的歌王，

英勇地入伍了吧，

用一百个控诉

……

行进景德镇以北，

荒山当卧床，

破坏的公路崎岖当个考试，

看来前方有没有决心！

我们，

走在民间，

现实艰苦掺混了不解的尴尬。

584

之夜，

前线的枪声沉息些，

湖口的沈贞村，

我们相爱了，

我们决定军发这一封信，

朋友，确定你不过是我的朋友，

在震天的炮声，

病魔又来交侵，

这下，

和——"我们"是更深一层的朋友握手了！

……

军邮，迎给"这样的一个人"吧，

于是，爱，你愿意在工作上离开流浪者？

还要想着我们的远景。

让你躺入我卸下子弹带的胸脯吧，

不是忏悔，

瞧：

这黑地是在敌人之前，

伸手不见五指，

我们不想死在一块儿吗？

我们向着战争快乐呀，

用着纯洁，

获得日子的美丽，

工余，

生活浸在树荫下，

水涧旁，

山头，

黄昏，

到漫步在深夜虫声吱叫的周际里。

我们，

把互助当成一个婴儿，

病中互相爱护，

结实地，

又把生命添了粉红的花边。

在前线工作的驿站上，

我是一个旅行者，

奔驰着骏马，

似乎是实际领导一个突击小组，

进驻都昌的万镇里，

加上洞门口，

到黄金庞村……

南方的女战士呵，

你在离着我三里路的后舍王家，

让同志们把你当国民军的女英雄，

拥抱你！

……

在赣州，

585

带着新的康乐，

流浪者的同志，

文化流浪者重握的武器，

把赣南，

用力量抵消潜伏的新花样，

他们拉倒历史后转！

爱的，

也爱着你，假如你哪，

在遂川，

当流浪者看是永久的伙伴，

不是"这样一个人"，

自然可以熔成新的钢铁！

是钢铁，

我们，

二个年的今日，

要共同说着：

——进行战斗硬顶底，

妖精鬼怪没法诱惑，

等候着明天呵！

呵，南方的战士，

1939年的相片上，

永恒地印着新的字迹：

我们结合的生活就是斗争，

顽铁打成钢片，

永恒地向着未来，

站在革命祖国的前面，

……

我们，

我们呀！

看绚烂，

看大地有着幸福的红艳，

还是初恋在战线上爬行，

寻个归宿。

1939年9月末于赣州

这首诗薛汕至今尚未发表。主要原因是作者对此诗始终觉得不满意。他在两年后的日记中曾有过较为具体的看法：

再隔了两年以后的今日来读《我们》这一首诗的习作，一方面是仍然能憧憬着里面所表现的故事的影子，但另一方面却感觉到，缺点太多了！

我首先得承认：（一）里面的情绪是挚热的。（二）里面有若干句子非常优美，靠近口语而且有力。但是我也要认真的分析吧：（一）有很多人物表现出来很模糊。（二）若干句子太不明朗了，这是重要的致命伤。（三）对话不像是一首长诗所应采取的方法。……其他不妥的地方太多，我不想再零碎地写下去了。……

对于发表它，然而我想起来已经并不重要的了。虽然坊间比这低流的东西仍很多，但考虑这篇诗作不算成熟，重现它成为我生命中的一段过程是可以的，重视它甚至欲加以"纪念碑"的色眼来读它，看它，那是严重到不可收拾的错误。（1941年11月12日于钦州）

可见诗人心目中，认为此诗尚欠火候，未可面世，只可"重现它成为我生命中的一段过程"，而绝没达到"纪念碑"式的水平。

倘若单纯去读薛汕《我们》这首长诗，似乎有些费解，但只要将上述吴峤

《我参加抗日救亡组织》一文与之相对照，我们便不难发现，此诗的"我们"，便是薛汕和吴峤。其中从北方来的"流浪者"即诗人，而"南方的女战士"则是吴峤。诗中所写的，正是他俩在抗战前期（1938—1939）结伴奔向江西战地，参加抗日宣传活动，谱写了一曲不怕牺牲、勇敢抗敌、浴火而生的战地鸳鸯佳话。此类题材的长诗，在我国抗战诗坛上并不多见，值得重视！

　　薛汕自谦《我们》一诗或许不够成熟，但其格调高昂，视野开阔，感情真挚，不愧为反映文化青年驰骋沙场、积极宣传抗日救国的一首好诗。好一对怀抱抗日救国宏愿而走到一起，经受战地风浪历练而结成的革命伴侣，本应该如诗人在结尾中所愿："我们结合的生活就是斗争，顽铁打成钢片，永恒地向着未来，站在革命祖国的前面……"本应继续为祖国的解放和重建携手共奔，可惜由于性格不合，理念有别，这对同生死、共患难的战友，关系却于1947年在上海戛然而止，劳燕分飞。是年，薛汕因编辑出版《新诗歌》而遭国民党特务追缉，吴峤则仍居上海，却始终拒绝领养两个女儿，薛汕只好将女儿送往老家，然后逃避至香港。他居港期间主要延续此前的《新诗歌》编辑和民俗研究工作，这两方面的成就要从他的广西时期说起。

◎薛汕与前妻的一双女儿，1947年冬

◎薛汕等1947年编的《新诗歌》

在文学创作上，薛汕代表作有短篇小说《居心》[12]和《钦州湾河上》[13]，都具有一定的深度和力度。前者以悲凉、哀婉的笔调，生动地描绘了青年孕妇老华在产育前后的不幸遭遇，细腻地刻画了她那迷惘错乱的心态及充满着痛苦与矛盾的心灵，深刻地表达了作者对社会现状的不满和对妇女凄苦际遇的同情。作品的人物不多，只有老华及其同事郭金江、李铮和一个主任。主人公老华的社会背景虽并未向读者交代，但从其戴着近视眼镜，爱读曹靖华译的《第四十一》等文艺书籍，关心报纸新闻，还可向上面申请暂借钱作住医院生孩子的费用等描写看，尤其是彼此之间以"同志"相称，我们可以初步断定这是位在国统区国民党所属某文化机构任职的知识女性。又从主任批评她因"太固执"而吃亏，要她利用住院期间，"好好的（地）去反省"和"坦白"，才有益于自己这些言语中，可知她是个有思想、求进步的青年。但她临产前，丈夫却杳无音信，生死未卜，令其十分担忧。经济拮据，生活中备受忧患与困顿的双重折磨，她丝毫没有将为人母的喜悦与幸福，反为无钱购买所需用品而忧愁烦恼，更为孩子出生后无法供养而痛苦忧伤。郭金江、李铮两位要好的同事只能给以同情慰藉，却爱莫能助。而此时身为主任的上司，不单不伸出援助之手，从精神和经济上加以安抚，反而落井下石，以关

12.薛汕：《居心》，载《文艺生活》（桂林）1941年第1卷第4期。

13.薛汕：《钦州湾河上》，载《文艺新哨》（桂林）1942年第2卷第1—2期。

心之名，将她刚生下的儿子送主任委员的太太。人生最大之不幸，莫过于失子之痛，更何况收养儿子的是自己深恶痛绝的小人。当即将失去孩子的瞬间，她万分痛苦，爱和恨交织在一起，骨肉的分离煎熬着她。她心里明白：如果她容忍恨，就会失去爱。爱与恨到了极点时，就一定要爆发。当孩子将移至那个人手中的时候，她再也不能容忍，她拼命抗争，高声疾呼："大夫！护士！那是一个强盗，那是一个魔鬼，请你们做做好事，不要把我的孩子给他抱去，万万不能，做母亲的有权利，你们要维护正义，你们要保护小孩子……"这撕心裂肺的呼喊，是对黑暗社会现实的愤怒控诉。

小说《居心》不仅思想性深刻，其艺术手法也颇具特色，人物刻画也十分形象生动，如对那个脑满肠肥的主任，着墨不多：

> 一边挟着皮包，同时把手杖也握在这一只上……鸭舌帽戴得低，而且是斜着的……似笑非笑的面貌，仍然斜歪歪地点着，而嘴巴仿佛是吃了太多酒量似的，老向着一边痉挛着，撅（噘）着。

但把他那乘人之危、落井下石的小人嘴脸勾勒得活灵活现，而其夺走老华儿子的险恶居心也刻画得入木三分。成功的心理刻画，如对老华矛盾痛苦受煎熬的心理刻画，也是该作品一大特色。文中对老华的去向及郭金江的最后出走未交代清楚，若明若暗，可能是跟作者当时险恶的处境有关。作品发表后，深得茅盾的好评，也产生了强烈的社会影响，先后收入《中国抗日战争时期大后方文学书系》[14]和《桂林文化城大全》"文学卷"小说分卷第四册[15]。

《钦州湾河上》也不失为薛汕较为成功之作。小说写于1941年11月2日钦州城。作者从广西贵县溯江过钦州，继续沿水路至邕宁。小说通过"我"和几位同伴旅途上的所见所闻，揭露了日本侵略者的野蛮凶残，歌颂广西人民英勇顽强的抗战精神。尤浓笔重墨讽谏同船上某国民党营级军官骄奢淫逸、专横跋扈，表彰伤兵忍辱负重，不忘归队抗敌的爱国精神。

---

14. 重庆出版社1989年6月出版。

15. 广西师范大学出版社1992年10月出版。

除了创作小说，薛汕还撰写了不少散文，如散文《在南海的边缘》[16]、《在桂林的行脚》[17]。二文虽发表于1947年，却是作者写于1941至1943年之旧作，前者包括《白天的黑影》（1941年9月19日在邕宁）、《狂醉与健忘》（1941年11月30日在钦州）、《废墟中的江边》（1941年12月19日在邕宁）。这几则短文里，留下了他抗战期间浪迹广西的足印和报国无门的无奈。如《白天的黑影》中写道：

> 搬到民生路的一家前楼上，那旧时在上海流浪的生活景象，一齐涌上来了，为什么在战争已经开始五年以后，我仍然来度这类似失业的日子呢？战争不需要我吗？还是我对战争太不忠诚了？正因为自己清楚地认识了：战争中的一些逆潮，简直聚了涡，它已卷下我一年多的光景，我到南宁来，正是从涡里涌出一个头来，现在水波又从我头上淹过去了，我暂时又被没在不见阳光的水里，重新度着这失去热与有生命充溢的日子是必然的。

《废墟中的江边》则写道：

> 我已在一个竹篷的前楼住下了，窗前就是废墟，那敌机惨炸的遗迹仍留存着，在短堞中，我仍看见一条"抗战愈近胜利，愈应艰苦奋斗"的标语，我作何感想？艰苦固然备受，但多余与不必要的担忧，却比艰苦更烦腻，那是多么出于非常的事端呵！废墟上有着破屋，那弹疤与陷落的窟窿，如果我住在这楼子里，暂时没有其他去处的话，我一定仍要看它，多看一眼，对于我在几年的生存搏战中，尽有着伤痕，尽有着凄惋的面颜，总要被说明了。

《在桂林的行脚》则包括《避冬訾洲》（1943年1月5日在桂林）、《妇人，

16.薛汕：《在南海的边缘》，载《艺兵丛刊》1947年第1期。

17.薛汕：《在桂林的行脚》，载《谷雨文艺月刊》1947年第10期。

水牛与白狗》（1942年3月12日在朝阳山边）、《自己的货币价值》（1942年7月16日在圆背村）数则，抒写了作者在桂林的境遇与心绪，对于研究文化人在战时桂林的贫穷生活状况不无裨益。如《避冬訾洲》中写道：

想不到桂林的天气如此冷，当我穿着秋衣，却无疑人（义）地要顾虑到这些：目前的布料正在不断的涨价，我这像失业游民一样的人，如何渡（度）过冬天呢？……像桂林一般民居的房子一样，都是用竹片与杉木搭起来，涂着少量的泥，这样的房子，在目下我的眼中看来，也可以算是"金屋"了……我不怕寒冷，我有着自己的温暖，我要借此住下来。我觉得我是孤单的，在桂林，我曾来过一次，但那是带着极度狼狈的心境，那些以前稍为认识的朋友，我忌讳着，我不愿与他们往来，我孤居着，谁也没有来敲问过我以后的去向。

在《自己的货币价值》中，作者有感于抗战期间的桂林物价飞涨，民不聊生，文化人失业的困境，而发出感慨：

一个为抗战奔走的人，而成天就是以唤醒人民，动员人民，我则可以说是抗战中的一个干部的人，为什么现在不能动，而且像跌倒一样，经已[18]失业了的呢？……为何现在像拾烂破布一样成为每个人……我就是其中的一个人的口头蝉（禅）呢？……为何没有饭吃？这说明了什么？……我曾经用一支笔去呐喊，但取得的稿酬每千字拿到七元，而且拿到钱的时候，并不是爽爽直直的，多少还要被留难一些日子，那么也罢，现在，我要问：每天我的脑袋工厂能制造若干"千"字的商品，而七元可以度过一天吗？……从前叫文人，或者是墨士，现在叫做文化人，或者是作家，仿佛活该与穷伧作伴……为什么稿酬始终不涨价？生活使善于经商的人在发财，使当中级干部的军官一定要贪污，使头脑发昏的只

18.应为"已经"。

有往"元宝"堆里钻……剩下来的是一些什么？一些为了固执于为光为热的人活受饿，活受失业。

特写《柳暗花明又一村》，发表于1943年柳州《真报》副刊。文艺随笔《与新生代有关部分》，发表于1942年邵阳《中央日报》副刊。论文《民间诗歌的几种表现形式》写于1942年4月26日，是作者研究民俗学的头篇论文……这些写于桂林的文章，大都收入其《文艺街头》一书，从几篇文章里可以看出他当时的政治苦闷和战斗信念。他之所以把这本书取名"街头"，是为了表明他当时的心迹：

◎薛汕《文艺街头》，春草社，1947年8月出版

这里一共有17篇毫无系统、鸡零狗碎的旧作，内容平淡得很，不外略说几句老实话，因为既抛弃到街头上来，故以此名。……表示这几篇东西与世无争，不足重视，类如小摆设罢了。

正因为它是"老实话"，才能反映事实，让研究者看清那时代的"真面目"。这本离开桂林前选编好的书，由于种种缘故，直到1947年8月才由上海春草社出版。

小说家亦民俗家

薛汕不仅进行文艺创作，还认真做了民俗文学的搜集、研究工作，其于1986年12月3日所写的长文《〈民风〉及其他》，便述及他在桂林、柳州等地从事民俗文学的搜集、整理、研究及编辑工作。他在文中说：

> 我在1941年，开始搜集民歌，主要在广西，后来扩大到西南地区，系抗日战争的大后方……在广西，因有特种[19]的师范和研究所，有刘介、雷镜鎏、乐嗣炳等人，陈志良编辑了《广西特种部族歌谣集》，还分散在各个刊物上不断发表文章。

而在贵州、云南、重庆、西安、甘肃等地，也有出版不同形式的民俗刊物：

> 我和他们都有交往，书信不断，终于导致1943年期间，由娄子匡、顾颉刚挂名在《柳州日报》刊载《民风》副刊。原来想用《风物志》，因不通俗改名。这是个双周刊，另印单页，由我负责实际编务……我因为组稿，在东南西南形成一个中心，内容为民歌、谚语、传说、故事、少数民族风尚，还有民族学的论文。我几乎是二三期就必写一篇。记得第一、二期就写过《反对称特族》《用其自称》等。《民风》最少出版了将近二年，写稿

的不限于广西，其他地区的文章从不间断……我在这期间，完成的民歌稿本有:《邕江儿歌》《刘三姐歌乡》《侗族》《岭南梅》和《客家山歌》等，每部十万字左右，除《苗歌》在20世纪50年代出版过外，余稿保存至今。

而在民俗学的搜集、整理、研究工作中，薛汕还完成了另一巨大的工程，即从1941年起，由他收集并选编成集的《中华民族歌谣文学大系》共30部，300余万字。其中《金沙江上情歌》（歌谣集）系他于1944年编成，1947年由上海春草社出版。作者写于1947年3月20日的《金沙江上情歌》的自序中，写到当年湘桂大撤退时，冒险携带此书稿时的情景：

> 一九四四年夏天，我只身携着一些材料到达重庆，在战争的那些日子之中，我是什么东西都可抛弃，衣物书籍之类都可以，就是这些玩意不能离开手，这点居心，我曾被同居约十年而今已分手的W所不谅解，不过，当我想到"爱情诚可贵，生命价更高"时，我抱着"生命"固执着，我在求得以后有人了解我，能够有同好因得这些材料引起一点什么兴趣而了解我，我就获得赦罪了。初到时，生活穷困异常，乃抱了另一部《自由形式的歌谣》稿，送到朝天门说文社卫大法师那里，结果是支了一万七千元的版税，书名被改为《中国的歌谣》……

各铸佳话

薛汕在港期间继续他的《新诗歌》编辑和民俗研究，1949年，与另一位有着共同信仰和爱好的女同志结合。她叫张穆舒，1929年12月出生，重庆市人，也是共产党员。1945年6月参加中共中央南方局青年组领导的《中国学生导报》社，从事抗日救国学生运动。1948年受国民党通缉，年底逃到香港寻找组织。任马来西亚槟城《现代日报》驻港记者。在香港邂逅薛汕，积极参加薛汕倡导的新诗歌活动，共同开展反蒋求民主斗争。1949年7月党组织将他们从香港调到粤东解放区。新中国成立后担任过北京《新民报》《北京日报》《北京晚报》《经济日报》记者、编辑，《中国花卉报》副总编辑。张穆舒不仅是薛汕相濡以沫、莫逆与共的贤内助，携手度过一些坎坷岁月，饱尝酸甜苦辣，而且是薛汕学术事业的好帮手，帮助薛汕整理出版了一批民间歌谣作品，尤其是尽力协助薛汕创办了旨在弘扬传统文化、团结国内外爱国文化界的《东方文化》。薛汕仙逝后，张穆舒又继承丈夫未竟的事业，不仅继续整理其遗著，笔耕不辍，还精心培养女儿黄光光勇挑《东方文化》副主编之职。

至于薛汕原配吴峤，晚年与著名文艺理论家、出版家、作家范泉成婚，不仅焕发了创作欲望，重拾荒废多年之笔，创作了新的小说、散文，出版了小说、散文集《圣洁的灵魂》，而且支持、协助范泉整理出版新的学术著作。值得一提的是，范泉在向吴峤求婚前，为慎重起见，还特地去信向薛汕、碧野征求他们对吴峤的印象，他们在复信中都肯定吴峤"人很直爽"，后确定终身，遂成佳话。

如今，薛汕和范泉这两位文学名家已先后去世，而张穆舒和吴峤依然健在。她俩仍保留着老共产党员的称号。遗憾的是终生为党的事业奋斗着的薛汕，其党籍却因一次被捕入狱而不被承认。虽然当年逃脱江西集中营后流浪桂林、柳州、重庆、香港等地，所到之处都在苦苦追寻恢复组织关系，却一直未能如愿。这位毕生忠诚党的事业的党外民主人士所做出的功绩，在历史的长河中留下浓墨重彩的一笔。

◎在香港和中华音乐学院师生游览沙田，右3为薛汕，左3为张穆舒，1949年2月

附 录

音书皆史

　　在认识薛汕之前，我便已拜读过其代表作《居心》，惊叹其超群的创作才能，但一直未能谋面。1991年11月下旬，我有幸拜见薛汕、张穆舒伉俪。自此，我经常向其请教，每次他都在百忙中给我指导鼓励，令我获益匪浅。先生仙逝后，我对其有过浮浅的研究，撰写发表过有关论文，为较深入地探讨其生平、创作，至今仍与张穆舒及其女儿黄光光保持联系。以下便是薛汕生前给我的信件，鉴于时间有限，无暇细加注释，尚付阙如。

　　杨益群同志：

　　临离开汕大，始给换一套完整材料，回京始读到你的大作。回忆你所谈的，才恍然大悟。

　　你的文章"空谷足音"，真是有心人。我建议你写一部潮人的文字活动史，不仅是潮汕本地，可与全国各界的脉络交织起来，很有意义。可以从五四以后的本土说起，高潮当在上海洪灵菲杂文，之后，桂林、香港，以及海外，这么一来，另开生面，功德无量。

　　我是无力顾及这些了，你很会钻研，一定有成。有些材料及情况，我可从旁提供。

　　你的大作，光桂林的，应补充：

（一）甦夫，当时翻译普希金的《奥尼金》长诗，也写诗，五〇年从北京《光明日报》去广西大学任教，以后没消息，此后没消息？

（二）陈凌风，潮人，写诗，我认识秦牧是他介绍的，也朗诵诗，从曲江到桂林的群众中，影响很大。人在桂林，后去湖南邵阳的《中央日报》编副刊《平明》，为桂林的作家提供发表园地。湘桂撤退后死于忻城。

（三）关于我部分，当时是逃避，没做什么活动，在这以前，我是做党的地下组织工作，用"雷宁"笔名在上海一带，文艺界都知道此名！在沈起予编的《光明》文艺半月刊发表《接见室》短篇小说和报告文学《如此海滨邹鲁》，出版了小说集《前夜》。在江西任赣州市委宣传部部长，可见在《团结报》发表的《与蒋经国相处的日子》，好多地方转载，最近中国青年出版社内部发行的《蒋介石一家春秋》，又转载。做蒋经国统一战线工作，为特务逮捕，在"江西泰和马家洲集中营"，任地下党小组长，后逃脱抵桂林，开始用薛汕名。

在《柳州日报》由顾颉刚、娄子匡出名主编《民风》，约四十期，为民俗文学刊物，在当时有影响。

至于，《居心》的影响，在汕大向你说了。东方文化馆馆刊量你看到了。我过广州与友人约，可能在深圳设办事机构及展开活动。你在深圳，借重你的力量，做些工作如何？

就是对海外，国际性的。拟议中：

（一）开小座谈会，谈东方文化的问题，如中国学等。

（二）召开一个国际组织的成立会，因缺经费，一直延到现在，系民间的。假如可能，以后再告详情。

想到说到，你的大作，加以修改后，再求发表是有意义的。

打住，祝

笔健！

薛汕

1991年12月18日

第二届潮学国际研讨会筹备委员会：

　　杨益群教授系深圳社科研究中心文化研究室主任，多次参加潮汕的有关会议，正在研写"潮汕文化史"中，特介与筹委会联系，请考虑参加的问题。

　　此致

敬意！

薛汕　　601

1997年3月14日[20]

20.应为7月。

薛汕（1916—1999），原名黄谷隆，笔名雷宁、雷金茅、伍宁、张愈、谷林辰、谷辰、严肃之、索之、椒子等。广东省潮州市人。家贫，母亲出身书画人家，略识文字，能背诵潮州弹词数十部。薛汕早慧，自小受母教诲，爱上了潮州弹词等民俗文学。1931年就读汕头金山中学时，始发表新诗。1933年到北平中国大学国学系读书。1935年参加"一二·九"学生运动，不久，齐燕铭老师教导并介绍他加入中国共产党。后赴上海。其反映"一二·九"运动的小说集《前夜》于1938年由上海言行社出版。1937年抗战全面爆发后，曾率领上海文化界救亡协会流动宣传团到苏州、无锡、常州一带作抗日宣传。东战场撤退，即到中共闽、浙、赣边区原新四军根据地，就此留在江西，和夏征农、孙席珍、何士德等从事抗日文艺活动。1939年在赣州任中共市委宣传部部长。在他担任赣州中共市委宣传部部长期间，党派他化名雷宁去做蒋经国的抗日统战工作以促进国共两党团结抗日。1940年被国民党逮捕，关进江西泰和马家洲集中营，在狱中任中国共产党小组长。1941年逃脱到桂林，中间曾辗转到过钦州、南宁、柳城、柳州等地中学任教，曾在钦县干部训练所任训育股长、柳州《真报》当主笔等，以避国民党的追捕。1944年8月湘桂大撤退期间离柳州到重庆。抗战胜利后曾赴震旦大学执教，并同李凌等编辑出版《新诗歌》（接受中共南方局青年委员会的指导）。不久，受国民党追捕被迫到香港，从事编辑和民俗学研究。1952年返北京，先后在《新民报》总编室、北京市文联工作。又任北京图书馆馆长，在北京大学任教。生前为中国民俗学会理事、东方文化馆馆长、新诗歌社社长、中国通俗文艺研究会顾问。

莫宝坚

◎莫宝坚《哀桂林》，1944年秋

我学习马列主义是从
1942年到西大后开始，以
前没有系统学过，在复旦，
教授们讲的社会学都是美
国的，都是反马列主义
的，这也就证明他们没有
学过，就来反对，恰好做
个反面教员，给我的学习
以帮助。

——莫宝坚自述

中国化与大众化

　　莫宝坚经历了桂林整个抗战文化运动，为桂林文化城的建设做出较大贡献。其活动范围较广泛，影响较大。其任《广西日报》总编辑兼主笔期间，始终能坚持团结抗日的正确方向，发挥了宣传抗日救国，推动抗战斗争的进步作用。其编辑部人员的构成阵容强大，思想进步，其中有经理陈雪涛，总主笔俞颂华，采访部主任刘火子、陈子涛等，编辑、记者艾青、陈芦荻、马国亮、楼栖、韩北屏、胡明树等。办得有特色，最受读者欢迎的则是该报的副刊。作者队伍精干，知名度高。郭沫若、巴金、邵荃麟、夏衍、田汉、周立波、艾青、艾芜、周钢鸣、林林、司马文森、端木蕻良、舒群、欧阳予倩、焦菊隐、王鲁彦、林焕平、黄新波、刘建庵等一批进步作家、艺术家和画家，经常为该刊撰稿。艾青除了主编该报副刊《南方》80期之外，还发表了一批富有战斗性的诗篇，如《江上浮婴尸》《纵火》等。巴金的长篇小说《火》第三部和王鲁彦的长篇小说《春草》，皆首次在该报副刊上发表。定期出版的《漓水·戏剧文学半月特辑》，发表了田汉、欧阳予倩、孟超、焦菊隐、瞿白音、黄若海、许之乔、严恭等的一批戏剧理论文章和一些剧本。《广西日报》发表了力扬的《抗战以来的诗歌》、周钢鸣的《文艺工作者当前的任务》、邵荃麟的《携手并进，以取胜利》、艾芜的《关于民族形式的杂记》和陶行知讲、毛孟英记的《归国报告记》等重要文章，还有袁水拍、林林、韩北屏、鸥外鸥、楼栖、陈芦荻等的诗，秦牧、秦似、孟超、聂绀弩等的杂文，黄新波、廖冰兄、刘建庵、张光宇等的木刻漫画。出版"纪念鲁迅逝世三周年""悼念叶紫"等特刊，并发起援助叶紫遗族的募捐活动。

1939年6月17日，桂林文化界为《救亡日报》募集事业基金，发起联合公演夏衍名作《一年间》，特地成立筹备委员会，莫宝坚积极参与，任该会筹备委员，与他一起组成筹委会的还有：王文彬、方振武、白鹏飞、田汉、李任仁、李文钊、马君武、马彦祥、翁从六、夏衍、孙师毅、陈纯粹、焦菊隐、钟期森等名人和各界代表。

1939年7月1日，国际新闻社在桂林大华饭店举行茶会，招待各界人士，报告该社八个月来的工作情况。莫宝坚应邀与会，出席者有范长江、胡愈之、方振武、田汉、王泽民、盛成、卜绍周、陈纯粹、翁从六、马松亭等百多人。

当月4日，莫宝坚出席桂林文艺界在南京饭店举行的聚会，商讨成立中华全国文艺界抗敌协会桂林分会筹备会事宜。与会者还有王鲁彦、艾芜、艾青、李文钊、舒群、盛成、林林、周立波、方振武、李任仁、胡愈之、陈此生、夏衍、田汉、孙师毅、焦菊隐、赖少其、特伟、白薇、阳太阳、欧阳凡海及中华全国文艺界抗敌协会总会代表姚蓬子等三十余人。

1939年10月28日，莫宝坚出席文协桂林分会召开的"关于文艺中国化、大众化问题的座谈会"，与会者还有黄药眠、艾芜、孟超、冯培澜、陈迹冬、王鲁彦、林林、林山、韩北屏、陈芦荻等。"莫宝坚第一个起立发言，继又有艾芜、陈闲（冯培澜）、孟超、陈迹冬、李文钊等十余人热烈发表意见……热烈紧张的空气始终如昔。"[1]会上，还报告了叶紫的死耗和发起捐助其遗族的决定。

是年12月29日，参加桂林文艺界、新闻界桂南前线慰问团举行的一次团员大会。与会者还有文协桂林分会的王鲁彦、钟期森、林林，中央社的顾建平，《扫荡报》的卜绍周，国际新闻社的范长江，战地新闻社的汪止豪，《桂林晚报》的范旦宇，《大公报》的钱庆燕，《珠江日报》的刘宁，《救亡日

1.载《救亡日报》1939年10月29日。

报》的华嘉，记者学会桂林分会的夏后坡，《阵中画报》的梁中铭，木刻协会的黄新波等。

1940年6月—9月，由中国青年新闻记者学会桂林分会和中华职业教育社合办的桂林"暑期新闻讲座"开班，学员共265人。先后由夏衍讲"新闻报道"，王文彬讲"新闻学概论"，卜绍周讲"中国新闻史"，钟期森讲"评论研究"，汪止豪讲"壁报研究"，张稚琴讲"广告与发行"，宗维赓讲"摄影研究"，梁中铭讲"画报研究"，陈纯粹讲"通讯社组织"，胡愈之讲"各国新闻概况"，张铁生讲"怎样读报"，莫宝坚讲"怎样编辑新闻"，孟秋江讲"战时新闻事业"，黄吉讲"怎样写作"，易幼涟讲"报馆管理"等。

当年10月19日，文协桂林分会、中苏文化协会桂林分会、生活教育社和中华全国木刻界抗敌协会等联合，在桂林青年会礼堂举行鲁迅先生逝世四周年纪念大会，出席者200多人。莫宝坚与会并在大会上发言。在会上发言的还有：欧阳予倩、罗群、宋云彬、陈此生、曹聚仁、穆木天、聂绀弩、刘季平、韩北屏、彭慧等。

为了适应抗战文化运动的需要，培养文艺青年，莫宝坚积极参加各种新闻、文艺培训班，如1941年4月17日，他应邀参加文协桂林分会召开的文艺讲习班讲师会议，讨论讲习班的讲习范围，包括：（一）文艺思潮；（二）文艺欣赏；（三）作品研究；（四）作家研究；（五）创作方法经验。与会者还有：李文钊、欧阳予倩、焦菊隐、阎宗临、宋云彬、傅彬然、司马文森、邵荃麟、萧铁、孟超、陈志良、陈芦荻、胡危舟等。

鉴于莫宝坚热心桂林抗战文化宣传工作，并做出了突出的贡献，他颇得桂林抗战文化宣传界的赞许与信任，被多个协会、学会选为理事。其中主要有：任文协桂林分会一、二、三届的理事，中国青年新闻记者学会常务理事，新闻记者公会执委，国际反侵略会理事等。

莫宝坚在报纸杂志上发表的文章不多，这大概同其忙于编务和参加社会活动有关。《一点感想》[2]是他的目前所能见到的一篇文章，这是《文化杂志》

2.莫宝坚：《一点感想》，载《文化杂志》（桂林）1941年第1卷第5期。

组织的《对当前文化界风气的感想》的一组笔谈。他在这篇文章中直言不讳地指出当前文化界文风不正之处，他说：

　　大概是因为自己的职业关系吧，书报是每天都看的，不过我总不免有一种感觉，就是报上的电讯是国际的比较来得有味，而文章则又是译作较为满意……至于国内新闻，除了事件本身足以动人闻听者之外，则大都比较乏味，几可以归纳为几个公式，而掩饰做作的痕迹，望之俨然。文章方面，虽然也有精心结构之作，值得赞佩，但大都看过去似曾相识，虽在技巧上或有工拙之分，而实质上就几于没有差别。这并不是妄自菲薄，或盲目拜洋，事实上的确如此。

表现了莫宝坚直面现实、勇揭时弊的精神。他在桂林一直坚持到1944年秋桂林沦陷前夕，才返回家乡避难。

信中的广西史

在开展桂林抗战文化研究过程中，我着重于文学与美术的研究，对于其他方面如桂林盛极一时的戏剧和新闻出版的研究无暇顾及，故错失了对这方面的老文化人访问之机，其中就包括莫宝坚。直到我将离开南宁调往深圳工作前夕，经同事顾绍柏兄的热心介绍，才有幸认识莫宝坚先生。我去信向他请教，他很快复信：

益群同志：

大函敬悉。

关于刘雯卿的情况，我不清楚，无可奉告。

李焰生、夏孟辉的情况略知一些。夏孟辉这个人我是通过李焰生的介绍才认识的，但后来接触不多，也没有见过他写的文章，所以也说不出什么。李焰生最初是在广西建设研究会工作的，稍后离开。《广西建设》发表过他的文章。他会写点旧诗，但论文不行，他写过社论给《广西日报》，我觉得空洞无物，不发表。他反对新诗，《广西日报》批评过他，记得当时是韩北屏写过一篇，我写一篇，宋云彬写两首绝句；后来他又写过两首绝句作为答复我们的批评。夏衍事后对我说："这种人你不要理他，你越理他，他越得意。"当时桂林的新闻界、文艺界都不大看得起他的。在我看来，他是个"轻薄文人"，新闻界叫他作怪人——桂林"八怪"之一。关于李和夏的情况，桂林师范大学万仲文教授会更清楚一些。可以问问他。

抗战时期在桂林的情况，稍后写好奉上。先复，祝

编安！

莫宝坚

609

4月18日

拜读来函，复信致谢。顷刻，又获莫先生来信，展读之余，肃然起敬。信曰：

益群同志：

兹将个人简历奉上，不妥之处，请指正。

附注的四点是为了说明一些具体情况，不是要作为个人简历的附注的，请一笔删去。

我学习马列主义是从1942年到西大后开始，以前没有系统学过；在复旦，教授们讲的社会学都是美国的，都是反马列主义的，这也就证明他们没有学过，就来反对，恰好做个反面教员，给我的学习以帮助。

逃难时写的八首诗可以说是我的思想总结，顺附上请教。顾绍柏处一并致意。祝

编安！

莫宝坚

1986年5月5日

所附简历如下：

莫宝坚（原名宝熞），岑溪人，1904年12月生。汉族，无党派人士。1929年1月上海复旦大学英文科普通文学系毕业。在读书及以后在中学教书期间，深受鲁迅、郭沫若思想的影响；因为批评复旦教授梁实秋，曾得到鲁迅的鼓励[①]。郭沫

若的《中国古代社会研究》给他以学术思想上的解放。

1937年9月任第五路军总司令部政训处编译科科长。抗战初期，国共合作，广西的政治态度转向开明。编译科的工作主要是将李宗仁、白崇禧的演讲集修订，将其有关"江西剿共"一类的话删去，并加以文字上的整理，出版选集；并编一个刊物《全面战》，刊登广西部队在前线抗战的情况，如淞沪战役大场之战、台儿庄大捷之类。

1938年10月任《广西日报》总编辑，当时桂林成为抗战大后方，国内新闻界、文化界人士纷纷到来，一时称文化城。他在延揽人才，充实编辑部，联系进步人士方面起了一定作用。当时诗人艾青、陈芦荻先后任《广西日报》副刊编辑，韩北屏、楼栖任新闻部编辑，莫乃群任社论撰述，张梓生②特约社论撰述。《广西日报》缺乏外勤记者，登报招考，录取了严杰仁（按：应为"人"）、陈子涛③等。《救亡日报》、国际新闻社、文化供应社和《广西日报》经常有联系。著名的作家、学者、名记者如巴金、艾芜、王鲁彦、孟超、周钢鸣、胡愈之、范长江、千家驹、宋云彬、黄药眠等均在《广西日报》发表文章。《广西日报》一时获得好评。

《广西日报》是广西国民党省党部直属的机关报，省党部负责人对此大为不满，批评说是把报办得完全不似党报。1940年下半年，广西的政治态度变成顽固了，对进步文化人、报刊，或明或暗地多方予以限制、刁难。《广西日报》的言论也受到限制和干涉④。1941年末莫宝坚不得不辞去总编辑职务。

1942年1月莫宝坚在广西大学任教，攻读了马列主义。桂林沦陷，逃难回乡，途中写了感事诗八首，表达了对中国共产党的希望。1947年写了《社会进步史纲》（实质是社会发展史）一书。解放后，任广西大学、广西农学院马列主义课教授。

附注：

①梁实秋是复旦大学戏剧教授，在《复旦旬刊》发表《卢梭论女子教育》一文，莫宝坚正是他的学生，批评了梁的错误思想，梁来了一封长信表示不屑辩论之意，鲁迅看了，写了《卢梭和胃口》（见《而已集》），讽刺梁实秋，鼓励大学生对教授的错误思想进行批评。（鲁迅的"胃口"是从我的文章来的。）

②张梓生是前《申报·自由谈》的编辑，鲁迅的老友，千家驹介绍到《广西日

报》来的。

　　③陈子涛是党的地下工作人员，临解放时，在南京被国民党特务杀害，雨花台烈士陵园为他树碑立传。

　　④《救亡日报》被封锁买不到白报纸，胡愈之的论文被腰斩（《广西日报》登了三篇，第四篇不得发表），田汉、洪深、夏衍编剧，洪深导演的《再会吧，香港！》得到了桂林警备司令部批准演出，而开演后不久，突然被迫停演。

　　来信并附上莫宝坚先生在逃难回乡途中创作的《感事八首·步陈树勋³先生韵》，诗中括注为莫宝坚原注：

哀桂林

　　　海外何来此黑风，吹残华土乱飞蓬。

　　　千年文物飘零尽，万里河山破碎中。

　　　诸葛多才徒自汗，包胥善哭竟成空。

　　　漓江秋晚凄凉景，一段花桥吊血红。

　　（注：白崇禧自号小诸葛，没有决心守桂林，桂林至雁山间美军飞机场也撤走了，只阚维雍、陈济桓等死守七星岩、花桥一带，血战十天，殉国。）

望重庆

　　　剩水残山一局棋，储才学校也离披。

　　　部凡换七人仍旧，城仅余三力不支。

　　　白日有光非有色，赤诚相见莫相疑。

　　　中山遗教分明在，忍作支离破碎词。

　　（注：当时西大疏散到贵州榕江，我商得学校同意，逃难回乡，当时只剩重庆、贵阳、昆明三城，支撑残局。蒋介石政府曾一度撤换去七个部长，似有改弦更张之意，后证明仍是旧人旧事。……）

3.岑溪人。是清末翰林，当时任广西省参议会副议长，能诗，其诗集存梧州市政协。解放后将其在梧州市的房子献给梧州市政府作小学。

伤世道

世运森然入肃秋，哀时词客思悠悠。

偏安不减朱门乐，大计徒怀赤子忧。

直道踏残狐鬼跳，斯文丧尽米盐谋。

贾生能哭终无补，谁是人雄挽逆流。

（注：陈诗有"贾生痛哭灵均怨"之句，以此作答。）

恨私争

朱紫峨冠集蜀江，争权斗法世无双。

党同伐异喧如鼓，飞短流长响似泷。

秦桧只能亡宋土，东林空见败明邦。

前车创痛痕犹在，吊古怀今泪满腔。

（注：在重庆，国民党内部的派系斗争很激烈。）

刺献鼎

佳人九鼎奉君皇，博士鸿儒有主张。

征得高才文可考，铸成大错地难藏。

满朝济济称多士，众女花花拜寿觞。

圣主尚称非朕意，小臣何事学痴狂。

（注：重庆政府为蒋介石祝寿，选二十七美人，持九鼎以献。鼎文，据报载，是顾颉刚作考证，一切已准备就绪，说是蒋介石不愿意，说"我不是做皇帝"。此事遂寝。众女，指奸佞之辈，见《离骚》。）

哭苍梧

南天无泪哭苍梧，焦土官家不在乎。

但使羔羊能贴服，何妨胡马任驰驱。

劫灰暗淡云山改，鸳水凄迷烟景殊。

大敌当前谁却敌，将军偏惜此头颅。

612

（注：抗日战争前，李宗仁号召"焦土抗战"。敌人尚未到梧州，梧州靠河边的四方街、五方街被坏人抢劫后就一把火烧光，说是"焦土抗战"。又传当时永福一带有一小股日寇，下级军官请命说："如果打，绝对有把握可歼灭它。"上级复令："你打，就拿你的头来。"）

避日寇

避地移家傍小溪，负雏挈妇色凄凄。

乍来鹤晚惊相顾，偶过机声望欲迷。

夜黑虎嚎何处去，天明鸡唱几时齐。

乱离且喜家还在，孤愤酸辛句自题。

（注：避难途中，到容县岳母家暂住。孰料日寇又到容县，迫近住地，急忙搬到深山野岭的一间老屋里去，晚上经常有虎叫声。）

喜大同

世路多歧感慨中，此心原与众心同。

私争未了民生苦，舆论摧残宪政空。

封建幽灵时活跃，大同喜气半朦胧。

吟诗一吐平生意，笔似青锋气似虹。

1944年秋作

1986年9月14日，我接到了莫宝坚先生又一封厚实的信，信曰：

益群同志：

兹将《回忆王鲁彦》一篇奉上，请斧正。附带一说，就是这里写的都是我记得很清楚的，记不清的都不敢写上。王夫人的名字记不清了（作者按：王夫人覃英），她和鲁彦合写的一篇《婴儿日记》，在商务印馆出版的《东方杂志》上发表，茅盾也写有一篇《王鲁彦论》，也是在《东方杂志》上发表的，农学院的图书馆也无法查到。因为年荒月远，记不到，查不到，也就算了，要研究鲁彦，是否也可以查查。

　　专此，顺祝

编安！

莫宝坚

1986年9月14日

614

　　《春草》的中止刊出，完全是王鲁彦本人的意见，不是外界有什么压力的。特刊，无法不登广告，因为《广西日报》穷，经理部要多登些，也无可厚非，因此占去了《漓水》的篇幅。鲁彦是很懂得群众的心理的，时间久了，断断续续地发表，效果不好，因此决定不再写下去了。

　　——后来是否继续写完，不知道。又及。

　　读完信，仔细研读其《回忆王鲁彦》一文，对于进一步了解莫宝坚与王鲁彦之友谊及王鲁彦的生活、写作情况诚为可贵，原文如下：

　　王鲁彦是五四运动后的一个有名的小说家和翻译家，我认识他是抗日战争时期在《广西日报》的时候。有一天我和朋友们闲谈，知道他在桂林中学教书。我说：他译的《显克微支短篇小说集》很好。几天后鲁彦到报社来，谈了一些文艺方面和翻译的事情，并请他为《广西日报》写稿。他问我："说是你对我译的显克微支小说有兴趣，是吗？""是的，我在高中教书时还把《乐人扬珂》选作教材。""那是我年轻时译的，显克微支是人类爱。"从此我们一见如故。

　　有一天我到桂林中学去看他，一踏进房门就使我吃了一惊。原来他一家七口（作者按：2004年10月13日我应邀出席宁波的"王鲁彦作品研讨会"，便与鲁彦五个儿女座谈过）挤在一个小房间，几个小孩，衣裳（衫）褴褛，面色苍白，显示出营养不足。王夫人也是语文教师，工作忙，鲁彦患痔疾，带病教书，坚持写作。他为《漓水》（《广西日报》副刊）写了一些短文。

　　桂林常遭空袭，《广西日报》的工场和编辑部被迫搬到附近的岩洞——牯牛山去，经理部仍留在环湖路原址。警报一响，邻近的人都跑到牯牛山避难。其中就有鲁彦一个。因此，我们就常常在警报中会晤。他的病发展了，有人劝他去动手术。他说："动不得，太辛苦了。"他也仍然一面教书，一面坚持写作，也常出席文艺座谈会。

鲁彦也准备为《漓水》多写一些——他写了一个长篇《春草》。可是常常因为特刊和广告特别多，占去了篇幅，《漓水》成为不定期了，这就影响了《春草》的连载。因此他就写了一封信给我（作者按：《广西日报》副刊《漓水》主编原为陈芦荻，他在1940年1月21日《编后》中特地提到，他自编完《漓水》53期后，因事返故里，暂由莫宝坚先生代编），自叫中止刊登《春草》，并表示继续为《漓水》写短篇（信在1942年2月的《漓水》上发表）。在这里我们实在是对作者和读者都欠下一笔债了。

有一天鲁彦谈到了作家怎样被出版商剥削，以他自己个人为例。他对我表示，想找几个同志办个书店，自己出版。他要我也来一份，我答应了。后来大概是因为事情难办，他身体也不好吧，就作罢了。

许久不见鲁彦了，有一天我带着儿子去周泽昭医院看病，突然碰到了他。他说，有个朋友介绍他到这里来，医生不特不收他的住院费、医疗费，连药费都送给他。周医生是当时赫赫有名的外科专家，是党员，解放初期任北京医院院长、中国科学院学部委员。

1942年1月我离开了《广西日报》，到广西大学任教，从此和鲁彦就没有见过面。西大要聘个中文教授，庄泽宣院长问到，我介绍王鲁彦，学校同意了，我去信问他，他说因为身体关系不能来。后来听说他到湖南就医。陈芦荻（前《漓水》编辑）告诉我："鲁彦临终说：以不得见抗战胜利为憾。"身后凄凉，端木蕻良发起为他的家属捐款，我捐了300元作为对亡友的纪念。

去了，鲁彦！他的崇高的形象，他的声音笑貌、文章风度永远留在我的心中。

莫宝坚

1986年9月14日

王鲁彦在《广西日报》副刊上停发长篇小说《春草》，事后有多种猜测甚至误传，为了印证莫宝坚所言不虚，我花了不少时间终于找到鲁彦当年给莫宝坚的那封信[4]，内容如下：

宝坚先生：

《漓水》近来不常见到，而特刊和广告特别多。我的长篇小说《春草》这样继续刊载下去，读者一定会感到乏味。同时每次占《漓水》不少的宝贵地位，也是很可惜的。因此，我决定中止发表了。这虽然也对不起《春草》的读者，但想起来究竟比较好些，我的歉疚还是让单行本出版时来弥补吧。至于《漓水》，以后若还有短文写就，仍当随时投寄。敬希将此信发表为荷。

此祝

撰祺！

弟鲁彦

2月18日

接读莫宝坚先生的信，正值我准备赴深圳履新，未及复信，便又接到莫老来信，内容是：

益群同志：

前信和《回忆王鲁彦》一稿谅已收到。今天猛然想起那篇稿里写错了一个字，端木蕻良的"蕻"字错写为"㮍"，请代改正。如有其他错误，也请一并改正为盼！专此

编安！

莫宝坚

10月10日

广西农学院不是在西乡塘，来函请写"本市广西农学院"即可，又及。

真为莫宝坚先生一丝不苟的精神所感！

4.载《广西日报》副刊《漓水》1940年2月22日。

◎莫宝坚像

　　莫宝坚（1904—1995），原名宝燧，广西岑溪人。1929年1月复旦大学英文科普通文学系毕业，获文学硕士学位。1937年9月任第五路军总司令部政训处编译科科长，主编《全面战》，主要刊登广西军队在前线抗战的报道文章，如反映淞沪战役大场之战、台儿庄大捷等抗战情况。1938年10月至1941年底任《广西日报》总编辑。1942年后任广西大学教授。1944年秋湘桂大撤退时逃难返回家乡。抗战胜利后返桂林继续在广西大学任教。新中国成立后，先后任广西大学、广西农学院教授。

魏华龄

◎ 魏华龄在桂林师范，1939年

魏华龄从事的是一项开拓性的工作，在他之前，尚未有人涉及桂林抗战文化史这一研究课题，无从参照，更遑论有关的专著问世。故史料茫然无序，搜集难度极大，而且备受战乱及『文革』的影响，有些资料已荡然无存。因此，其所面对的难题及所付出的精力恐怕比谁都大。

——作者

一个人的抗战文化研究史

我国有组织有计划的抗战文化研究，始于1979年的重庆。彼时，重庆师范学院组建国统区抗战文学研究室，搜集和整理以大西南为主的文艺史料。桂林紧跟其后，1980年春桂林市在魏华龄的倡议下成立了抗战时期桂林文化城陈列馆筹备处，对文化城史料进行广泛的采访和征集。1980年8月四川省成立了重庆地区中国抗战文艺研究学会并举行学术研讨会，创办了国内第一个专门研究抗战文化的刊物《抗战文艺研究》，开展了以重庆为中心的大后方文学的研究。与此同时，在广西壮族自治区党委的直接关怀下，组织了由广西社会科学院和广西师范学院（现为广西师范大学）为主的"桂林文化城资料组"，分赴全国各地图书馆收集有关资料和访问有关文化人，并开展桂林抗战文化研究，在《学术论坛》上开辟研究专栏，成立广西社会科学院桂林抗战文化研究室。

其实，对桂林抗战文化的研究，早在20世纪60年代初，时任桂林市文化局副局长的魏华龄就已着手搜集有关资料。"文革"结束后，他仍持之以恒，广泛搜集资料，并潜心进行研究。正是饱含着对这激情燃烧岁月的眷恋和抢救文化遗产的强烈责任感，他自1979年以来，数十年如一日，抢救、征集了以桂林抗战文化为主的一千多万字桂林近现代文史资料，主编出版了侧重桂林抗战文化的《桂林文史资料》近40辑约700万字。主编出版了8辑

《桂林抗战文化研究文集》和2册《抗战时期文化名人在桂林》，共计约450万字，并撰写有关桂林抗战文化的文章，陆续在区内外报刊上发表。80年代初，他用了三年的时间编写了《桂林文化城史话》[1]，此书出版后影响很大，深获专家学者的好评，被誉为广西第一部全面系统地介绍桂林文化城历史的专著，填补了中国现代文化史中桂林抗战文化运动史的空白。他参与创建了广西抗战文艺研究会，并任副会长；创建了桂林抗战文化研究会，并任会长。

他在锲而不舍，"筚路蓝缕"地搜集、整理出版有关桂林抗战文化资料，以及不遗余力积极组织、领导桂林抗战文化研究工作之外，还以身作则，带头钻研，潜心笔耕，孜孜不倦，出版了一批治学严谨、见解精辟的有关论著，成为名副其实的桂林抗战文化研究领头雁。笔者便是在其领导、帮助和影响下，决心"将抗战文化研究作为终极目标"。

我国抗战文化研究，曾出现过一个空前活跃的鼎盛局面，除了四川、广西，连上海、武汉、河南、山西、贵州、云南、山东、广东、福建及香港、台湾、巴黎等地，都开展了多种形式的研究活动，涌现出一批热心抗战文化的研究者。然而，自1988年后，由于种种原因，全国的抗战文化研究势头逐步减弱，许多有关学会的活动相对减少，甚至停止，尤其是作为抗战文化研究的中心——四川，学会活动偃旗息鼓，苦苦支撑出版八年之久的《抗战文艺研究》也宣告停刊。正当全国抗战文化研究跌入低谷之际，广西抗战文化研究再一次异军突起，蓬勃开展，取代了四川的中心位置。

在魏华龄和一些学者的共同努力下，1988年成立了广西抗战文艺研究会（后更名为广西抗战文化研究会）。为了进一步团结和组织有志于桂林抗战文化研究的队伍，1993年7月，他又发起成立桂林抗战文化研究会，出任会长，后联合桂林市文化局等十多个单位，先后在桂林召开了四届"广西桂林抗战文化研究会"和"纪念西南剧展60周年暨桂林抗战文化研究会成立十周年大会"。每次会议他都亲力亲为，倾尽大量心血，不仅为张罗经费而四处奔波"化缘"，组织、落实会议论文，检查、督促会务进程，还带头撰写论文，发

---

1. 该书由广西人民出版社1987年1月出版。

表各阶段桂林抗战文化研究述评和会议的综述，全面而扼要地回顾桂林抗战文化研究历史，充分肯定桂林抗战文化研究成果，中肯地指出了进一步开展桂林抗战文化研究的方向。

这些述评、综述，分别被我国重要的期刊《抗日战争研究》等和新华丛书编委会主办的《光辉的历程》《中国当代社科研究文库》《中国现代文化建设文化大系》等刊用。新华社也参照这些述评、综述，先后以《桂林抗战文化研究引人关注》《桂林抗战文化研究成果丰硕》为题向全国和海外报道，已引起海内外文坛的广泛关注，产生了较大的影响。

尤其值得一提的是魏华龄在数次桂林抗战文化研究学术研讨会的基础上，广泛征集国内外有关研究成果，先后主编出版了8辑《桂林抗战文化研究文集》和2册《抗战时期文化名人在桂林》，共计约450万字。这一丰硕的成果，可说是目前我国抗战文化研究的巨大收获，空谷足音，振奋人心。在编辑过程中，他也同样耗费了巨大心血，不但承担了主要的撰稿、组稿、编辑工作，还常常为解决出版经费而不辞劳苦找有关部门协商求援。《桂林抗战文化研究文集》成了继四川《抗战文艺研究》之后我国抗战文化研究的重要阵地，团结了一大批国内外抗战文化研究者、专家、学者，为日渐式微的抗战文化研究刮起一阵强劲春风，掀起又一次高潮。桂林抗战文化研究理所当然地成为我国新时期抗战文化研究的中心，这与魏华龄的努力密不可分，功不可没。

魏华龄在领导、组织桂林抗战文化研究的过程中，特别注意团结同志，培养新人。为了建立一支研究抗战文化的生力军，他不顾年事已高，克服了种种困难，想方设法创造条件，使从事桂林抗战文化研究的中青年更加专心致志，勤结硕果。

促使我能几十年如一日对"桂林抗战文化"研究矢志不改，其动力主要来自我最为敬重的良师益友魏华龄的影响、鼓励与扶持。

我与魏华龄结缘，始自20世纪80年代初，那时我在广西社会科学院《学术论坛》负责编辑《桂林抗日文化》专栏，并从事桂林抗战文化研究。该专栏开始发表抗战时期桂林文化名人的忆旧文章，不久便收到了他的论文

《抗战时期桂林文化城的形成》。我如获至宝，遂发表在《学术论坛》上，从而使《桂林抗日文化》专栏由单纯的回忆文章向资料、研究并举的方向发展，提高了该栏目的分量和质量。从此，我们交往日深，共同探讨并拟订了合作出书（《抗战时期文化名人在桂林》）的分工计划。

1986年我从广西社科院调入深圳社科院后，由于我的研究方向发生调整，且生活节奏快，工作任务重，有时也萌生把桂林抗战文化研究暂时搁下的念头。此时魏华龄的催稿信（《桂林抗战文化研究文集》《抗战时期文化名人在桂林》）或电话提醒我，使我继续从事相关研究。老实说，没有他的反复催促、耐心等待，我是绝不可能完成的。

尤令我感动的是，我的部分桂林抗战文化研究专著，是魏华龄不辞劳苦、无私扶助才得以起死回生的。以《抗战时期桂林美术运动》（上、下册）和《湘桂大撤退 —— 抗战时期中国文化人大流亡》二书为例。前书始于1979年，历时7年，于1986年10月交出版社，后因故流产，直至1995年9月才出版，前后历时16年；后书始于1985年，1995年11月成书并签了出版合同，后出版搁浅，至1999年12月出版，历时14年。这两本书均搁置了十多年，我对出版已觉无望，后来之所以能出版，除了漓江出版社和桂林市政协的支持、帮助外，魏先生为此也呕心沥血。他不仅从中穿针引线，还责无旁贷地担当了出版社和作者的联络员，彼此传递信息，为此他给我写了五十多封信，并不厌其烦地为我校对。可以毫不夸张地说，没有他的无比关怀，殚精竭虑的扶持协助，这两本书是绝难面世的。

魏华龄不仅对我如此，对其他人也一视同仁，倾力相助。如对刘泰隆《历史的高峰——桂林文化城的鲁迅研究精华探索》、李建平的《抗战时期桂林文学活动》和龙谦、胡庆嘉的《抗战时期桂林出版史料》、王小昆的《抗战时期桂林音乐文化活动》等著作的出版，他也倾注了大量的心血，充分显示了他一心为公、无私奉献的崇高人格力量。榜样的力量是无穷尽的，正是深受其精神的激励，桂林抗战文化研究才高潮迭起，新秀涌现。

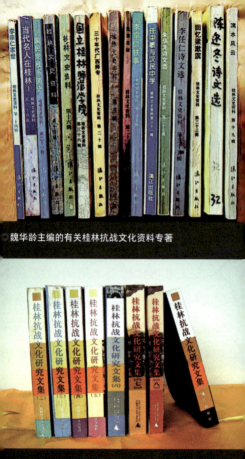

◎魏华龄主编的有关桂林抗战文化资料专著

◎魏华龄主编的《桂林抗战文化研究文集》

魏华龄策划的桂林抗战文化研究资料丛书、专著

导夫先路

著名杂文家秦似[2]生前说过："对于桂林文化城的历史资料，及时加以抢救，是极有必要的 …… 魏华龄写的这一本《桂林文化城史话》，就是在这方面做的筚路蓝缕的工作。"大凡从事文史资料收集工作的人，对个中甘苦可谓冷暖自知。

在《我与桂林抗战文化》中，他这样写道：

60年代初，我到了文化部门工作 …… 我又通过古旧书店广泛搜集抗日战争时期桂林文化城的出版物，收获不少。可惜不久"文革"开始，许多珍贵的文化资料一时成了"四旧"，我个人手头的资料全部丢失 …… 粉碎"四人帮"以后，我又重操旧业，继续收集有关桂林抗战文化的资料。1979年我还与文化部门的同志去华东进行了一次采访，同时又接待了一些当年的文化人 …… 1984年是西南剧展40周年，1985年桂林党史座谈会在桂林召开，许多当年的文化工作者和中共地下党员重聚桂林 ……（我）利用会议的间隙，分别采访了一些老同志，并向这些当事人请教。[3]

魏华龄正是这样通过不同的渠道，不屈不挠，锲而不舍，广泛深入地

---

2. 参见本书"秦似"篇。

626

◎魏华龄的部分著作

收集了大量弥足珍贵的桂林抗战文化资料，为抢救桂林文化遗产做出了巨大贡献。比如他《一个独特的历史现象：桂林文化城》一书，除了"桂林文化城史话"和"研究文选"（16篇）部分外，记载人物多达51位，尤其是那些早期到过桂林但相关记载颇为匮乏的重要人物，如"在桂林传播马克思主义政治经济学的第一人"薛暮桥、"在桂林公开宣讲马克思主义哲学"的李达、"在桂林公开宣讲马克思主义政治学"的邓初民、"百岁老人、爱国老人"马相伯、"桂林个人摄影展览第一人"沙飞等，还有"抗战时期桂林文化人笔名录"，具有很高的资料价值，对于有关研究者则大有裨益。魏先生晚年视力减弱，看书需靠放大镜，写字手发抖，字迹难辨认，稿子只得靠女儿打印出来，再校、再改，反复几次才成文，速度和效率可想而知。正是在如此艰辛的写作条件下，他在九十高龄之后，相继出版了《90回首》[4]、《桂林抗战文化史》[5]、《现代桂籍文化名人传略》[6]、《晚晴集》[7]等，平均两年便有大作问世，可谓超高产！我们后辈望尘莫及，自愧不如！他为我们提供了一大批广泛、翔实的可贵史料。"正是他的锲而不舍，孜孜以求的工作，使他成为名符其实

---

4. 桂林市政协文史资料委员会主编《桂林文史资料》（第54辑），内部资料，2009。

5. 漓江出版社2011年出版。

6. 桂林市政协文史资料委员会主编《桂林文史资料》（第55辑），内部资料，2013。

7. 桂林市政协文史资料委员会主编《桂林文史资料》（第59辑），内部资料，2017。

的桂林抗战文化史的资料'首富'，也使他在从事本书写作时随心所欲、左右逢源。"[8]

魏华龄为人真诚厚道，谦虚谨慎。文如其人，读其文章，备感情真意挚，朴实无华，纵览其桂林抗战文化研究著作，不管是长篇专论还是短篇述评，不论是人物传记抑或是史料钩沉，既无空洞的理论，又没过头的言语。朴素自然的文字、平和而严密的论述，无不饱含作者对桂林文化城的挚爱激情，体现其努力抢救历史文化遗产的高度责任感，从而形成其真诚、朴实、饱满、严谨的风格。例如，收入《一个独特的历史现象：桂林文化城》上册中的论文《新安旅行团教育实践的启示》，是作者在发掘、占有大量有关抗战时期儿童剧团 —— 新安旅行团资料的基础上，经过细心筛选整理，刻苦钻研，反复提炼而成的。正如著名文学理论学者许觉民（笔名洁泯）所说，魏华龄同志"其认真和锲而不舍的精神令人钦佩"，"致力于这一方面的研究，是很费力的事，然而这研究所触及的范围，不只是限于桂林或广西的一隅，而是全国性的。凡从事研究中国现代文化史的学者，决不可忽略桂林文化城的那一段不寻常的史实，由此也不可忽略魏华龄和其他学者对这方面的研究心得"。

魏华龄先生另一巨著《桂林抗战文化史》，是作者不忘20年前秦似为其《桂林文化城史话》作序时所嘱"希望作者在此基础上继续努力，不断开拓，作出更多的贡献"，"开展更为系统、更为全面、更为深入的研究"，在《桂林文化城史话》的基础上，进行精心构建，扩大容量，由原15万字扩至54万字，内容更为丰富扎实。其中，"概览"部分增写了6章，以宏观视角审视中国共产党与桂林抗战文化的关系，阐述桂林抗战文化的特质、内涵、历史地位等重大问题，使全书更有厚重感；"文化活动及成就"增写了9章，以微观的视角增补了一些社会团体或学术领域在桂林抗战文化中所做出的贡献，使全书覆盖面更广。这些增写部分，有的是吸收20多年来桂林抗战文化研究新成果，有的则是《桂林文化城史话》出版后继续潜心研究的成果汇集，被

627

---

8. 苏关鑫:《序》，载《桂林抗战文化史》，漓江出版社，2011。

有关专家学者誉为"当今为止桂林抗战文化研究的集大成"之作。

《桂林抗战文化综论》[9]，作为迎接2015年纪念中国抗日战争和世界反法西斯战争胜利70周年的广西2014年度文化精品项目隆重推出，系作者数十年来研究桂林抗战文化论文的选粹，共分6辑：形成与分期、活动与地位、内涵与意义、戏剧研究、研究与回忆、考证与书评——洋洋洒洒约40万字。其中不乏真知灼见，闪烁亮光之作。魏华龄的著作不仅具有其独特的风格，而且还有多方面的特点，概括起来有：

其一，研究范围——视野开阔，论述全面。从纵的方面看，包括政治、思想、文化、教育、历史、文学、戏剧、出版等。从横的方面看，包括人物活动、事态发展、思潮论争等。几乎论及桂林文化城的方方面面，全方位，多侧面。

其二，研究态度——与时俱进，紧密联系实际。魏华龄并非为研究而研究，他始终坚持"古为今用"的方针，结合新形势的需要，从不同的角度探讨如何继承和发扬桂林抗战文化优秀传统，推动社会主义精神文明建设和有中国特色的社会主义文化建设。

其三，研究方法——大胆探索，见解独特。针对有争议的论题，如桂林文化城的成因、内涵、分期、特征、地位、意义及"北有延安，南有桂林""桂林文化城，一个独特的历史现象"等均作了大胆深入的研究、缜密严谨的论证，提出了与众不同的独立见解，从而引起了强烈的反响。有些论文发表后，立刻被多家报纸杂志转载[10]。

---

9. 广西人民出版社2014年12月出版。

10. 如《试论桂林抗战文化运动的分期及其特征——并与李建平等同志商榷》一文，在《社会科学家》1995年第3期上刊登后，便先后收入《中国现代论文选》（1996）、中共中央党校出版社《中国社会科学文库》（1997）、新华丛书编委会《中国改革开放二十年大型系列文库》（1998）、人民日报出版社《中国当代论文选萃》（2000）等。

一部未竟的出版计划史

　　为了如实体现魏华龄对桂林抗战文化研究事业鞠躬尽瘁的献身精神，同时也为了展示抗战文化所涉历史人物与人物历史之广，以及抗战文化研究出版之艰辛，特从他1981年至今给我写的一百多封信中，选取小部分刊出。

　　一、早期（1981年6月22日—1984年10月2日）

益群同志：

　　两次来信都收到。向八办要的资料，已转告张伴娣同志给复制寄来。

　　关于成立"桂林抗战文学研究会"一事，从我个人来说，我是举双手赞成的。不过，由我来出面组织筹备组，不大相宜。一方面，抗日战争初期，我还年轻，没有参与当时的文化活动，只是从侧面有些接触，有所了解，其实，了解得太少；另一方面，我离开了文化局，过去主要是工作上的关系，觉得非搞不可，所以千方百计给文化城陈列馆立了个户头，建立了一个筹备处，现在，既然工作变了，再来出面筹组，实有不便。但是，我愿意作为一个普通成员，同你们一道共同发起。为此，我的意见如下：

　　1.具体筹组工作，最好请你同老潘同志负责，上有社联领导，周围有当年文化城的许多老同志，人数比桂林多，可以就近商量。组织章程的起草以及筹组手续，社联有章可循，也有经验，你们在南宁便于解决。说实在的，这些方面，有许多我都不懂，还得找你们。

2.名称、任务问题，只是"抗战文学"，个人觉得显得窄了一些，当然，文学是一个重要方面，不过其他方面，如戏剧等也有着丰富的内容，是否以用"抗战文艺"为好？当时有"中华全国文艺界抗敌协会桂林分会"的组织，我们今天以"抗战文艺"的名义，理所当然包括了文学的内容，而"抗战文学"则难以概括文艺诸方面。原来我仍有个想法，以"抗战文化"为中心，这样，又显得过宽，不甚相宜。究应如何，请你们研究考虑，特别是请教秦似、莫乃群、阳太阳等老同志。

3.参加筹备工作的人和单位，南宁方面的，我完全同意来信所提意见，桂林方面是否请"文化城陈列馆筹备处""桂林市文联""师院中文系"也参加？还有林焕平同志，他也是当年的当事人，总之，老同志留桂的已不多了，发起、筹组，还是多有几位老同志参加为好，这是我个人意见，请你同老潘找南宁的同志商量，以南宁同志的意见为主，如何？

4.方案、报告还是劳你们起草，我表示支持。无特殊需要，暂不来南宁。

你有志于桂林文化城的研究工作，很好，我非常赞赏。我自己，虽然不主持这一工作了，但是，由于过去积累了一点资料，我也愿意作为一个业余爱好者，参与这一工作，起码把我手头有的一些资料加以整理，献给有志于桂林抗战文艺的专门研究者，我现在正着手写两个材料，一个是桂林文化城概况，一个是桂林文化城人物志。概况准备写四五万字，人物志准备写二三十人，已写田汉、欧阳予倩、茅盾、夏衍、王鲁彦、胡愈之、张曙、柳亚子、邵荃麟等，每篇约五千字。现计划写的有周钢鸣、林路、司马文森、徐悲鸿、聂绀弩、宋云彬、黄宁婴、秦似、黄新波等。另外，将来有时间，还想把抗战时期桂林出版的报纸、期刊，写成简介，文化城大事记，原来搜集了一些资料，其后看到万一知同志大事记，仍觉太简，计划搞一个更详细的。现在的问题是苦于资料少，时间少，心有余而力不及。想是这样想，也许到头来成了空头支票。余不多及。顺问近好。

老潘同志不另。

习礼、益群同志：

习礼（按：王习礼，广西人民出版社编辑）9月28日信收。

（一）关于《文化城史料》（暂名）一书的编法，我的意见是一定要与出版社出版的不太重复，一定要有自己的特点。如何编？我的想法是：

1.着重反映文化城的文化运动概貌，一般不侧重反映个人的活动，内容是否可以这样设想，即①概述（包括政治和整个文化运动）、②出版、③新闻、④文艺、⑤戏剧、⑥音乐、⑦美术、⑧作家生活等八个方面。

2.选稿主要是当年在桂林进行文化活动名家的手笔，多系亲身经历，或当时的重要报道；一般一个文化工作者只选一篇，最多不超过两篇（或三篇），要适当照顾到作者的面，又要在内容上适当平衡。

3.选稿，体裁以回忆录为主，论述、报道也适当收入；写作时间最好是当时（抗战时）的作品，也包括解放前及解放后的回忆文章。

4.文章排列，每个方面原则上按历史发展先后次序排列，不以人物地位或姓名笔画排列，不能分时间先后的综合记述排在前面。

5.如果按这一体例来编，基本上可以按全国政协文史委员会的要求，每篇有一作者简介并附一作者当年照片，无当年照片者也可附近照，但要争取附一当年手迹或作品照片。

这样编法，既能从史料角度比较全面反映桂林文化城的概貌，又有它一定的特点，实际上是区人民出版社出版的一套"文化城文化运动史料丛书"的选本，更适合广大读者的需要。不知您的意见如何？

我近一周来初选的一些文章目录附后，请审阅，并补充。如发现新的，当在十号左右通报你们。大体上争取十月中旬定下选题。少数的我已在托人抄写。稿纸，就用三百字一页的如何？

（二）上次初选的目录，请益群同志抄一份给我，以便再次考虑筛选。习礼说从益群处取回两篇新的文章，望将作者、题目通知我一下，以便全盘考虑。

（三）明年在桂林召开桂林文化城座谈会一事，我完全同意。希望区里多酝酿，因为：①桂林文化城不仅仅是桂林的，也是广西的，还是全国的，不能单靠桂林来举办；②当年活动在桂林文化城的有影响的人物如莫老（按：莫乃群）、秦似、阳太阳（都是区政协副主席），还有其他方面的一些著名人物，他们知情，又有影响，由他们发起，争取区党委、区人民政府以（按：应为"与"）国内有关方面的支持较为有利。在桂林，我已叫了多年，看来难以实现。我希望区政协几位领导同志在这一方面大声疾呼，力促实现。祝

节日幸福！

魏华龄

1984年10月2日

附言：书名怎样定好，也可多方面征求意见。

二、中期（1995年11月15日—2003年8月14日）

益群：

信早收。迟复，请谅。

《桂林抗战文化研究文集》（二）已编成，并按合同如期送交出版社。本辑主要由老丘主编，我只是挂了个名，因我近来事太多，无暇具体参与。本辑总共四十一二万字，44篇，你的两篇，因篇幅关系，只能先发《桂港比较研究》一篇，还有好文章，也只能等到下集，这是得请谅的。文集的编成和出版，全靠大家的支持，看来桂林抗战文化的研究，90年代将掀起第二个高潮，这是没有疑问的了。大家的积极性这样高，我想一定要满足大家的愿望，一定要想办法，（千方百计）多出书，使成果有出路，能问世，原计划1995年学术讨论会后再出第三辑，我想如果今年文章多，明年再增出一辑，欢迎你在1995年最少能完成一篇，如何？关于孙陵的文章，复印件也收到。

据说文化部计划编一套关于建设有中国特色的社会主义文化理论丛书，其中有一本是有关特区文化建设的，你是否主持和参与？请了解一下，并将文化部的出版计划和特区专册的编辑计划找一份寄我参考。

谢谢，祝健。

魏华龄

1995年1月30日

重振桂林抗战文化研究！

益群同志：

研讨会后，接着政协换届，我已从政协岗位上退下来。最近，新的领导考虑文史工作需要新老交替，要我协助文史策划、征集、组稿、编审工作，这样也好，我可以把"桂林抗战文化史料丛书"列入今后五年计划，每年出一本，明年，先上李建平编的《抗战时期桂林文学活动》，40万字，看来，继续出下去已不成问题。

《研究文集》（四）由老丘他们编，明年出版，我则着手编第五辑，后年出版，每辑40万字。你写李济深一稿，希望在12月底完成，复印一份寄我，原稿寄南宁李建平收，以便收入。明年，请你再写一篇，寄我编入第五辑。

《大流亡》一书，据老聂说，计划明年出书不成问题。我寄给你参考的那份稿子，用后，请寄还我。后年是全面抗战60周年，桂林文史资料打算再编一本《日本侵略者在桂暴行录》（暂定名），用以存史，教育后代。日本有人不承认侵略，我们则要用铁的事实传之后代，永远不忘。你在写《大流亡》过程中，收集到日军侵略暴行资料，也请借阅，用后寄还。

《桂林抗战文化的国际性》这一专著，你能否承担下来？盼告，希望用2—3年的时间来完成，争取1999年左右印出来如何？这一专题的完成，对桂林抗战文化研究来说，其重要性是不亚于《桂林抗战文学史》一书的。祝健！

魏华龄

1995年11月15日

赞助出版经费一事，在可能范围内，通过你的关系，希望做些穿针引线工作。又及。

634

老杨：

信收。稿，复印件有两行看不清，最好再寄一份清楚的，以便发稿。《文集》（五）过春节后二月中旬即可发稿，40万字，《李桦对桂林美术运动的特殊贡献》一文，请速用快件寄来，以便赶上第五辑，不然，等第六辑要到后年去了，明年的计划是出《抗战时期文化名人在桂林》（50万字），一年之内出两本，经费限制，论文不多。

写稿，本来想请你多写些，因你过去都说忙没时间，所以安排少一些，你既然如此热情，大力支持，挤时间多写点，好在现在任务有的已经落实，尚未动笔，可以调整。现在根据你自己的提名，除前四五名外，另外千家驹、黄宁婴、陈残云、高士其、余所亚、李桦、蔡楚生、林山、赖少其、马万里、蔡迪支、郑思、伍禾等，连前总共18名，其他如有调整，以后再说。

桂林抗战文化研究会，已换届，要新老交替，我退二线，做名誉会长，仍负责学术工作，以保证学会工作的连续性。聂玉梅现为市文化局党组书记、市政府副秘书长（管文教），对抗战文化还热心，过去在八办好几年，基本熟悉抗战文化，行政事务多，无暇进行研究，但在经费上愿意支持，现在看来，搞到2000年没问题。

有关抗战文化的图书资料，深圳能买到的，多关照一下，寄来当付款。祝

新年愉快，全家幸福！

魏华龄

1997年2月8日

益群同志：

朱荫龙、陈迩冬诗文选及出版史料、桂林抗战文化研究20年等想你收到。对"20年"一文有何意见？请来信。

学会因地市合并一律要换届，会长已商定由市文化局局长冼培芳（女）接任，我仍任名誉会长，学术活动我照样干。

由于换届要开理事会，不仅讨论人事也要研究一下工作。我写了一个今后七年出书安排，一本专著的写作提纲，请你提出意见，特别是《桂林抗战文化与社会主义文化》一书，如何设计好和写好，意义重大，请认真帮考虑一下告我。对结合现实研究，你自己有些什么打算，也盼告。

《名人在桂林》只写了115人，还可以写一些，可出续集，但写的难度较大，我没有底，暂没列入出书计划，你还能写哪些人物？开个名单给我，再摸一下情况，如果有70—80个人物，有20万字左右，可组织续集的稿件，到时再定。

按现在的计划，每年要5万—6万元，这数字，既大又不大，多渠道，大家想点办法，可以实现。请你在特区、港、澳、台方面拉点关系，争取各方支持，好吗？样书如要，可寄。

老魏

1999年3月23日

益群同志：

信收。

一、关于我，不能写。我当年还在受抗战文化的启蒙，在桂林仅三年，主要还是在两江读书，既无作品，又无文化活动，而不是抗战文化的创造者，怎能列入文化名人行列？研究抗战文化也是我晚年的事。

二、《名人在桂林》续集，到今天为止，已经收到来稿80余篇。你寄来的拟写名单，我看了。吕复、吴荻舟已有人写了，陈闲一人前后重复，其他名下有红线的，据不全面了解，多系流动文化人，在桂时间不长，活动及其贡献也不大，我的意见可以不写；还有一些人当年很年轻，多是

1920年后出生，有的不到20岁，其成就主要是后来的事。已出的第一辑，所收人物最年轻的严杰人，1922年出生，1940年参加桂林文协才18岁，1946年去世才24岁，但他在桂几年发表50多篇诗作，至今看来仍未过时，既反映了那个时代，又坚持了先进文化的前进方向。其次还有尹羲、彭燕郊、尹瘦石、秦牧几人，他们与我同龄，彭比我还小，但他们确有成就，在文学、艺术方面为桂林文化城做出了贡献。因此在你拟名单中，主要应看当年的贡献或成就，在年龄方面，凡1922年以后出生的，一定要从严掌握，不知你意如何？如卢巨川，后来很有名，但他1924年才出生，1942年才在艺师班毕业，仅18岁，列入抗战时期名人，是欠当的。

上面说了，续篇已收稿80余篇，我的设想是由你再写20或20多篇，总计110篇左右，字数控制在40万字，不宜再多。学会以及出版，经费困难始终在困扰着，我总想把稿酬稍提高一点，办法之一是压缩和控制字数，节省印刷费，当否？

凤凰台的节目看了，很好。祝健。

魏华龄

2003年8月14日

三、近期（2015年11月3日—2017年12月28日）

杨益群同志：

前一段时间主要忙于纪念70周年活动，应约接待一些新闻单位和对文化城有兴趣的人的采访，还应约写了几篇纪念文章。现将一段尘封了70年的血泪史发给你。参阅你发来的三篇文章，都有纪念意义，可在报刊上先发表。还有，你的大作何日问世？你心目中的文化城，有不少是别人不知道的，别埋没了，也希望我能见到。祝健。

魏华龄

2015年11月3日

益群同志:

您好。

刚发出纪念秦似稿,即看到您的来信,很高兴。金秋时节,是您丰收的季节。

已完稿达37篇,加上插图,每篇上万字的篇幅,这样排印出来,已超过40万字,既已杀青,就可以发稿了,不必等加写才定稿。我看了您拟写的人物也有28人之多,平均每人一万字,排印出来也将趋近30万字,将来另印一本,这不是很好吗?如果两批加起来共65人,排印出来将达70万字,太厚,读者翻阅起来也感不便,是不?

至于我的名字,当时还是一个青年学子,同创造文化城的文化前辈放在一起,很不合适。您写我可以,但不能同这些人放在一起,这个观点,您过去编《抗战文艺辞典》时,我就表达过。放在一起,有损大作的光彩。

谈到《广西抗战文化史》,我也有意见的,但几句说不清,就不说了。

寄来(按:应为寄去)桂林文史资料一册,仅供参考,发现有错,请指正。这是我晚年写的散篇的一个结集,本名《晚晴集》,主编也不同我商量,把书名就抹掉了。书已印成,奈何。

祝健,家庭幸福。

魏华龄

2017 年 10 月 8 日

益群同志:

徐杰民长稿读了,你真是有心人,徐氏家藏散失了,你却比较完整地保存了下来,功不可没。

林半觉儿子林汉涛建了一个"林半觉艺术博物馆",我看,你那里,不仅是徐杰民艺术博物馆,而且可以建成一个抗战艺术博物馆了。你不仅对抗战文化研究做出了重大贡献,而且对抗战艺术品和文化资料的收藏,恐怕也是华南第一人。

你写的文章，资料丰富，也很珍贵，应当流传，惠及后人。但难望出版，除非你有特殊关系，不予支助，出版社是难以接受的。好在你的人缘多，东方不亮西方亮，但愿出版顺利，早日拜读。祝家庭幸福！

魏华龄

2017年11月20日

益群同志：

您好！

18日来信悉，千万注意劳逸结合，适可而止。很快又是一年，祝新年愉快，全家安康！

关于桂林文化城的研究，还有好多东西可以挖掘，我同意您的看法。不仅是文学艺术方面，还有哲学社会科学领域，一个人是做不完的。

关于史实正误，问题多多，其中有老一辈的回忆也有失误；有的人对史料不加分析考核，照搬照抄，以讹传讹；还有的面对史料，分不清是非，缺乏唯物史观和辩证思维，也有立场、观点、方法的问题。所有这些，一时难以解决。

望多保重！

魏华龄

2017年12月28日

益群同志：

您的大作《桂林！桂林！——中国文艺抗战》将公开出版发行，这是您凝聚了四十年心血的结晶，是对抗战文化研究的一大贡献，也是弘扬爱国主义的最好教材。我向您致以热烈的祝贺！

作为第一读者，书中大部分文章我都看过。撰写对象在抗战时期都生活、战斗在桂林，有几位曾经历桂林"文化城"的全过程，是桂林"文化城"的见证人。在这些文化人中，有作家、艺术家、社会科学家和老报人，都是全国知名人物。他们来自祖国各地，在桂林的活动，留下的著作、书信、手迹、留影，是那个时代的珍贵文化遗产，在我国现代文化史上占有一定的地位。因此，此书的历史意义，不只是属于桂林，而且是属于全国的。

《桂林！桂林！——中国文艺抗战》一书，还有一大特点。一般写人物，如抗战时期人物，一般限于介绍其简历，回顾其在抗战期间（如在桂林）宣传抗日活动、创作成果，记载其业绩。而本书除上述内容，还缅怀他人与其生前的交往或访问其家属的经过，并配以罕见的有关史料图片，包括其活动、作品图片及与作者交往中的书信、赠墨与合影等。这些与抗战文化有关的珍贵资料，非常难得，具有重要历史价值，值得珍藏和传承。

我俩相识始于20世纪80年代初，至今已40年了。40年来，您无论工作岗位如何变动，本职工作再忙，直到退休，都把"抗战文化研究作为终极目标"，始终如一，坚持研究，成果丰硕。这种爱国、敬业、诚信和奉献的精神令人崇敬。《桂林！桂林！——中国文艺抗战》一书，是您以78岁高龄、在与病魔作斗争的日子里完成的，把自己费尽心血掌握的大量资料，把这份珍贵的抗战文化遗产，毫无保留地传承下去，与世人共享，赤子之心日月可鉴，是当代知识分子的光辉榜样！

愿多多保重！早日康复！

魏华龄

2020年5月31日

◎出席桂林抗战专题党史座谈会（后排左2魏华龄，前排右1杨益群），1985年7月

◎魏华龄像

魏华龄，1919年生，广西龙胜县人。1942年毕业于广西省立桂林师范学校，1946年加入中国民主同盟。新中国成立前，历任小学教师、《少年生活》月刊编辑、上海华华书店桂林分店经理。新中国成立后曾任桂林市文化局副局长、桂林市政协副主席兼文史资料委员会主任，桂林抗战文化研究会会长、名誉会长，广西抗战文化研究会副会长、名誉会长。长期从事桂林文史、桂林抗战文化研究和编辑工作。1995年获全国政协文史和学习委员会颁发"优秀文史工作者"证书。2005年12月，桂林市社科联成立二十年之际，获桂林市社会科学终身荣誉奖。主要著作有:《桂林简史》(合著)、《桂林文化城史话》《桂林抗战文化史》《桂林抗战文化综论》《现代桂籍文化名人传略》《一个独特的历史现象:桂林文化城》(上、下)等，参与主编《桂林抗战文化研究文集》(1—8辑),《桂林文史资料》约700万字。

特别篇

烽火姐妹城　桂港两地情

642

　　抗战初期，作为我国南大门的广州，理所当然地成了内地（大陆）与港澳及海外的交通枢纽和政治、军事、经济、文化重镇。1938年10月广州、武汉沦陷后，桂林便立即取而代之，成了联结西南、华南、华东及港澳、海外的交通要塞。不仅由陪都重庆至江南数省及皖南新四军区、东江游击区要经桂林中转，而且由南方各地通往西南乃至陕北，也要途经桂林。同时，桂林还是通过香港联系海外特别是南洋各地的重要途径，成为继广州、武汉之后的战时政治、军事、经济、文化重镇。

　　以文化而言，桂林成了大后方、根据地、沦陷区抗战文化的总汇之外，这些不同区域的抗战文化都以桂林作为视窗，通过港澳，向海外进行辐射和交流。如根据地、大后方及沦陷区的书籍、报纸杂志，通过桂林运往香港，再推向海外。而海外的出版物，也通过香港运往桂林再发往全国各地。以报纸杂志为例，据记载，香港出版的《大公报》《星岛日报》《大光报》《循环日报》《工商日报》等，七天内便可运到桂林。由桂林发往衡阳、长沙等地，也是两三天内可寄达。而根据地、大后方出版的书刊报纸，也由桂林运往香港，再转销上海等沦陷区。

　　内地的文艺团体也是由桂林通过香港到国外宣传抗战，如由金山、王莹带领的中国救亡剧团，应桂系李宗仁、白崇禧之邀和资助，集中桂林筹备训练，并由李、白指派林枢上校陪同，于1939年4月离桂抵港，在港演出七场后又开赴西贡、新加坡、仰光等地宣传演出，为期数月，轰动一时，能很好地向南洋各地华侨宣传抗日，活跃当地抗战文化运动，加强联系，为祖国抗日募集一笔经费，影响深远，深得周恩来的颂扬。又如徐悲鸿也是从香港出发往返新加坡、印度等地办展卖画，筹款支援抗战。

由此可见，桂林既是抗战时期国统区的文化中心，也是中国抗战文化内外交流的视窗；香港，则是沟通中国抗战文化与海外华侨抗战文化的中继站和联络点。二城堪称战时文苑双璧，遥相辉映。

桂林、香港两地抗战文化运动虽然有着不同之处，但彼此同作为"文化双城"的互动，从抗战爆发便开始了。在抗日救国的共同目标指引下，二者息息相关，相互支持，携手共进。当抗战文化运动出现难题和挫折时，桂林

◎黄新波版画《他并没有死去》，黄新波1941年手拓，黄新波之女黄元赠作者夫妇

都得到香港有关方面的大力支持、协作和保护。

香港自从开埠以来，虽然由英国人管辖，但文化发展方面仍与内地骨肉相连，广受影响。抗战爆发，内地硝烟弥漫，唯有香港仍是一块安静乐土。随着北京、上海、南京、广州、武汉等重要城市沦入敌手之后，香港不仅成为国家对外联系的视窗和战略物资、生活资料的补给点，而且又是中华文化人的集散地。在经济上，桂林便曾多次得到香港的大力资助。如1938年底，夏衍曾遵照周恩来的指示，由桂林赴港筹集《救亡日报》（桂林版）的复刊经费，完满而归，使《救亡日报》如期于1939年1月10日在桂林顺利复刊。

对于桂林文化界开展的抗日活动，香港有关部门也极为关注，积极参与。如1939年12月广西昆仑关大捷，文协桂林分会发起组织了桂林文艺界、新闻界桂南前线慰问团，香港《珠江日报》特派员抵桂随团奔赴前线慰问。同年底，汪精卫和日本政府签订了卖国密约《日华新关系调整要纲》，桂林文艺界迅即掀起了讨汪运动，打响了全国文艺界联合讨汪第一炮。香港文艺界、新闻界紧密配合，遥相呼应，并组团抵桂加入反汪肃奸行列。

香港、桂林的文化交流也十分频繁，两地作家、艺术家联谊会经常召开，剧团、演出队互访宣传演出不断。联合创办文学期刊，如戴望舒（香港）和艾青（桂林）合办诗刊《顶点》，更传为国家出版史上的佳话。对桂林作家的成功作品，文协香港分会也及时组织研讨会，扩大影响，如司马文森的中篇传记文学《记尚仲衣教授》发表后（后易名《天才的悲剧》由桂林南方出版社出单行本），文协香港分会特地举行专题座谈会，对该作给予高度评价，事后又改为《尚仲衣教授》，由香港文生出版社再版，影响颇大。

同样，桂林也是香港抗战文艺运动的支持者和伙伴。桂林的报纸杂志十分注意报道香港抗战文艺的动态，尤对文协香港分会的一系列活动，如声讨文化汉奸、纪念鲁迅、开展剧运、举办讲座等，报道更为及时详尽。还经常刊登香港作家的作品和声讨、批判文化汉奸及反动文学观点的文章或社评，大力支持、声援香港抗战文艺运动，如文协香港分会及《大公报》副刊《文艺》主编杨刚、《立报》副刊《言林》主编叶灵凤、《星岛日报》副刊《星座》主编戴望舒等发表的声讨文化汉奸的文章重要部分被香港当局腰斩后，为了表达"在港文艺作者拥护抗战国策之笃诚与执意",他们特将这些被删文章,航寄桂林《救亡日报》,以《香港文艺界声讨文化汉奸专页》醒目通栏大标题全文连载,该报特加了编者按语,既发挥了这批文章应有的战斗作用,又为香港文学保留了弥足珍贵的史料。

在政治上,桂林、香港两地更是相互协助,共渡难关。太平洋战争前,香港仍能给内地社会名流文化人士

◎叶浅予《逃出香港》组画之四《出九龙》

提供一个避居所,同时也是战斗的阵地。一如著名出版家邹韬奋所说:"我们到香港不是为了逃难,而是为了坚持抗战,反对投降;坚持团结,反对分裂;坚持进步,反对倒退,创办民主报刊而继续战斗的。"随着抗日战争的推进,香港与内地彼此的依存互补关系日益凸显。以下以1941年皖南事变和香港沦陷这两个重大政治事件为例。

1941年1月皖南事变前后,风雨如磐,国民党排斥异己,疯狂逮捕迫害抗日进步力量。桂林及内地的大批进步文化人和民主人士为免遭厄运,经由桂林撤往香港,逃避国民党反动派的迫害,为抗日文艺运动保存了一支骨干队伍。香港成了大后方进步文化人和民主人士的"避难所"。例如以郭沫若为社长、夏衍为总编辑的桂林《救亡日报》被封,人员面临受迫害,该报同人夏衍、廖沫沙、华嘉、郁风、黄新波等在党的安排下,旋即撤到香港。黄新波还以笔当枪,创作了版画《他并没有死去》,痛击了国民党的反动暴行,表现了正义必胜的信念,形象深刻,鼓舞斗志,堪称中国新兴版画史上的杰作。

　　同样，桂林也是香港文化人的坚强后盾。后者如若遭遇不测，前者便会伸出援手，并提供理想的安置区。1941年底太平洋战争爆发，香港沦陷，留港的大批进步文化人危在旦夕，周恩来曾急电香港八路军办事处负责人廖承志，指示：不能留下隐蔽，也不能南去或到游击区的人员，即转入内地先到桂林。为使营救工作顺利进行，中共中央南方局还设法筹集了20万元营救费，分别汇给东江和桂林方面，并告知下一步"我们另拨款接待"。在党中央的号令和周恩来的周密部署下，东江纵队展开秘密大营救，历时近200天，行程万里，共营救出抗日爱国民主人士、文化人及其家属800多名。其中被营救的文化人及其家属，大部分都抵达桂林，得到妥善安置、保护。著名人士有何香凝、柳亚子、邹韬奋、茅盾、夏衍、范长江、乔冠华、千家驹、沙千里、高士其、廖沫沙等等。

◎林仰峥《码头》（"香港的受难"画展作品之一）

众人脱险抵达桂林后，受到了桂林文化界的热烈欢迎，也谱写了一曲曲佳话。如夏衍（当时化名黄坤）与司徒慧敏、蔡楚生、金山、郁风等人一道，于1942年1月乘渔船离开香港，化装偷渡到澳门，又坐海盗船历经风险，经台山、都斛、柳州，于2月5日到达桂林，受到田汉和洪深等的热烈欢迎。劫后重逢，兴奋之情难以自制，一见面便猛烈拥抱，结果将夏衍胸袋中的自来水笔折断，其左肋筋骨受伤。2月13日，时任广西省立艺术馆馆长的欧阳予倩设宴招待，大家兴高采烈，欧阳予倩即兴赋诗，田汉即席和之。后四句曰："割须不作行商状，抵足曾同海盗眠。且把犁锄收拾好，故乡犹有未耕田。"翌日田汉又为蔡楚生画的《黄坤逃难图》题咏，对夏衍一行旅途生活做了典型而生动的描绘。

重庆剧协为了救济自港脱险抵桂的文化人，特地在重庆演出《大雷雨》，得款一万余元汇寄桂林，夏衍则将这笔救济金全部转捐给桂林戏剧阵地 —— 田汉、杜宣主持的新中国剧社。何香凝、柳亚子、千家驹、高士其

◎《再会吧，香港！》演出海报

等则继续留在广西桂林、昭平、黄姚等处，坚持抗战文化宣传活动，直到抗战胜利。

为了揭露控诉日寇在港岛的暴行，由田汉、洪深、夏衍编剧，洪深导演的四幕话剧《再会吧，香港！》（也叫《风雨归舟》），反映了太平洋战争爆发前夕香港的社会生活，揭露汉奸和奸商的丑恶嘴脸，表现香港青年勇敢返回内地投身伟大抗战洪流之中，号召香港民众"别留恋着一时的安康…… 人人扛起枪，朝着共同的敌人齐放"。该剧冲破国民党当局的封禁，于1942年3月初演出，并于5日由朱琳在桂林电台播唱田汉词、姚牧曲的主题歌。

由郁风、黄新波、温涛、杨秋人、盛此君、特特联合举办的"香港的受难"画展，于1942年12月26日至1943年1月9日，在桂林中华圣公会礼拜堂展出，计有油画、水彩、素描、漫画、木刻60多件，反映太平洋战争爆发后香港遭日寇劫难的题材。田汉、孟超、华嘉、韩北屏等相继发表评论文章。开幕式由桂林行营政治部主任李济深和英国驻桂林总领事班以安主持。闭幕后送重庆继续展出，除原六人作品外，又增加叶浅予、丁聪、林仰峥三人的作品，轰动一时。

综上所述，读者清楚地看到，民族危难中的桂林、香港，恰似两匹奔驰奋战的骏马，也是一对相濡以沫的患难之交。桂林抗战文化，在一定意义上说，得益于香港文化；反之，香港抗战文化，也借助于桂林文化，两者相互扶持、融合、渗透，共同提高。香港和内地血脉相连，祸福相依。借"古"鉴今，继往开来，为了更好发展内地与香港的经济，建设祖国美好的未来，加强内地和香港的团结协作，意义殊深！

后记

　　拙著将付梓，如释重负。拙著撰写、修订过程，个中的苦心波折，如鱼饮水，冷暖自知。而今回顾，似一部十七史，不知从何说起。

　　还是先谈谈撰写拙著的缘由。研究抗战文化，始自20世纪七八十年代之交我在广西社科院之科研专题，从中颇知抗战文化研究内涵之厚重、意义之深远，曾决心将此"作为终极目标"。虽自1986年调深圳宣传部任职之后，此类研究便由专业变成业余，但不管多忙，直到2002年退休后，仍不改初衷，继续埋头耕耘，乐在其中。2005年老伴陪我应邀出席某地抗战文化学术研讨会，发现大会发的论文资料中有一本获奖著作，一字无改地抄袭我研究巴金的长篇论文。有与会者为我打抱不平，但我早已领教过此类文窃，见怪不怪，且觉得彼此皆为圈内熟人，真是"霸王别姬——无可奈何"。不久，又偶然发现圈内一位资历较我深之老革命、老"学者"，自诩为"一代宗师"者，其大著中竟整页整页抄袭拙著《湘桂大撤退——抗战时期中国文化人大流亡》。面对如此不守章法，肆意剽窃的不齿行为，素来支持、协助我治学的老伴，"见义勇为"，倡议与其毕生辛劳被当成唐僧肉而郁闷，不如从此收笔，重拾旅游旧好，夫妻结伴潇洒走四方。于是妻倡夫随，以每年一域外游二国内深度游的进度，未届十年便涉足40多个国家，领略除西藏外中华大地诸多锦绣河山、名胜古迹，并成了摄影发烧友。

　　正当我弃笔云游，乐不思蜀之际，1995年，被誉为"抗战文化研究领头雁"的百岁寿星魏华龄获知内情来函致电，认为我中断抗战文化研究诚为可惜，嘱我将多年积累的丰富史料整理提炼，"写出别样的桂林抗战文化"。盛意难却，与老伴沟通之后，遵命重操旧业。

老伴张雅芳南开大学哲学系毕业，其外公系清末民初北京《群强报》主笔勖锐。其时报纸直排印刷，半文半白，没标点符号，字迹模糊，参差不齐。唯首都某图书馆存有不全之孤本，准看不允复印拍照。为了整理其外公在该报连载的《白话聊斋》文集[1]，她自2010年起，为之焦虑、奔波、枯坐、断句、注释（因文中运用大量当时京城土话俚语，不仅我一头雾水，她也多数不明就里）、求证等等。其工作量之大，可想而知。2014年，三四百万字文集初稿尚存深闺人未识，她却患乳腺癌住院动手术。（按：《白话聊斋》后于2022年10月由齐鲁书社出版。）

我虽在陪伴内人治疗过程中目睹她和病友的种种痛苦煎熬，感同身受，决心改变熬夜写作之坏习惯，然为了感谢文友老寿星对我的厚望与督促，为了赶向新中国成立七十周年献礼，在内人病情稍为好转后，我老夫又发少年狂，"好了伤疤忘了痛"，又于2015年着手撰写拙著。心急、赶稿、熬夜，又对受潮发霉的旧资料疏于防护，2019年4月我被确诊肺癌，我俩成了名副其实的"患难夫妻"。她编注其外公《白话聊斋》文集，也近尾声。为了拙著早日脱稿，她暂时搁下文集，承担所有家务，并在治病过程中，抽暇协助修订拙著，相互切磋，提出不少宝贵意见，遂于是年7月初完成拙著初稿。可以说，没有她倾力协作，我便无法成书。

7月中旬，深圳社科院得知我的病情，肯定我抱病写作精神，深表慰藉之余，将拙著列入"深圳学人文库"，与北京某知名出版社签订了出版合同。眼看出书有望，心绪稍为平静。然不久愿望却落空，其中因由，也不甚了了。

正当出书落空，乍喜犹忧之际，又因手术不善，复查疑似扩散转移，"屋漏偏逢连夜雨"，精神一下跌入了人生低谷。出师未捷身先伤，此情此

1.《白话聊斋》后于2022年10月由齐鲁书社出版。

景，引发了亲朋好友的焦虑、关注。

花开两头，各表一枝。这边厢，在校友乡亲的催介下，我旋赴广东祈福医院（爱国港人彭磷基教授独资三甲医院）住院继续治疗，意欲做第二次手术。该院肿瘤中心主任、学科带头人蔡绮纯博士（学妹）特约请专家为我会诊，考虑到我的年龄等因素，决定采用保守免疫疗法，定期住院复查治疗，使我逃过了挨刀、化疗、放疗一连串之痛楚。另一位学妹——心理医生林娴，则帮我做情绪放松、家族探索、正念冥想、呼吸训练等一系列身心康复训练，并赠我一册畅销书《生命的重建》（美国露易丝·海著）。我从而悟到了意念之魅力，慢慢从心随境转，到境随心转，扭转被动为主动，增强意念，努力修行。希望之光已燃，加之蔡博士的悉心治疗、该院其他特有的配套疗法和人性化环境管理，病情慢慢好转。

那边厢，学界友人纷纷出谋献策，力挽拙著起死回生。其中最让我念念不忘的是桂林魏老和凌世君（桂林抗战文化研究会会长），还有广州美术学院副教授蔡涛博士，他们急我所急，主动为我推荐联系出版社。2020年5月初，广西师范大学出版社和湖南美术出版社审阅拙著（初稿）后，慧眼识"珠"，立即要与我签订出书合同。两家出版社皆为我国出版界之"大腕"，编辑出版过不少好书，对拙著均充满热诚与期待，考虑到湖南美术出版社编辑李震系中央美术学院美术史专业的硕士，已有十来年编辑经验，更为专业，便婉拒前者。此时，我正再次按时住祈福医院治疗复查，加强CT结果：奇迹发生，癌细胞缩小。在轻松愉悦的心境下于祈福医院与湖南美术出版社正式签订了出版合同。祈福祈福，祈来之福！尤令我感动的是广西师范大学出版社编辑唐燕，始终记挂着拙著，常来信询问进展，鼓励并叮嘱书成之日莫忘赠她共享，益显其善良的本性和豁达之胸怀！

然而好事多磨，前后历经三载。编辑之一李震从宏观着眼，微观入手，更改书名，请行家设计封面，谋篇布局，调整结构，细心打磨，突出主题，增强学术性、可读性，其睿智与韧劲可见一斑！他既有拼命三郎的冲劲，又有礼貌尊老之美德，不厌其烦收复我的大量信件，虚心接纳我的"啰嗦"，开诚布公，互相切磋，突显其练达大度，不愧为前景无量的好编辑！

出版社对拙著十分重视，从开始定为该社重点书目，进而升为出版集团重大工程项目，三易书名，多次修改封面设计。当然，这与责编们的努力密切相关。为了提高印刷质量，出版社拟派人前来拍摄《避难群》等长卷和部分欠清晰图片，但因疫情影响，迟迟未能成行。2022年春节前，正当我焦虑之际，幸得澄海中学学弟郑建浩 [郑系深圳市凸高文化（图书策划）公司老板，拍摄书画制作图书高手，从业40余载] 鼎力相助，他二话没说，旋即开车把我打包好的大批书画、图片、信札载到其处，连续数天高效率拍摄、扫描。

655

春节工人放假回家，他便独自在公司精心加工。每修一遍，即发我征求意见，直到我满意为止。鉴于有部分图片系40年前我在各图书馆查阅时的复印件，比较模糊，如今已无法再去拍摄。还有些老图，既模糊又变形。他都毫不厌烦地精心修改，"妙手回春"。为了让我看到图片印刷的实际效果，他还把几百张修改后的图片印好再让我审核。反复修改，精益求精，如此一丝不苟的敬业态度和无私奉献精神，刻骨铭心！

在等候责编潘旖妍再审稿和图片修复的空档期间，我也抓紧对李桦、李铁夫、陈海鹰、张安治、曾敏之等篇作了修改补充，力臻完善，并对书中引文等认真校对，反复打磨，减少失误，方便出版社工作。

广结善缘，广获扶持。拙著在撰写、修订过程中，得到了众多旧朋新知的热诚帮助，无私奉献的精神感人至深。魏老眼花耳背，却时刻关注拙著的进展，我均及时向其汇报，碰到难题也向他求证。其年逾古稀的二女小曼抱病当起了信使，将我的信放大打印后再给魏老用放大镜看，又帮魏老作答录音或打字发我，持续不断。广州美术学院蔡涛博士对我有求必应，不仅百忙中慷慨为我提供清晰图片，还指令女弟子赵宇卿为我查证图片。为了补全传主一小张正面照片，有的搜寻数十年而未得，只好采用击鼓传花方法，在多个群中发起寻找其后人"启事"，让知情者接力寻找，终于遂愿。

传主后代的极力支持协助，使拙著更加翔实可靠，也增添了我完成任务之信心。如搜集、整理其父文献卓有成效的黄元教授（黄新波之女）、司马小莘（司马文森之女）、王雁（沙飞之女）、汪蔚然（汪子美之女）四朵金花和张家祯教授（张在民长子）等等，这些祖字辈老者，热心给我提供资料，交流信息，嘘寒问暖，慰藉鼓励，让我获益匪浅，遂成学术诤友。

张安治公子张晨和陈海鹰公子陈为民，竟是中断了二三十年，失而复得的旧朋"新知"。早在1991年7月27日，我曾赴京访过张晨（北京中国画院），后因忙失去联系。我收藏其父三联长卷《避难群》，与已出版的张安治同名画相比，我确信手里的应为原作，但孤证难立，很想倾听其高见。后在北京嘉德拍卖有限公司李伟的热心牵线下，彼此恢复了联系，皆大欢喜。他即给我寄赠其整理出版的张安治文献资料、文集等一批珍贵书籍，从中确证我手里的《避难群》是张安治唯一存世的长卷真迹。更难得的是，文献中还有当年徐悲鸿寄自印度对此画的修改意见长函，使重现世人的长卷《避难群》顿添分量和传奇色彩。张晨也拟借此长卷参加今年在广西壮族自治区博物馆举办的"纪念张安治诞辰111周年画展"，作为压轴大画。

与陈为民见面和联系，则始于1994年，后据说他离港留学欧美，彼此失去联系。去岁末，获悉其已在港，我即试打其以前的手机、家中电话号码，屡试不通，便请香港老学友郑敏凯试着替我转告。几经努力，好不容易才联系上。陈为民获知并看到当年他陪其父陈海鹰访深与我之合影，即高兴来电，赓续前缘。原来，就在1994年聚会返港后，他便赴加拿大深造，继续艺术史和美术教育，继而赴美、澳、日及东南亚各国考察。作品屡获国际奖项。曾任亚洲国际艺术家协会副主席、联合国教科文组织和平中心顾问。现秉承其父教育理念，继任香港美专校长。其不慕国外高薪与虚荣，毅然返港接过其父"苦行僧"衣钵，薪火相传之善举，令我钦佩。他知道拙著中撰有"李铁夫　陈海鹰"篇，表示谢忱之余，也发来有关其父抗战期间在桂林等地从事抗日救亡活动和美术创作的珍贵清晰图片，并补充些新史料，为本篇争分添彩。如今彼此也成了密切联系的朋友。

除了上述诸公，尚有顾绍柏（广西社会科学院研究员、广西政协文史馆馆员）、胡锐颖（学弟，中山大学历史系博士生）、李伟（北京嘉德拍卖有限公司）、彭子龙（桂林图书馆文献部）、黄铮（广西社科院研究员、原副院长）、张鸿慰（《广西日报》高级记者）和澄海中学学妹王纯（深圳摄影家）、马万里后人马源、学妹郭可悦、唐璞等等，还有儿媳陈敬伟、小孙女杨天乐（五年级小学生），皆在不同方面给予帮助。

众人拾柴火焰高，没有大家支持协助，绝难成书。于此谨致深深谢忱！

尤要感恩湖南美术出版社领导的垂爱，感恩社长黄啸，副社长王柳润。特别是本书责任编辑潘旖妍四年如一日认真严谨、一丝不苟、精益求精的工作态度让我十分感动。她始终虚心听取我一遍又一遍的修改意见，与我一同耐心切磋，尽可能使拙著少出纰漏，令人感佩，永铭于怀！

657

拙著虽延后几年方问世，受了些波折，然也使我能有更充裕的时间推敲打磨，少点差错，所谓慢工出细活也。当然，鉴于本人阅历学识之欠缺，拙著仍存在一些不足之处，敬祈专家、读者斧正！

卷末，顺便谈点题外话：写作、治病与人生的顿悟。回顾拙著成书过程和治病经历，倍感亲情、友情、同学情、乡情之温暖，也是一次深刻的人生自我历练。生老病死，此乃人之常情。耄耋之年，似乎益感生之宝贵。近年来，亲朋好友相继突然骑鹤西归，其中不乏英年早逝者，顿感人生苦短无常。如何安度晚年，各有各的安排和做法，无可非议。

窃以为，珍惜生命应该是积极而非消极的，注意生命的长度，更要增强生命的厚度，努力提高生活质量，格局决定人生上限，让黄昏重放异彩。如若不幸中招患癌，也不必悲伤气馁，轻言放弃。要放松心情，冷静面对，积极配合医生治疗，在逆境中努力磨砺自己，修身养性，开启人生又一春！"回首向来萧瑟处，归去，也无风雨也无晴。"（苏轼）愿与君共勉，笑对人生。

写书治病过程，使我进一步得到了淬炼升华，领略了人生真谛。学术研究，是个苦差事，于我，既苦亦乐。生命尚有一刻，我仍要笃定前行，吸取教训，以逸待劳写下去，并继承书中传主们之风骨气节，尽绵薄之力，见贤思齐，尤以德高望重的魏老为榜样，为国家民族留下点有用之作。

2022年5月12日草于广州祈福医院
2024年11月定稿于深圳梅林一村群芳园

图书在版编目（CIP）数据

桂林！桂林！：中国文艺抗战 / 杨益群著 . -- 长沙：湖南美术出版社，2024.12
ISBN 978-7-5746-0190-1

Ⅰ.①桂… Ⅱ.①杨… Ⅲ.①文艺战线－中国－近现代－文集 Ⅳ.① I200-53

中国国家版本馆 CIP 数据核字 (2023) 第 180547 号

桂林！桂林！——中国文艺抗战

GUILIN! GUILIN! —— ZHONGGUO WENYI KANGZHAN

出 版 人：黄　啸
著　　者：杨益群
责任编辑：潘旖妍
特约编辑：李　震　许泽邦
责任校对：伍　兰　何雨虹　汤兴艳　王玉蓉
封面设计：范晔文
制　　版：嘉伟文化
出版发行：湖南美术出版社
　　　　　（长沙市东二环一段622号）
印　　刷：深圳华新彩印制版有限公司
版　　次：2024年12月第1版
印　　次：2024年12月第1次印刷
开　　本：710mm×1000mm　1/16
印　　张：70.75
定　　价：698.00元

销售咨询：0731-84787105　　邮编：410016
电子邮箱：market@arts-press.com
如有倒装、破损、少页等印装质量问题，请与印刷厂联系调换。
联系电话：0755-82428168